魏光燾集

三

杜宏春　高彬彬　整理

岳麓書社 · 长沙

目 录

奏议 西北卷三

光绪二十六年（1900）

奏议　西北卷三

光绪二十四年 (1898)

0693. 奏为御赏福字一方谢恩折

光绪二十四年正月十二日（1898 年 2 月 2 日）

头品顶戴陕西巡抚臣魏光焘跪奏，为恭谢天恩，仰祈圣鉴事。

窃臣赍折差弁回陕，捧到恩赏福字一方，当即恭设香案，望阙叩头祗领。钦惟皇上亨承泰运，健叶乾行，凤纪遐昌，羲画阐苞符之秘；鸿图丕叙，禹畴开洪范之原。仰宸翰之辉煌，庆寰区之康乐。自天锡祉，率土胪欢！臣忝任封圻，惭无建树，效三多而敬祝，蒙一字以荣褒。恩赍频加，悚惶何已！所愿天庥滋至，演九五福皇极之书；日进无疆，上亿万年升平之颂！

所有感激荣幸下忱，谨缮折叩谢天恩。伏乞皇上圣鉴。谨奏。光绪二十四年正月十二日。

（朱批：）知道了。[①]

光绪二十四年正月二十七日，奉朱批：知道了。钦此。[②]

0694. 奏报上年十二月雨水粮价情形折

光绪二十四年正月十六日（1898 年 2 月 6 日）

头品顶戴陕西巡抚臣魏光焘跪奏，为恭报雪泽、麦苗情形，

---

①台北故宫博物院藏：《军机及宫中档》，文献编号：408006954。

②中国第一历史档案馆藏：《录副奏折》，档号：03-5355-127。

恭折仰祈圣鉴事。

窃查光绪二十三年十一月分雨雪、麦苗情形，业经臣奏报在案。兹据西安、延安、凤翔、汉中、榆林、同州、邠州、乾州、商州、鄜州、绥德等府州属具报，于十二月初十及十一二三并二十二等日，先后得雪一二三寸至四五寸不等，其余各属尚未报到。臣查陕省入冬以来，雨雪尚不缺乏，兹复得此祥霙，麦豆盘根益固，于农田大有裨益，民情欣悦，合境敉安，堪以上慰宸廑。刻查西安粮价，大米每仓石价银三两三钱，小米每仓石价银一两九钱四分，较之上月，大米每石增银一钱四分，小米每石增银五分。

所有光绪二十三年十二月分雪泽、麦苗暨省城粮价情形，理合恭折具陈。伏乞皇上圣鉴。谨奏。光绪二十四年正月十六日。

(朱批:) 知道了。[1]

光绪二十四年正月二十八日，奉朱批：知道了。钦此。[2]

0695. 奏报廿二年续垦地亩并征收折租折

光绪二十四年正月十六日（1898年2月6日）

头品顶戴陕西巡抚臣魏光焘跪奏，为查明光绪二十二年分续垦营田地亩，并征收折租各实数，造册报销，恭折仰祈圣鉴事。

窃查陕省招垦营田，历年征收本色租粮及改收折色租钱，动支实存等款，均经分年造册报销在案。兹据各州县陆续造赍二十二年分报销前来。臣逐加覆核，陕省各属原额营田共实存荒地四千六十顷三十六亩四分零，并华州新滩一顷二十六亩五分；二十一年报销已垦交足额租归民管业地二千三百三十一顷四十五亩二分零，已垦而租未交足熟地，内除豁免华州、高陵二州县十三、十五等年两次被冲熟地一十六顷七十二亩九分零，实有尚未交足额租熟地一千四百四十三顷八十六亩三分零；未垦荒地内除奏明

①台北故宫博物院藏：《军机及宫中档》，文献编号：408006955。

②中国第一历史档案馆藏：《录副奏折》，档号：03-6967-032。

华州冲塌荒地八十三亩六分零，实存荒地二百六十八顷七十四亩八分零。各属仓存、租粮共京斗粟、谷、白米一千八百二十四石三斗八升二合五勺。兴安、汉中、商州三府州仓存采买京斗稻谷、粟谷一万三千五十三石五升零。

光绪二十二年分，各属续垦各则荒地六十三顷八十三亩二厘六毫一丝，交足额租归民管业地五十五顷六十六亩七分七厘二毫八丝。省城二十二年冬赈动用京斗营田租白米一石，又动用仓存京斗营田租粟谷一千八百二十三石三斗八升零，又动用仓存营田采买京斗稻谷二千三百三十八石四斗七升零，又动用仓存营田采买京斗粟谷五百一石二斗七升零。各属共征完折租钱六千三百七十千一百五十二文，照章由各属扣支口食，并大荔县扣还二十一年栖流所已用经费外，实存钱五千八百三千五百二十八文，按市估易库平银三千九百九十一两五钱零。大荔县沙租征完市平折解库平银三百四十三两七钱一分零，共实存库平银四千三百三十五两二钱一分零。开支营田所委员薪水、书吏、勇丁口食并杂费，共库平银六百二十九两七钱一分，扣存四分减平银二十五两一钱八分零，统共实存库平银三千七百三十两六钱九分零，业经该所如数汇解藩库收存在案。

通计至二十二年年底止，兴安等府州仓存采买京斗稻谷一万二百一十三石三斗六合，已垦尚未交足额租熟地一千四百六十三顷二十亩九分零，未垦荒地共应存二百四顷九十一亩七分零。上项荒地多系瘠薄硗确之区，虽屡经设法招徕，议减租钱，奈工费利微，迄未一律认垦，现已分饬各属广为劝导开垦，总期野无旷土，正赋复旧，并令赶紧催收租钱，一俟续垦集收成数，一并汇入下届报销办理等情。由善后局司道会详前来。

臣覆查无异，除清册咨部外，所有查明陕省光绪二十二年分续垦并归民管业地亩及仓储、租粮、征完折租、沙租银钱、动用、实存各数目，理合恭折具陈。伏乞皇上圣鉴。谨奏。光绪二十四年正月十六日。

(朱批:) 户部知道。[1]

光绪二十四年正月二十八日,奉朱批:户部知道。钦此。[2]

0696. 奏报筹解初批京饷日期片

光绪二十四年正月十六日(1898年2月6日)

再,查陕西省前因海防、善后及京旗需饷甚巨,叠经奏明裁勇节饷,每年共集银十万两,议定自光绪十二年为始,专款分批解部。所有二十三年以前应解银两,业经按年报解清楚。兹值二十四年筹解之期,现饬藩司于司库留备款内动支银三万两,作为本年初批京饷。又,光绪二十三年分扣存各官廉费等项六分减平初批银二万两,又搭解二十三年分养廉三成助饷银一万五千两,共银六万五千两,由司拣委妥员于正月二十日起程,赴部交纳。据署藩司李有棻具详请奏前来。

臣覆查无异,除咨部外,所有筹解光绪二十四年初批京饷数目、日期,谨附片具陈。伏乞圣鉴。谨奏。

(朱批:) 户部知道。[3]

光绪二十四年正月二十八日,奉朱批:户部知道。钦此。[4]

0697. 奏报本年一月雨水粮价情形折

光绪二十四年二月十三日(1898年3月5日)

头品顶戴陕西巡抚臣魏光焘跪奏,为恭报雨雪、麦苗情形,恭折仰祈圣鉴事。

窃查陕西省光绪二十三年十二月分雪泽、麦苗情形,业经臣

---

①台北故宫博物院藏:《军机及宫中档》,文献编号:408006956。

②中国第一历史档案馆藏:《录副奏折》,档号:03-9555-085。

③台北故宫博物院藏:《军机及宫中档》,文献编号:408006956-0-A。

④此朱批日期与内容,据《军机处随手登记档》(档案编号:03-0296-1-1224-027)校补。

奏报在案。兹据西安、延安、凤翔、汉中、同州、兴安、邠州、乾州、商州、鄜州等府州属具报，于二十四年正月十一二至十四及二十八九、三十等日，先后得雪二三寸至五六寸不等，其余各属尚未报到。臣查陕省上年冬季雨雪尚不缺乏，兹值麦豆生发之际，又复得此雪泽，实于农田大有裨益，民情欣悦，合境敉安，堪以仰慰宸廑。刻查西安粮价，大米每仓石价银二两九钱二分，小米每仓石价银一两八钱七分，较之上月，大米每石减银三钱八分，小米每石减银七分。

所有光绪二十四年正月分雨雪、麦苗并省城粮价情形，理合恭折具陈。伏乞皇上圣鉴。谨奏。光绪二十四年二月十三日。

（朱批：）知道了。[①]

光绪二十四年二月二十六日，奉朱批：知道了。钦此。[②]

0698. 奏报各属情重盗匪照章惩办折

光绪二十四年二月十三日（1898年3月5日）

头品顶戴陕西巡抚臣魏光焘跪奏，为陕省各属情重盗匪照章惩办，恭折仰祈圣鉴事。

窃查前准部咨：嗣后各省拿获马贼、土匪并伙众持械强劫案件，如实系距省窎远，解犯中途堪虞，就近解交该管道府，或委员覆审明确，由该管道府核明情罪，禀候督抚批饬就地正法，按季汇案具奏等因。历经遵办在案。兹查光绪二十三年冬季分，据兴安府审办砖坪厅拿获盗犯袁九娃即袁老六，又名袁金发，讯据供认，先则听从曾大爷即曾淮山，入会为匪，继复听从已获正法之胡老八即胡大爷，首伙七人，于二十三年三月二十八日夜，分持刀械，强劫事主毛兴盛船内银钱、烟、布。

又，据该府审办石泉县拿获会匪谭亥娃即谭金玉、黄在位二

---

①台北故宫博物院藏：《军机及宫中档》，文献编号：408006958。

②中国第一历史档案馆藏：《录副奏折》，档号：03-6968-026。

犯。讯据供认，该犯谭亥娃先则听从在逃之牟老么，黄在位听从在逃之刘宝山，均入会为匪；继复执持刀械，在沿江结伙，迭次估讹抢劫陈代工、张代工船上钱文，并纠伙杀毙王满银，毁尸灭迹。

又，据汉中府审办城固县拿获盗犯张老夭、邓桔三、吴银匠即吴汶湘、王机匠即王蒼娃、朱顺幅、龚憁廉、朱顺怀、王挺藻八犯。讯据供认，该犯张老夭起意纠邀邓桔三等并逸盗刘老五、朱顺倌等首伙十人，于二十三年二月十七日夜，分持木棒，撞门入室，强劫事主曹开文家银钱、衣物，捆殴伤事主夫妇平复。该犯龚憁廉中途畏惧不行，事后分赃；朱顺幅、王蒼娃、朱顺怀、王挺藻或听纠入伙，临时因病不行；或中途畏惧不行，事后均未分赃，并据报张老夭、吴银匠、朱顺幅、王蒼娃先后在监病故。

又，据同州府审办郃阳县拿获盗犯徐蠢枉、王桑儿、张饼沉、卢倡照四犯。讯据供认，该犯徐蠢枉起意纠邀王桑儿等并逸盗鱼老二、苗老四惠姓，首伙七人，于二十三年六月十九日夜，分持刀械，撞门入室，强劫事主苗树桐家钱物，拒伤事主平复，各等情。由各该厅县禀经臣先后批司转行该管兴安府知府张筠、汉中府知府常裕、署同州府知府缪钟洛，督同各该厅县提犯覆讯，供情相符，照章议拟，禀候核示前来。

臣以该犯袁九娃即袁老六，又名袁金发、谭亥娃即谭金玉、黄在位、张老夭、吴银匠即吴汶湘、邓桔三、徐蠢枉、王桑儿、张饼沉、卢倡照十犯，或听从入会，上船行劫；或沿江估抢，杀毙人命；或为首纠抢，入室搜赃，拒伤事主。均属凶恶昭著，法无可逭，当与督臣批饬就地正法。张老夭、吴银匠即吴汶湘在监病故，仍令查验明确，照例戮尸，同袁九娃等分别枭首犯事地方，悬杆示众，以昭炯戒。

龚憁廉听纠入伙，中途畏惧不行，事后分赃，罪应拟流，照章锁系巨石八年。朱顺怀、王蒼娃即王机匠临时因病及因别故不行，事后并未分赃，罪应拟徒，照章锁系巨石五年。朱顺幅、王挺藻俱中途畏惧不行，事后亦未分赃，罪应拟杖，照章锁系巨石三年。龚恺廉、朱顺怀、王挺藻各俟限满察看办理；王蕃娃、朱顺幅业已在监病故，均毋庸议；逸盗刘老五等饬缉，获日另结。

所有光绪二十三年冬季分情重盗匪照章惩办缘由，谨会同陕甘督臣陶模，恭折汇陈。伏乞皇上圣鉴。谨奏。光绪二十四年二月十三日。

（朱批：）刑部知道。①

光绪二十四年二月二十六日，奉朱批：刑部知道。钦此。②

0699. 奏报拨解应还英德银数情形片

光绪二十四年二月十三日（1898 年 3 月 5 日）

再，前准部咨：应还英、德、俄、法两款，奏派陕省每年认还银二十二万两，历次遵筹解交在案。兹届光绪二十四年二月陕省应筹解还英、德款银三万两，查照上年奉准奏案，在两淮应解甘省协饷银内就近拨兑解交，以期迅捷，已由司备具文批，移咨江海关道查核兑收。其自陕西至上海县应需盘脚银两，亦照案扣存，造入季拨。据署藩司李有棻详请奏咨前来。

除咨明户部暨陕甘督臣、两江督臣、江苏抚臣查照外，所有陕省拨解二月应还英、德银两数目，理合附片陈明。伏乞圣鉴。谨奏。

（朱批：）户部知道。③

光绪二十四年二月二十六日，奉朱批：户部知道。钦此。④

【案】此奏片之具奏日期，原件目录署“光绪二十四年正月十二

①台北故宫博物院藏：《军机及宫中档》，文献编号：408006957。

②中国第一历史档案馆藏：《录副奏折》，档号：03-7371-015。

③台北故宫博物院藏：《军机及宫中档》，文献编号：408006954-0-A。

④中国第一历史档案馆藏：《录副奏片》，档号：03-6693-005。

日”，而录副则署以“光绪二十四年二月二十六日”即朱批日期为之，未确。查《随手档》①“朱批魏光焘折”，内即有此片，据同批折件可知，此片具奏日期当为“光绪二十四年二月十三日”无疑。兹据校正。

0700. 奏报陕省赈捐四次请奖缘由片

光绪二十四年二月十三日（1898年3月5日）

再，陕省光绪十八九等年各属被灾，奏准援照十八年顺直赈捐章程，开办赈捐，并三原县筹拨捐款，修理城垣各工，以工代赈，亦经奏准给奖。前据三原等州县造赍各捐生清册，列作初、二、三次汇核请奖，业经臣奏咨各在案。兹又据三原县造赍修理城垣等工以工代赈各捐生年岁、三代籍贯及奖叙、衔、封、贡、监履历清册，核与奏请援照顺直赈捐减成章程，均属相符，一律填发实收，交给各捐生收执，作为赈捐第四次请奖。共计捐生一百三十八员名，正项银二万二千四百九十六两。查照顺直赈捐章程，共应收部饭、照费银七百八十六两一钱八分，国子监饭费银一百一十两九钱四分，俟起解京饷时，即行搭解。由署藩司李有棻具详前来。

臣覆核无异，除清册及副实收一并咨部备查外，谨附片具陈。伏乞圣鉴，饬部核覆施行。谨奏。

（朱批：）户部议奏。②

光绪二十四年二月二十六日，奉朱批：户部议奏。钦此。③

【案】此奏片之具奏日期，原件目录署“光绪二十四年正月十二

---

①中国第一历史档案馆藏：《军机处随手登记档》，档案编号：03-0296-1-1224-054。

②台北故宫博物院藏：《军机及宫中档》，文献编号：408006954-0-B。

③中国第一历史档案馆藏：《录副奏片》，档号：03-5603-004。

日”，而录副则署以“光绪二十四年二月二十六日”即朱批日期为之，未确。查《随手档》①“朱批魏光焘折”，内即有此片，据同批折件可知，此片具奏日期当为“光绪二十四年二月十三日”无疑。兹据校正。

【案】此奏旋于是年五月初九日经户部核议具奏，并于五月二十五日咨呈军机处：

户部谨奏，为遵旨议奏事。陕西巡抚魏光焘奏，陕省绅民捐赈，援照光绪十八年顺直赈捐第四次请奖附片一件，光绪二十四年二月二十六日奉朱批：户部议奏。钦此。钦遵由内阁钞出到部。旋于三月十四日据该抚将清册咨送前来。

查原奏内称，陕省光绪十八九等年各属被灾，奏准援照十八年顺直赈捐章程，开办赈捐，前造初、二、三次请奖，经臣奏咨各在案。兹据三原县造赍各捐生履历清册，核与奏请援照顺直赈捐减成章程，均属相符，一律填发实收，交给各捐生收执，作为赈捐第四次请奖。共计捐生一百三十八名，正项银二万二千四百九十六两。由署藩司李有棻具详前来。臣覆核无异，除清册及副实收一并咨部备查外，伏乞饬部核覆等语。

臣等伏查光绪二十二年五月二十二日臣部议覆护理山西巡抚布政使张汝梅奏陕省各属被灾，请援照光绪十八年顺直赈捐章程，开办赈捐等因。奏准行知遵照，并据该抚将陕西赈捐初次至三次奏报请奖，均经臣部核覆各在案。兹据陕西巡抚魏光焘将三原县册造捐生一百三十八名，共请奖正项实银二万二千四百九十六两，造具履历清册，列作第四次请奖前来。

臣等督饬司员详加核算，所有册开捐生一百三十八名，内除文麟等十六名或应声明原案及补交银两，或前案尚未核准及应将部照送部查验，俟声明及补交到日再行核办外，其杨汝澂等一百二十二名，核与例案银数均属相符，应请照准，谨缮清单，恭呈御览，伏候命下，

①中国第一历史档案馆藏：《军机处随手登记档》，档案编号：03-0296-1-1224-054。

由臣部同吏部、兵部缮照封发。所有臣等遵议缘由，谨恭折具陈。伏乞皇上圣鉴。谨奏。

咨呈

户部为移会事。捐纳房案呈本部议覆陕西巡抚魏光焘奏陕西绅民捐赈，援照光绪十八年顺直赈捐第四次请奖一折，光绪二十四年五月初九日具奏，本日奉旨：依议。钦此。相应抄录原奏，咨呈军机处查照可也。须至咨呈者。右咨呈军机处（计原奏）。光绪二十四年五月二十五日。主事范。①

0701. 查明二十三年额征正赋实数折

光绪二十四年三月初三日（1898年3月24日）

头品顶戴陕西巡抚臣魏光焘跪奏，为查明光绪二十三年额征正赋银两已完、未完实数，恭折仰祈圣鉴事。

窃查前准户部咨：各省地丁所入缺额仍多，自同治八年为始，将全省一年丁、漕各实数专案奏报。又，同治十一年四月准户部咨：各直省奏报丁、漕实数，均展至次年正月办理，二月出奏，以归画一等因。历经遵办在案。

兹值查报光绪二十三年分征收正赋之期，查陕西省各属光绪二十三年分额征民屯、更起运、存留并粮折价，除屯丁兑食外，共银一百六十万七千二百九十七两九钱五分五厘，除存留银二十七万八千九十七两四钱七分八厘外，止该解司银一百三十二万九千二百两四钱七分七厘，内除兴平、高陵、褒城、朝邑、华阴、武功等六县水冲地亩豁免银六百一十六两四钱一分，又除荒地免征银六万四千三百九十八两七钱七分一厘外，实熟地应征银一百二十六万四千一百八十五两二钱九分六厘。自开征起至年底止，已完银一百二十万八千九百九十九两九钱七分五厘；又，长安、

①中国第一历史档案馆藏：《咨文》，档号：03-5603-030。

咸阳、华阴、华州四州县二十二年水灾案内奉文缓征以前已完准流抵二十三年正赋银六千五百二十七两八钱一分七厘，共已完银一百二十一万五千五百二十七两七钱九分二厘，该未完银四万八千六百五十七两五钱四厘，内除临潼、延川、扶风、褒城、沔县五县水灾案内暂行豁免三年银一千一百三十二两九钱三厘外，止未完银四万七千五百二十四两六钱一厘。其光绪二十二年地丁，截至是年年底止，未完银四万一千一百三两三钱五分九厘，又续垦荒地银六千八百八十一两四钱八分，二共银四万七千九百八十四两八钱三分九厘。

今截至光绪二十三年年底止，带征续完并续垦共银一万七千一百九十三两三钱一分二厘，仍未完银三万七百九十一两五钱二分七厘，内除临潼、肤施、延川、安定、扶风、褒城、沔县、华州八州县水、雹灾案内奉文蠲免银一千六百九十三两二分，又除长安、葭州、朝邑、华州四州县本年水、雹灾案内奉文缓征银二千三百六十四两六钱六厘，止未完银二万六千七百三十三两九钱一厘。以上已完银两，均经照数批解司库，已于拨册内分晰造报在案。未完银两，责令严催征解，以顾正供，应俟另行造报。据署藩司李有棻查明，分别具详前来。

臣覆核无异，所有光绪二十三年分额征正赋银两已完、未完各实在数目，理合恭折具奏。伏乞皇上圣鉴。谨奏。光绪二十四年三月初三日。

（朱批：）户部知道。①

光绪二十四年三月十五日，奉朱批：户部知道。钦此。②

①台北故宫博物院藏：《军机及宫中档》，文献编号：408006959。

②中国第一历史档案馆藏：《录副奏折》，档号：03-6258-036。

0702. 筹办昭信股款并赶解京饷各款折

光绪二十四年三月初三日（1898 年 3 月 24 日）

头品顶戴陕西巡抚臣魏光焘跪奏，为遵旨筹办昭信股款，先行凑集垫解，并提前赶解京饷各款银数，恭折仰祈圣鉴事。

窃臣前准户部咨开：议覆黄思永奏请筹借华款，请造昭信股票，先由官为提倡一折[1]，奉旨：着依议行。钦此。等因。当经行司通饬遵办在案。臣维时局艰难，饷糈支绌，部臣多方筹画，不遗余力，无如入款有限，出款日增，朝廷宵旰焦劳，薄海同深钦悚。兹以筹借急款，分年出息偿还，伏读谕旨“既不责以报效，亦不强令捐输”，圣怀体恤，有加无已！臣与司道等受恩深重，无术补苴，惟有竭力筹办，以期仰副鸿慈于万一！

现与司道商定于通省现任文职各员，共集银二十万两，以为之倡。其绅商、士民股款，业经查照部章，于省城设立昭信分局，并委员分途劝借。第数目多寡，尚难预定，且解缴亦需时日，当此需款孔急，不得不于万难之中先行设法挪凑，再四思维，拟将司库应放各项酌量递缓支放，借以腾挪，并向各处富商及各公款内通融借垫，通盘筹措，计可凑成银五十万两。

适又准户部来电：部库奇绌，令将本年京饷及历年欠解各项经费，赶紧提前筹解等因。查陕省历年以来，尚无欠解各项，惟本年尚应解京饷银七万两、铁路经费银五万两，并二十三年分土厘银十三万两、烟地税银三万两，暨新海防捐输银二万四百四十余两。

以上各项应共解银三十万四百余两，并计官款垫项，统共筹银一百万余两，定于两月内分批起解进京，用济要需。其垫借银五十万两，一俟劝借股款解到，即行陆续归还，以清款目。据署藩司李有棻详请奏咨前来。

臣覆查无异，当将大概情形电请总署代奏在案。除武职及候补、候选各员容另行借办，并饬现委各员赶办绅民股款，俟有成数，再行奏明报解外，所有筹办昭信股款，先行借垫，并提前赶解京饷各缘由，理合恭折具陈。伏乞皇上圣鉴。谨奏。光绪二十四年三月初三日。

（朱批：）户部知道。①

光绪二十四年三月十五日，奉朱批：户部知道。钦此。②

❶【案】光绪二十四年正月初九日，詹事府右中允黄思永奏请筹借华款，办理自强股票一折，曰：

署日讲起居注官右春坊右中允臣黄思永跪奏，为筹借华款，请造自强股票，特论内外大小臣工，激发天良，倡举急务，恭折仰祈圣鉴事。

窃维时事孔棘，库藏空虚，舍借款无以应急，舍外洋不得巨款，前已种种吃亏。近闻各国争欲抵借，其言愈甘，其患愈伏。何中国臣民如此之众，受恩如此之深，竟无以借华款之策进者。若谓息借商款，前无成效，且有扰民之弊，遂不可行。此诚因噎废食之说也。不知在外洋与在通商口岸之华民，依傍洋人买票借款者甚多，不能自用，乃以资人。且搢绅之私财寄顿于外国银行，或托洋商营运者，不知凡几。存中国之银号、票庄者，又无论矣。小民不足责，应请特旨，严责中外臣僚，激以忠义奋发之气，先派官借，以为民倡，合天下之地力、人力、财力，类别区分，各出其余，以应国家之急。似乎四万万民之众，不难借一二万万之款。

臣闻外洋动辄以万万出借，非其素蓄，不过呼应甚灵。每股百两，且有折扣，甲附股以售与乙，反掌间即可加增，以为恒产，传之子孙者。不愿归还，即辗转操纵，亦有赢余。股票胜于银票，故举国信从，趋之若鹜。每得中国电报借款议成，即由银行造票，登新闻纸，出售虽万万两之多，克期立尽。中国风气若开，岂难渐收成效？拟请敕下户部速造股票，先按官之品级、缺之肥瘠、家道之厚薄，酌

①台北故宫博物院藏：《军机及宫中档》，文献编号：408006960。

②中国第一历史档案馆藏：《录副奏折》，档号：03-9534-026。

定借款之多少，查照官册分派，渐及民间。亦仿西法每百两为一股，每股分期收缴，还以十年或二十年为度，每年本利共还若干，预定准数，随股票另给票据，十年则十张，平时准其转售，临期准抵交项。盖分期宽则交款易，交款易则股本方肯多入，归款亦不为难，出入皆就近责成银行、票庄、银号、典当，代为收付，不经胥吏之手，无诈无虞，确有凭信，可售可抵，更易流通。大抵乡间通缓急，集腋乞邻，视为常事，况在军国之重、君父之尊，苟有天良，安忍推诿？特不用力者，举一羽而不足；不同道者，拔一毛而不为。诚能人人以谋身之智谋国，智可胜用矣。其实聚之为多分于一人，所用其智力者亦无机。若虑激之不动、倡之不应、督之不前，是真可与共富贵而不可共患难者，当不至此。

臣谓先派官借者，亦鉴于因循之习已深，又恐因噎废食，依然徒托空言耳。抑或能借巨款给奖叙，以资鼓励，亦是一法。顷奉上谕开经济特科，既重专门之学，法求应变之才，断非空谈名理，徒习虚文。凡一切讲武、训农、通商、惠工之实事，刻不容缓，需款正多，舍己求人，终不可恃。无论洋款如何，华款总当并力图之，专责任之，克期待之，志在必成。臣愚揆度时势，非急求所以自强者，无以自立；非凡求所以自足者，无以自强。足食足兵为自强之本，民信又为兵食之本。我朝深仁厚泽，民志尚孚，于此此次借资民力之处，务须格外核实，格外认真，有言必践，无弊不除。人人晓以休戚相关之理，人人动其忠君爱国之忱，内有可恃，外自不敢生心。不待兵食既足，即此民信之先声，出人意外，已足震而惊之矣。纵借洋款，患必较轻，洵为今之急务，故借华款股票谓之自强。

再，中国集股之举，惯于失信，人皆望而畏之。即铁路、银行、开矿诸大举，获利亦无把握，收效未卜何时，故信从者少。若因国计自强派股，皇上昭示大信，一年见利，既速且准，非寻常股票可比，安见将来风行之盛不如外洋？如蒙圣明采纳，臣非空言，请先派筹借若干两，定限缴齐，逾期请治臣罪。其力数倍于臣、数十倍于臣者，如恒河沙数，聚沙成塔，只在人为。惟皇上宸断，令出惟行，则颓风可振，众志成城，转弱为强之机，反求即是矣。愚昧之见，是否有当。谨恭折具陈，伏乞皇上圣鉴。谨奏。光绪二十四年正月初九日。①

【案】光绪二十四年正月十四日，大学士管理户部事务麟书等奏报速议右中允黄思永筹借华款请造自强股票一折，曰：

大学士管理户部事务臣宗室麟书等谨奏，为速议具奏事。

军机处交出右春坊右中允黄思永奏筹借华款、请造自强股票一折，光绪二十四年正月初九日，奉谕旨：户部速议具奏。钦此。据原奏内称：时事孔棘，库藏空虚，舍借款无以应急，舍外洋不得巨款，前已种种吃亏。近闻各国争欲抵借，其言愈甘，其患愈伏。何中国臣民如此之众，竟无以借华款之策进者。若谓息借商款，前无成效，且有扰民之弊，遂不可行。此诚因噎废食之说也。在外洋与在通商口岸之华民，依傍洋人买票借款者甚多，不能自用，乃以资人。且搢绅之私财寄顿于外国银行，或托洋商营运者，不知凡几。存在中国之银号、票庄者，又无论矣。小民不足责，应请特旨，严责中外臣僚，激以忠义奋发之气，先派官借，以为民倡，合天下之地力、人力、财力，类别区分，各出其余，以应国家之急。似乎四万万民之众，不难借一二万万之款。闻外洋动辄以万万出借，非其素蓄，不过呼应甚灵。每股百两，且有折扣，甲附股以售与乙，反掌间即可加增，以为恒产，传之子孙者。不愿归还，即辗转操纵，亦有赢余。股票胜于银票，故举国信从，趋之若鹜。每得中国电报借款议成，即由银行造票，登新闻纸，出售虽万万两之多，克期立尽。中国风气若开，岂难渐收成效？拟请敕下速造股票，先按官之品级、缺之肥瘠、家道之厚薄，酌定借款之多少，查照官册分派，渐及民间。亦仿西法每百两为一股，每股分期收缴，还以十年或二十年为度，每年本利共还若干，预定准数，随股票另给票据，十年则十张，平时准其转售，临期准抵交项。盖分期宽则交款易，交款易则股本方肯多入，归款亦不为难，出入皆就近责成银行、票庄、银号、典当，代为收付，不经胥吏之手，无诈无虞，确有凭信，可售可抵，更易流通。抑或能借巨款给奖叙，以资鼓励，亦是一法。臣非空言，请先派筹借若干两，定限缴

①中国第一历史档案馆藏：《录副奏折》，档号：03-9534-001。

齐，逾期请治臣罪。其力数倍于臣、数十倍于臣者，如恒河沙数，聚沙成塔，只在人为。惟皇上宸断，令出惟行，则颓风可振，众志成城，转弱为强之机，反求即是等语。

臣等伏查日本偿款，数巨期迫，原拟息借洋债，以应急需，乃需用愈急，息借愈难，或甫有头绪而不免纷纭，或已立合同而终成反覆。计自去年以迄今日，借债一事，其旋议而旋停者，盖不知凡几矣。现在期限日紧，洋债仍无成说，臣部正议息借华款，为补救万一之谋。今中允黄思永请特旨，严责中外臣僚，激以忠义奋发之气，先派官借，以为民倡，并请速造股票，先按官之品级、缺之肥瘠、家道之厚薄，酌定借款之多少，查照官册分派，渐及民间。亦仿西法，每百两为一股，每股分期收缴，还以十年或二十年为度，每年本利共还若干，豫定准数，随股票另给票据，十年则十张，平时准其转售，临期准抵交项等因。自属筹款之一法。第缺分肥瘠、家道厚薄，一时既难周知，且按官之品级以定数之多少，亦恐迹近抑勒，窒碍难行。

臣等公同商酌，拟令官绅商民，均量力出借，无庸拘定数目，先由臣部印造部票一百万张，名曰昭信股票，颁发中外，随后再制造息折，给予本人收执。每部票一张，注明库平纹银一百两，银圆亦准折合抵交。凡中国官民领取部票，缴纳借款，或在部库、藩库兑交，或寄存谋字号票商，但使无误提拨，均听其便。此项借款照洋款办法，周年以五厘行息，订用二十年，前十年每年还息一次，后十年本利并还，期以二十年，本利完讫。在京由部库发给，在外由藩库发给，断不准有丝毫需索延误。平时股票准其转相售买，每届还期，准抵地丁、盐课、厘金，以冀通行而昭大信。夫商民食毛践土，各怀忠义之心，而内外大小臣工受国厚恩。际此帑绌时艰，尤当熟计安危，出家资以佐国用，况朝廷不则以报效，不强令捐输，一律按本计息，分期归还。谁无人心？谁无天良？断不忍观望迟回，一任大局之溃裂。该中允原奏先派官借，以为民倡，所论诚为扼要，拟请谕旨饬令在京自王公以下、在外自将军、督抚以下，无论大小文武现任、候补、候选各项官员，均领票缴银，以为商民之倡。在京大小官员出借银若干，应领票若干，由该旗、该衙门开单报部，请领转发。在外大小官员出借银若干，应领票若干，由各该省将军、督抚开单请领转发。

至地方商民人等顾借者，亦复不少。在京即责成顺天府府尹，在外即责成将军、督抚，将部定大概章程先行出示，随即拣派廉干之员，剀切晓谕，令绅商士民一体量力出借，仍不得苛派勒捐，致滋纷扰。一面由臣部将印票分别省分，酌量发给，一面由地方官将出借银数随时报部，听候拨还日本偿款。无论何项，不准挪移动用。惟此项借款待用孔殷，各直省应自奉旨之日起限两个月内，将筹借办法及已借银数赶紧电报，不得稍有迟逾。如派办筹借人员多方劝谕，能借巨款十万两以上，准从优奖叙；五十万以上，准破格奖叙，以示鼓励。

除将息借华款给发股票息折、详细章程另行核议外，所有速议缘由，理合恭折具奏。伏乞皇上圣鉴。谨奏。光绪二十四年正月十三日。大学士管理户部事务臣宗室麟书（假），经筵讲官户部尚书臣宗室敬信，协办大学士户部尚书臣翁同龢，降二级留任又降一级留任革职留任户部左侍郎臣立山，户部左侍郎臣张荫桓，户部右侍郎臣宗室溥良，户部右侍郎臣陈学棻（学差），署户部右侍郎吏部左侍郎臣徐用仪。①

【案】光绪二十四年二月初十日，大学士麟书等呈报昭信股票详细章程，曰：

谨将昭信股票详细章程开单，恭呈御览。一、由户部印造昭信股票，编列字号，每票壹百两者，造五十万张，计股银伍千万两。每票五百两者，造六万张，计股银三千万两。每票一千两者，造贰万张，计股银贰千万两。共合一万万两。由户部设立昭信局，遴选司员经理。

一、股票式样前幅拟用四圜龙边，恭录奉旨年月，并开每票银数，下半分二十小方，书明年分银数，每年付还一次，裁去一方。后幅刊列简明章程。每票编列号数，纸心及骑缝各盖印一颗，印花用朱色印泥。每票除联票外，另缮号册，以备稽查。

一、拟咨行铸印局铸造铜印一颗，文曰：户部昭信局印。遵用

---

①中国第一历史档案馆藏：《录副奏折》，档号：03-9534-003。

满、汉篆文，以符定制。

一、选派廉勤司员经理昭信局，分任责成。局内设给票处、收银处，各有专司，不致纷杂。先收银后给票，收银处将收过银数付至给票处，验明图记、花押，即将股票登明册簿，将股票当面点交本人。稽核之员逐日将收银给票数目列单呈堂，以备核对。册簿登簿、收掌，皆司员专责。至钤印核算，则由司员等始终出力，应照异常劳绩奏奖。倘有疏忽贻误，罚亦从之。若人役舞弊营私，即奏交刑部，按律治罪。

一、制造股票、刷印章程及各项经费，应将需用数目核宝给发。至局中常年办公人役工食，由臣部饭食项下酌量拨给。

以上五条系户部办理章程。

一、拟在京师及各直省筹集库平纹银壹万万两，略仿中、西集股成式，印造股票，每票壹佰两者伍十万张，每票伍百两者陆万张，每票壹千两者贰万张，合成库平纹银壹万万两。如有以各项平色及银元交纳者，均准折合库平，就认股数目给予股票，以昭信守。

一、此款限贰拾年还清，周年以伍厘行息，遇闰不加增。前拾年还息不还本，后拾年本息并还，本还则息减。每届还期，官绅商民人等来取者，随带股票呈验。自第一年起，每付还一次，即剪去一方块。至第贰拾年本息还讫，即将股票缴销。

一、户部既设昭信局，各省藩司亦应设昭信分局，冠以省名，如直隶省即曰昭信直局。各省以此类推。东三省由各该将军派员设局，以昭一律。在京认股款交户部昭信局，照章领票；在外认股款交各该省昭信分局领票，或交殷宝号商代为领票，款存该号，候拨无误，亦可通融办理。惟该号商须有各号商连环保结，报部报司有案，始准承办。至认股之人或开列官阀、姓名，或堂名、别号，悉听其便。股票未发以前，暂给印收，俟股票刷成互换，届时由部局、省局出示晓谕。

一、起息日期以交银领票之日为始，原应扣足，一年付息一次。惟领票有先后，即日期有参差，将来难以截算。拟第壹年交银给票之日起，均扣至拾贰月底止，将周年伍厘行息息银摊均，按日计算，共得本年息银若干，发票时填明数目，取息时照付。光绪贰十肆年为集股第壹年，应付息银以光绪贰拾伍年贰月初壹日起至贰月底止付讫，先期壹月由户部及各省藩司出示晓谕，俾认股者无误取息之期。若逾期不取，归入下期并付。以后第贰年至第拾壹年，均按周年伍厘付息。第拾壹年起每年付息时，每百两并预还本银拾两。第拾贰年以后至第贰拾年，均按照股票内所载年限及本息银数办理。自第二年至第贰拾年每年付息还本，均以贰月初壹日起至月底付讫，仍先期出示晓谕。

一、归还本息，在京由户部昭信局、在外由各省藩司昭信分局届期凭票，照章付给，裁剪息票一方块，存局备查，各省年终汇报户部，以凭综核。仍准殷实号商代持股票，赴局代领，局中验明票据，照数付给，仍照章裁剪息票备查。京外各商号自持票呈验至发还本人，不得稍有迟延及勒索克扣情事，一经查出，严行惩办。至该商号承办收发股票本息，亦宜略酬其劳。拟令京外汇兑此项票款，概交该商号专办，以资津贴。

一、股票每年应得本息准抵地丁、盐课一节，原为便民起见，第思有股票之人未必皆有应交地丁、监课之款，若辗转相抵，亦恐轇轕不清，自以概由各省局发给现银为妥。俟各省集有股票若干，报部后，核明每年应给本息若干，先期由部指拨地丁、盐课等款，如数截留，以备临时，按票发给，总期随到随发，不稍迟逾。

一、京局、省局收银给票及付还本息，各顾考成，断无丝毫出入。当各州县印委及经手劝集之人有借端扰累勒措，准人告发，或别经访闻的确，即分别治罪。如地方军民人等有假造股票诓骗情事，一经查实，即照伪造印信例，为首者斩。

一、股票准其辗转、抵押、售卖，与产业券凭无异。惟抵押、售卖仍应报局立案，京外官局认票不认人，各宜谨慎收储，傥有遗失，应将股票某字、某号如何遗失情形，在京径报户部昭信局，在外径报藩司昭信局。如离省稍远，即报由该州县转报各该衙门，立即出示，将此票禁止抵押、售卖。每届付还本息之期，如有持原票来取者，即行扣留根究。如失主随时将原票寻获，亦即呈明原报地方官，转报存案。倘三年无获，由局给予凭单，将原有票作废，所有应付失票之息、本，仍按认股年例给发。

一、凡京外官员认领股票后，或调任他省，或一再迁调，或回原籍，准在原领票处呈报，即于底册内注明，另给凭单一张，注明股票号数，盖用印信。如一人而票多者，亦只给一凭单，注明票数、号数，令其持赴所到之省，将凭单股票一并呈验。一面将发过凭单行文，知照该省备案，并报部查考。该省将凭单验明盖印，连股票一并发还本人。以后应付本息之期，即在该省支领。若再迁调他省，将原领凭单缴销，另换凭单，仍前办法。各省凡有请领凭单之票，另立一册，逐年登载。每年各省各将收发凭单若干号，年终截清报部，以凭稽核。其各省商民有在他省认领股票后如有他故回籍者，其呈报给单取息办法，均照此办理。

一各省官绅商民有一人劝集商民股款至拾万两以上及伍拾万两以上者，准各省将军、督抚分别奏请，由户部核给奖叙。其由公款提凑者，不在此例。

一各省收有成数，听候臣部拨还洋款，不作别用，更不准勒令捐输。至以何款付息还本，臣部责无旁贷，自应宽为之备。现筹裁减兵勇，加增当税，核扣减平养廉，盐斤加价，漕粮减运、丁漕折钱盈余各的款，每年新增银伍陆百万两，归还利息，尚有盈余。至拾年以后，汇丰克萨洋款已减，复可胜出银数百万两，每年应还本利，断不致逾期。

一、除利息数目及还本年限永不更改外，如有未尽事宜应行变通者，随时奏明办理。

以上十二条系中外通行章程。①

0703. 奏闻拨解应还俄法银数片

光绪二十四年三月初三日（1898年3月24日）

再，前准户部咨：俄、法、英、德两款奏派陕省每年认还银

①中国第一历史档案馆藏：《单》，03-9534-016。

二十二万两，历次遵筹解交在案。兹届光绪二十四年三月分，陕省应筹解还俄、法款银六万两，查照奏案，在两淮应解甘省协饷银内就近拨解，已由司备具文批，移咨江海关道查核兑收。其自陕西至上海县应需盘脚银两，亦照案扣存，造入季拨。据署藩司李有棻详请奏咨前来。

除咨明户部暨陕甘督臣、两江督臣、江苏抚臣查照外，所有陕省拨解本年三月分应还俄、法银两数目，理合附片陈明。伏乞圣鉴。谨奏。

（朱批：）户部知道。[①]

光绪二十四年三月十五日，奉朱批：户部知道。钦此。[②]

0704. 奏报姚协赞兼署臬司印务片

光绪二十四年三月初三日（1898 年 3 月 24 日）

再，臣接准吏部咨开：光绪二十四年正月三十日奉上谕：胡聘之奏，丁士彬[③]呈明与张汝梅系属儿女姻亲，例应回避一折[❶]。丁士彬着调补陕西督粮道，山东兖沂曹济道着姚协赞调补。钦此。等因。前来。查该道姚协赞现署陕西臬篆，既已奉文，应即饬赴新任，以专责成。所遗臬司印务查有盐法道江汇川，老成练达，

---

①台北故宫博物院藏：《军机及宫中档》，文献编号：408006960-0-B。

②中国第一历史档案馆藏：《录副奏片》，档号：03-6693-011。

③丁士彬（1837—1899），河南固始县人，廪贡生。咸丰五年（1855），中式举人。同治元年（1862），考取内阁中书，充内阁撰文、国史馆校对官。二年（1863），委署侍读，充实录馆校对官。同年，补授内阁中书。五年（1866），加侍读衔。同年，丁父忧开缺。六年（1867），加四品衔。八年（1869），补总理各国事务衙门章京。九年（1870），题补内阁侍读。十一年（1872），加按察使衔，赏戴花翎。十三年（1874），升布政使衔，放安徽凤阳府知府。光绪元年（1875），迁云南迤东道。二年（1876），调补四川建昌道。四年（1878），补四川川东道。九年（1883），署四川成龙茂绵道。十一年（1885），署四川盐茶道。嗣因案革职。十六年（1890），经两广总督李瀚章保以知府用，捐升道员，指分山西试用。二十四年（1898），署山西按察使。同年，补授山东兖沂曹济道，因与巡抚张汝梅系属姻亲，改补陕西督粮道。二十五年（1899）因病出缺。

堪以委令暂时兼署。除分别檄饬遵照外，谨附片具陈。伏乞圣鉴。谨奏。

（朱批：）知道了。①

光绪二十四年三月十五日，奉朱批：知道了。钦此。②

❶【案】光绪二十四年正月十二日，山西巡抚胡聘之具奏调补山东兖沂曹济道丁士彬与山东巡抚张汝梅系属姻亲，例应回避一折，曰：

头品顶戴山西巡抚臣胡聘之跪奏，为道员遵例呈请回避，恭折奏闻请旨事。

光绪二十四年正月十八日，据署按察使冀宁道丁士彬呈称：光绪二十四年正月初十日，接阅电钞，本日奉上谕：山东兖沂曹济道，着丁士彬调补，锡良着调补山西冀宁道。钦此。伏念该道甫邀简命，未效涓埃，复调冲繁，倍深感奋。惟查例载：各省现任及选补外任官员，凡遇现任督、抚、藩、臬内有儿女姻亲，分属至亲，应令回避。又，亲族、姻亲选补实缺，为所统辖，应令于到任之前呈明，将官小之员以相当之缺调补，咨部文内均令将缔姻年月详细声叙，以冯查核，各等语。现任山东抚臣张汝梅前于光绪二十一年二月由陕西臬司升任陕西藩司时，为子议婚，聘定该道之女，虽未过门，系属儿女姻亲，例应回避，理合遵例据实陈明，请查核具奏等情。

臣覆查无异，除咨明吏部外，理合恭折具奏，请旨遵行。伏乞皇上圣鉴。谨奏。光绪二十四年正月二十日。

光绪二十四年正月三十日，奉朱批：另有旨。钦此。③

【案】晋抚胡聘之之奏于十年正月三十日得旨允行，《上谕档》载曰：

光绪二十四年正月十三日，内阁奉上谕：胡聘之奏，丁士彬呈明

---

①台北故宫博物院藏：《军机及宫中档》，文献编号：408006960-0-A。

②中国第一历史档案馆藏：《录副奏片》，档号：03-5357-052。

③中国第一历史档案馆藏：《朱批奏折》，档号：04-01-12-0584-019。又《录副奏折》，档号：03-5355-145。

与张汝梅系属儿女姻亲，例应回避一折。丁士彬着调补陕西督粮道；山东兖沂曹济道，着姚协赞补授。钦此。①

0705. 奏报筹解京饷等款银数片

光绪二十四年三月初三日（1898 年 3 月 24 日）

再，查陕省前因海防、善后及京旗需饷甚巨，迭经奏明裁勇节饷，每年共集银十万两，议定自光绪十二年为始，专款分批解部，历年遵筹报解在案。查光绪二十四年应解京饷，除本年正月间委解过初批银三万两业经奏咨外，兹准户部来电，部库奇绌，速将本年京饷各项赶紧提前筹解，无误要需等因。现饬藩司于司库留备款内，先行筹解二批京饷银五万两、三批京饷银二万两，以符原奏十万两之数，又搭解二十四年铁路经费银五万两，新海防十八次捐输正项银二万四百四十七两六钱四分。以上共筹解银一十四万四百四十七两六钱四分，由司拣委妥员于二月二十八日起程，解赴户部交纳。据署藩司李有棻具详前来。

臣覆查无异，除分咨外，所有筹解光绪二十四年分二批、三批京饷等项银数、日期，谨附片具陈。伏乞圣鉴。谨奏。

（朱批：）户部知道。②

光绪二十四年三月十五日，奉朱批：户部知道。钦此。③

0706. 奏报本年二月雨水粮价情形折

光绪二十四年三月十九日（1898 年 4 月 9 日）

头品顶戴陕西巡抚臣魏光焘跪奏，为恭报雨雪、麦苗情形，恭折仰祈圣鉴事。

---

①《光绪朝上谕档》，第 24 册，第 32 页。

②台北故宫博物院藏：《军机及宫中档》，文献编号：408006960-0-C。

③中国第一历史档案馆藏：《录副奏片》，档号：03-6646-011。

窃查陕西省光绪二十四年正月分雨雪、麦苗情形，业经奏报在案。兹据西安、延安、凤翔、汉中、榆林、同州、兴安、邠州、乾州、鄜州、绥德等府州属陆续具报，于二月初一至初八、九、十并十一二三至十五、十九、二十及二十八九等日，先后得雪、得雨二三寸至四五寸及深透不等，其余各属尚未报到。

臣查本年入春以来，叠次得沾雨雪，麦豆长发渐茂，民情欣悦，合境敉安，堪以仰慰宸廑！刻查西安粮价，大米每仓石价银二两九钱五分，小米每仓石价银一两八钱九分，较之上月，大米每石增银三分，小米每石增银二分。

所有光绪二十四年二月分雨雪、麦苗并省城粮价情形，理合恭折具陈。伏乞皇上圣鉴。谨奏。光绪二十四年三月十九日。

（朱批：）知道了。①

光绪二十四年闰三月初一日，奉朱批：知道了。钦此。②

0707. 奏请陕省暂停分发人员缘由折

光绪二十四年三月十九日（1898年4月9日）

头品顶戴陕西巡抚臣魏光焘跪奏，为陕省候补试用人员拥挤，拟请暂停分发，以冀疏通而杜流弊，恭折仰祈圣鉴事。

窃查筹饷捐输停止后，海防、郑工、新海防各捐输相继复开，援例分发及劳绩保举各项，正途签掣指分来陕者，络绎不绝。现计候补、试用道、府、同、通、州、县共有一百五十余员，各项佐杂共有二百二十余员，此后陆续至省以及丁忧、请假、起复回省者，尚不在内，而应补道府只有四缺，同、通、州、县九十二缺，各项佐杂一百四十七缺，部选、外补均在其内，人数缺数相去倍蓰，不独补缺无期，即各项差使累年亦难遍及。

在省候补，需次维艰，自非砥砺廉隅之士，鲜能有以自守，

①台北故宫博物院藏：《军机及宫中档》，文献编号：408006962。

②中国第一历史档案馆藏：《录副奏折》，档号：03-6970-001。

恐钻营奔竞之风由此渐开，于吏治、官常大有关系。拟请援照各省停止分发成案，除曾任实缺及各项已经到省候补、试用人员、丁忧起复例应回省者不在停止之列，此外进士即用、举人大挑、拔贡、优贡、教习期满、截取进士、举人、孝廉方正、俸满教职、馆班、议叙京员截取，仍照例配签统掣，不得于停止期内捐指陕西。其未经分发验看之捐纳、劳绩各员，自道府以至未入流，均请奏恳予限二年，暂停分发。至业经指分及保留陕西人员，尚未分发到省，停止限内有情愿改指别省者，并请援照湖北等省成案，准其呈部改指给照，免缴离省、指省等项银两。据署藩司李有棻、兼署臬司江汇川会详前来。

臣查陕省地瘠缺少，差事无多，现在省候补各项人员已有窘苦难堪之势，若再任其源源而来，必致愈形壅滞。值此裁并局费、力筹节省之际，固宜破除调剂积习，亦不宜令其日久累重，以至流弊滋生。合无仰恳天恩俯准将未经分发验看之劳绩、捐纳两班，自道府以至未入流，暂停分发陕西二年，以资疏通，俟期满再行察看情形办理；其正途中有捐纳、劳绩分发各员，亦请一律照办，并先经指分保留陕省尚未到省人员，如愿改发他省，免缴离省、指省银两，俾示体恤。

除咨部查照外，所有陕省候补试用人员拥挤，请暂停分发缘由，理合恭折具陈。伏乞皇上圣鉴，饬部核覆施行。谨奏。光绪二十四年三月十九日。

（朱批：）吏部议奏。①

光绪二十四年闰三月初一日，奉朱批：吏部议奏。钦此。②

---

①台北故宫博物院藏：《军机及宫中档》，文献编号：408006961。

②中国第一历史档案馆藏：《录副奏折》，档号：03-5359-005。

0708. 奏闻李希莲等即赴新任片

光绪二十四年三月十九日（1898年4月9日）

再，新授陕西布政使李希莲[①]现已到省，应即饬赴新任。又，署布政使本任按察使李有棻、兼署按察使本任盐法道江汇川，应一并饬回本任，各专责成。除分檄饬遵外，谨附片具陈，伏乞圣鉴。谨奏。

（朱批：）知道了。[②]

光绪二十四年闰三月初一日，奉朱批：知道了。钦此。[③]

0709. 奏报冬季委署府州等缺情形片

光绪二十四年三月十九日（1898年4月9日）

再，各省道、府、州、县，无论奏调、委署，每届三月汇奏一次，历经遵办在案。兹查陕西省自光绪二十三年十月起至十二月底止，兼护同州府知府署大荔县知县余琪树卸护府事，委候补知府缪钟洛署理。

署长安县知县梁承馨饬赴富平县本任，遗缺委白河县知县尹昌龄署理；所遗白河县缺，改委代理该县之汪长青署理。兴平县知县舒绍祥饬赴咸宁县调任，遗缺委延川县知县傅迪康调署；其

---

①李希莲（1842—1898），字亦青，山西平定县人。咸丰五年（1855），中举。十年（1860），中式进士，选福建司主事、贵州司员外郎。同治初，乞假归里。同治十二年（1873），充户部广东司主事。光绪四年（1878），补户部广西司员外郎。六年（1880），升户部四川司郎中，历四川司正主稿、则例馆提调、纂修官。八年（1882），授户部宝泉局监督。同年，丁母忧，回籍终制。十一年（1885），放江西广饶九南兵备道。十二年（1886），加二品衔。十四年（1888），并赏戴花翎。十八年（1892），迁山东盐运使。二十年（1894），署山东按察使。二十一年（1895），署山东布政使，护理山东巡抚。同年，授长芦盐运使。二十二年（1896），调补贵州按察使。二十三年（1897），擢陕西布政使。二十四年（1898），卒于任。

②台北故宫博物院藏：《军机及宫中档》，文献编号：408006961-0-A。

③中国第一历史档案馆藏：《录副奏片》，档号：03-5359-007。

兼理延川县知县之延长县知县罗振鹭卸事，遗缺委候补知县叶星文署理。署安塞县知县吕桂林回籍修墓，遗缺委拔贡知县罗柏龄署理。白水县知县陈芑芬丁忧，兼理该县之蒲城县知县杨孝宽卸事，遗缺委候补知县彭树勋署理。代理韩城县知县崔耀山卸事，遗缺以扶风县知县唐骅路调署。平利县知县杨汝滨病故，遗缺委候补知县吴功全署理。鄜州直隶州知州劳启恂调省，遗缺委洛川县知县王祖植兼护。汧阳县知县硕山病故，遗缺委凤翔府经历孙效愚代理。署宁羌州知州袁启钧调省，遗缺委大挑知县寇廉署理。砖坪厅通判鲁沛因公晋省，遗缺委兴安府照磨徐廷钰代理。由署藩、臬两司会详请奏前来。

臣覆核无异，所有光绪二十三年冬季分委署府州县各缺缘由，谨附片具陈。伏乞圣鉴。谨奏。

(朱批：) 吏部知道。①

光绪二十四年闰三月初一日，奉朱批：吏部知道。钦此。②

0710. 奏报起解土厘烟地税银片

光绪二十四年三月十九日 (1898 年 4 月 9 日)

再，臣前准户部来电：部库奇绌，速将本年京饷及历年欠解各项，赶紧提前筹解，无误要需等因。查光绪二十四年陕省应解京饷银十万两，已于本年正、二两月分批委解清楚，业经奏咨在案。现饬藩司将二十三年收存土药厘金银一十三万两、烟土税银三万两，二共银一十六万两，迅速解部，以顾要需。由司拣委妥员，于三月十四日起程，解赴户部交纳。据署藩司李有棻具详前来。

臣覆查无异，除分咨外，所有起解光绪二十三年收存土厘、烟地税银数、日期，谨附片具陈。伏乞圣鉴。谨奏。

---

①台北故宫博物院藏：《军机及宫中档》，文献编号：408006961-0-B。

②中国第一历史档案馆藏：《录副奏片》，档号：03-5359-006。

（朱批：）户部知道。[1]

光绪二十四年闰三月初一日，奉朱批：户部知道。钦此。[2]

0711. 奏报淮北待赈借动库银汇解片

光绪二十四年三月十九日（1898年4月9日）

再，前准协办大学士翁同龢[3]等电称：淮北灾重，现届麦熟尚远，官赈不敷，义赈奇绌，恳广为筹济，集有成数，电汇两江督臣刘坤一，交义赈绅严佑之妥放，灾民受惠不浅等因。臣查上年川、鄂各省灾歉，陕省捐筹赈款已极艰难。今淮北一带待赈孔迫，若待捐款汇解，亦属缓不济急，当经饬司在陕库积谷款内，先借动银一万两，交由商号电汇上海道转呈两江督臣刘坤一，发交绅士严佑之，妥为散赈，以期迅速。俟捐有成数，再行归款。据署藩司李有棻详请具奏前来。

除咨部并咨两江督臣查照外，谨附片具陈。伏乞圣鉴。谨奏。

---

①台北故宫博物院藏：《军机及宫中档》，文献编号：408006961-0-C。

②中国第一历史档案馆藏：《录副奏片》，档号：03-6646-027。

③翁同龢（1830—1904），字叔平、声甫，号松禅，江苏常熟人。道光二十九年（1849），考取生员。次年，充实录馆汉校对官。咸丰二年（1852），中举，充实录馆额内校对。四年（1854），补额外主事。六年（1856），中式状元，授翰林院修撰、实录馆协修。八年（1858），授提督陕甘学政。十年（1860），国史馆纂修。同治元年（1862），补右春坊右赞善。四年（1865），任实录馆纂修，署日讲起居注官，授右春坊右中允。同年，升实录馆总纂、弘德殿行走。五年（1866），选翰林院侍讲。翌年，补右春坊右庶子。七年（1868），授武英殿纂修、国子监祭酒。九年（1870），简太仆寺卿。次年，任内阁学士兼礼部侍郎衔。光绪元年（1875），署刑部右侍郎。二年（1876），调户部右侍郎兼管钱法堂事务，兼署兵部右侍郎。四年（1878），擢左都御史。五年（1879），调补刑部尚书、工部尚书。同年，兼署左都御史。七年（1881），加太子太保。八年（1882），充军机大臣上行走。九年（1883），兼教习庶吉士。十一年（1885），补授户部尚书。十二年（1886），充会典馆副总裁。十四年（1888），任顺天乡试正考官。十八年（1892），授会典馆正总裁。二十年（1894），补教习庶吉士、军机大臣。次年，兼署吏部尚书。二十一年（1895），充总理各国事务衙门行走。二十二年（1896），授方略馆总裁。二十三年（1897），以协办大学士兼户部尚书。二十四年（1898），以赞襄维新革职。三十年（1904），卒于家。宣统元年（1909），追谥文恭。著有《瓶庐诗文稿》等行世。

(朱批:) 户部知道。[1]

光绪二十四年闰三月初一日,奉朱批:户部知道。钦此。[2]

0712. 奏报廓尔喀贡使过境日期片

光绪二十四年三月十九日(1898年4月9日)

再,查廓尔喀贡使差竣,自京回国,臣前接理藩院移咨,当即预先派员前往迎护弹压,并檄饬经过各厅州县遵照定章,妥为应付。兹据该印、委各员先后禀报:于光绪二十三年十二月初三日入陕省潼关厅境,在省度岁,本年正月由省起程,二月十一日至宁羌州,十三日护送出境,由四川广元县接护前进,沿途应付无误等情。由署藩、臬两司会详前来。

臣覆查无异,除咨理藩院查照外,理合附片陈明,伏乞圣鉴。谨奏。

(朱批:) 知道了。[3]

光绪二十四年闰三月初一日,奉朱批:知道了。钦此。[4]

0713. 请将罗元升等世职褫革缘由片

光绪二十四年三月十九日(1898年4月9日)

再,臣据汉中府知府常裕详:据褒城县知县林耀廷呈:访闻世职罗元升即罗贤升,因廖友于咸丰八年打仗阵亡,给有云骑尉世职无人承袭,伊于光绪二十二年十月间,怂恿廖明仲出银承买,并串通世职李迎堃写立兑票,银尚未交。提讯李迎堃,恃符狡展,坚不承认。罗元升畏罪在保脱逃。查罗元升即罗贤升,褒城县武

---

①台北故宫博物院藏:《军机及宫中档》,文献编号:408006962-0-A。

②中国第一历史档案馆藏:《录副奏片》,档号:03-5603-010。

③台北故宫博物院藏:《军机及宫中档》,文献编号:408006962-0-B。

④此朱批日期与内容,据《军机处随手登记档》,档案编号:03-0296-1-1224-008。

童，因伊胞伯罗应龙于咸丰八年在江南江浦县打仗阵亡，议给云骑尉世职。罗应龙乏嗣，过继罗元升为子，于光绪二十一年由县呈请承袭。又，李迎堃，褒城县武童，因伊胞伯李秀生于咸丰八年在江南江浦县打仗阵亡，议给云骑尉世职。李秀生乏嗣，过继李迎堃为子，于光绪二十一年由县呈请承袭。旋准部覆：行查该故员罗应龙、李秀生原得蓝翎，系何年月日奉旨赏给等因。复经查明详咨，现尚未奉部覆等情。由署藩司李有棻具详请革前来。

臣查该世职等，或指买世职，或从中代出兑票，均属不安本分，有玷职官。若不澈底根究，诚恐相率效尤，有负朝廷郑重恤典名器之至意。相应请旨俯准将罗元升、李迎堃各世职先行褫革，以便归案审办。

除咨部查照并饬拿罗元升务获究报外，谨附片具陈。伏乞圣鉴。谨奏。

（朱批：）着照所请，该部知道。[1]

光绪二十四年闰三月初一日，奉朱批：该部知道。钦此。[2]

0714. 筹办陕省盐斤加价并请推广折

光绪二十四年三月二十八日（1898年4月18日）

头品顶戴陕西巡抚臣魏光焘跪奏，为筹办陕省盐斤加价，并请推广各行省，以裕饷源，恭折仰祈圣鉴事。

窃臣叠次钦奉谕旨宽筹的款，并饬查明某项宜若何办法可以增款若干，赶紧覆奏等因。当即钦遵督同司道悉心筹画。窃惟陕省司库出入，岁有常经，自奉拨渐多，应付日形支绌。迩来极力整顿，厘金及垦地升科并藩司、粮道变易仓粮各款，岁共增银三十余万两，均经报部在案。借此挹注，尚能不误要需，此外利源所在，但可独力筹办之处，无不勉图振兴。惟地方瘠苦，搜索为

---

①台北故宫博物院藏：《军机及宫中档》，文献编号：408006962-0-C。

②中国第一历史档案馆藏：《录副奏片》，档号：03-5924-009。

难，今于万无可筹之中，而为必不得已之计，似惟盐斤加价尚可举办。

查陕省各属为解池、花马池引地，西、同、商、乾四府州属三十三厅州县，每年额销河东引一十五万九千八百二十一道，每引行盐二百五十斤，共计三千九百九十五万五千二百五十斤；延、绥、鄜、邠等处每年额销花马池引一万一千四百道，汉中府每年额引二万五千道，每引行盐二百斤，共计七百二十万八千斤，二共盐四千七百一十六万三千二百五十斤。兴安、凤翔二府改食花马池盐，听民运销，其斤数无定，尚不与焉。时价每斤需制钱二十七八文不等，未为翔贵。如每斤加价四文，岁可得钱十九万数千串之谱。虽自乾隆年间改章摊课停引，而销数则计丁扣算，逐年尚有加增。合计通省所销，当于原额不甚悬殊，现筹入款实为大宗。溯自部议请办盐斤加价以来，川、淮、东、芦各岸次第举行，然皆按引摊捐。各盐商且以成本过重、纲引滞销为词，多寡不能一律。即如二十二年山西具奏河东盐斤加价，而照陕省引数，仅认捐银三万余两，是商捐一项已成弩末，拟请援照河南筹饷成案，少为变通，无论潞岸、甘岸，定以每斤加厘四文，准其照数加之，民价由地方官张示，晓谕商民一体遵照。不加之产盐之区，而加之行盐之省，虽征之行盐之商，实出自食盐之户。在民间日用无几，分摊则力尚能支；在陕省盐价不昂，加收亦不致为病。揣察舆情，亦无不乐从之理。

至潞引向由盐商于山西河东封课配盐运陕零销，池盐向归甘省委员抽厘，由民贩卖。此次为陕省就地筹款，自应剔归陕办，或择要设卡，按帖抽取；或就现有各局，一律带收，与山西前奏晋、陕盐斤加价定案及甘肃厘局旧章仍属不相牵涉。如是则官加有定数，奸商不得借端；引额有定斤，吏胥亦无从中饱，于税课、商情均无窒碍，而饷需实大有裨益。

抑更有请者，盐课一项为国家岁入巨宗，如得各直省一律酌加，则无论何处盐商皆不得借减价畅销之说，独占便宜，其利一。

八口之家，斤盐可食三四日，每日所捐不过一文，而遍天下皆食盐之户，积少即可成多，其利二。价由民加，钱由商缴，与盐商成本毫无伤损，其利三。各省皆加缉私，各有专责办理，必更认真，私盐转少，有益盐商，其利四。有此四利，国家入款自必加增，即陕省举办亦不至有隔省商人呼应不灵之事，更不至有引盐加价，邻私浸灌之虞等情。由前署布政使李有棻会同善后局司道详请具奏前来。

臣覆查无异，相应请旨饬部议覆，并通饬各省均定以每斤加价制钱四文，本有例价者，准其照加；本无定价者，听其长落。一俟部库充裕，即行奏请停加，以期有益于国，且不病民，实为利便。如蒙俞允，臣当督同司道妥议详细章程，即行开办。

所有筹办陕省盐斤加价，并请推广行省以裕饷源缘由，谨恭折具陈。伏乞皇上圣鉴训示。谨奏。光绪二十四年三月二十八日。

（朱批：）户部议奏。[①]

光绪二十四年闰三月十二日，奉朱批：户部议奏。钦此。[②]

【案】此案经户部核议，旋于是年四月十五日具折覆奏，并于十七日咨达军机处：

户部谨奏，为遵旨议奏事。陕西巡抚魏光焘奏，筹办陕省盐斤加价，并请推广各省以裕饷源一折，光绪二十四年闰三月十二日奉朱批：户部议奏。钦此。由内阁钞出到部。据原奏内称：窃臣叠次钦奉谕旨宽筹的款，并饬查明某项宜若何办法可以增款若干，赶紧覆奏等因。当即钦遵督同司道悉心筹画。窃惟陕省司库出入，岁有常经，自奉天拨渐多，应付日形支绌。迩来极力整顿，厘金及垦地升科并藩司、粮道变易仓粮各款，岁共增银三十余万两，均经报部在案。借此挹注，尚能不误要需，此外利源所在，但可独力筹办之处，无不勉图振兴。惟地方瘠苦，搜索为难，今于万无可筹之中，而为必不得已之

①台北故宫博物院藏：《军机及宫中档》，文献编号：408006963。
②中国第一历史档案馆藏：《录副奏折》，档号：03-6471-024。

计，似惟盐斤加价尚可举办。查陕省各属为解池、花马池引地，西、同、商、乾四府州属三十三厅州县，每年额销河东引一十五万九千八百二十一道，每引行盐二百五十斤，共计三千九百九十五万五千二百五十斤；延、绥、鄜、邠等处每年额销花马池引一万一千四百道，汉中府每年额引二万五千道，每引行盐二百斤，共计七百二十万八千斤，二共盐四千七百一十六万三千二百五十斤。兴安、凤翔二府改食花马池盐，听民运销，其斤数无定，尚不与焉。时价每斤需制钱二十七八文不等，未为翔贵。如每斤加价四文，岁可得钱十九万数千串之谱。虽自乾隆年间改章摊课停引，而销数则计丁扣算，逐年尚有加增。合计通省所销，当于原额不甚悬殊，现筹入款实为大宗。溯自部议请办盐斤加价以来，川、淮、东、芦各案次第举行，然皆按引摊捐。各盐商且以成本过重、纲引滞销为词，多寡不能一律。即如二十二年山西具奏河东盐斤加价，而照陕省引数，仅认捐银三万余两，是商捐一项已成弩末，拟请援照河南筹饷成案，少为变通，无论潞岸、甘岸，定以每斤加厘四文，准其照数加之，民价由地方官张示，晓谕商民一体遵照。不加之产盐之区，而加之行盐之省，虽征之行盐之商，实出自食盐之户。在民间日用无几，分摊则力尚能支；在陕省盐价不昂，加收亦不致为病。揣察舆情，亦无不乐从之理。至潞引向由盐商于山西河东封课配盐运陕零销，池盐向归甘省委员抽厘，由民贩卖。此次为陕省就地筹款，自应剔归陕办，或择要设卡，按帖抽取；或就现有各局，一律带收，与山西前奏晋、陕盐斤加价定案及甘肃厘局旧章仍属不相牵涉。如是则官加有定数，奸商不得借端；引额有定斤，吏胥亦无从中饱，于税课、商情均无窒碍，而饷需实大有裨益。抑更有请者，盐课一项为国家岁入巨宗，如得各直省一律酌加，则无论何处盐商皆不得借减价畅销之说，独占便宜，其利一。八口之家，斤盐可食三四日，每日所捐不过一文，而遍天下皆食盐之户，积少即可成多，其利二。价由民加，钱由商缴，与盐商成本毫无伤损，其利三。各省皆加缉私，各有专责办理，必更认真，私盐转少，有益盐商，其利四。有此四利，国家入款自必加增，即陕省举办亦不至有隔省商人呼应不灵之事，更不至有引盐加价，邻私浸灌之虞等情。由署布政使李有棻会同善后局司道详请具奏前来。臣覆查无异，相应请旨饬部议覆，并通饬各省均定以每斤加价制钱四文，本有例价者，准其照加；本无定价者，听其长落。一俟部库充裕，即行奏请停加，以期有益于国，且不病民，实为利便。如蒙俞允，臣当督同司道妥议详细章程，即行开办。等语。

臣等查光绪二十年七月，臣部议覆编修张百熙条陈筹饷案内奏令各省盐斤应行加价二文，本应一律开办，集成巨款。无如各省督抚先后覆奏，多以本重销滞为言，或仅加一文，或仅加半文，或仅摊捐而不加价，或并不摊捐亦不加价。而按照部议加足二文者，竟寥寥无几，盖各省盐务情形不同，故加价之举不能强令画一。今陕西巡抚魏光焘以陕西盐价不昂，请将该省所销潞盐及花马池盐均每斤加价四文，并屡陈加价之利，请通饬各省一律加价四文。该抚自系为宽筹的款起见，惟各省盐务情形各别，似难一概通行。

臣等公同商酌，陕西盐务既据该抚声明时价每斤只需二十七八文，加价四文，于税课、商情均无窒碍，拟请准如所奏，将该省所销潞盐、花马池盐每斤均收加价四文，即由该抚督饬司道妥议详细章程，报部核办。其该省所属各府盐价是否每斤均只二十七八文，应令查明声复，并将延、绥、鄜、邠等处领销花马池引一万一千四百道原案抄录送部，以凭稽考。至各省盐务能否一律加价四文，应俟陕西四文加价办有成效，再由臣部酌量奏请推广办理。所有臣等遵议缘由，理合恭折具陈。伏乞皇上圣鉴。谨奏。

咨

户部为遵旨事。山东司案呈：本部议覆陕西巡抚委奏筹办陕省盐斤加价，并请推广各省，以裕饷源一折。光绪二十四年四月十五日具奏，本日奉旨：依议。钦此。相应抄录原奏，恭录谕旨飞咨军机处可也。须至咨者。右咨军机处。光绪二十四年四月十七日。委署主事政、张。①

---

①中国第一历史档案馆藏：《咨文》，档号：03-6471-031。

0715. 奏报陕省征收钱粮请免提减折

光绪二十四年三月二十八日（1898年4月18日）

头品顶戴陕西巡抚臣魏光焘跪奏，为查明陕省征收钱粮并无浮多，请免提减，谨据实覆陈，恭折仰祈圣鉴事。

窃臣上年接准部咨，以预筹凑解洋款，令各省查照江西减收丁漕钱价提解丁漕平余成案，各就本地情形，酌量仿办等因。咨行到陕，当经行司饬属遵办去后。兹据前署布政使李有棻会同善后局司道详称：伏查陕省正赋，原无漕米。应征土粮，多收本色。其粮折、糯折均按例价、时价征银入销。即地丁一项，向系照章征银。同治八年，经前抚臣刘典会同前陕甘督臣左宗棠奏请陕省各属平余普减三成；十一年，复经前抚臣邵亨豫[①]以西安、同州、凤翔、乾州四府州属平余多寡不一，分别裁减一、二、三成会奏，各在案。

至汉中、兴安、延安、榆林、商州、鄜州、邠州、绥德等处，地处南、北二山之中，土壤寒瘠，粮赋有限，自遭兵燹，半就荒芜。嗣经筹办开垦，陆续升科。地丁纳银，皆循其旧，以后各属民纳正银一两，额征耗羡一钱五分，随地丁起解。此外倾镕、火耗等费，亦系随正征收。原定数目本系核实，除去应用各项，无

---

①邵亨豫（1818—1883），字子立，一字汴生，江苏常熟人，寄籍顺天府宛平县。道光十九年（1839），中顺天乡试副榜。二十四年（1844），中举人。三十年（1850），中式进士，改庶吉士。咸丰二年（1852），授翰林院编修。四年（1854），补授实录馆纂修，充国史馆协修。八年（1858），充河南乡试正考官、安徽学政。同治二年（1863），授国子监祭酒、实录馆纂修官。三年（1864），补日讲起居注官。次年，补授翰林院侍讲、侍读、右春坊右庶子。七年（1868），授内阁学士兼礼部右侍郎。十年（1871），补礼部右侍郎，兼吏部右侍郎、仓场侍郎。十一年（1872），补授陕西巡抚，兼兵部侍郎，后乞病开缺。光绪三年（1877），调湖北巡抚。次年，再调湖南巡抚。五年（1879）任礼部左侍郎。次年，充会试复试阅卷大臣、庶吉士散馆阅卷大臣，调吏部左侍郎。七年（1881），兼署户部右侍郎兼管钱法堂事务，是年，任考试大臣。九年（1883），卒于任。著有《愿学堂诗存》《雪泥鸿爪》等行世。

甚盈余，即东路额赋最多之处，每年仅敷办公，若北山榆林、保安、延长三县，共只起运地丁银五百余两；定边一县，则并无银两起解。据申间有折收钱文者，系各照市估增减，非特毫无盈余，往往以银价高低不齐，州县尚为赔垫。综计全省地丁、土粮各项，均系核实征收，并无冒溢，良由前此明定章程，从无抑勒，自后官有遵守，民所共信，是以陕省正供向称踊跃；各州县报解日期相距亦不甚远，办理极为切实。现经各属查覆到司，悉心汇核，皆系循旧办理，实无盈余可以提减等情。前来。

臣查户部原奏提用减收之议，系为国计、民生两有裨益起见，如果各属征收实有盈余，何敢任其欺隐？惟陕省钱粮多系征银，收数向来核实，即间有数处听从民便以钱折收者，亦皆按照时价涨落，并无浮收，实无可以减收提用之处，核与江西各省每两折收至二千五六百文者，情形大相悬殊，碍难仿照办理。

所有查明陕省各属征收钱粮并无浮多，请免提减缘由，除咨户部查照外，理合据实覆陈。伏乞皇上圣鉴。谨奏。光绪二十四年三月二十八日。

(朱批:) 户部知道。①

光绪二十四年闰三月十二日，奉朱批：户部知道。钦此。②

0716. 奏明裁兵节饷及局费支用情形折

光绪二十四年三月二十八日（1898 年 4 月 18 日）

头品顶戴陕西巡抚臣魏光焘跪奏，为遵旨裁兵节饷及查明各局经费仅敷办公各情形，据实覆陈，恭折仰祈圣鉴事。

窃臣叠奉谕旨以现在时局艰难，裁兵节饷为今日万不可缓之图。经制之兵，何处可以归并，何处可以全裁；挑练之勇，某营应行改章，某营应行遣撤，并各局委员及一切糜费，某项可略为

---

①台北故宫博物院藏：《军机及宫中档》，文献编号：408006964。

②中国第一历史档案馆藏：《录副奏折》，档号：03-6258-052。

节省，某项可径予删除，某项宜若何办法可以积弊尽去，某项宜若何办法可以增款若干，饬令逐一确查，迅速办理覆奏，各等因。跪聆之下，仰见我皇上廑念时艰，宵旰焦劳之至意，下怀莫名钦悚！

伏念时局日异，饷项奇艰，至今日已迫不可言。臣忝领疆符，智术浅短，而于裁营、筹款诸要务，但地方可以勉支，必尽其力所能到，固不敢过于操切，贻误事机，更何敢徒托空言，上负高厚！查陕省绿营制兵收伍原额本属无多，上年经督臣会奏通减二成，现以兵数迭裁，官弁尚可议减，拟将员弁勇丁酌量裁并，业经往复咨商，应与甘肃提、镇各标由督臣并案奏明办理。臣标各营自改练勇后，仅有驻商回兵外，无制兵名额，所挑练勇亦于上年奏减二成，并将延榆绥、陕安、汉中各镇练勇改营为旗，防军马步炮队裁去文案、帐友、书识薪水、马价及私夫、杂夫。其北山各属防勇，悉数裁撤。岁共省银七万六千余两，省粮二千六百余石，均经奏报在案。以后人数愈少，仅能勉敷分布，屡经督饬各将领认真训练，冀资镇摄而收实用。兹复迭奉谕旨饬令裁汰，若就地方形势而论，已难续裁，然值此事机日迫、添练新兵之际，又不得不衡量缓急，先以腾出饷项为要务，兹拟将抚标副中一旗官弁勇丁四百一十七员名全数裁撤，岁省银一万七百六十六两零、粮一千四百七十六石零；城守协营官弁勇丁五百一十九员名，拟裁去勇丁百名，岁省银二千一百二十四两、粮三百五十四石，均截至本年闰三月底止。

又，延榆绥镇标四旗官弁勇丁一千五百八员名，现拟挑留两旗，于夏、秋两季陆续裁遣两旗，计什长、勇丁七百四十二名。除管带营哨官系支本任廉俸不计外，实岁省银一万六千九百九十六两零、粮一千七百五石零。又，驻防商州抚标回兵八十名亦拟截至闰三月底止裁去三十名，岁省粮饷银一千二百三十八两零。综计实裁官弁勇丁一千二百余名，每年共节银三万一千一百二十四两零、粮三千五百三十五石零。合上年所裁，岁共省银十万七千一百余两、粮六千一百四十余石。惟此项裁去勇丁向系兵籍，骤失生计，恐致滋生事端，拟遵照上年部章，分别酌给遣饷，以示体恤而期安靖。此练勇续行裁遣之实在情形也。

防军自上年改章后只存马步、炮队十八旗。查步队每旗三百七十员名，马队每旗一百二十五员名，合计仅五千数百人。陕省南连川、楚，西接甘、疆，北山并界蒙部，尤为辽阔，扼要分防，务期周妥。兹又裁延榆绥练军两旗，仍须另拨防营前往填扎，地段既广，勇数无多，臣惟有随时调换点验，俾无疲弱充数之人，而于缺额尤为严密查究，点名则细验其箕斗年籍，发饷则详考其久暂日期。准假有限，传操以时，缺旷之弊尚能逐一禁绝，不至稍有虚糜。且比年以来，开浚华州、华阴、泾、原、咸、长等处新旧河、渠、堤、堰，修治省城东、西两路驿道、桥梁并耀州、同官车道，由长武至潼关八百余里，夹道栽植官树，朝夕从公，寒暑罔间，无不取资勇力，借省经费，是操防之外兼顾地方要公。此防军各旗遽难裁改之实在情形也。

至陕省各处局卡向未多设，委员、丁书概系减之又减。查善后局岁只支银三千八百余两，报部有案，实已格外撙节。厘金分局稍多，亦以连年整顿、添设，厘务赖有起色，然部章准提办公一成经费，仅能就此支销，其间有给津贴者，实因局费不敷，即以杜其中饱，且均在办公一成之内，并非另筹开销。前次严定功过章程，偶有侵蚀欺朦，从重惩处，故得涓滴归公，收数甚旺。若令多裁局卡，势必绕越偷漏，转于厘务有损。此外如制造、军装、捐饷、差遥、营田、督垦等局所，均即归并善后局一局办理，以节縻费。机器局为目前强兵要务，虽经奏明试办，尚在饬办造销，不令稍有浮支。其保甲、棉桑两局关系百姓身家，就地设法筹款，惟有力杜烦扰，以期实收功效。矿务一局，则甫经试办，拟招集商股，须有端倪，再行陈奏。凡此皆地方应办事宜，虽经费无出，要当极力通筹，期于有济。现除昭信分局系属藩司专责，余皆司道总其成、委员分其任。陕省规模较小，一切干脩，滥支、间冗等弊，从来无此积习。总之局务可以裁并者，即当遵照裁并，以省虚縻。公事必资群力者，亦当分别责成，以收实效。此各局酌量归并及经费仅敷办公未便删除之实在情形也。

以上各节，臣与司道等细心体察，妥为商榷，固在节省款项，亦求顾全地方，筹画一切，实已不遗余力。由前署藩司李有棻会同善后、厘金局司道具详前来。

臣覆加查核无异，除裁节粮饷各款按年照数减支，并咨部查照及商酌增款办法另行陈奏外，所有遵旨裁兵节饷及局员仅敷办公各缘由，谨会同陕甘督臣陶模，恭折具陈。伏乞皇上圣鉴训示。谨奏。光绪二十四年三月二十八日。

（朱批：）览。①

0717. 请准缓办陕省铺税药牙缘由片

光绪二十四年三月二十八日（1898 年 4 月 18 日）

再，臣准户部咨：议覆黑龙江副都统景祺奏请专设铺税、药牙一折❶，奉旨：依议。钦此。钞录原奏咨行到陕，当经钦遵行司妥议详办。查陕省兵燹、荒旱之后，商民元气未复，市面多属萧条，其售卖土药及烟膏者，多系零星小贩，资本细微，非东南各省可比。现在开办铺税、牙税，必先将城厢、市镇铺户、行店逐处查明，方有把握，尤须分别市廛衰旺，审察轻重多寡，以免弊窦而少偏枯。臣与司道等悉心筹核，拟于西、同、凤、汉、乾、商较为繁盛之处，派委妥员会同地方官办理；其兴安、延、榆、绥、鄜、邠六府州属地方凋瘠，即责成该州县清查赶办，均经分饬遵照在案。

惟陕省所属地方有距省数百里，或远至千余里不等，其市集亦多散处。该员等分赴查办，约计甚需时日，兼以昭信股票现正

①中国第一历史档案馆藏：《录副奏折》，档号：03-5761-015。

委员劝借，商民财力有限，若同时并举，诚恐顾此失彼，难期有济。据藩司李希莲详请暂为展缓前来。

合无仰恳天恩俯允将部限四月初一为始之期，稍为展缓，即由臣督同司道催饬赶将股款劝办就绪，一面饬令各印委妥查铺户、行店实在情形禀覆，汇核定章，俟有端倪，即行奏报起征日期。臣为体察商民，兼顾股款起见。除咨部查照外，谨附片陈明。伏乞圣鉴。谨奏。

（朱批：）户部知道。[1]

光绪二十四年闰三月十二日，奉朱批：户部知道。钦此。[2]

【案】此奏片之具奏日期，原件目录署“光绪二十四年正月十六日”，而录副署“光绪二十四年三月二十七日”，两相悬殊。查光绪二十四年闰三月十二日《随手档》[3]，据同批折件可知，此奏片具奏日期应为“光绪二十四年三月二十八日”无疑。兹据校正。

❶【案】光绪二十四年正月十六日，黑龙江副都统景祺以时局日艰，奏请专设铺税、药牙，以清偿款一折，曰：

黑龙江副都统奴才景祺跪奏，为时局日艰，请专设铺税、药牙，以清偿款，恭折仰祈圣鉴事。

窃奴才准将军衙门咨：准户部议奏御史徐道焜请停捐纳实官一案，具折覆陈，奉旨：依议。钦此。咨行钦遵前来。奴才查该御史原奏系因仕途庞杂，论捐纳之利少害多；户部议覆，系因出款浩繁，知停捐之行难言易，盖宪臣惟风纪之持计。臣综度支之要，各举其职，自竭其忠，如此谋国苦心，天下共谅。奴才边疆承乏，牧圉是司，军国大猷，非敢妄议，特以时事日棘，宵旰忧勤，苟有所知，岂容缄默？奴才见闻所及，天下有可收之利而举办不致驿骚者，厥有二端：

---

①台北故宫博物院藏：《军机及宫中档》，文献编号：408006955-0-A。

②中国第一历史档案馆藏：《录副奏片》，档号：03-6646-034。

③中国第一历史档案馆藏：《军机处随手登记档》，档案编号：03-0296-1-1224-098。

一曰铺税。伏查唐制有间架钱，今则并入田房税契，或编征于地丁，或分征于杂税，大抵于民间买卖田地、房屋，则税以售价百分之三以为永制。市廛之屋与田家茆舍无所区分，而所征之钱又蠹蚀于官司之手，其裨于图计者，不过十之一二。今若概令加增，或剔除中饱，则积重难返，势必借端骚扰，敛怨于民。奴才愚以为不如将市廛铺户提出另征，蠲其契买之税，而令按间纳税，大致以深广一丈为一间，每间岁征铺税钱自五百文至三百文为率。其铺略分上、中、下三等，如盐、典、绸布、金银、皮张、药材等铺为上等，米、面、酱、料、油、糖、烟、酒、杂货等铺栈为中等，手艺、工作等铺店为下等。上等每间岁税制钱五百文，中等每间岁税制钱四百文，下等每间岁税制钱三百文，行令各直省将军、督抚、府尹酌量情形，或责成地方印官，或另委妥员，照则开收。一切薪水、公费，仿照厘金章程，不得过十一成之一；正税之外，不得复有丝毫规费。在商贾所出税项，上等极大之铺，每年不过数千文；下等极小之铺，每年仅止数百文，于四季季首分征，开设及闭歇者，仍按开闭月日报明起止。似此出诸商贾者为数甚微，裨于帑藏者已数百万矣。

一曰药牙，查洋药、土药一项，为害无穷，而民间沾染习用，几与米、盐无殊。其初悬为厉禁，既刑法之俱穷，其继并征税厘，又外域之梗阻。此外如膏捐、灯禁，或行之未效，或散漫难稽，所收甚微，无济实用。而洋人之寄居我国者，则香港收膏捐矣，上海收灯捐矣。商民出于其途，奉法维谨，其故何也？则以我之章程未得以简驭繁之要也。奴才以为国家盐法，其权一操于官，其课为天下最。今略师其意，行令直省州县于城市、乡镇概设洋药、土药行牙，分为引地，预发部帖，交各州县正官稽征。凡售卖洋药、土药，必须请领部帖，方准行销。如无帖私销，房、货全数入官，仍照十倍科罚。平日即令有帖之牙自相查诘，禀官罚惩。每帖一纸，分繁盛、次盛、简僻为三等。繁盛者征银一千两，次盛者征银七百五十两，简僻者征银五百两，一年倒换一次，即纳税一次。承充之后，凡有洋药、土药交易，悉由该牙经手，酌取用钱，并准该牙自行营运贩卖，独专其利。如一县而有数行，则一行各有一牙，无论买卖多寡，均匀分利。若止一行，则归一牙承办，惟不准一县境内不设一牙，分居他县之人不得购用此县之药，违者亦十倍惩罚。

又，洋、土两药熬膏出售，则另设烟膏部帖，每帖一纸，亦年缴牙税，分繁盛、次盛、简僻三等。繁盛者岁征银五十两，次盛者四十两，简僻者三十两。请帖之后，始准开灯卖膏；私开者，立予查封，房、货入官，仍十倍追罚。所缴膏税准由地方佐杂，或委员经征，仍收加一部饭、公费，加一费内以一成解部，其余九成归经征员役各项费用。以上繁盛、次盛、简僻，请以二千户以上为繁，一千户以上为次，五百户以下为简。若合二十二省并计，岁入不下千万。

奴才伏思理财之要，在乎得人，得人之方，务在给其所求，养其廉耻，故公费之给必资十一成之一，乃可杜意外之需索；无意外之需索，则商民易知易从，虽取之而不为虐；其有取于什一之外者，应请特设专例，轻则流遣，重则军法，并各予查抄。如果成效昭然，亦立即升擢序补，不托空言。盖朝廷驭众之权，端在信赏必罚，理财、用人、治军、饬吏，无不由之。是在部臣坚意主持于内，疆臣实力奉行于外，一转移振作间耳！

奴才愚昧之见，是否有当，伏乞皇上圣鉴训示，饬部核议施行。谨奏。光绪二十三年十二月初五日。

(朱批:) 览。①

【案】此案于光绪二十四年二月初七日经大学生管理户部事务麟书等遵旨议覆曰：

大学生管理户部事务臣宗室麟书跪奏，为遵旨议奏，恭折仰祈圣鉴事。

黑龙江副都统景祺奏请专设铺税、药牙，以清偿款一折，光绪二十三年十二月十八日钦奉懿旨：户部议奏。钦此。遵由军机处钞交到部。据原奏内称：奴才边疆承乏，牧圉是司，军国大猷，非敢妄议，特以时事日棘，宵旰忧勤，苟有所知，岂容缄默？奴才见闻所及，天下有可收之利而举办不致驿骚者，厥有二端：一曰铺税。将市廛铺户

①中国第一历史档案馆藏：《录副奏折》，档号：03-6509-016。

蠲其契买之税，而令按间纳税，大致以深广一丈为一间，每间岁征铺税钱自五百文至三百文为率。其铺略分上、中、下三等，如盐、典、绸布、金银、皮张、药材等铺栈为上等，米、面、酱、料、油、糖、烟、酒、杂货等铺栈为中等，手艺、工作等铺店为下等。上等每间岁税制钱五百文，中等每间岁税制钱四百文，下等每间岁税制钱三百文，行令各直省将军、督抚、府尹酌量情形，或责成地方印官，或另委妥员，照则开收。一切薪水、公费，仿照厘金章程，不得过十一成之一。正税之外，不得复有丝毫规费。在商贾所出税项，上等极大之铺，每年不过数千文；下等极小之铺，每年仅止数百文，于四季季首分征，开设及闭歇者，仍按开闭月日报明起止。似此出诸商贾者为数甚微，裨于帑藏者已数百万。一曰药牙，查洋药、土药一项，为害无穷，而民间沾染习用，几与米、盐无殊。其初悬为厉禁，既刑法之俱穷，其继并征税厘，又外域之梗阻。此外如膏捐、灯禁，或行之未效，或散漫难稽，所收甚微，无济实用。而洋人之寄居我国者，则香港收膏捐矣，上海收灯捐矣。商民出于其途，奉法维谨，其故何也？则以我之章程未得以简驭繁之要也。奴才以为国家盐法，其权一操于官，其课为天下最。今略师其意，行令直省州县于城市、乡镇概设洋药、土药行牙，分为引地，预发部帖，交各州县正官稽征。凡售卖洋药、土药，必须请领部帖，方准行销。如无帖私销，房、货全数入官，仍照十倍科罚。平日即令有帖之牙自相查诘，禀官罚惩。每帖一纸，分繁盛、次盛、简僻为三等。繁盛者征银一千两，次盛者征银七百五十两，简僻者征银五百两，一年倒换一次，即纳税一次。承充之后，凡有洋药、土药交易，悉由该牙经手，酌取用钱，并准该牙自行营运贩卖，独专其利。如一县而有数行，则一行各有一牙，无论买卖多寡，均匀分利。若止一行，则归一牙承办，惟不准一县境内不设一牙，分居他县之人不得购用此县之药，违者亦十倍惩罚。又，洋、土两药熬膏出售，则另设烟膏部帖，每帖一纸，亦年缴牙税，分繁盛、次盛、简僻三等。繁盛者岁征银五十两，次盛者四十两，简僻者三十两。请帖之后，始准开灯卖膏；私开者，立予查封，房、货入官，仍十倍追罚。所缴膏税准由地方佐杂，或委员经征，仍收加一部饭、公费，加一费内以一成解部，其余九成归经征员役各项费用。以上繁盛、次盛、简僻，请以二千户以上为繁，一千户以上为次，五百户以下为简。似此合二十二省，并计岁入不下千万。奴才伏思理财之要，在乎得人，得人之方，务在给其所求，养其廉耻，故公费之给必资十一成之一，乃可杜意外之需索；无意外之需索，则商民易知易从，虽取之而不为虐；其有取于什一之外者，应请特设专例，轻则流遣，重则军法，并各予查抄。如果成效昭然，亦立即升擢序补，不托空言。盖朝廷驭众之权，端在信赏必罚，理财、用人、治军、饬吏，无不由之。是在部臣坚意主持于内，疆臣实力奉行于外，各等语。

臣等窃惟时局艰难，偿款既未能全清，洋债复无从再借，而一切应行紧要待交之款更复纷至遝来，所赖中外大小臣工目击颠危，共筹利济。本年正月，臣部因偿款期迫数巨，是以议准筹借华款，颁发昭信股票，由京外官员提倡为商民先。臣部忝领度支，亦知天下财力有限，断不忍过为搜括，重困商民，故凡筹济饷需，总期无损于民，有益于国。此臣等持筹之苦衷，所为天下共谅者也。该副都统所陈铺税、药牙两端，亦课天下有可收之利，而举办不致驿骚，并期臣部行之以坚，疆臣行之以力。臣等详加参酌，铺户纳税一事，即古人廛法遗意。光绪二十二年，湖广督臣张之洞曾曾行于汉镇；咸丰、同治年间，京师及江苏、广东各省亦均有行之者。大致按铺户租价之多寡，由房主、住客按月各酌提租银数成，纳之公家。夫房主按月凭折收租，住客按月凭折交租，其租价自必确有可据。若如该副都统所奏，按间架之大小、广狭，及商人、□业、工艺，张分三等，不特办法繁难，易滋骚扰，且恐丛生弊混，转开胥吏需索之门，应请旨饬下顺天府府尹及各省将军、督抚，遴委妥慎之员，会同地方官，查明城乡、市镇共有铺户、行店若干，无论资本之重轻，获利之厚薄，与夫间架之大小、广狭，均按所赁房屋租价，每月实缴银数，自本年四月初一日为始，于十成租价内酌提一成归公。此一成内房主与租客各占其半。如每月租价十两，提银一两，房主与租客各出银五钱，按月汇集，或由地方印官查收，或另派员分收。该员等应需薪水，准由该管上司于所租价内酌量提给，惟不得于此外复有丝毫规费，以杜弊端。

此外，自行盖造铺屋，但系经商，虽无租折，亦应比照同行所缴银数，照收一成，一俟洋款本息还清，再行酌量停止。

至洋药、土药一项，叠经臣部会同总理衙门奏请整顿，并奏令各省于土药出产之地，照每担六十两之数征收。先后据各省声覆，或已照数开征，或请暂从缓办，或于原收税厘之外加抽二成，或照抽收地税之法加抽亩税。至商贾营运之后，烟土如何行销，熟膏如何售卖，应否再行收税，臣部实未议及。现据该副都统声称，凡售卖洋药、土药，必须请领部帖，方准行销。熟膏出售，另设烟膏部帖，大致分繁盛、次盛、简僻三等，责令牙行按年领帖纳税。细绎原奏，亦以此等药物为害无穷，犹是借缴为禁之心，多取诚不为虐。应请旨饬下顺天府府尹及各直省将军、督抚，按照该副都统所陈各节，查明各城乡市镇售卖洋药、土药及出售烟膏各行店共有若干，分别地面繁盛、次盛、简僻三等，迅即酌定章程报部。自本年四月起，一律分设牙行，请领部帖。各省地方有司及印、委各员，自应共体时艰，秉公办理。如有抑勒、苛派、浮收、侵蚀，及纵容家丁、吏胥借端讹索，或包庇徇隐等弊，一经查出，应即从严究法。该商等食毛践土，具有天良，际此时艰，自必量力乐捐，以济公家之急。一俟各省办有端倪，通计全省能收铺捐若干、药牙税银若干，均限本年三月，概行据实覆奏，不得借词推诿延宕，致误要需。

所有臣部遵旨议奏各缘由，理合恭折具陈。伏乞皇上圣鉴。谨奏。光绪二十四年二月初七日。

大学生管理户部事务臣宗室麟书（假），经筵讲官户部尚书臣宗室敬信，协办大学士户部尚书臣翁同龢，降一级留任又降一级留任革职留任户部左侍郎臣立山，户部左侍郎臣张荫桓，户部右侍郎臣陈学棻（学差），署户部右侍郎吏部左侍郎臣徐用仪。①

①中国第一历史档案馆藏：《录副奏折》，档号：03-6144-024。

0718. 奏报筹办昭信股票借垫库款片

光绪二十四年三月二十八日（1898年4月18日）

再，前准部咨：议覆右中允黄思永①奏筹借华款，请造昭信股票，先由官为提倡一折，奉旨：着依议行。钦此。咨行到臣。当经钦遵饬司先在通省现任实缺各员，共筹集库平银二十万两，并通饬各属一体认借在案。惟查领票缴银尚需时日，现值需款孔急，不得不设法挪凑，以期迅速。兹先在司库杂款内通融借垫银二十万两，仍俟各属借款解到，即行提还归款，由司拣委妥员于三月二十六日起程，解赴户部交纳。据前署藩司李有棻具详请奏前来。

臣覆查无异，除咨部外，谨附片具陈。伏乞圣鉴。谨奏。

(朱批:) 户部知道。②

光绪二十四年闰三月十二日，奉朱批：户部知道。钦此。③

【案】此奏片之具奏日期，原件目录署“光绪二十四年正月十六日”，而录副署“光绪二十四年三月二十七日”，两相悬殊。查光绪二十四年闰三月十二日《随手档》④，据同批折件可知，此奏片具奏日期应为“光绪二十四年三月二十八日”无疑。兹据校正。

---

①黄思永（1842—1914），字慎之，号亦瓢，江苏江宁人。光绪六年（1880），中式庚辰科状元，授修撰。后补军机处章京、国子监司业，迁詹事府右春坊右中允，改左中允。二十四年（1898），因倡建股票、办铁路、开矿山，擢侍读学士，入直上书房，充日讲起居注官，授国子监祭酒。二十八年（1902），褫职。次年，聘为商部顾问。三十年（1904），创工艺局，旋开复原官原衔。民国三年（1914），卒于沪。

②台北故宫博物院藏：《军机及宫中档》，文献编号：408006955-0-B。

③中国第一历史档案馆藏：《录副奏片》，档号：03-6510-025。

④中国第一历史档案馆藏：《军机处随手登记档》，档案编号：03-0296-1-1224-098。

0719. 奏报本年三月雨水粮价情形折

光绪二十四年闰三月十三日（1898年5月3日）

头品顶戴陕西巡抚臣魏光焘跪奏，为恭报雨雪、麦苗情形，恭折仰祈圣鉴事。

窃查陕西省光绪二十四年二月分雨雪、麦苗情形，业经奏报在案。兹据西安、延安、凤翔、汉中、榆林、同州、兴安、商州、邠州、乾州、鄜州、绥德等府州属具报，于三月初一、二至初五、六、七、八并十一二三至十七及二十六七八等日，先后得雨、得雪，自一二寸至四五寸及深透不等。臣查陕省入春以来，雨泽沾足，当此麦苗含苞之际，又复迭次得雨，民情欣悦，合境安谧，堪以仰慰宸廑。刻查西安粮价，大米每仓石价银一两八钱九分，小米每仓石价银一两八钱七分，较之上月，大米每石减银六分，小米每石减银二分。

所有光绪二十四年三月分雨雪、麦苗并省城粮价情形，理合恭折具陈。伏乞皇上圣鉴。谨奏。光绪二十四年闰三月十三日。

（朱批：）知道了。[①]

光绪二十四年闰三月二十五日，奉朱批：知道了。钦此。[②]

0720. 保举道府州县各员以备采择折

光绪二十四年闰三月十三日（1898年5月3日）

头品顶戴陕西巡抚臣魏光焘跪奏，为遵旨保举所属道府州县各员，出具切实考语，并胪列实迹，以备采择，恭折仰祈圣鉴事。

窃臣伏读光绪二十三年十二月二十五日内阁抄出奉上谕：现值时局孔艰，需才尤亟，各省督抚朝廷寄以股肱耳目，其各洗心

---

①台北故宫博物院藏：《军机及宫中档》，文献编号：408006965。

②中国第一历史档案馆藏：《录副奏折》，档号：03-6970-037。

涤虑，一秉大公，于所属道府州县中，无论现任、候补，详加鉴别，择其居心正大、才识闳通、足以力任时艰者，列为上选。他若尽心民事，通达时务，均着出切实考语，并胪列其人之实迹、成效，详悉具陈，以备擢用等因。钦此。仰见我皇上侧席求贤，不拘资格，跪聆之下，钦感莫名！

窃惟旁招俊乂，乃致治之良谟，而鉴别属僚，为疆臣之专责。国家立贤无方，超迈前古，二百余年，教泽涵濡，英贤辈出。现值事机日迫，自强之要尤以汲引人才为先务。臣智识短浅，岂足语于知人！然自忝抚秦疆，于所属现任、候补各员，随时督同两司悉心察看。其体用兼赅者，固足以膺上选。他若勤求吏治、能达时宜，亦一时不可多得之员，且其事迹、成效已昭昭在人耳目，兹奉谕旨准予保荐，谨就臣所深识者，敬为我皇上陈之。

查有盐运使衔在任候补道现署督粮道西安府知府童兆蓉①，才优守洁，稳练老成。当军务倥偬，筹防、筹剿，素著勋绩；历任各要郡，并屡摄道篆，正己率属，是非分明，不稍迁就；商筹一切事宜，均能力顾大局，措置裕如；先后在兴安十二年，如编保甲，办团防，广书院斋舍、膏火，除合郡红黑签匪，以及筹赈粮，修渠堰，兴蚕桑，整钱法，并恤嫠育婴、创设痘局等事，皆有实政可纪，诚陕省最为出色之员。

军机处存记候补知府周铭旗，练达廉明，所任地方，实心办事，劳怨不辞。曩在大荔县任内，时值荒旱，行区田、代田之法，甚著成效；掘井三千余，并开渠凿池，以资灌溉。嗣署兴安府事，复遇旱灾，该守督率各厅县发仓移粟，放赈办团，筹画周至，全

---

①童兆蓉（1838—1905），字少芙，湖南宁乡人。同治六年（1867）中式举人，报捐同知，从军陕西。九年（1870），赏戴花翎。十年（1871），保知府。光绪元年（1875），保以道员用，加盐运使衔。三年（1877），补授陕西兴安府知府，署榆林府知府，晋二品衔。六年（1880），署延榆绥道。十二年（1886），署汉中府。十四年（1888），兼摄陕安道。二十二年（1896），授陕西西安府知府。同年，署西乾鄜督粮道。二十六年（1900），迁浙江温处兵备道。同年，调署杭嘉湖道，加头品顶戴、布政使衔。三十一年（1905），卒于任。著有《童温处公遗书》行世。

郡以安。经前任各督抚臣屡次保荐，诚循良之选也。

宁陕厅同知张守正，识见超卓，操履清廉。上年甘肃军务，筹办转运，最为得力；迭经委办厘务，力祛积弊，整顿一切，章程井井有条，能除瞻顾气习。

留坝厅同知文麟，才识优长，办公结实。该厅接连川省，会匪、签匪充斥，赖缉捕得力，地方安静；整饬驿站事务，不畏疆御，尤为克自树立。

渭南县知县樊增祥，学问淹通，办事精敏，于宜川、富平、咸宁各署任内，清理荒粮，安集客户，定里甲及官钱章程，远近称颂。渭南繁剧难治，该令初至，即以惩玩役、儆劣衿、办讼棍、捕治会匪、刀匪为先，积弊悉除，案无留牍。嗣如修书院，定里车，整顿义仓诸务，皆能实事求是。值上年甘回之变，举行保甲、团练，所筹修筑堡寨，添设炮台等数十条，尤为悉协机宜，精心定力，足征干济。公牍详明了当，能见其大；于时务留心讲求，议论持平，不苟同异，洵为一时杰出之才。

现署长安县白河县知县尹昌龄，志趣超群，悉心民事。白河前值旱歉，办理赈务，实惠及民；尤能禁暴除奸，不事姑息；擒捕剧盗，闾井晏然；调任长安，清查保甲，维持圜法，惩棍徒，清积讼，皆能实心经理。

候补知县张世英，朴实耐劳，持躬廉介，所至切于爱民。署蒲城任内，清理荒田至十七万亩有奇，复粮额一万一千余两，为全省州县之最。实力任事，舆论翕然。

宝鸡县知县李端榘，勤政爱民，有条有理。前在华州严办刀匪，盗风以息；整顿书院，疏通水利，均有成效可睹。其研究西学，颇有心得。

以上各员，虽未能悉属全材，而用其所长，均足裨益时局。其应如何量予擢用之处，伏候采择施行。谨据实胪列，伏乞皇上圣鉴。谨奏。光绪二十四年闰三月十三日。

（朱批：）童兆蓉等均着交军机处存记。①

光绪二十四年闰三月二十五日，奉朱批：童兆蓉等均着交军机处存记。钦此。②

0721. 奏闻校阅省标官兵春操情形折

光绪二十四年闰三月十三日（1898年5月3日）

头品顶戴陕西巡抚臣魏光焘跪奏，为校阅省标各营官兵春操情形，恭折仰祈圣鉴事。

窃查省城抚标马步各营并城协兵丁，向按春、秋二季合队操演，期于有勇知方，以收实效。上年秋操，臣已将校阅情形奏明在案。兹值春操届期，臣于闰三月十一日亲赴校场，将抚标中、左、右并城守各营，以及练军马队调集合操，先演香山、双龙、速战等阵，队伍严肃，步伐齐整；施放连环枪炮，并喷筒火弹，均属声势联络；洋操阵式，习练娴熟；比较刀矛藤牌，亦臻便捷；练军马队驰骤冲突，均能合宜；马上放枪，极其灵便。各营弁兵抬抢、鸟枪、洋枪及箭射准头，均在八成以上。臣择其技艺最优者，量予奖赏；间有未能娴熟者，分别责惩，勒令演习。复按册点验兵勇、马匹、器械，俱属精壮足额。

伏思关中地当冲要，壤接边疆，弹压巡防，不可少懈。现值屡经裁汰之后，人数既少，尤必一兵得一兵之用，方足以备缓急。臣惟有督饬各将弁，随时认真操练，尽祛积习，务使兵收实用，饷不虚縻，以仰副朝廷整军经武之至意！

所有微臣校阅省标各营春操情形，理合恭折具陈，伏乞皇上圣鉴。谨奏。光绪二十四年闰三月十三日。

（朱批：）知道了。③

---

①台北故宫博物院藏：《军机及宫中档》，文献编号：408006966。

②中国第一历史档案馆藏：《录副奏折》，档号：03-5359-068。

③台北故宫博物院藏：《军机及宫中档》，文献编号：408006967。

光绪二十四年闰三月二十五日，奉朱批：知道了。钦此。①

0722. 前奏文字有误请饬更正片

光绪二十四年闰三月十三日（1898年5月3日）

再，前据藩司详称：陕省本年三月分应还俄、法洋款银六万两，遵照奏案在江苏协甘新饷内就近拨解，并备具文批移咨江海关道查核兑收等情。当经臣分别咨部暨两江、江苏、陕甘督抚臣查照，一面附片具奏。旋查片稿内，“江苏”二字误作“两淮”，正拟陈请更正，适准户部咨查前来。除将笔误缘由咨覆外，谨附片具陈。伏乞圣鉴，饬部更正施行。谨奏。

（朱批：）户部知道。②

光绪二十四年闰三月二十五日，奉朱批：户部知道。钦此。③

0723. 奏报饬令丁士彬即赴新任片

光绪二十四年闰三月十三日（1898年5月3日）

再，新授陕西督粮道丁士彬现已抵省，应即饬赴新任。其署理督粮道西安府知府童兆蓉交卸道篆，亦即饬回本任，各专责成。除分别饬遵外，谨附片陈明。伏乞圣鉴。谨奏。

（朱批：）吏部知道。④

光绪二十四年闰三月二十五日，奉朱批：吏部知道。钦此。⑤

---

①中国第一历史档案馆藏：《录副奏折》，档号：03-5997-029。

②台北故宫博物院藏：《军机及宫中档》，文献编号：408006967-0-A。

③中国第一历史档案馆藏：《录副奏片》，档号：03-6646-059。

④台北故宫博物院藏：《军机及宫中档》，文献编号：408006967-0-B。

⑤中国第一历史档案馆藏：《录副奏片》，档号：03-5359-073。

0724. 奏报姚协赞恳请开缺缘由片

光绪二十四年闰三月十三日（1898 年 5 月 3 日）

再，据调补河南河陕汝道姚协赞禀称：前在署臬司任内，钦奉谕旨调补河南河陕汝道，并奉发部给文凭一道。该道于本年二月二十四日交卸臬司篆务，本应即赴新任。乃自本年正月感冒风寒，日久未愈，方在请假赶紧医治。复于二月二十六日骤然右半身体不遂，言语蹇涩。兹经调治月余，言语虽少清晰，而右半身体仍不能照常行走，须人扶掖，且言语稍多，即神昏气促。据医者云：元气大虚，断非一时可以痊愈。窃思河陕汝道地方紧要，未便以沉疴之躯，日久迁延，致滋贻误，恳奏请开缺，俾得安心调理等情。

臣查该道姚协赞才猷练达，持躬廉正，前任粮道暨署臬司篆务，办理一切，悉臻妥善。嗣因患病请假，当饬赶紧延医诊治在案，兹据复禀前来。臣覆查属实，并经批饬委验，取结无异，相应吁恳天恩准将该道姚协赞开缺，俾资调理。所遗河南河陕汝道员缺，并请旨迅赐简放，以重职守。除循例另行恭疏具题外，所有道员患病恳请开缺缘由，谨附片具陈。伏乞圣鉴训示。谨奏。

（朱批：）另有旨。[①]

光绪二十四年闰三月二十五日，奉朱批：另有旨❶。钦此。[②]

❶【案】此案旋于是月二十六日得旨，饬令吏部照例办理。《上谕档》载曰：

交吏部：陕西巡抚魏光焘奏河陕汝道姚协赞病请开缺一片，军机大臣面奉谕旨：着吏部照例办理。钦此。相应传知贵部钦遵可也。

---

①台北故宫博物院藏：《军机及宫中档》，文献编号：408006965-0-A。

②中国第一历史档案馆藏：《录副奏片》，档号：03-5359-075。

（计粘钞片一件）。闰三月二十六日。[1]

0725. 奏报动拨积谷赈济淮北缘由片

光绪二十四年闰三月十三日（1898年5月3日）

再，臣前准两江督臣电称：陕省汇解淮北赈款银两，可仿照江宁协济各省赈银，奏报请销等因。当经行司遵办去后。查此案前因淮北灾重，待赈孔急，劝捐需时，先由司库厘金二成积谷项下借垫银一万两，俟集捐归款，业经奏咨在案。兹准前因，伏思近来捐务久成弩末，况踵行于湖北、四川等省赈捐之后，劝办尤非易易。从前江宁协济各省赈银，均经奏报准销，此次陕省似可仿照办理。查前项赈银，原系动用积谷一款，应请即由此款分拨，作为陕省协赈银两，将来汇案报销，由藩司李希莲具详前来。

臣覆查无异，除咨部查照外，谨附片具陈。伏乞圣鉴，饬部立案。谨奏。

（朱批：）户部知道。[2]

光绪二十四年闰三月二十五日，奉朱批：户部知道。钦此。[3]

0726. 奏为巡道丁忧开缺请旨简放折

光绪二十四年闰三月二十八日（1898年5月18日）

头品顶戴陕西巡抚臣魏光焘跪奏，为巡道丁忧开缺，请旨简放，恭折仰祈圣鉴事。

窃据藩司李希莲转据潼关厅同知焦云龙禀报：潼商道锡桐于光绪二十四年闰三月十八日接到家信，知亲父成善在关东原旗病故，该员系属亲子，例应丁忧开缺，回旗守制等情。具详前来。

①《光绪朝上谕档》，第24册，第151页。

②台北故宫博物院藏：《军机及宫中档》，文献编号：408006965-0-B。

③中国第一历史档案馆藏：《录副奏片》，档号：03-5603-018。

臣查潼商道系冲、繁、难要缺，地当孔道，界连晋、豫，弹压抚绥，在在均关紧要，员缺未便久悬，相应请旨迅赐简放，以重职守。

除将开缺日期另行恭疏具题并委员接署外，谨会同陕甘督臣陶模，恭折具陈。伏乞皇上圣鉴。谨奏。光绪二十四年闰三月二十八日。

（朱批：）潼商道缺已简放李绍芬矣。①

光绪二十四年四月十二日，奉朱批：潼商道缺已简放李绍芬矣。钦此。②

0727. 奏报杜崇光委充提调缘由片

光绪二十四年闰三月二十八日（1898年5月18日）

再，学政考试各属，如遇考棚在外县，由督抚派委知府充当提调，历经遵办在案。查西安府属考棚向在三原县城内，现值学臣考试该府生童，约须月余方能竣事。西安系省会首郡，政务殷繁，现署知府李希哲势难分身兼顾，查有候补知府杜崇光，堪以委充提调。除行藩司檄委前往妥为弹压巡察外，谨附片陈明，伏乞圣鉴。谨奏。

（朱批：）知道了。③

光绪二十四年四月十二日，奉朱批：知道了。钦此。④

---

①台北故宫博物院藏：《军机及宫中档》，文献编号：408006968。
②中国第一历史档案馆藏：《录副奏折》，档号：03-5360-051。
③台北故宫博物院藏：《军机及宫中档》，文献编号：408006968-0-A。
④中国第一历史档案馆藏：《录副奏片》，档号：03-7202-038。

0728. 奏报黄泽厚接署潼商道缺片

光绪二十四年闰三月二十八日（1898年5月18日）

再，潼商道锡桐因丁忧开缺，业经臣具奏请旨简放在案。所遗员缺应先委员接署，以重职守。查有试用道黄泽厚，明练有为，实心任事，堪以委令署理。除檄委外，理合会同陕甘督臣陶模，附片具奏。伏乞圣鉴。谨奏。

（朱批：）吏部知道。①

光绪二十四年四月十二日，奉朱批：吏部知道。钦此。②

0729. 奏闻垫解劝借绅商股本银两片

光绪二十四年闰三月二十八日（1898年5月18日）

再，陕西通省文职现任实缺知县以上各员，共筹集昭信股票库平银二十万两，业经委解奏明在案。其借垫各属绅商、富户银五十万两，接准户部电覆，令即陆续解部等因。兹饬藩司于闰三月十三日筹垫银十六万两，二十八日筹垫银十七万两，先后拣委妥员，按期起程，解赴户部交纳。统俟股本收有成数，即行分别提还归款。据藩司李希莲详请奏咨前来。

臣覆查无异，除咨部查照外，所有陕省先行垫解、劝借各属绅商、富户股本银数、日期，谨附片具陈。伏乞圣鉴。谨奏。

（朱批：）户部知道。③

光绪二十四年四月十二日，奉朱批：户部知道。钦此。④

---

①台北故宫博物院藏：《军机及宫中档》，文献编号：408006968-0-B。

②中国第一历史档案馆藏：《录副奏片》，档号：03-5360-052。

③台北故宫博物院藏：《军机及宫中档》，文献编号：408006968-0-C。

④中国第一历史档案馆藏：《录副奏片》，档号：03-6576-036。

0730. 奏闻藩司因病出缺请旨简放折

光绪二十四年四月初八日（1898年5月27日）

头品顶戴陕西巡抚臣魏光焘跪奏，为藩司因病出缺，暂行委员接署，请旨简放，以重职守，恭折仰祈圣鉴事。

窃陕西藩司李希莲于本年三月初九日到任，旋因感冒风寒，医治未痊，至四月初六日因病出缺。臣查该藩司由部曹出膺道篆，历任运司、臬司。所至之处，均有政声。今甫绾藩条，遽以寒疾溘逝，殊堪惋惜！所遗藩司篆务有用人理财之责，任重事繁，亟应遴员署理。查臬司李有棻才识闳通，体用兼备，前经两署藩篆，于清理积弊，筹济要需，竭虑殚诚，不遗余力，堪以仍委接署。所遗臬司篆务，查有盐法道江汇川，老成练达，堪以署理。递遗盐法道篆，查有试用道刘纶襄，稳练勤慎，堪以委署。

除分檄饬遵外，所遗藩司员缺紧要，相应请旨迅赐简放，以重职守。所有藩司因病出缺日期及委员接署缘由，谨会同陕甘督臣陶模，恭折由驿具陈。伏乞皇上圣鉴。谨奏。光绪二十四年四月初八日。

（朱批：）另有旨。①

光绪二十四年四月十六日，奉朱批：另有旨❶。钦此。②

❶【案】清廷于是年四月十六日饬令李有棻、袁昶分任藩、臬篆务，《上谕档》载曰：

光绪二十四年四月十六日，内阁奉上谕：陕西布政使着李有棻补授，袁昶着补授陕西按察使。钦此。③

①台北故宫博物院藏：《军机及宫中档》，文献编号：408006969。

②中国第一历史档案馆藏：《录副奏折》，档号：03-5360-061。

③《光绪朝上谕档》，第24册，第168页。

0731. 奏报本年闰三月雨水粮价情形折

光绪二十四年四月十六日（1898年6月4日）

头品顶戴陕西巡抚臣魏光焘跪奏，为恭报雨泽、麦苗情形，恭折仰祈圣鉴事。

窃查陕西省光绪二十四年三月分雨泽、麦苗情形，业经臣奏报在案。兹据西安、延安、凤翔、汉中、同州、兴安、商州、邠州、乾州、鄜州等府州属陆续具报，于闰三月初一、二至初五、六及初八并二十五六七八九等日，先后得雨二三寸至四五寸及深透不等，其余各属尚未报到。臣查陕省入春以来，雨泽沾足，当此麦苗吐穗之际，又复迭次得雨，民情欣悦，合境谧安，堪以仰慰宸廑！刻查西安粮价，大米每仓石价银二两九钱四分，小米每仓石价银一两九钱一分。较之上月，大米每石增银一两零五分，小米每石增银四分。

所有光绪二十四年闰三月雨泽、麦苗并省城粮价情形，理合恭折具陈。伏乞皇上圣鉴。谨奏。光绪二十四年四月十六日。

（朱批：）知道了。[①]

光绪二十四年四月二十九日，奉朱批：知道了。钦此。[②]

0732. 奏报惠诚堪膺地方之选缘由折

光绪二十四年四月十六日（1898年6月4日）

头品顶戴陕西巡抚臣魏光焘跪奏，为年满笔帖式堪膺地方之选，循例恭折奏闻，仰祈圣鉴事。

窃照各省督抚衙门笔帖式，如有才具优长、堪膺地方之选者，例准该督抚出具考语，奏请送部引见，候旨录用等因。兹查陕西

---

①台北故宫博物院藏：《军机及宫中档》，文献编号：408006970。

②中国第一历史档案馆藏：《录副奏折》，档号：03-6971-038。

巡抚衙门笔帖式惠诚，年四十八岁，系镶黄旗满洲继良佐领下人，由侍卫处笔帖式于光绪十五年二月因大婚典礼告成，赏给蓝翎六品顶戴。十七年十二月初十日，奉旨补授陕西巡抚衙门笔帖式，十八年四月初二日到任，连闰扣至二十四年二月初二日，初次六年期满，业经咨部开缺，请旨另行补放在案。

臣查该员惠诚安详谨饬，办事勤能，自抵任以来，于清字译汉公文及委办事件，认真经理，悉臻妥善，且于吏治、民事均能留心，洵属有志向上，堪膺地方之选，相应出具考语，送部引见，恭候钦定。谨恭折循例具陈。伏乞皇上圣鉴训示。谨奏。光绪二十四年四月十六日。

（朱批：）吏部知道。[①]

光绪二十四年四月二十九日，奉朱批：吏部知道。钦此。[②]

0733. 奏报情重盗匪照章惩办情形片

光绪二十四年四月十六日（1898年6月4日）

再，前准部咨：嗣后各省拿获马贼、土匪并伙众持械强劫案件，如实系距省窎远，解犯中途堪虞，就近解交该管道府，或委员覆审明确，由该管道府核明情罪，禀候督抚批饬就地正法，按季汇案具奏等因。历经遵办在案。兹查光绪二十四年春季分，据鄜州审办洛川县拿获盗犯孙葆渟、陈等管二犯。讯据供认，该犯孙葆渟起意纠邀在逃之李五儿即杨五儿、薛老三、黄老六、李老三、王老九、余老九、涂老九，并诱哄陈等管入伙，一共九人，于光绪二十三年五月十九日夜，孙葆渟等分持刀棍，陈等管徒手，行劫事主吴老七家钱物、牛、驴，并捆缚事主，掳掠其妻吴陈氏及其幼女月儿同逃，行至中途，孙葆渟复与李五儿等谋杀吴老七身死。陈等管临时畏惧先逃，事后分受赃钱，不知谋杀事主情事

①台北故宫博物院藏：《军机及宫中档》，文献编号：408006971。

②中国第一历史档案馆藏：《录副奏折》，档号：03-5360-132。

等情。由该县禀经臣批司转行兼护鄜州直隶州洛川县知县王祖植，提犯覆讯，供情相符，照章议拟，禀候核示前来。

臣以该犯孙葆渟为首纠抢赃物，捆缚事主，掳掠妇女同逃，并中途杀毙事主，实属凶暴昭著，罪不容诛，当与督臣批饬就地正法，传首犯事地方，悬杆示众，俾昭炯戒。陈等管被诱入伙，临时畏惧先逃，事后分受赃物，虽不知谋杀事主情事，按例罪应拟流，照章锁系巨石八年，俟限满察看情形办理。逸犯李五儿即杨五儿等饬缉，获日另结。

所有光绪二十四年春季分情重盗匪照章惩办缘由，谨会同陕甘督臣陶模，附片具陈。伏乞圣鉴。谨奏。

（朱批：）刑部知道。①

光绪二十四年四月二十九日，奉朱批：刑部知道。钦此。②

0734. 奏陈拨解应还英德银数情形片

光绪二十四年四月十六日（1898年6月4日）

再，前准部咨：应还俄、法、英、德两款，奏派陕省每年认还银二十二万两，饬令按期解赴江海关道交纳等因。历次遵照筹款，先后按期解交清楚在案。兹届二十四年五月，陕省应筹解还英、德款银三万两，查照奏案，在两淮应解甘省协饷银内就近兑拨银三万两，以期迅捷而免迟误，已由司备具文批移咨江海关道查核兑收，并将批回印还备案。其自陕西至上海县应需盘脚银两，亦照案扣存造入季拨。据署藩司李有棻具详前来。

臣覆查无异，除咨明户部暨陕甘督臣、两江督臣、江苏抚臣查照外，所有陕省拨解五月分应还英、德银两数目，理合附片陈明。伏乞圣鉴。谨奏。

①台北故宫博物院藏：《军机及宫中档》，文献编号：408006971-0-A。

②中国第一历史档案馆藏：《录副奏片》，档号：03-7371-047。

（朱批：）户部知道。①

光绪二十四年四月二十九日，奉朱批：户部知道。钦此。②

0735. 请准厘税照章筹办按年造报片

光绪二十四年四月十六日（1898年6月4日）

再，臣前准户部咨，以各省厘税狃于外销，遂至隐匿，请旨通饬各省将外销各款向来取给于厘税者，据实奏明，分别裁减，一面将所收百货厘、盐厘、茶厘、土药厘及常税、杂税等项银钱数目，据实按季具报等因。奏奉谕旨：依议。钦此。咨行到陕。臣当即钦遵转行厘税总局司道一体遵办去后。

兹据该司道详称：查陕省地瘠民贫，销货不广，厘金收数因之不旺。近经设法整顿，比较往时，尚有增益。每年照章开支一成，均属核实，无可裁减，余银尽数报部，此外再无丝毫外销之款。至按季具报一节，本应恪遵办理。惟查省外厘局远近不一，收数多寡悬殊，遇有月报到局，票册纷沓，非逐股详细核对，不能防其弊漏。核有不符之处，即须专札行查，更入更出，不能不需时日；先来后到，实难拘定期限。若必按季具报，势必核对粗疏，恐不免乘间滋生弊混，拟仍按年汇总造报，随时详细核查，似于厘务实有裨益等情。具详前来。

臣覆查陕省厘税，自定章以后，认真钩稽，并无中饱之弊。外局月报纷至，自非详细核对，不足以防疏漏而期核实。该司道等所称按季具报一节，碍难遵照办理，委系实在情形。除再由臣督饬司道认真查察办理并咨部外，所有陕省厘税仍恳照章抽办，按年造报缘由，理合附片陈明。伏乞圣鉴，饬部查照。谨奏。

（朱批：）户部知道。③

---

①台北故宫博物院藏：《军机及宫中档》，文献编号：408006971-0-B。

②中国第一历史档案馆藏：《录副奏片》，档号：03-6693-005。

③台北故宫博物院藏：《军机及宫中档》，文献编号：408006970-0-A。

光绪二十四年四月二十九日，奉朱批：户部知道。钦此。[①]

0736. 奏报征收种烟地税数目情形片

光绪二十四年四月十六日（1898 年 6 月 4 日）

再，陕省光绪二十二年分各属征收土药地税银两，经臣具奏在案。兹查二十三年分，除北山地气甚寒，素不栽种罂粟，毋庸征税外，所有具报凡种罂粟各属共计咸宁等六十三厅州县，陆续报收二十三年分应征种烟地税共银五万二百五两零，已尽数转解司库，另款存储备拨，由厘税局司道造具各属征收数目清册，具详前来。

臣覆查无异，除各册咨部外，所有光绪二十三年分征收种烟地税数目，理合附片具陈。伏乞圣鉴。谨奏。

（朱批：）户部知道。[②]

光绪二十四年四月二十九日，奉朱批：户部知道。钦此。[③]

0737. 奏报抽收厘金存支数目片

光绪二十四年四月十六日（1898 年 6 月 4 日）

再，臣迭奉谕旨饬令整顿厘务，遵即督率司道悉心筹画，期于杜绝弊端，力求实效。自二十二年以来，收数大有起色，业将抽收、支解数目奏报在案。兹查二十三年各项厘金，各局卡委员亦能勤加奋勉，恪遵新章，核实收报。计所收土厘数目，虽较二十二年稍形短绌，究由本省土药歉收、商贩少来所致，已于上年六月咨部有案。而百货厘金则较之二十二年益见加增，合计收款实亦有盈无绌，现经通盘核算，满年实共抽收百货厘银四十七万

①中国第一历史档案馆藏：《录副奏片》，档号：03-6971-038。

②台北故宫博物院藏：《军机及宫中档》，文献编号：408006970-0-B。

③中国第一历史档案馆藏：《录副奏片》，档号：03-6510-042。

六千九百一十二两零，比较上年长收银七万九千一百三十七两零。又收土药厘银十四万八千四百三两零，比较上年短收银六万四千三百四十四两零。

二项共实收银六十二万五千三百一十五两零，遵照部议，留外办公，并局卡经费按一成计算，共扣银六万二千五百三十一两零，实存银五十六万二千七百八十四两零。又奉文加收二成糖厘银一千六百六十四两零，又加收烟酒厘银三千三百四十八两零，又晋省包收潞盐厘银二万一千八百五十两零。所有支销款内遵章扣出四分、六分平余银二千三百三十六两零。以上共银五十九万一千九百八十三两零，俱已陆续尽数转解司库，备拨饷需。由厘税局司道造具各卡抽收、支解及提留各款细数清册，具详前来。

臣覆查无异，除各册咨部外，所有光绪二十三年分抽收厘金存支数目，谨附片具陈。伏乞圣鉴。谨奏。

(朱批：)户部知道。①

光绪二十四年四月二十九日，奉朱批：户部知道。钦此。②

0738. 查明二十三年下忙征收钱粮数目折

光绪二十四年五月十三日（1898年7月1日）

头品顶戴陕西巡抚臣魏光焘跪奏，为查明陕西省光绪二十三年下忙征收钱粮、盐课等银已完数目，恭折仰祈圣鉴事。

窃查前准户部咨：陕省上、下两忙钱粮册籍，以实征之数依限造报，并令将耗羡、存留及起运已完银两归入某季拨册，一并分造，各等因。所有光绪二十三年上忙册籍，业经遵造分别奏咨在案。兹值造报二十三年下忙之期，查陕省二十三年分，共额征民屯、更起运，除荒灾外，实征银一百二十六万四千一百八十五两零，前上忙征完银一百九万八千四百二十两零，内造入二十三

①台北故宫博物院藏：《军机及宫中档》，文献编号：408006970-0-C。

②中国第一历史档案馆藏：《录副奏片》，档号：03-6510-041。

年秋拨银八十九万一千五百四十九两零，又二十四年春拨银二十万六千八百七十一两零，未完银一十六万五千七百六十四两零，又下忙续垦荒地应征银五百二十四两零，二共未完银一十六万六千二百八十八两零。

今下忙续完银一十二万九千九百五十六两零，内造入二十四年春拨银一十一万五百七十九两零，未入拨银一万九千三百七十七两零，应俟二十四年秋拨册内分晰造报。仍未完银三万六千三百三十二两零，内除长安、咸阳、华州、华阴等四州县二十二年水灾案内，蠲缓灾前已完准流抵二十三年应完正赋银六千五百二十七两零，又除长安、临潼、延川、安定、扶风、褒城、沔县七县水、雹灾案内蠲免银一千二百九十四两零，又除长安、临潼、安定、府谷四县本年水、雹、旱灾案内缓征银七百一两零，止未完银二万七千八百九两零。

又，额征民屯、更起存、耗羡，除请留免耗外，共银二十三万七千四百七十三两零，内除兴平、高陵、褒城、朝邑、华阴、武功六县水冲地亩案内豁免银八十九两零，又除荒地应征银一万七百二十二两零，实熟地应征银二十二万六千六百六十一两零，又华州升科原豁、宝义里营田地征银一两零，二共实征银二十二万六千六百六十三两零。前上忙征完银一十八万八千四百七十两零，未完银三万八千一百九十二两零；又下忙续垦荒地应征耗银八十两零，二共未完银三万八千二百七十三两零，今下忙续完银三万二千七百四十两零仍未完银五千五百三十一两零，内除咸阳、长安、华州、华阴等州县二十二年水灾案内蠲缓灾前已完准流抵二十三年应完耗羡银九百七十九两零，又除长安、临潼、延川、安定、扶风、褒城、沔县七县水、雹灾案内蠲免耗银一百七十三两零，又除长安、临潼、安定、府谷四县本年水、雹、旱灾案内缓征耗银一百一十六两零，止未完银四千二百六十一两零。

又，额征民存留、俸工、廪膳并额外廪粮等项，除荒地并水灾蠲缓外，共银九万五千三百九十五两零。前上忙征完银五万二千六百三十八两零，未完银四万二千七百五十六两零，内除下忙被雹缓征银七十六两零，今下忙实应完银四万二千六百八十两零已完银四万二千五百七十四两零，内解司裁汰俸工、乡饮、纸札、宪书等项银五百四十九两零，自留支银四万二千二十五两零，仍未完银一百五两零。

又，额征民屯、存留、驿站等项银一十七万六千二百七十三两零，内除荒地外，止实征银一十七万三千二百二十九两零，前上忙征完银一十一万三千七百四十三两零，未完银五万九千四百七十四两零。今下忙续完荒地银一十二两零，二项共银五万九千四百八十六两零。被雹蠲免银三十九两零，已完银五万九千三百六十八两零，内解司站支、边塘、协济、扛夫等银一万二千七十三两零，解汉中府供驿银六千七十五两零，留支银四万一千二百一十九两零，仍未完银七十八两零。

又，额征屯存留、俸工、杂支、孤贫等项银二千三百一十八两零，内除荒地应征银三百二十两零，实熟地应征银一千九百九十七两零，前上忙册造已完留支银九百七十七两零，未完银一千二十两零。今下忙续完留支银九百七十八两零，仍未完银四十一两零。又前上忙未完熟地盐课银一万九百二十八两零，又续垦荒地应征银二十五两零，二共银一万九百五十四两零。今下忙续完银一万二百五两零，仍未完银七百四十九两零，内除沔县、肤施、延川、安定等四县水、雹灾案内蠲免缓征银五十九两零，止未完银六百九十两零。据藩司李有棻分晰查造各款细数及入拨清册具详前来。

臣覆核无异，除清册咨部外，所有查明陕省光绪二十三年分下忙征收钱粮、盐课等银款已完数目，理合缮折具奏。伏乞皇上圣鉴。谨奏。光绪二十四年五月十三日。

（朱批：）户部知道。[1]

---

①台北故宫博物院藏：《军机及宫中档》，文献编号：408006972。

光绪二十四年五月二十六日，奉朱批：户部知道。钦此。①

0739. 查明陕省司库实存耗羡银数折

光绪二十四年五月十三日（1898年7月1日）

头品顶戴陕西巡抚臣魏光焘跪奏，为查明陕西省司库实存耗羡银数，循例具陈，恭折仰祈圣鉴事。

窃照司库耗羡收支动存各款，例应于奏销地丁钱粮时恭折具报。兹查陕省光绪二十三年奏销册造司库征收耗羡银两，全数动用无存，现只存缺官扣半养廉银一万四千二百五十九两零。除清册咨部外，理合循例具陈，敬缮清单，恭呈御览。伏乞皇上圣鉴。谨奏。光绪二十四年五月十三日。

（朱批：）户部知道，单并发。②

光绪二十四年五月二十六日，奉朱批：户部知道，单并发。钦此。③

0740. 呈陕省司库实存耗羡银数清单

光绪二十四年五月十三日（1898年7月1日）

谨将陕西省司库光绪二十三年分耗羡银数，敬缮清单，恭呈御览。

计开

旧管：一、应存耗羡银五千四百八十八两零。

一、应存缺官扣半银一万一千八百六十四两零。

新收：一、收耗羡银二十二万一千八百一十四两零。

一、收缺官扣半银一万二千二百四十七两零。

---

①中国第一历史档案馆藏：《录副奏折》，档号：03-6259-032。

②台北故宫博物院藏：《军机及宫中档》，文献编号：408006973。

③中国第一历史档案馆藏：《录副奏折》，档号：03-6576-052。

开除：一、支耗羡银二十二万七千三百二两零。

一、支缺官扣半银九千八百五十二两零。

实在：一、应存公用耗羡银两，现实动用无存。

一、存缺官扣半银一万四千二百五十九两零。

（朱批：）览。[①]

0741. 奏报本年四月雨水粮价情形折

光绪二十四年五月十三日（1898年7月1日）

头品顶戴陕西巡抚臣魏光焘跪奏，为恭报雨泽、麦苗情形，恭折仰祈圣鉴事。

窃查陕西省光绪二十四年闰三月雨泽、麦苗情形，业经臣奏报在案。兹据西安、延安、凤翔、汉中、榆林、同州、兴安、邠州、乾州、商州、鄜州、绥德等府州属陆续具报，于四月初一、二至初五及初八、九并十三四五至十八九及二十六七八九等日，先后得雨二三四寸至深透不等。臣查入夏以来，雨泽沾足，当二麦、豌豆渐次成熟之际，又复迭次得雨，包谷、杂粮均已及时播种，民情欣悦，合境安谧，堪以仰慰宸廑！刻查西安粮价，大米每仓石价银二两八钱一分，小米每仓石价银二两六分。较之上月，大米每石减银一钱三分，小米每石增银一钱五分。

所有光绪二十四年四月分雨泽、麦苗并省城粮价情形，理合恭折具陈。伏乞皇上圣鉴。谨奏。光绪二十四年五月十三日。

（朱批：）知道了。[②]

光绪二十四年五月二十六日，奉朱批：知道了。钦此。[③]

---

①中国第一历史档案馆藏：《单》，档号：03-6576-053。

②台北故宫博物院藏：《军机及宫中档》，文献编号：408006974。

③中国第一历史档案馆藏：《录副奏折》，档号：03-6972-032。

0742. 奏闻委解股票及内府经费片

光绪二十四年五月十三日（1898年7月1日）

再，臣前准户部电覆：陕省筹垫商富昭信股票银五十万两，令即陆续批解等因。遵即先后两次委员批解银三十三万两，业经奏咨在案。兹拟将前筹垫未解商富股票银一十七万两作为三批起解，以足五十万两之数，并搭解陕省本年应筹解内务府经费一半银五千两，又随解平余银一百六十五两，户部加复俸饷一半银二千两，均由司在本年地丁款内筹备齐全，差委妥员于四月十三日起程，解赴户部等衙门交纳。据藩司李有棻具详前来。

臣覆查无异，除分咨外，所有陕省续解股票及筹解二十四年内务府经费等项银数、日期，理合附片具陈。伏乞圣鉴。谨奏。

（朱批：）该衙门知道。①

光绪二十四年五月二十六日，奉朱批：该衙门知道。钦此。②

0743. 奏报汇解应还英德借款片

光绪二十四年五月十三日（1898年7月1日）

再，查陕省每年认还俄、法、英、德两款银二十二万两，前经臣奏准由两淮、江苏应解甘肃新饷内就近划拨抵解在案。本年四月二十五日，准两江督臣电开：鄂、皖盐厘改归税司代征抵借，已于本年闰三月初十日截止，所有两淮划抵陕西应还英、德洋款，除已抵解过二月分银三万两，以后无款应拨，即另筹解等因。查陕省本年五月分应还英、德借款银三万两，前已由司备具文批移咨江海关道在两淮应解甘饷内就近抵解，并经臣附奏在案。

兹准前因，当以接电较迟，若委员径解，恐误五月限期，即

①台北故宫博物院藏：《军机及宫中档》，文献编号：408006974-0-A。

②中国第一历史档案馆藏：《录副奏片》，档号：03-6646-084。

将截留陕省代解两淮协甘饷银三万两，发交协同庆蔚丰厚商号汇兑江海关道衙门交纳转解，以期迅速。据藩司李有棻具详前来。臣覆查无异，除分咨外，谨附片具陈。伏乞圣鉴。谨奏。

（朱批：）户部知道。①

光绪二十四年五月二十六日，奉朱批：户部知道。钦此。②

0744. 奏报查办长安等县本年灾情片

光绪二十四年五月十三日（1898年7月1日）

再，据长安县禀报，该县黄家桥等村堡逼近苍、龙、滚、沮、泥、沙、沣、滈各河，本年四月十八九等日，大雨水涨，致将各河堤冲决，所有沿河成熟麦、豆、烟苗各地多被淹伤，经该县亲往勘验，实属成灾。惟水多未退，被淹地亩若干，现尚未能查悉，已饬令疏消积水，补种秋禾。

又，据咸阳县禀报，该县南乡打鱼屯一带各村堡于四月十八九等日大雨水涨，沣、苍各河堤堰冲决，被淹地亩约十数顷，经该县亲往勘验，各处水已渐退，小麦间有未收，豌豆被水浸坏，受灾较重，烟苗、棉花次之，均令设法修渠，补种秋禾。

又，据鄠县禀报，该县于四月十九、二十等日连遭大雨，太平、涝河之水弥漫横流，沿河地亩约淹三顷有奇，经该县亲往勘验，尚不致成灾。惟烟苗一经水淹，即无收成。间有坍塌民房，该县择其无力者，捐廉给修；乏食者，按照户口捐麦分给，俾免失所。仍令赶种秋禾。

又，据华阴县禀报，该县于四月十九、二十等日大雨，昼夜不止，山水同发，且有起蛟之处，经该县亲往查勘，饬役防护新堤泄水入河，消退尚速，田禾不至损伤，低田虽有剩水，赖新渠宣泄，仍可补种秋禾。

---

①台北故宫博物院藏：《军机及宫中档》，文献编号：408006974-0-B。

②中国第一历史档案馆藏：《录副奏片》，档号：03-6693-041。

又，据富平县禀报，该县城西北角齐堡村等处于四月二十七日午后忽降冰雹，约长十余里，宽七八里，经该县亲往勘验，地内二麦多已收刈。惟麻杆、棉花等枝叶被伤，并无妨碍，即被灾较重之区，尚可补种杂粮，不致成灾。

又，据同官县禀报，该县于四月二十七日未刻忽雨冰雹，自西北七八里之渠村起至西南十里之北雷村止。经该县亲往勘验，麦禾被伤轻者尚可折收几成，重者悉成枯茎。该县拟请动用常、义各仓粮石，分别抚恤，仍将被雹较重地亩赶种秋禾，以免失时。

又，据永寿县禀报，该县东北乡沟渠头等四村于四月二十七日午刻，天降冰雹，损伤禾苗，经该县亲往勘验，约长九里许，宽二三四里不等。被雹最重之处，麦、禾、菜子、豌豆均颗粒无存；秋苗经雹即萎，约共地二十余顷，实已成灾。该县查明极、次贫民，分别借给义粮，仍令赶紧补种秋苗。无力者，由该县捐给籽种，以示体恤。

又，据邠州禀报，该州东、南、北各乡之林家堡等三十四村堡于四月二十七日午后，忽降冰雹，积地三寸有余，麦禾、豌豆、烟苗均被打伤，收成失望。经该州履勘，约长五六十里，宽十余里。南乡景村等三处被雹尚轻，不致成灾。其东、北二乡各村堡雹灾甚重，竟至颗粒无收。该州分别轻重，散给义仓粮石，暂资糊口，并筹给籽种，令速补种秋禾。

又，据长武县禀报：该县西南乡之张家坡等十一村堡于四月二十七日午刻，天降冰雹，积地一二寸不等，麦禾、豌豆、烟苗多被打伤。经该县履勘，约长七八里，宽三百余步，分别被灾轻重，查明极、次贫民，捐廉发给钱文，仍令赶紧补种秋苗；无力者，另筹拨给籽种，各等情。前来。

臣查小民出作入息，原冀有秋。今一旦罹此灾祲，情殊可悯！当经臣先后批司移行该管道府州遵章覆勘，究竟被水、被雹损伤夏、秋禾苗地亩实有若干，分别成灾分数，与是否不致成灾，钱粮应如何蠲缓，先行出示停征，并被灾贫民已令妥为抚恤，应否另筹赈抚，据实妥议，联衔结报；仍令长安等县谕饬农民赶紧堵筑堤口，疏消积水，同富平等县被雹各处，及早补种秋粮，俾资接济。统俟查办完竣，另行奏报。谨附片具陈，伏乞圣鉴。谨奏。

（朱批：）知道了，即着认真抚恤，毋任失所。[①]

光绪二十四年五月二十六日，奉朱批：知道了，即着认真抚恤，毋任失所。钦此。[②]

0745. 奏闻动款提还商借本息银两片

光绪二十四年五月十三日（1898年7月1日）

再，前奉上谕饬办息借商款，准于地丁、关税项下按期归还等因。钦此。当经前升任抚臣鹿传霖钦遵办理，陆续共缴到商借库平银三十八万四千四百两，分别解部截留。所有头期至四期止共还本银三十八万四千四百两、息银三万九千二百八十三两六钱五分，二共已还本、息银四十二万三千六百八十三两六钱五分，内除在二十一、二十二等年地丁、厘金两款内支销银二十七万五千八百八十三两四钱三分三厘，下余已还未销银一十四万七千八百两二钱一分七厘，除在二十三年地丁款内提还商借三期银二万五千两，又提拨厘金归还商借本、息银三千五十两一钱，二共动支银二万八千五十两一钱，臣已于奏销册内分别收支造报。仍余已还未销银一十一万九千七百五十两一钱一分七厘，因二十二年所收地丁、厘金不敷支销，经臣奏明截留土厘归还，旋准部覆，碍难议准。除另案拨还司库封储等款银二十万两，行令先尽商款归还等因。

时值甘境肃清、各军遣撤之际，当将准部电拨天津洋款银二十万两全数拨付，遣撤各军勇饷已于上年春拨案内开支造报在案。所有三、四两期应还商借本、息银两，只得暂由司库陆续垫支，

①台北故宫博物院藏：《军机及宫中档》，文献编号：408006974-0-C。

②中国第一历史档案馆藏：《录副奏片》，档号：03-7106-095。

归还清楚。现在办理光绪二十三年奏销事竣，库款亟应清理。查本年春拨司库封储款内存银四万一千六百六十九两五分一厘五毫一丝，又留备款内动银七万八千八十一两六分五厘四毫九丝。以上两款，应即照数提还垫支三、四两期商借本、息银两，俾清库款等情。由藩司李有棻具详前来。

臣覆查无异，除咨部查照外，理合附片具陈。伏乞圣鉴。谨奏。

（朱批：）户部知道。①

光绪二十四年五月二十六日，奉朱批：户部知道。钦此。②

0746. 请销军需收支银粮数目缘由片

光绪二十四年五月十三日（1898 年 7 月 1 日）

再，陕西省军需、善后收支款项，自光绪二十二年以前册报请销，均经户部核准覆奏，奉旨钦遵在案。查陕西界连五省，游勇、客民往来络绎，签、会各匪勾结时虞，弹压巡防，在在均关紧要。绿营兵制未复，全赖各防营分扎巡缉，以资保卫，前经臣奏明将援甘撤回各营同留防勇队一律裁改旗制，整顿训练，认真巡防，地方借以安谧。上年复准部议，令即裁勇节饷，又经臣先后奏明截至光绪二十三年三月并六月底止，将抚标练军同延绥、陕安、汉中各镇练军酌量裁改，北山各属防勇全数裁撤，并马步各旗原设文案、帐友、书识及营哨各官、私夫、马队岁终余马价银一并裁去，以节饷需在案。

旋遵部议，自二十三年七月起，无论旗、绿各营俸饷、额支正、杂各款，分别六分、四分减平，照数查扣，分别解部及报部候拨亦在案。所有防、练各营旗二十三年分应需薪饷、盐菜、制造、杂支等项及应领食粮，俱已按章筹支给领。兹值查办二十三

①台北故宫博物院藏：《军机及宫中档》，文献编号：408006974-0-D。

②中国第一历史档案馆藏：《录副奏片》，档号：03-6576-054。

年报销之期，据善后局司道分造总、散清册，具详前来。

臣覆核无异，除各册分咨部、科并制造绿营操防铅药、火绳等项遵照另案题估请销外，所有收支银粮各款，相应仰恳天恩饬部核明准销，谨附片具陈。伏乞圣鉴。谨奏。

（朱批：）该部知道。①

光绪二十四年五月二十六日，奉朱批：该部知道。钦此。②

0747. 奏报经征钱粮完欠分数情形片

光绪二十四年五月十三日（1898 年 7 月 1 日）

再，前准部咨：各州县经征钱粮未完一分以上各员，议令遵照筹饷条陈，按年奏报钱粮分数，除灾歉不计外，只按熟地核计等因。查陕西省光绪二十二年以前经征完欠各属，已按年奏报在案。兹值查办二十三年分数之期，据通省各府、直隶州将经征钱粮完欠分数陆续报齐，调查各厅州县每月旬报暨报解起存数目，核对完欠确数，由藩司李有棻具详前来。

臣详核通省各属未完钱粮，剔荒征熟，内惟华州一处未完数在一分以上，查系本任知州黄世瀛调署知州，续经丁忧之边祖恭，两任经征，余均不及一分。现饬藩司责成该管道府严催扫数征解具报，俟有续完归入下届办理。

除清册咨送部、科外，所有光绪二十三年各属经征钱粮，核计完欠分数缘由，谨附片具陈。伏乞圣鉴。谨奏。

（朱批：）户部知道。③

光绪二十四年五月二十六日，奉朱批：户部知道。钦此。④

①台北故宫博物院藏：《军机及宫中档》，文献编号：408006974-0-E。

②中国第一历史档案馆藏：《录副奏片》，档号：03-6146-036。

③台北故宫博物院藏：《军机及宫中档》，文献编号：408006974-0-F。

④中国第一历史档案馆藏：《录副奏片》，档号：03-6259-031。

0748. 奏报新扣满营兵丁六分减半银两折

光绪二十四年五月二十四日（1898 年 7 月 12 日）

头品顶戴陕西巡抚臣魏光焘跪奏，为新扣西安满营兵丁六分减平银两数目，恭折仰祈圣鉴事。

窃臣前准户部议覆西安将军请将满营兵丁向支七成饷项免扣减平一案，因念该驻防旗兵向支七成饷项者过于艰苦，准其免扣减平；向支八五月饷及添练洋枪各兵丁，仍照新章查扣，每年应扣减平银两各若干，令即查明奏咨，报部核办等因。当经咨明西安将军查照，一面行司遵办去后。

兹据藩司李有棻详称：遵即呈准西安将军照会内开：据八旗协领等呈：查满营向支八五月饷及添练洋枪、炮队饷银，自光绪二十三年七月分起至二十四年五月分止，连闰计十二个月，共应新扣六分减平银五千三百六十两零。所扣减平银两数目，核与满年查扣之数相符等情。前来。

臣覆核无异，除清册咨部查核外，谨缮折具奏。伏乞皇上圣鉴。谨奏。光绪二十四年五月二十四日。

（朱批：）户部知道。①

光绪二十四年六月初七日，奉朱批：户部知道。钦此。②

0749. 拟设武备学堂定立简明章程折

光绪二十四年五月二十四日（1898 年 7 月 12 日）

头品顶戴陕西巡抚臣魏光焘、陕西学政翰林院编修臣叶尔恺跪奏，为拟设陕省武备学堂，并武科改用枪炮，定立简明章程，缮具清单，恭折仰祈圣鉴事。

---

①台北故宫博物院藏：《军机及宫中档》，文献编号：408006975。

②中国第一历史档案馆藏：《录副奏折》，档号：03-5761-047。

窃臣光焘前准兵部咨：会同军机处议覆荣禄、高燮曾①、胡燏棻②请改武备特科各折、片❶，恭录谕旨，刊发原奏，通行各省，令将武备学堂如何建立，如何教练，妥拟报部等因。正核办间，复准部咨议覆黄槐森③改试洋枪一折，奉旨：依议。钦此。通饬各省按照两次原奏，逐细详参，迅速咨报，各等因，到陕。仰见朝廷整军经武、因时制宜之至意！当经咨会臣尔恺，并行司核议去后。

臣等公同参酌，往复筹商。窃以武科之敝在于所学者非其所急，而所取者非其所用。时至今日，诚宜改钝为利，化拙为巧，易无用为有用，乃足以建威销萌，克敌致果。惟是更张之始，教练为先，则建立学堂乃武科改制之根本。顾旧有学堂者易，创立学堂者难；风气已开者易，风气未开者难；地大物博者易，地瘠

---

①高燮曾（1841—1917），名楠忠，号理臣，湖北孝昌人。咸丰八年（1858），中举。同治十三年（1874），中式进士，改庶吉士。光绪二年（1876），授翰林院编修。十一年（1885），授山西学政。十六年（1890），任河南道监察御史。十八年（1892），任掌广西道监察御史，办理稽察西仓事务。二十年（1894），充巡城御史。次年，授吏科给事中。二十二年（1896），转巡城给事中，同年，任兵科掌印给事中。二十四年（1898），擢内阁侍读学士。二十五年（1899），补顺天府府丞。民国六年（1917），病卒。

②胡燏棻（1840—1906），字芸楣、云楣，安徽泗州人，祖籍浙江萧山，监生。同治三年（1864），中举，捐候选郎中，补刑部奉天司行走。八年（1869），任刑部奉天司主稿。十三年（1874），中式进士，改翰林院庶吉士。光绪二年（1876），授广西灵川县知县。五年（1879），署直隶大顺广道。八年（1882），署直隶天津道。十二年（1886），实授直隶天津道。十五年（1889），署长芦盐运使。十七年（1891），迁调广西按察使。次年，署广西布政使。二十一年（1895），升补顺天府尹。二十三年（1897），兼任顺天乡试监临，稽查左翼宗学。次年，以候补侍郎充考试大臣，并任总理衙门行走。二十七年（1901），署工部右侍郎兼管钱法堂事务，襄办京畿善后营务事宜。次年，调刑部右侍郎。三十一年（1905），兼署工部左侍郎。三十二年（1906），补礼部右侍郎、邮传部右侍郎。同年，卒于任。

③黄槐森（1829—1902），字作銮，号植亭，广东香山人。咸丰十一年（1861），中举人。同治元年（1862），中式进士，改庶吉士，授编修。后历任山东道御史、云南道刑科给事史。光绪元年（1875），任给事中郎官，次年，补直隶大顺广道，旋丁内艰，回籍终制。服满起复后，补四川川北道，转云南迤东道。十六年（1890），升贵州按察使，护理贵州巡抚。十八年（1892），调补广西布政使，护理广西巡抚。二十一年（1895），擢云南巡抚。次年，调补广西巡抚。二十七年（1901），开缺回籍。二十八年（1902），病卒。

民贫者难。陕西僻处西隅，民气浑厚，于西法茫未有知，洋操多所未见。谋新舍旧，已费周章，而建学之初，聘教习，置枪械，筹画常年经费，较之文生书院，厥费惟倍。特为自强计，不敢不勉为其难，虽改弦一旦，未免手生，而蓄艾三年，深虞病剧。

查胡燏棻原奏，府、厅、州、县各建学堂一所，部议则惟在省会地方设立一区，自较简易。第念每县设学固属烦难，而学堂专在省城，他府厅州县有远在一二千里外者，远来就学，亦殊不易。今拟在西安省城设总学堂一处，此外则同州、凤翔及南山之汉中、北山之延安各设学堂一处，凡武举、武生、武童愿学者，由各州县各就附近之处，申送入堂，认真教练。

查部章武童岁试自下届始，武乡、会试自光绪二十六、七年始，一律改试枪炮。但童试为乡试之始基，下届武童岁考在光绪二十七年，而乡试转在先一年，似嫌倒置。现在甫议设学，应用何等枪炮，部议尚未酌定，待学堂设就，枪炮购齐，教习到堂，武生改业，应在二十五年春间，而二十六年即举行乡试，各武生向以弓刀取进，改习枪炮，甫及一年，加以风气初开，来者未必多，学者未必成，于无可挑选之中，勉强取中数十名武举，似非实事求是之意，拟请将陕西武乡、会试均暂停一届，于二十七年遵用新章开办，小考则技艺渐精，而层次亦顺。至二十九年武闱，仍取足两科之额，俾诸生知立法之意非捐弃故技、精习枪炮不能进身，乃能绝其两端首鼠之心，而精求乎药云弹雨之用。至练习考校之法，臣等公同参议，约有四端：

一曰去我所短，仍宜留我所长。西人长在枪炮，中国长在击刺，今易弓箭为枪炮，而刀矛牌究不可废，盖两军遥对，枪炮先施，至于敌军近逼，大呼陷阵，猿惊鸟趯，虎伏猱进，此刀矛牌之利也。敌人枪弹既竭，我以马军突出，横击包抄，洞胁穿背，此又长矛之利也。拟将武场弓刀石改为刀矛牌，刀矛仍用湘营操练旧法，牌则易藤为铁，用以遮蔽子弹，壮其胆气，盖枪炮取法于彼，虽甚精利，仅足相敌，必肉薄竞进，决命争首，方能制胜，则刀矛铁牌，实与枪炮同功。

一曰器械求新，而矩规仍旧。自设武科以来，由县而府而院，三年取进，而试之于省，技有常格，试有常期。自明及今，遵守勿替。今虽改习枪炮，而考试场期拟一仍其旧，请将地毬马步箭改试马步枪炮为一场，弓刀石改试刀矛牌为一场，数适相当，法无大变，奉行者既不纷扰，应试者更易遵循，所谓变而不失其常也。

一曰器用西式，而教用华人。陕西风气初开，必得名师指授，而地方较远，经费短绌，势难延聘洋员。往者陕甘各营改习洋操，均由天津拣派员弁入关，用资教练；今者津、江、鄂、粤学堂林立，其间不少成材，拟即咨商南北洋大臣，无论营员、学生，择其熟精西洋战法、兼通舆地、测算诸学者，酌派数员来秦，作为教习。每一学堂用正、副教习各一员，延订十数人，即敷分教，但使实事求是，数年以后，今日之学徒即异时之师长，通都之传习即乡曲之楷模。薪火相传，武风丕变，虽曰因人成事，实亦因地制宜。

一曰立法在考试之中，而育材在考试之外。查湖北武备学堂，专储将领之选。此则专为考试之需，用意稍殊，而法当兼采。鄂中章程，专选文武、举、贡、生员、候补、候选员弁、官绅世家子弟考取入堂，而单门下材不与焉。今为武科改章而设，自以成就通省武生、武童为主，然果有官场子弟游幕通材、有志请缨、抚膺思奋者，亦准其报名投考，收取入堂，作为外课一体认真教授，俾成文武之才。若有志观光，仍咨送回籍应试。盖此辈聪明，学业本加乡曲武童数等，降心来学，其志必坚。执业既专，收效亦速，楚材用晋，戎臣入秦，不当以方隅限也。

以上所陈，在于开风气，节经费，求实际，立始基，先立五学，以为逐渐推广之由，暂停一科，以免欲速不达之诮。臣等目击时艰，力除锢习，尽其力所能到，期于事之有成，但使教之七年，克收一日之功，学者千人，能食一士之报，由此将才日出，我武维扬，庶几上报国家，下振士气！

所有武科改制及设立武备学堂，拟定章程十条，谨缮清单，合词恭折具陈。伏乞皇上圣鉴，饬部核议施行。再，此折系臣光焘主稿，合并陈明。谨奏。光绪二十四年五月二十四日。

（朱批：）该衙门议奏，单、片并发。[1]

光绪二十四年六月初七日，奉朱批：该衙门议奏，单、片并发。钦此。[2]

❶【案】光绪二十三年十二月二十五日，协办大学士荣禄奏请改革武科考试旧制，曰：

再，武科之设，原期得折冲御侮之才。自火器盛行，弓矢已失其利，习非所用，与文科科举时文、试帖之弊略同，积弱之端，未始不由于此。虽经廷臣屡次条奏，皆于格于成例，难议更张。查应试武童，每县少则百余人，多或数百至千人不等。约而计之，县以二百人为率，合计天下数可三四十万，教练成兵，其利有五：年富力强，无老弱滥竽充数，利一。弓马娴习，教练易成，利二。有志上进，与苟谋衣食者不同，利三。姓名宅里，有籍可稽，无逃亡之弊，利四。有室有家，散则归农，不至流为盗贼，利五。

且近在乡里，养兵之费自轻。此尤胜于招募者。若每省延聘兼通西法、精于操练教习数十人，就地教练，一岁之后，可成精兵。定以充役三年，作为武生，选其材武聪颖者，每省设一武备学堂，挑入学习，重学、化学、格致、舆地诸学；分炮队、枪队、马队、工程队诸科，限以三年，由各督抚详加考试，凡考列优等者，作为武举人，其名数略参科场旧制，分别大省、中省、小省，各不得逾本省原额十分之五。此为武备特科。其三年一试之武科，暂准照旧举行，但须酌减旧额一半，以期相济为用。试之有效，再将旧制停罢，并将此项特科武举人咨送京师大学堂，限以三年，由兵部奏请钦派王大臣考试，分

①台北故宫博物院藏：《军机及宫中档》，文献编号：408006976。

②中国第一历史档案馆藏：《录副奏折》，档号：03-9447-066。

列优等者，作为武进士。其名数与常年会试中额各得其半，仍恭候廷试，各就本科，验其膂力、技艺，询以方略，以侍卫、守备分用，届时并定各路军营自哨长以上，均须用此项武举人、武进士人员充补，俾得效力行间，以备干城之选。

似此参酌中外兵制造就人才，其用至广，其效至速。各国闻此举动，或稍戢其狡焉思启之心，于国事实有裨益。应请饬下廷臣详细核议，奏请宸断，施行。奴才愚昧之见，是否有当，谨附片具陈，伏乞圣鉴。谨奏。①

【案】荣禄之奏于当日得清廷批复，《清实录》曰："又谕：荣禄奏、请设武备特科，参酌中外兵制，造就人才等语。着军机大臣会同兵部议奏。②"

【案】光绪二十四年正月初六日，兵部掌印给事中高燮曾奏设武备特科，曰：

兵部掌印给事中臣高燮曾跪奏，为议设武备特科敬陈管见，恭折仰祈圣鉴事。

窃臣恭读光绪二十三年十二月二十六日上谕：荣禄奏，请设武备特科，参酌中外兵制，造就人才等语。着军机大臣会同兵部议奏。钦此。仰见皇上整军经武、发奋为雄至意，欢忭莫名。方今外侮交来，猖狂已极，所以不敢轻言战者，非无兵也，无良将也。所以无良将者，求之不得其道、教之不得其方也。臣不谙军旅，然蒿目时艰，窃欲贡一得之愚，以备刍荛之采。朝廷准设特科，自与寻常武试迥异。若但较量技勇即成就可观，不过得一兵之用而止。拟请饬下军机大臣等详议章程，始也求之有道，宽其途，严其格，不拘文武，不拘已仕未仕，总以能胜将帅之任为指归。

今内外三品以上大员各举所知，悬五事以为之的：一、娴韬略，兼贯中法、西法；二、输舆地，工测绘；三、练身体，善攀刺；四、习洋枪、洋炮及中国擅长火器。此四者阙一不可。五、精制造，创新

①中国第一历史档案馆藏：《录副奏片》，档号：03-5922-013。

②《德宗景皇帝实录（六）》，卷四百十三，光绪二十三年十二月，第405页。

械。此则于四者之外别为一格，或专长，或兼长，皆可保荐。其有名实相符者，详具姓名以闻，至京考校合格者，分别给予职官，俾为武备学堂教习，教有成效，准予超擢。由是而教之方可言矣。京师设武备学堂，遍及于各行省，亦教以上所陈五事，外省两年服满，拔其尤，入京师武备学堂，仍令肄习一年。三年学成，请钦派王大臣一体考校，分别等第，以备任使，或充各营教习，或充哨官、营官。其颖异者，令充出使大臣随员，以广闻见，卓著勋勤，乃升统带。

似此条理略具，但使王大臣、各疆吏勤勤恳恳，实事求是，勿徇情面，勿尚酬应，日渐月磨，必有名将出乎其间，干城腹心之寄匪异人任，又何惧外侮而不能一雪国耻哉？管窥所及，是否有当。伏乞皇上圣鉴。谨奏。光绪二十四年正月初六日。①

【案】给事中高燮曾之奏，亦于当日得获批复，《清实录》："又谕：给事中高燮曾奏，请设武备特科一折。着军机大臣会同兵部，归入荣禄奏请参酌中外兵制特设武科片内，一并议奏。②"

【案】光绪二十四年二月二十六日，王大臣奕䜣等议覆改设武备特科等奏，曰：

臣奕䜣等跪奏，为遵旨会议具奏，仰祈圣鉴事。

光绪二十三年十二月二十五日，内阁奉上谕：荣禄奏，请设武备特科，参酌中外兵制，造就人才等语。着军机大臣会同兵部议奏。钦此。光绪二十四年正月初六日，内阁奉上谕：给事中高燮曾奏，请设武备特科一折，着军机大臣会同兵部，归入荣禄奏请参酌中外兵制、特设武科片内，一并议奏。钦此。钦遵。先后将原奏二件抄出。臣等伏查荣禄所奏，请设武备特科，分列格致诸学、枪炮诸科，以为之目。旧制之武乡、会试，姑仍其旧。其应特科之人，由武童层递作为武举、武进士，每次限以三年、略取九年大成之意，不必与旧科同岁举行，止须将原有中额之半拨入特科，试之有效，再将旧制全停。自

①中国第一历史档案馆藏：《录副奏折》（据折面字迹，此折应为原件），档号：03-5615-002。又《录副奏折》，档号：03-5615-003。

②《德宗景皇帝实录（六）》，卷四百十四，光绪二十四年正月，第412页。

系为转移风俗、造就人材起见。

臣等伏维武科定制，沿自有明。从前火器尚未盛行，即泰西各国亦迥不如今日之精。我朝龙兴远藩，八旗劲旅，骑射绝人，因而武科亦沿用马步箭、刀、弓石各项技艺，在当日原属致胜之具，今则制造、枪炮，考校准头，精益求精，西人谓之药弹世界，弧矢诚不足以威天下，习非所用，与制艺取士流弊正同。改弦更张，自宜首议及此。惟是变法之始，贵乎耳目一新，使天下晓然，知上意之所在，无不踊跃奔走，始足以振作士气，鼓舞人才。举行之年限可稍迟，而中额不宜分半，应用之枪炮必画一，而流弊亦宜豫防。当兹时势多艰，办事务求核实，无取铺张，亦不必有特科名目。臣等谨按照原奏各条，细心紬绎，择其轻而易举、简而可行者，为我皇上缕析陈之。

查武场改试枪炮，系为创举。武童初学，必用教习，多用则经费难筹，且精于操练兼通西法者，一时亦难数觏；少则又苦不敷分布。即使一省之中各就府、厅、直隶州，酌为延聘，而武童各安土著，距所属本府、州、厅，远者或至数百里，平时院、府两试，已苦跋涉之艰，若令就地教练，充役三年，始准作为武生，诚恐资斧不继，阅时过久，转致半途而废。惟是国家功令之设，不过悬的以招。

至于储材待售，则视其人之自为，但使明定章程，通行各省立定年限，自某科为始，废马步箭、刀、弓石不用，所有武场一律改设枪炮，其向应武试者决不至因此辍业。自必购求利器，摩厉以须，犹制科之诗赋、策论、八股，屡易其体，实任无不争自濯磨，所谓利禄之途使然，初不烦官为督责也。

章程既定，届时武童应考，仍由各该省学政按临。考试合格者，照额取中武生，则进取有资，人思自奋矣。取中武生之后，人数较武童为少，而且发轫伊始已有上进之阶。应请即如原奏所拟，由地方官酌量设法，每省筹立武备学堂一区，择武生之材武聪颖者，或年力富强、有志观光、自愿入堂肄业者，酌照省分大小核定人数，按名挑入学习，重学化学、格致、舆地诸学；分马步、炮队、枪队、工程队诸科，派定总、分教习，督同训练。其挑选教习之法，如南、北洋、湖北等省，先经设有武备学堂，止须酌添教习员数。他如直隶之新建陆军、江南之自强军，以及各省所练之洋枪、炮队，熟于以上诸法、堪胜教习之任者，自不乏人。拟请无论官弁勇丁，一体就近酌量派充。其余各省由该督抚筹定款项，自行延聘。学堂功课听总教习按照人数，匀拨教练，官中派员认真稽察。其未经挑入之武生，仍令回籍，自行学习，乡试届期，何意省之武生，无论堂内、堂外，一律由该督抚改试枪炮新章，详加考验。列入优等者，照额取中武举。其内场默写武经，原属具文，且易滋弊窦，应请即行裁去。新武举咨送会试，即将本届新武生挑选，换入学习，嗣后按照科分，挨次轮换。风气一开，互相传习，挽强蹶张者，废然思返。不必仍留旧额之半，亦不患应试乏人矣。各省既设武备学堂，整齐画一，新中武举人数褒然可观。京师首善之区，自应设立武备大学堂，以荟众材而光盛典。

惟是大学堂规模较之各省，尤为繁重，一切应订章程、应用器具，亦非仓卒所能集事，且各行省既经遍设学校如林，其八旗顺天武生或由该管地方官先行设立寻常学堂，或就近往天津学堂学习，均无不可。京师大学堂之设似可稍缓，各省武举亦毋庸再限三年在京肄业。拟请每届武会试之年先期由各省督抚，将此项武举咨送兵部，由部奏请钦派王大臣考试，仍照乡试之例，以枪炮中靶之数为断，择其优者取中武进士，名数与常年中额相同。其殿试两场尚有应行略为变通之处，拟请由兵部奏明，请旨办理。至给事中高燮曾所奏，专为求将帅之材、备教习之选，先设京师武备学堂，然后遍及各行省。所陈五事，除练身体、习枪炮二条外，余三条皆专门名家所难。倘责令武生、武举等躐等而进，必至有名无实，徒滋繁费。余与荣禄所奏大致略同，应请毋庸置议。

以上各节，臣等悉心核议，参酌中外，择善而从，寓营制于科举之中，阴以兵法，部勒之与泰西豫备兵、留后兵之意相合。各疆理诚能认真举行，需以岁月，有勇知方之士必有脱颖而出者。即绿营、练勇亦可收互相观摩之益矣。其未尽事宜及应准应驳缘由，折内未及详叙者，另列简明章程十条，开单恭呈御览。

抑臣等更有请者，国朝军政，自提镇以下一切武职，本以行伍为正途，其武举、武进士原不过聊备一格。道光以前姑不具论，即如咸丰、同治以来，荡平粤、捻，在事将帅，满洲如多隆阿、塔齐布，汉人如鲍超、刘松山，皆系行伍出身，蔚为名将。武科所得率多偏裨奔走之材，断不能与文场乡、会相提并论。即欧美各国讲求武备，如英国、德国之水、陆军大书院、美国之委士盘大书院，皆情愿入伍之人，始准入堂学习，学成之后，即令分隶各营，充当士卒，并无所谓武科也。今欲建威销萌，折冲尊俎，宜就各省勇营，认真挑选，厚其赡资，严其功课，腹心干城之寄，在彼不在此。

至于武科改制，臣等今日所议已得期大概，宋臣苏轼所谓取士之法，不过如此。不得谓区区一科，遂足尽天下人材也。所有臣等遵旨会议缘由，谨缮折具陈。伏乞皇上圣鉴。再，此折系军机大臣主稿，会同兵部办理。协办大学士兵部尚书荣禄因系原奏大臣，应行回避，未经列衔。合并声明。谨奏。光绪二十四年二月二十六日。

军机大臣和硕恭亲王臣奕䜣，军机大臣和硕礼亲王臣世铎（假），军机大臣协办大学士户部尚书臣翁同龢，军机大臣刑部尚书臣刚毅，军机大臣工部尚书臣钱应溥（假），军机大臣刑部尚书廖寿恒，兵部左侍郎臣杨颐，兵部右侍郎臣文治，兵部右侍郎臣寿昌。①

【案】光绪二十四年二月二十六日，恭亲王奕䜣呈报会议武备特科约举十条清单，曰：

谨将臣等会议按照原奏分别准驳缘由，约举十条清单，恭呈御览。

一、事关变法，必须提纲挈领，然后简而易行。傥如原奏所拟：就地教练，充役三年，作为武生，则是童试可裁矣。不知变法伊始，其机括全在童试，业经改用枪炮，小试其端得有进步，自不肯改而之他。若裁去童场，径令赴省乡试，所谓就地教练者，究属有名无实，临场报考，必至人数寥寥。

一、心思、耳目专用则灵，况乎科场大典，其所以专心致志、百折不回者，缘非此无以致胜之具也。今既明定章程，改试枪炮，若仍

①中国第一历史档案馆藏：《录副奏折》，档号：03-9446-015.（据折面字迹，此折应为原件无疑）。

参用旧制，酌分中额之半，必俟试之有效，再将旧制全停，则是新章虽经厘定，旧制不必尽捐。人情狃于守旧，难与（于）图新，必至用枪炮应试者，不敷中额。

一、马步箭、地毬、刀、弓石等项相沿虽久，在今日则为无用。枪炮两项原属武人分内应行学习之事，以此试士，不得谓之特科。其举行年分不可太骤，亦不宜太迟，应请饬下兵部，通行各省立定期限，由地方官出示，晓以改章伊迩，各生童、武举赶紧学习，毋得自误。现在各省业经举行本届岁试，未及改用新章，应请自本届武生录科起，即行照改；乡试自光绪二十六年庚子科为始，会试自光绪二十七年辛丑科为始，童试自下届岁试为始，一律改试枪炮。其本年戊戌科会试，姑仍其旧。

一、改章之后旧制取中之武生、武举，应准其照新章一体应乡、会试，毋令向隅。如仍欲广为招徕，则练营制兵、防营练勇在省城附近驻扎者，不妨准其报名乡试。如距省太远，不准借此告假赶考。

一、武备学堂之设，事极繁难，各省万不能同时建齐，必有先后参差之处。立法之始，必须略予变通。其未经设立武备学堂省分，应先准其改用新章乡试。如有愿附他省学堂学习者，亦听其便，惟应考则必须本籍。

一、近年以来，枪枝炮位名目繁多，日新月异，武场应用之件，必须价值较廉而又坚固耐久者，始可通行无阻。惟是利之所在，弊即因之。如坊间石印书籍，因便于携带，每遇乡、会试年分，购取既众，获利不赀。今武科各场需用枪炮甚夥，久之必有一种窳败恶劣之器，专为武场射利而作，制造不精，手法亦坏，演习既久，授以精品，反不能用。立法之始，宜豫防流弊，应请于小口径快枪、陆路快炮，择其合用者，指定名目，由该衙门奉准官为代购，肄业之武举、生童等缴价给领，并行知各省必须画一，不得任意滥用。

一、私藏火器，例禁綦严。赳赳武夫，尤多犷悍之气。从前叠经臣工奏请改章，部议不准，具有深意。今欲开拓风气，使之学习枪炮，药云弹雨，如取如携，诚宜加意防闲，立法限制。拟请应由各地方官查明辖境之内武举、武生、武童肄业者若干名，并教习姓名、学堂坐落以及枪枝之件数、炮位之有无、枪炮之名目，按件报明该管州县存案。所有枪炮必须存放学堂，酌派教习或学长收管，不准私自携回，似亦慎重之一道。

一、新章既定，武童在家自行操演，武举给咨会试，无庸在京学习。其在各省城武备学堂肄业者，止有武生一项，较之原奏亦属简而易行。惟是办事务求实际，武生虽有籍可稽，胜于召（招）募，究属不及兵勇人数之多。各省建立武备学堂，煞费经营，自非专为武生而设，应请明定章程，武生入堂肄业者，通核人数，不得过十分之四。其余名额留为他项人员肄业之资。

一、武举、武进士既经改定新章，加意教育，得人必较盛于前，诚宜广其登进之途，俾得及时自效。譬之土产，制造既精，必求销路也。荣禄所有各路军营自哨长以上，均用此项武举、武进士充补。高燮曾所请分别等第，以备任使，或充各营教习、哨官、营官。其颖异者令充出使大臣随员，是否可行？抑或略仿其意、另定章程之处，应请饬下该衙门详细核议。

一、事关科举，不厌求详。其考试详细章程及武备学堂规模，有应由部臣厘定者，有应由各省疆臣、学臣筹办者，一切未尽事宜，嗣后随时奏明，请旨办理。①

【案】恭亲王奕䜣等折、片、单于当日即获允行，“上谕”曰：

光绪二十四年二月二十六日，内阁奉上谕：前据荣禄、高燮曾、胡燏棻先后奏请设武备特科、酌改章程各折、片，当经谕令军机大臣会同兵部议奏。兹据该王大臣等分别准驳，详议覆奏，并拟定大概章程，开单呈览。朕详加披阅，尚属切实可行。国家设科，武备与文事并重，原期遴拔真才，以备折冲之用。现在风气日新，虽毋庸另设特科，亦应参酌情形，变通旧制，着照该大臣等所议，各直省武乡试自光绪二十六年庚子科为始，会试自光绪二十七年辛丑科为始，童试自下届为始，一律改试枪炮。其默写武经一场，着即行裁去。所有一切未尽事宜，暨各省应如何设立武备学堂之处，着该衙门随时奏明办

①中国第一历史档案馆藏：《单》，档号：03-9446-016。

理。现在时局艰难，朝廷厘定章程，专务振兴实学。武场改试枪炮，亦转移风气之一端。嗣后主试王大臣及各省督抚、学政，尤当加意讲求，认真考核，务在作其忠勇，开其智识。平时则严督功课，校试则秉公去取，毋得奉行日久，又成具文，致负作育人材至意。该部即遵谕行。钦此。①

0750. 呈设立武备学堂拟定章程清单

光绪二十四年五月二十四日（1898年7月12日）

谨将拟定设立陕西武备学堂简明章程十条，缮具清单，恭呈御览。

计开

一、顺天府尹胡燏棻原奏各省会设大学堂，府厅设中学堂，州县设小堂。部议则令每省设武备学堂一区，意在节经费而开风气。陕西风气未开，经费尤绌，办法自以简易为主，然仅于省城立学，各州县有远在千余里之外者，必不能蹑屩远来。若令其在家肄习，既无师承，又无查考，实难期其有成。下届用新章取士，必至赴考寥寥，不敷进中各额。今拟于西安省城设总学堂一处，于同州、凤翔、汉中、延安四府各就地筹修学堂一处，凡武举、武生、武童愿学者，各诣本籍地方官报名，申送附近学堂肄习。其未设学堂之处，如有士绅情愿醵资开厂购械、延师在家教练者，亦准其遵照部章办理。

一、省城总学堂规模较巨，应照关中书院之例，通省武举、武生、武童均准入堂学习。各府厅州县愿学者，各由本籍申送到省，先行甄别一次，考取者为正课、为附课、为又附课，不列名而愿留省肄习者听之。正、附课各六十名，略仿书院膏火之例，月给赡银若干。其赡银之多寡，应俟经费筹定后，酌量定拟。又

①《光绪朝上谕档》，第24册，第59页。又，《德宗景皇帝实录（六）》，卷四百十五，光绪二十四年二月，第439—440页。

附课无赡银，每月官操一次，自巡抚以至首府，轮流阅看，优者捐廉给奖，劣者降黜。其四府分设之学堂，考校赡奖之法与总学同。课额、赡银，视经费之盈绌为差。惟捐建之始，悉由本地筹款，他属士子来学者，一体给予奖赡，则本郡之人必有烦言，应令不设学堂之府州县酌量捐资输助。如南山之汉中设学，则令兴安、协助；北山之延安设学，则令榆、绥、鄜协助；凤翔设学，则干、邠协助；同州设学，则商州协助。不入资者，不得入堂考课。特入资以乐输为准，亦不得勒措求多。

一、武科改章重在易弓箭为枪炮，然专以打靶为事，则秦中官弁勇丁尽有能者，勿须借才异地矣。不知既立学堂，苦筹经费，岂止求得兵弁之才，要须讲求舆图、天算、测量诸学，实尽讲堂、操场之功课，方足以宏造就而得英尤，拟于南、北洋学堂中，先行调取精通西洋战法、兼工舆图、测算诸学者二人，作为陕西总学堂正、副教习。正教习月给薪水六十金，副教习月三十金，岁终核计工课，以学生用功之勤惰，成才之多寡、迟速，定教习之考成。如其受益宏多，请三年优保一次；如教练无方，即行咨回原省。如是则教习无不尽心，而学生方能求益。学堂诸生以多识字、通文理、能学习测量、算法者为上等，月饩最优；或素未读书，而心思灵敏、膂力过人、枪炮有准者，次之；身强质鲁、黾勉事者又次之。如或不受约东，或不勤操练，或沾染嗜好，查出立行斥逐，以肃堂规。

一、外府分设各学堂，经费未必充足，或即在武营官弁内酌延精于施放马步洋枪、洋炮者，作为教习，其薪水可以稍省。至教练考试之法，仍与总学堂同。若各该守牧等能宽筹经费，情愿延订名师，教以测算诸学者，准由各府禀请咨调，其月饩、保奖亦与总学堂同。

一、部章士子所用枪炮务求一律，拟俟酌定后，将枪炮名目、价值咨行到陕，即先行筹款备价，派员购买来省，发制造局存储，先期通饬各属晓谕应试诸武举、武生、武童，各备原价赴局购买，不加运费。其有力者，准一人买马步枪各一枝；家寒无力者，准五人合买马步枪二枝，轮流习用。如有损坏，各士子自行修整、购赔。惟查家藏火器，例禁綦严，今虽考试改章，要当于通变之中寓防维之意。其购械之始，须由本籍取具五人互结，存案备查。各堂各厂均须设专司火器一人，将枪炮件数注册，存弆一室，用时领取，用毕交收，不准各学生携归自便。

一、向来武师开厂授徒，所习者弓箭刀石，无关例禁。今准其购买枪枝，各在各乡设厂学习，法当慎之于始，凡设厂授徒者，先须赴县报明该厂坐落何处，师生共系几人，是何名姓，共购枪炮若干件，仍出具五人互结，一并存案备查。其厂规与堂规同枪炮不准出厂，演习已毕，存放厂中，由学长收弆。倘有持枪滋事者，除本人照例绳治外，父兄、师长一并惩究。

一、部议武生岁试自下届始，武乡、会试自光绪二十六、七年始，一律改弓箭为枪炮。查童考为乡、会试之始基，下届武童岁考在光绪二十七年，而乡试在二十六年，势必取旧进之武生作新科之武举，而改章伊始，学堂甫经开办，考试究用何等枪炮，至今未准部咨，俟房舍修竣，枪械购齐，教习聘定，各生徒考取入堂，认真教练，总在二十五年春间。人情惮于谋新，乐于守旧，更张之始，武生来学者，必不甚多。教练甫及一年，即令以寥寥无几之人数、不甚娴熟之技艺，博取功名，是诸生既卤莽临场，试官亦牵就取中，又蹈向来苟且敷衍、有名无实之积弊。拟请将陕西武乡、会试均暂停一科，俟二十七年先开武童岁考，一律改用新章取进，至二十九年再行乡试，三十年再行会试，则人材较众，技艺较精，方为不愧科名，有裨实用。至上届停中乡、会各额，仍于下届补齐，以免士子觖望。

一、学堂功课考之西法，应分体操、战操两种，而平日师生授受，又分讲堂、操场两项。今改章伊始，正如塾师之教童蒙，法当由渐而进，勿论测绘诸学，非武生辈骤能领受，即体操、战操诸事，亦未可猛加驱策，苦以所难，应先以学习马步枪炮为主，以刀矛铁牌为辅。其堂中日行课程，应俟教习到堂后，酌量商订，尤须详察受教者资性之敏钝、气力之强弱，或识字，或不识字，或通文，或不通文，而教法之浅深难易，即因之所谓因材施教，不限一科。

一、童试先试马枪三，再试步枪三，以各中一出者为合式。嗣以刀矛铁牌试击刺，刀矛照营用原式舞法，亦如之铁牌以重十斤、十五斤、二十斤三等为差，照兵舞藤牌法。武乡试仍分三场，头场试马枪，每人跑马二次，每次发枪三；再试炮，发炮三；枪炮共计九出，以枪中二出、炮中一出者为合式。缺一者，不得进二场。二场试步枪，每人连发六枪，以直冲靶心者为中，六枪内以中二者为合式，缺一者，不得进三场。三场试刀矛铁牌，刀矛舞法如前，铁牌以重三十斤、二十斤、十五斤为头、二、三等。舞亦如前。凡试枪炮，其靶之广狭远近，应俟颁到枪式后，再行酌定。

一、旧制文生、文举人不得应试。此次改定新章，期于作育人才文武兼备，应即弛禁，以开风气。所有各省文生、文举人，有文试未经取中愿应武试者，准其呈报应试，果系内外各场合式，仍一律取中武举、武进士。至八旗士子应文试，及奉天旗人与文童试者，旧制较骑射，应一律该较枪炮。

（朱批：）览。①

0751. 奏报西安等属二麦约收分数折

光绪二十四年五月二十四日（1898年7月12日）

头品顶戴陕西巡抚臣魏光焘跪奏，为恭报陕西省西安等府州属二麦约收分数，恭折仰祈圣鉴事。

窃照二麦约收分数，例应先行恭折奏报。兹据西安、凤翔、

①中国第一历史档案馆藏：《单》，档号：03-9447-067。

汉中、同州、兴安、商州、邠州、乾州、鄜州等府州属将本年二麦约收分数，先行开折具报，由藩司李有棻汇详请奏前来。臣覆加查核，统计西安等九府州属七十二厅州县，多寡合算，二麦约收六分有余，敬缮清单，恭呈御览。

再，延安、榆林、绥德三府州属地处北山，气候较迟，向归实收案内办理。谨恭折具奏，伏乞皇上圣鉴。谨奏。光绪二十四年五月二十四日。

（朱批：）知道了。[1]

光绪二十四年六月初七日，奉朱批：知道了。钦此。[2]

0752. 呈西安等属二麦约收分数清单

光绪二十四年五月二十四日（1898 年 7 月 12 日）

谨将陕西省光绪二十四年西安等九府州属二麦约收分数，敬缮清单，恭呈御览。

计开

约收七分有余者，渭南、盩厔、鄠县、富平、岐山、蒲城、紫阳、白河八县。

约收七分者，兴平、华州、郃阳、雒南四州县。

约收六分有余者，临潼、醴泉、泾阳、三原、耀州、咸阳、蓝田、凤翔、宝鸡、扶风、郿县、城固、定远、洋县、澄城、韩城、朝邑、华阴、潼关、砖坪、汉阴、平利、商州、乾州、武功、宜君二十六厅州县。

约收六分者，汧阳、南郑、陇州、白水四州县。

约收五分有余者，咸宁、长安、高陵、同官、孝义、宁陕、麟游、留坝、凤县、褒城、沔县、略阳、西乡、佛坪、大荔、石泉、洵阳、镇安、商南、山阳、邠州、长武、三水、淳化、永寿、

①台北故宫博物院藏：《军机及宫中档》，文献编号：408006977。

②中国第一历史档案馆藏：《录副奏折》，档号：03-6728-036。

鄜州、洛川、中部二十八厅州县。

约收五分者，宁羌、安康二州县。

以上西安等九府州属七十二厅州县，多寡牵算，二麦约收六分有余。理合登明。

（朱批：）览。①

0753. 故员亏短仓粮粜价请旨革追片

光绪二十四年五月二十四日（1898 年 7 月 12 日）

再，前据署平利县知县吴功全禀报：于光绪二十三年十一月到任，应接前任已故知县杨汝滨任内经手仓库正、杂银粮交代，除正、杂钱粮、税课各款银两逐一会同监交、接收清楚外，惟经手常、义仓粮收回办赈平粜银钱，计短交常粮粜价银一千六百三十四两七钱、钱一千五百五千四百三十五文，义粮粜价钱七百五十七千九百二十文等情。当经饬司移行该管道府转饬该县，提讯该故令之子杨建宗，勒限严追结报，并将初参逾限各职名咨部核议，暨迭次行催追缴，各在案。旋据吴功全以该故令短交各数未能清缴，禀经该管道府由司转揭前来。

臣查常、义仓粮，攸关民食，岂容任意亏延！该故令亏短仓粮粜价，为数较巨，若不从严参追，难期如数清缴，相应请旨将前任平利县已故知县杨汝滨暂行革职，仍一面批司饬提伊子杨建宗来省，发县勒限两月，如数追缴。倘逾限不完，即讯明有无寄顿，在服官及原籍各省查抄家产备抵，以重仓储。

除将交代公款无亏册结咨部外，所有故员亏短仓粮粜价，恳请革职勒追缘由，谨附片具陈。伏乞圣鉴训示。谨奏。

（朱批：）着照所请，该部知道。②

①中国第一历史档案馆藏：《单》，档号：03-6728-037。

②台北故宫博物院藏：《军机及宫中档》，文献编号：408006977-0-A。

光绪二十四年六月初七日，奉朱批：着照所请，该部知道。钦此。[①]

0754. 奏请拟停一届武乡会试缘由片

光绪二十四年五月二十四日（1898年7月12日）

再，臣等遵议武科改章，拟请将陕西武乡、会试均暂停一届，系为慎重科目、实事求是起见。现在设立学堂，自宜赶延教习，勤加督课。士子之趋向视取舍好尚为转移，际此时艰，求材孔亟，若果风气一开，人情争奋，届二十六年乡试之期，改业武生已多所造就，仍当察看，先时奏请举行，以示鼓舞而宏作育。谨附片陈明，伏乞圣鉴。谨奏。

（朱批：）览。[②]

光绪二十四年六月初七日，奉朱批：览。钦此。[③]

0755. 请将道员严金清等送部引见片

光绪二十四年五月二十四日（1898年7月12日）

再，臣上年奏委办理陕西防、练各军营务道员严金清，才识稳练，廉干有为，早事戎行，遍历闽、浙、新疆各省。追湘军度辽、度陇，随臣转战，深资得力；追捕青海余匪，艰险备尝。经督臣陶模等奏保，奉上谕：着以道员遇缺请旨简放，并赏加二品顶戴。钦此。回陕后，委任营务，整饬有方；适华州、华阴、泾阳等处水利废弛，遂令督率营勇，次第开浚。该员朝夕工次，劳瘁不辞，用能迅告成功，工坚费省。臣察其历练最深，实心任事，洵为有用之才，拟请送部带领引见，可否恳恩录用之处，出自逾

---

①中国第一历史档案馆藏：《录副奏片》，档号：03-5362-031。

②台北故宫博物院藏：《军机及宫中档》，文献编号：408006976-0-A。

③中国第一历史档案馆藏：《录副奏折》，档号：03-9447-068。

格鸿慈！

又，盐运使衔在任候补道西安府知府童兆蓉，自光绪三年补授兴安府缺，历官二十余年，经前护抚臣张汝梅于考核人才案内，奏奉谕旨嘉奖。本年，复经臣于遵旨保举所属道府州县各员案内，胪列该员历官事迹，出具切实考语，恳请量予擢用，奉朱批：着交军机处存记，各在案。旋因交卸署粮道篆务，饬回本任。据该员详称于光绪十八年暨二十一年两次大计，均保卓异，奉部覆准调取引见，七年历俸早满，例应并案请咨北上。造具履历清册，由前藩司李希莲、升任臬司李有棻加考转详前来。

相应给咨并案，送部引见，以符定例。谨附片具陈，伏乞圣鉴。谨奏。

（朱批：）着照所请，吏部知道。①

光绪二十四年六月初七日，奉朱批：着照所请，吏部知道。钦此。②

0756. 奏报高映南期满甄别情形片

光绪二十四年五月二十四日（1898 年 7 月 12 日）

再，前准部咨：道、府、州、县无论何项劳绩保归候补班人员到省，予限一年，察看才具，分别补用。等因。兹查有候补知县高映南，于光绪二十三年五月到省，连闰扣至二十四年四月，试看一年期满，例应甄别。据藩、臬两司会详前来。

臣查该员才具干练，堪以繁缺留陕补用。谨会同陕甘督臣陶模，附片具陈。伏乞圣鉴。谨奏。

（朱批：）吏部知道。③

---

①台北故宫博物院藏：《军机及宫中档》，文献编号：408006975-0-A。

②中国第一历史档案馆藏：《录副奏片》，档号：03-5362-030。

③台北故宫博物院藏：《军机及宫中档》，文献编号：408006975-0-B。

光绪二十四年六月初七日，奉朱批：吏部知道。钦此。[①]

0757. 请饬河南等省速还赈款缘由折

光绪二十四年六月初六日（1898 年 7 月 24 日）

头品顶戴陕西巡抚臣魏光焘跪奏，为陕省分设文武学堂，需费甚巨，筹款维艰，请旨饬催河南等省迅速筹还前借赈款银两，以应要需，恭折仰祈圣鉴事。

窃臣前准部咨：遵旨议覆严修[②]、高燮曾、荣禄等先后奏请设经济专科，建省会大学堂及武备学堂各折、片，奉旨允准通饬各省遵照办理，所需款项准就地筹办等因。咨行到陕。窃维学堂之设，所以作育人才。现在时事多艰，需材孔亟，分设文武学堂以宏造就，尤不容缓。惟创办之初，起造房屋，购买书籍、仪器、枪炮，以及延聘教习，筹备膏奖，一切需用款项，为数甚巨。陕省向称瘠区，库储本不充裕，兼之近年筹还洋款，灾赈频仍，以及协解各饷，支拨浩繁，益形匮乏，无可腾挪，此项学堂经费筹措万难。

案查河南等省前借陕库赈款，原议解还。现在河南实尚欠银三万三千三百三十三两零，山东尚欠银五万两，江宁尚欠银一万六千六百六十六两零，均逾期未解，经前护抚臣张汝梅于光绪二十二年六月附奏，请旨饬催，迄今仍未解到。现值陕省分设学堂，需款甚巨，无从设法搜罗，计惟收还各款，尚足借资裨助，且各省前由陕库借款以佐赈，陕省复赖各省还款以成务，有无共恤，

①中国第一历史档案馆藏：《录副奏片》，档号：03-5362-032。

②严修（1860—1929），字范孙、范荪，号静远，直隶天津人。光绪九年（1883），中式进士，改庶吉士。十二年（1886），授翰林院编修。二十年（1894），授贵州学政。三十一年（1905），擢学部右侍郎。三十二年（1906），补学部左侍郎。宣统元年（1909），充廷试游学毕业生阅卷大臣。三年（1911），授度支大臣。民国七年（1918），赴美考察教育。八年（1919），与张伯苓创立南开大学。晚年在天津倡组城南诗社、崇化学会，著有《严修东游日记》《严范孙先生古近体诗存稿》《蟫香馆手札》等行世。

缓急相通，既属情理之平，尤昭公亮之惠！

相应请旨饬下河南、山东、江宁各督抚臣分别如数筹措，迅速解陕，以济要需。除分咨外，谨恭折具陈。伏乞皇上圣鉴，施行。谨奏。光绪二十四年六月初六日。

（朱批：）即着该抚分别咨催，如数筹解。①

光绪二十四年六月十九日，奉朱批：即着该抚分别咨催，如数筹解。钦此。②

0758. 审拟朱汪振故杀功服卑幼命案折

光绪二十四年六月初六日（1898年7月24日）

头品顶戴陕西巡抚臣魏光焘跪奏，为审明故杀功服卑幼一家二命凶犯，按例定拟，恭折仰祈圣鉴事。

窃前据三原县详报：民人朱汪振故杀其甥李苓儿等兄弟一家二命，并砍伤李朱氏等伤轻平复一案，经臣批司饬县讯明议拟，由府解司，因案情未确，发委西安府研讯。兹据该署府李希哲督同局员候补同知唐沛霖、陶宪章、候补知县程壎、彭树勋审拟，由署臬司江汇川覆审解勘前来。

臣亲提覆鞫，缘朱汪振籍隶该县，务农度日，其胞姊李朱氏幼嫁李芝荆为妻；已死李苓儿、李跟苓儿兄弟均系李芝荆之子，即朱汪振之甥，服属小功，素睦无嫌。光绪十二年，李芝荆因朱汪振只身无依，与李朱氏商允将朱汪振叫至其家，合家同度，原议日后添置地亩，二股均分。十九年，李芝荆为朱汪振娶妻张氏，仍旧同度，朱张氏性懒泼悍，常与李朱氏口角吵闹。二十一年十月间，李芝荆与李朱氏遂将地亩、家具凭同族戚与朱汪振平分另度，并分给朱汪振耕牛二头，李芝荆分得一牛一马。尚有大车一辆未分，议定两家公用。嗣朱汪振迭次取车运粮，适值李芝荆亦

---

①台北故宫博物院藏：《军机及宫中档》，文献编号：408006978。

②中国第一历史档案馆藏：《录副奏折》，档号：03-7210-011。

须运粮未给，朱汪振碍情未较。

二十二年十二月间，李朱氏至朱汪振家借牛犁地，原约迟日送还，迨后屡索未偿。先是李朱氏赴朱汪振家探望，失落银耳环一只，遍寻未获，心疑朱张氏拾获隐瞒，当向查问，互相争吵，经人劝散。二十三年二月不记日期，朱汪振复往索牛，李朱氏仍旧不给，并称须赔耳环，方允还牛，朱汪振分辩，李朱氏用言斥骂，朱汪振无奈，隐忍转回。

三月二十一日早，朱汪振手持铁镢赴地工作，撞遇李苓儿与李跟苓儿赶其牛赴堡外犁地，朱汪振上前索牛，李跟苓儿不允，将牛赶走，朱汪振拦阻，李苓儿与李跟苓儿出言混骂，朱汪振被骂不甘，触起李芝荆与李朱氏抗给车、牛、赖拾耳环斥骂之嫌，一时忿恨，起意将李苓儿兄弟一并致死泄忿，随用铁镢很挖伤李跟苓儿额颏左倒地，李苓儿畏惧，转身趋至邻人李停珍、郭建友门首哭喊。朱汪振持镢随后追上，经李停珍、郭建友站立门首瞥见喝阻，并斥其不应逞凶。朱汪振斥骂多管，复用镢连挖伤李停珍右肩甲、郭建友右胳肘，均各倒地；复用镢很挖伤李苓儿右太阳穴倒地。

维时，李朱氏闻闹，趋至扑救。朱汪振复用镢挖伤其右太阳穴相连右腮颊倒地，经李芝荆随后赶往查看，趋至喝阻，询悉情由，查看李苓儿、李跟苓儿，均各因伤殒命，当将李朱氏等扶回医治，并将朱汪振拿获，投约报经该县欧炳琳验讯通详，批饬覆审。复验李朱氏等伤均平复，覆讯议拟，由府解经前升司以案情未确，发委西安府知府童兆蓉，未及审解卸事，李希哲到任准交，讯因犯供游移，遵即行提见证李停珍等来省，督同局员提集犯证，覆加研鞫，由司勘转亲讯，据供前情不讳；严诘委因索牛被骂不甘，触起抗给车、牛、赖拾耳环斥骂之嫌，一时忿恨，起意一并致死泄忿，并无预谋及起衅别故，亦无在场帮砍之人，究诘不移，案无遁饰。

查例载：杀死功服卑幼一家非死罪二命者，问拟绞决，奏请定夺，仍查明该犯财产，酌断一半给付死者之家养赡等语。此案朱汪振因向其甥李苓儿等索牛不给，被骂不甘，触起其父李芝荆与母李朱氏抗给车、牛、赖拾耳环斥骂之嫌，一时忿恨，顿起杀机，辄用镢将李苓儿、李跟苓儿一并挖伤，登时身死，并挖伤其姊李朱氏及邻人李停珍、郭建友伤轻平复，实属故杀。查李苓儿兄弟均系朱汪振之甥，服属小功，死系兄弟一家二命，自应按例问拟。

朱汪振除刃伤出嫁胞姊李朱氏并李停珍、郭建友伤轻平复各轻罪不议外，合依"杀死功服卑幼一家非死罪二命者，绞决"例，拟绞立决，奏请定夺，仍查明该犯财产酌断一半给付死者之家养赡，照例先行刺字。李苓儿、李跟苓儿首先詈骂尊长，罪有应得，业均被挖受伤身死，应与救阻不及受伤平复之见证李停珍、郭建友，均毋庸议。尸父李芝荆、尸母李朱氏始向抗给车牛，继向赖拾耳环，致酿人命，本有不合。姑念李朱氏被挖受伤平复，伊二子俱被砍毙，均请免议。借牛追还，无干省释。

除全案供招咨部外，理合恭折具陈。伏乞皇上圣鉴，饬部核覆施行。谨奏。光绪二十四年六月初六日。

（朱批：）刑部速议具奏。①

光绪二十四年六月十九日，奉朱批：刑部速议具奏。钦此。②

0759. 奏报查办被雹各属情形片

光绪二十四年六月初六日（1898年7月24日）

再，据宁羌州禀报，该州属阳平关孀妇杨强氏家于本年四月二十三日午后，遗火烘肉，一时风大火起，经该州同会同该营都司督率兵役、商民，合力扑灭，计延烧铺民瓦房四十二间、居民草房四十一间，并该州同署内大门、仪门亦被焚毁。经该州勘明

①台北故宫博物院藏：《军机及宫中档》，文献编号：408006979。
②中国第一历史档案馆藏：《录副奏折》，档号：03-7319-016。

被灾土、客共六十四户，内极、次贫民共三十七家，均露宿野餐，已由该州捐廉，各散给铜钱二千四百文，用作盖房之费。被灾贫民拟请将该处仓存义粮六十石，按照大小丁口，分别借放，俾资糊口。

又，据洵阳县禀报，该县竹筒河因四月十九日大雨倾盆，河水陡涨，沿河两岸秧田被水冲淹二百余亩，并冲塌民瓦房八间、草房十五间。经该县亲往查勘，秧田虽被水冲，幸时令尚早，已饬令居民补种杂粮，西成可望。冲塌民房，该县业已捐廉散给钱文，饬令补修，不致失所。

又，据三水县禀报，该县南乡吕家村及土桥等处于四月二十六、七、五月初三等日，先后被雹打伤麦、豆等项，经该县亲往查勘，麦、豆被伤仅止一二分及二三分不等，均尚不至成灾。

又，据镇安县禀报，该县东乡十八寺寨等处于四月十九日大雨滂沱，山水暴发，致河沟水头陡涨七八尺至一丈余尺不等，淹伤各处地内麦、豆，颗粒无存，并冲塌民房一间，打坏三十余间。该县亲往查勘，被灾轻重不等，并查明被灾各户，分别等差，请由该县前存赈款银内，酌提赈抚，以示体恤。

又，据临潼县禀报，该县雨金镇北摆村于五月十六日晚，天降暴雨，平地起水约二三尺不等，将窑冲塌，致客民王景云等大小男妇六名口并牛、骡三头，均被压毙。所有各尸，业经该县捐资，饬令殓埋。附近各村住窑虽有冲塌，查未淹伤人口，且二麦均已收获，秋禾已经播种，未种者正在翻犁，亦幸未被淹伤，不致成灾。

又，据山阳县禀报，该县东小魏家沟等处于四月二十七日午后，天降冰雹，所有地内麦、豆多有损伤。经该县亲往查勘，被雹之地约长五六里、宽三四里，幸该处均系高山峻岭，地亩零星，麦、豆虽间有损伤，尚无妨碍，并查明被雹稍重之户，酌给钱文，俾资补种包谷，不致成灾。

又，据华阴县禀报，该县长涧、方山各河前于四月十九、二十等日，水涨漫溢，冲淹长凝坊等村地亩，当经勘报。兹复于五月十四、十五等日，暴雨屡作，长涧、瓮峪两河又复猛涨，冲淹民田。经该县亲往查勘，其长涧、瓮峪两河此次决口，仍系初次漫溢修补未竣之处，计决口四处，约宽三五丈至七丈、十余丈不等，已饬令民夫赶紧堵筑决口。华山里、西王村等处夏禾收毕，秋禾播种无多，积水渐消，皆可补种秋禾，不致成灾。惟长凝坊一带地势极低，初次被水之时，麦禾未尽收获，即已获在场者亦皆淹浸，不能碾打。此次又遭水患，约共三十余顷，积水未消，刻难种秋，实已成灾，各等情。前来。

当经臣先后批司移行该管道府州，遵章覆勘，究竟被火、被水焚、冲房间各若干，同被雹各处分别成灾分数，与是否不致成灾及钱粮应否蠲缓，被灾贫民应否另筹赈抚，据实联衔结报；并令宁羌、镇安等州县动用仓粮、银两，分别极、次贫民，妥为安抚，事竣核实造报。仍令将被火、被水焚、冲房堤，谕饬居民赶紧分别修复、堵筑，同洵阳等县被水、被雹各处，及早补种秋粮，借资接济，毋任失所。统俟查办完竣，另行奏报。谨附片具陈。伏祈圣鉴。谨奏。

（朱批：）知道了，即着饬属认真抚恤，毋任失所。①

光绪二十四年六月十九日，奉朱批：知道了，即着饬属认真抚恤，毋任失所。钦此。②

0760. 奏报新旧交代已结未结情形片

光绪二十四年六月初六日（1898年7月24日）

再，准部咨：陕西省新旧交代分别已、未完结，半年汇奏一次等因。查光绪二十三年十月以前各属新旧交代，一律督算清楚，经臣附奏在案。兹自二十三年十一月起至二十四年四月底止，统

①台北故宫博物院藏：《军机及宫中档》，文献编号：408006979-0-A。

②中国第一历史档案馆藏：《录副奏片》，档号：03-9370-002。

计新案已结仓库、驿站交代四十四起，均遵例限随时咨部；尚有未结交代五起，查系未满例限。据藩司李有棻开单具详前来。

臣覆查无异，除分别严催依限造报并清单咨部外，谨附片具陈。伏乞圣鉴。谨奏。

（朱批：）户部知道。①

光绪二十四年六月十九日，奉朱批：户部知道。钦此。②

0761. 奏请奖励收厘最旺原保各员片

光绪二十四年六月初六日（1898 年 7 月 24 日）

再，臣前奏保陕省厘金收数最优各员从优奖励一案，旋准吏部咨以核与户部原奏不符，应行议驳，遵旨咨行到臣，自应钦遵照办。惟查厘金一项，收数之多寡，虽出自商贾；而办理之切实，必责成委员。陕省贫瘠，物产商货有限，道途丛杂，稽查更不易周，厘务难期起色。自升任藩司张汝梅、升任臬司李有棻督同总局委员，竭力整顿，二十二年收数遂较二十一年增至二十余万两之多。户部原奏亦谓视各省最为踊跃，定章分大省、中省、小省，增收成数，奏准从优奖励，实援陕省二十二年收数之旺，以为权舆。是所以策励各省者，在二十二年以后，而陕省则于二十二年先著成效，自不宜转令向隅，且整顿之初，实已通饬奋勉奉公，许予奖叙。近年湖南、盛京等省收厘得力各员，亦皆奏请奖励，有案可援，即未奉部章，此项尤为出力各员，原应奏奖，未便以部章专策，二十二年以后遽没前劳。据厘金总局司道会详，仍请奏奖前来。

臣维陕省二十二年厘金旺收，较前增加巨款，认真整顿，实已著有成效。若非邀予奖叙，恐无以示鼓励而策将来，合无仰恳天恩俯准将陕省整顿厘务收数最旺各员，仍照原拟分别给奖，以

---

①台北故宫博物院藏：《军机及宫中档》，文献编号：408006979-0-B。

②中国第一历史档案馆藏：《录副奏片》，档号：03-7202-053。

昭激劝之处，出自逾格鸿慈。除咨部查照外，理合附片具陈，伏乞圣鉴训示。谨奏。

（朱批：）着照所请，户部知道。①

光绪二十四年六月十九日，奉朱批：着照所请，户部知道。钦此。②

0762. 奏报本年春季委署州县各缺片

光绪二十四年六月初六日（1898年7月24日）

再，查各省道府州县，无论奏调、委署、代理，每届三月汇奏一次，历经遵办在案。兹查陕省光绪二十四年正月起至闰三月底止，蓝田县知县周良玉饬赴咸阳县调任，遗缺委宁羌州知州马毓华署理。署石泉县知县梁慕鸾调省，遗缺委候补知县李蔚然署理。代理商南县知县秦士麟卸事，遗缺委褒城县知县林耀廷调署。署鄠县知县厉乃庆饬赴大荔县调任，遗缺委候补知县刘璋毓署理。洵阳县知县王策范改教，遗缺委优贡知县赵乃普署理。

代理汧阳县知县孙效愚卸事，遗缺委拔贡尽先知县周之济署理。安定县知县安登瀛调省，遗缺委试用同知胡官墀署理。雒南县知县王世锳调署城固县事，所遗雒南县员缺，委城固县江衡调署；江衡未到任以先，委候补知县蒋泽煦代理。洛川县知县王祖植兼护鄜州直隶州知州，员缺委候补直隶州知州吴铭训署理。醴泉县知县顾增烜调署郃阳县事，所遗醴泉县员缺，委郃阳县知县张树穀调署；张树穀未到任以前，委准补华阴县知县刘瑞璘代理。署麟游县知县屈寿昌调省，遗缺委分缺间用知县余安千署理。安边理事同知双琳撤任，遗缺委候补直隶州知州多龄署理。署大荔县知县余琪树卸事，遗缺委候补班前知县程壎署理。南郑县知县周毓棠调省，遗缺委候补知县刘鼎臣署理。武功县知县张琦病故，

①台北故宫博物院藏：《军机及宫中档》，文献编号：408006978-0-A。

②中国第一历史档案馆藏：《录副奏片》，档号：03-6510-064。

遗缺委候补知县陈砥澜署理。据藩司李有棻、署臬司江汇川会详前来。

臣覆查无异，所有光绪二十四年春季分调署、委署、代理州县各缺缘由，谨附片具奏。伏乞圣鉴。谨奏。

（朱批：）吏部知道。①

光绪二十四年六月十九日，奉朱批：吏部知道。钦此。②

0763. 奏请奖励景星耀等员缘由片

光绪二十四年六月初六日（1898年7月24日）

再，定例官员历任交代无亏短迟延者，准该督抚保奏，试用候补人员，准其请至遇缺尽先补用；实缺人员，准其请至应升之缺升用等因。兹查陕西候补知府景星耀，自光绪十五年起至二十四年止，历署榆林、凤翔、延安等府。又，试用同知张炳均，自光绪十六年起至二十二年止，历署汉阴、清军、洛川等厅县。试用通判李聪，自光绪七年起至二十三年止，历署砖坪、安塞、佛坪等厅县。试用通判铁甡，自光绪七年起至二十三年止，历署白河、砖坪、神木等厅县。各该员于各署任内经手一切仓库正、杂、驿站、钱粮，皆系依限交代清楚，并无亏短迟延，均经各后任接收造报有案，核与保奏之例相符。据藩司先后具详前来。

臣覆核无异，合无仰恳天恩俯准将该员候补知府景星耀、试用同知张炳均、试用通判李聪、铁甡，均各照例给予遇缺尽先补用，以示鼓励。除咨部查照外，谨附片具陈。伏乞圣鉴，饬部核议施行。谨奏。

（朱批：）吏部议奏。③

---

①台北故宫博物院藏：《军机及宫中档》，文献编号：408006978-0-B。

②中国第一历史档案馆藏：《录副奏片》，档号：03-5362-066。

③台北故宫博物院藏：《军机及宫中档》，文献编号：408006978-0-C。

光绪二十四年六月十九日，奉朱批：吏部议奏。钦此。①

0764. 奏报本年五月雨水粮价情形折

光绪二十四年六月二十四日（1898 年 8 月 11 日）

头品顶戴陕西巡抚臣魏光焘跪奏，为恭报雨泽、禾苗情形，恭折仰祈圣鉴事。

窃查陕西省光绪二十四年四月分雨泽、禾苗情形，业经臣奏报在案。兹据西安、延安、凤翔、汉中、榆林、同州、兴安、乾州、邠州、商州、鄜州、绥德等府州属具报，于五月初一、二、三、四至初六、七、八及十二、三、四至十六、七并二十三、四、五等日，先后得雨二三寸至四五寸及深透不等。臣查入夏以来，雨旸时若，二麦、豌豆早已收获，稻谷亦已分秧，各种杂粮均播种、出土，民情安谧，堪以上慰宸廑！刻查西安粮价，大米每仓石价银二两七钱二分，小米每仓石价银一两九钱二分。较之上月，大米每石减银九分，小米每石减银一钱四分。

所有光绪二十四年五月分雨泽、禾苗及省城粮价情形，理合恭折具陈。伏乞皇上圣鉴。谨奏。光绪二十四年六月二十四日。

（朱批：）知道了。②

光绪二十四年七月初十日，奉朱批：知道了。钦此。③

0765. 奏报半年汇奏京控案件片

光绪二十四年六月二十四日（1898 年 8 月 11 日）

再，京控案件例应半年汇奏一次。查前有华州民人孙年儿，以草菅人命等情遣抱孙徐氏赴京呈诉一案，讯因供词各执，将犯

---

①中国第一历史档案馆藏：《录副奏片》，档号：03-5362-065。
②台北故宫博物院藏：《军机及宫中档》，文献编号：408006980。
③中国第一历史档案馆藏：《录副奏折》，档号：03-9370-006。

发回该州，勒限严拿逃犯郑士秀、薛仓娃，务获质讯详解，俟审定后，再行照例办理。又，临潼县民人童德润以赋役殃民等情赴京呈诉一案，当经行司饬委西安府行提人卷讯办，经臣于上次奏明。旋据署西安府知府李希哲讯明按拟，由司会详到臣。复经咨覆都察院查销在案。

兹查光绪二十四年正月初一日起至六月底止，有略阳县僧人如顺，以贿串埋冤等情赴京呈诉一案。查此案前据该原告僧人如顺以谋吞逐霸等情具控刘永盛等，当经前护抚臣张汝梅以情节支离批驳未准。今该原告又以前情赴京呈控刘寿伦等，核与前词被告多有不符，难保非任意罗织，希图拖累，未便遽行提省，随行司将该原告发交陕安道，就近提集人卷，查讯明确，议拟详办。此外再无奉发京控案件。据藩司李有棻、署臬司江汇川会详前来。

臣覆查无异，除饬催赶紧严拿孙年儿案内逃犯郑士秀等务获，并如顺控案作速查讯完结，分别议拟详办外，所有京控案件半年汇奏一次缘由，谨附片具陈。伏乞圣鉴。谨奏。

（朱批：）刑部知道。①

光绪二十四年七月初十日，奉朱批：刑部知道。钦此。②

0766. 奏报陕西请袭世职情形片

光绪二十四年六月二十四日（1898 年 8 月 11 日）

再，前准部咨：嗣后请袭世职，半年汇奏一次，将册结、宗图汇总咨部等因。历经遵办在案。兹据藩司李有棻详：据汉中府转据褒城县详报阵亡附生张若愚应继胞侄武童张荣华、阵亡附生高望远应继胞侄文童高兆熊，又据南郑县详报阵亡附生闫敬修之子文童闫遐昌、阵亡宁陕营千总吴映龙嫡孙武童吴朝宗，又据同州府转据澄城县详报阵亡武举李定国嫡长子童生李作栋，均请袭

①台北故宫博物院藏：《军机及宫中档》，文献编号：408006980-0-A。

②中国第一历史档案馆藏：《录副奏片》，档号：03-7266-044。

云骑尉世职。又据南郑县详报：阵亡东江口营千总署汉凤营守备马魁嗣曾孙武童马德恩，请接袭恩骑尉世职等情。具详前来。

臣查请袭云骑尉之张荣华、高兆熊、闫遐昌、吴朝宗、李作栋及接袭恩骑尉之马德恩，实系阵亡遇害各员弁例应承袭之人，并无违碍情弊。前据各该县查明，先后由府申司详送验看，俱堪以承袭世职。现值半年汇奏之期，相应吁恳天恩饬部核覆。除将册结、宗图咨送部、科外，谨会同陕甘督臣陶模，附片具陈。伏乞圣鉴。谨奏。

(朱批：) 兵部议奏。①

光绪二十四年七月初十日，奉朱批：兵部议奏。钦此。②

0767. 支过永兴军车驼喂养银数片

光绪二十四年六月二十四日（1898年8月11日）

再，臣前准户部咨覆，以陕省咨永兴军开支车驼喂养一款，除已准销银五千三百四十两八钱一分三厘，其余银三千三百八十九两三钱六分一厘，该车驼骡夫早已星散，委属无从追缴，仍请照数准销。正核办间，准兵部咨，以此款未据奏明有案，应令补行奏明后，再行核销等因。咨行到臣。当经行局查明详办。

兹据善后局司道详称：查陕省永兴马步各营奉调入卫后，悉由两江督臣刘坤一调遣，派扎昌黎。所购转运大车六十辆，每辆骡马四匹，头车夫一名，骆驼六十只，函商督办军务处覆准，按照程、董两军章程，每车一辆、骡马四匹、头车夫一名，月共支银二十一两，骆驼每只并夫月共支银四两五钱。计自光绪二十一年正月起至闰五月底止，共支过喂养湘平折库平银八千七百三十两一钱七分四厘，先经东征粮台照数支给后由陕省如数解还，业

①台北故宫博物院藏：《军机及宫中档》，文献编号：408006980-0-B。

②此朱批日期与内容，据《军机处随手登记档》（档案编号：03-0297-1-1224-214）校补。

经分咨户、兵二部在案。兹奉前因，应即遵照办理等情。前来。

臣覆核无异，所有陕省支过永兴军车驼喂养银两数目，谨附片陈明。伏乞圣鉴，饬部核销。谨奏。

（朱批：）该部知道。[①]

光绪二十四年七月初十日，奉朱批：该部知道。钦此。[②]

0768. 奏报本年六月雨水粮价情形折

光绪二十四年七月十八日（1898年9月3日）

头品顶戴陕西巡抚臣魏光焘跪奏，为恭报雨泽、禾苗情形，恭折仰祈圣鉴事。

窃查陕西省光绪二十四年五月分雨泽、禾苗情形，业经臣奏报在案。兹据西安、延安、兴安、凤翔、汉中、榆林、同州、乾州、邠州、商州、鄜州、绥德等府州属具报，于六月初二、三至初六、七、八、九并十二、三、四、五、六至十七、八、九、二十及二十一至二十八、九等日，先后得雨二三寸至四五寸及深透不等。

臣查入夏以来，雨旸时若。惟自六月以后，阴雨连绵，近河水溢为灾，业经另折陈奏。其余各属及高岸地方，秋禾长发，荞麦、杂粮均已出土三四寸不等，民情安谧，堪以上慰宸廑！刻查西安粮价，大米每仓石价银二两六钱六分，小米每仓石价银一两八钱八分。较之上月，大米每石减银六分，小米每石减银四分。

所有光绪二十四年六月分雨泽、禾苗及省城粮价情形，理合恭折具陈。伏乞皇上圣鉴。谨奏。光绪二十四年七月十八日。

（朱批：）知道了。[③]

---

①台北故宫博物院藏：《军机及宫中档》，文献编号：408006980-0-C。

②中国第一历史档案馆藏：《录副奏片》，档号：03-6647-015。

③台北故宫博物院藏：《军机及宫中档》，文献编号：408006982。

光绪二十四年八月初五日，奉朱批：知道了。钦此。[①]

0769. 奏报略阳等属被水被雹情形折

光绪二十四年七月十八日（1898年9月3日）

头品顶戴陕西巡抚臣魏光焘跪奏，为略阳等州县被水、被雹情形，恭折仰祈圣鉴事。

窃查陕省本年自春徂夏，雨旸时若，夏收尚称中稔。自六月以后，大雨兼旬，溪涧、江河，随处汛涨。据各属先后禀报被水情形，以汉中府属之略阳县为最重。该县居群山之中，夏令遇水，万壑奔流，皆入嘉陵江，以达川境。此次被水，据该县刘锟禀称：六月初六至初八、十二至十四等日，大雨缠绵，江河幸未陡涨。不意十四日亥刻，大雨倾盆，至十五日夜，雨势愈急，三面诸水骤集，汹涌奔流，灌城而入，转瞬水深数尺，愈涨愈高，城垣、衙署、监狱、厘局、民房、庙宇概被冲淹，监犯、军流各犯迁移不及，俱随被水难民漂流四散，不知存亡。该县携带印信、粮簿与其眷口、僚幕及厘局委员人等，梯登房脊。次日，始经渡船救至象山暂避。回顾城关，水深数丈，百姓荡析离居，情形甚惨！幸城内高台义仓尚存，先行开放仓粮，以救民命。城内所伤百姓究有若干，及沿江、沿河居民被灾情形，及监犯、军流犯下落，俟查明续报等情。

当经批司酌拨银两，派委干员驰赴该县，会同刘锟开动仓粮同银散放，以资急赈；一面饬查沿江、沿河被水情形，及分别查拿、打捞各犯并被淹人口具报。其下游之宁羌州属阳平关地方，同时被水冲塌文武衙署、庙宇、义学及商民房屋。惟人口尚无淹毙；其次则西安府属之咸阳县境，亦于六月十六日渭河水涨，苍、龙、沣、沙各河复汇入之，冲淹长兴等村堡秋禾地亩，倾塌房屋

①此朱批日期与内容，据《军机处随手登记档》（档案编号：03-0297-1-1224-239）校补。

不少；再次则长安、鄠县、盩厔、高陵、临潼、咸宁、兴平、大荔、平利、洵阳、长武、商州、武功、岐山、华阴、醴泉、蒲城、华州、山阳、褒城等州县，或因河水暴涨，或因苦雨久积，亦均冲淹地亩，倒塌房屋、土窑，间有淹毙人畜，或冲塌城垣、堤堰、桥道，轻重不一。又有肤施县禀报，于五月二十二日午间被雹打伤秋禾，经该县查勘，被伤成灾计七分至十分不等。各等情。前来。

除分别被灾较重地方，饬司委员携银会办外，余均先后批司移行该管道府会督覆勘，究竟被水、被雹淹打田禾各若干，被水、被雨冲塌房屋及淹毙男妇各若干，成灾轻重分数，钱粮应否蠲缓，灾民应否另筹抚恤，城堤、桥道、房舍应如何修复，据实妥议，会禀核办；并令略阳等州县将动用银两、仓谷分别妥为赈散，事竣核实造报，仍饬赶紧疏消积水，补种杂粮，借资接济；并查捞淹毙尸躯，务获掩埋，统俟查办完竣，再行奏报。

所有略阳等州县被水、被雹大概情形，谨先恭折具奏。伏乞皇上圣鉴。再，各属水灾惟在近河等处，余均禾苗畅茂，民情尚为安谧。合并声明。谨奏。光绪二十四年七月十八日。

（朱批：）知道了，所有被灾各州县，着饬属认真抚恤，毋任失所。①

光绪二十四年八月初五日，奉朱批：知道了，所有被灾各州县，着饬属认真抚恤，毋任失所。钦此。②

0770. 奏报讯办华州滋事案由片

光绪二十四年七月十八日（1898 年 9 月 3 日）

再，臣前据代理华州知州崔运生禀称，该州属少华镇地方孀妇刘刘氏家于五月初六日夜，因家务起衅，致看门雇工疑匪，用

---

①台北故宫博物院藏：《军机及宫中档》，文献编号：408006981。

②中国第一历史档案馆藏：《录副奏折》，档号：03-9370-017。

枪轰伤永胜左旗营勇，并营勇殴伤雇工等情一案。臣以案情重大，当经批司札委候补知府周铭旗、候补同知唐沛霖前往华州，会同该署州杨调元覆勘，查讯详办。兹据该印委等禀称：查讯得刘刘氏家资颇裕，夫故乏嗣。光绪二年，抚族侄刘钟之弟刘甲戌即刘秉坤为嗣，已二十余年，为之娶妻生子。近年，刘甲戌屡听其本生胞兄引诱胡行，耗费银钱。刘刘氏教戒不悛，母子遂相龃龉。刘钟与刘刘氏隔墙居住，素性游荡，家财早空。平日勾引刀匪孔献西与向不安分之州役吴福来等，往来无忌。

四月二十九日，刘甲戌因帐目不清，控其帐房冯成吉等于州署，刘钟为之写呈代递。至五月初四日，崔运生票传冯成吉等来案，系吴福来率王大奇往唤刘刘氏，又见孔献西盘踞刘钟家内，恐有他变，于初六日密商其娘室侄华阴人刘思宽，雇觅郗更子等共八人，至家看守门户。而刘甲戌忽见其母雇有外人，不知何故，因疑生畏，即于是夜越墙，奔赴州城，向刘钟哭告。旋至州署大门喊控，又为吴福来阻挡，邀至其父差役吴顺下处，吴福来恃有素识之本地人刘元娃即刘光汉在营充当什长，遂与刘钟串商主谋，捏以家有刀匪，引同刘甲戌赴营喊禀。

维时，该旗官萧世禧因公进省，文案周代桢谓二华一带向多刀匪，防营有缉匪之责，势难坐视贻误，商派总查龙荣盛、哨长任昇廷带领兵勇十余人，前往弹压查拿，由刘钟、吴福来、王大奇引路前进，刘甲戌随同，持帖知会州官之营弁孙代桂赴州递禀。时已四更，宅门封锁，转至吴顺处商酌，经吴顺阻止。兵勇至堡，刘钟叫开堡门，直抵刘刘氏宅前，遣刘光汉叫门。宅内看门工人闻系本地口音，疑为刀匪，顺取防夜鸟枪、洋枪，装盛火药、碎沙，在格扇门内潜伏以待。时值黑夜，无从辨认，陡闻大门挤开，即于格扇门内施枪，轰伤勇丁八人倒地。该勇等旋即退出门外，不敢再入。龙荣盛以为真有匪徒，飞骑回防，复率勇十余人往援，哨长张镇南亦带亲兵数人同往。

其时天已大明，各勇见营勇受伤，俱怀气忿，蜂拥入内，看门工人阻止不住，被捉带伤，并摔毁家具。维时，刘钟并带有勇丁由房梯墙而入，刘汉清先进刘刘氏住房，顺取银两、烟土。匡礼隆等亦随进内室，夹带银物，由后门跑出，翻墙走回。哨长见事不好，立传号令归队，在堡门内搜检，未见银物。其受伤、抬伤各勇先已赴州，随将捉获刀匪孔献西及看门放枪人李清秀等一并送州。刘刘氏亦来署喊禀。崔运生当堂验明伤痕，开单饬医。现在营勇及李清秀等各伤均已渐愈，取具各供，开折呈请核办，并据该州杨调元禀验报勇丁匡礼隆业已畏罪自尽，各等情。前来。

臣查二华、潼关地方常有刀匪出没，前经潼商道禀请防营驻扎，当饬永胜左旗分驻潼、华一带，是该旗原有拿匪之责。是日，据刘钟等入营喊报家有刀匪，情形危迫，又有州差吴福来、王大奇等同至营中，酌派弁勇前往捕捉，尚无不合。惟刘汉清等辄因营勇受伤忿激，入室摔毁器物，乘机攫取银物，殊属不法。除匡礼隆一名业已畏罪服毒自尽外，其刘汉清一名得赃银一百五十两、又烟土一包，为数较多，当饬先行就地正法，以肃军律。其勇丁罗吉太等八名及与吴福来交识之刘光汉即刘元娃仍押候案结，再行分别核办。

雇工李清秀等放枪误轰伤勇平复，情尚可原，应饬责惩保释，以省拖累。哨长补用副将张镇南、补用参将任昇廷、巡查龙荣盛，先后带勇三十二名，前往捕捉，于营勇受伤后任听忿激，毁物攫银，未能先事弹压禁止，仅守堡门挨搜，致刘汉清等有得赃翻越后堡避脱情事，实属玩泄已极，已饬革去哨长，相应请旨将补用副将张镇南、补用参将任昇廷一并革职，以示惩儆。巡查龙荣盛责革递籍。旗官萧世禧因公进省，其营勇借端滋事，虽非意料所及，回防后随将犯事勇丁查出，送州讯办，亦无袒庇情事，究属平时失于约束，实难辞咎，应请摘去翎顶，记大过三次，俾观后效。

刘钟垂涎族婶多赀，初诱其弟刘甲戌游荡，希图得利。此次又与差役吴福来串谋，捏称家有刀匪，哄求营勇，并同王大奇引路前往捕捉，喊门梯墙，致酿重案。吴福来、王大奇并有乘机攫取银物情事，是刘钟、吴福来、王大奇均为此案首要重犯。现吴福来、王大奇在逃，应饬严拿究办。候选巡检刘秉坤即刘甲戌系肇衅之人，并令另详咨革，押候审办。

该前代理华州知州崔运生于差役吴福来、王大奇商串酿事，既无觉察，禀报复多讳饰，致吴福来、王大奇二犯乘间逃逸，实属意存庇纵；现署该州知州杨调元到任后，于前任差役滋事逃逸未能查出确情，即时拿办，亦属玩忽，应请将前代理华州知州候补知县崔运生先行摘去顶戴，署华州知州长安县知县杨调元先记大过二次，勒限一月，严拿吴福来、王大奇务获并案内一干人犯讯明，分别照例惩办，逾限不获，即由司将该员等先行详请奏参。

所有华州孀妇刘刘氏家因家务起衅，致看门雇工与营勇滋事一案，现在讯办情形，理合附片陈明。伏乞圣鉴训示。谨奏。

（朱批：）张镇南等着即革职，余依议，该部知道。[①]

光绪二十四年八月初五日，奉朱批：张镇南等着即革职，余依议，该部知道。钦此。[②]

0771. 重庆知府王遵文恳请开缺片

光绪二十四年七月十八日（1898年9月3日）

再，据四川在任候补道重庆府知府王遵文禀称：系山西灵邱县人，前在重庆府知府任内，于光绪二十三年二月因大计卓异，并历俸期满交卸，请咨赴部引见，八月初四日奉旨：着回任，准其卓异加一级，仍注册候升。钦此。遵于是月二十八日在部领照，旋请假一月，回籍修墓。十月初四日，由京起程，沿途因病耽延。十一月初四日，始抵山西原籍，旧病复发，请医调治，二十四年正月三十日病痊，三月初四日修墓工竣。初九日，由籍起程，沿

①台北故宫博物院藏：《军机及宫中档》，文献编号：408006981-0-A。

②中国第一历史档案馆藏：《录副奏片》，档号：03-7418-023。

途风雨阻滞，均以离城窎远，未及随时呈报。闰三月二十六日，行至陕西省城，旧病又发，现已两月之久，病势不减，难以就道。据医者云：病已多日，元气太虚，必须静心调养半年，方能奏效。伏思重庆府系川东要缺，不可久悬，现既病体缠绵，恳乞奏请开缺，俾得安心调理等情。前来。

臣覆查无异，除批司委验取结同该员原领执照另行咨部外，所有四川重庆府知府在陕患病，恳请开缺缘由，谨附片具陈。伏乞圣鉴。谨奏。

(朱批：) 吏部知道。①

光绪二十四年八月初五日，奉朱批：吏部知道。钦此。②

0772. 奏报委令魏景桐总理营务片

光绪二十四年七月十八日（1898 年 9 月 3 日）

再，总理陕西防、练各军营务道员严金清，经臣奏准给咨赴部引见。查有前办湘军营务花翎四品衔分省补用知府魏景桐，上年丁忧在籍，现当整顿营伍之时，叠次奉旨并饷练队，一切事务殷繁，需材孔急，该员朴勤明决，晓畅戎机，经臣电调前来，委令总理营务，以资整顿而期得力。理合附片陈明，伏乞圣鉴。谨奏。

(朱批：) 知道了。③

光绪二十四年八月初五日，奉朱批：知道了。钦此。④

---

①台北故宫博物院藏：《军机及宫中档》，文献编号：408006982-0-A。

②中国第一历史档案馆藏：《录副奏片》，档号：03-5364-035。

③台北故宫博物院藏：《军机及宫中档》，文献编号：408006982-0-B。

④中国第一历史档案馆藏：《录副奏片》，档号：03-5927-024。

0773. 奏报拨解应还英德银数片

光绪二十四年七月十八日（1898 年 9 月 3 日）

再，前准部咨：应还俄、法、英、德两款，奏派陕省每年认还银二十二万两，历由江淮应解甘省协饷内就近拨解在案。嗣于本年四月二十七日，准两江督臣电咨：鄂、皖盐厘改归税司代征，两淮划抵陕西应还英、德洋款，除二月分抵解外，以后无款抵解，咨陕另行筹解等因。当经饬司筹备本年五月分陕省应还英、德借款银三万两，汇解江海关道交纳，并奏咨各在案。旋于六月二十八日准户部咨议覆陕甘督臣陶模奏请改拨甘肃关内外新饷一折，江苏、两淮承协甘饷，已悉数筹款补足。其四月以后未解甘饷，照旧拨解。

至江淮协甘饷内应代陕西抵兑洋款，及陕西应代江淮拨解甘饷，照旧分别拨解，以符原案，奏奉谕旨允准等因。咨行到臣。当经臣钦遵行司遵照。兹届本年八月，陕省应筹解还英、德借款银三万两，自应查照此次奏案，仍请在两淮应解本年甘省协饷银内就近抵兑，以期迅捷而免迟误。除由司备具文批移咨江海关道查核抵收，其自陕至上海县应需盘脚银两，亦照案扣存，造入季拨。据藩司李有棻详请奏咨前来。

除咨明户部暨陕甘、两江各督臣、江苏抚臣查照外，所有陕省拨解八月应还英德银两数目，理合附片陈明。伏乞圣鉴。谨奏。

（朱批：）户部知道。①

光绪二十四年八月初五日，奉朱批：户部知道。钦此。②

---

①台北故宫博物院藏：《军机及宫中档》，文献编号：408006982-0-C。

②中国第一历史档案馆藏：《录副奏片》，档号：03-6693-053。

0774. 整顿保甲团练酌定简明新章折

光绪二十四年八月二十日（1898 年 10 月 5 日）

头品顶戴陕西巡抚臣魏光焘跪奏，为遵旨整顿保甲、团练，酌定简明新章，通饬遵办，恭折具陈，仰祈圣鉴事。

窃臣叠次钦奉谕旨，整顿保甲、团练，均经钦遵饬行遵照办理在案。查陕省幅员辽阔，自兵燹之后，灾歉频仍，地方元气未复，南北山各属尤为烟户畸零，向办保甲章程，屡议变通，而推行或未能尽利，盖因查编缮造之极冗，益以事故迁徙之无常，牌册方成，户口非旧，驭繁乏策，条教皆虚，是以开办有年，虽著成效，究未能一律整齐。

至于团练需款较繁，土瘠民贫，人无远虑。曩缘甘回煽乱，烽火为邻，急则易从，规模略具，迄夫事定，境异情迁，虽犹仍旧分团而已，无复集练责丁，既窘生计，摊费又虞驿骚，窒碍之端，由于过密，故即良法美意，或且阳奉阴违。夫保甲为庶政之权舆，团练本寓兵之遗制，其在今日尤为要图。臣督同司道体察通省情形，参酌古今成法，订为简明新章八条，以选举得人为首，而次第示以分甲，缮造之简便，附里寄甲之变通，兼派族长以助清查，循环添注以便轮换稽查，期于核实，而禁奸劝善，因而备举，于是责以守望相助之义，借丁壮为乡团，日一集练，旬而一周，农隙则群而肄武。又挑立城团，常川驻练，满岁一更，以所治之繁简及财力之盈绌，定为名额，而量其所业之高下，为预筹进取之阶级，庶几民信乐从。诚能历久不渝，将不费不劳，可渐复古寓兵于农之意，固不仅与保甲相辅而行，足以安良戢盗也。

臣拟督同司道严饬奉行承办之地方官，即以是为考成。倘犹复因循故习，视等具文，是其不能尽心民事，已可概知，当即严惩示警。其有实心办理、成效昭著者，随时查明奏奖，以励其余。

除分别咨部并俟办有成效再行奏报外，所有遵旨整顿保甲、团练，酌定新章八条，谨缮清单，恭呈御览。伏乞皇太后、皇上圣鉴训示，施行。谨奏。光绪二十四年八月二十日。

（朱批：）知道了，即着实力奉行，毋得徒托空言。①

光绪二十四年九月初四日，奉朱批：知道了，即着实力奉行，毋得徒托空言。钦此。②

0775. 奏报改练洋操并设武备学堂折

光绪二十四年八月二十日（1898年10月5日）

头品顶戴陕西巡抚臣魏光焘跪奏，为陕西就饷挑队，遵旨改练洋操，并添设工程队、随营武备学堂，恭折具陈，仰祈圣鉴事。

窃臣前奉谕旨并饷改练洋操，自应钦遵办理。查陕省东连楚、豫，西接甘陇，南邻川蜀，北控蒙疆，幅员广延数千里，承平兵额二万四千八百余名，现存制兵六千余名，防、练各军数不满万，巡防、弹压、差操，实已左支右绌，势难再议裁并。改练洋操，必须增饷，而就现支饷数，练队不过数千。部臣统筹全局，谓练洋操二十余万，不足以分布。天下之大，是陕西一省之大，数千人不敷分布，当亦在圣明洞鉴之中。

溯自咸丰、同治以来，历平发、回、苗、捻，以湘、楚、淮军为最著。维时尚无外患，故练兵只由旧章。今则世局日艰，武备尤亟，欲因敌而为用，必弃短而从长。御侮之谋，贵乎通变，顾并旧既虞兵力之不足，而从新又苦饷力之不支，图策两全，实难偏废，则惟有就现支饷章，整顿防、练各军，俾之棋布星罗，借资镇抚。而别筹增费，挑练新军，精求西法，用备调遣而树先声。臣尝阅历战事，综而衡之，去敌较远，震叠声威，霹雳争飞，全军披靡。炮队之利，静如山重，动如潮涌，方圆整散，变化从心；步队之利，远侦旁哨，横截包抄，所向空阔，与人成功；马队之利，自火器精，而盾橹失其蔽，城壁失其险，则地营沟堑之

①台北故宫博物院藏：《军机及宫中档》，文献编号：408006984。

②中国第一历史档案馆藏：《录副奏折》，档号：03-6633-062。

利著焉。

工程队不可以不备也。三军易得，一将难求。当此始基方立，练队无多，尤须作育将才，以便推广。则随营武备学堂，亦不可不备。臣与司道再四筹商，拟请于现设防军内，挑步队五旗、炮队一旗、马队两旗，添设工程队一哨，成为一军，俾规模粗备，可以一意教练。自强、新建各军饷章非力所及，兹酌略仿湖北洋操队章程，分别添给官弁薪费，弁勇每名按月摊给衣裤、战靴银八钱，火勇四钱；马勇并每月加给马干银六钱，余均仍照坐粮章程支发。不惟较自强、新建各军饷章大减，即较湖北洋操队及直隶武毅军新章，复有省节，并应照武毅军章程，随营设一武备学堂，以储将领教习之才。常年增薪费四千八百余两，合之挑练、添设马步、炮、工程队八旗一哨，增添之费，常年共增饷六万六千六百余两。论现在陕省财力，势不能于此数之外再有扩充。刨现在练兵规模，势亦难于此数之中复议减少。

查节饷裁兵案内，陕省上年裁省银七万六千余两，本年裁省银三万一千余两，共十万七千余两，粮食悉不在内，以之抵支此项加饷，较之二十三年以前陕省岁支饷数，仍节省银四万余两，以本由陕省节出之饷，仍留为陕省练兵之费，其事易举，其力较纾，其军可以速成，其效亦可以早著。缓急有需，征调立应，实于大局有裨。

至分扎处所，拟由东而西布于临、渭、咸、醴、兴、乾一带团扎，平时兼顾操防，春秋调集合操，距省非遥，较为便捷。当由直隶、湖北各军商调马步、炮、工程正、副教习，先于随营武备学堂教授，分旗训练，务使营规、口号一律。抑洋操所长，在于整齐画一，枪炮有准，而技击擅场，轻兵趋利，则又中国所长。今宜改练，师其所长，仍当以暇自肆己长，期于既尽彼长，有时复得间用己长，以制其短，斯为尽善，拟一并督饬兼练。

除将详细章程咨部外，所有就饷挑队改练洋操，并添设工程队、随营武备学堂缘由，理合恭折具陈。伏乞皇太后、皇上圣鉴训示。谨奏。光绪二十四年八月二十日。

（朱批：）该衙门知道。①

光绪二十四年九月初四日，奉朱批：该衙门知道。钦此。②

0776. 奏报本年七月雨水粮价情形折

光绪二十四年八月二十日（1898年10月5日）

头品顶戴陕西巡抚臣魏光焘跪奏，为恭报雨泽、禾苗情形，恭折仰祈圣鉴事。

窃查陕西省光绪二十四年六月分雨泽、禾苗情形，业经臣奏报在案。兹据西安、延安、凤翔、汉中、榆林、同州、兴安、乾州、邠州、商州、鄜州、绥德等府州属具报，七月初一、二、三至初五、六、七、八并十一、二、三、四、五及二十二、三至二十六、七、八、三十等日，先后得雨二三寸至四五寸及深透不等。

臣查入秋以来，阴雨颇多，现在秋禾滋长，稻谷、杂粮渐已扬花结穗，民情安谧，堪以上慰宸廑！刻查西安粮价，大米每仓石价银二两七钱五分，小米每仓石价银一两九钱四分。较之上月，大米每石增银九分，小米每石增银六分。

所有光绪二十四年七月分雨泽、禾苗及省城粮价情形，理合恭折具陈。伏乞皇太后、皇上圣鉴。谨奏。光绪二十四年八月二十日。

（朱批：）知道了。③

光绪二十四年九月初四日，奉朱批：知道了。钦此。④

---

①台北故宫博物院藏：《军机及宫中档》，文献编号：408006983。

②中国第一历史档案馆藏：《录副奏折》，档号：03-9458-005。

③台北故宫博物院藏：《军机及宫中档》，文献编号：408006985。

④中国第一历史档案馆藏：《录副奏折》，档号：03-9370-031。

0777. 奏报照章惩办情重盗匪片

光绪二十四年八月二十日（1898年10月5日）

再，前准部咨：嗣后各省拿获马贼、土匪并伙众持械强劫案件，如实系距省窎远，解犯中途堪虞，就近解交该管道府，或委员覆审明确，由该管道府核明情罪，禀候督抚批饬就地正法，按季汇案具奏等因。历经遵办在案。

兹查光绪二十四年夏季分，据汉中府审办南郑县拿获抢犯赵憘週、月茨即毛家袋，又名王土牲、朱憘娃、张老夭四犯，讯据供认，该犯赵憘週为首起意，纠邀月茨等及在逃之歪嘴亡，首伙五人，于光绪二十三年八月十七日傍晚时，分执刀棒，拦路劫抢过客杜土基等钱文，拒伤事主杜土基越日身死，并事主张元善受伤平复；月茨同行上盗，同歪嘴亡在场拒捕，戳伤事主一伤一死；朱憘娃、张老夭临时患病及畏惧不行，事后分赃。又，据兴安府审办白河县拿获店户牛艺松、熊谤源、刘郁娃、牛以争四犯。讯据供认，该犯牛艺松为首起意，纠邀熊谤源等首伙四人，于光绪二十三年十月二十六日夜，图财谋勒住客王姓身死，弃尸灭迹；熊谤源听从加功，刘郁娃、牛以争临时畏惧不行，均事后帮同抬弃尸身，分受赃钱，各等情。由该二县禀经臣先后批司转行该管汉中府知府常裕、兴安府知府张筠，督同该二县提犯覆讯，供情相符，照章议拟，禀候核示，前来。

臣以该犯赵憘週、月茨即毛家袋，又名王土牲、牛艺松、熊谤源四犯，或为首起意，拦路劫抢；或听从上盗，拒毙事主；或图财谋勒住客，以及听从加功弃尸，均属凶恶昭著，罪无可逭，当与督臣照章批饬就地正法。赵憘週、月茨、牛艺松三犯，枭首犯事地方，悬杆示众，以昭炯戒。朱憘娃、张老夭临时患病及畏惧不行，均事后分赃，罪应拟以遣流，照例另行拟办。刘郁娃、牛以争均事后帮同抬弃尸身，分受赃钱，罪应拟遣，照章锁系巨石十年，俟限满察看办理。逸犯歪嘴亡饬缉，获日另结。

所有光绪二十四年夏季分情重盗犯照章惩办缘由，谨会同陕甘督臣陶模，附片具陈。伏乞圣鉴。谨奏。

（朱批：）刑部知道。[1]

光绪二十四年九月初四日，奉朱批：刑部知道。钦此。[2]

0778. 请将武举孟河清褫革归审片

光绪二十四年八月二十日（1898年10月5日）

再，臣前据朝邑县禀报：民人孟贵重家被贼行劫，拒毙事主孟贵重夫妇二命一案。旋经该县先后获犯王三儿、宫海才、李金盈、周得里及在监病故之屈得陵到案，讯据该犯等供认前情不讳。嗣因讯供通详，该犯王三儿等顿翻原供，讯系孟贵重之族侄孙武举孟河清与其父孟鸿谦呈出血衣三件，称系刘四喜平日所穿之衣，刁唆王三儿等翻异原供，恃符挟制等情。经前护抚臣张汝梅批饬提省，发委西安府督讯详办。兹据该署府李希哲详称：查此案叠次审讯，该犯王三儿等旋认旋翻，饬令孟河清等交出刘四喜，质讯究办，乃孟河清推称不知去向，任意混渎，显系恃符狡展，恳请褫革审办等情。由藩、臬两司会详前来。

臣覆核无异，查孟河清系光绪十二年考取武生，十五年乡试中式第六十三名武举，相应请旨俯准将该武举孟河清衣顶暂行褫革，以便归案审办。除咨部外，谨附片具陈。伏乞圣鉴。谨奏。

（朱批：）着照所请，该部知道。[3]

光绪二十四年九月初四日，奉朱批：着照所请，该部知道。钦此。[4]

---

①台北故宫博物院藏：《军机及宫中档》，文献编号：408006985-0-A。

②此朱批日期与内容，据《军机处随手登记档》（档案编号：03-0297-1-1224-267）校补。

③台北故宫博物院藏：《军机及宫中档》，文献编号：408006985-0-B。

④中国第一历史档案馆藏：《录副奏片》，档号：03-7372-018。

0779. 挪垫库银赈济皖东二省片

光绪二十四年八月二十日（1898 年 10 月 5 日）

再，臣前准安徽抚臣邓华熙电称：皖北一带，上年大水为灾，收成歉薄，饥民嗷嗷待哺，困苦实深，请先筹垫赈银，以救灾黎。又准山东抚臣张汝梅电称：东境黄河为患，漫决多口，波及三十余州县，哀鸿遍野，灾情极重，求代筹赈助，拯此灾黎，各等因。准此，臣查陕省上年南山一带，筹办灾赈，又为四川、湖北、直隶等省代收赈捐，归还垫款，官民拮据。本年，司库垫解昭信股本，亦属万分支绌。现在各属纷纷具报水灾，正值筹办赈抚，竭蹶情形，莫可言状！

惟念皖北、山东灾情极重，未便恝置。然待捐款汇解，亦属缓不济急，当与司道筹商，在于陕库厘金二成积谷项下先行挪垫库平银一万两，交由商号电汇湖北汉镇，交皖省委员领解归皖；又在司库营田折租项下先行挪垫库平银一万两，由商号电汇东省交纳，以期迅速而资拯救。俟该二省章程、空白实收寄陕，再代劝办，归还垫款。据藩司李有棻详请具奏前来。除咨部并咨安徽、山东各抚臣查照外，谨附片具陈。伏乞圣鉴。谨奏。

（朱批：）户部知道。①

光绪二十四年九月初四日，奉朱批：户部知道。钦此。②

0780. 请准周玉堂等留陕补用片

光绪二十四年八月二十日（1898 年 10 月 5 日）

再，臣查有花翎补用副将坚勇巴图鲁周玉堂、花翎补用都司尽先补用守备李永贞，骁果英锐，屡著战功，自委带陕西防军马

①台北故宫博物院藏：《军机及宫中档》，文献编号：408006985-0-C。

②中国第一历史档案馆藏：《录副奏片》，档号：03-5603-053。

队以来，训练认真，办事结实，操防护运，毫无遗误，合无仰恳天恩俯准将该二员仍以原官留于陕西尽先补用，以资策励。理合附片具陈。伏乞圣鉴训示。谨奏。

（朱批：）着照所请，兵部知道。[①]

光绪二十四年九月初四日，奉朱批：着照所请，兵部知道。钦此。[②]

0781. 奏报开办武备学堂日期片

光绪二十四年八月二十日（1898年10月5日）

再，陕省武备学堂，臣前于遵议变通武科案内并议具奏，拟于西安省城设总学堂一处，同州、凤翔、汉中、延安各设学堂一处，钦奉朱批：该衙门议奏。钦此。尚未接准部咨。查陕西风气初开，省城为首善之区，若俟学堂建成始行开办，为期迂缓，无以新各属之耳目而作其先声。适湖北武备学堂学生两江补用游击廖化龙，请假入陕省亲，经臣咨留充当教习，札委督粮道丁士彬总办学堂事务，并委提调挑送投考学生，由臣覆挑合格生五十名，暂借贡院地方开办，于七月十三日送堂上学。功课章程，悉参酌湖北成法办理，责成总办、提调督同教习，认真训练，由臣按月考课，分别奖励，以期精进，而收实效。此项学生教课稍久，将来冀可提充领班，学生渐储，为各府学堂教习之选，始基克立，庶几推广无难。

除仍饬一面筹款兴修学堂，扩充学生名额，妥定章程专案具奏外，所有先行借地开办武备学堂日期缘由，理合附片陈明。伏乞圣鉴。谨奏。

（朱批：）该衙门知道。[③]

---

①台北故宫博物院藏：《军机及宫中档》，文献编号：408006983-0-A。

②中国第一历史档案馆藏：《录副奏片》，档号：03-5928-010。

③台北故宫博物院藏：《军机及宫中档》，文献编号：408006983-0-B。

光绪二十四年九月初四日，奉朱批：该衙门知道。钦此。[①]

0782. 奏拨解还俄法银两数目片

光绪二十四年八月二十日（1898 年 10 月 5 日）

再，前准部咨：应还英、德、俄、法两款，奏派陕省每年认还银二十二万两，历次遵筹解交在案。兹届光绪二十四年九月，陕省应筹解还俄、法款银四万两，查照奏案，在江苏应解甘省协饷银内就近拨解，已由司备具文批移咨江海关道，查核兑收。其自陕西至上海县应需盘脚银两，亦照案扣存，造入季拨。据藩司李有棻详请奏咨前来。

除咨户部暨陕甘督臣、两江督臣、江苏抚臣查照外，所有陕省拨解九月应还俄、法银两数目，理合附片陈明。伏乞圣鉴。谨奏。

（朱批：）户部知道。[②]

光绪二十四年九月初四日，奉朱批：户部知道。钦此。[③]

【案】此奏片之具奏日期，原件目录署“光绪二十四年八月二十七日”，而录副则署“光绪二十四年八月二十日”，两相悬殊。查《随手档》[④]，据同批折件可知，此片具奏日期应为“光绪二十四年八月二十日”无疑，录副确。兹据校正。

0783. 奏报陕省定远等属被灾情形折

光绪二十四年八月二十七日（1898 年 10 月 12 日）

头品顶戴陕西巡抚臣魏光焘跪奏，为陕省定远等厅州县被灾

---

①中国第一历史档案馆藏：《录副奏片》，档号：03-9458-006。

②台北故宫博物院藏：《军机及宫中档》，文献编号：408006989-0-A。

③中国第一历史档案馆藏：《录副奏片》，档号：03-6647-085。

④中国第一历史档案馆藏：《军机处随手登记档》，档案编号：03-0297-1-1224-267。

情形，恭折仰祈圣鉴事。

窃据定远厅禀报，该厅南路喻家沟等处于六月初间，大雨连绵，水势涨发，河坝、沙田被淹，旋即涸复，经该厅往勘，被淹田亩已令补种荍籽，不致成灾。又据商州续报，该州上秦川一带亦多被水，冲损民房、地亩，并压毙赵永升一家七口。经该州往勘，实已成灾，请款赈抚。又据雒南县禀报，该县左洛保一带于六月二十九日夜，大雨如注，山水暴发，被水冲伤房、地，并伤毙男女大小十二名口。经该县往勘，被淹地亩，已饬补种；乏食贫民，分别借给义粮，不致成灾。又据佛坪厅禀报，该厅东乡沙窝子地方于六月十五日夜，山河水发，冲塌水田、民房，伤毙男丁十一名。经该厅往勘，被水房地皆系有力之家，已饬地主赶紧修复，不致成灾。又据镇安县禀报，该县南茅坪等处于六月十七、八等日，大雨倾盆，河水陡涨数丈，致该处田禾、民房多被冲塌。经该县往勘，轻重不一。其被灾较重者，请将县存平粜银两散给穷民，购籽补种，以资接济。又据府谷县禀报，该县地方因本年四、五两月久旱不雨，各乡夏禾多有枯萎。经该县查勘，田禾被旱较重，请将上忙未完钱粮分年带征，以示体恤。又据该县禀报，该县镇羌堡等四十一村于六月十八日午后，天降冰雹，打伤各村庄秋禾，并山水推去地内作工男妇四名口。经该县往勘，田禾被伤成灾，拟请在于采买粮价项下动用散赈，以资接济，各等情。前来。

当经臣先后批司移行该管道府州，遵章覆勘，究竟被水、被旱、被雹冲打田庐各若干，分别成灾分数与是否不致成灾及钱粮应如何蠲缓，被灾穷民应否另筹赈抚，据实联衔结报，并令商州、雒南、镇安、府谷等州县，动用仓粮银两，分别极、次贫民，妥为安抚，事竣核实造报；仍令将被水冲塌房屋赶紧修复，以资栖止，地亩改种荞麦、晚禾，借资接济。统俟查办完竣，另行奏报。

所有定远等厅州县被灾情形，理合恭折具陈。伏祈皇太后、皇上圣鉴。谨奏。光绪二十四年八月二十七日。

（朱批：）知道了，所有商州等属被水、被雹实已成灾地方，即着饬属妥为抚恤，毋任失所。[①]

光绪二十四年九月十二日，奉朱批：知道了，所有商州等属被水、被雹实已成灾地方，即着饬属妥为抚恤，毋任失所。钦此。[②]

0784. 奏报开办中学堂并酌拟章程折

光绪二十四年八月二十七日（1898年10月12日）

头品顶戴陕西巡抚臣魏光焘跪奏，为陕西开办中学堂并酌拟初办章程，开单恭折具陈，仰祈圣鉴事。

窃陕省开办学堂，现在筹办情形，业经臣于本年七月初七日电请总理衙门代奏在案。臣维时局艰难，非人才无以资干济；而需才孔亟，非学堂不足广裁成。秦地土风质朴，其于时务，每限见闻，建学育才，尤为急务。臣与司道等公同商酌，以中等学堂为全省人才会萃之区，自宜大其规模，方足以宏乐育。惟是库储艰绌，若必辟基构造，创始经营，非惟兴筑需时，亦且糜款实巨。查省城北院旧署，规制尚属崇闳，以之改建旧贯，可仍倍省工力。经臣督饬司道委员勘估兴作，犹未遽克观成，而叠奉谕旨，期限已迫，诚以学堂一日迟设，即风气一日迟开，事关培植人才，自宜迅速筹办。

兹拟仿遵京师大学堂借拨公房办法，先借西安府试院权作学舍，就游艺学塾原购中西切用之图书、原聘测算及语言、文字之教习，推广名额，聚集生徒，仿照大学堂普通、初级各学功课，先行实力讲求。当委督粮道丁士彬总办学堂事务，并委候补知县吴廷锡充当提调，俾专责成；仍一面严饬改修中学堂，委员督催匠役，克日竣工，将来一并归入学堂办理，以恢气局而免纷歧。

---

①台北故宫博物院藏：《军机及宫中档》，文献编号：408006987。

②中国第一历史档案馆藏：《录副奏折》，档号：03-9370-036。

至经费一节，除现时购制图籍，兴筑学舍，约需费二万金，经臣另案奏催河南、山东欠款解还备支外，其常年经费，每年例支之款与附设小学堂，约共需银二万两，应将游艺学塾常年经费银六千余两，提并支抵，实尚不敷银一万四千两。以朝廷兴学储才要政，若俟零星凑集，勉强支持，非惟筹画无从，亦且琐屑非体，应俟筹定常款，届时奏明办理，期规久远。

除一切未尽事宜容当随时随事参酌奏咨办理外，所有开办中学堂并酌拟初办章程，谨缮清单，恭呈御览。伏祈皇太后、皇上圣鉴训示。谨奏。光绪二十四年八月二十七日。

（朱批：）该衙门知道，单并发。①

光绪二十四年九月初四日，奉朱批：该衙门知道，单并发。钦此。②

0785. 呈开办中学堂并酌拟章程清单

光绪二十四年八月二十七日（1898 年 10 月 12 日）

谨将陕省开办中等学堂酌拟章程十八条开单，恭呈御览。

计开

一、总理衙门通行奏定章程第一章内开各省学堂一切章程，皆当遵依。此次所定陕西学堂章程，自应遵照议拟。惟学校既分大、中，生徒，亦有等级，农部协拨之度支与就地筹挹之款目难易殊，而丰约亦判内有一时遽难全备者，间因时地权宜，仍期不失宗旨。

一、西国中等学堂皆取材于小学，洊升于大学。今京师大学堂已定，而本省各府州县小学堂甫谋更始，则省会中学堂之学生即宜兼寓小学之意，且预储升送大学之才及小学堂师范之选，就中酌分等次，造就裁成，庶几拾级循途，由小成以期大就。

---

①台北故宫博物院藏：《军机及宫中档》，文献编号：408006989。

②中国第一历史档案馆藏：《录副奏片》，档号：03-9458-018。

一、陕省中等学堂即就北院旧署改建，规模尚属闳整。惟工程甚巨，告成需时，现借西安府试院暂开学堂，并将向设之游艺学塾归并其中，扩充开办。

一、学中拟建藏书处，尊藏颁赐图籍，兼仿湘、鄂两省购中西切要书籍，度藏其中，用备士林观览，以扩学识，并周建光明室宇，即各种天、算、声、光、化、电、农、矿、动、植诸学；应用仪器、机器，先择最要者，精购慎藏，以为研究诸学之助。

一、西国学堂所读之书，既分普通、专门两类；所治之学，亦有初级、高等两层，由浅入深，循序渐进，故其小学无高等之业，大学无初级之编，而中学由小学卒业而升，固亦离初级而渐跻高等者也。今京外学堂新建，风气初开，即京师大学堂尚不能屏弃初级，专肄高等，则陕省之士习朴茂，向无小学以植其基者，尤不能不就普通初级之学先为启牖。兹拟悉遵大学堂所定功课，除经学、中外掌故学迤外，如算学、格致、政治、地理诸门，皆令博习普通初级之学。惟现在总教习尚未聘定，学堂既已开办，诸生宜有课程。查陕省前设游艺学塾，原已购有西学书籍，特其时规制初拓，图籍未备，此次复取中学、西学通行，现有之书，择其切用者，约开二百余种，筹款派员驰赴南省及沪上，分别购运，到时拟即先由教习分门定课，暂行讲授，俟编译局功课书成，遵发到陕，即行遵照，按日分课。至语言文字学，即令分占一门，与普通学并订功课，同时肄习。

一、凡学生年在二十以下，必须认习一国语言文字；其年在二十以上，舌本已强，不能学习，准其免习。兹除遵照大学堂章程限年令习外，查陕省游艺学塾，原已延有教习西文、西语之师，现拟再就中学堂中另设小学堂一所，挑取聪颖龆龀子弟四十名，由西文师专教语言文字并浅近算学，仍令诵习四书五经，以端其本。

一、学中分时定课，即遵大学堂章程，每日必以六小时在讲堂由教习督课，以四小时归斋自课，必当严密切实，以期收效。

惟休沐假期，现既未聘西人，拟即不以房虚昴星日给假，每月逢初一、十一、二十一日及望日，均准假一日；端阳、中秋节及清明节时，亦当酌给假期。

一、考验学生功课之高下，即遵大学堂章程，用积分之法，切实考验，应由总教习按照各门派定课程，每日学生能通一课者，即为及格。每课必有札记，每日必有课册，均呈总、分教习评阅，记注分数，以为高下识别，月终呈总办察查，仍交提调，总核其数之多寡，列榜揭示，以为进退。

一、每月堂课一次，就普通学各类，每类各命一题，以作两艺为完卷，但经学为中等之根本，华士尽人应学，尽人皆课。两艺中必作经题一艺，方为录取，由总教习阅定，分别上取、次取。其课卷、札记列高等者，择其真有心得、足开风气之作，印发本省各府州县小学堂，以示优异而道先路。

一、学生入学应即钦遵谕旨“其有愿入学者，均准入学肄习”。拟凡陕省旗汉举、贡、生、监、文童，在十六岁以上三十岁以下，天资颖异，文理深通，有愿入学者，准取结报名，自行投到；其外属边远，或恐向隅，即檄饬各厅州县约按大县五人、中三人、小一二人，精选年富质颖之士，取结申送入学，并咨请学政按试各属，再就异等高才、年富力学者，每属咨送数人。若外籍官商聪强子弟有愿入学肄习者，亦听取结报名，一律收录，但外籍占额不得过多，恐阻本籍士子向上之机。以上各项学生，除犯规劣迹随时汰黜外，每至一月，由总教习、提调察其人品资质，实可教诲，然后留学，即遵照章程办理。

一、学生额数拟通取二百名，遵照大学堂初次奏准通行之议，酌分三等，中学深通，兼能究心时务及西政、西学者，为上等，额取四十名。中学通而略知西学者，为中等，额取五十名。不通西学而文理清通，年少质颖者，为次等，额取五十名；再取外课生六十名。

一、大学堂章程内开：凡学生留学补额，宁阙毋滥；六级递升，宁严毋宽，以昭慎重。其有本在优级者，或功课不如格，则随时黜降，以优者补升；或犯堂规，轻者降为外课，重者摈出等语。陕省留学补额及升降之例，自应遵照此节办理。惟陕省学生只分三等，即按三等升降。

一、前准大学堂咨行章程，学生卒业，分别给予文凭，作为经济生员、举人、进士，引见授官。兹接大学堂续议八条内开：学成出身，名器宜慎。陕省中学应如何严定额数与认真考核之处，俟大学堂会同总理衙门、礼部详拟，奏奉谕旨通行到陕，再为钦遵办理。

一、大学堂规模闳阔，群彦响臻，故议设总、分教习，望重额多。陕省经费既绌，生徒亦少，又甫习普通初级之学，尚未肄及专门高等之业，拟暂不延西人，先就游艺学塾前聘算学、文字、语言分教习各一人，再增聘中学分教一人、西学、格致学分教习二人，并速延仿学有本原、赅通中西一人，届时奏咨，以充总教习之任，庶期师表得人，成才自众。

一、办理学堂，应即遵旨奏派绅士。惟查陕绅之学望素优者，或服官而在京朝，或退老而辞艰巨，事急开办，一时尚难其人。责重务繁，又不可无人总理，现于监司中酌委一人，任为总办，将一切创办事宜，会同两司迅速规画，逐一兴举，并于绅士中遴选一人，会同办理。总办系于实任委派，即不开支薪费，以节款项。

一、设提调一人，常川驻学，经理学堂诸务，设管图书、仪器。委员一人，专司收藏、借领，不准损污、遗失。此外应设领班、斋长、书记、杂役，一俟学堂建成，生徒取齐，再行斟酌繁简议派。

一、总教习一人，月薪多寡，俟延聘有人再行酌定外，分教习五人，每人月薪银六十两，每年合需银三千六百两；会办一人，月薪银六十两，每年七百二十两；提调一人，月薪银四十两，每年四百八十两；委员一人，月薪银三十两，每年三百六十两。学生二百名，除外课六十名自备火食外，内课百四十名，每名每月伙食约银二两四钱，合需银四千三十二两；奖赏每月二百两，每年二千四百两；纸张、墨水、洋笔每年约四百两，预备杂用每年约一千两，书手、斋夫、号房、门役、扫夫、更夫、茶炉夫约三十名，工食月三四两不等，约需银一千两，岁需经费银一万三千九百九十二两。其总教习薪水、小学堂经费及随时应添购书籍各项均未定数合上，估定经费，通共每岁约需银二万两之谱。现时改建学堂及修藏书处、仪器院，并购中西及东文图书、仪器、制备应用器具，约需银二万两。各等学生统遵大学堂续议八条，不给膏火。

一、一切工程及购书、器等费，皆由总办、提调经理，每年收支各项款目，亦由总办、提调支销，以归画一。

以上各条系遵大学堂章程，就陕省筹拟大端，暂假考院，设学开办。其有未尽事宜，应俟学堂竣工，并奉到编译西书，再随时拨度情形，续行酌拟。

（朱批：）览。[①]

0786. 请以孔繁朴补授绥德知州缘由折

光绪二十四年八月二十七日（1898年10月12日）

头品顶戴陕西巡抚臣魏光焘跪奏，为拣员请补要缺直隶州知州，以重地方，恭折仰祈圣鉴事。

窃查绥德州知州惠祐，于光绪二十四年六月二十八日病故，应以本日作为开缺日期，归六月分截缺，系要缺，例不掣签，自应照例拣员请补。查例载：各省道、府、直隶州知州、同知、通判遇题调要缺，酌量以候补人员请补时，应先尽记名、分发人员酌量请补，如果实系人地不宜，始准声叙以各项候补人员请补。

①中国第一历史档案馆藏：《单》，档号：03-9458-019。

又，遇应用候补时，先尽科甲出身人员请补，各等语。查该州界连甘疆，幅员辽阔，一切督属稽查弹压及办理招垦、抚绥各事宜，在在均关紧要，非精明干练之员，不足以资治理。臣与藩、臬两司在于通省现任简缺直隶州知州应调及同知、知州、知县卓异劳绩、循例应升在任、候补、应补各项人员内逐加遴选，非现居要缺，即人地未宜，一时实乏堪调、堪升之员。其记名、分发人员，人地不甚相宜。

惟查有正途出身之候补尽先直隶州知州孔繁朴，现年三十四岁，山东曲阜县人，由四氏学附生中式光绪十一年乙酉科本省乡试举人；应十五年己丑科会试，中式贡士。十六年庚寅恩科补行殿试三甲进士，朝考三等，引见，奉旨：以知县归部铨选。是年八月，调赴日本，派充随员，十二月到差。十八年八月，准留长崎原差。十九年，三年期满销差，保俟签分省分后，免补本班，以直隶州知州仍留原省，归候补班尽先补用，并加知府衔。二十年二月二十六日奉朱批：着照所请。钦此。五月，赴部投供，遵例呈请分发，签掣陕西。十二月十五日，领照到省。二十一年八月，请咨赴部。十月二十四日，带领引见，奉旨：着照例用。钦此。十二月初十日，领照到省，试看期满，加考甄别，堪以繁缺留陕补用。该员老成稳练，勤奋有为，以之请补绥德要缺直隶州知州，堪以胜任。虽调缺请补，与例稍有未符。惟缺居繁要，人地实在相需，例准据实陈明。据藩司李有棻、署臬司江汇川会详前来。

臣覆查无异，合无仰恳天恩俯念员缺紧要，准以尽先候补直隶州知州孔繁朴补授绥德直隶州知州，于地方实有裨益。如蒙俞允，该员系候补直隶州知州请补直隶州知州，衔缺相当，毋庸送部引见。

所有拣员请补要缺直隶州知州缘由，谨会同陕甘督臣陶模，恭折具陈。伏乞皇太后、皇上圣鉴训示。谨奏。光绪二十四年八月二十七日。

（朱批：）吏部议奏。[①]

光绪二十四年九月十二日，奉朱批：吏部议奏。钦此。[②]

0787. 恳蠲二十二年民欠钱粮草束折

光绪二十四年八月二十七日（1898年10月12日）

头品顶戴陕西巡抚臣魏光焘跪奏，为查明陕西省光绪二十二年分民欠钱粮、草束，开单恳恩蠲免，恭折仰祈圣鉴事。

窃查陕省自同治元年兵燹后，户口凋残，田地半就荒芜，招徕甫有转机，又值光绪三、四两年荒旱以后，偏灾叠见。虽连年饬属设法招垦，加意抚绥，无如小民困苦，元气迄未苏复。二十一年以前各属民欠钱粮及应征官款，叠经前抚臣暨臣奏蒙恩准豁免在案。所有二十二年未完钱粮，前因库款奇绌，需用孔殷，屡经饬属剔荒征熟，勒催报解。在小康之家，咸知正供攸关，无不踊跃输纳；其未完者，多系穷檐小户及未开垦之叛荒各产，催比虽严，完纳总难扫数。

现值催征二十四年新赋，并带征二十三年旧欠，如将二十二年未完钱粮同时并征，民力实有未逮。据各属查明二十二年分咸宁等五十九厅州县民欠地丁正耗、更名、糯价、存留、俸工、驿递、夫马、陵租、房壕租、马厂地租、盐、茶、铁各课及道仓应征民屯、更本色粮石等项，共未完银一十三万六十一两六钱零，内荒地未完银九万一千二百四十一两九钱零，熟地并灾缓未完银三万八千八百一十九两七钱零；未完起存本色共粮二万五百五十四石一斗零，内荒地未完粮一万五百八十七石八斗零，熟地并灾缓未完粮九千九百六十六石三斗零；又未完荒地本色草一千九百一十四束零。分晰造具折册，恳请豁旧征新。由藩司李有棻、督粮道丁士彬援案会详请奏前来。

---

①台北故宫博物院藏：《军机及宫中档》，文献编号：408006986。

②中国第一历史档案馆藏：《录副奏折》，档号：03-5365-066。

臣维钱粮有关正供，固不应轻言蠲免，而民瘼在所当恤，亦宜体察抚循。该司道等核议三年科赋，同时并征，民力未逮，洵属实在情形，合无仰恳天恩俯准将咸宁等五十九厅州县光绪二十二年民欠灾缓未完钱粮、租课、草束一并豁免，以广皇仁而纾民困！

除清册咨部外，谨专折具陈，敬缮清单，恭呈御览。伏祈皇太后、皇上圣鉴训示。谨奏。光绪二十四年八月二十七日。

（朱批：）着照所请，户部知道，单并发。①

光绪二十四年九月十二日，奉朱批：户部知道，单并发。钦此。②

0788. 呈二十二年民欠钱粮草束清单

光绪二十四年八月二十七日（1898 年 10 月 12 日）

谨将陕西省各属光绪二十二年分荒、熟地未完地丁正耗课租并本色粮草等项数目，缮具清单，恭呈御览。

计开

光绪二十二年分

各属共未完荒地地丁正耗各款银九万一千二百四十一两九钱五分七厘，熟地并灾缓地丁正耗各款银三万八千八百一十九两七钱二分八厘；荒地本色起存共粮一万五百八十七石八斗五升五合八勺七抄五撮，熟地并灾缓本色起存共粮九千九百六十六石三斗六合七勺二抄五撮；荒地本色草一千九百一十四束十四斤六两三钱八分二厘。

咸宁县未完熟地地丁正耗、糯价共银四千三百八十五两五钱七分八厘，熟地本色粮一千四百五十一石九斗四升八合。

长安县未完荒地地丁正耗、马厂共银一百三十四两八钱五分

①台北故宫博物院藏：《军机及宫中档》，文献编号：408006988。

②中国第一历史档案馆藏：《录副奏折》，档号：03-6620-030。

四厘，熟地并灾缓地丁正耗、糯价共银一千七百八十八两九分九厘，熟地并灾缓本色起存共粮一千三百一十七石六斗四升一合三勺。

盩厔县未完熟地本色粮七百七十三石七斗三升六合八勺。

渭南县未完荒地地丁正耗共银二百七十三两六钱四分三厘，熟地地丁正耗共银一万一百七十五两五分九厘，荒地本色粮三百四十八石五斗八升九合，熟地本色粮六百八十九石四斗七升二合。

泾阳县未完荒地地丁正耗共银二百六十两五钱八分，熟地地丁正耗、糯价共银二千四百八十两九钱四分一厘，荒地本色粮六十九石三升一合五勺，熟地本色粮三十九石九斗三升二合六勺。

醴泉县未完荒地地丁正耗共银七百九十二两八钱八分八厘，熟地地丁正耗共银五百四十六两二钱二分一厘，荒地本色粮三百石六斗五升八合三勺，熟地本色粮四百八十二石五斗九升七合七勺。

临潼县未完荒地地丁正耗共银一万七百七十九两六钱九厘，熟地并灾缓地丁正耗共银一千二百一十九两七钱一分九厘，荒地本色粮一百七十二石四斗一升八合，熟地并灾缓本色粮九百一十五石七斗七升三合二勺。

高陵县未完荒地、马厂银一百六十两四钱五分，熟地地丁正耗、马厂共银四百五十六两九钱三分八厘，荒地本色粮二石一斗九升四合五勺，熟地本色粮三百八十五石九斗四升九合九勺。

三原县未完荒地地丁正耗共银四千五百九十五两二钱三分八厘，熟地地丁正耗共银一千一百五两六钱三分一厘，荒地本色粮七百一十二石三升五合九勺。

鄠县未完熟地地丁正耗、糯价共银二百一十七两二钱八分，熟地本色粮四百四十九石八斗九升四合。

富平县未完荒地地丁正耗、陵租共银一万二千五百五十五两六钱二分八厘，熟地地丁正耗共银七百五十两五钱八分四厘，荒地本色粮四十七石一斗二升一合九勺。

蓝田县未完熟地本色粮三石八斗五升五合四勺。

兴平县未完熟地本色粮二百八十三石九斗三升九合二勺。

咸阳县未完荒地地丁正耗、马厂、陵租共银三百三十一两七钱九分二厘，熟地并灾缓地丁正耗共银一千三十一两一钱一厘，荒地本色粮八百九十二石一斗六升九合八勺，熟地并灾缓粮一千四百一十五石六斗二合九勺。

耀州未完荒地地丁正耗共银三千七百五十七两一钱三分六厘。

同官县未完荒地地丁正耗共银三百七十八两二钱一分四厘。

肤施县未完荒地地丁正耗、存留、俸工、夫马、盐课共银六百八十三两八钱三厘，熟地存留、俸工、夫马、耗羡并灾缓共银一百三两七钱五分，荒地本色粮五百三十四石七斗七升三合，荒地本色草五百三束三分五厘。

宜川县未完荒地地丁正耗、陵租、盐课共银六百三十六两二钱二分六厘，荒地本色粮二百一十七石六斗五合。

安塞县未完荒地地丁正耗、存留、俸工、夫马、盐课共银一千二百二十二两五钱八分一厘，荒地本色粮五百六石二斗四升三合七勺。

甘泉县未完荒地地丁正耗、存留、俸工、夫马、盐课共银二百七两八钱一分四厘，荒地本色粮四十八石三斗七升一合四勺。

靖边县未完荒地、耗羡、存留、盐课共银一百六十七两九钱六分九厘，荒地本色粮四百二十八石四斗六升四勺，荒地本色草三百五十九束十一斤七两九钱八分三厘。

定边县未完荒地耗羡、存留、盐课共银四百四十五两三钱五分七厘，荒地本色粮一千九十八石一斗七升二合四勺，熟地本色粮八十一石九升三合。

安定县未完熟地灾缓、存留银二十两三钱九分八厘。

延长县未完荒地地丁正耗、存留、俸工、夫马、盐课共银五百六十四两一钱三分七厘，荒地本色粮四百五十五石四斗六升二合，熟地本色粮四十八石七斗三升四合五勺。

延川县未完荒地地丁正耗、存留、俸工、夫马、盐课共银八百九十一两八钱四分八厘，熟地地丁正耗、存留、夫马、盐课共银三百六十二两六钱七分三厘，荒地本色粮七十二石二斗九升八合一勺，熟地本色粮二十三石一斗九升六合。

保安县未完荒地本色粮三百七石六斗五升二合。

凤翔府未完熟地、房壕租银一十七两九钱一分三厘。

凤翔县未完荒地地丁正耗共银三百八十一两二钱六分三厘，熟地地丁正耗共银四百三十四两三钱四分三厘，熟地本色粮六十七石八斗七升八合七勺。

岐山县未完熟地本色粮二百三十三石四斗八合。

陇州未完荒地地丁正耗、夫马、盐课共银三百三十两，荒地本色粮一石五斗九升九合九勺。

汧阳县未完荒地耗羡、夫马、盐课共银二百二十八两九钱三分五厘。

城固县未完熟地地丁正耗、盐课共银二百一十七两二钱一分四厘。

褒城县未完熟地盐课银一两五钱二分五厘。

佛坪县未完熟地铁课银一十两。

沔县未完熟地盐、铁课共银二十四两七钱一分二厘。

榆林县未完熟地耗羡、存留共银七十两九钱三分七厘。

神木县未完熟地地丁正耗共银一百一十六两一钱一厘，熟地本色粮一百二十六石九斗七升一合四勺。

府谷县未完熟地本色粮六十七石三升三合。

大荔县未完荒地地丁正耗共银四千七百三十三两八钱九分，熟地地丁正耗共银九百三十二两九分三厘，荒地本色粮三百六十四石四斗八升七合，熟地本色粮五升六勺。

蒲城县未完荒地地丁正耗共银二万二千五百三十三两五钱三分三厘，荒地本色粮五百一十六石八斗九升四合。

朝邑县未完荒地地丁正耗共银三百七十六两三分六厘，熟地并灾缓地丁正耗共银三百三十两四钱八分五厘。

澄城县未完荒地地丁正耗共银五千五百七十八两六钱九分四厘，熟地本色粮一十二石五斗三升九合二勺。

郃阳县未完荒地地丁正耗共银七百二十八两一钱四分。

华州未完熟地并灾缓地丁正耗共银九千六百四十一两五钱三分三厘，熟地本色粮四十八石六斗二升四合四勺。

白水县未完荒地地丁正耗共银四千一百八十八两四钱六分一厘。

华阴县未完熟地灾缓、耗羡、夫马共银三百一十七两二钱四分九厘。

白河县未完熟地灾缓、耗羡、存留、夫马共银三十两二分三厘。

汉阴未完熟地茶课银六两九钱六分一厘。

邠州未完荒地地丁正耗、盐课共银一千三百六十一两八钱一分六厘。

长武县未完荒地地丁正耗、夫马、盐课共银一千四十七两七钱四分一厘，熟地地丁正耗、盐课共银六百八十八两三钱六厘，荒地存留本色粮六十五石一斗九升八合八勺七抄五撮，熟地本色粮七十石四斗一升九合六勺二抄五撮。

淳化县未完荒地地丁正耗、盐课、马厂共银一千一百三十八两五钱一分八厘，熟地地丁正耗共银六百六十一两六钱七分六厘。

三水县未完荒地地丁正耗、马厂共银八十五两三分四厘，熟地地丁正耗共银一百一十二两五钱一分五厘。

乾州未完熟地本色粮三百九十一石一升七合二勺。

武功县未完熟地本色粮四百四十一石五斗七合一勺。

鄜州未完荒地地丁正耗、存留、俸工、夫马、盐课共银四千五百五十三两七钱三分，熟地地丁正耗、盐课共银一百九十四两九钱七分六厘，荒地本色粮二千二百六石九斗一升一合一勺，熟地本色粮八十五石九斗四升三合四勺。

洛川县未完荒地地丁正耗、盐课共银一千四百四十九两二钱四分八厘，熟地盐课银七十九两五钱一分四厘，荒地本色粮三百九十石二斗一升三合六勺，熟地本色粮五十七石五斗五升三勺。

中部县未完荒地地丁正耗、存留、俸工、夫马、盐课共银三百九十二两六钱四分九厘，荒地本色粮一百一十八石三斗二升四合一勺。

宜君县未完荒地地丁正耗、盐课共银四百八十两一钱九分三厘，荒地本色粮一百二十八石九升二合。

绥德州未完荒地地丁正耗、存留、俸工、夫马共银一千七百九十六两二钱三分一厘，荒地本色粮五百六十二石七斗七合二勺，荒地本色草七百九十六束十四斤十一两八钱九分五厘。

米脂县未完荒地地丁正耗、存留、俸工、夫马、盐课共银二百七十一两七钱五厘，熟地盐课银二百四十七两六钱八分。

清涧县未完荒地地丁正耗、存留、俸工、夫马、盐课共银七百四十六两三钱七分三厘，荒地本色粮二十石一斗七升一合二勺，荒地本色草二百五十四束四斤二两五钱六分九厘。

（朱批：）览。①

0789. 奏报张鹏冀期满甄别情形片

光绪二十四年八月二十七日（1898 年 10 月 12 日）

再，前准部咨：道、府、州、县无论何项劳绩，保归候补人员，到省予限一年，察看才具，分别补用等因。兹查有候补直隶州知州张鹏冀，于光绪二十三年七月初七日到省，连闰扣至二十四年六月初七日，试看一年期满，例应甄别。据藩、臬两司会详前来。

臣查该员才具开展，办事勤奋，堪以繁缺直隶州知州补用。

①中国第一历史档案馆藏：《单》，档号：03-6260-031。

谨会同陕甘督臣陶模，附片具陈。伏乞圣鉴。谨奏。

（朱批：）吏部知道。[①]

光绪二十四年九月十二日，奉朱批：吏部知道。钦此。[②]

0790. 筹办赈捐出力官绅分别给奖折

光绪二十四年九月十五日（1898 年 10 月 29 日）

头品顶戴陕西巡抚臣魏光焘跪奏，为查明陕省筹办光绪十八、九两年赈捐尤为出力官绅，开单恳请分别给奖，以示鼓励，恭折仰祈圣鉴事。

窃查光绪十八、九两年陕省被灾办赈出力官绅，经臣奏请援照顺直赈捐章程，择尤给奖一片，旋准部咨：奉旨：准其酌保数员，毋许冒滥。钦此。咨行到臣。当经钦遵饬司遵办在案。伏查陕省自遭兵燹及光绪三、四年大祲之后，小民元气未复。迨十八、九两年，又遭歉岁，官库既空，民鲜盖藏，待赈异常迫切，经前升任抚臣鹿传霖奏请截留京饷，筹借甘库银两，以资接济，因库款不敷，复令就地劝捐。各属官绅均能体念时艰，尽心竭力，或设法劝导富绅，慨助桑梓；或赴乡稽查贫户极、次，散放口粮、籽种；或设厂煮粥，常川经理；或以工代赈，俾资糊口；或采运赈粮，远出数百里及千余里之外，照料舟车，及时拨济。统计灾区州县三十五处，银粮用款七十余万，各官绅办理将及两年，严寒酷暑，劳瘁不辞，卒使民免饥馑，户鲜流亡，实属尤为出力。据藩司李有棻开折具详前来。

臣覆查陕省办理十八、九两年赈务，灾区既广，历日又长，饥黎之残息待苏，千里之炊烟欲断，情形危迫，迥异寻常，赖各官绅竭力筹办，用能全活灾黎，免致失所，不无微劳足录，相应仰恳天恩俯准分别给奖，以昭激劝而广皇仁！

---

①台北故宫博物院藏：《军机及宫中档》，文献编号：408006986-0-A。

②中国第一历史档案馆藏：《录副奏片》，档号：03-5365-067。

除请奖各官绅履历清册另文送部外，谨缮具清单，恭呈御览。伏乞皇太后、皇上圣鉴，饬部核覆施行。谨奏。光绪二十四年九月十五日。

（朱批：）该部议奏，单并发。①

光绪二十四年九月二十八日，奉朱批：该部议奏，单并发。钦此。②

0791. 呈赈捐出力官绅分别给奖清单

光绪二十四年九月十五日（1898 年 10 月 29 日）

谨将陕省十八、九等年劝捐办赈尤为出力各官绅，查照顺直赈捐准奖新章，缮具清单，恭呈御览。

计开

前署咸宁县事在任候补直隶州知州临潼县知县施劭，劝捐办赈出力，请俟补直隶州知州后，以知府用。

前署长安县事同知衔在任候补直隶州知州宝鸡县知县李端椝，劝捐办公出力，请俟补直隶州知州后，以知府用。

前任耀州知州候补知州唐松森，劝捐办赈出力，请俟补缺后，以直隶州知州补用。

前署神木县事同知衔准补高陵县知县张晋，劝捐办赈出力，请以直隶州知州在任候升。

前署府谷县知县砖坪厅通判鲁沛，劝捐办赈出力，请以直隶州知州在任补用。

前署榆林县知县候补直隶州知州张鹏冀，劝捐办赈出力，请俟补直隶州知州后，以知府用。

前葭州知州花翎运同衔卓异候升边祖恭，劝捐办赈出力，请俟得知州缺后，以同知直隶州在任尽先即补。

①台北故宫博物院藏：《军机及宫中档》，文献编号：408006990。

②中国第一历史档案馆藏：《录副奏折》，档号：03-5365-158。

前署葭州知州直隶州用候补知县李寿昌，劝捐办赈出力，请俟归直隶州班后，加四品衔。

延川县知县傅迪康，劝捐办赈出力，请以直隶州知州在任候补。

同知衔咸宁县知县舒绍祥，委解赈银，帮办怀远县赈务出力，请以直隶州知州在任候补。

同知衔韩城县知县李嘉绩，委解赈银，帮办肤施县赈务出力，请以直隶州知州在任候补。

安定县知县安登瀛，劝捐办赈出力，请以直隶州知州在任补用。

前甘泉县知县调补三原县知县欧炳琳，劝捐办赈出力，请以直隶州知州在任候补。

同知衔候补知县孙永济，解银购粮，帮办绥德州赈务出力，请俟补缺后，以直隶州知州补用。

前省城总局委员候补知县程壎，办理赈务出力，请俟补缺后，以知府用。

在任候补直隶州安康县知县马积馨，办理赈务出力，请加四品衔。

前河南买粮委员布理问衔镇安县知县许虎炳，购运赈粮出力，请加二级。

前省城粥厂委员甘泉县知县朱弼臣，煮粥散赈出力，请以直隶州知州在任候补。

前赈捐局委员直隶州用候补知县徐普，办理赈捐出力，请俟归直隶州后，加知府衔。

前署三原县县丞候补县丞方德麟，帮办散赈出力，请加六品衔。

前省城总局委员候补布经历田祖培，帮办赈务出力，请俟补布经历缺后，以知州用。

前甘肃买粮委员在任候补知县准补鄜州州判赵志杰，购运赈粮出力，请加同知衔。

泾阳县训导史家荣，劝捐散赈出力，请以州判在任候选。

咸宁县绅士附贡生王宗秩，帮办散赈出力，请以县丞不论双单月选用。

长安县绅士候选县丞谢玉岷，散赈运粮出力，请俟选县丞缺后，以知县用。

临潼县绅士候选直隶州州判张冀辰，帮办散赈出力，请俟选州判缺后，以知县用。

前汉阴买粮委员临潼县教谕候选知县张成煦，购运赈粮出力，请俟选缺后，以直隶州知州在任候补。

（朱批：）览。[①]

0792. 奏报本年八月雨水粮价情形折

光绪二十四年九月十五日（1898年10月29日）

头品顶戴陕西巡抚臣魏光焘跪奏，为恭报雨泽、禾苗情形，恭折仰祈圣鉴事。

窃查陕西省光绪二十四年七月分雨泽、禾苗情形，业经臣奏报在案。兹据西安、延安、凤翔、汉中、榆林、同州、兴安、乾州、邠州、商州、鄜州、绥德等府州属具报，八月初一、二至初五、六、七、八并初十、十一、二至十六、七、八等日，先后得雨二三寸至四五寸及深透不等。臣查入秋以来，雨水颇多，现在早禾正在收获，晚禾渐次成熟，值二麦播种之际，得此渥泽，于农田有裨，民情安谧，堪以上慰宸廑！刻查西安粮价，大米每仓石价银三两九钱九分，小米每仓石价银二两六分。较之上月，大米每石增银一两二钱四分，小米每石增银一钱二分。

所有光绪二十四年八月分雨泽、禾苗及省城粮价情形，理合

①中国第一历史档案馆藏：《单》，档号：03-5365-159。

恭折具陈。伏乞皇太后、皇上圣鉴。谨奏。光绪二十四年九月十五日。

（朱批：）知道了。[①]

光绪二十四年九月二十八日，奉朱批：知道了。钦此。[②]

0793. 奏报陕省清解协甘新饷情形折

光绪二十四年九月十五日（1898 年 10 月 29 日）

头品顶戴陕西巡抚臣魏光焘跪奏，为陕省清解协甘新饷，恭折仰祈圣鉴事。

窃前准部咨：光绪二十四年陕省协甘新饷银二十万两，饬令分作三起报解等因。经臣于二十三年九月及本年五月两次由司库筹解新饷银一十二万两，均经咨部在案。兹臣督饬藩司在司库地丁款内续筹银八万两，作为协甘第三批新饷，饬委候补知县余宏蔚定于九月初十日起程，前赴甘藩司衙门交纳。计本年指拨新饷银二十万两，业经全数解清。据藩司李有棻具详前来。

臣覆查无异，除咨部外，所有陕省光绪二十四年分指拨甘肃新饷续筹清解缘由，理合恭折具陈。伏乞皇太后、皇上圣鉴。谨奏。光绪二十四年九月十五日。

（朱批：）户部知道。[③]

光绪二十四年九月二十八日，奉朱批：户部知道。钦此。[④]

---

①台北故宫博物院藏：《军机及宫中档》，文献编号：408006992。

②中国第一历史档案馆藏：《录副奏折》，档号：03-9370-049。

③台北故宫博物院藏：《军机及宫中档》，文献编号：408006991。

④中国第一历史档案馆藏：《录副奏折》，档号：03-6647-117。

0794. 奏报裁汰陕省冗缺闲员情形折

光绪二十四年九月十五日（1898年10月29日）

头品顶戴陕甘总督臣陶模、头品顶戴陕西巡抚臣魏光焘跪奏，为遵旨裁汰陕省冗缺闲员，恭折仰祈圣鉴事。

窃臣光焘本年七月十八日接准电寄钦奉谕旨：各省不办运务之粮道、向无盐场仅管疏销之盐道，均着裁缺，归各藩司、巡守道兼理。此外，如同、通、佐贰等官，有但兼水利、盐捕并无地方之责者，均属闲冗，即着查明裁汰。至各省设立办公局所，名目烦多，叠经谕令裁并，着各督抚懔遵前旨，将现有各局所中冗员一律裁撤净尽，并将候补、分发、捐纳、劳积等项人员严加甄别裁汰等因。钦此。当即钦遵咨商臣模，一面行司遵照筹议详办去后。

伏查陕西督粮、盐法二道，虽无运务、盐场，惟粮道有分守西安、乾、鄜等府州地方之责，盐道亦有分巡凤、邠等府州地方事务，稽查属员，审转案件，均关紧要，粮道更有征放旗营兵粮专责，应请毋庸议裁。其西安清军同知、乾州直隶州州判，华州州判，长安、咸阳、三原、凤翔各县县丞共七员缺，并无地方之责，应请一并裁撤。清军同知所司水利、盐捕等事，应归西安府兼理；制造火药、典守军械等事，应另派员弁经管。其余乾州、华州各州判、长安等县各县丞原办事件，应均责成各该州县兼理；所裁各官廉俸、役食等项，应以奉准裁缺之日一律停支，并饬将关防、印信呈缴送销。其裁缺实任各员，西安府清军同知闻昌寿、乾州直隶州州判王鸿宾、华州州判崔耀山、长安县县丞秦书绅、咸阳县县丞黄光彩、三原县县丞王健、凤翔县县丞林似锦，应均以裁缺奉文之日作为留省日期，各按本班，不入班次，遇有缺出，先尽补用。如一时无应得之缺，暂予委署；其愿赴部候选者，亦准其不入轮次，遇缺选用，仍咨部听候核覆遵行。

又，查陕省规模素狭，局所无多，前已叠经裁并，兹复遵将水利、棉桑、纺织各局分别归并农、工、商局办理，又将制造局裁撤；所留善后、厘税等局，均系事繁责重，实难裁撤。又，陕省官方尚属整饬，间有庸劣不职者，皆已随时参劾。其候补、分发、捐纳、劳绩各项人员，惟有认真考核，仍随时分别办理，以肃吏治。据藩司李有棻、署臬司江汇川会详前来。

臣等覆查无异，往返函商，意见相同。除咨部外，所有遵旨裁汰冗缺缘由，谨合词恭折具陈。伏乞皇太后、皇上圣鉴训示，施行。谨奏。光绪二十四年九月十五日。

（朱批：）均着毋庸裁撤。①

光绪二十四年九月二十八日，奉朱批：均着毋庸裁撤。钦此。②

0795. 请准傅汝梅送部引见缘由片

光绪二十四年九月十五日（1898年10月29日）

再，前署临潼县知县傅汝梅，于光绪十八、十九两年因地方连遭荒歉，饥黎遍野，该员筹捐款项，督饬僚绅按户散赈，不遗余力，灾黎赖以全活，至今民咸德之。该员旋在富平县任内，因批准控案未结之张印绶缴修文庙捐款，不知远嫌，经部议以降三级调用，应以从八品之布政司照磨、盐知事注册铨选等因。

查傅汝梅所得降调处分，核与实犯赃私者不同，且该员历任略阳、长安等县，所至有声，即前在富平县任内未及两年，报垦荒地八万余亩，复筹修水渠二处，不取民间分文，灌田至千数百亩；其余办理一切，胥臻妥善。经前各抚臣屡加甄拔，尚属州县中实心任事之员。兹查该员前在临潼县署任内，办理赈务尤为出力，应得同邀奖叙，可否吁恳天恩俯准将该员傅汝梅送部引见之处，出自逾格鸿慈！谨附片具陈，伏乞圣鉴训示。谨奏。

---

①台北故宫博物院藏：《军机及宫中档》文献编号：408003202。

②中国第一历史档案馆藏：《录副奏折》，档号：03-5365-157。

（朱批：）傅汝梅着送部引见。①

光绪二十四年九月二十八日，奉朱批：傅汝梅着送部引见。钦此。②

0796. 筹解新海防捐款等银情形片

光绪二十四年九月十五日（1898 年 10 月 29 日）

再，臣准部电以部库需饷甚急，令将新海防捐款速即起解，并准咨催解提还永、兴、定、豫、凯等军动用土药厘金银两及陕省裁兵节饷，每年节省银二万三千两，拨为董军续添五营饷项，饬解行营，各等因。

查陕省新海防捐款，自初次至十八次，均已分别委解在案。兹自十九次案内请奖各官生共收正项银一万二百九十三两，部饭、照费银一百六十四两二钱零，国子监饭、照费银八两四钱；又补解十八次部饭、照费银六百六十九两一钱零，国子监饭、照费银四十五两六钱，又补还永、兴、定、豫、凯等军动用土厘银一十四万一千六百五十五两零，并搭解二十三年奏销项下未解土药厘金银三千五百六十三两一钱零，烟地税银二万二百五两五钱零，烟酒厘银三千三百四十八两四钱零，二成糖厘银一千六百六十四两一钱零，及二十四年京官津贴改为另款加复俸饷银四千两，内除前于本年四月已搭解一半银二千两，兹再筹解二次一半银二千两，又搭解丁酉科主考路费银六百两，又搭解通政司修署办公银一百两，又搭解二十四年内务府经费银五千两，并随解平余银一百六十五两，又拨董军行营银两，在于陕省地丁款内筹拨光绪二十四年裁兵节饷银二万三千两。

以上共银二十一万二千四百八十一两四钱零，由司拣委妥员于九月初四日起程，解赴户部各衙门及提督董福祥行营交纳。据

①台北故宫博物院藏：《军机及宫中档》，文献编号：408006990-0-A。

②中国第一历史档案馆藏：《录副奏片》，档号：03-5365-161。

藩司李有棻具详前来。除分咨查照外，谨附片具陈。伏乞圣鉴。谨奏。

（朱批：）该衙门知道。①

光绪二十四年九月二十八日，奉朱批：该衙门知道。钦此。②

0797. 奏报陕省委署代理各缺片

光绪二十四年九月十五日（1898 年 10 月 29 日）

再，查各省道、府、州、县，无论奏调、委署、代理，每届三月汇奏一次，历经遵办在案。兹查陕省光绪二十四年四月起至六月底止，盐法道江汇川署按察司，遗缺委候补道刘纶襄署理。潼商道锡桐丁忧，遗缺委新海防试用道黄泽厚署理。署同官县知县王绍曾调省，遗缺委候补知县常润署理。署华州知州边祖恭丁艰，遗缺委候补班前知县崔运生代理，旋委长安县知县杨调元署理。佛坪厅同知王公亮赴京引见，遗缺委试用同知陶宪章署理。紫阳县知县梁鸣凤因病请假，遗缺委补用通判朱承恩署理。延长县知县罗振鹭饬赴凤县调任，遗缺委试用知县方敔署理。据藩、臬两司会详前来。

臣覆查无异，所有光绪二十四年夏季分调署、委署、代理道员暨州县各缘由，谨附片具陈。伏乞圣鉴。谨奏。

（朱批：）吏部知道。③

光绪二十四年九月二十八日，奉朱批：吏部知道。钦此。④

①台北故宫博物院藏：《军机及宫中档》，文献编号：408006991-0-A。

②中国第一历史档案馆藏：《录副奏片》，档号：03-6153-083。

③台北故宫博物院藏：《军机及宫中档》，文献编号：408006991-0-B。

④中国第一历史档案馆藏：《录副奏片》，档号：03-5365-160。

0798. 请以唐沛霖补授佛坪厅同知折

光绪二十四年十月初四日（1898 年 11 月 17 日）

头品顶戴陕西巡抚臣魏光焘跪奏，为拣员请补要缺同知，以重地方，恭折仰祈圣鉴事。

窃查佛坪厅同知王公亮加捐离任开缺以知府补用遗缺，业将开缺日期及例不掣签缘由咨部查照在案，自应照例拣员请补。查例载：各省道、府、直隶州知州、同知、通判，如系奉旨命往及督抚题明留于该省候补者，无论应题、应调、应选之缺，准该督抚先尽酌量补用。又，遇题调要缺，酌量以候补人员请补时，应先尽记名分发人员酌量请补。如人地不宜，始准声叙以各项候补人员请补。又，遇应用候补时，先尽科甲出身人员请补，各等语。该厅地处南山，政务繁杂，一切弹压抚绥，均关紧要，非精明干练之员，不足以资治理。臣与藩、臬两司查现任简缺同知应调无人，在于通省府属知州、知县卓异劳绩、循例应升人员内逐加遴选，非现居要缺，即人地未宜，一时实乏堪以升调之员。其候补班内记名分发正途出身各员，人地不甚相宜。

惟查有遇缺尽先补用同知唐沛霖，现年五十三岁，湖南东安县廪贡生，于同治十年遵筹饷例报捐主事，分部行走。十一年，改捐同知，指分陕西试用，领照到省。光绪四年九月，署理留坝厅同知，六年二月交卸。七年十月，署理孝义厅同知，八年五月交卸。十四年正月，闻讣丁父忧，回籍守制。十六年四月，在籍接丁母忧。十九年正月，起复到省，期满加考甄别在案。二十年十二月，署理南郑县知县，二十二年二月交卸。历署各缺，交代无亏，保以同知遇缺尽先补用。十一月十二日奉旨：依议。钦此。该员才识明敏，奋发有为，以之请补佛坪厅要缺同知，实堪胜任。虽系保举初任人员调缺请补，与例稍有未符。惟缺居繁要，人地实在相需，例准据实陈明。据藩司李有棻、署臬司江汇川会详前来。

臣覆查无异，合无仰恳天恩俯念员缺紧要，准以候补同知唐沛霖补授佛坪厅同知，洵于地方有裨。如蒙俞允，该员系候补同知请补同知，衔缺相当，毋庸送部引见。所有拣员请补要缺同知缘由，谨会同陕甘督臣陶模，恭折具陈。伏乞皇太后、皇上圣鉴训示。谨奏。光绪二十四年十月初四日。

（朱批：）吏部议奏。①

光绪二十四年十月十七日，奉朱批：吏部议奏。钦此。②

0799. 奏报本年陕省秋禾约收分数折

光绪二十四年十月初四日（1898 年 11 月 17 日）

头品顶戴陕西巡抚臣魏光焘跪奏，为恭报陕西省秋禾约收分数，恭折具奏，仰祈圣鉴事。

窃查秋禾约收分数，例应先行奏报。兹据西安、延安、凤翔、汉中、榆林、同州、兴安、商州、邠州、乾州、鄜州、绥德等七府五直隶州属将光绪二十四年秋禾约收分数，陆续开折具报。由藩司李有棻汇详请奏前来。

臣覆加查核，统计西安等七府五直隶州所属共九十一厅州县，多寡牵算，秋禾约收五分有余，谨缮折具陈，开列清单，恭呈御览。伏乞皇太后、皇上圣鉴。谨奏。光绪二十四年十月初四日。

（朱批：）知道了。③

光绪二十四年十月十七日，奉朱批：知道了。钦此。④

---

①台北故宫博物院藏：《军机及宫中档》，文献编号：408006993。

②中国第一历史档案馆藏：《录副奏折》，档号：03-5366-070。

③台北故宫博物院藏：《军机及宫中档》，文献编号：408006995。

④中国第一历史档案馆藏：《录副奏折》，档号：03-9371-005。

0800. 呈本年各属秋禾约收分数清单

光绪二十四年十月初四日（1898 年 11 月 17 日）

谨将陕西省光绪二十四年西安等十二府州属秋禾约收分数，开列清单，恭呈御览。

计开

约收八分有余：白河一县。

约收七分有余各县：鄠县、富平、凤翔、郿县、蒲城、郃阳六县。

约收七分：盩厔一县。

约收六分有余各厅州县：临潼、兴平、醴泉、三原、高陵、蓝田、扶风、汧阳、沔县、定远、大荔、澄城、朝邑、华州、砖坪、汉阴、淳化、乾州、武功十九厅州县。

约收六分各厅州县：南郑、怀远、潼关、紫阳、三水、绥德六厅州县。

约收五分有余各厅州县：咸宁、长安、泾阳、耀州、同官、孝义、宁陕、肤施、宜川、延长、延川、保安、安定、甘泉、靖边、定边、宝鸡、岐山、陇州、麟游、城固、留坝、洋县、佛坪、榆林、葭州、韩城、华阴、安康、石泉、平利、洵阳、商州、商南、山阳、雒南、邠州、长武、永寿、鄜州、洛川、中部、米脂、清涧、吴堡四十五厅州县。

约收五分各州县：渭南、安塞、凤县、宁羌、褒城、略阳、西乡、白水、镇安、宜君十州县。

约收四分有余各县：咸阳、府谷、神木三县。

以上西安等十二府州所属九十一厅州县，多寡牵算，统计秋禾约收五分有余。理合登明。

（朱批：）览。[1]

0801. 奏报校阅省标官兵秋操情形折

光绪二十四年十月初四日（1898年11月17日）

头品顶戴陕西巡抚臣魏光焘跪奏，为校阅省标各营官兵秋操情形，恭折仰祈圣鉴事。

窃查省城抚标练军马步各营并城守协营兵丁，向按春、秋二季合队操演，期于精益求精，以收实效。本年春操臣已将校阅情形奏明在案。兹值秋操届期，臣于九月二十六日亲赴校场，将抚标中、左、右并城守各营调集合操，先演香山、双龙、速战等阵，队伍严肃，步伐整齐；比较刀矛藤牌，施放连环枪炮，并喷筒火弹，均属技艺娴熟，声势联络；洋枪阵式，进退如法。练军马队驰骤冲突，均能合宜；马上放枪，亦极灵敏；各营弁兵抬枪、洋枪准头均在八成以上。臣择其技艺较优者，量予奖赏；间有未能娴熟者，分别责惩，勒令演习，复按册点验兵丁、马匹、器械，俱属精壮足额。

伏思关中地居冲要，壤接边疆，弹压巡防，不可少懈。臣惟有督饬各将弁随时认真操练，务期悉成劲旅，俾得兵归实用，以仰副圣主整军经武之至意！

所有微臣校阅省标各营秋操情形，理合恭折具陈。伏乞皇太后、皇上圣鉴。谨奏。光绪二十四年十月初四日。

（朱批：）知道了。[2]

光绪二十四年十月十七日，奉朱批：知道了。钦此。[3]

---

①中国第一历史档案馆藏：《单》，档号：03-9371-006。

②台北故宫博物院藏：《军机及宫中档》，文献编号：408006994。

③中国第一历史档案馆藏：《录副奏折》，档号：03-5762-028。

0802. 奏报杨廷辅期满甄别情形片

光绪二十四年十月初四日（1898 年 11 月 17 日）

再，前准部咨：道、府、州、县无论何项劳绩，保归候补人员，到省予限一年，察看才具，分别补用等因。兹查有候补知县杨廷辅，于光绪二十三年十月二十七日到省，连闰扣至二十四年九月二十七日，试看一年期满，例应甄别。据藩、臬两司会详前来。

臣查该员才具开展，气局安详，堪以繁缺知县补用。谨会同陕甘督臣陶模，附片具陈。伏乞圣鉴。谨奏。

（朱批：）吏部知道。[①]

光绪二十四年十月十七日，奉朱批：吏部知道。[②]

0803. 奏报韩城等县被灾情形片

光绪二十四年十月初四日（1898 年 11 月 17 日）

再，臣据韩城县禀报，该县东北各乡逼近黄河沿河一带地亩、村房，因今秋河水涨发，均被冲塌，经该县勘验成灾，现已捐廉，并动用捐谷赈抚。下忙钱粮，恳请停征。又，据长安县禀报，该县普渡等村复因七月二十三日至八月十八日兼旬大雨，淹没秋禾，倒塌房屋，压毙幼女二口。现积水未消，俟水退再行勘办。又，据渭南县禀报，该县武定里所种营田暨拨归五凤书院孤贫滩地，前因渭水涨发，冲坍入河，现在水尚未退，请将本年各项租银一并豁免。又，据南郑县禀报，该县牟家坝等处于六月下旬大雨连绵，汉江水涨及各处小沟水泄不及，沿河两岸水、旱田地多被淹淤，并浸塌房屋。经该县勘验，不致成灾。

---

①台北故宫博物院藏：《军机及宫中档》，文献编号：408006994-0-A。

②中国第一历史档案馆藏：《录副奏片》，档号：03-5366-071。

又，据城固县禀报，该县汉江沿河柳渡村等处，田禾被水漫浸，经该县勘抚，不致成灾。又，据商南县禀报，该县南乡耀岭河等处，前被水淹禾苗，经该县勘验，水已退出，尚无大碍，不致成灾。又，据鄜县禀报，该县常家等堡于六月及七、八两月，因大雨连绵，兼之渭河水涨，致该处马厂滩地被水冲刷，经该县勘验，不能耕种，应请停租。又，据同官县禀报，该县自六月下旬，霪雨连绵，乡间窑孔坍塌甚多，并压毙男女大小七名，受伤十一名。经该县勘验，捐廉施棺殓埋，及由该县差徭生息款内提给医资钱文抚恤。又，据岐山县禀报，该县南乡酸枣林等村，前因河水涨发，淹浸秋禾，旋又被水冲塌田房。经该县会同委员勘已成灾，被灾贫民，捐给钱文，下忙钱粮，恳请蠲免。

又，据武功县禀报，该县东西马厂地亩自七月十五起至八月十九日止，复被河水淹伤秋禾，收成失望，请将本年应完租钱暂缓征收。又，据府谷县先后禀报，该县黄甫堡等处一百零一村庄及西乡木瓜堡等处九村庄，续于七月十七及八月初八等日被雹打伤秋禾。经该县勘验，雹灾颇重，且连年歉收，民情困苦，请将买存谷、豆分别散放，并请筹发赈款，以备今冬明春接济，下忙钱粮，应请停征。又，据神木县禀报，该县东西北各乡于七月十七日被雹打伤秋禾、瓜果。经该县勘已成灾，分别极、次贫民，将所捐粮石并催收义谷先行散放，并请筹款赈抚，下忙钱粮，应请缓征。又，据延川县禀报，该县永兴等四里于七月十七日被雹打伤秋禾。经该县往勘成灾六七分不等，下忙钱粮亦请缓征，各等情。前来。

当经臣先后批司移行该管道府州遵章覆勘，究竟被水、被雹打冲田房各若干，分别成灾分数，与是否不致成灾，及钱粮应如何蠲缓，贫民应如何分别赈抚，据实联衔结报，并令府谷、神木、同官等县将动用仓粮、银两，分别极、次贫民，妥为安抚，事竣核实造报；仍令将被水冲塌房屋赶紧修复，俾资栖止；地亩改种二麦，借资接济，统俟查办完竣，另行奏报。所有韩城等县被水、被雹情形，理合附片具陈。伏乞圣鉴。谨奏。

（朱批：）知道了，被灾处所均着认真查勘抚恤，毋任失所。[①]

光绪二十四年十月十七日，奉朱批：知道了，被灾处所均着认真查勘抚恤，毋任失所。钦此。[②]

0804. 奏报本年九月雨水粮价情形折

光绪二十四年十月二十六日（1898 年 12 月 9 日）

头品顶戴陕西巡抚臣魏光焘跪奏，为恭报雨泽、禾苗情形，恭折仰祈圣鉴事。

窃查陕西省光绪二十四年八月分雨泽、禾苗情形，业经臣奏报在案。兹据西安、延安、凤翔、汉中、榆林、同州、兴安七府，邠州、乾州、商州、鄜州、绥德五直隶州属陆续具报，于九月初五、六至初八、初十及十一至十五、六、七、八、九、二十并二十一、二、三至二十七等日，先后得雨二三寸至四五寸及深透不等。

臣查入秋以来，雨水颇多，现在稻谷、杂粮均已次第收获，二麦播种亦有渐次出土，民情欣悦，堪以上慰宸廑！刻查西安粮价，大米每仓石价银三两九钱八分，小米每仓石价银二两六钱四分。较之上月，大米每石减银一分，小米每石增银五钱八分。

所有光绪二十四年九月分雨泽、禾苗及省城粮价情形，理合恭折具陈。伏乞皇太后、皇上圣鉴。谨奏。光绪二十四年十月二十六日。

（朱批：）知道了。[③]

光绪二十四年十一月初九日，奉朱批：知道了。钦此。[④]

---

①台北故宫博物院藏：《军机及宫中档》，文献编号：408006994-0-B。

②中国第一历史档案馆藏：《录副奏片》，档号：03-9371-007。

③台北故宫博物院藏：《军机及宫中档》，文献编号：408006996。

④中国第一历史档案馆藏：《录副奏折》，档号：03-9371-021。

0805. 筹解英德洋款并以后径解缘由折

光绪二十四年十月二十六日（1898年12月9日）

头品顶戴陕西巡抚臣魏光焘跪奏，为陕省汇解本年冬月英、德洋款银数，并以后认还英、德、俄、法洋款由陕径解缘由，恭折仰祈圣鉴事。

窃前准部咨：应还英、德、俄、法两款，奏派陕省每年认还银二十二万两，历次遵筹并援奏准成案，在两淮、江苏应解甘饷内就近拨兑解交在案。查陕省本年八月分应还英、德洋款银三万两，前遵奏案由两淮抵兑。旋接两江督臣电称：鄂、皖厘局改归税司代征，部拨抵补各项未能悉属有着，已复行奏咨仍请照案截留甘饷，两淮应代陕省兑抵英、德洋款，以后无款可抵，咨陕省自行筹解。经臣往复电商，始允垫解。此款应否解还，抑解甘省，应俟两江奉准部覆，查照办理。又，本年九月分应还俄、法洋款银四万两，前亦遵案咨由江苏抵兑，复准江苏抚臣电称：因厘金改归税司代征，应协甘饷无款可拨，咨请另筹等因。当因此款早已由陕代苏如数解甘作为协饷，所有陕省拨还俄、法洋款，仍应由苏设法速解清款，电覆亦在案。

现又届陕省应还冬月分英、德洋款之期，自未便照旧再行抵兑，拟请将陕省认还英、德、俄、法洋款自本年冬月一期起，以后改为由陕径解江海关道查收汇还，毋庸抵兑，以免愆误。兹将陕省应还冬月英、德借款银三万两分交汇商协同庆、蔚丰厚、蔚泰厚、新泰厚等号，备具文批，定于十一月内一并汇解江海关道衙门交纳。据藩司李有棻详请奏咨前来。

除咨明户部暨陕甘、两江督臣、江苏抚臣查照外，所有陕省汇解冬月英、德洋款银数，并以后认还英、德、俄、法洋款由陕径行解还缘由，理合恭折具陈。伏乞皇太后、皇上圣鉴。谨奏。

光绪二十四年十月二十六日。

（朱批：）户部知道。①

光绪二十四年十一月初九日，奉朱批：户部知道。钦此。②

0806. 奏报照章惩办情重盗匪缘由片

光绪二十四年十月二十六日（1898 年 12 月 9 日）

再，前准部咨：嗣后各省拿获马贼、土匪并伙众持械强劫案件，如实系距省窎远，解犯中途堪虞，就近解交该管道府，或委员覆审明确，由该管道府核明情罪，禀候督抚批饬就地正法，按季汇案具奏等因。历经遵办在案。兹查光绪二十四年秋季分，据汉中府审办城固县拿获盗犯申占瀣、李菁芳即苟太贫、张学汉即张秃子、张荿憪即刘荃吾、张菁汝即张汶憣、唐叫花即张叫花。讯据供认，该犯申占瀣起意，纠邀李菁芳等及在逃之郑憪瘫等首伙八人，于光绪二十三年十一月十六日夜，执持木棒、油捻，撬门入室，行窃民人慎树成家烟土、衣物，临时行强；又于是年十二月初九日晚，复起意纠邀李菁芳等，行劫慎树成家银钱、衣物，均拒伤事主。李菁芳、张学汉、张荿憪、张菁汝四犯，或两次听从上盗，或两次把风接赃，唐叫花仅止听从上盗，中途畏惧不行，事后并未分赃。

又，据该府审办城固县拿获盗犯曾洸有、曾洸恩即曾浩然、曾学许三犯。讯据供认，该犯曾洸有听从已获另案盗犯张菁汝即张汶憣纠伙曾洸恩等一共八人，于二十三年十二月二十三日夜，强劫民人谭前寿家银物，拒伤事主。该犯曾洸有中途畏惧不行，事后分赃；曾洸恩、曾学许均听从上盗，入室搜赃。

又，据该府审办西乡县拿获盗犯刘自城、王正幅、张河苛三犯。讯据供认，该犯刘自城听从逸盗余全纠邀陈卷毛子等一共七人，于二十三年六月初十日夜，持械强劫民人郑令贵船上钱文，

---

①台北故宫博物院藏：《军机及宫中档》，文献编号：408006997。

②中国第一历史档案馆藏：《录副奏折》，档号：03-6693-084。

拒伤事主。该犯刘自城在岸接赃，王正幅听从上盗，中途畏惧不行，均事后分赃。张河苛事后知情，驾送余全等过渡，得受赃物。

又，据委员候补知县李炳麟审办华州拿获盗犯李忝蒠、杨全苊二犯。讯据供认，该犯李忝蒠、杨全苊初则听从逸盗王柏儿等一共六人，分持刀械、油捻，踏门入室，捆缚事主刘彦才母子二人，搜劫衣物；继复听从轮奸事主之妻刘杨氏已成。

又，据兴安府审办石泉县拿获会匪汪世延、曾智明、邓传守、雷金华、邓家保、罗亨汰、李长受七犯。讯据供认，该犯汪世延初则听从已故姚幅有即姚春风入会为匪，继复自行倡立山堂，纠结入伙已至四十人以上，并挟民人刘自见向其索帐之嫌，挖瞎刘自见双目；复与会匪杨添才持刀逞凶，曾智明、邓传守、雷金华、邓家保、罗亨汰、李长受，或听纠入会，或被诱允从，各等情。由该州县等禀经臣先后批司转行该管汉中府知府常裕、兴安府知府张筠，督同各该县，并由司饬委候补知县李炳麟会同华州提犯覆讯，供情相符，照章议拟，禀候核示遵办，并据先后具报李菁芳、张学汉、张茂憪、张菁汝、曾洸恩、曾学许、杨全苊各犯，在监病故。前来。

臣以该犯申占瀓、刘自城、李忝蒠、汪世延四犯，或两次纠劫，拒伤事主；或听从行劫船户，在岸接赃；或听从强劫，复轮奸事主妻室；或纠伙入会为匪，挟嫌逞凶，均属凶恶昭著，罪无可逭，当与督臣批饬就地正法。李菁芳即苟太贫、张学汉即张秃子、张茂憪即刘荃吾、张菁汝即张汶憘、曾洸恩、曾学许、杨全苊，虽先后在监病故，仍应照例戮尸，与申占瀓等均枭首示众，以昭炯戒。曾洸有、王正幅、曾智明、邓传守，或听从上盗，中途畏惧不行，事后分赃；或听纠入会，人在四十人以上，均罪应拟流。张河苛、雷金华、邓家保、罗亨汰、李长受，或事后知情，分受赃钱；或被诱入会，均罪应拟徒。唐叫花即张叫花听从上盗，中途畏惧不行，事后并未分赃，罪应拟杖，俱照章分别锁系巨石，统俟限满，察看情形办理。逸犯郑憪瘫等饬缉，获日另结。

所有光绪二十四年秋季分情重盗匪照章惩办缘由，谨会同陕甘督臣陶模，附片具陈。伏乞圣鉴。谨奏。

（朱批：）刑部知道。①

光绪二十四年十一月初九日，奉朱批：刑部知道。钦此。②

0807. 奏报府谷县被水请豁钱粮片

光绪二十四年十月二十六日（1898年12月9日）

再，前据署府谷县知县王惠禀：据沙峁头村户长王道一等禀报：该村居黄河西岸，南有神木无用河，东有黄河，先年黄流东趋，自光绪十七年改向西流，连年天雨过多，河水与神木河水每同时大涨，以致该村东南两岸园地多被冲刷。因随时尚可修复，未经报灾，钱粮多系赔纳。上年及本年河水更大，被冲刷地多至三顷有余，沙石累累，万难开挖，恳请勘办。等情。当经臣批司移行该管榆林道府先行委员会勘具报。兹据该印委等会禀内称：查勘该沙峁头被水冲刷地亩，实有三顷零五亩，满年应征正、耗银一十六两零、粮十石八斗零，委系沙石积压，难以修复，恳请豁免钱粮，前来。

臣查粮随地转，该处地亩既被水冲，刻难修复，自未便责令小民空纳钱赋，相应仰恳天恩俯念穷黎，准予豁免，以广皇仁而示体恤。除批司移行该道府再行覆勘造具地亩册结照例详办外，所有府谷县被水冲刷地亩，恳请豁免钱粮缘由，谨附片陈明。伏乞圣鉴训示。谨奏。

（朱批：）着照所请，户部知道。③

光绪二十四年十一月初九日，奉朱批：知道了。钦此。④

---

①台北故宫博物院藏：《军机及宫中档》，文献编号：408006996-0-A。

②中国第一历史档案馆藏：《录副奏片》，档号：03-6261-022。

③台北故宫博物院藏：《军机及宫中档》，文献编号：408006996-0-B。

④中国第一历史档案馆藏：《录副奏片》，档号：03-6261-022。

0808. 酌动厘金买粮赈灾缘由片

光绪二十四年十月二十六日（1898 年 12 月 9 日）

再，臣查陕省本年夏秋以来，雨水过多，兼雨冰雹，又有先被旱而复遭雹者。据各属禀报成灾较重之处，均经臣先后饬司拨发银两，并饬各灾区动用义粮，委员会同查办急赈。现据陆续禀覆，除就地开放义仓及捐集银粮不计外，已由司拨发过办赈银共约一万九千两，均系暂时通挪给发，必须筹措归垫。而此后冬春为日方长，仍须接办赈抚，灾黎始能苏息。

现在库款奇绌，设法无从，时值艰难，又未便吁请部款，再四熟筹，惟有请将奏定酌提二成厘金买粮备荒案内二十四年应提银两暂缓买粮，先尽作为本年灾区急赈及今冬明春赈抚之需，指拨动用。俟明年春抚完竣，如有余银，再行照案分饬买粮，以资储备，仍将动用数目报部查核。似此酌量办理，庶几赈款有着，司库不致为难，与原奏积谷备荒之意亦相符合。由藩司李有棻详请奏咨前来。

臣覆查无异，理合附片具陈。伏乞圣鉴，饬部立案施行。谨奏。

（朱批：）户部知道。[①]

光绪二十四年十一月初九日，奉朱批：户部知道。钦此。[②]

0809. 查明二十四年上忙征收银粮折

光绪二十四年十一月十六日（1898 年 12 月 28 日）

头品顶戴陕西巡抚臣魏光焘跪奏，为查明陕西省光绪二十四年上忙征收钱粮、盐课等银已完数目，恭折仰祈圣鉴事。

---

①台北故宫博物院藏：《军机及宫中档》，文献编号：408006996-0-C。

②中国第一历史档案馆藏：《录副奏片》，档号：03-9371-022。

窃查前准户部咨：陕省上、下两忙钱粮册籍，以实征之数依限造报，并将耗羡、存留及起运已完银两归入某季拨册，一并分造，各等因。所有光绪二十三年上、下两忙册籍，业经遵造分别奏咨在案。兹值造报光绪二十四年上忙之期，查陕省二十四年分，共额征民屯、更起运连闰银一百三十三万七千七十七两零，内除兴平、高陵、褒城、朝邑、华阴、华州、武功等七州县水冲地亩及修河占地案内豁免银六百二十四两零，又除荒地免征银五万七千二百八十三两零，实征银一百二十七万九千一百六十九两零，又华州升科银九两零，二共实熟地应征银一百二十七万九千一百七十九两零。

今上忙已完银一百一十一万二千四百一十六两零，未完银一十六万六千七百六十二两零，内除长安县二十三年水灾案内奉文缓征灾前已完准流抵二十四年正赋银五十五两零，又除临潼、延川、扶风、褒城、沔县五县水灾案内奉文豁免银一千一百六十七两零，止未完银一十六万五千五百三十九两零。

又，额征民屯、更起存连闰耗羡，除请留免耗外，共银二十四万三十一两零，内除兴平、高陵、褒城、朝邑、华阴、华州、武功等七州县水冲地亩及修河占地案内豁免银九十两零，又除荒地免征银九千六百九十九两零，实征银二十三万二百四十一两零，又收华州升科银一两零，共实熟地应征银二十三万二百四十二两零。今上忙已完银一十九万二千三百三十八两零，未完银三万七千九百四两零，内除长安县二十三年水灾案内奉文缓征灾前已完准流抵二十四年耗羡银八两零，又除临潼、延川、扶风、褒城、沔县五县水灾案内奉文豁免银一百四十八两零，止未完银三万七千七百四十七两零。

又，额征存留、俸工、廪膳、祭祀、孤贫并额外廪粮等项银一十万四千二十八两零，内除荒地免征银三千九百四十四两零，实熟地应征银一十万八十四两零。除延川县水灾蠲免银一百一十两零，止该征银九万九千九百七十三两零。今上忙已完银五万六千三百一十三两零，内解司裁汰俸工、乡饮、纸札、宪书等项银九百四十九两零，自留支银五万五千三百六十三两零，未完银四万三千六百六十两零。

又，额征民屯、存留、驿站等项连闰共银一十七万九千八百八两零，内除荒地免征银三千五十三两零，实熟地应征银一十七万六千七百五十五两零。今上忙已完银一十万六千四百八十二两零，内解司站支、边塘、协济、扛夫等银三万九千八百二十八两零，解汉中府供驿银一万一千四十六两零，留支银五万五千六百七两零，未完银七万二百七十二两零。

又，额征屯存留、俸工、杂支、孤贫等项连闰银二千四百一十三两零，内除荒地应征银三百二十两零，实熟地应征银二千九十二两零。今上忙已完银一千二十五两零，全数留支各官役、俸工等银，讫未完银一千六十七两零。

又，额征盐课银一万九千二百四十两零，内除褒城县长林镇阳寨等处水冲地亩豁免银六两零，又除荒地免征银一千一百九十九两零，实熟地应征银一万八千三十四两零。今上忙已完银六千七百九两零，未完银一万一千三百二十五两零。据藩司李有棻分晰查造各款细数及入拨清册，具详请奏前来。

臣覆核无异，除清册咨部外，所有查明陕省光绪二十四年分上忙征收钱粮、盐课等银已完数目，谨缮折具陈。伏乞皇太后、皇上圣鉴。谨奏。光绪二十四年十一月十六日。

（朱批：）户部知道。①

光绪二十四年十一月二十七日，奉朱批：户部知道。钦此。②

①台北故宫博物院藏：《军机及宫中档》，文献编号：408006998。

②中国第一历史档案馆藏：《录副奏折》，档号：03-6261-040。

0810. 奏报陕省查办积谷情形折

光绪二十四年十一月十六日（1898 年 12 月 28 日）

头品顶戴陕西巡抚臣魏光焘跪奏，为陕省查办积谷情形，恭折仰祈圣鉴事。

窃臣前准户部咨：光绪二十四年九月十八日内阁奉上谕：盛宣怀①奏，请速筹积储以固邦本一折，饬即督饬各州县将原有仓谷悉数买补足额，其向无仓谷之处，亦即设法筹办，按年查验，出陈易新，具报存仓实数，专案奏闻等因。钦此。当经钦遵行司通饬各属一体遵办。伏查陕省积谷，自军兴后，仓储空虚，前抚臣冯誉骥鉴于光绪三、四等年大祲，赈粮购自南省，縻帑太巨，通饬劝办义仓，共存积谷八十万六千余石，奏咨有案。

上年，臣与两司熟商，以前次捐办义仓迄今垂二十年，其间水旱偏灾，几于无岁蔑有。原捐积谷，动用不少，灾歉堪虞，若再劝捐，则闾阎凋敝，难望踊跃，拟请于厘金项下每年酌提二成，分发各属，就地买粮存储，亦经奏准在案。嗣以各属义粮历年既久，或因灾歉动用，或因出借未还，叠经通饬查催，并筹补还仓，旋据陆续具覆，统计各属义仓共存京斗粮七十五万九千余石。各

---

①盛宣怀（1844—1916），字杏荪，又字幼勖、荇生、杏生，号次沂，又号补楼，别署愚斋，晚年自号止叟，有思惠斋、东海、孤山居士、紫杏、愚卿等号。江苏武进人，由附监生报捐主事、直隶州知州。同治五年（1866），署天津河间兵备道。十二年（1873），创办轮船招商局，任督办。十三年（1874），襄办淮军营务。光绪六年（1880），创办中国电报局，任总办。十年（1884），署天津海关道。十二年（1886），补山东登莱青道。十八年（1892），调天津海关道。二十一年（1895），办理上海轮船招商局及机器纺织厂事务，奏设北洋大学堂、南洋公学。二十二年（1896），经理湖北铁厂，迁太常寺少卿，兼督办铁路大臣。二十三年（1897），调补大理寺少卿，创设南洋公学，任督办。二十六年（1900），补宗人府府丞，迁会办商务大臣。二十七年（1901），调办理商税事务大臣，加太子太保衔。二十八年（1902），授工部左侍郎，兼会办商约大臣。三十四年（1908），调邮传部右侍郎。宣统二年（1910），升邮传部尚书。三年（1911），授邮传大臣。民国五年（1916），卒于沪。有《愚斋存稿》《盛宣怀未刊信稿》等存世。

该印委结报均系实储在仓，较光绪六、七年前抚臣奏办之数所差无多。本年夏秋阴雨连绵，各属被水、被雹成灾，赶办急赈，复有动用义粮之处，均已分饬造报。

至酌筹加增积谷一层，今岁既有偏灾，民力不免拮据，未便遽议续捐，应随时察看情形，俟民有余力，即行劝办。其酌提厘金二成银两，二十三年所提之款，当已分发各属买粮存储，因兴安府等属粮价未平，尚未采齐，专案汇报。二十四年应提之款，以本年灾区急赈及冬春赈抚，无从设法，业已奏明暂缓买粮，先尽赈需动用，俟明年春抚完竣，余银若干，再行照案分饬采买。据藩司李有棻具详前来。

臣查陕省筹办积谷最为要务，现虽为数未多，尚能核实，自当因时益加整顿，渐次扩充，务期储峙丰盈，有备无患，仰副圣主足食保民之至意！所有陕省查办积谷情形，理合恭折覆陈。伏乞皇太后、皇上圣鉴。谨奏。光绪二十四年十一月十六日。

（朱批：）知道了，即着认真整顿，渐次扩充，以期有备无患。①

光绪二十四年十一月二十七日，奉朱批：知道了，即着认真整顿，渐次扩充，以期有备无患。钦此。②

0811. 查明上年旧赋比较上三年完欠折

光绪二十四年十一月十六日（1898 年 12 月 28 日）

头品顶戴陕西巡抚臣魏光焘跪奏，为查明光绪二十三年旧赋钱粮，比较上三年完欠分数，开列清单，恭折仰祈圣鉴事。

窃查前准户部咨：陕省旧赋钱粮，比较上三年完欠分数，自光绪八年起，按年开单奏报，新赋钱粮统归上、下两忙案内考核，旋准咨送单式，考核旧赋，以未完之数为纲，令即仿照江西省奏

①台北故宫博物院藏：《军机及宫中档》，文献编号：408006999。

②中国第一历史档案馆藏：《录副奏折》，档号：03-6678-027。

报清单办理，各等因。查陕省正赋钱粮，叠经饬属设法招垦，因地广人稀，迄未一律尽辟。近年剔荒征熟，察验民情，仅将旧赋带征一年，以示体恤。所有二十二年以前民欠银两，经各前抚臣暨臣奏奉恩旨豁免在案。

兹值查造光绪二十三年旧赋比较之期，查陕省二十三年分应征旧赋，自十九年起至二十二年止民欠未完钱粮，内十九、二十、二十一等三年并无续完银两，毋庸开报。所有二十二年钱粮，除荒地免征外，共未完银三万三千六百六十四两一钱四分五厘，又续垦荒地应征银二十二两一钱七分，二共银三万三千六百八十六两三钱一分五厘，内除临潼、肤施、延川、安定、扶风、褒城、沔县、华州八州县节年水、雹各灾案内奉文豁免银一千六百九十三两二分，又除咸宁、长安、华阴、商州、鄜州五州县二十一年水、雹各灾案内奉文缓征灾前已完准流抵二十二年正赋银二千六百七十两三钱五分六厘，止未完并灾缓共银二万九千三百二十二两九钱三分九厘；又除长安、咸阳、华州三州县二十二年水灾案内奉文缓征灾前已完准流抵二十三年正赋，应仍归二十二年带征银二千九百五十三两三钱六厘，二共未完银三万二千二百七十六两二钱四分五厘。截至二十三年奏销止，共已完银二百九十二两七分，照数在于光绪二十三年续销册内列收造报。实在民欠未完二十二年银三万一千九百八十四两一钱七分五厘，业经奉文全数豁免。据藩司李有棻具详前来。

臣覆查无异，除咨部外，所有光绪二十三年征收旧赋钱粮比较分数，谨缮清单，恭折具陈。伏乞皇太后、皇上圣鉴。谨奏。光绪二十四年十一月十六日。

（朱批：）户部知道，单并发。[①]

光绪二十四年十一月二十七日，奉朱批：户部知道，单并发。

---

①台北故宫博物院藏：《军机及宫中档》，文献编号：408007000。

钦此。[①]

0812. 呈上年旧赋比较上三年完欠清单

光绪二十四年十一月十六日（1898 年 12 月 28 日）

谨将陕西省光绪二十三年分征收旧赋比较上三年完欠分数，缮具清单，恭呈御览。

计开

旧赋项下

光绪二十三年应征光绪十九年起至二十二年止民欠未完钱粮，内除十九、二十、二十一等三年并无续完银两毋庸开报外，所有二十二年除荒地免征外，共未完银三万三千六百六十四两一钱四分五厘，又续垦荒地应征银二十二两一钱七分，二共银三万三千六百八十六两三钱一分五厘，内除临潼、肤施、延川、安定、扶风、褒城、沔县、华州八州县水、雹各灾案内奉文豁免银一千六百九十三两二分，又除咸宁、长安、华阴、商州、鄜州五州县二十一年水、雹各灾案内奉文缓征灾前已完准流抵二十二年正赋银二千六百七十两三钱五分六厘，止未完并灾缓共银二万九千三百二十二两九钱三分九厘。又，长安、咸阳、华州三州县二十二年水灾案内奉文缓征灾前已完准流抵二十三年正赋，应仍归二十二年带征银二千九百五十三两三钱六厘，二共未完银三万二千二百七十六两二钱四分五厘。截至二十三年奏销止，共已完银二百九十二两七分，照数在于二十三年续销册内列收造报，讫。实在民欠未完银三万一千九百八十四两一钱七分五厘，业已奉文豁免。计已完九毫五忽，未完九分九厘九丝五忽。

比较光绪二十年，应征银一十八万六千六百三十两四钱八分九厘，已完一厘二毫五丝五忽银二千二百六十二两六钱三分二厘，未完豁免九分八厘七毫四丝五忽银一十八万四千三百六十七两八

①中国第一历史档案馆藏：《录副奏折》，档号：03-6261-038。

钱五分六厘，计少完银三毫五丝。

比较光绪二十一年，应征银三万九千五百九十七两五钱七厘，已完二厘三毫二丝六忽银九百二十一两七钱八分八厘，未完豁免九分七厘六毫七丝四忽银三万八千六百七十五两七钱一分九厘，计少完银一厘四毫二丝一忽。

比较光绪二十二年，应征银三万八千八百五十三两六分五厘，已完九毫六丝银三百七十二两六钱三分一厘，未完豁免九分九厘四丝银三万八千四百八十两四钱三分四厘，计少完银五丝五忽。

以上未完银两，业已奉文全数豁免。理合登明。

（朱批：）览。[①]

0813. 请将刘倬云等员量才录用折

光绪二十四年十一月十六日（1898年12月28日）

头品顶戴陕西巡抚臣魏光焘跪奏，为遵旨保举知兵文武各员，恳恩采择，恭折密陈，仰祈圣鉴事。

窃臣接准军机大臣字寄：光绪二十三年十一月二十五日奉上谕：目下欲图自强，自以修明武备为第一要义。各省将官有老于兵事、缓急可恃者，无论官职大小、现任、退闲，准其一律奏调。如有知兵之员，为该将军、督抚等素所深悉者，并准其保奏，以备干城之选等因。钦此。遵旨寄信前来。仰见皇太后、皇上廑念时艰、亟亟求才至意，跪聆之下，钦仰莫名！

窃维知兵之选，至不易言，或平日讲求，临敌则茫然而失措；或屡著战绩，特将则徒勇而寡谋。故必心通其理，躬历其事，二者兼赅而后缓急信可为恃。微臣效力行间先后三十余年，虽未足以语于知兵，而屡与军事，忝任封圻，窃常留意将才，期为图用勉副以人事君之义。兹幸钦承特谕准予荐达，谨举平日所知为我

①中国第一历史档案馆藏：《单》，档号：03-6261-039。

皇太后、皇上陈之。

查有前福建汀漳龙道刘倬云[1]，坚卓沈毅，胆略兼优。同治中随前署陕西抚臣刘典帮办营伍，带队剿回，嗣经前闽浙督臣杨昌濬调办闽省营务，战守均协机宜，擒治海盗张阿知一案，歼党羽而服群情，尤见识力过人；历任福建道缺，政声卓著。新疆镇迪道潘效苏，才猷闳远，随前大学士臣左宗棠军营襄办营务，深资得力；上年由新疆率队入关，防堵甘凉一带，剿捕大通股匪，招抚安集，俱臻妥协，居官所至有声，军事尤为练达。江苏候补道杜俞，学识淹通，体用兼备，前年随臣带队赴辽，嗣办江苏防军营务，兼统太湖水师等营，善抚士卒，一切措置裕如。候选道左孝同，早岁随侍其故父大学士臣左宗棠军营，讲求有素，近则年学俱进，阅历愈深，上年统带忠、信等营，抚驭有法，嗣经直隶总督臣王文韶派委遣散福、寿等军，值津芦一带游勇滋事，该员开布诚信，军情帖服，地方以安；其器识闳远，留心时务，洵为练达之才。记名提督江南城守营副将杨金龙，质朴勤敏，饶有胆识，前随臣营及刘锦棠军营，转战关陇，嗣带队驻防台湾及现供职南洋，整练营务，于中外军情、兵法均能究心。记名提督新疆抚标中军参将汤咏山，果毅有为，曩剿回匪，转战关内外一带，摧坚陷阵，识在几先，刘锦棠常以善战称之。记名提督署汉中镇总兵龙恩思、记名总兵徐有礼，朴实勇敢，办事认真，上年随同征剿甘回，攻克西宁及巴燕戎属等处逆巢，最为出力，旋带陕西防勇，尤能实心训练。

以上各员，或因韬钤夙习，而复体验于躬行；或更事既多，

---

[1]刘倬云（1835—1904），字季樵，号朴堂，清湘军名将刘典之弟，湖南宁乡人。同治元年（1862），由廪生经左宗棠调令入营，随兄刘典从军。二年（1863），丁父忧，墨绖从戎。三年（1864），赴援江西，旋回籍办理团练。七年（1868），统楚军入陕。以功叙知县，保至道员，加盐运使衔，赏戴花翎。光绪十年（1884），赴闽委办城防营务处，署理福建按察使。十二年（1886），加二品顶戴。十四年（1888），署兴泉永道。十五年（1889），署理延建邵道。同年，补授汀漳龙道。三十年（1904），卒于任。著有《朱孙诒去思录》《宰湘节录》《诗文公牍》等行世。

亦遂确有其心得，缓急皆为足恃，倘荷天恩量才录用，必能奋力驰驱，裨益时艰。所有遵旨保举知兵文武各员缘由，谨缮折密陈。伏乞皇太后、皇上圣鉴采择施行。谨奏。光绪二十四年十一月十六日。①

光绪二十四年十一月二十七日，朱批。②

0814. 奏报筹垫赈款汇寄东省片

光绪二十四年十一月十六日（1898 年 12 月 28 日）

再，臣前准山东官绅电称：东省河患，漫淹三十七州县，奇灾非常，入冬冻馁，不堪设想，祈速筹赈款等因。查此案前准山东抚臣电咨到陕，当经筹垫银一万两汇解东省，以资急赈在案。兹准前因，臣查陕省本年雨水过多，各属纷纷报灾，现正力筹冬春赈抚，并为安徽代收赈捐，归还垫款，实属异常拮据。惟念东省灾重且广，赈需孔急，拟再竭力腾挪，由司库预筹积谷款内筹垫库平银一万两，先行汇往，一面劝办赈捐，俟收有成数，一并归垫。合将此次续垫银两如数兑给票商新泰厚号，定限本年十月二十六日汇寄山东交纳。据藩司李有棻详请具奏前来。

除咨部并山东抚臣查照外，谨附片具陈。伏乞圣鉴。谨奏。

（朱批：）户部知道。③

光绪二十四年十一月二十七日，奉朱批：户部知道。钦此。④

①中国第一历史档案馆藏：《录副奏折》，档号：03-5367-055。

②此朱批日期，据《军机处随手登记档》（档案编号：03-0297-2-1224-348）校补。

③台北故宫博物院藏：《军机及宫中档》，文献编号：408006998-0-A。

④中国第一历史档案馆藏：《录副奏片》，档号：03-9371-027。

0815. 奏报筹还英德洋款银数日期片

光绪二十四年十一月十六日（1898 年 12 月 28 日）

再，臣前准两江督臣电咨：两淮代陕垫还八月分英、德洋款银三万两，该省已准部咨甘肃新饷本年毋庸协解，前项垫款，望速筹解还等因。当经行司遵照。兹据藩司详称：遵将江省前代陕省解还八月英、德洋款银三万两，备具文批，分交汇商协同庆、蔚丰厚、新泰厚等号，定于十二月初十日汇解两淮盐运司衙门交纳，俾清垫款等情。详请奏咨前来。

臣覆核无异，除咨部暨两江、陕甘督臣、江苏抚臣查照外，谨附片陈明。伏乞圣鉴。谨奏。

（朱批：）户部知道。[①]

光绪二十四年十一月二十七日，奉朱批：户部知道。钦此。[②]

0816. 奏销广有仓收支粮草情形片

光绪二十四年十一月十六日（1898 年 12 月 28 日）

再，查陕省前因举办征信册，议令次年五月奏销为止截数造办。其榆林府广有仓征收粮草交纳较迟，奏缓至八月底截数该仓奏销，请以八月为期，九月专案造报，并改题为奏，借可以速补迟等因。遵办在案。兹届造报榆林府广有仓光绪二十三年分展限奏销之期，由藩司李有棻准据延榆绥道、榆林府将该府广有仓并榆林等县二十三年收支兵马粮草四柱奏销清册，逐一造齐，具详前来。

臣覆核无异，除各册咨部外，谨附片具呈。伏乞圣鉴。谨奏。

---

①台北故宫博物院藏：《军机及宫中档》，文献编号：408006998-0-B。

②中国第一历史档案馆藏：《录副奏片》，档号：03-6693-090。

（朱批：）户部知道。①

光绪二十四年十一月二十七日，奉朱批：户部知道。钦此。②

0817. 请以张兆庆补授守备员缺片

光绪二十四年十一月十六日（1898年12月28日）

再，陕西抚标中营守备董朝清病故，经臣咨部开缺。现准咨覆，应用期满武进士，饬即由陕拣选请补等因。该缺系省会守备，弹压巡防，均关紧要，当于臣标三营武进士内逐加遴选，查有期满武进士张兆庆，年五十九岁，陕西渭南县人，由武进士以营守备用分发本省抚标中营效力，同治元年正月到标，历次差委均无贻误。该员熟习营伍，办事勤慎，以之请补中营守备，洵堪胜任，与例亦属相符，合无仰恳天恩俯赐饬部核覆，准以期满武进士营守备用张兆庆请补陕西抚标中营守备，实于营伍有裨。如蒙俞允，俟接准部覆后，即行给咨送部引见，以符定例。

除该员履册送部查照外，所有拣员请补抚标中营守备缘由，谨会同陕甘督臣陶模，附片具陈。伏乞圣鉴训示。谨奏。

（朱批：）兵部议奏。③

光绪二十四年十一月二十七日，奉朱批：兵部议奏。钦此。④

【案】此奏片之具奏日期，原件目录署“光绪二十四年十一月二十六日”，而录副则署“光绪二十四年十一月十六日”，两相悬殊。查光绪二十四年十一月二十七日《随手档》⑤，即有此片。据同批折件，录副确无疑。兹据校正。

---

①台北故宫博物院藏：《军机及宫中档》，文献编号：408006998-0-C。

②中国第一历史档案馆藏：《录副奏片》，档号：03-6678-028。

③台北故宫博物院藏：《军机及宫中档》，文献编号：408007001-0-B。

④中国第一历史档案馆藏：《录副奏片》，档号：03-5929-070。

⑤中国第一历史档案馆藏：《军机处随手登记档》，档案编号：03-0297-2-1224-348。

0818. 奏请备价购储快枪弹药片

光绪二十四年十一月十六日（1898 年 12 月 28 日）

再，查陕省局存马步后膛快枪，有小口径比枪、奥枪、哈乞开斯、黎意快、毛瑟各种，皆属行军利器。惟各种枪弹用剩无几，缓急仍不足恃。近准部咨，须酌定画一枪式。然各局从新制造，暂时必难齐备，以遍应各省之求。陕局所存各种快枪，前经重价购制，若徒以乏弹等诸废物，尤为可惜，而必俟用时筹采，既虑缓不济急，且恐购无从购。

夫有备无患，军之善谋，臣拟将前项快枪，每杆配弹足成千出，查明确数，咨商南洋大臣、湖广总督，即饬沪、鄂两局分起制造，由陕备价购储。所需价银，在于营田折租项下分年提用，作正开销，以纾财力，用备不虞。是否有当，谨附片具陈，伏乞圣鉴训示。谨奏。

（朱批：）着照所请。①

光绪二十四年十一月二十七日，奉朱批：着照所请。钦此。②

【案】此奏片之具奏日期，原件目录署“光绪二十四年十一月二十六日”，而录副则署“光绪二十四年十一月十六日”，两相悬殊。查光绪二十四年十一月二十七日《随手档》③，即有此片。据同批折件，录副确无疑。兹据校正。

---

①台北故宫博物院藏：《军机及宫中档》，文献编号：408007001-0-C。

②中国第一历史档案馆藏：《录副奏片》，档号：03-6148-114。

③中国第一历史档案馆藏：《军机处随手登记档》，档案编号：03-0297-2-1224-348。

0819. 酌拟武备学堂经费缘由片

光绪二十四年十一月十六日（1898 年 12 月 28 日）

再，臣前奉谕旨饬令开办武备学堂，当经钦遵行司遵办，并将借地开办情形奏明在案。查武备学堂之设，为作育人才之地，不得不竭力筹办；需用经费，臣与司道核实约计，学堂创始经营，非万余金不可，以后常年经费亦须万金之谱。前臣奏催河南等省解还原借陕库赈款动用，经各省先后展缓，难济急需，而陕省库储奇绌，别无可筹。惟查光绪二十三、四两年裁减兵勇节省项下，有岁省粮料九千五百石有奇，内计督粮道敬录仓节省粮三千二百四十余石，各府厅州县仓共节省粮六千二百六十余石，拟请仿照前筹派认洋款、兵粮变价成案，将此项节省粮石仍照每石例价一两，自二十四年起，按年全数变价，作为武备学堂经费。现在开办一切用款，先由司库挪垫，将来即在此项内分年提还，俟清款后，全归学堂常年经费。由藩司李有棻、督粮道丁士彬会详前来。

臣覆查学堂之设，事属创始，一切经营、修缮、购置书、器，并由试办以及推广，需款甚巨，必得酌筹挪展办理，方无窒碍。今以裁省兵粮变价，指为讲求武备之用，亦复殊途同归，且可收转弱为强之效。除举办一切章程饬由总办督粮道督饬提调妥议奏明外，所有酌筹武备学堂经费，谨附片具陈。伏乞圣鉴，饬部立案施行。谨奏。

（朱批：）该部知道。①

光绪二十四年十一月二十七日，奉朱批：该部知道。钦此。②

【案】此奏片之具奏日期，原件目录署“光绪二十四年十一月二十六日”，而录副则署“光绪二十四年十一月十六日”，两相悬殊。查

①台北故宫博物院藏：《军机及宫中档》，文献编号：408007001-0-D。

②中国第一历史档案馆藏：《录副奏片》，档号：03-5997-068。

光绪二十四年十一月二十七日《随手档》[1]，即有此片。据同批折件，录副确无疑。兹据校正。

0820. 恳豁广有仓二十二年民欠粮草折

光绪二十四年十一月二十六日（1899年1月7日）

头品顶戴陕西巡抚臣魏光焘跪奏，为查明陕西榆林府广有仓光绪二十二年民欠本色粮草，开单恳恩豁免，恭折仰祈圣鉴事。

窃查榆林府广有仓每年应征本色粮草，前因起征较迟，奏请缓至次年八月底截数造办，并请将奏销改至九月专案造送。本年奏请豁免各属二十二年民欠钱粮案内，声明该仓未完粮草，俟截数后查明民欠确数，再行请豁。兹查该仓二十三年并带征二十二年前本色粮草奏销各册，业已造齐奏咨。所有二十二年民欠未完粮草，计榆林、绥德、米脂、清涧、吴堡等五州县共未完本色粮一千八百六十八石九斗三升五合四勺、草一百八十八束十四斤七两，内荒地本色未完粮一千一百七十七石六升三合七勺，熟地未完粮六百九十一石八斗七升一合七勺、草一百八十八束十四斤七两，委系实欠在民。现值二十四年仓粮开征之际，旧欠尚须带征一年。北山地瘠民贫，若将二十二年粮草同时并征，民力实有未逮，且各属是年钱粮等项业已宽免。该仓粮草事同一律，自应援案并请豁旧征新，以示体恤。由藩司李有棻分晰造册具详前来。

臣覆查无异，相应仰恳天恩俯准将单开榆林等五州县光绪二十二年民欠广有仓本色粮草一并豁免，以广皇仁而纾民力。除清册咨部外，谨缮单恭呈御览。伏乞皇太后、皇上圣鉴训示。谨奏。光绪二十四年十一月二十六日。

（朱批：）着照所请，户部知道，单并发。[2]

---

①中国第一历史档案馆藏：《军机处随手登记档》，档案编号：03-0297-2-1224-348。

②台北故宫博物院藏：《军机及宫中档》，文献编号：408007001。

光绪二十四年十二月初九日，奉朱批：户部知道，单并发。钦此。[①]

0821. 呈广有仓二十二年民欠粮草清单

光绪二十四年十一月二十六日（1899年1月7日）

谨将陕西榆林府广有仓光绪二十二年分荒、熟地亩未完本色粮草数目，缮具清单，恭呈御览。

计开

光绪二十二年分

榆林府属共未完广有仓荒地粮一千一百七十七石六升三合七勺、熟地粮六百九十一石八斗七升一合七勺、草一百八十八束十四斤七两。

榆林县未完熟地并灾缓粮一百四十三石六斗六升八合、草一百八十八束十四斤七两。

绥德州未完荒地粮三百一十一石八斗二升五合。

米脂县未完荒地粮五百三十四石二斗八升四合、熟地粮二百九十八石二斗八升二合。

清涧县未完荒地粮三百三十石九斗五升四合七勺。

吴堡县未完熟地粮二百四十九石九斗二升一合七勺。

（朱批：）览。[②]

0822. 查明本年被灾歉收各属情形折

光绪二十四年十一月二十六日（1899年1月7日）

头品顶戴陕西巡抚臣魏光焘跪奏，为遵旨查明陕省本年被灾歉收各属，筹议来春接济情形，恭折覆陈，仰祈圣鉴事。

---

①中国第一历史档案馆藏：《录副奏折》，档号：03-6678-028。

②中国第一历史档案馆藏：《单》，档号：03-6261-049。

窃臣前准军机大臣字寄：光绪二十四年十月初三日奉上谕：陕西宁羌州属被火，长安、洵阳等县被水，三水县属被雹，商州、略阳等州县被水、被雹，均经查勘抚恤，谅可不至失所。来春青黄不接之时，如有应行接济之处，即查明据实覆奏等因。钦此。当经钦遵恭录行司转饬查办去后。兹据被火、被水、被旱、被雹成灾之宁羌、邠州、肤施、神木、延川、长武、永寿、同官、府谷、扶风、略阳、武功、韩城、长安、临潼、山阳、蒲城、咸宁、岐山、咸阳、兴平、渭南、高陵、平利、洵阳、盩厔、大荔、鄠县、镇安、华州、鄠县、商州、华阴及被雹、被水勘不成灾之富平、三水、南郑、商南、褒城、雒南、醴泉、砖坪、定远、城固、佛坪、宁陕各厅州县陆续禀报，各该地方夏、秋田禾被旱、被雹、被水及宁羌被火，均经随时禀请勘验，分别已、未成灾，或就近借给厘金及散放常、义各仓粮石，并由司库厘金二成款内筹发银两，暨由各州县捐廉抚恤，以资接济。被冲地亩、房屋，酌给籽种及修复工本；应输本年钱粮，分别蠲缓各在案。目下择其被灾较重之处，筹办冬赈，民情尚属安帖，不至失所。惟距来春青黄不接之时，为日甚长，应否抚恤、调济，届时察看情形，禀请核办等情。由藩司李有棻汇核具详前来。

臣查陕省自兵燹后，继遭荒旱，小民荡析离居，田地多半荒芜，频年节经饬属招垦，甫有转机，乃各属复值偏灾，民情实为困苦。虽被灾之区业已分别轻重抚恤，目前不至拮据，惟距来春青黄不接之时，为日方长，闾阎生计维艰，自应预筹接济。臣已饬司通饬各地方官，分别察看情形，来春如有乏食贫民，或照章散放常、义各仓粮石，或劝谕殷实量予借贷，或禀请筹发款项赈抚，总期穷黎不至饥馑，地方咸安耕凿，以仰副圣主轸念灾区之至意！

至本年被灾各处民欠未完钱粮应蠲、应缓，统俟查明另行奏恳恩施。所有陕省被灾各处筹议来春接济缘由，理合恭折覆陈。伏乞皇太后、皇上圣鉴训示。谨奏。光绪二十四年十一月二十六日。

（朱批：）知道了。①

光绪二十四年十二月初九日，奉朱批：知道了。钦此。②

0823. 奏报本年十月雨水粮价情形折

光绪二十四年十一月二十六日（1899年1月7日）

头品顶戴陕西巡抚臣魏光焘跪奏，为恭报雨雪、麦苗情形，恭折仰祈圣鉴事。

窃查陕省光绪二十四年九月分雨泽、禾苗情形，业经奏报在案。兹据西安、延安、凤翔、汉中、榆林、同州、兴安、邠州、乾州、商州、鄜州、绥德等十二府州属具报，于十月初二、三至初七、八、初十并十一、二、三至十六、七、八及二十七等日，先后得雨得雪一二三寸不等。臣查入冬以来，天气晴和，二麦均已播种出土。现值盘根之际，得此雨雪，大有裨益，民情欣悦，合境安谧，堪以上慰宸廑！刻查西安粮价，大米每仓石价银三两七钱六分，小米每仓石价银二两五钱二分。较之上月，大米每石减银二钱二分，小米每石减银一钱二分。

所有光绪二十四年十月分雨雪、麦苗及省城粮价情形，理合恭折具陈。伏乞皇太后、皇上圣鉴。谨奏。光绪二十四年十一月二十六日。

（朱批：）知道了。③

光绪二十四年十二月初九日，奉朱批：知道了。钦此。④

①台北故宫博物院藏：《军机及宫中档》，文献编号：408007002。

②中国第一历史档案馆藏：《录副奏折》，档号：03-9372-011。

③台北故宫博物院藏：《军机及宫中档》，文献编号：408007003。

④中国第一历史档案馆藏：《录副奏折》，档号：03-9372-010。

0824. 请准动支营田折租银两片

光绪二十四年十一月二十六日（1899年1月7日）

再，臣前据农工商务局司道会呈，以农工商务并局开办，事属创始，一切用项恳请筹定专款，以便支用等情。臣与藩司熟商，目下司库万分支绌，实无别项可筹。惟查水利局未经归并以前所需经费，已经奏请动用营田折租存银三万两，现在归入农务，并局办理。前动款项业饬查明造报，用结前案。嗣后农工商务局经费，自应并请，仍于营田折租项下撙节动支，俾资济用。据藩司李有棻具详前来。臣覆核无异，谨附片具陈。伏乞圣鉴，饬部立案施行。谨奏。

（朱批：）该部知道。①

光绪二十四年十二月初九日，奉朱批：该部知道。钦此。②

0825. 造报秋季委署州县各缺情形片

光绪二十四年十一月二十六日（1899年1月7日）

再，各省道、府、州、县无论奏调、委署，每届三月汇奏一次，历经遵办在案。兹查陕省自光绪二十四年七月起至九月底止，代理雒南县知县蒋泽煦改为署理；绥德直隶州知州惠祐病故，遗缺委米脂县知县贾振镛代理，旋委候补直隶州知州孔繁朴署理。渭南县知县樊增祥奉调赴京，遗缺委调署长安县知县尹昌龄署理。所遗长安县知县员缺，委正任南郑县知县周毓棠署理。白河县知县汪长青调省，遗缺委候补知县侯鸣珂署理。韩城县知县唐骅路调省，遗缺委候补知县孙永济署理。岐山县知县记佩调署三原县，遗缺委另补知县陈兆焕代理。由藩、臬两司会详前来。

---

①台北故宫博物院藏：《军机及宫中档》，文献编号：408007003-0-A。

②中国第一历史档案馆藏：《录副奏片》，档号：03-6648-042。

臣覆核无异，所有光绪二十四年秋季分委署州县各缺缘由，谨附片具陈。伏乞圣鉴。谨奏。

（朱批：）吏部知道。[①]

光绪二十四年十二月初九日，奉朱批：吏部知道。钦此。[②]

0826. 奏报陕省查禁私钱情形片

光绪二十四年十一月二十六日（1899年1月7日）

再，查私铸小钱，定例责成州县随时访拿究办，于年内出具境内并无私铸及行使小钱印结，详报具奏，历经遵办在案。兹查光绪二十四年分，陕省各厅州县境内并无私铸及行使小钱情事，出具印结，由藩、臬两司会详前来。除仍饬实力查禁外，所有光绪二十四年陕省查禁私钱缘由，谨循例附片陈明。伏乞圣鉴。谨奏。

（朱批：）知道了。[③]

光绪二十四年十二月初九日，奉朱批：知道了。钦此。[④]

0827. 奏报本年十一月雨水粮价情形折

光绪二十四年十二月初十日（1899年1月21日）

头品顶戴陕西巡抚臣魏光焘跪奏，为恭报雨雪、麦苗情形，恭折仰祈圣鉴事。

窃查陕省光绪二十四年十月分雨雪、麦苗情形，业经奏报在案。兹据西安、延安、凤翔、汉中、榆林、同州、兴安、邠州、乾州、商州、鄜州、绥德等十二府州属具报，于十一月初五、六

---

①台北故宫博物院藏：《军机及宫中档》，文献编号：408007003-0-B。

②中国第一历史档案馆藏：《录副奏片》，档号：03-5368-050。

③台北故宫博物院藏：《军机及宫中档》，文献编号：408007001-0-A。

④此朱批日期与内容，据《军机处随手登记档》（档案编号：03-0297-2-1224-360）校补。

至初八、九、十并十七、八、九及二十六、七等日，先后得雪一二三寸不等。臣查入冬以来，雨雪应时，现值二麦盘根之际，获此雪泽，大有裨益，民情欣悦，堪以上慰宸廑！刻查西安粮价，大米每仓石价银三两九钱七分，小米每仓石价银三两一钱九分。较之上月，大米每石增银二钱一分，小米每石增银六钱七分。

所有光绪二十四年十一月分雨雪、麦苗暨省城粮价情形，理合恭折具陈。伏乞皇太后、皇上圣鉴。谨奏。光绪二十四年十二月初十日。

（朱批：）知道了。[①]

光绪二十四年十二月二十三日，奉朱批：知道了。钦此。[②]

0828. 审拟仇教倡乱匪犯就地惩办折

光绪二十四年十二月初十日（1899 年 1 月 21 日）

头品顶戴陕西巡抚臣魏光焘跪奏，为拿获借名仇教煽惑倡乱匪犯，审明就地惩办，地方一律安静，并将在事出力各员随案请奖，以昭激劝，恭折仰祈圣鉴事。

窃臣叠奉谕旨，饬令保护教堂等因。均经钦遵行司通饬各属一体遵照，妥为保护在案。查本年夏间访闻西安、同州各属，有匪徒以仇教为名，暗粘揭帖，希图煽惑引诱倡乱滋事。叠经密谕两司通饬地方官严密访缉。该匪等行踪诡密，迄未就获。九月中旬，据渭南县禀报，有匪徒潜聚渭北一带，勾结党羽，欲赴高陵焚毁天主教堂情事。经臣密派管带抚标后旗马队周玉堂带队巡缉。据禀聚众属实，已先期散逸，揭有伪帖一纸，衔写“大清都督总统十二义师管辖飞虎雄兵兼管各军粮饷陈”字样，帖中语意亦极悖妄。臣覆派管带练军马队刘琦、永兴左旗马队李永贞，周历村镇，秘密访拿。旋于十月初一日，据刘琦禀报：于九月二十八日

①台北故宫博物院藏：《军机及宫中档》，文献编号：408007004。

②中国第一历史档案馆藏：《录副奏折》，档号：03-9372-031。

巡至渭南县境，同该县知县尹昌龄踩探，匪踪潜匿县属上涨渡地方。该旗官即于是夜不动声色，督率营勇、县役，改装购线，前往围捕，当将匪首陈鹏拿获，并先后拿获伙犯席昌幅、张桂鑫、武思文、施大即师化纯，及起获伪印、伪示、伪札、旗帜、枪械各项。

旋据同州府知府胡湘林禀：署大荔县知县程埙会营拿获革生刘云灿，起获伪札信函，并蒲城县知县杨孝宽禀获背送伪旗之伙犯雷学见、刘蟮娃二名，起获马刀二把，各等情。当经批饬西安、同州各府暨蒲城县严讯禀办。兹据该府县先后禀覆，讯据陈鹏供认假冒三品顶戴知府衔留甘补用直隶州，私立保国会，伪造印示、保札、旗帜，在河北一带煽诱愚民入会，人数极夥，约定九月十五日夜先集高陵，打毁天主教堂。因彼时连日大雨，人到未齐，改期十月初一日起事，正在倡动之际，忽被拿获等情不讳。质之伙犯施大、席昌幅、张桂鑫、武思文，供辞悉同。惟均属被诱入会，畏惧未行。革生刘云灿供认，误听陈鹏哄诱入会，接收伪札、信函，约期打毁高陵教堂，后伊畏惧未行，亦未再与陈鹏见面。雷学见、刘蟮娃供认听从在逃之李秃子勾引入会，李秃子作有空白伪方旗十五面，令伊等背送与在逃之韩伦书写，并无另犯抢劫别案，各等供。

臣维民教杂处，本易启猜嫌，而匪徒伺隙诱煽，阴肆诡谋，动酿巨案。迨事发予以严办，民教积怨愈深，祸患无已。此案该匪首陈鹏胆敢假冒职官，借名仇教，煽诱愚民打毁教堂，阴图不轨；核阅伪示、伪札及旗帜、伪印等件，种种悖谬，叛迹昭然，实属情罪重大，难稽显戮，当经批饬西安府会营督县立予正法，传首犯事地方，悬杆示众，以昭炯戒而遏乱萌。革生刘云灿身列胶庠，前以不守卧碑褫革，犹不思改过自新，辄敢妄听陈鹏哄诱，接收函札，虽畏惧未行，不到官自首，委属甘心从匪；雷学见、刘蟮娃听从入会，背送伪旗，虽无另犯抢劫重案，亦属不法。惟例无治罪专条，刘云灿、雷学见、刘蟮娃应请比照谋叛未行为从，杖一百，流三千里。刘云灿系革生，拟请监禁十年。雷学见、刘蟮娃请照陕省会匪章程，罪应拟流者，锁系巨石八年。施大即师化纯、席昌幅、张桂鑫、武思文委止被诱入会，畏惧未行，并无辗转纠人及另犯抢劫重情。惟未经首告，应比照知谋未行而不首者，拟杖一百，徒三年，亦比照会匪章程，罪拟徒者，锁系巨石五年，与刘云灿等统俟限满，察其果能悔罪自新，再行禀请保释。受雇与匪服役者，讯无别项重情，分别责释。逸犯李秃子等，获日另结。其余被诱愚民，已饬司刊发告示，遍张剀切晓谕，宽其既往，予以自新，以安反侧。现在民教相安，地方一律静谧。

查此次匪徒倡乱，业已约期起事，势颇汹汹。该旗官刘琦等督率勇役，捕获匪首陈鹏正法，俾将成之巨患消于无形，所全者大，办理尚属得力。伏读前奉上谕“地方文武拿获会匪首犯，一面惩办，一面准将出力各员照异常劳绩，随案奏请给奖”等因。钦遵在案。合无仰恳天恩俯准将游击衔陕甘补用都司刘琦，请免补都司，以游击仍留原省尽先补用，并请赏加参将衔；同知衔署渭南县事准补大荔县知县尹昌龄，请以同知直隶州知州在任候补；武举姬麟瑞，请以守备尽先补用，并赏戴蓝翎，以示鼓励，出自逾格鸿慈！

除各犯供招送部外，所有获审借名仇教，煽惑倡乱匪犯，就地惩办缘由，谨会同陕甘总督臣陶模，恭折具奏。伏乞皇太后、皇上圣鉴训示。谨奏。光绪二十四年十二月初十日。

（朱批：）着照所请，该部知道。[①]

光绪二十四年十二月二十三日，奉朱批：着照所请，该部知道。钦此。[②]

---

①台北故宫博物院藏：《军机及宫中档》，文献编号：408007005。

②此朱批日期与内容，据《军机处随手登记档》（档案编号：03-0297-2-1224-374）校补。

0829. 奏报发过甘军银数日期片

光绪二十四年十二月初十日（1899 年 1 月 21 日）

再，臣前准部咨，以督练甘军甘肃提臣董福祥具奏甘军积年不敷银两，令即在于陕省历年征存营田折租及司库封储减平两款内拨给库平银六万两，委员解赴该军行营交纳。旋准提臣咨称：前项不敷银两向多由商号借款垫发，今既经部指拨，所有陕省指拨库平银六万两，应即备具印领，发交商号协同庆领收，俾清借垫，各等因。当经行司遵办去后。兹据藩司李有棻详称：遵即在于营田折租款内提拨银三万二千两，又于司库封储减平款内提拨银二万八千两，二共库平银六万两，于十一月二十二日照数发交该商号具领讫等情。前来。

臣覆核无异，除分咨外，所有发过甘军银数日期，谨附片具陈。伏乞圣鉴。谨奏。

（朱批：）户部知道。①

光绪二十四年十二月二十三日，奉朱批：户部知道。钦此。②

0830. 奏报新旧交代已未完结情形片

光绪二十四年十二月初十日（1899 年 1 月 21 日）

再，前准部咨：陕省新旧交代分别已、未完结，半年汇奏一次等因。查光绪二十四年四月以前各属新旧交代一律督算清楚，经臣附奏在案。兹自二十四年五月起至十月底止，统计新案已结仓库、驿站交代一十七起，均遵例随时咨部，尚有未结交代十起，查系未满例限。据藩司李有棻开单具详前来。

臣覆查无异，除分别严催依限造报并清单咨部外，谨附片具

①台北故宫博物院藏：《军机及宫中档》，文献编号：408007005-0-A。

②中国第一历史档案馆藏：《录副奏片》，档号：03-6149-030。

陈。伏乞圣鉴。谨奏。

(朱批:) 户部知道。[①]

光绪二十四年十二月二十三日，奉朱批：户部知道。钦此。[②]

0831. 奏陈征存银两扫数解清片

光绪二十四年十二月初十日（1899年1月21日）

再，各省府、厅、州、县交代，每届年底例应将并无征存未解银两及交代亦无逾限之处汇奏一次，历经遵照办理。兹查陕西省自光绪二十三年十一月起至二十四年十月底止，统计各府、厅、州、县造报交代册结六十一起，均系依限接收结报，并无隐匿，间有初参未结，亦经查取职名，随案开参。其征存银两，俱已随时扫数解清，委无存留属库未解之项。据藩司李有棻具详前来。

臣覆查无异，除清单咨部外，所有光绪二十四年陕西省各属交代存银批解清楚及依限结报缘由，谨附片具陈。伏乞圣鉴。谨奏。

(朱批:) 户部知道。[③]

光绪二十四年十二月二十三日，奉朱批：户部知道。钦此。[④]

---

①台北故宫博物院藏:《军机及宫中档》，文献编号：408007005-0-B。

②中国第一历史档案馆藏:《录副奏片》，档号：03-6149-031。

③台北故宫博物院藏:《军机及宫中档》，文献编号：408007005-0-C。

④中国第一历史档案馆藏:《录副奏片》，档号：03-6576-096。

0832. 奏报饬令端方即赴新任片

光绪二十四年十二月初十日（1899年1月21日）

再，新授陕西按察使端方[①]已于十二月初二日到省，应即饬赴新任，以专责成。其现署臬司之盐法道江汇川，仍回盐法道本任。除分檄饬遵外，谨附片具陈。伏乞圣鉴。谨奏。

（朱批：）知道了。[②]

光绪二十四年十二月二十三日，奉朱批：知道了。钦此。[③]

0833. 奏委陈兆璜接署陕安道篆片

光绪二十四年十二月初十日（1899年1月21日）

再，臣前准吏部咨：十月初六、初七等日奉上谕：江西按察使着恩寿补授，陕安道员缺着高赓恩补授。钦此。各等因。查恩

---

①端方（1861—1911），字午樵、午桥、悟樵，托忒克氏，满洲正白旗荫生。光绪八年（1882），中式举人。十五年（1889），捐纳工部员外郎。历任会典馆协修官、纂修官、帮总纂官。十七年（1891），授张家口监督。十九年（1893），升工部郎中。同年，任管理节慎库监督。二十四年（1898），放直隶霸昌道。是年，补陕西按察使。二十五年（1899），迁陕西布政使。是年，护理陕西巡抚。二十六年（1900），调补河南布政使。二十七年（1901），护理陕西巡抚。同年，迁湖北巡抚。二十八年（1902），兼署湖广总督。三十年（1904），兼署江苏巡抚。同年，署两江总督。三十一年（1905），补湖南巡抚，出洋考察宪政。同年，擢闽浙总督。三十二年（1906），授两江总督。三十四年（1908），兼管两淮盐政。宣统元年（1909），补授直隶总督，兼理长芦盐政。三年（1911），充督办粤汉川汉大臣，兼署四川总督。同年，卒于任。赠太子少保，谥忠敏。著有《端忠敏公奏稿》《匋斋吉金录》《匋斋吉金录（续）》《匋斋藏砖记》《欧美政治要义》等行世。

②台北故宫博物院藏：《军机及宫中档》，文献编号：408007004-0-A。

③中国第一历史档案馆藏：《录副奏片》，档号：03-5368-124。

寿升授江西按察使，新授陕安道高赓恩①到任需时，自应委员前往接署道篆，以便该升司交卸，前赴新任。查有候补道陈兆璜，堪以委令接署。又，新授陕西潼商道李绍芬②现已到省，应即饬赴新任，以专责成。除分别檄饬遵照外，谨会同陕甘督臣陶模，附片具陈。伏乞圣鉴。谨奏。

（朱批：）吏部知道。③

光绪二十四年十二月二十三日，奉朱批：吏部知道。钦此。④

0834. 奏闻筹垫库款赈济苏省片

光绪二十四年十二月初十日（1899 年 1 月 21 日）

再，臣前准两江督臣电称：苏省各属递年被水，灾重且广，察酌情形，来年青黄不接，尚须续办春赈。该省财力，今冬办理工赈，罗掘已穷，请即代为劝办赈捐，先行筹垫汇解，俾应急需等因。查此案前准两江督臣咨，当由司库厘金二成积谷项下筹垫银一万两，作为陕省协款，附片奏明在案。

兹准前因，臣查陕省本年夏、秋以来，雨水过多，各属纷纷报灾，现正力筹赈抚，并为安徽、山东代收赈捐，归还垫款，实

---

①高赓恩（1841—1917），字曦亭，直隶北塘（今天津）人。光绪二年（1876），中式进士，改庶吉士。四年（1878），授翰林院编修。嗣充国史馆协修，入值上书房。十三年（1887），放四川学政。十五年（1889），充河南乡试正考官。二十二年（1896），补授詹事府右春坊右赞善。二十四年（1898），补授陕西陕安道。二十六年（1900），赏四品京堂，补内阁侍读学士，入值弘德殿。民国六年（1917），卒于里。

②李绍芬，生卒年未详，字馥庭，湖北安陆人。光绪元年（1875），以附生取恩科举人。二年（1876），中式进士。十年（1884），充吏部考功司帮掌印。十三年（1887），补会典馆纂修。十六年（1890），选文选司主事。十七年（1891），授稽勋司员外郎，署考功司掌印。同年，升文选司郎中、考功司掌印。十九年（1893），补文选司掌印。二十一年（1895），授坐粮厅监督。二十四年（1898），放陕西潼商道。二十七年（1901），晋陕西按察使，署陕西布政使，护理陕西巡抚。同年，补授山西布政使，调补云南布政使。

③台北故宫博物院藏：《军机及宫中档》，文献编号：408007004-0-B。

④中国第一历史档案馆藏：《录副奏片》，档号：03-5368-125。

属异常拮据，无力兼顾。惟念该省灾形较重，需赈尤急，若待集捐汇解，仍恐缓不能济，因复在于司库勉力腾挪，筹凑银一万两，兑给商号协同庆等承领，定限本年十二月二十二日汇兑江海关道衙门交纳，一面劝办赈捐，俟收有成数，提还归款。据藩司李有棻具详前来。除咨部并两江督臣查照外，谨附片具陈。伏乞圣鉴。谨奏。

(朱批:) 户部知道。[①]

光绪二十四年十二月二十三日，奉朱批：户部知道。钦此。[②]

0835. 奏为兼总理各国事务大臣谢恩折

光绪二十四年十二月十三日（1899年1月24日）

西安将军臣国俊、头品顶戴陕西巡抚臣魏光焘跪奏，为遵旨兼总理各国事务，恭折仰祈圣鉴事。

窃臣等恭读电传本年十一月二十二日上谕：向来沿海、沿江通商省分交涉事务本频，及内地各省亦时有教案应行核办，嗣后各直省将军、督抚均着兼总理各国事务大臣等因。钦此。旋准军机大臣字寄：十一月二十六日奉上谕：近来各国交涉事件日益纷繁，昨已谕令各省将军、督抚兼总理各国事务大臣，以便因应。此后遇有交涉细故，应就各省地方情形，斟酌妥协，即行办理，不得概从延诿。其实在关系重要事件，必须商明总理衙门方能定议者，亦应随时据实电咨，切勿含糊掩饰，以致往还转辗，徒费周章。各该将军、督抚等身膺疆寄，责在治民，自当以守土为重，爱民为先，不得以孟浪为率作兴事之谋，亦不得以推诿为取巧卸过之地。朝廷宵旰忧劳，勤求治理。外省政事惟疆臣是赖，该大臣等明体达用，虑远防微，必能共体时艰，仰副朝廷为国为民之苦衷也。将此通谕知之。钦此。遵旨寄信前来。仰见皇上因时制

---

①台北故宫博物院藏：《军机及宫中档》，文献编号：408007004-0-C。

②中国第一历史档案馆藏：《录副奏片》，档号：03-5603-099。

宜，权衡至当，下怀钦感莫名！

伏查陕省辖境延袤，人民蕃庶，而各属教堂所在多有，且时有各国游历之人，防护、弹压，均关紧要。臣等忝膺疆寄，责无旁贷。兹奉纶音下贲，训示周详，特缘交涉之繁难，策以随机之因应。仔肩益重，惕厉弥深！嗣后当懔遵旨，遇有交涉细故，即行会商斟酌，妥协办理。如有关系重要之件，亦随时据实电咨总理衙门商办，总期事臻妥洽，民教相安，仰副朝廷为国为民至意！

所有臣等钦遵兼总理各国事务及感悚下忱，谨合词恭折具陈。伏乞皇太后、皇上圣鉴。谨奏。光绪二十四年十二月十三日。

（朱批：）知道了。[①]

光绪二十四年十二月二十五日，奉朱批：知道了。钦此。[②]

0836. 审明逆伦重犯按例定拟缘由折

光绪二十四年十二月十三日（1899 年 1 月 24 日）

头品顶戴陕西巡抚臣魏光焘跪奏，为审明逆伦重犯，按例定拟，恭折仰祈圣鉴事。

窃臣前据署南郑县知县刘鼎臣验报：民人杨柴乏因疯病复发，用刀砍伤亲父杨元才身死一案，当因案情重大，批饬臬司提集犯证卷宗来省，发委西安府审办。兹据该府童兆蓉会同候补同知焦承绰、候补知县朱祖绶讯明议拟，由署臬司江汇川覆审解勘前来。

臣亲提研鞫，缘杨柴乏籍隶南郑县，平素孝顺，并无触忤违犯。本年二月间，忽患疯病，时发时愈。杨元才因其并未滋事，央允乡约刘东塘、族邻杨元有等，未经报官锁锢。闰三月初一日傍晚，杨元才与其妻杨姚氏在堂同坐，杨柴乏疯病复发，手拿菜刀跑出乱舞。杨姚氏因旧患痰喘病发，未经起身。杨元才恐其跑出逞凶伤人，赶出夺刀。该犯连用刀砍伤杨元才下唇吻相连颔颏

①中国第一历史档案馆藏：《朱批奏折》，档号：04-01-01-1024-084。

②中国第一历史档案馆藏：《录副奏折》，档号：03-5368-144。

左及项颈、左手背、右手腕，喊跌倒地。杨姚氏闻声，扶杖趋视喊救。适杨元才次子杨柴义由外手艺转回，趋至瞥见，潜由杨柴乏身后，将其抱住，喊同族邻杨元有、陈全顺帮同夺刀，将其捆住。讵杨元才伤重，移时殒命，将杨柴乏送案报验，经署该县刘鼎臣验讯，杨柴乏目瞪神呆，语无伦次，不能取供，饬医诊视，六脉洪大，确系染患疯病。讯详批司提省，发委西安府童兆蓉等研讯，杨柴乏疯病仍未痊愈。讯据犯母、犯弟及约保、族邻，各供前情如绘，议拟由司招解，亲提覆鞫，各供前情不讳。诘非装疯捏饰，亦无另有起衅别故，案无遁饰。

查律载：子殴父，杀者，凌迟处死。又例载：子殴杀父之案，无论是否因疯，悉照本律问拟，若距省在三百里以外者，审明后即在省垣恭请王命正法，仍将首级解回犯事地方枭示；又，疯病之人，其亲属、邻佑人等容隐不报，致杀人者，照知人谋害人不即阻挡首报律，杖一百，各等语。此案该犯杨柴乏因疯病复发，用刀砍伤亲父杨元才身死，实属形同枭獍，自应按律问拟。杨柴乏合依“子殴父杀者，凌迟处死”律，拟凌迟处死。查该县距省在三百里以外，臣于审明后，饬委臬司端方、臣标中军参将祝鉴廷，恭请王命，将杨柴乏即在省垣绑赴市曹正法，并将首级解回犯事地方枭示，以昭炯戒。犯母杨姚氏、犯弟杨柴义同乡约刘东塘、族长杨元有、邻佑陈全顺，明知杨柴乏染患疯病，因犯父不欲报官锁锢，辄即随同容隐，致酿重案，均合依“疯病之亲属、邻佑人等，容隐不报，致杀人者，照知人谋害他人不即阻挡”律，杖一百，例拟杖一百，折责发落。杨姚氏系妇女，照律收赎。乡约刘东塘系公罪，免其革役。

除供招咨部外，理合恭折具陈。伏乞皇太后、皇上圣鉴。谨奏。光绪二十四年十二月十三日。

（朱批：）刑部知道。①

---

①台北故宫博物院藏：《军机及宫中档》，文献编号：408007006。

光绪二十四年十二月二十五日，奉朱批：刑部知道。钦此。①

0837. 拟于省垣设立平粜局由片

光绪二十四年十二月十三日（1899 年 1 月 24 日）

再，查陕省本年秋成以后，粮价日昂，屡经臣与司道委查囤户，设法整顿，迄未平减。推原其故，虽有囤户私积，亦由夏秋霪雨为灾，秋收减色所致。现值年暮岁逼，省垣人众俱非务农积粟之家，全恃购粮供食。市铺因益居奇，商民多困，现已开设粥厂，极贫借可度日，其中户之家，亟宜筹办平粜，以资接济。臣与司道公同商酌，拟于省垣设立平粜局，委西安府知府童兆蓉提调局务，督率咸、长两县及委员等核实办理。计司中所存广备、预备两仓谷石及去冬采买存放附近州县粮石，共约八万石有奇，足敷应用。惟小麦较少，拟暂由道仓动用，俾资平粜，俟明春麦收上市之时，照数采买还仓，不致有误兵食。据司道等会详前来。

臣覆查无异，当即批饬赶紧设局择日开办，务期核实办理，实惠及民，以仰副圣主爱育黎元至意！所有拟于省垣设局委办平粜缘由，谨附片具陈。伏乞圣鉴饬部立案。谨奏。

（朱批：）户部知道。②

光绪二十四年十二月二十五日，奉朱批：户部知道。钦此。③

0838. 陕省司道知府各官年终密考折

光绪二十四年十二月十八日（1899 年 1 月 29 日）

头品顶戴陕西巡抚臣魏光焘跪奏，为查察司、道、知府各官，加具考语，密缮清单，恭折仰祈圣鉴事。

---

①中国第一历史档案馆藏：《录副奏折》，档号：03-7266-087。

②台北故宫博物院藏：《军机及宫中档》，文献编号：408007006-0-A。

③中国第一历史档案馆藏：《录副奏片》，档号：03-6678-039。

窃查定例每届年底，应开具司、道、知府切实考语，密封陈奏。臣维司、道、知府有表率僚属之责，整饬官常、吏治，必自司、道、府始。查在省司、道、知府，常川接见，其才识心性固可随时察悉，即外属各员，或于因公晋省时留心察看，或观其办事及言事禀牍，兼采舆论，互相考证，并得梗概。

除按察使端方、潼商道李绍芬均到任未及三月，新授陕安道高赓恩尚未到任，及署事人员例不注考外，所有查察司、道、知府各员，理合出具切实考语，密缮清单，恭呈御览。伏祈皇太后、皇上圣鉴。谨奏。光绪二十四年十二月十八日。

（朱批：）知道了，单、片留中。[①]

光绪二十五年正月初四日，奉朱批：知道了，单[②]、片留中。钦此。[③]

0839. 奏请蠲缓咸宁等处钱粮等项折

光绪二十四年十二月十八日（1899年1月29日）

头品顶戴陕西巡抚臣魏光焘跪奏，为查明陕省咸宁等属被水、被雹、被旱、被火淹损地亩暨冲坍、延烧房屋已、未成灾，分别筹抚，并开单恳请蠲缓钱粮、盐课、地租，恭折仰祈圣鉴事。

窃查咸宁等厅州县本年夏、秋之间被水、被雹、被旱、被火，淹损地亩，暨冲坍、延烧房屋，收成歉薄情形，经臣先后奏奉谕旨：着饬属认真抚恤，毋任失所等因。钦此。均经臣饬司移行该管、道、府、直隶州，遵章亲往覆勘，确查被灾分数，钱粮应否蠲缓，分别极贫、次贫丁口，妥筹赈抚去后。兹据各该道府陆续查勘禀报：实查得被灾之咸宁、长安、咸阳、高陵、临潼、兴平、醴泉、盩厔、渭南、同官、富平、鄠县、宁陕、略阳、宁羌、褒

---

①台北故宫博物院藏：《军机及宫中档》，文献编号：408007007。

②此清单查无下落，待考。

③中国第一历史档案馆藏：《录副奏折》，档号：03-5371-009。

城、南郑、佛坪、定远、城固、华州、华阴、大荔、蒲城、韩城、岐山、郿县、扶风、肤施、延川、平利、洵阳、砖坪、府谷、神木、商州、雒南、镇安、商南、山阳、武功、永寿、邠州、长武、三水四十五厅州县，本年夏、秋间，或因雨多水发，或因冰雹，或因亢旱致伤禾苗，并有坍塌房屋、土窑，淹毙人畜及失火延烧房屋者，被灾轻重、情形不一，内除临潼、醴泉、盩厔、渭南、富平、宁陕、褒城、南郑、佛坪、定远、城固、华州、华阴、大荔、蒲城、岐山、郿县、扶风、平利、洵阳、商南、武功、永寿、长武、三水等二十五处，或被灾稍轻，或灾区不广，即由该州县自行捐廉酌抚，及劝富绅量力资助，未经请赈外，其余咸宁等属二十处，分别由司库筹发银两，动用义、常仓粮，差徭钱文，以及挑修渠堰，以工代赈，俾资接济。

计咸宁县拨发银一千两，长安县拨发银二千六百三十六两二钱零，咸阳县拨发银一千八十二两七钱零，动用义仓并备荒粮共京斗一千七石一斗；高陵县拨发银五百两，动用义仓谷二百七十八石七斗；兴平县拨发银一千两、京斗米二千五百二十石，同官县拨发差徭钱五十五千二百文，鄠县拨发银一千五百五十七两七钱零，动用义、常仓谷、麦共八百五十三石六斗；略阳县拨发银二千两，动用义粮七百余石；宁羌州拨发银一千三百两，动用义仓京斗谷六百四十三石七斗；韩城县拨发差徭钱六百五十七千四百文，肤施县拨发银七十九两九钱五分五厘，延川县拨发银一千两，神木县拨发银一千两，散给粮五百石；府谷县拨发银一千两，砖坪厅于前存平粜项下拨发籽种银一百两，商州拨发银二千一百三十三两三钱零，镇安县拨发银一千五百四十六两六钱零，山阳县拨发银一千二百两，永寿县散借义仓京斗麦九十三石二斗，邠州散给义仓京斗谷、麦三千一百六石八斗。省城贫民被雨倒塌房屋，查明拨发修费银六百八十六两零。

至各属钱粮，除醴泉、富平、蒲城、褒城、南郑、佛坪、定远、城固、平利、洵阳、砖坪、扶风、鄠县、宁陕、略阳、山阳、宁羌、镇安、郿县、三水、商南、雒南、永寿等二十三处，或被灾稍轻，或虽被灾而地系山坡，钱粮无几；或地主尚非贫难，钱粮均毋庸议请蠲缓，以重正赋外，所有灾重之咸宁、长安、咸阳、高陵、兴平、同官、韩城、肤施、延川、神木、府谷、邠州、商州等处暨临潼、渭南、盩厔、岐山、华州、华阴、大荔、武功、长武各属被灾偏重地方，各请将本年被灾各地亩应纳钱粮、盐课、地租一并分别蠲缓，内长安、同官、岐山、肤施、延川、府谷、长武、商州等处未被灾以前已完在官者，照章流抵下年正赋，以纾民力；均于会勘后，照章出示停征。

除饬咸阳、临潼、高陵、韩城、府谷等处将刻难修复及被冲成河，暂行蠲缓数年钱粮各地亩另造册结，专案层转详办，俾昭慎重；并查咸宁等被灾各属转据各绅民禀称：未被水灾各处虽未报灾，而本年夏、秋间霪雨连绵，秋收歉薄，刻下粮价奇昂，民情拮据，所有各色秋米力难清完，纷纷恳请缓至明年麦后完纳，内有盩厔、鄠县绅民报灾较迟，请缓钱粮，各等情。已饬催该印委等即再确查，应否请缓，容俟覆到另案详办。由藩司李有棻开具被灾分别蠲缓钱粮细数清单，具详前来。

臣覆查陕省本年被灾各属，除醴泉等二十三处被灾稍轻，或山地粮少，已分别抚恤，应完钱粮，毋庸议缓外，其咸宁等二十二处被灾较重，或收成全行失望，或地亩刻难涸复，核其情形，实堪悯恻！所有未完地丁钱粮，谨遵定章，开具被灾地亩分数、蠲缓钱粮细数清单，仰恳天恩俯准分别蠲缓，以广皇仁而纾民力。

至咸宁等属，复因霪雨为灾及报灾稍迟，各绅民恳请缓征钱粮至明年麦后完纳，应否准缓，俟查覆到日，再行陈恳恩施。再，查被灾各属，虽经分别赈抚，惟地方情形不同，内有今冬明春必须接济者，亦有今冬尚可敷衍、明春仍须随时察看分别办理者，臣已行司饬查分别妥筹调剂，统俟事竣，另行造册报销，总期核实办理，实惠及民，灾黎不致失所，以仰副圣主轸念民瘼之至意！

所有咸宁等处被水、被雹、被旱、被火淹损地亩，暨冲坍、延烧房屋已、未成灾分别筹抚，并请蠲缓钱粮、盐课、地租缘由，谨恭折具陈。伏乞皇太后、皇上圣鉴训示。谨奏。光绪二十四年十二月十八日。

(朱批：) 另有旨。①

光绪二十五年正月初四日，奉朱批：另有旨❶。钦此。②

❶【案】此奏于光绪二十五年正月初四日得旨允行，《上谕档》载曰：

光绪二十五年正月初四日，内阁奉上谕：魏光焘奏，查明各属被灾地亩，请分别蠲缓钱粮，开单呈览一折。本年陕西咸宁等属被灾，收成减色，经该抚饬属筹款赈抚，若将应征钱粮照常征收，民力实有未逮，加恩着照所请，所有灾重之咸宁、长安、咸阳、高陵、兴平、同官、韩城、肤施、延川、神木、府谷、邠州、商州等处暨临潼、渭南、盩厔、岐山、华州、华阴、大荔、武功、长武各属应纳钱粮、盐课、地租，着一并分别蠲缓；长安、同官、岐山、肤施、延川、府谷、长武、商周等处灾前已完钱粮，着准其流抵次年正赋，以纾民力。余着照所议办理。该抚即按照单开应缓钱粮等项细数，刊刻誊黄，遍行晓谕，务使实惠均沾，毋任吏胥舞弊，用副轸念民艰至意！该部知道，单并发。钦此。③

0840. 呈蠲缓咸宁等处钱粮等项清单

光绪二十四年十二月十八日（1899年1月29日）

谨将陕省咸宁等处被灾地亩蠲缓钱粮、盐课细数，缮具清单，恭呈御览。

计开

①台北故宫博物院藏：《军机及宫中档》，文献编号：408007009。

②中国第一历史档案馆藏：《录副奏折》，档号：03-9373-001。

③《光绪朝上谕档》，第25册，第9页。

一、咸宁县浐、灞二河水涨，均于六月二十六、七、八等日被水。其附近该二河之光太庙等八村被灾八九分共民旱地二十四顷八十八亩八分七厘、民水地三顷一十四亩九分八厘。未完粮九十四石七斗七升八合三勺六抄五撮、银一百八十两七钱一分八毫三丝六忽二渺，粟、稻存米五石六斗四合二勺三抄五粟。更地二十七亩六分三厘，未完米一石二斗五升三合、银八分四厘。其地适当决口冲坍，下游受灾最重，所坍地亩一时难以修复，请将未完银粮分作三年带征。

又，勘得段家庄等十一村被灾六、七分共民旱地一十三顷八十四亩九分，未完粮四十三石六斗二升四合三勺五抄、银八十一两一钱四分一厘二毫九丝一忽，粟存米七斗八升五合二勺三抄八撮三圭。更地一千九顷五十二亩三分七厘，未完米四十四石六斗三升六合、银一十二两三钱八分三厘。其地多被沙压，请分作二年带征。

又，勘得郑家市等六村被灾五分余共民旱地三顷九十一亩五分，未完粮一十二石三斗三升二合二勺五抄、银二十二两九钱三分七厘九毫八丝五忽，粟存米二斗二升一合九勺八抄五粟。更地一十三顷九十二亩八分五厘，未完米五十三石一斗五升一合、银二十二两九钱五分七厘。其地被水浸淹，杂粮均已歉收，请作一年带征，以纾民力。

一、长安县黄家桥等村逼近沣、沙、苍、龙、灵、沼、太平各河，地势低下，于四月十九、二十等日大雨如注，各河涨溢，冲决各堰，漫淹成熟麦、豆。各地除水势浅缓，不能停蓄收割，分数微减，尚未成灾外，余被泥沙冲压，颗粒未收。计太平河等九十九村核计被灾十分，共民地一百一十五顷五亩三分，额征正银八百四十二两九钱七分四厘，应免征七分正银五百五两七钱八分四厘，流抵下忙未完四分银三百三十七两一钱九分，尚余三分正银二百五十二两八钱九分二厘；额征道仓京斗存麦一十石一斗二合，除免征七分存麦七石七升一合四勺，应征三分麦三石三升六勺；额征道仓京斗稻米五石二斗六升七合，除免征七分稻米三石六斗八升六合九勺，应征三分稻米一石五斗八升一勺。屯地三十二顷一十五亩三分，额征正银三十二两七钱一分，应免征七分正银二十二两八钱九分七厘，灾前上忙已完六分银一十九两六钱二分六厘，流抵下忙未完四分银一十三两八分六厘，尚余三分正银九两八钱一分三厘；额征道仓京斗豌豆九十二石三斗三升四合，除免征七分豌豆六十四石六斗三升三合八勺，应征三分豌豆二十七石七斗二勺。更地五十三顷一十六亩六分，额征正银一百六两三钱四分，应免征七分正银七十四两四钱三分八厘，灾前上忙已完六分正银六十三两八钱四厘，流抵下忙未完四分银四十二两五钱三分六厘，尚余三分正银三十一两九钱二厘；额征道仓京斗麦二百五十七石六斗七升，除免征七分麦一百八十石三斗六升九合，应征三分麦七十七石三斗一合。以上民屯、更各地所余三分应抵银两，应请流抵来年正赋。其应征三分麦、豆、稻、麦，应请自来年秋后起，分作三年带征，以纾民力。

又，该县庄黄等一百二十八村，环列沣、渭、苍、龙、沙、泥、灵、沼、涝等河左右，南北五十余里，东西四十余里，于六月初七至十七等日大雨倾盆，各水涨溢，淹伤秋禾地亩。除天地较高，水势稍减，尚未至于成灾外，其余低洼地亩，水尚未退，不能托犁改种。核计成灾十分民地三百三十八顷二十二亩一分七厘六毫，额征银二千四百六十三两七钱一分，灾前已完六分银一千四百七十八两二钱二分六厘，应征下忙未完四分银九百八十五两四钱八分四厘；额征永米一百四十八石八斗一升八合，除免征七分米一百四石一斗七升三合，应征三分米四十四石六斗四升五合；额征王米三十七石二斗四合，除免征七分米二十六石四升三合，应征三分米一十一石一斗六升一合；额征存米三十石四斗四升，除免征七分米二十一石三斗八合，应征三分米九石一斗三升二合。军地一百一十顷九十亩七分，额征银一百二十七两九钱九分三厘，灾前已完六分银七十六两七钱九分五厘八毫，应征下忙未完四分银五十一两一钱九分七厘二毫；额征米四百五十九石七斗一升一合，除免征七分米三百二十一石七斗九升七合七勺，应征三分米一百三十七石九斗一升三合三勺。更地一百三十八顷二十五亩八分五厘，额征银二百七十六两五钱一分七厘，灾前已完六分银一百六十五两九钱一分三厘，应征下忙未完四分银一百一十两六钱四厘；额征米五百九十八石九斗八升一合，除免征七分米四百一十九石二斗八升六合七勺，应征三分米一百七十九石六斗九升四合三勺。以上未完下忙四分银两，拟请如数蠲免；灾前已完六分银两，内以三分流抵来年正赋。其未完三分各米，拟请自来年秋后起，分作三年带征，以纾民困。

又，该县普渡等村居昆明池下游，地势最低，于七月二十三至八月十八等日大雨连绵，上游之水汇积于此，淹浸秋禾，倒塌房屋，被灾较重。其中寨等村均因积水泛溢，秋禾被淹共地一百六十五顷九十七亩三厘。核计成灾十分，内民地八十七顷八十六亩五厘，额征银六百三十九两九钱九分八厘，灾前已完六分银三百八十三两九钱九分八厘，应征下忙未完四分银二百五十五两九钱九分九厘；额征水米三十九石一斗七升五合，除免征七分米二十七石四斗二升二合，应征三分米一十一石七斗五升三合；额征王米九石七斗四升一合，除免征七分米六石八斗一升九合，应征三分米二石九斗二升二合；额征存米七石九斗八合，除免征七分米五石五斗三升六合，应征三分米二石三斗七升二合。军地五十六顷二十八亩三分八厘，额征银六十五两七钱三分五厘，灾前已完六分银三十九两四钱四分一厘，未完下忙四分银二十六两二钱九分四厘；额征米二百三十石九斗六升八合，除免征七分米一百六十一石六斗七升八合，应征三分米六十九石二斗九升。更地二十一顷八十二亩六分，额征银四十二两八钱二分一厘，灾前已完六分银二十五两六钱九分三厘，未完下忙四分银一十七两一钱二分八厘；额征米九十二石九斗七升八合，除免征七分米六十五石八升五合，应征三分米二十七石八斗九升三合。以上下忙未完四分银两，拟请如数蠲免；已完上忙六分银两，内以三分流抵来年正赋；其应征三分各米，亦请缓至来年秋后起，分作三年带征，以纾民困。

一、咸阳县内南乡打鱼屯等二十一村堡，地势低洼，前因四月十八、九等日大雨连绵，苍、龙、沣、沙各河堤堰冲决，致地亩被淹成灾六七分不等，共淹民地一十五顷七十五亩五分，上忙应征正银八十七两四钱四分。屯地二十九顷九十一亩七分，应征丁、马正银三十四两七钱九分，道仓夏粮京斗豌豆八十九石八斗七升。更地八顷一十七亩八合二厘，应征丁折正银八两一钱七分五厘，道仓夏粮京斗小麦二十四石五斗四升。以上应征各项银粮，灾前均未完纳分厘，拟请一律分作二年带征，以纾民力。

又，该县长兴村等各村堡，因六月十二至十六等日连天大雨，河水盛涨，致东南各乡被淹秋禾民地二百一十二顷五十四亩七分，又被水冲坍入河民地六十四亩一分三厘二毫。计下忙共应征正银二百三十六两五钱六分五厘，被淹秋禾屯地一百二十八顷三十亩四分七厘五毫，又被水冲坍入河屯地一十亩五厘九毫。计共应征秋粮道仓粟米四百一十八石一斗一升六合，被淹秋禾更地五十八顷三十七亩三分六厘。计共应征秋粮道仓粟米一百五十石一斗五升，被淹秋禾督标前营马厂地八十一顷，共应征租钱六百四十八千文。被淹解司租银马厂地六顷六十五亩七分六厘，共应征租银三十三两二钱八分八厘。被淹抚标厂地四十七亩八分五厘，应征租银四两七钱八分五厘。以上被灾均有八分，所有应征下忙地丁银、米、租银、钱文，请分作三年带征，以纾民力。

至河水冲坍民地六十四亩一分三厘二毫，满年应征正银三两二钱四分五厘；冲坍屯地一十亩五厘九毫，满年应征正银一钱八厘八毫，夏粮豌豆二斗五升八合七勺，秋粮粟米三斗一升七合。以上冲坍入河民屯地亩，满年应征银粮，请暂停征，俟三年后能否涸复，再行查办。

一、高陵县于六月十三、四等日大雨连绵，渭水骤涨，致将渭河两岸地亩均被水淹，秋收无望。又，该县吴村八堡并陈家滩等村共冲坍民粮地四顷五十二亩六分五厘一毫，请停征下忙三分银一十三两三钱。更、粮各等则营田地共一十一顷五十一亩五分五厘八毫，请停征下忙三分均丁银七钱二厘三毫，道仓秋粮京斗粟米三十七石九斗一升八合，营田折租粮二十一石八升七合。外马厂地五顷八十六亩五分，请停征租钱四十六千九百二十文。其冲坍入河地亩全无，暂请停征，俟三年后能否涸复，再行办理。又，被淹秋苗民粮地共三十四顷一亩八分五厘，请缓下忙三分银九十九两九钱五分六毫。更、粮等则及营田地共八顷七十一亩四分四毫，请缓征下忙三分均丁折银三两八钱九厘七毫，道仓秋粮京斗粟米三十二石六斗一升三合，营田折租粮一十一石二斗二升；外马厂地四顷七十一亩九分，请缓租钱三十七千七百五十二文。其应征钱粮除上忙已完七分外，未完下忙三分，应请展缓分作三年带征，以示体恤。

一、临潼县渭河两岸高家等十村附近渭河两岸于六、七月间大雨如注，渭河涨发，被水冲坍、淹浸秋禾地亩，除仅止淹浸不致成灾外，核计成灾八九分民粮地一十五顷五十五亩一分，额征正银一百三十一两六钱七分八厘。又营田民地三顷九十亩，额征正银三十三两二分二厘，内有营田未归民业地一顷四十亩租未照完。潼地六十八亩二分，额征丁银二两五钱三分五厘，豌豆五斗二升，粟米六斗三升五合，草一十九束二分。更地五顷二十七亩，额丁银一两四钱四分六厘，额麦、米各二十二石六斗六升五合。以上拟请缓征三年。成灾五、六分民地四顷四十五亩，额征正银三十七两六钱七分九厘。官军屯地五顷六十亩，额征丁银六两二钱九分九厘，豌豆一十五石五斗二升一合，米二十石二斗一合。更地一十二顷八十五亩二分七厘五毫，额丁银三两六钱一分二厘八毫，额麦、米各五十石七斗八升一合。又营田拨归民管更地三十五亩，额均丁银九分八厘，额麦、米各一石三斗八升二合。以上拟请缓征二年，均俟届满察看情形，分别带征，以示体恤。

一、兴平县于六月十六、七等日大雨连绵，黑、渭两河水涨，千佛寺等处被水冲刷民地七十一顷一十四亩，应纳地丁正银业已灾前完清，应毋庸议。惟应完本色秋粮运粟米三石八斗三升九合，存粟米四石三斗二升。共冲屯更地二十七顷二十七亩三分，应完运粟米八十五石五斗八升五合。新淤嫩滩书院膏火地四十八顷三十四亩四分八厘，额征地租银一百一十六两五钱二分，又额征租钱三百千一十二文。又被冲八旗马厂地一百九十一顷八十亩一分，额征租钱四千二百八十六千九百八十七文。地被水冲、沙压，地利全无。核计成灾八分，请将未完银粮书院租钱一律缓至来年麦后带征，以纾民力。

一、盩厔县上下沙谷堆等九村堡于六月初六至十五等日，天雨连绵，河水陡涨。该处左右黑泥、泸等河堤岸坍裂，横流遍野，被灾较重，竹护等村次之。秋禾被水成灾，地亩收成无望者，共民地七顷三十四亩，未完下忙地丁正银一十八两一钱三分。屯地一十六顷七十九亩，未完道仓秋粮五十三石七斗二升八合，应请缓至来年秋后带征，以示体恤。

又，该县郝村等处被水成灾六七分共民地一十顷三十二亩九分，未完下忙地丁正银二十五两五钱一分三厘。屯地一十五顷八十二亩九分，未完道仓秋粮米五十石六斗五升二合。更地一十一顷六分，未完秋粮米三十四石三斗六升一合，亦请缓至来年秋后带征，以纾民困。

又，该县黄池峪等村堡于七月二十二日大雨连绵，至八月上旬始止，山水大发，河水泛溢，共淹伤民地二顷四十三亩八分，未完下忙地丁正银五两九钱八分七厘。屯地八亩四分，未完道仓秋粮米二斗六升九合，请分作三年带征，以纾民力。

又，该县哑柏滩地于六月初六至十五日及七月中旬先后阴雨连绵，大雨倾盆，河水两次陡涨，共计被冲地一十五顷七十亩，每亩应完三七正租钱一百二十文，运脚、公费钱一十五文，共正租钱一百八十八千四百文，运脚、公费二十三千五百五十文，请缓至明年秋后带征，以示体恤。

一、渭南县仓渡镇以南有渭河一道，本年八月以后，阴雨过多，河水涨发，冲没该处营田已、未管业上、中、下熟地二顷一十亩七分八厘，满年额征正银一十二两二钱二分五厘，耗银一两八钱三分三厘，灾前已完正、耗银一两四钱八分五厘，未完正、耗银一十二两五钱七分三厘。又冲没书院并孤贫滩地四顷四十八亩一分一厘，尚未升科，盖以水之来去无常，地亦变迁无定，甚有终年水淹不能播种者，满年共收租钱六十一千七百一十二文，除灾前完纳外，收租钱四十六千七百一十二文，被灾十分，未便责令完纳，拟请一律蠲免，以纾民力。

一、同官县属于四月二十七日忽降冰雹，打伤熟禾地亩共二十七村庄，统计雹伤已熟麦地一百一十九顷八十一亩七分九厘，成灾重至八九分不等。其地应完本年连闰共应征正银三百四十五两五钱五分三厘，除灾前已完上忙正银二百七十六两四钱四分二厘，拟请流抵次年正赋，以示体恤。

一、华州于本年六月十七、八及七月初二、初七等日大雨不止，渭河漫溢，冲淹该州大张等里地亩，均成灾七分，共淹军、民地二十八顷二十一亩七分七厘。又将相等共二十五里各村堡，均成灾六分，共淹地二百二十九顷七十二亩三分二厘。各该里卫，于六、七月被水成灾，系在夏收以后，本年二麦收成中稔，所有上忙应完七分钱粮，除完过不计外，现经勘明秋禾成灾六分至七分不等，所有未完下忙三分钱粮正银六百五十二两五钱三分五厘七毫三丝及军地未完秋粮粟米五十一石六斗九升五合七勺，均请照例展缓，分作二年带征，以纾民力。

一、华阴县长凝坊等村于四月十九、二十及五月十四、六等日，先后被水决堤、淹伤民地共三十五顷八十六亩，应征本年地丁正银三百二十两二钱二分九厘八毫，已完银一百三十二两二钱九分二厘，未完银一百八十七两九钱三分七厘八毫，地势极低，无从播种秋禾，请将未完银两缓至明年带征，以纾民力。

又，该县因六月初六至二十二等日大雨连绵，山内蛟水陡发，渭河泛溢决口，班庄等村成灾七分，又王董等村庄成灾六分，统共被灾地四百三十五顷六亩九分六厘。除上忙应完七分钱粮灾前已完外，下忙未征三分钱粮正银一千一百七十四两六钱八分八厘，应请展缓分作二年带征，以纾民力。

一、大荔县苏杨及青池等村于六月十八、九及七月初一、二等日大雨，河水涨发，冲坍房地，被灾九分共淹民地二百九顷九十八亩二分四厘，下忙未完地丁正银三百七十五两四钱四分九厘，耗银五十六两三钱一分七厘。潼地九顷四十八亩六分二厘，未完地丁正银一十四两七钱七分二厘，耗银二两二钱一分六厘。营田地一十五顷七十一亩，未完正银四十六两八钱六分，耗银七两二分九厘，课银五十六两五钱三分，拟请展缓分作三年带征。南滩等村被灾六分共淹民地一十九顷，未完正银三十三两九钱七分二厘，耗银五两九分五厘，请展缓至来年带征，以纾民力。

一、韩城县东乡沿河之东院、前村等九村庄逼近黄河西岸，本年夏、秋间，大雨兼旬，河水涨发，共计冲坍民地十三顷八十五亩六分三厘七毫，应征本年连闰正银一百五十二两六钱八分九厘，下忙欠完正银三十八两一钱七分一厘，核计被灾八分以上。未完钱粮应请缓征三年，再行察看情形办理，俾纾民力。

一、岐山县南乡酸枣林等村逼近渭河，自六月初起，大雨十余昼夜，河水涨发，致将秋禾一律淹没，收成无望。共被冲坍民粮地一十三顷三十一亩一分，应征地丁正银一百一十一两五钱八分，业已于灾前通完清楚，但成灾九分以上，请将已完银两准其流抵次年正赋，以纾民困。

一、肤施县属之呼家湾等十二村庄于五月二十二日忽降冰雹，打伤麦、豆以及秋禾，成灾七分至十分不等，本年应完地丁正银一十七两四钱九分二厘，耗羡银二两六钱二分四厘，盐课银二两七钱八分一厘，本色米、豆六石六升七合一勺，请缓至来年秋后带征。内有灾前已完地丁正银一两三分，耗银一钱五分五厘，盐课银一钱六分四厘，均准流抵次年应完正赋，以纾民力。

又，该县属之高家屯于七月十七日被雹，打伤秋禾地亩周围六七里之谱，伤折各色禾苗，成灾七分。应完本年兵粮一十三石四斗八升，地丁正银一两三钱四分八厘，耗银二钱二厘，盐课银二钱一分四厘，应准展缓分作二年带征，以纾民力。

一、延川县永兴等四里于七月十七日忽降冰雹，打伤秋禾，勘已成灾。本年应完地丁银六百九十四两三钱，兵米二十七石六斗，应请一律蠲免，借纾民困。其上忙已完银三百四十七两二钱五分，准其流抵次年正赋，用示体恤。

一、神木县属之永兴堡、七里庙等处于七月十七日天降冰雹，将秋禾打伤，全行折损；又于八月初八日，东南乡复被雹伤共民屯地一百二十顷有奇。共应征民屯粮四百二十九石三斗七升五合，民屯正银三百七两四分，上忙尾欠正银五十九两九钱七分五厘，请自来年起，分作三年带征，以纾民困。

一、府谷县地方本年春、夏被旱，收成不及一分，加以去秋歉收，民力拮据。查该县被旱地亩多在沙岗，易形亢旱，河岸水地虽尚有一二分收成，地亩无多，收获有限，现将被旱之处截长补短，通盘合算，收成均不及一分。共计灾地四百八十四顷三十六亩一分二厘，民欠民靡起存正银一千一百二十七两三钱五分，耗银一百六十九两一钱三厘，请分作三年带征。其灾前前已完正银一百四十八两六分九厘，耗银二十二两二钱一分一厘，应准流抵次年正赋。

又，该县属之桑家儿等三十村庄于六月十八日天降冰雹，秋禾尽被打伤，共计灾地三十二顷二十一亩，应完本年下忙正银六十二两三钱七分四厘六毫，耗银九两三钱五分七厘，本色粮八十九石五斗七升六合，请自来年下忙起分作三年带征，以纾民力。

一、商州于六月起三昼夜阴雨连绵。十二日，复雨。至十六日，大雨倾盆，河水涨发，灌入城内，城乡被水成灾，极重者八九分，稍次者六七分。勘得城乡共一十四处，共冲水旱坡地三十五顷二十二亩，应征正银一百三十九两四钱三分五厘，耗银二十两九钱一分五厘，灾前已完正银七十二两五钱六分七厘，耗银一十两八钱八分五厘；未完正银六十六两八钱六分八厘，耗银一十两三分，请将灾前已完正、耗银两流抵二十五年正赋，未完正、耗银两蠲免，以纾民力。

一、武功县东西厂、渭源、三屯等二十三号于七月十五日起，八月十九日止，阴雨连绵，河水迭涨，续被冲淹计地十五顷五亩二分，应征租钱三百一十三千七十八文。小民迭遭水患，秋收毫无，拟请将租钱同前报地租钱文一并暂缓催征，以纾民力。

一、邠州林家堡等处于本年四月二十七日被雹，打伤夏禾，颗粒无存，实已成灾十分，间有早种之麦，虽已成熟，被雹打入泥内，灾民扫拾，每亩不过二三升及四五升不等。成灾八九分者，亩数无几。其林家堡等三十一村被雹麦、豆地四百八十四顷八十七亩，其未完上忙正银三百九十九两五钱四分八厘，耗银六十两一钱六分一厘，先行照章出示应征，请缓至来年麦后带征，以纾民力。

又，该州属之赤沙坡等处于四月二十七日亦被冰雹打伤承种叛产租地麦、豆、烟苗，收成全无，恳请将本年所种营田租地八顷二十六亩六分五厘，应缴租课四十一石三斗二升七合五勺，并请蠲免，以纾民困。

一、长武县西南乡于本年四月一十七日被雹，打伤秋禾，积地一二寸不等，约长七八里、宽三百余步。除王东堡等村被雹较轻不致成灾外，其被雹较重之张家坡等六村堡，共地五十三顷八十八亩，麦、豆颗粒无存，应完本年上忙地丁正银一百五十八两七钱四分五厘，耗羡银二十三两八钱一分一厘七毫五丝，盐课银六两三钱四分九厘八毫，本色粮一十一石一斗一升二合一勺五抄。照章已完者，流抵来年正赋；未完者，一律缓至来年麦后带征，以纾民力。

此外，醴泉、富平、蒲城、褒城、南郑、佛坪、定远、城固、平利、洵阳、砖坪、扶风、鄠县、宁陕、略阳、山阳、宁羌、镇安、鄜县、三水、商南、雒南、永寿二十三处，或被灾稍轻，或虽被灾而其地均系山坡，钱粮无几；或田主尚非贫难，均毋庸豁缓，饬令照常催征，故未列叙。合并声明。

(朱批：) 览。①

0841. 陕省修治河渠各工经费报销折

光绪二十四年十二月十八日（1899年1月29日）

头品顶戴陕西巡抚臣魏光焘跪奏，为陕省修治华州、华阴、长安、咸阳、咸宁等州县河、渠各工用过经费银两，核实报销，恭折仰祈圣鉴事。

窃查陕省开修华州、华阴河渠及咸阳、长安河堤、道路工竣情形，业经臣详细陈奏在案。伏查华州、华阴地方，倚山带河，向称沃壤，自遭兵燹，河、渠失修，低洼各乡浸成泽国，积水之患，有久至数十年者，以致蠲赋赈饥，叠廑宸虑。陕中水利实以二华河工为大而且急，前经臣分饬总兵欧阳胜等率带旗勇，分赴华州、华阴，并由该州县督饬绅耆，照章派夫，分段挑修，计华州、华阴营勇、民夫修浚河渠及新开支河共七十道，长自二三百余丈至二千四十余丈及七里、九里有奇不等，宽自三四尺至二丈余尺不等，深自三四丈至八九尺、丈余不等，且于两岸加筑土堤，栽植榆、柳，以固堤根。共新修石土桥十九座、石坝一座。各项工程实用工料、津贴、犒赏、薪水、口食并给发占用民地价值，共库平银二万三千五百九十四两零。

又，长安之三桥道路及咸阳之三里桥为赴川、陇往来冲途，因二十二年被水冲决堤路，损坏桥座，行人阻滞，饬司拨款兴修桥座，派总兵谭其祥等率领防营，复拨抚标各营，分段修治。除

①中国第一历史档案馆藏：《单》，档号：03-9373-002。

防营挑修地段不计外，所有抚标中、左、右三营挑修三桥北下游浞河，长三百丈、深三四丈不等，复自三桥镇南门外起，挑修官道长一千二百六十余丈。又，长安至咸阳官道两旁均挑挖小水渠各一道，长三十余里，宽深不一。计长安工费实用库平银六百三十二两，咸阳工费实用库平银一百八十九两零。

又，咸宁县属之灞河各堤，连年被水冲刷，一遇大水泛溢，农田受害。前护抚臣张汝梅于奏设水利局案内声明请修在案。随委卸任绥德州知州喻兆圭等督率民夫，将各堤身逐一加筑，计长七丈五尺至九十六丈及百丈不等，宽二三丈余尺至四丈不等，高一丈余尺至八尺不等，并用三合土筑成减水坝一座、抽水坝三道，复开一引河，使水归故道，挑去淤泥，俾顺水性而免泛滥。自二十一年正月二十日兴工起至是年五月二十日止，实用工料及员役薪水、口食等项，共库平银六千五十九两零。

以上华州、华阴、长安、咸阳、咸宁各工，先后委员查勘，委属工坚料实。陕省向无修河例案，无凭援照办理，且工作多资勇力，省费极巨。其应需工料，则均系随时就地采办，实用实销，并无浮冒，取有保固各结。据水利局司道开造各细数报销清册前来。

臣覆核无异，除各销册送部并现修之泾阳龙洞渠、长安之苍、龙、灵、沼等河尚未蒇事，容俟告竣另行陈奏外，所有修治华州、华阴、长安、咸阳、咸宁等州县河、渠各工用过经费银两，核实报销缘由，理合恭折具陈。伏乞皇太后、皇上圣鉴，饬部核销。谨奏。光绪二十四年十二月十八日。

（朱批：）该部知道。①

光绪二十五年正月初四日，奉朱批：该部知道。钦此。②

①台北故宫博物院藏：《军机及宫中档》，文献编号：408007008。

②中国第一历史档案馆藏：《录副奏折》，档号：03-9616-049。

0842. 奏报水利局动用库款数目片

光绪二十四年十二月十八日（1899 年 1 月 29 日）

再，陕省前因泾阳之龙洞渠、咸宁之灞河、华州之太平等河、华阴之长涧等河以及各处河渠年久失修，水利湮废，民困益深，经前护抚臣张汝梅于光绪二十一年十月奏请于省城设立水利局，委员试办❶。需用经费，经臣奏请动用营田折租存租三万两。本年奉旨饬办农工商务，臣与司道商酌，将水利局归并农务局，以节糜费。其水利局未归并以前动用款项，应即截清造报，用结前案，亦经附片陈奏在案。

计自二十一年十月二十五开局之日起，截至本年七月底归并之日止，所有局用应需、官吏薪水、口食等项，实共用库平银二千九百九十一两七钱零，委系实用实销，并无浮冒。据水利局司道会详前来。

臣覆核无异，除清册咨部外，理合附片陈明。伏乞圣鉴，饬部核销。谨奏。

（朱批：）该部知道。[1]

光绪二十五年正月初四日，奉朱批：该部知道。钦此。[2]

❶【案】光绪二十一年十月初四日，护理陕西巡抚张汝梅奏请设局试办水利一折，曰：

头品顶戴护理陕西巡抚布政使臣张汝梅跪奏，为陕省设局试办水利，恭折仰祈圣鉴事。

窃臣到陕以来，体察地方情形，知讲求水利实为目前要务。查陕省居天下上游，诸水经流，冲灏浩衍，为利甚溥。秦汉以还，关中水利以郑白渠为最著，即今之龙洞渠也。余凡滨临河、汉、泾、渭及所

---

①台北故宫博物院藏：《军机及宫中档》，文献编号：408007008-0-A。

②中国第一历史档案馆藏：《录副奏片》，档号：03-9616-050。

汇支流各处，可以通舟楫、资灌溉者，不一而足，顾水性靡常，其为利为害，大率因人事为转移。从前各属河渠，以时疏浚，所以利赖攸远；今则半就湮废，食利无多，甚至壅遏迁徙，泛滥冲激，如咸宁县之灞河，华州之太平、罗纹、构峪、石梯、遇仙等河，华阴县之长涧、敷水、渭河、方山等河，本年夏间因雨盛涨，水皆漫溢出漕，决堤溃岸，冲淹田禾，至今华州、咸宁县东北乡一带尚有积水未消、二麦不能播种之处。此固由于兵祲之后，民物凋罢，未能尽力沟渠，亦由牧民者相率因循、不加董劝所致。若再不图整顿，将来不特水利尽废，抑且民困日深，急宜选员认真办理，随经札行司道会议去后。兹据详请拟于省城设立水利局，委派明干之员提调局务，其局即附设善后局内等情。前来。

臣查有候补知府周铭旗，在陕有年，凡于民间生计无不讲求，而于水利尤所留心，堪以委充提调，并再选员分赴各州县，会同地方官核实办理，务期尽水之利，除水之患，以裕民生而培邦本。其局用应需官吏薪水、口食等项，再由司道等撙节详议，另行咨部立案；一面督同司道局员，切实讲求，俟有成效，再当随时奏报。

所有设局试办水利缘由，谨恭折具陈。伏乞皇上圣鉴。谨奏。光绪二十一年十月初四日。

光绪二十一年十月十六日，奉朱批：该部知道。钦此。①

0843. 保举臬司李有棻请旨择用片

光绪二十四年（1898）

再，陕西按察使李有棻公正廉明，体用俱备，历任湖南、湖北各要郡，实心任事，力挽颓风，士民至今称颂。而在武昌之整顿关厂，清理钱粮；在安陆之办理堤工，尤为政绩卓著。嗣任广东高廉钦道，值倭人构衅，沿海戒严，督各属整练团营，布置防御，所筹战守事宜各数十条，均为切实可行。在陕西臬司任内，

---

①中国第一历史档案馆藏：《朱批奏折》，档号：04-01-01-1008-053。

安民察吏，明慎用刑，清厘保甲、驿务，力祛积弊，纲纪肃然。前后两署藩司，于厘金、圜法、垦荒、积谷、矿务、水利、棉桑及讲求西学诸要政，尤为心精力果，整饬得法。上年甘回不靖，由陕拨营协饷，该署司筹画一切，不遗余力；近值节省裁并之际，筹款甚迫，其通盘综核，悉衡缓急，实能顾全大局。每与谕及时事，尤有远虑。

该司居官有年，固已早邀宸眷，而其才识闳通，询足以肩艰巨。臣相处既久，相知益深，用敢附片具陈，伏祈圣鉴。谨奏。①

①中国第一历史档案馆藏：《录副奏片》，档号：03-5370-030。

光绪二十五年（1899）

0844. 奏为御赏福字一方谢恩折

光绪二十五年正月初四日（1899 年 2 月 13 日）

头品顶戴陕西巡抚臣魏光焘跪奏，为恭谢天恩，仰祈圣鉴事。

窃臣赍折差弁回陕，捧到恩赏“福”字一方，当即恭设香案，望阙叩头祗领。钦惟皇太后、皇上德齐帱载，化被纮埏，一画天开，嘉瑞协白鱼丹鸟；六符星朗，雅歌登赤雁黄龙。仰奎翰以增辉，庆箕畴之敷锡，熙春霈泽，函夏翔和！

臣忝任封圻，惭无建树，敬效三多之祝，忽蒙一字之褒，恩宠洊加，悚惶何已！所愿鸿图式廓，合和亲康乐以成书；凤纪遐昌，占纠缦光华而进颂。

所有微臣感激荣幸下忱，谨缮折具奏，叩谢天恩。伏乞皇太后、皇上圣鉴。谨奏。光绪二十五年正月初四日。

（朱批：）知道了。[1]

光绪二十五年正月十七日，奉朱批：知道了。钦此。[2]

---

①台北故宫博物院藏：《军机及宫中档》，文献编号：408006953。

②中国第一历史档案馆藏：《录副奏折》，档号：03-5371-088。

0845. 奏报督粮道丁士彬出缺等由折

光绪二十五年正月初六日（1899年2月15日）

头品顶戴陕西巡抚臣魏光焘跪奏，为粮道因病出缺，请旨简放，恭折仰祈圣鉴事。

窃据藩司李有棻转据督粮道家丁余升禀报，伊家主督粮道丁士彬，于光绪二十四年十二月二十四日在任因病出缺。详请具奏前来。臣查督粮道有分守地方及兼管旗营兵粮事务，责任綦重，亟应委员署理。查有军机处存记卓异候升在任候补道西安府知府童兆蓉，识裕才宏，操守廉正，在陕年久，卓著循声，前曾委署斯缺，整顿粮务、学校，一切措置裕如，堪以仍委署理。

除檄饬遵照外，所遗督粮道员缺紧要，相应请旨迅赐简放，以重职守。所有督粮道因病出缺日期及委员接署缘由，谨会同陕甘督臣陶模，恭折具陈。伏乞皇太后、皇上圣鉴。谨奏。光绪二十五年正月初六日。

（朱批：）另有旨。①

光绪二十五年正月十八日，奉朱批：另有旨❶。钦此。②

❶【案】此奏于是年正月十八日得旨，《上谕档》载曰：

光绪二十五年正月十八日，内阁奉上谕：陕西督粮道员缺，着升允补授。钦此。

又，查陕西督粮道系冲、繁、疲要缺。谨奏。③

①台北故宫博物院藏：《军机及宫中档》，文献编号：408007011。

②中国第一历史档案馆藏：《录副奏折》，档号：03-5371-090。

③《光绪朝上谕档》，第25册，第26页。

0846. 查明营田地亩并征收折租报销折

光绪二十五年正月初六日（1899 年 2 月 15 日）

头品顶戴陕西巡抚臣魏光焘跪奏，为查明光绪二十三年续垦营田地亩，并征收折租各实数，造册报销，恭折仰祈圣鉴事。

窃查陕省招垦营田，历年征收本色租粮及改收折色租钱，动用、实存等款，均经分年造册报销在案。兹据各州县陆续造赍二十三年报销前来。臣逐加覆核，陕省各属原额营田，共实存荒地四千六十顷三十六亩四分零，并华州新滩一顷二十六亩五分。二十二年报销已垦交足额租归民管业地二千三百八十七顷一十二亩零，已垦租未交足熟地内除豁免华州、高陵二州县十三、十五等年两次被冲熟地一十六顷七十二亩九分零，实有尚未交足额租熟地一千四百五十二顷二亩六分零。未垦荒地内除奏明华州冲塌荒地八十三亩六分零，实存荒地二百四顷九十一亩七分零；兴安、汉中、商州三府州仓存采买京斗稻谷一万二百一十三石三斗零。

光绪二十三年分，各属续垦各则荒地二十四顷六亩，交足额租归民管业地六十三顷六十四亩五分六厘八毫四丝。省城二十三年冬赈动用营田京斗稻谷四千九百五十二石八升零，各属共征完折租钱五千九百二十四千五百二十二文，照章由各属扣支口食，并大荔县扣还二十二年栖流所已用经费外，实存钱五千三百四十七千四百二十文，按市估易库平银三千六百一两一钱零。又，大荔县沙租征完市平折解库平银三百三两四钱零，共实存库平银三千九百四两六钱一分，内开支营田所委员薪水、书吏、勇丁口食并杂费共库平银六百三十两二钱一分二厘，应扣存四分减平银二十五两二钱八厘。统共实存库平银三千二百九十九两六钱六厘，业经该所如数汇解藩库收存在案。

通计至二十三年底止，南郑县仓存采买京斗稻谷五千二百六十一石二斗一升零，各属已垦尚未交足额租熟地共实存一千四百二十三顷六十二亩四分零，未垦荒地共应存一百八十顷八十五亩七分零。上项荒地多系瘠薄硗确之区，虽屡经设法招徕，议减租钱，奈因工费利微，迄未一律认垦，现仍分饬各属再行广为劝导，总期野无旷土，正赋复旧，并令赶紧催收租钱，一俟续垦集收具有成数，一并汇入下届报销办理等情。由善后局司道会详前来。

臣覆查无异，除清册咨部外，理合恭折具陈。伏乞皇太后、皇上圣鉴。谨奏。光绪二十五年正月初六日。

(朱批：) 户部知道。①

光绪二十五年正月十八日，奉朱批：户部知道。钦此。②

0847. 汇奏陕省半年京控各案缘由片

光绪二十五年正月初六日 (1899 年 2 月 15 日)

再，京控案件例应半年汇奏一次。查前有华州民人孙年儿，以草菅人命等情遣抱孙徐氏赴京呈诉一案，讯因供词各执，将犯发回该州，勒限严拿逃犯郑士秀、薛仓娃，务获质讯详解，俟审定后，再行照例办理。又，略阳僧人如顺，以霸占庙产等情赴京呈诉一案，当以词列人证众多，行司将该原告发交陕安道，就近提集讯明详办，均经臣于上次奏明。旋据长安县禀报，该原告如顺在省病故，批经陕安道檄委沔县知县雷天裕驰往略阳县查讯议详，咨由两司会详到臣，复经核明咨销各在案。兹查光绪二十四年七月初一日起至十二月底止，再无奉发京控案件。据藩、臬两司会详前来。

臣覆查无异，除饬催赶紧严拿孙年儿案内逃犯郑士秀等务获讯拟详办外，所有京控案件半年汇奏一次缘由，谨附片具陈。伏乞圣鉴。谨奏。

(朱批：) 刑部知道。③

---

①台北故宫博物院藏：《军机及宫中档》，文献编号：408007010。

②中国第一历史档案馆藏：《录副奏折》，档号：03-6729-011。

③台北故宫博物院藏：《军机及宫中档》，文献编号：408007010-0-A。

光绪二十五年正月十八日，奉朱批：刑部知道。钦此。[①]

0848. 奏报本年十二月雨水粮价情形折

光绪二十五年正月二十二日（1899 年 3 月 3 日）

头品顶戴陕西巡抚臣魏光焘跪奏，为恭报雨雪、麦苗情形，恭折仰祈圣鉴事。

窃查陕省光绪二十四年十一月分雨雪、麦苗情形，业经奏报在案。兹据西安、延安、凤翔、汉中、榆林、同州、兴安、邠州、乾州、商州、鄜州、绥德等十二府州属具报，于十二月初三、四、五至初七、八并十四、五及二十九等日，先后得雪一二寸及三四寸不等。臣查入冬以来，雨雪应时，现值二麦盘根之际，获此雪泽，大有裨益，民情欣悦，堪以上慰宸廑！

刻查西安粮价，大米每仓石价银四两二钱一分，小米每仓石价银三两九钱六分。较之上月，大米每石增银二钱四分，小米每石增银七钱七分。

所有光绪二十四年十二月分雨雪、麦苗暨省城粮价情形，理合恭折具陈。伏乞皇太后、皇上圣鉴。谨奏。光绪二十五年正月二十二日。

（朱批：）知道了。[②]

光绪二十五年二月初四日，奉朱批：知道了。钦此。[③]

0849. 奏为重定陕省清讼章程缘由折

光绪二十五年正月二十二日（1899 年 3 月 3 日）

头品顶戴陕西巡抚臣魏光焘跪奏，为重定陕省清讼章程，认

①中国第一历史档案馆藏：《录副奏片》，档号：03-7267-006。
②台北故宫博物院藏：《军机及宫中档》，文献编号：408007014。
③中国第一历史档案馆藏：《录副奏折》，档号：03-9373-007。

真整顿，恭折仰祈圣鉴事。

窃臣上年叠次钦奉懿旨、谕旨，饬令将清讼事宜认真整顿，于原定功过章程外增补道府功过，并将现办章程迅速具奏等因。均经钦遵恭录行知藩、臬两司通饬各属一体遵办在案。伏惟州县为亲民之官，课最以听断为首，非慈惠无以昭矜恤，非明决无以办奸欺，尤须时时以民隐系怀，乃足以得实情而祛积弊。汉代部刺史持六条、察郡要，惟政平讼理，斯号循良，此可见清理词讼一端，实为吏治之首务。顾听讼之任，固责在有司，而严定功过，明示劝惩，则全恃乎上官之考察。

臣前莅任后，以陕省积案过多，督同前臬司李有棻，将前定清讼章程十条重加厘定，刷印多本，通饬各属一律遵行。其目有六，曰案件不许稽迟，曰上控宜速清结，曰自理须勤讯断，曰看管应昭慎重，曰监犯从速招解，曰逸犯宜早缉获；并令各牧令每于月底将以上六项事宜，汇造清册，呈送院、司、道、府各衙门，用备察核。又遴派学律馆学习，委员常川到馆，专办清讼事务，就各属所赍月报稽核勤惰，开折呈报；每年分作两届，分别功过，优则升调，惰即撤参，历经加意整饬，各牧令均力矢勤奋，争自濯磨。通计九十一厅州县，屡请记功者，约五十余厅州县；功过相抵者，约二十余厅州县。其结案愆期逾限未久之州县，均随时先行记过，用示儆戒。两年以来，阖属积案清结者，约计十得其九，实已成效聿臻。现复钦奉谕旨谆切，尤宜益求精密。

臬司端方已莅新任，清理庶狱，是其专责。臣复督同该司会同藩司商酌，以道府各官距州县较近，稽察易周，于前定州县功过章程外，再增道府功过章程，并于稽察之法推广扩充，力为整顿。查清讼委员，向派两人常住学律馆中，管理月报，今拟添派委员四人，均司月报事件，饬令于各属案件是否积压，断讼是否公允，一一考求详审，核定功过。委员既添，则考核易周，勘对尤细，功过益明。

又，上控自理之案，多则纠查不易，今拟刻发简明格式，名曰“词讼日记简明名册”，除命盗案另有册报不入外，凡出票期限，传人多寡，审结迟速，准驳当否，保押有无，书差姓名，逐日逐案照式登填，盖传票有限，则书差不得售其奸；审结有期，则州县不得怠其职；到案以时，保押并记，则令行于下，事警于心。如或填不以实，一经上控，查对不符，或经委员密查得实，各牧令即不得辞咎。道、府、两司层层稽察，较向章益为精密，已重经刊印分发各属，实力奉行。臣仍随时考核功过，分别劝惩，以期政平讼理，仰副朝廷勤恤民隐至意。据藩、臬两司会详前来。

除咨部查照外，谨会同陕甘督臣陶模，恭折具陈。伏乞皇太后、皇上圣鉴训示。谨奏。光绪二十五年正月二十二日。

（朱批：）知道了，着即按照章程，认真整顿，毋得稍涉松懈。①

光绪二十五年二月初四日，奉朱批：知道了，着即按照章程，认真整顿，毋得稍涉松懈。钦此。②

0850. 奏报练习洋操开办武备学堂折

光绪二十五年正月二十二日（1899年3月3日）

头品顶戴陕西巡抚臣魏光焘跪奏，为陕省练习洋操马、步、炮工程各队分别挑募成军督练，并开办随营武备学堂起支经费，恭折具陈，仰祈圣鉴事。

窃臣上年八月具奏陕西就饷遵旨改练洋操，并添设工程队、随营武备学堂一折，于光绪二十四年九月十七日钦奉朱批：该衙门知道。钦此。钦遵在案。查原奏拟请于现设防军内，挑步队五旗、炮队一旗、马队两旗，添设工程队一哨，成为一军，俾规模粗备，可以一意教练，并照武毅军章程，随营设一武备学堂，以储将领教习之才。

①台北故宫博物院藏：《军机及宫中档》，文献编号：408007013。

②中国第一历史档案馆藏：《录副奏折》，档号：03-5093-0497。

臣当即电商总统武毅军直隶提督臣聂士成①，调派各项教习，一面就防军内挑定抚标亲军炮队，改为武威新军炮队一旗；永兴中旗、武威中、左旗、抚标左旗、武威右旗步队改为武威新军前、中、左、右、后步队五旗；抚标后旗、永兴左旗马队改为武威新军左、右翼马队二旗，并添募工程队一哨，以符原奏马、步、炮、工程队八旗一哨之数，业于上年十月挑募成军。所调武毅军教习八员名，亦经到陕开学，均于十一月初一日起，查照奏定酌增经费章程，分别一律起支。各旗队分扎近省地方，立定教练章程，逐日操练，分期课阅。臣仍随时督饬，认真整顿，并严密查察，务期兵归实际，饷不虚糜，策成效以开风气。

除饬造具员弁勇丁花名清册另行咨部外，所有陕省练习洋操马、步、炮、工程各队，挑募成军，并开办随营武备学堂起支经费缘由，谨恭折具陈。伏乞皇太后、皇上圣鉴训示。谨奏。光绪二十五年正月二十二日。

（朱批：）知道了，着即督饬认真教练，并随时查察，毋得稍有疏懈。②

光绪二十五年二月初四日，奉朱批：知道了，着即督饬认真教练，并随时查察，毋得稍有疏懈。钦此。③

---

①聂士成（1841—1900），字功亭、幼亭，安徽合肥人。咸丰间，以武童从投效袁甲三军营。同治元年（1862），以功选外委，补把总。二年（1863），升守备，戴蓝翎，加五品顶带。三年（1864），晋都司，加游击衔，换花翎。四年（1865），迁参将。五年（1866），保副将。六年（1867），加力勇巴图鲁勇号。七年（1868），保总兵记名简放。同年，晋提督。光绪十一年（1885），统领庆军驻防旅顺。十七年（1891），赏头品顶戴，统芦台淮练诸军。十八年（1892），补山西太原镇总兵，换巴图隆阿巴图鲁勇号。二十年（1894），换刚安巴图鲁勇号。同年，擢直隶提督。二十四年（1898），统带武卫前军。二十六年（1900），卒于军。赠太子少保，谥忠节。著有《东游纪程》《东征日记》《东三省韩俄交界表》等行世。

②台北故宫博物院藏：《军机及宫中档》，文献编号：408007012。

③中国第一历史档案馆藏：《录副奏折》，档号：03-6151-005。

0851. 奏报陕省防营更换管带情形片

光绪二十五年正月二十二日（1899 年 3 月 3 日）

再，查各省防营更换管带或移扎他处，应行奏报，历经遵办在案。陕省光绪二十三年分，更换管带，经臣于是年十二月十九日具奏。兹查自是年十二月起至二十四年十二月底止，除挑防军马步炮旗改练洋操，另行专案具报，及其余防、练各旗分扎处所并经按季咨部外，查有管带抚标永兴中旗步队补用总兵欧阳胜，上年三月交卸，委记名总兵徐有礼接带。又，管带抚标永兴前旗钟嘉寿，于二十三年十二月病故，委帮带该旗总兵谢春祥代理。又，管带广胜旗补用副将黄耀盛，于上年四月调省另有差委，委补用参将魏荣斌接带，改为武威中旗。又，管带抚标永胜右旗步队补用副将刘徵凤，于上年十二月经田玉广禀调，委带招募北洋中军步队，所遗该旗管带，委补用游击傅玉林代理。

所有各该员接带兵勇，俱令于原拨地段加意巡防，认真训练，俾资保卫而成劲旅。臣仍不时督饬习练，严密稽察，如该管带等有克扣、虚冒、怠玩、废弛等弊，即行从严参办，以肃戎政。理合附片陈明。伏乞圣鉴。谨奏。

（朱批：）兵部知道。[①]

光绪二十五年二月初四日，奉朱批：兵部知道。钦此。[②]

0852. 奏报知府刘济坤期满甄别片

光绪二十五年正月二十二日（1899 年 3 月 3 日）

再，前准部咨：道、府、州、县无论何项劳绩保奏归候补班人员，到省予限一年，察看才具，分别补用。等因。兹查有候补

---

①台北故宫博物院藏：《军机及宫中档》，文献编号：408007012-0-A。

②中国第一历史档案馆藏：《录副奏片》，档号：03-6034-011。

知府刘济坤，于光绪二十三年十二月十六日到省，现已试看一年期满，例应照章甄别。据藩、臬两司具详前来。

臣查该员刘济坤，笃诚干练，为守兼优，堪以繁缺知府补用。谨会同陕甘督臣陶模，附片具陈。伏乞圣鉴。谨奏。

（朱批：）吏部知道。①

光绪二十五年二月初四日，奉朱批：吏部知道。钦此。②

0853. 奏报汇解英德俄法借款片

光绪二十五年正月二十二日（1899年3月3日）

再，前准部咨：应还英、德、俄、法两款，奏派陕省每年认还银二十二万两，历次遵照奏案在两淮、江苏应解甘省协饷银内，就近拨兑解交。嗣准两江、江苏督抚臣电咨：鄂、皖盐厘改归税司代征，所有两淮、江苏应代陕省兑抵英、德、俄、法洋款，无项可抵，令陕省自行筹解等因。当将上年冬月分应解英、德洋款银三万两，发交商号汇解江海关道查收，并奏明自上年冬月一期起，以后改为由陕径解，毋庸再行抵兑，各在案。兹届陕省应还二十五年二月分英、德借款银三万两，三月分俄、法借款银六万两，已由司备具文批发交商号协同庆等号，定限二月、三月内，一并汇解江海关道衙门交纳。据藩司李有棻具详前来。

除咨明户部及两江督臣、江苏抚臣查照外，所有汇解本年二、三月分英、德、俄、法借款银数，理合附片陈明。伏乞圣鉴。谨奏。

（朱批：）户部知道。③

光绪二十五年二月初四日，奉朱批：户部知道。钦此。④

---

①台北故宫博物院藏：《军机及宫中档》，文献编号：408007012-0-B。

②中国第一历史档案馆藏：《录副奏片》，档号：03-5372-030。

③台北故宫博物院藏：《军机及宫中档》，文献编号：408007013-0-A。

④中国第一历史档案馆藏：《录副奏片》，档号：03-6694-003。

0854. 请饬颁发民款股票缘由片

光绪二十五年正月二十二日（1899 年 3 月 3 日）

再，陕省上年遵章办理昭信股票情形暨筹解官款、民款各数目，均经臣先后陈奏在案。嗣奉六月二十日谕旨：官、民两项业经认定之款，照数拨缴。其民间现办之股票，即着停止等因。遵即通饬各属迅速停办。查此案开办之初，民间认股踊跃，嗣因夏、秋霪雨歉收，物力艰窘，先后核减二成，并裁免零票，以示体恤。

兹截至二十四年十一月底止，叠据各属禀解共实收民认股本库平银五十三万六千六百两，按照部定章程，每银百两付给股票一张。陕省阖属劝集民款五十三万六千六百两，共发过股本实收五千三百六十六张，应行奏咨如数颁发股票换领，并请将尾收之三万六千六百两报候部拨，用昭核实而符定章。至第一年起息办法，遵章按日摊算。本年正月即值归还息银之期，一俟各属详册到齐，核计清晰，预筹的款，按照册开细数，分别拨付，俾昭大信。据藩司李有棻详请奏咨前来。

臣覆核无异，除官款报效银二十万两另行咨部核办外，相应仰恳天恩俯准饬部颁发民款股票，以便饬领而昭大信。理合附片具陈。伏乞圣鉴。谨奏。

（朱批：）户部知道。①

光绪二十五年二月初四日，奉朱批：户部知道。钦此。②

0855. 奏报本年正月雨水粮价情形折

光绪二十五年二月十八日（1899 年 3 月 29 日）

头品顶戴陕西巡抚臣魏光焘跪奏，为恭报雨雪、麦苗情形，

---

①台北故宫博物院藏：《军机及宫中档》，文献编号：408007013-0-B。

②中国第一历史档案馆藏：《录副奏片》，档号：03-9535-010。

恭折仰祈圣鉴事。

窃查光绪二十四年十二月分雨雪、麦苗情形，业经奏报在案。兹据西安、延安、凤翔、汉中、榆林、同州、兴安、邠州、乾州、商州、鄜州、绥德等府州属具报，于正月初二、三及十六七八九并二十七八九等日，先后得雨、得雪二三四寸至五六寸及深透不等。臣查上年冬季，雨雪尚不缺乏。兹值麦、豆生发之际，又复得此雨雪，实于农田大有裨益，民情欣悦，阖境敉安，堪以上慰宸廑！刻查西安粮价，大米每仓石价银四两二钱六分，小米每仓石价银三两六钱二分。较之上年十二月，大米每石增银五分，小米每石减银三钱四分。

所有光绪二十五年正月分雨雪、麦苗暨省城粮价情形，理合恭折具陈。伏乞皇太后、皇上圣鉴。谨奏。光绪二十五年二月十八日。

(朱批:) 知道了。[①]

光绪二十五年三月初三日，奉朱批：知道了。钦此。[②]

0856. 审拟游勇强劫得赃拒毙命案折

光绪二十五年二月十八日（1899年3月29日）

头品顶戴陕西巡抚臣魏光焘跪奏，为游勇强劫得赃，拒伤事主及拒毙人命，审明照章就地惩办，恭折仰祈圣鉴事。

窃臣前准部咨：遵议各省盗劫案件，实系土匪、马贼、会匪、游勇，暂准就地正法，仍随时具奏，备录供招，咨部查核等因。当经行司转饬所属一体照办在案。兹查前据延安府审办肤施县拿获游勇马进潋、张幅二犯，讯据供认该犯马进潋、张幅籍隶直隶邢台、正定等县，马进潋先在甘肃军营当勇，后告假出营，在各处游荡，先后会遇该犯张幅及在逃先年同营充勇之同乡人小高等

①台北故宫博物院藏：《军机及宫中档》，文献编号：408007015。

②中国第一历史档案馆藏：《录副奏折》，档号：03-6982-006。

一共五人，同约回家。因盘费缺乏，小高起意遇便强劫，于光绪二十三年十一月初九日夜，分执斧棒，到汤士俊家，劈门进内，强劫衣物、烟土，拒殴事主之父母及雇工三人受伤平复。张幅被胁同行，中途畏惧落后，事后亦未分赃。

又，据该府审办靖边县拿获游勇杨泯海、马饱二犯，讯据供认该犯杨泯海等均系甘肃河州回民，先在甘军当勇，后因营盘开赴山西，乘间逃跑，即在各处游荡。杨泯海起意，纠邀马饱及在逃之马麻子一共三人，于光绪二十四年六月十三日夜，分执刀斧，赴王化林家，砍损窗棂爬进，强劫钱物逸出，因天雨未及远逃，即在附近空庙藏躲。次日，经事主亲戚高来凤邀同王召全往拿，又复伙同拒捕，致伤高来凤身死，王召全受伤平复，各等情。由该县等先后通禀，经臣批司转行该管延安府知府松山，督同该各县提犯覆讯，供赃确凿，情罪相符，照章议拟，禀候核示遵办，并据具报马饱在监病故前来。

臣以该游勇马进瀸、杨泯海，或听纠行劫，拒伤事主；或起意纠劫，拒毙人命，均属凶恶昭著，罪无可逭，当与督臣批饬就地正法。马饱在监病故，仍应照例戮尸，与马进瀸等枭首，悬杆示众，以昭炯戒。张幅讯非游勇，又系被胁勉从，事后并未分赃，应照“伙盗临时畏惧不行，事后未分赃例，杖一百”，拟杖一百，折责递籍，取保释放。该犯等在外为匪，原籍牌甲无从觉察，请免置议。事主汤懋福等伤均平复，获赃给主认领。逸犯小高等饬缉，获日另结。

除备录供招咨部查照外，所有拿获游勇强劫得赃，拒伤事主及拒毙人命，照章就地惩办缘由，谨会同陕甘总督臣陶模，恭折具陈。伏乞皇太后、皇上圣鉴。谨奏。光绪二十五年二月十八日。

（朱批：）刑部知道。[①]

---

①台北故宫博物院藏：《军机及宫中档》，文献编号：408007016。

光绪二十五年三月初三日，奉朱批：刑部知道。钦此。①

0857. 奏陈定期出省查阅营伍情形折

光绪二十五年二月十八日（1899年3月29日）

头品顶戴陕西巡抚臣魏光焘跪奏，为微臣定期出省查阅营伍，恭折具陈，仰祈圣鉴事。

窃臣奉上谕：本年轮应查阅营伍，陕西即派魏光焘认真查阅，切实检校，如有技艺生疏、军械不齐等弊，即将该管将弁据实严参，不得稍涉瞻徇等因。钦此。臣伏查备兵为目今第一要政，陕省营伍叠奉谕旨饬令认真整顿，汰弱留强，经臣咨行各标务将所属营兵及防、练各勇挑补精壮，实力操练巡防，数年以来，境内尚属乂安。

今逢大阅之典，臣遵即部署，分饬沿途屏去支应，并饬各营不准有摊派名目，一切犒赏由臣筹备。定于二月二十一日由省起程，先赴潼关，将该协标营汛调集考校，由同州、泾阳等处旋省，接阅满、汉各营及近省防营练勇，统俟阅毕，分别等第奏报。其署中寻常日行事件，循例檄委藩司代行，遇有紧要，包封送臣行馆办理。

至臣前奏修竣华州、华阴河渠各工，渠流是否通利；其现修未竣之泾阳龙洞渠、长安苍龙河，办理是否合宜；各州县保甲、团练及一切应办事件，虽据陆续禀报，粗有端绪，是否实力举行，臣拟此次顺道一律查察，借以考证各牧令居官之勤惰及政治之得失，期于军事、民事两有裨益。

所有微臣出省查阅营伍日期，顺道兼勘河渠各工及查地方吏治各缘由，谨一并陈明。伏乞皇太后、皇上圣鉴。谨奏。光绪二十五年二月十八日。

---

①中国第一历史档案馆藏：《录副奏折》，档号：03-7373-017。

（朱批：）知道了。[①]

光绪二十五年三月初三日，奉朱批：知道了。钦此。[②]

0858. 奏报二十四年额征正赋情形折

光绪二十五年二月十八日（1899年3月29日）

头品顶戴陕西巡抚臣魏光焘跪奏，为查明光绪二十四年额征正赋银两已完、未完实数，恭折仰祈圣鉴事。

窃查前准部咨：各省地丁所入缺额仍多，自同治八年为始，将全省一年丁漕各实数专案奏报。又，同治十一年四月，准户部咨：各直省奏报丁漕实数，均展至次年正月办理，二月出奏，以归画一等因。历经遵办在案。

兹值查报光绪二十四年分征收正赋之期，查陕省各属光绪二十四年分额征民屯更、起运、存留并粮折价，除屯丁兑食外，共银一百六十二万四百九十七两九钱二分九厘，内除存留银二十八万三千四百二十两三钱九分二厘，止该解司银一百三十三万七千七十七两五钱三分七厘。又，华州升科、原豁宝义里营田地应征银九两五钱五厘，二共银一百三十三万七千八十七两四分二厘。内除兴平、高陵、褒城、朝邑、华阴、武功六县水冲地亩豁免银六百二十二两六钱四分二厘，又除华州修河占地豁免银一两九钱六分六厘，又除荒地免征银五万七千二百八十三两二钱四分一厘，实熟地应征银一百二十七万九千一百七十九两一钱九分三厘。自开征起至年底止，已完银一百二十二万六千四百三两四钱三分，未完银五万二千七百七十五两七钱六分三厘。内除长安县二十三年水灾案内奉文缓征灾前已完准抵二十四年正赋银五十五两四钱七厘，又除临潼、延川、扶风、褒城、沔县五县水灾案内奉文豁免银一千一百六十七两三钱一分四厘，止未完银五万一千五百五

①台北故宫博物院藏：《军机及宫中档》，文献编号：408007017。

②中国第一历史档案馆藏：《录副奏折》，档号：03-6034-034。

十三两四分二厘。

再，查光绪二十三年地丁，前于二十四年正月具奏未完银四万八千六百五十七两五钱四厘，又续垦荒地银五百二十三两三钱八分九厘，二共银四万九千一百八十两八钱九分三厘。今截至光绪二十四年底止，带征续完并续垦共银一万九千三百七十六两二分八厘，仍未完银二万九千八百四两八钱六分五厘。内除临潼、长安、延川、安定、扶风、褒城、沔县七县水、雹灾案内奉文蠲免银一千三百二十七两八钱五厘，又除长安、安定、府谷三县二十三年水、旱灾案内奉文缓征银六百六十七两二钱二分，止未完银二万七千八百九两八钱四分。

以上已完银两，均经照数批解司库，已于拨册内分晰造报在案。未完银两，仍责令严催征解，以顾正供应，俟另行造报。据藩司李有棻查明分晰具详前来。

臣覆核无异，所有光绪二十四年分额征正赋银两已完、未完各实在数目，理合恭折具奏。伏乞皇太后、皇上圣鉴。谨奏。光绪二十五年二月十八日。

（朱批：）户部知道。①

光绪二十五年三月初三日，奉朱批：户部知道。钦此。②

0859. 奏报知县李侨试用期满甄别片

光绪二十五年二月十八日（1899 年 3 月 29 日）

再，前准部咨：道、府、州、县无论何项劳绩保归候补人员，到省予限一年，察看才具，分别补用等因。兹查有候补知县李侨，于光绪二十一年五月初八日到省，二十二年五月十七日丁母忧，回籍守制，扣至二十四年八月十七日服满，在部呈请起复，十月二十四日回省。该员自二十一年五月初八日到省，连闰扣至二十

①台北故宫博物院藏：《军机及宫中档》，文献编号：408007018。

②中国第一历史档案馆藏：《录副奏折》，档号：03-6262-042。

二年四月初八日，试看一年期满，例应甄别。据藩、臬两司会详前来。

臣查该员朴诚端谨，勤奋有为，堪以繁缺知县补用。谨会同陕甘督臣陶模，附片具陈。伏乞圣鉴。谨奏。

(朱批：) 吏部知道。①

光绪二十五年三月初三日，奉朱批：吏部知道。钦此。②

0860. 奏闻知州方敔试用期满甄别片

光绪二十五年二月十八日（1899 年 3 月 29 日）

再，前准部咨：道、府、州、县无论何项劳绩保奏归入候补班人员，到省予限一年，察看才具，分别补用等因。兹查有署延长县事候补班遇缺前先补用知州方敔，由监生遵例报捐双单月选用同知；复遵新海防例报捐知州不论双单月指省，分发陕西试用。光绪十四年十二月初十日引见，奉旨：发往。钦此。十五年正月二十日到省。因河州解围西宁全境肃清案内出力，经甘肃提臣董福祥保奏，于光绪二十三年十二月初三日奉旨：方敔着以知州，归候补班遇缺前先补用。钦此。自应循例以该员保案奉旨后第五日行文作为二十四年正月初二日候补知州到省之日起，连闰扣至二十四年十二月初二日，试看一年期满，例应照章甄别。据藩、臬两司会详前来。

臣查该员年力富强，办公勤敏，堪以繁缺知州补用。谨会同陕甘督臣陶模，附片具陈。伏乞圣鉴。谨奏。

(朱批：) 吏部知道。③

光绪二十五年三月初三日，奉朱批：吏部知道。钦此。④

---

①台北故宫博物院藏：《军机及宫中档》，文献编号：408007018-0-A。
②中国第一历史档案馆藏：《录副奏片》，档号：03-5373-023。
③台北故宫博物院藏：《军机及宫中档》，文献编号：408007018-0-B。
④中国第一历史档案馆藏：《录副奏片》，档号：03-5373-022。

0861. 奏请免税放行鼓铸机器片

光绪二十五年二月十八日（1899 年 3 月 29 日）

再，陕省近年钱价日昂，市面诸形窒碍，经臣叠次咨由湖北代铸银元，运陕行用，尚属流通，拟即自行设局鼓铸，前饬由司委员赴上海订购鼓铸银元机器全副，据禀业于瑞生洋行购就，价值库平银二万五千七百五十两，限八个月运至汉口交割。现已饬令雇觅精习工匠数名，并采带洋铜、镪水各项物件，起运回陕开铸，以济圜法之穷，俾资酌剂。查前项机器、物件，系属官办、官用，经过关、津、局、卡，例得免税。据司道详请奏咨前来。

臣覆查无异，相应仰恳天恩饬知两江、湖广督臣转饬沿途经过各关、津、局、卡，一体遵照验明，免税放行，俾得速到，开局办理，实多裨益。谨附片具陈。伏乞圣鉴训示。谨奏。

（朱批：）着照所请。①

光绪二十五年三月初三日，奉朱批：着照所请。钦此。②

0862. 请准延榆绥镇缓裁一旗缘由片

光绪二十五年二月十八日（1899 年 3 月 29 日）

再，臣于上年三月遵旨裁兵节饷，奏明将抚标副中一旗官弁勇丁全数裁撤，城守协营裁去勇丁百名，驻防商州抚标回兵裁去三十名，均截至闰三月底止，延榆绥镇标分于夏、秋两季陆续裁遣两旗，当经分别饬行遵办。查抚标副中旗、城守协营勇丁及驻商抚标回兵，业均如期一律裁撤；延榆绥镇属亦于夏季底裁遣一旗，并援照近年遣勇成案，给予恩饷一月，以示体恤。惟秋季应裁一旗，适因霖雨过多，岁收告歉。该处地方辽阔，时有外省游

①台北故宫博物院藏：《军机及宫中档》，文献编号：408007015-0-A。

②中国第一历史档案馆藏：《录副奏片》，档号：03-9535-015。

匪潜入境内，勾串本地匪徒，窃掠为害，弹压巡防，时方吃紧。据该管镇道恳请暂缓裁遣，经臣察酌批准展至腊底。嗣缘冬、春接防仍未稍松，复叠据镇道请展前来。

伏查镇属练勇四营，自光绪二十三年改营为旗，存勇一千五百余名，本难再减。上年叠奉谕旨，拟再裁遣两旗，实为力顾时艰起见。乃夏季甫裁一旗后，即值灾祲，以致秋季拟遣一旗一再议展。详加体察，此时实有遽难悉遣之势，拟请仍暂展缓，由臣随时察看地方情形，再行斟酌奏明办理。臣与督臣往返函商，意见相同，合无仰恳天恩俯念边地紧要，时际艰难，准将延榆绥镇原拟秋季裁遣一旗仍暂行展缓，由臣随时察看奏办。

臣仍当咨行该镇督饬认真防练，俾一日程一日之功，一兵得一兵之用，以仰副朝廷慎重边圉之至意。除咨部查照外，谨会同陕甘督臣陶模，合词附片具陈。伏乞圣鉴训示。谨奏。

（朱批：）着照所请，该部知道。[①]

光绪二十五年三月初三日，奉朱批：着照所请，该部知道。钦此。[②]

0863. 奏报筹解初批京饷等项银两片

光绪二十五年二月十八日（1899 年 3 月 29 日）

再，查陕省裁勇节饷，每年集银十万两，自光绪十二年为始，专款分批解部。所有二十四年以前应解银两，业经按年报解清楚。兹值二十五年筹解之期，现饬藩司在于司库地丁款内动支银五万两，作为本年初批京饷。又搭解光绪二十四年分各官廉俸、杂支等项六分减平银二万两，又二十三年各官廉俸、杂支等项六分减平银二万三千二百三十四两八钱零，暨续收十九、二十一、二十二等年墓户工食、半廉等项六分减平银八十二两八钱零，二共银

①台北故宫博物院藏：《军机及宫中档》，文献编号：408007015-0-B。

②中国第一历史档案馆藏：《录副奏片》，档号：03-5763-017。

二万三千三百一十七两七钱零，内除前已解过银二万两外，现实搭解银三千三百一十七两七钱零。又搭解陕省赈捐部饭、照费银四千七百四十两零，国子监饭费银九百四十九两三钱零，又搭解二十五年铁路经费初批银二万两，共银九万九千七两零，由司拣委妥员于二月初十日起程赴京，分别交纳。据藩司李有棻具详前来。

臣覆查无异，除分咨外，所有筹解光绪二十五年初批京饷等项银数、日期，谨附片具陈。伏乞圣鉴。谨奏。

（朱批：）户部知道。①

光绪二十五年三月初三日，奉朱批：户部知道。钦此。②

0864. 奏为覆陈陕省练兵情形折

光绪二十五年三月十九日（1899年4月28日）

头品顶戴陕西巡抚臣魏光焘跪奏，为覆陈陕省练兵情形，恭折仰祈圣鉴事。

窃臣于光绪二十五年正月二十日承准军机大臣字寄：奉上谕：练兵为当今要务，叠经谕令各直省将军、督抚各就本省饷力，妥定章程，认真办理。该将军、督抚等受恩深重，自当共体时艰，力图振作，迅速举行。现在某省实能筹饷若干，练兵几营，何人统率，未据切实奏到，着各督抚懔遵历次谕旨，通筹妥议，限一月内迅即覆奏。督抚均有提督军务、兼理粮饷之责，提、镇为专阃大员，兵事尤责无旁贷。所有此次练兵，有提督省分，应责成提督统领通省各营；无提督省分，应于各镇中遴选熟谙军事之员，总司营务，总以痛除缺额蚀饷为第一要义，然后申明纪律，勤加训练，务期一兵得一兵之用，建威所以销萌，宵小既不至生心，即使地方有事，征调亦可以立应。该督抚仍不时校阅，赏罚严明，

①台北故宫博物院藏：《军机及宫中档》，文献编号：408007015-0-C。

②中国第一历史档案馆藏：《录副奏片》，档号：03-6152-008。

以节制之师为缓急之用。至各省驻防生齿日繁，闲散中不乏精壮之士，并着该将军等各就本处情形，挑选若干，教练成营，以资捍卫。所需饷项，应与该省督抚、藩司妥筹协拨，奏明办理，用副朝廷讲求武备谆谆诰诫之意！将此由四百里各谕令知之。钦此。

伏查陕省东襟晋、豫，西达甘、陇，南连川、楚，北控蒙疆，幅员数千里，弹压巡防，均关紧要。所存制兵及防、练各军，叠次奉旨裁减，较承平时兵额几减一半，而地方辽阔，全恃防、练各军马步二十八营旗，择要分防，以固边圉。既难议及并饷，复不能调集一处。上年叠奉谕旨改练洋操，臣就频年节省饷力，酌增经费，于所设防军内挑选步队五旗、炮队一旗、马队两旗，添设工程队一哨，成为一军，驻扎省近，集练合操，并查照直隶武毅军章程，开设随营武备学堂，以储将领；教习之才，即由该军商调马、步、炮、工程正、副教习来营，设立课程，分旗训练，使营规、口号一律整齐，业将办理情形先后奏明在案。

兹复仰承圣训，谆谆诰诫，如能筹练大枝劲旅，诚于大局有裨。特添兵必先筹饷，陕西入款不外地丁、厘税等项，出款则京、协、铁路、船政各项及认还洋款与本省防、练、制兵常饷、文武各官俸薪、养廉、役食，以及制造、军火、局费各项紧要之用。通盘核计，库储时形竭蹶。惟上年裁兵节饷案内省银十万七千余两，除抵支新练洋操增饷银六万六千六百余两，本年二月间奏准缓裁延榆绥镇右营一旗岁需饷银八千五百二十余两外，尚余银三万一千余两，足备挑练步队四旗之用，拟俟新练各旗成效渐著，即行续挑添练，俾成劲旅一枝，借资镇摄，兼备调遣。

至统率之选，查陕西提督远驻甘肃固原，鞭长莫及。陕安、延榆绥、汉中三镇皆控驭南北极边，相距一二千里至数百里不等，现均分带练军，且就近防营亦归节制，若责成一人总司营务，势难兼顾。臣与督臣往复函商，并督同司道通筹妥议，应就现有之兵勤加训练，徐图扩充。所挑洋操队伍，现委记名总兵徐有礼、补用副将周玉堂分统，逐日督操，与近省东、西两路防、练军，均由臣随时督饬，认真训练调阅，申明赏罚，力求实际。其分隶各镇属者，应再剀切咨会各镇就近督练，仍不时由臣察度，以近省防军更番轮换调操，切实整顿，期于戎政有裨。

臣受恩深重，疆守忝膺，际此时艰，惟当殚竭血诚，宣谕各将领激发天良，痛除军营积习，如有缺额、蚀饷情弊，立予奏参重惩，以仰副朝廷整军经武、建威销萌之至意。除驻防挑练事宜应由将军等核办外，所有陕省练兵情形，理合恭折覆陈。伏乞皇太后、皇上圣鉴训示。谨奏。光绪二十五年三月十九日。

（朱批：）知道了，即着认真督练，随时调操，力求实际，毋稍弛懈。①

光绪二十五年四月初一日，奉朱批：知道了，即着认真督练，随时调操，力求实际，毋稍弛懈。钦此。②

0865. 奏报本年二月雨水粮价情形折

光绪二十五年三月十九日（1899 年 4 月 28 日）

头品顶戴陕西巡抚臣魏光焘跪奏，为恭报雨雪、麦苗情形，恭折仰祈圣鉴事。

窃查陕西省光绪二十五年正月分雨雪、麦苗情形，业经奏报在案。兹据西安、延安、凤翔、汉中、榆林、同州、兴安、邠州、乾州、商州、鄜州、绥德等府州属陆续具报，于二月初一至初四、初八及十一、十八九、二十并二十三四五六等日，先后得雪、得雨二三寸至四五寸及深透不等。臣查本年入春以来，叠次得沾雨雪，麦、豆长发渐茂，民情欣悦，阖境敉安，堪以仰慰宸廑。刻查西安粮价，大米每仓石价银三两五钱四分，小米每仓石价银二两九钱五分。较之上月，大米每石减银七钱二分，小米每石减银六钱七分。

---

①台北故宫博物院藏：《军机及宫中档》，文献编号：408007019。

②中国第一历史档案馆藏：《录副奏折》，档号：03-6052-094。

所有光绪二十五年二月分雨雪、麦苗并省城粮价情形，理合恭折具陈。伏乞皇太后、皇上圣鉴。谨奏。光绪二十五年三月十九日。

（朱批：）知道了。[①]

光绪二十五年四月初一日，奉朱批：知道了。钦此。[②]

0866. 奏报发过甘军饷数日期片

光绪二十五年三月十九日（1899年4月28日）

再，前准部咨：奏准筹拨董军马步各营饷项，令将陕省光绪二十五年分裁兵节饷银二万三千两迅速拨解兑收。旋准提臣董福祥咨称：现在饷项缺乏，挪垫维艰，已由京都天成亨商号挪款垫发，应将指拨本军本年饷项银两如数拨给陕省天成亨商号领收，以清挪款，各等因。当经行司遵办去后。兹据藩司李有棻详称：遵即在于司库地丁款内筹拨库平银二万三千两，于三月初九日如数发交该商号具领讫等情。前来。

臣覆核无异，除分咨外，所有发过甘军银数、日期，谨附片具陈。伏乞圣鉴。谨奏。

（朱批：）户部知道。[③]

光绪二十五年四月初一日，奉朱批：户部知道。钦此。[④]

0867. 奏报汇解英德洋款银数片

光绪二十五年三月十九日（1899年4月28日）

再，查陕省每年认还俄、法、英、德两款银二十二万两。上

---

①台北故宫博物院藏：《军机及宫中档》，文献编号：408007020。

②中国第一历史档案馆藏：《录副奏折》，档号：03-6983-001。

③台北故宫博物院藏：《军机及宫中档》，文献编号：408007020-0-A。

④中国第一历史档案馆藏：《录副奏片》，档号：03-6152-045。

年经臣奏明自光绪二十四年冬月一期起，以后改为由陕径解，毋庸再由两淮、江苏抵兑在案。除本年二、三月分应解英、德、俄、法两款银九万两，已发商号汇解江海关道收纳外，兹届陕省应还二十五年五月分英、德洋款银三万两，现已由司备具文批，发交汇商协同庆等号，定限五月内汇解江海关道衙门交纳。据藩司具详前来。

除咨明户部及两江督臣、江苏抚臣查照外，所有汇解本年五月分英、德洋款银数，理合附片具陈。伏乞圣鉴。谨奏。

（朱批：）户部知道。①

光绪二十五年四月初一日，奉朱批：户部知道。钦此。②

0868. 奏闻委署道府州县各缺片

光绪二十五年三月十九日（1899年4月28日）

再，各省道、府、州、县无论奏调、委署，每届三月汇奏一次，历经遵办在案。兹查陕西省自光绪二十四年十月起至十二月底止，陕安道恩寿升授江西按察使，遗缺委试用道陈兆璜署理。督粮道丁士彬病故，遗缺委西安府知府童兆蓉署理；所遗西安府，缺委试用知府周铭旗署理。代理岐山县另补知县陈兆焕卸事，遗缺委三原县知县欧炳琳调署。署宁羌州知州寇廉调省，遗缺先委补用知县徐普代理，旋改为署理。署石泉县知县李蔚然调省，遗缺委候补知县张世英署理。署平利县知县吴功全调省，遗缺委候补知县钮福嘉署理。署华州知州杨调元撤任，遗缺委请补华州知州唐松森先行署理。署白河县知县侯鸣珂病故，遗缺先委该县典史莫汝功护理，旋委请补斯缺之胡启虞先行署理。署延川县知县叶星文调省，遗缺委现署延安府照磨李仁寿代理。耀州知州朱荫棠大计参劾，遗缺委候补知州余琪树署理。由藩、臬两司会详请

①台北故宫博物院藏：《军机及宫中档》，文献编号：408007020-0-B。

②中国第一历史档案馆藏：《录副奏片》，档号：03-6694-024。

奏前来。

臣覆核无异，所有光绪二十四年冬季分委署道、府、州、县各缺缘由，谨附片具陈。伏乞圣鉴。谨奏。

（朱批：）吏部知道。[①]

光绪二十五年四月初一日，奉朱批：吏部知道。钦此。[②]

0869. 奏报王公亮等试用期满甄别片

光绪二十五年三月十九日（1899年4月28日）

再，前准部咨：道、府、州、县无论何项劳绩保归候补人员，到省予限一年，察看才具，分别补用等因。兹查有候补知府王公亮，前于关陇肃清案内出力，保俟补同知后以知府用，应以光绪十三年十月二十二日准补佛坪厅同知之日作为知府到省，扣至十四年十月二十二日，试看一年期满，例应补行甄别。又，商州直隶州知州罗寿昌，前在乾州署任转运军饷出力，于湘军攻克甘肃、西宁等处逆巢请奖后路台局各员案内，保以知府在任候补。二十三年十二月初三日奉旨，应以奉旨后第五日行文作为二十四年正月初三日到省以知府在任候补起，连闰扣至二十四年十二月初三日，试看一年期满。候补知县关觐光，于二十四年二月二十九日到省，连闰扣至二十五年正月二十九日，试看一年期满，均应甄别。据藩、臬两司会详前来。

臣查该员王公亮才识练达，处事精详；罗寿昌才具明通，办事勤奋；关觐光精细安详，能耐劳苦。均堪以繁缺知府、知县补用。谨会同陕甘督臣陶模，附片具陈。伏乞圣鉴。谨奏。

（朱批：）吏部知道。[③]

①台北故宫博物院藏：《军机及宫中档》，文献编号：408007019-0-A。

②中国第一历史档案馆藏：《录副奏片》，档号：03-5374-004。

③台北故宫博物院藏：《军机及宫中档》，文献编号：408007019-0-B。

光绪二十五年四月初一日，奉朱批：吏部知道。钦此。[①]

0870. 奏饬陕安道高赓恩赴任片

光绪二十五年三月十九日（1899 年 4 月 28 日）

再，新授陕安道高赓恩现已抵省，应即饬赴新任，以专责成。除分别饬遵外，谨附片陈明。伏乞圣鉴。谨奏。

（朱批：）知道了。[②]

光绪二十五年四月初一日，奉朱批：知道了。钦此。[③]

0871. 奏陈查阅满汉各营官兵情形折

光绪二十五年三月二十七日（1899 年 5 月 6 日）

头品顶戴陕西巡抚臣魏光焘跪奏，为查阅潼关协、西安满、汉各营官弁兵勇情形，恭折仰祈圣鉴事。

窃臣钦奉上谕派阅陕西营伍，当于二月二十一日起程，前赴潼关协查阅，业将出省日期奏报在案。随即轻骑减从，先赴潼关阅毕，于三月初八日回省，接阅西安满、汉各营，并将盩厔、孝义各营调省合操。臣校阅各营，潼关协兵制向未复额，就现存官兵合演，阵式尚属如法，弓、马、枪、炮亦强半可观。满营先操大阵，进退开合，疾徐如意；幼丁五子过堂枪，官兵马、步、箭、枪炮队，均各纯熟有准。抚标中、左、右三营并练军马队、西安城守协及盩厔、孝义各营共演香山、速战等阵，步伐整齐，器械精利；枪炮施放，便捷联络；藤牌刀矛，踊跃奋迅；洋枪队演习，亦渐娴熟；马队驰骤迅速，马上放枪，甚属灵便。

通计以上各营官弁兵勇，抬枪、鸟枪、洋枪、马步箭准头，

---

①中国第一历史档案馆藏：《录副奏片》，档号：03-5374-002。

②台北故宫博物院藏：《军机及宫中档》，文献编号：408007019-0-C。

③中国第一历史档案馆藏：《录副奏片》，档号：03-5374-003。

均在八九成不等。统阅比较，应以满营暨抚标城守协等营为优等，潼关协营次之，盩厔、孝义两营又次之。各营军装、器械查验均属足数无亏，马匹亦皆膘壮。臣择其技艺较优者，当场给赏，量予拔补、记功；技艺生疏者，分别责惩、记过，勒限学习。马步箭枪生疏无准之潼关营署临潼汛把总朱槐芳、分防王家庄汛经制外委李松龄、三要司分防鸡头关汛额外外委宋学智、步箭生疏之城守协署右营额外外委杨玉秀，均立予撤任、撤委。年老艺疏之抚标左营经制任文，即予撤革。其撤任、撤委各弁，仍责成各将领留营练习，以观后效。各州县民壮，顺道点验，均尚足数可用。

臣每阅一营，严饬各将官弓箭、枪炮以讲求架式、准头为要，实力督练，勤慎操防，并随时训诫，激励忠义，务使队伍整肃，纪律严明，庶几有勇知方，缓急足恃，以期仰副圣主整军经武之至意。

除俟接阅西路南北山等属制兵防营另行具奏外，所有阅过潼关、西安满、汉各营官弁兵勇情形，谨恭折具陈。伏乞皇太后、皇上圣鉴训示。谨奏。光绪二十五年三月二十七日。

（朱批：）知道了。①

光绪二十五年四月十五日，奉朱批：知道了。钦此。②

0872. 请缓咸宁等被灾各属银粮折

光绪二十五年三月二十七日（1899年5月6日）

头品顶戴陕西巡抚臣魏光焘跪奏，为陕省咸宁等属上年续报被灾，暨府谷县被雹地亩，请缓银粮细数，开具清单，恭折仰祈圣鉴事。

窃查陕省上年咸宁等属被灾，分别筹抚，并请蠲缓钱粮等项，经臣汇案奏报，并声明咸宁等县复因霪雨为灾，具报稍迟，各绅

---

①台北故宫博物院藏：《军机及宫中档》，文献编号：408007022。

②中国第一历史档案馆藏：《录副奏折》，档号：03-5998-032。

民吁请缓征银粮，应否准缓，俟查覆再行陈恳，并行司委员覆勘在案。兹据藩司李有棻详称：准署督粮道童兆蓉移：据署西安府知府周铭旗详：据咸宁、长安、咸阳、高陵、盩厔、鄠县等六县先后禀称：上年秋间，霪雨兼旬累月，收成较晚，先意不过告歉。迨收割时，又值阴雨严霜，颗粒霉瘪，转歉成灾，收获实止三四成。该绅民纷纷吁恳缓征，并求赈抚。该县等会同委员逐细确查，实属成灾五六分至七分不等，经该府覆加亲查，委系民情困苦，恳请分别赈抚，并将应纳钱粮及道仓粮石，缓至本年麦后带征。又准延榆绥道马相如移：据榆林府知府光昭详：据府谷县禀称：上年续报黄甫堡及木瓜堡各等处秋间被雹，打伤秋禾颇重，会同委员履勘，并该府覆查，实系成灾六七分至十分不等，恳请将买存谷、豆分别散放，并筹拨赈款，以备去冬今春接济，下忙钱粮应请分作三年带征，当经由司分别拨给冬春赈银，请事竣造销，并汇将请缓银粮细数开折具详前来。

臣覆查上年秋间，陕省雨水过多，实为近年所无。咸宁、长安、咸阳、高陵、盩厔、鄠县六县续报被灾地亩，委因秋潦之后成实较迟，又遭阴雨、严霜，以致颗粒霉瘪，转歉成灾，小民拮据异常，殊堪悯恻。在该民等报灾稍迟，请缓钱粮于例本有不合。惟灾民苦况时在圣明慈惠之中，若拘泥成例，以其报灾逾时仍令照常纳赋，不特力实未逮，抑于情有不忍。至府谷县被雹成灾，前已经臣奏报，批令照章停征，并拨款赈抚。该各属被灾地亩应纳银粮细数，应即开具清单，恭呈御览。合无仰恳天恩俯准分别缓征，以纾民困，出自逾格鸿慈。

除动用冬春赈款银粮事竣造销外，理合恭折具陈。伏乞皇太后、皇上圣鉴训示。谨奏。光绪二十五年三月二十七日。

(朱批：) 着照所请，该部知道，单并发。①

光绪二十五年四月十五日，奉朱批：着照所请，该部知道，

①台北故宫博物院藏：《军机及宫中档》，文献编号：408007021。

单并发。钦此。[①]

0873. 呈咸宁等被灾各属缓征银粮清单

光绪二十五年三月二十七日（1899年5月6日）

谨将陕省咸宁等属上年续报被灾暨府谷县被雹地亩缓征银粮细数，缮具清单，恭呈御览。

计开

一、咸宁县北乡附近浐、灞二河之罗百寨等三十三村堡，计成灾更、军、官地七十四顷四十八亩六分六厘，共米粮三百八石五斗六升三合，应纳正银九十两五钱三分六厘；又东北乡蒲家湾等五村更、军、官地二十四顷一十二亩六分五厘，共米粮一百九石一斗八升一合，应纳正银二十六两五分六厘六毫，拟请缓至二十五年麦后带征，以纾民力。

一、长安县西富等六十村堡，计成灾民、王、军、官地三百六十九顷三十亩，应纳米粮一千二百七十六石九斗，应纳正银六百二十两七钱，拟请缓至二十五年麦后带征，以纾民力。

一、咸阳县东南西乡西张所等十村堡，计成灾屯、更地一百八顷五十六亩，共应征道仓秋粮三百八十一石七斗九升，拟请缓至二十五年麦后带征，以纾民力。

一、高陵县东南乡大寨堡等十村庄，计成灾屯、更地一百七十四顷六十七亩六分，共应征秋粮粟米六百七十四石九斗六升三合，应征丁折银七十两五钱四厘，均拟请缓至二十五年麦后带征，以纾民力。

一、盩厔县东、西两乡史家庄等三十六村堡，计成灾屯、更地三百六十八顷九亩，应纳未完粟米一千一百七十七石九斗，拟请缓至二十五年麦后带征，以纾民力。

一、鄠县沙河里之花原头等五十三村堡，计成灾屯、更地五

---

①中国第一历史档案馆藏：《录副奏折》，档号：03-6263-006。

百五十六顷三十亩一分，应纳屯、更秋粮一千七百九十八石三斗三升，拟请缓至二十五年夏粮内带征，以纾民力。

一、府谷县属之黄甫、木瓜等村堡，于上年七月十七及八月初八等日先后被雹，打伤成熟秋禾，除勘不成灾外，计最重者七十一村庄，稍轻者二十村庄，下忙应纳银粮共被灾六七分之二十村庄，计民地五顷一十一亩，应征正、耗银一十一两三钱七分九厘九毫七丝，本色粮一十四石二斗一升九勺；计糜地三十二顷八十二亩，应征正、耗银五十二两七分八厘七毫七丝八忽；被灾十分之七十一村庄，计民地六十四顷一十五亩，应征正耗银一百四十二两八钱六分二厘四毫，本色粮一百七十八石四斗七升三合三勺三抄，拟请自二十五年下忙起分作三年带征，以纾民力。

（朱批：）览。[①]

0874. 奏报督粮道升允即赴新任片

光绪二十五年三月二十七日（1899年5月6日）

再，新授陕西督粮道升允现已抵省，应即饬赴新任。其署理督粮道西安府知府童兆蓉交卸道篆，亦即饬回本任，各专责成。除分别饬遵外，谨附片陈明。伏乞圣鉴。谨奏。

（朱批：）知道了。[②]

光绪二十五年四月十五日，奉朱批：知道了。钦此。[③]

0875. 奏请补发练军右旗饷银片

光绪二十五年三月二十七日（1899年5月6日）

再，臣本年二月奏恳将延榆绥镇练军右旗暂缓裁遣一片，三

---

①中国第一历史档案馆藏：《单》，档号：03-6263-007。

②台北故宫博物院藏：《军机及宫中档》，文献编号：408007022-0-A。

③中国第一历史档案馆藏：《录副奏片》，档号：03-5374-074。

月十五日钦奉朱批：着照所请，该部知道。钦此。钦遵恭录移行遵照在案。伏查该旗岁需薪饷银八千五百二十二两三钱零、粟米三百九十九石一斗四升零、黑豆四百五十七石二斗四升零，前于造报二十五年估饷册内已将银、粮两项开除归入节省项下，现蒙恩准缓裁，应请一并由部补拨，俾资接济。其粟米等项变价，原系拨充武备学堂经费，已饬司另行筹款备用。据善后局司道具详前来。

除咨部外，谨会同陕甘督臣陶模，附片具陈。伏乞圣鉴，饬部补拨施行。谨奏。

（朱批：）该部知道。①

光绪二十五年四月十五日，奉朱批：该部知道。钦此。②

0876. 请准保奖渠工出力各员片

光绪二十五年三月二十七日（1899年5月6日）

再，臣此次出省查阅潼关协营，道出华州、华阴，顺勘前年民夫营勇疏浚、开挖河渠工程，乘骑周览，竟委穷源。二华诸水，发源南山，北流入渭，而地形仰瓦，中独洼下。旧时积浸汪洋，几如泽国。自疏浚开挖之后，一律涸复。虽以上年秋霖之盛，未见沮洳，百余里间河渠共七十道，纷错交互，靡不通利灌输，彼中耆老佥谓，数十年积患，一旦去之，功不可没。而竣工在上年秋霖以前，尤为大幸，否则且有其鱼之惧。惟涸复地亩，荒旷犹多，随谕该州县官劝督垦辟，分治水田、旱田，稻麦并种，以尽地利。及由同州、三原折回，绕诣泾阳，履勘龙洞渠工。该处为秦时郑国引泾故迹，汉之白渠、宋之丰利、元之御史新渠、明之广惠、通济，皆因之，而径流日低，渠亦溯流日上。广惠凿石数里，兼瀹山泉；龙洞则专收众泉，力拒泾入。盖石渠逼狭泾流，

①台北故宫博物院藏：《军机及宫中档》，文献编号：408007022-0-B。

②中国第一历史档案馆藏：《录副奏片》，档号：03-6152-069。

浑浊激射，多杂沙石，入则淀塞冲决，有害无利也。顾年久失修，渠淤泉漏，水利益微。

臣上年委员勘修，派拨营勇、民夫，通力合作，自春历夏，递遇秋霖始罢。本年春间，复派营继作，逾月工毕。现在渠水增涨数尺，沖瀜浩瀚，奔注滂沛，泾阳、醴泉、高陵、三原咸利赖之。高陵并修复废渠一道，一律引灌，为利尤溥。缘新修渠道深广，淘疏砌甃，旧泉不漏；复收新泉十数眼入之，故流辄大旺。然浚土渠，则绠泥滓以出于十数丈高堤之外；淘石渠，则篝炬火以入于十数丈阴崖之中。逐处指验，猿升猱附而后达，宜乎从役苦劳，历时又久矣。又，长安沧龙河频年堤决，勘系纳游泥，河水曲折北流，径西达渭。原日河身上游宽广，下游深窄，宽广则漫流而使之渟蓄，深窄则束流而使之奔泻，兼刷渭河倒灌之淤。乃上游宽广之处，芦苇丛生，民贪近利，蓄植日盛，根荄蟠结，渐碍经流；两滩夹洪，曾不盈丈，自是而溃决，遂无宁岁。上年派拨防、练各旗通浚培筑一次，本年仍派防、练四旗分筑大堤，并挑挖上游苇根淤滩，仍使宽能容蓄。工近匝月，亦于臣回省时蒇役候勘，挑筑均属合法。

伏查二华河渠工程，上年经臣奏请将在工出力人员择尤酌奖，以示鼓励，奉旨俞允。嗣又续办龙洞、沧龙河渠工程，员绅并役，防、练各军于操练巡防日不暇给之余，复任工作，实缘时艰款绌，事不容已，借是以资节省。在工人等异常奋勉，用能工巨费少，次第告成，著有微劳，核与二华工程出力人员，事同一律，可否吁恳天恩俯准由臣择尤汇案请奖，俾昭激劝之处，出自逾格鸿慈。

除饬司局将续办两处工程用款销册造赍专案奏咨外，谨附片具陈。伏乞圣鉴训示。再，臣经过各州县地面，雨旸应时，麦、豆畅茂，民情亦极为安谧，堪以上纾宸廑。谨奏。

（朱批：）着准其择尤酌保，毋许冒滥。①

①台北故宫博物院藏：《军机及宫中档》，文献编号：408007022-0-B。

光绪二十五年四月十五日，奉朱批：着准其择尤酌保，毋许冒滥。钦此。[①]

0877. 奏请宽免藩司逾限处分片

光绪二十五年三月二十七日（1899年5月6日）

再，据藩司李有棻详称：府谷县续报被雹成灾一案，现在汇同咸宁等属灾案请缓钱粮，缘因该县前报被灾，勘覆声叙，请缓银粮数目尚未明晰，村庄名数亦与原禀未符，经该司移道行查，程途往返，准覆已在正案出详之后。适咸宁等属续报灾案，正在委员覆勘候齐汇办，展转查勘，现始覆到，遂致府谷县一案转详迟延。计自光绪二十四年十一月十六日该县由府道勘覆到司之日起，除去移查、查覆文限各五日，又自省由道府至县程限三十六日，应除往返程限七十二日，扣至二十五年二月初八日限满。今于三月二十四日转详，逾延一月以上，有违例限，自应呈请检举，恳乞奏请将该司交部议处等情。

臣覆查此案虽该司转详稍有稽延，系因核实移查，汇案详办，并非无故迟逾。而被灾之区又早已筹拨银粮，办理冬赈、春赈，并饬照章停征，今据自行检举请奏议处前来，可否吁恳圣慈加恩宽免之处，出自逾格鸿施。谨附片具陈。伏乞圣鉴训示。谨奏。

（朱批：）着照所请。[②]

光绪二十五年四月十五日，奉朱批：着照所请。钦此。[③]

---

①中国第一历史档案馆藏：《录副奏片》，档号：03-7086-054。

②台北故宫博物院藏：《军机及宫中档》，文献编号：408007021-0-A。

③此朱批日期与内容，据《军机处随手登记档》（档案编号：03-0300-2-1225-102）校补。

0878. 奏报本年三月雨水粮价情形折

光绪二十五年四月十八日（1899 年 5 月 27 日）

头品顶戴陕西巡抚臣魏光焘跪奏，为恭报雨泽、麦苗情形，恭折仰祈圣鉴事。

窃查陕西省光绪二十五年二月分雨雪、麦苗情形，业经奏报在案。兹据西安、延安、凤翔、汉中、榆林、同州、兴安、邠州、乾州、商州、鄜州、绥德等府州属陆续具报，于三月初一、二至初六、七、初九、十及十一、二、三至十七、八并二十至二十五、六、七等日，先后得雨二三寸及深透不等。臣查陕省入春以来，雨泽沾足，当此麦苗含苞之际，又复叠次得雨，民情欣悦，阖境敉安，堪以仰慰宸廑。刻查西安粮价，大米每仓石价银三两五钱，小米每仓石价银二两八钱四分。较之上月，大米每石减银四分，小米每石减银一钱一分。

所有光绪二十五年三月分雨泽、麦苗并省城粮价情形，理合恭折具陈。伏乞皇太后、皇上圣鉴。谨奏。光绪二十五年四月十八日。

（朱批：）知道了。①

光绪二十五年四月二十九日，奉朱批：知道了。钦此。②

0879. 奏报创建武备学堂暨续拟章程折

光绪二十五年四月十八日（1899 年 5 月 27 日）

头品顶戴陕西巡抚臣魏光焘跪奏，为陕省创建武备学堂，暨续拟简明章程，恭折仰祈圣鉴事。

窃查陕省创建武备学堂，经臣于上年八月奏明借地开办，随

---

①台北故宫博物院藏：《军机及宫中档》，文献编号：408007023。

②中国第一历史档案馆藏：《录副奏折》，档号：03-6983-044。

复责成总办、提调督同教习认真训练，并饬一面筹款兴修学堂，扩充学生名额，妥定章程在案。臣维武备学堂之设，原为陶育将才、用储异日折冲之选。秦中民情纯朴，风气初开，较之沿江、沿海耳濡目染者，虽有先后、难易之不同，而苟使教课时勤，循习勿懈，则取材精而经费可省，用功约而收效弥宏，其于储材备武之道，原归一致。现查学堂兴修早竣，总、分教习已由新建陆军延调前来。

本年正月，移入开学，讲堂、操场，分时严核，规模视昔已充，功课较前亦备。惟是学堂总章迄未准部颁发，津、鄂各处虽有规程，而陕省学为新创，地处僻隅，或限于财用之未充，或苦于生徒之不广，如必一一墨守，终嫌徒务虚名，且学堂规制初开，非明定画一章程，无以借资经久。现经臣督饬司道参酌津、鄂两学堂旧章，续拟简明章程，以资遵守。

至学堂所需经费，详考中外办法，以武视文，岁费尤巨。兹就陕省艰窘情形、现时办理局面，约略核算，切实撙节，每岁仍需银一万二千余两，查照前次奏案，常年在于裁减兵丁节省粮料变价项下开支。臣当与两司、总办督饬提调，随时纠督考察，务期教学无旷，造就日宏，以仰副朝廷作育将材、修明武备之至意。

所有续行拟定武备学堂章程，谨缮折开单，恭呈御览。伏乞皇太后、皇上圣鉴，饬部立案施行。谨奏。光绪二十五年四月十八日。

（朱批：）知道了，即着按照章程，认真考课，以育将才，毋得虚縻经费，日久致成具文。[①]

光绪二十五年四月二十九日，奉朱批：知道了，即着按照章程，认真考课，以育将才，毋得虚縻经费，日久致成具文。钦此。[②]

---

①台北故宫博物院藏：《军机及宫中档》，文献编号：408007026。

②中国第一历史档案馆藏：《录副奏折》，档号：03-5998-039。

0880. 呈创建武备学堂续拟章程清单

光绪二十五年四月十八日（1899 年 5 月 27 日）

谨将陕西武备学堂开办章程八条，缮具清单，恭呈御览。

计开

一、酌定办法，以垂久远也。查陕省武备学堂课堂规，参酌南、北洋学堂章程，分别内堂外场，内堂讲兵法、堡垒、算学、枪学、炮学、测量、绘图、汉文，外场习体操、战阵、枪炮打靶各项，派督粮道总办，会同两司督饬提调以下各员，悉心妥办。额设提调一员，凡学规、功课及收支各事，责成稽查。设文案委员一员，专司进出文卷；收支委员一员，司银钱出入；总教习一员、分教习二员，堂内授课，堂外操演，每日分别教课；汉文教习一员，讲经史，除每日功课外，每月月课一次，由总教习校阅。每年季考两次，由总办督粮道校阅；每年大考一次，由巡检衙门校阅，许定优劣，严核造诣浅深，分别去留。

一、分别取才，以示限制也。查前奏简明章程，通省武举、生童，愿学者，由州县备文申送，官场子弟、游幕通才，亦准取结报名投考。现拟推广文生贡监一并收考。盖此辈聪明，学业本加乡曲武童数等，降心来学，其志必坚，执业既专，收效亦速，但考挑时均须先由学堂察其相貌魁梧，年在二十五岁以内者，方行入选申送巡抚衙门，覆挑录取，送学收课，以昭慎重。三月期满，仍行甄别去留。现在经费有限，正、副课共以八十名为额，另取额外课四十名，以备出缺，按名传补。其学生姓名、籍贯，并于大考后，按名造册报部。

一、兼习中外，以育将才也。按文事、武备，不宜偏废。西国学堂中，绝无不读书、不明算、不能绘图之学生。今既学舍宏开，意在陶镕将帅，原非仅求兵弁之才，每月按七日一轮，周而复始。西学则操演兵法、堡垒、枪炮、算学、测绘，中学则经、史、子、集，凡训练之法，韬钤之术，但有关于武备者，均按期讲授，每月以策论及所习各项课程各命一题、面试一次，为本堂月课，并设功过簿一本，按日记注，每月由总教习严核，分别奖罚，以示惩劝。

一、推重中学，以励士气也。查新设学堂中，恭设至圣先师孔子神位，教习按朔望日暨诞辰，率诸生行礼，用端志向。至于《圣谕广训》《劝善要言》等书，均随时讲释。查南、北洋所延西教习，训勉诸生，皆以忠于所事为言，俾生其忠爱义勇之忱，借储为股肱心膂之用，可见忠君敬学，中外同原，允宜率履惟虔，以作士气。

一、勤习枪炮，以备御侮也。查枪炮以打靶为重，务须讲求取准、命中各法，方可收临敌决胜之效。在学生童应习枪械，必宜储备。近年湖北奏案，枪以单响毛瑟为主，炮以单响七生半车炮及六、七生车炮为主，意取制出中局，耗费无多，借免卮漏。除现演各枪先就军装局已有者发给外，此项单响毛瑟枪及单响七生率车炮、六七生车炮，拟即随时向南、北洋各局购买，以资陈习。

一、添置书籍，以资启迪也。无论中学、西学，皆宜取法先民，始足增后人智慧，况乎臣节主忠，贵明大义；兵法首计，尤尚多谋，拟购《四书》《春秋》《孙子》《读史兵略》《海国图志》，并中兴以来名臣诸撰著及算学、测绘等书，广资训迪。其书籍即收置一室，无论教习、学生取阅，均须开条，由收支委员处领取，限期送还，不得遗失、污渍。

一、筹定经费，以资办公也。查新建学堂工竣用款，应由监修委员核实造报请销。此后常年经费，前经奏明由裁减兵丁节省粮料变价开支，应即分别筹拟。堂中总办一人，现系实缺监司，拟请不支薪水；提调一员，月支薪水银四十两，每年四百八十两；总教习一员，月支薪水银六十两、火食银十两，每年八百四十两；分教习二员，每员月支薪水银三十两，火食银十两，二员每年共支银九百六十两；汉文教习一员，月支薪水银三十两，每年支银三百六十两；文案委员一员，月支薪水银三十两，每年支银三百六十两；收支委员一员，月支薪水银三十两，每年支银三百六十两。又，提调、汉文教习、文案、收支四员，每月火食银各三两，每年共支银一百四十四两。正、副课学生八十名，每名每月火食二两四钱，月支一百九十二两；每年支银二千三百四两，每名每月笔札银二两，每年支银一千九百二十两；每月月课奖赏银三十两，每年共支银三百六十两；季课每次奖赏银一百两，每年共支银二百两；大考奖赏银二百两；操场排长、讲堂学长，每名每月津贴、奖赏，每年约支银二百两；每年四季操衣、操帽、操靴约支银一千两。经书一名，月支口食六两；清书三名，月支口食九两；灯油、纸张、炭火月支银十五两，每年共支银三百六十两。堂中书籍、纸张、笔墨等费，每年约计银二百两。听差亲兵八名、号令六名以及各项人等灯油、炭火、杂款等费，每年约计银八百两。预备堂中杂项经费银一千两。通年共需银一万二千四十八两。前次奏定经费所短甚巨，拟请暂由司库设法筹垫，以顾急需。

一、酌定保奖，以资鼓励也。现在需才孔急，各省学堂之设，原期振兴鼓舞、蔚起人才。秦中地处偏隅，风气未开，舍旧谋新，尤觉不易。若非稍示鼓励，无以策其成功。现由新增陆军咨调总教习一员、分教习二员来陕，分督教课，岁终核计功课，以学生用功之勤惰，成才之多寡，定教习之考成。如其受益宏多，循循善诱，请照原奏章程，三年优保一次。嗣后办理，日渐推广，应请仿照南、北洋学堂二年开保一次，如该教习教练无方，应即撤退，另行延调。学生果能潜心讲究，实力研求，于大考时得到优等者，另行存记，于请奖时亦予分别异常、寻常，酌量保奖，并咨送京师总理各国事务衙门挑考，以备任使。至在堂执事人等著有勤劳，届时并拟择尤一并随案请奖，仍先将衔名先行造册咨部存案。

（朱批：）览。[①]

0881. 审拟民人陈狗娃谋毙二命一案折

光绪二十五年四月十八日（1899年5月27日）

头品顶戴陕西巡抚臣魏光焘跪奏，为审明致死一家二命重犯，并事后知情分赃案犯，按例分别定拟，恭折仰祈圣鉴事。

窃查前据鄠县具报：民人陈狗娃挟嫌，图财谋害李改娃、李双娃兄弟一家二命各身死一案，当因情罪重大，批饬确讯妥拟招解去后。兹据署鄠县知县刘璋毓覆审议拟，由署西安府知府周铭旗审拟，由臬司端方勘转前来。

臣亲提研鞫，缘陈狗娃原籍宁陕厅，寄居鄠县，游荡度日，先未为匪，与李春青之子已死李改娃、李双娃邻居素识，先无嫌隙。光绪二十二年四月间，陈狗娃放牛，误将李春青地边熟麦践食一绺，经李改娃等瞥见，投同李春青将陈狗娃左、右腮颊掌殴，未经成伤。是年八月间，李春青地中包谷不知被何人窃去三十余枚，李改娃等称系陈狗娃挟嫌偷折。李春青复带同李改娃等寻向陈狗娃查问，不依陈狗娃分辩，斥骂诬赖。李春青复将陈狗娃殴骂，经人劝散。陈狗娃从此挟嫌。迨后陈狗娃之父陈老么因其不务正业，遂将其逐外。

是年十一月二十五日，陈狗娃因贫难度，探知李春青出外砍柴，家有粮食，只留李改娃、李双娃看守门户，触起李春青殴骂前嫌，遂独自起意，将李改娃、李双娃一并致死泄气，图得粮食度日。遂于是日一人前往，行至距李春青家箭许之小涝河边，见李改娃在彼看守竹园，陈狗娃四顾无人，乘其不防，将李改娃仰面推跌河内，李改娃挣喊，陈狗娃揪住其发辫，将头仰按水中，李改娃当时溺毙。复至李春青家中，瞥见李双娃在屋内顽耍，随

①中国第一历史档案馆藏：《单》，档号：03-5998-040。

即寻取麻绳，将其仰面按地，骑压身上，用麻绳套入李双娃项颈，两手分执绳头拉勒，李双娃亦登时气闭殒命。陈狗娃虑李春青查知报案，随将李双娃尸身拖至屋后，用勒绳悬吊墙上木椽，假装自缢，遂进房搜取大竹篮一个，内装包谷一斗；小竹篮一个，内装小米三升；铁柴斧一把、铜水烟袋一枝、麻鞋一双、布烟口袋一条，一并拿取逃逸，道经孙家硙地方，将铁斧卖与过路不知姓名人，得钱八十文花用，余赃携至素识之王计娃家寄放，捏称系偷拿自家粮食、物件。王计娃不信，再三盘诘，陈狗娃不能隐瞒，告知实情。王计娃称欲报案，陈狗娃畏惧，情愿分给赃物，央求免报，王计娃贪利应允。陈狗娃随分给王计娃包谷三升、铜水烟袋一枝、小竹篮一个、布烟口袋一条，并将小米三升大家煮食。王计娃随将水烟袋捏称己物，卖给白九娃，得钱七十文花用。

是日下午，李春青归家，寻见李改娃、李双娃尸身，查明失物，正开单投约报案间，适经该前县知县厉乃庆访闻会营，勘验差缉。陈狗娃等闻拿严紧逃逸，先后获犯，并起获原赃大、小竹篮、麻鞋、布烟口袋到案，饬主认领，讯供通详饬审。厉乃庆覆讯议拟，嗣经前署府李希哲以犯供翻异，发回确审。厉乃庆未及覆讯卸事，现署任刘璋毓到任接交，覆讯议拟，由府详司勘转到臣。亲提覆鞫，据供前情不讳，严诘委系挟嫌独自起意图财，谋杀事主一家二命，得赃一次，此外再无窝伙窃劫不法别案及知情同谋加功之人；王计娃亦止事后分赃容隐，并无知情同谋加功情事，逃后均无行凶为匪，暨知情容留分赃人家。究诘不移，案无遁饰。

查例载：杀死一家非死罪二人者，拟斩立决，枭示，酌断财产一半给被杀之家养赡。又，图财害命，得财而杀死人命者，拟斩立决。又，谋杀幼孩之案，如有将十岁以下幼孩逞忿谋杀者，首犯拟斩立决。注云：若系图财，加以枭示。又，图财害命不行而分赃者，实发云贵、两广极边烟瘴充军。又，名例律载：断罪无正条，援引他律，比附加减定拟，各等语。

此案陈狗娃因挟李春青殴骂嫌隙，因其家有粮食，独自起意图财，谋杀其子李改娃、李双娃一家二命，实属凶残。遍查律例，并无图财谋杀一家二命作何治罪明文。惟死系无辜，且李双娃年甫八岁，情节尤为残忍。查图财谋杀十岁以下幼孩与杀一家二命，均罪应斩枭，自应照依“图财谋杀十岁以下幼孩”本例，从一科断问拟。陈狗娃应请合依“谋杀幼孩之案，如有将十岁以下幼孩逞忿谋杀，拟斩立决，若系图财，加以枭示”例，拟斩立决、枭示，仍照例先行刺字；讯系赤贫，无产可断，应免置议。

王计娃事后见人图财害命，并不首报，辄即分赃纵放。遍查律例，并无治罪专条，自应比附减等定拟。王计娃除知人谋害人不即首告杖一百轻罪不议外，应请比照“图财害命不行而分赃，拟军例上减一等满徒”例，拟杖一百，徒三年，折责定地解配，限满预详请释。乡约史秉仁失于觉察，应照不应重律，杖八十，折责发落，系公罪，免其革役。陈狗娃有父陈老么，不能禁约其子为匪，应与失察该犯为匪之牌甲人等，分别传案，照例责惩。误买贼赃之白九娃，讯不知情，应与买赃之不识姓名人均免查究。获赃给主，未获追赔。无干省释。各尸棺饬埋，勒绳案结销毁。

除各犯供招咨部外，所有审明致死一家二命重犯，并事后知情分赃案犯，按例分别定拟缘由，谨恭折具陈。伏乞皇太后、皇上圣鉴，饬部议覆施行。谨奏。光绪二十五年四月十八日。

（朱批：）刑部速议具奏。①

光绪二十五年四月二十九日，奉朱批：刑部速议具奏。钦此。②

---

①台北故宫博物院藏：《军机及宫中档》，文献编号：408007024。

②中国第一历史档案馆藏：《录副奏折》，档号：03-7320-012。

0882. 审拟韩六娃等盗劫杀毙命案折

光绪二十五年四月十八日（1899年5月27日）

头品顶戴陕西巡抚臣魏光焘跪奏，为审明窃盗临时行强，按律定拟，恭折仰祈圣鉴事。

窃查陕省寻常盗案及临时行强各盗犯，经前抚臣张煦奏请改题为奏，以期迅远，奉旨允准钦遵咨行照办在案。兹查前据略阳县知县刘锟具报，该县民妇吴张氏家被贼挖窟入室行窃，临时行强，砍伤事主吴张氏并阎旦娃各身死，搜赃逃逸。该县会营勘验，先后缉获盗犯韩六娃、任九娃二人到案，起获原赃，讯供通详，批饬缉审。嗣因限满，逸犯石憘娃弋获无期，先提现犯覆讯议拟，由府解经前署臬司以案情未确，发委西安府，讯因犯供翻异，禀请发回该县覆讯议拟，由府解司，仍以案情未协发回。嗣经讯拟解由汉中府讯转。复因犯供狡展，发回再行讯拟，由府解前升司，犯供仍属游移，发委该府确审拟办。兹据署西安府知府周铭旗督同局员覆审议拟，解经臬司端方勘转前来。

臣提犯亲加研鞫，缘韩六娃、任九娃均籍隶略阳县，木匠、务农度日，均先未为匪。韩六娃与已死吴张氏并其外孙女阎旦娃素识无嫌。光绪二十一年十二月初一日，韩六娃会遇任九娃及在逃素好之石憘娃，一处闲谈，各道贫难。韩六娃稔知青渠湾吴张氏家有钱，并无邻居，只有妇女二人，起意行窃，得赃分用。任九娃等允从，约定初五日晚，在附近干沟渠会齐各散。届期均各先后踵至，韩六娃手执铁斧、铁凿，石憘娃亦携铁瓜锤、尖刀，任九娃徒手，一共三人前往。三更时分，偕抵吴张氏房后。石憘娃将铁瓜锤交给任九娃，自用尖刀，与韩六娃用铁凿在吴张氏睡房背后墙根挖一窟窿，窥见房中灯尚未熄，听得事主睡熟。韩六娃、任九娃等先后钻进，行至炕前，韩六娃误撞箱盖声响，吴张氏惊起，认系韩六娃，指名喊骂。石憘娃畏惧，仍由洞口钻出先逃。韩六娃虑恐指名控究，临时起意，喝令行强，自用铁斧砍伤吴张氏偏左。维时在炕同睡之吴张氏外孙女阎旦娃亦惊醒坐起哭喊。任九娃亦用铁瓜锤殴伤阎旦娃右太阳穴，扑倒炕边，致将铁瓜锤撞落。任九娃接过韩六娃铁斧，复砍伤阎旦娃脑后，相连发际。吴张氏、阎旦娃均各登时殒命。韩六娃扭开箱锁，搜得衣物，匣子捆好，开门分背逃逸，赶上石憘娃，告知临时行强杀伤事主情由，同至僻处，查点衣物，不记颜色、名目，共计衣物二十七件、铜钱一千文、皮匣一个，内装银戒指一对、佃借约据二张，当将钱文俵分，衣物令韩六娃收存半山洞内，议俟事冷再分各散。

次早，经尸外孙阎琮前往吴张氏家探望瞥见，查开失单，报经该县会营勘验，先后缉获韩六娃、任九娃，并起获原赃及凶器到案，讯详饬缉审解。查逸犯石憘娃弋获无期，先提现犯，覆讯议拟，由府解经前署司以案情未确，发委西安府，讯因犯供翻异，禀请发回该县覆讯议拟，由府解经前署司仍以案情未协，发回覆讯议拟，解经汉中府讯拟，由府解经前升司仍以犯供游移，发委西安府确讯拟办。兹据审拟由司勘转前来。臣亲提研鞫，据各供前情不讳。严诘韩六娃，委系起意纠伙行窃，临时喝令行强。任九娃听从行窃、行强，各砍杀事主，搜抢赃物。此外均无另犯窝伙、窃劫不法别案，逃后亦无行凶为匪及知情容留人家，供赃确凿，案无遁饰。

查律载：共谋为窃盗，而行者为强盗；以临时共为强盗者，不分首从论。又例载：强盗杀人，不分曾否得财，俱照得财律，斩决枭示，各等语。此案韩六娃起意纠伙行窃，因被事主指名喊骂，虑恐控究，临时喝令行强，与任九娃各用铁斧砍伤事主吴张氏并阎旦娃各身死，实属凶横藐法，自应按例问拟。韩六娃、任九娃均合依“共谋为窃盗，而行者为强盗，以临时共为强盗者，不分首从；强盗杀人，不分曾否得财律斩决、枭示”例，均拟斩立决、枭示，照例先行刺字。

乡约何汉兴失于觉察，应请照不应重律，杖八十，折责发落，系公罪，免其革役。失察该犯等为匪之牌甲，饬县传责。获赃给主认领，未获照估追赔。逸犯石憘娃饬缉，获日另结。此案首伙盗犯三名，已于限内获犯二名，兼获首犯，印捕各官职名邀免开送。

除供招咨部外，所有审明窃盗临时行强，按律定拟缘由，理合恭折具陈。伏乞皇太后、皇上圣鉴，饬部核覆施行。谨奏。光绪二十五年四月十八日。

（朱批：）刑部速议具奏。①

光绪二十五年四月二十九日，奉朱批：刑部速议具奏。钦此。②

0883. 请将黄霁员饬部改奖缘由片

光绪二十五年四月十八日（1899年5月27日）

再，臣前奏保湘军攻克甘肃西宁西北两川及巴燕戎格属水地川等处逆巢，搜捕青海余匪一律肃清在事出力人员单内开列选用员外郎黄霁请以知府分省补用，同知职衔冯锡义请以县丞分省补用，江苏试用知府莫枚请俟补知府后以道员用，候选布理问张贺世请俟选缺后以知州用。旋准部覆：黄霁所请非应升之阶，应另核请奖；冯锡义应将详细履历送部，再行核办；莫枚捐案，查无其名；张贺世应赴部补监，并令查覆核办，各等因。当经分饬遵照。兹据先后禀覆，黄霁请遵部议，改拟请奖；冯锡义原系同知职衔，立功后随于两淮报捐双月选用同知，应行更正底衔，并请改奖；莫枚赍造履历清册，详叙捐案，奉准给照年月日悉可覆按；张贺世业遵赴部补缴监生四成银两，均恳核办前来。

臣查该员等均经在事出力汇案请奖，奉部覆查核办，自应遵照分别办理，合无仰恳天恩俯准将选用员外郎黄霁改以直隶州知州分省选用，同知冯锡义改以知府分省补用，江苏试用知府莫枚、

---

①台北故宫博物院藏：《军机及宫中档》，文献编号：408007025。

②中国第一历史档案馆藏：《录副奏折》，档号：03-7373-038。

选用布理问张贺世，并请仍照原单给奖，饬部核覆，出自鸿慈。

除将履历汇同咨部外，谨附片具陈。伏乞圣鉴训示。谨奏。

（朱批：）吏部议奏。[①]

光绪二十五年四月二十九日，奉朱批：吏部议奏。钦此。[②]

【案】此案旋经吏部议覆，以已逾一年之限未予允行，并将议奏缘由于光绪二十五年六月初二日咨呈军机处。曰：

吏部谨奏，为遵旨议奏事。内阁抄出陕西巡抚魏光焘片奏，前奏保湘军攻克西宁西北两川等处逆巢一律肃清，在事出力人员单内开列选用员外郎黄霁请以知府分省补用，同知衔冯锡义请以县丞分省补用，江苏试用知府莫枚请俟补知府以后以道员用，候选布理问张贺世请俟选缺后以知州用。旋准部覆，黄霁所请非应升之阶，应另核请奖；冯锡义应将详细履历送部，再行核办；莫枚捐案查无其名，张贺世应赴部补监，并令查覆核办，各等因。当经分饬遵照。兹据先后禀覆，黄霁请准部议改拟请奖，冯锡义原系同知职衔，立功后随于两淮报捐双月选用同知，应行更正底衔，并请改奖；莫枚赍送履历清册，详叙捐案，奉准知照；张贺世业遵赴部补缴监生四成银两，均恳办理前来。臣查该员等均经在事出力，自应遵照分别办理，合无仰恳天恩俯准将选用员外郎黄霁改以直隶州知州分省补用，选用同知冯锡义改以知府分省补用，江苏试用知府莫枚、选用布理问张贺世，并请仍照原单给奖，饬部核覆等因。于光绪二十五年四月二十九日奉朱批：吏部议奏。钦此。钦遵抄出到部。

查据陕西巡抚魏光焘奏湘军请奖人员，前敌异常单内选用员外郎黄霁请以知府分省补用。查该员所请非应升之项，且汉员外郎亦无外升之阶，应令另核奏明请奖。同知职衔冯锡义请以县丞分省补用。查该员并未将履历随案送部，碍难核议，应令该抚迅速送部，再行核办。后路寻常单内指分江苏试用知府莫枚请俟补知府后以道员用。查

①台北故宫博物院藏：《军机及宫中档》，文献编号：408007023-0-A。

②中国第一历史档案馆藏：《录副奏片》，档号：03-5932-223。

该员捐纳之案，据户部覆称，检查并无其名，应令查明覆奏，再行核办。选用布理问张贺世请俟选缺后以知州用。查该员捐纳之案，据户部覆称，该员捐纳布理问双月选用，应令赴部补监，再行核办等因。查该员续捐官阶尚未核准，应令另核奏明请奖，于光绪二十三年十二月初三日具奏，知照在案。该抚奏请将黄霁等四员声覆改奖，钦奉朱批：吏部议奏。钦此。

查奏定章程内开：保举人员奏请改奖者，应以各该省接到臣部奏明另核请奖部文之日起，扣至各省督抚及统兵大臣奏请改奖奉旨之日止，予限一年，统不得逾一年之限。如逾限改奖到部，即将保案撤销等语。臣等查此案臣部系于光绪二十三年十二月初三日奏驳行查另奖，于十二月十八日行文，扣至二十四年二月初八日，作为陕西接到部文。今据该抚于二十五年四月二十九日奏明声覆改奖，核计已逾一年之限，按照臣部奏定章程，应将该四员保案撤销。谨将臣等遵议缘由，恭折具陈。伏乞皇太后、皇上圣鉴。谨奏。

●咨

吏部为知照事。文选司案呈：所有陕西巡抚魏片奏黄霁等声覆改奖，逾限撤销，遵旨议奏一折，于光绪二十五年五月二十六日具奏，奉旨：依议。钦此。相应粘连原奏知照可也。须至咨者。右咨（计粘单一纸）军机处。光绪二十五年六月初二日。员外郎陈应禧。①

0884. 筹办土药坐票捐输缘由片

光绪二十五年四月十八日（1899 年 5 月 27 日）

再，查陕省中学堂，臣前酌定章程奏请开办折内声明常年经费约需银二万两，将游艺学塾常年经费六千余两提并支抵，不敷银两俟筹定奏明办理，行司遵照在案。嗣以库储支绌，巨款难筹，复于原估之数力求撙节，约仍岁需银一万两，除游艺学塾经费提并外，每年仍不敷银四千两。陕省库藏搜括已穷，实无从得此常

①中国第一历史档案馆藏：《咨文》，档号：03-5377-003。

年之款。然学堂为储才根本，际此时艰，自强要政，莫切于此，敢不竭力图成，以立始基而规久远。

查陕省向有土药行店坐票捐输一宗，光绪十七年停止劝办。溯从前创办之时，岁捐约五千余金，现在就地筹款，惟重办此项捐输较易集事。臣与藩司熟商遴员，分赴各属确查土药行店实在家数，一律由司中发给印票，自二十五年起，每票按年捐银二十四两，交就近厘局解司。如有歇业者，随时缴票免捐，仿照原日办法，重定新章，俾无丝毫流弊。其岁入多寡，虽难一定，而切实整顿，当与从前捐数不致大相悬殊，拟自本年起，筹办此项坐票捐输，作为陕省中学堂常年经费，无须分外搜求，实有裨于要政。据藩司详请奏咨前来。除咨部查照外，理合附片具陈。伏乞圣鉴，饬部立案施行。谨奏。

（朱批：）该部知道。①

光绪二十五年四月二十九日，奉朱批：该部知道。钦此。②

0885. 查办泾阳等属被灾缘由片

光绪二十五年四月十八日（1899 年 5 月 27 日）

再，据泾阳、三原、耀州、同官、澄城、富平各州县先后禀报：三月二十一日下午，天降冰雹，泾阳县东北乡广张等里，勘验南北袤长二十余里，东西宽广二三里至里许不等，打伤夏禾，轻重不一。惟广张里之雪河村等处共十二村堡，所种二麦、豌豆、菜子，正值吐穗结实，被雹打压入土，灾伤甚重。三原县北乡陵前镇一带，勘验约宽十一二里，斜长四五十里不等，打伤菜子、二麦、烟苗及各种夏禾收成无望。耀州东乡宋家湾等村，勘验宽自三四里至五里不等，约长十里有余，打伤夏禾内惟孙家塬被灾最重，夏收全行失望，其余轻重不一。同官县西、南两乡梁寨原

---

①台北故宫博物院藏：《军机及宫中档》，文献编号：408007023-0-B。

②中国第一历史档案馆藏：《录副奏片》，档号：03-7210-049。

等村，打伤二麦、菜子、豌豆，勘验受灾，轻重不一。澄城县北乡奉禄里遮路等村，勘验横约五里，长约十余里，麦禾、豌豆、菜子均被打损无存。富平县西北乡车家等村，打伤禾苗，勘验约长二里，余宽一里许。受伤之地，朱家村等处为重，李家河等处次之，收成无望，均经各该州县查明极、次贫民，分别借给义粮，谕令补种秋粮；无力者，筹发籽种，并声明被灾分数，暨钱粮应如何蠲缓，俟覆勘明确妥议禀办，各等情。前来。

臣查小民终岁勤动，原冀有秋，今值夏禾吐穗结实之际，忽罹灾祲，殊堪悯恻！当经臣先后批司移行该管道府遵章覆勘，究竟被雹损伤夏禾地亩实有若干，分别成灾分数与是否不致成灾，钱粮应如何蠲缓，先行照章出示停征；被灾贫民，已令妥为抚恤，除借给义粮外，应否另筹赈抚，据实妥议，联衔结报，仍由司分别筹给籽种、银两，饬令将灾重无收地亩赶紧翻犁，补种早秋，俾资接济；统俟查办完竣，另行奏报。谨附片具陈。伏乞圣鉴。谨奏。

（朱批：）知道了，泾阳等处被雹地方，即着督饬所属妥筹抚恤，余着照所议办理，该部知道。①

光绪二十五年四月二十九日，奉朱批：知道了，泾阳等处被雹地方，即着督饬所属妥筹抚恤，余着照所议办理，该部知道。钦此。②

0886. 奏参难膺民社各员请革片

光绪二十五年四月十八日（1899 年 5 月 27 日）

再，查州县为亲民之官，佐职亦资相助为理，必须才能称职，始无贻误地方。其不堪造就者，尤应随时甄别，以资整顿。兹查有署理雒南县候补知县蒋泽煦，听断糊涂，偏执酿案；南郑县青

---

①台北故宫博物院藏：《军机及宫中档》，文献编号：408007023-0-C。

②中国第一历史档案馆藏：《录副奏片》，档号：03-7107-024。

石关巡检张凤丹，举止轻浮，民多怨讟；澄城县知县吴俶培，性情疲软，办事竭蹶；候补知县王惠，不通文理，难膺民社；华州吏目杨惠泉，才具甚短，耳复重听。均未便稍事姑容，相应请旨将该署理雒南县候补知县蒋泽煦、南郑县青石关巡检张凤丹即行革职；澄城县知县吴俶培系举人出身，文理尚优，应请改以教职，归部铨选；候补知县王惠，请以县丞降补；华州吏目杨惠泉，勒令休致，以肃官方。理合附片具陈。伏乞圣鉴训示。谨奏。

（朱批：）另有旨。[1]

光绪二十五年四月二十九日，奉朱批：另有旨❶。钦此。[2]

❶【案】此奏于十年四月二十九日得旨允行，《上谕档》载曰：光绪二十五年四月二十九日，内阁奉上谕：魏光焘奏，特参庸劣各员，请分别惩处等语。陕西署理雒南县候补知县蒋泽煦，听断糊涂，偏执酿案；南郑县青石关巡检张凤丹，举止轻浮，民多怨讟，均着即行革职。澄城县知县吴俶培，性情疲软，办事竭蹶。惟系举人出身，文理尚优，着改以教职，归部铨选。候补知县王惠，不通文理，难膺民社，着以县丞降补。华州吏目杨惠泉，才具甚短，耳复重听，着勒令休致。该部知道。钦此。[3]

0887. 奏报续购新机拓充旧局片

光绪二十五年四月十八日（1899年5月27日）

再，陕省前借甘肃旧存机器运陕，设局制造洋枪、子药，经前护抚臣奏明并声明旧机有不敷用，拟添购以便工作在案。近来各营勤加操练，需用枪子益多，前项机器未能悉数制造，虽经奏明由鄂、沪两局采购，而运道艰远，恐难应急时之需。臣与督臣

---

①台北故宫博物院藏：《军机及宫中档》，文献编号：408007025-0-A。

②中国第一历史档案馆藏：《录副奏片》，档号：03-5374-128。

③《光绪朝上谕档》，第25册，第132页。

往复电商，关陇为西陲要区，非沿江省分可比，必能自筹办法，可取携任便，拟续购新机，拓充旧局，并所购鼓铸银元机器归甘肃、陕西两省合办，以期常川接济，兼备缓急。兹已电知委员在沪添购制造各种枪子全副机器，需银三万六千六百五十两，轧铜机器需银九千八十两，二共银四万五千七百三十两。查陕省厘金，奏明三年内酌提二成采买积谷，应俟届满，仍请酌提，借资挹注。此次先行垫拨头批银一万六千两，由商号电汇上海，以资购办。余银陆续筹拨。据善后局司道详请奏咨立案前来。

臣覆查无异，除咨部外，谨会同陕甘督臣陶模，附片具陈。伏乞圣鉴，饬部立案施行。谨奏。

（朱批：）该部知道。[1]

光绪二十五年四月二十九日，奉朱批：该部知道。钦此。[2]

0888. 覆陈湘军遣撤缴储军械情形折

光绪二十五年五月初八日（1899 年 6 月 15 日）

头品顶戴陕西巡抚臣魏光焘跪奏，为湘军遣撤缴储军械，开具清单，遵旨据实覆陈，恭折仰祈圣鉴事。

窃臣承准军机大臣字寄：光绪二十五年四月十八日奉上谕：有人奏，南、北洋所存新旧枪械甚多，为魏光焘、唐仁廉[3]、牛师

---

①台北故宫博物院藏：《军机及宫中档》，文献编号：408007025-0-B。

②中国第一历史档案馆藏：《录副奏片》，档号：03-6152-095。

③唐仁廉（？—1895），湖南东安人。初投效杨岳斌军营。咸丰十年（1860），改隶霆军，以功拔守备，擢游击，加壮勇巴图鲁勇号。十一年（1861），加副将衔。同年，保副将，换巴达朗阿巴图鲁名号。同治元年（1862），保总兵，晋提督衔。六年（1867），以提督记名简放。同年，补贵州安义镇总兵。十一年（1872），统带天津仁字营。十三年（1874），调补直隶通永镇总兵。光绪十年（1884），署广西提督。十一年（1885），擢广东陆路提督。二十年（1894），加尚书衔。二十一年（1895），卒于伍。

韩、宋朝儒①、刘树元②诸军所领，遣散后曾否缴回，请饬查明等语。甲午之役，在事各军均已遣散，各该统领等所领枪械缴存何处及漏未呈缴枪枝，亟应澈底清查，着增祺、裕禄、刘坤一查明原领暨已缴、未缴各确数，饬知该统领等限期缴回。其有业经回籍及病故者，即行文该省传知该员及该家属，迅即一律清缴，毋任隐匿。其魏光焘一军所领枪械已否缴回，即着该抚据实奏覆。将此各谕令知之。钦此。遵旨寄信前来。等因。

承准此，伏查臣于光绪二十年由湖南募勇六营，统带北上，进扎山海关，开赴辽东。嗣回锦州添募四营，接统湘、鄂各军；旋挑马、步、炮队三十二营旗两哨，率同西征，事平分别送还遣散。其先后在于湖北军械局、南洋军械局、南洋驻津、驻关转运军械局、北洋军械局暨前统湘军湖南巡抚吴大澂移交、护军营移交，以及拨隶湘、鄂各军存营各种枪枝、炮位，除臣领军西征时陆续在山海关、天津缴还南洋驻关军械局、北洋军械局，移交前江西藩司陈湜外，所有湘军挈带西征枪枝、炮位，遣撤之时，饬缴查验，虽间有损坏，均已悉数收回储存陕西军装所，并经造具四柱清册，分咨户、工两部备查在案。内惟吴元恺分统之炮队四营领用枪炮，原由湖北配带，该营咨回湖北，分别留遣，枪炮均即带运回鄂，是以未列收付。其余马步二十八营旗两哨，尚无漏未呈缴之件。

刘树元一军，拨隶臣部，领缴枪炮，亦均列入册内具报，应请毋庸饬查。惟查缴存枪炮种数不一，后膛快枪一万六百九十余枝，计十一种，仅奥枪一种三千九百余枝系属大宗，现发挑练洋操队伍领用学习。其余各种，多者千数百枝，少或百数十枝，且

---

①宋朝儒（？—1903），安徽凤台县人。同治初，投效皖军，以功保至记名提督。光绪十五年（1889），统领安徽省城马步各营。二十年（1894），补授江西九江镇总兵。二十六年（1900），调补安徽寿春镇总兵。二十九年（1903），因病去世。

②刘树元，生卒年未详，湖南人。初以军功累保至记名提督。光绪二十年（1894），署理湖南永州镇总兵。二十一年（1895），经湖南巡抚吴大澂奏参革职。二十九年（1903），开复处分，补授云南临元镇总兵。

储存弹药无多，臣前经奏明筹款采购，期每枝各足千出，以备缓急。嗣复会商督臣奏明购买制造各种弹药全副机器来陕，由陕、甘两省开局合办，俾储存各种枪枝悉归有用。

至原领炮位，多在津移交缴还；携缴陕局者，仅洋炮十尊，或体质笨重，或口径窄小，实非行队利器。现练炮队杂用土炮，电询南、北两洋，均无快炮可拨。臣与司道熟商，尚拟筹款购采，以资练习而备不虞。

除分咨南、北洋大臣外，所有查明湘军遣散，缴储陕局军械，理合缮具清单，据实恭折覆奏。伏乞皇太后、皇上圣鉴训示。谨奏。光绪二十五年五月初八日。

（朱批：）该衙门知道，所有领缴枪械，数目是否相符？仍着咨查各处，核实办理，单并发。①

光绪二十五年五月十九日，奉朱批：该衙门知道，所有领缴枪械，数目是否相符？仍着咨查各处，核实办理，单并发。钦此。②

0889. 呈湘军遣撤缴储军械清单

光绪二十五年五月初八日（1899年6月15日）

谨将湘军领收枪炮暨先后缴还储存数目，缮具清单，恭呈御览。

计开

一、领收湖北军械局：平炮三十尊，劈山炮三十尊，前膛抬枪三十枝，前膛来福枪八十枝。

南洋分驻津关军械转运局：十门格林炮六尊，劈山炮二十五尊，四门神机炮二尊，田鸡炮六尊，前膛抬枪八百五十枝，奥枪一千枝，林明敦枪九百七十四枝。

---

①台北故宫博物院藏：《军机及宫中档》，文献编号：408007027。

②中国第一历史档案馆藏：《录副奏折》，档号：03-6152-123。

北洋军械局：五响毛瑟马枪二百枝，九响坚地利马枪三百枝。

前湖南巡抚吴大澂移交暨护军营存交：十门格林炮一尊，十九门格林炮一尊，克虏伯开花炮六尊，田鸡炮二尊，赛电炮四尊，奥枪一千七百六十一枝，哈乞开斯枪八百六十枝，林明敦枪八枝，毛瑟枪四十六枝，前膛来福枪二百七十四枝。

湘、鄂各军存交：克虏伯开花炮六尊，劈山炮七十尊，前膛抬枪一百二十七枝，后膛抬枪八枝，一响毛瑟马枪一百二十五枝，五响毛瑟马枪一十二枝，前膛来福马枪一十七枝，林明敦枪三百六十枝，毛瑟枪一千五十二枝，哈乞开斯枪五百九枝，小口径枪七百四十二枝，奥枪一千二百二十五枝，比枪二百四十八枝，马梯呢枪四百三十三枝，黎意快枪一千六百三十枝，旧前膛来福枪一千四百六十一枝。

以上共领收各种炮位一百八十九尊，前、后膛抬枪一千十五枝，前、后膛各种马枪六百五十四枝，前、后膛各种步枪一万二千九百一枝。

一、缴还南洋驻关军械局：劈山炮五尊，前膛抬枪一百四十枝，毛瑟枪七十四枝，林明敦枪四百四十四枝。

前江西藩司陈湜：十门格林炮二尊，田鸡炮六尊，平炮十九尊，前膛抬枪一百六十枝，林明敦枪五百枝。

北洋军械局：克虏伯开花炮十尊，田鸡炮二尊，劈山炮一尊，前膛抬枪四十三枝，奥枪、哈乞开斯枪、黎意枪各一枝，共三枝；毛瑟枪五枝，前膛来福枪二百四十枝，前膛来福马枪十七枝。

甘肃军装局：劈山炮三十三尊。

以上共缴还各种炮位七十八尊，前、后膛抬枪三百四十七枝，前、后膛马步枪一千二百八十三枝。

一、缴储陕西军装局：克虏伯开花炮二尊，四门神机炮二尊，十门格林炮五尊，十九门格林炮一尊，赛电炮四尊，劈山炮九十七尊，前膛抬枪六百六十四枝，后膛抬枪四枝，一响毛瑟马枪一百二十五枝，五响毛瑟马枪二百一十二枝，九响坚地利马枪三百枝，奥枪三千九百八十五枝，小口径枪七百四十二枝，比枪二百四十八枝，哈乞开斯枪一千三百六十八枝，黎意快枪一千六百二十九枝，毛瑟枪一千二百五十七枝，马梯呢枪四百三十三枝，林明敦枪三百九十八枝，前膛来福枪一千五百七十五枝。

以上实储洋、土炮一百一十尊，前、后膛抬枪六百十八枝，前、后膛马步枪一万二千二百七十二枝。

（朱批：）览。①

0890. 奏明司库实存耗羡银数情形折

光绪二十五年五月初八日（1899年6月15日）

头品顶戴陕西巡抚臣魏光焘跪奏，为查明陕西省司库实存耗羡银数，循例恭折具陈，仰祈圣鉴事。

窃照司库耗羡收、支、动、存各款，例应于奏销地丁钱粮时，恭折具报。兹查陕省光绪二十四年奏销册造司库征收耗羡银两，全数动用无存，现只存缺官扣半银一万六千六百九十九两零。除清册咨部外，理合循例敬缮清单，恭呈御览。伏乞皇太后、皇上圣鉴。谨奏。光绪二十五年五月初八日。

（朱批：）户部知道，单并发。②

光绪二十五年五月十九日，奉朱批：户部知道，单并发。钦此。③

0891. 呈司库二十四年耗羡银数清单

光绪二十五年五月初八日（1899年6月15日）

谨将陕西省司库光绪二十四年分耗羡银数，敬缮清单，恭呈

---

①中国第一历史档案馆藏：《单》，档号：03-6152-124。

②台北故宫博物院藏：《军机及宫中档》，文献编号：408007028。

③中国第一历史档案馆藏：《录副奏片》，档号：03-6577-028。

御览。

计开

旧管：一、应存耗羡银，动用无项。

一、应存缺官扣半银一万四千二百五十九两六钱七分二厘。

新收：一、收耗羡银二十二万五千一百七十四两二钱六分一厘。

一、收缺官扣半银九千九百八十四两一钱四厘。

开除：一、支耗羡银二十二万五千一百七十四两二钱六分一厘。

一、支缺官扣半银七千五百四十四两五厘。

实存：一、应存公用耗羡银，无项。

一、存缺官扣半银一万六千六百九十九两七钱七分一厘。

（朱批：）览。①

0892. 造报陕省善后收支款项缘由折

光绪二十五年五月初八日（1899年6月15日）

头品顶戴陕西巡抚臣魏光焘跪奏，为陕省善后收支款项，造具销册，恭折仰祈圣鉴事。

窃陕西省军需、善后收支款项，自光绪二十三年以前册报请销，均经户部核准覆奏奉旨钦遵在案。查陕西界连五省，游勇、客民，往来络绎；签、会各匪，勾结时虞，弹压巡防，在在均关紧要。绿营兵制未复，全赖各防营分扎巡缉，以资保卫。除前年裁减节饷案内全裁北山各属防勇，酌减抚标四营二成勇丁，并将延、陕二镇练勇改为旗制外，所留之勇，已属无几。上年复经臣奏明将抚标副中一旗弁勇四百一十七员名全数遣散，又裁去城守协营勇丁一百名、商防回兵三十名，并延绥镇练勇一旗，均截至

①中国第一历史档案馆藏：《单》，档号：03-6577-029。

光绪二十四年闰三月及夏季底止，其秋季应裁延绥镇标一旗练勇，业经奏明缓撤，已奉朱批允准。

至防旗改洋操者，马、步、炮队、工程队计八旗一哨，并添设随营武备学堂，以储将领教习之才，于光绪二十四年十月挑募成军，学堂亦经开办，从十一月初一日为始，一律遵章起支，各在案。所有防、练各营旗二十四年分应需薪饷、盐菜、制造、杂支等项及应领食粮，俱已按章筹支给领。兹值查办二十四年报销之期，据善后局司道分造总、散清册，具详前来。

臣覆核无异，除各册分咨部、科并制造绿营操防铅药、火绳等项，遵照另案题估请销外，所有收支银粮各款，相应仰恳天恩饬部核明准销，谨缮折具陈。伏乞皇太后、皇上圣鉴。谨奏。光绪二十五年五月初八日。

(朱批：)该部知道。①

光绪二十五年五月十九日，奉朱批：该部知道。钦此。②

0893. 查明二十四年下忙征收钱粮数目折

光绪二十五年五月初八日（1899年6月15日）

头品顶戴陕西巡抚臣魏光焘跪奏，为查明陕西省光绪二十四年下忙征收钱粮、盐课等银已完数目，恭折仰祈圣鉴事。

窃查前准户部咨：陕省上、下两忙钱粮册籍，以实征之数依限造报，并令将耗羡存留及起运已完银两归入某季拨册一并分造，各等因。所有光绪二十四年上忙册籍，业经遵造分别奏咨在案。兹值造报二十四年下忙之期，查陕省二十四年分，共额征民屯、更起运，除荒灾外，实征银一百二十七万九千一百七十九两零，前上忙征完银一百一十一万二千四百一十六两零，内造入二十四年秋拨银九十万九千六百三十四两零。又，二十五年春拨银二十

①台北故宫博物院藏：《军机及宫中档》，文献编号：408007029。

②中国第一历史档案馆藏：《录副奏折》，档号：03-6152-122。

万二千七百八十二两零，未完银一十六万六千七百六十二两零。又，下忙续垦荒地应征银七百三两零，二共未完银一十六万七千四百六十五两零。今下忙续完银一十三万二千一百八十二两零，内造入二十五年春拨银一十一万三千九百八十六两零，未入拨银一万八千一百九十五两零，应俟二十五年秋拨册内分晰造报。仍未完银三万五千二百八十三两零，内除长安县二十三年水灾案内奉文缓征灾前已完准流抵二十四年应完正赋银五十五两零，又除长安、临潼、渭南、延川、扶风、褒城、沔县、府谷、商州等九州县水、雹灾案内奉文蠲缓银二千二十三两零，又除咸宁、长安、高陵、盩厔、临潼、咸阳、肤施、神木、府谷、大荔、华州、华阴、韩城、邠州、长武等十五州县水、旱、雹灾案内奉文缓征银五千九百六十二两零，止未完银二万七千二百四十一两零。

又，额征民屯、更起存、耗羡，除请留免耗外，共银二十四万三十一两零，内除兴平、高陵、褒城、朝邑、华阴、华州、武功等七州县水冲地亩案内豁免银九十两零，又除荒地免征银九千六百九十九两零，实征银二十三万二百四十一两零，又收华州升科银一两零，共银二十三万二百四十二两零。前上忙已完银一十九万二千三百三十八两零，未完银三万七千九百四两零；又下忙续垦荒地应征银一百四十三两零，二共未完银三万八千四十八两零。今下忙续完银三万二千四百五十九两零，仍未完银五千五百八十八两零，内除长安县二十三年水灾案内奉文缓征灾前已完准流抵二十四年应完耗羡银八两零，又除长安、临潼、渭南、延川、扶风、褒城、沔县、府谷、商州等九州县水、雹灾案内奉文蠲缓耗银四百三十五两零，又除咸宁、长安、高陵、盩厔、临潼、咸阳、肤施、神木、府谷、大荔、华州、华阴、韩城、邠州、长武等十五州县本年水、旱、雹灾案内奉文缓征银九百八十四两零，止未完银四千一百五十九两零。

又，额征民存留、俸工、廪膳并额外廪粮等项，除荒地并水灾蠲缓外，共银九万九千九百七十三两零，前上忙征完银五万六千三百一十三两零，未完银四万三千六百六十两零，又续垦荒地应完银四十八两零，二项共应完银四万三千七百八两零，内除下忙被水、被雹、被旱蠲缓银一千三百九十两零。今下忙实应完银四万二千三百一十八两零，已完银四万二千二百一十三两零，内解司裁汰俸工、官役新增乡饮、纸札、宪书等项银七百三十八两零，自留支银四万一千四百七十四两零，仍未完银一百四两零。

又，额征民屯、存留、驿站等项连闰银一十七万九千八百八两零，内除荒地外，止实征银一十七万六千七百五十五两零。前上忙征完银一十万六千四百八十二两零，未完银七万二百七十二两零，今下忙续完荒地银四两零，二项共银七万二百七十七两零。被灾蠲缓银四百四十七两零，已完银六万九千七百五十两零，内解司站支、边塘、协济、扛夫等银一万四千四百三十两零，解汉中府供驿银九千二百四十七两零，留支银四万六千七十二两零，仍未完银七十九两零。

又，额征屯存留、俸工、杂支、孤贫等项银二千四百一十三两零，内除荒地应征银三百二十两零，实熟地应征银二千九十二两零。前上忙册造已完留支银一千二十五两零，未完银一千六十七两零，今下忙续完留支银一千二十五两零，仍未完银四十一两零。又，前上忙未完熟地盐课银一万一千三百二十五两零，又续垦荒地应征银一十四两零，二共银一万一千三百四十两零。今下忙续完银一万七百八十三两零，仍未完银五百五十六两零，内除沔县、肤施、延川、长武等四县水、雹各灾案内奉文蠲免缓征银四十六两零，止未完银五百一十两零。据藩司李有棻分晰查造各款细数及入拨清册，具详前来。

臣覆核无异，除清册咨部外，所有查明陕省光绪二十四年分下忙征收钱粮、盐课等款已完数目，理合缮折具陈。伏乞皇太后、皇上圣鉴。谨奏。光绪二十五年五月初八日。

（朱批：）户部知道。①

光绪二十五年五月十九日，奉朱批：户部知道。钦此。②

0894. 奏报各属钱粮完欠分数片

光绪二十五年五月初八日（1899年6月15日）

再，前准部咨：各州县经征钱粮未完一分以上各员，议令遵照筹饷条陈，按年奏报钱粮分数，除灾歉不计外，只按熟地核计等因。查陕西省光绪二十三年以前经征完欠，各属已按年奏报在案。兹值查办二十四年分数之期，据通省各府、直隶州将经征完欠分数陆续报齐，调查各厅州县每月旬报暨报解起存数目，核对完欠确数，由藩司李有棻具详前来。

臣详核通省各属完欠分数，并无未完一分以上州县。除清册送部外，所有光绪二十四年各属经征钱粮核计完欠分数缘由，谨附片具陈。伏乞圣鉴。谨奏。

（朱批：）户部知道。③

光绪二十五年五月十九日，奉朱批：户部知道。钦此。④

0895. 奏报征收种烟地税数目片

光绪二十五年五月初八日（1899年6月15日）

再，陕省光绪二十三年分各属征收土药地税银两，经臣奏报在案。兹查二十四年分，除北山地气甚寒，素不栽种罂粟，毋庸征税外，所有具报凡种罂粟各属共计咸宁等六十三厅州县，陆续报收二十四年分应征种烟地税，共银三万七百七十四两零，已尽

---

①台北故宫博物院藏：《军机及宫中档》，文献编号：408007030。

②中国第一历史档案馆藏：《录副奏折》，档号：03-6263-022。

③台北故宫博物院藏：《军机及宫中档》，文献编号：408007030-0-A。

④中国第一历史档案馆藏：《录副奏片》，档号：03-6263-023。

数转解司库另款存储备拨。由厘税局司道造具各属征收数目清册，具详前来。

臣覆查无异，除各册咨部外，所有光绪二十四年分征收种烟地税数目，理合附片具陈。伏乞圣鉴。谨奏。

（朱批：）户部知道。①

光绪二十五年五月十九日，奉朱批：户部知道。钦此。②

0896. 奏报抽收厘金支存数目片

光绪二十五年五月初八日（1899年6月15日）

再，陕省百货土药各厘金叠经臣督饬司局加意整顿，随时激励，各卡委员尚能涓滴归公，实收实报，业将节年抽收、支解数目奏报在案。兹查光绪二十四年各项厘金收数，虽较二十三年最旺之年稍形短绌，实缘上年陕省霪雨为灾，商货难于转运，兼以甘省亢旱日久，销路不广所致，已于上年八月咨部有案。现经通盘核算，二十四年满年实共抽收百货厘银四十二万二千三十一两零，比较上年短收银五万四千八百余两；又收土药厘银十四万九千五十一两零，比较上年长收银六百四十余两，二项共实收银五十七万一千八十三两零，遵照部议留外办公并局卡经费，按一成计算，共扣银五万七千一百八两零，实存银五十一万三千九百七十四两零；又奉文加收二成糖厘银一千二百一十八两零，又加收烟酒厘银二千九百二两零，又晋省包收潞盐厘银一万九千九百六两零。所有支销内遵章扣出六分平余银三千五十五两零，以上共银五十四万一千五十七两零，俱已陆续尽数转解司库，备拨饷需。由厘税局司道造具各卡抽收、支解及提留各款细数清册，具详前来。

臣覆查无异，除各册咨部外，所有光绪二十四年分抽收厘金

①台北故宫博物院藏：《军机及宫中档》，文献编号：408007030-0-B。

②中国第一历史档案馆藏：《录副奏片》，档号：03-6511-039。

支存数目，谨附片具陈。伏乞圣鉴。谨奏。

（朱批：）户部知道。[①]

光绪二十五年五月十九日，奉朱批：户部知道。钦此。[②]

0897. 奏陈贾振镛等员期满甄别片

光绪二十五年五月初八日（1899年6月15日）

再，前准部咨：道、府、州、县无论何项劳绩保奏归入候补人员，到省予限一年，察看才具，分别补用等因。兹有在任候补直隶州知州米脂县知县贾振镛，于光绪二十四年正月初二接到部文之日作为到省之日起，连闰扣至是年十二月初二日，一年期满。又，候补知县易国勋于二十四年闰三月二十四到陕之日起，连闰扣至二十五年三月二十四日，试看一年期满，均应照例甄别。据藩、臬两司会详前来。

臣查该员贾振镛年力富强，才具稳练；易国勋年强才裕，办事勤能，堪以繁缺直隶州知州暨繁缺知县补用。谨会同陕甘督臣陶模，附片具陈。伏乞圣鉴。谨奏。

（朱批：）吏部知道。[③]

光绪二十五年五月十九日，奉朱批：吏部知道。钦此。[④]

0898. 奏陈道员史悠赞期满甄别片

光绪二十五年五月初八日（1899年6月15日）

再，查定例，捐纳试用道府，该督抚于分发到省后，悉心察看，一年期满，出具切实考语，奏明分别繁、简补用等因。今查

①台北故宫博物院藏：《军机及宫中档》，文献编号：408007030-0-C。

②中国第一历史档案馆藏：《录副奏片》，档号：03-6510-054。

③台北故宫博物院藏：《军机及宫中档》，文献编号：408007029-0-A。

④中国第一历史档案馆藏：《录副奏片》，档号：03-5376-021。

试用道史悠赞，自光绪二十四年三月初九到省之日起，连闰扣至本年二月初九日，试用一年期满，例应甄别。据藩、臬两司会详前来。

臣查该道才识明干，办事勤能，堪以繁缺补用。谨会同陕甘督臣陶模，附片具陈。伏乞圣鉴。谨奏。

（朱批：）吏部知道。[①]

光绪二十五年五月十九日，奉朱批：吏部知道。钦此。[②]

0899. 奏报北洋经费动支备款片

光绪二十五年五月初八日（1899年6月15日）

再，臣于上年钦奉谕旨饬令筹拨福州船厂经费等因。当将遵办情形电奏，并饬司在于厘金款内先行通融银五万两，汇解福州将军臣衙门交纳，各在案。嗣准户部咨，议将陕省应解船厂经费银两，每年全数改为添拨大学士臣荣禄所部武卫中军洋操经费等因。复经行司遵办去后。兹届办理光绪二十四年奏销之期，臣覆查厘金一款，近虽加意整顿，而每年收数多寡，实无一定。上年因雨水成灾，收数短绌，向支之款尚不敷用，是以前项挪动银两旋已另行挪垫，提还济用。现当清厘库款，应即筹支归垫，且此项经费由船厂而改拨北洋，按年定解，亟应筹定专款，用期着实。查司库留备款项，每年以收较支，除应解京饷等要款外，余银足敷拨解。

所有已解过船厂经费银五万两，应请将光绪二十五年春拨案内留备银一万一千二十七两零尽数开支，不敷银三万八千九百七十二两零，请即在于本年秋拨留备款内照数支清，提还垫项，俾清款目。嗣后此项经费银两，仍按年在于留备款内动支，期归便捷而免遗误。据藩司李有棻具详前来。除咨部外，谨附片具陈。

---

①台北故宫博物院藏：《军机及宫中档》，文献编号：408007029-0-B。

②中国第一历史档案馆藏：《录副奏片》，档号：03-5376-020。

伏乞圣鉴。谨奏。

(朱批:) 户部知道。[1]

光绪二十五年五月十九日，奉朱批：户部知道。钦此。[2]

0900. 审明盗犯行强按律分别定拟折

光绪二十五年五月十九日（1899 年 6 月 26 日）

头品顶戴陕西巡抚臣魏光焘跪奏，为审明窃盗临时行强，按律分别定拟，恭折具陈，仰祈圣鉴事。

窃查陕省寻常盗案及临时行强各盗犯，经前抚臣奏请改题为奏，以期迅速，奉旨允准钦遵咨行照办在案。兹查前据三水县知县王国恩具报，该县民人刘维汉家被贼挖洞入室行窃，临时行强，拒伤事主，搜赃逃逸。该县会营勘验，缉获伙盗僧人何本真，俗名何三憘、叶绍林、罗鸿得、苗真四人，并据罗鸿得供出首盗宋春膳逃所，当于限内拿获到案，起出原赃，差传事主认领估赃，讯供通详，批饬缉审。嗣因限满逸犯无获，查验事主刘维汉等伤均平复，该县覆讯议拟，由州解经前署司以犯供翻异，发委西安府确审。兹据署西安府知府周铭旗督同局员覆审议拟，解经臬司端方勘转前来。

臣提犯亲加研鞫，缘宋春膳、叶绍林、罗鸿得、何本真、苗真，分隶四川南部、通江、湖北罗田、四川资阳、河南南阳等县。宋春膳、何本真先年来该县游荡，宋春膳私簪为道，何本真私剃为僧，均未领有度牒，亦无一定寺观，游方化缘度日。叶绍林、罗鸿得、苗真先后来该县佣趁，彼此相识。苗真因无雇主，遂拜宋春膳为道，尚未簪发，均先未为匪。光绪二十四年二月初五日，宋春膳至万家村地方化缘，先后会遇叶绍林、罗鸿得、何本真、苗真，一处闲谈，各道贫难。宋春膳稔知麻园村刘维汉家道殷实，

---

①台北故宫博物院藏：《军机及宫中档》，文献编号：408007029-0-C。

②中国第一历史档案馆藏：《录副奏片》，档号：03-7123-017。

且系孤村，起意行窃，得赃分用。叶绍林等应允，约定初七日晚在刘维汉堡外会齐各散。

是日，罗鸿得撞遇素识在逃之王姓、袁姓，告知前情，邀允入伙。届时，先后走至。宋春膳、叶绍林、罗鸿得、袁姓均持木棒，王姓携带木柄尖刀，何本真拿鞭杆，苗真徒手，一共七人。三更时，齐抵刘维汉堡门首，宋春膳令何本真、苗真在外接赃，王姓用尖刀从堡门坎下挖穿一洞。宋春膳与王姓五人由洞扒入，王姓见马房灯尚未熄，房门虚掩，用手轻推，不料推倒门内木椅，致马房睡熟之李安娃惊起喊捕。苗真、何本真闻喊畏惧先遁。宋春膳临时起意，喝令行强，王姓等拥进马房，将李安娃揿按炕上，寻取草绳捆绑其手足。罗鸿得解取头缠手巾撕碎，搓捻蘸油燃亮走出。经刘维汉雇工胡金柱闻声，执持木耙，开门走出扑殴。宋春膳用木棒将木耙格落，随殴伤胡金柱左腮颊。维时，雇工刘时子、段恩亦随后跟出，上前帮捕。王姓、袁姓各用木棒、刀柄殴伤刘时子偏右、段恩囟门。胡金柱等见贼势凶横，均往后院跑避。宋春膳等一齐拥入刘维汉屋内，分赴东、西厢房，推开房门。刘维汉披衣起捕，叶绍林用木棒殴伤其左脚腕，倒卧炕上。袁姓亦用木棒殴伤刘维汉之妻刘高氏左腮颊，吓禁声张。宋春膳等各自扭断柜锁，搜劫银钱、衣物分背，开启堡门逃逸。胡金柱等见贼已逃走，始将李安娃解放。宋春膳等查看何本真等未见，随即赶上，告知临时行强、拒伤事主搜赃情由，逃至通润沟偏僻地方，查点赃数俵分。余赃交宋春膳收藏沟内，议俟事冷再分，旋各逃逸。

刘维汉查明失物，开单投约，报经该县会营勘验，差缉拿获叶绍林、罗鸿得、何本真、苗真四人，起获铜钱一串六十七文、洋枪一杆、布女单裤一条到案。并据罗鸿得供出宋春膳逃所，当于限内拿获，起获原赃，传主认领，估赃讯详，批饬审拟，由臬司勘转前来。臣亲提研鞫，严诘宋春膳等委系伙窃，临时行强，拒伤事主，搜劫赃物。何本真、苗真均系在外接赃，闻喊先逃，事后分赃。此外均无窝伙窃劫不法别案，逃后亦无行凶为匪及知情容留分赃人家，供赃确凿，案无遁饰。

查律载：共谋为窃盗而行者，为强盗以临时主意及共为强盗者，不分首从论。又，强盗已行但得财者，不分首从皆斩。又，光绪十四年通行章程内开：伙盗被获供出首盗逃所，于四个月限内拿获，系旧例法无可贷之犯，减为斩监候，秋审入于缓决。又，例载：知强盗后而分所盗之赃在一百两以下者，俱照共谋为盗，临时畏惧不行，事后分赃例，减一等，杖一百，徒三年，各等语。

此案宋春膳起意纠窃刘维汉家，临时行强，拒伤事主，搜劫赃物，实属凶暴。叶绍林听从拒捕搜赃，亦属同恶相济，厥罪维均，自应按律问拟。宋春膳俗名宋元丙，除私簪轻罪不议外，与叶绍林均合依"共谋为窃盗而行者，为强盗以临时主意及共为强盗者，不分首从论；强盗已行但得财者，不分首从，皆斩"律，拟斩立决。罗鸿得听从上盗，搜劫赃物，法无可贷，第缉获到案时据实供明首盗逃所，于四个月限内拿获，情稍可原，应请照章依"伙盗被获供出首盗逃所，四个月限内拿获，系旧例法无可贷之犯，减为斩监候，秋审入于缓决"，拟斩监候，秋审入于缓决。何本真、苗真听从行窃，在外接赃，闻喊先逃，惟事后分受赃物，亦应按律问拟。何本真俗名何三憘，除私剃轻罪不议外，与苗真均合依"知强盗后而分所盗之赃在一百两以下者，俱照共谋为盗，临时畏惧不行，事后分赃例，减一等，杖一百，徒三年"例，各拟杖一百，徒三年，到配折责拘役，均各照例刺字。

宋春膳、叶绍林、何本真、苗真均有父不能禁约其子在外为匪，应各移籍，照例传责。该犯等在外为匪，原籍牌甲无从觉察，均毋庸议。买赃之不知姓名人，请免查传。获赃给主认领，未获追赔。逸犯王姓等饬缉，获日另结。无干省释。起获洋枪，验系民团所制，编有字号，并非私藏，亦毋庸议。

除供招咨部外，所有审明窃盗临时行强，按律分别定拟缘由，理合恭折具陈。伏乞皇太后、皇上圣鉴，饬部核覆施行。谨奏。

光绪二十五年五月十九日。

（朱批：）刑部速议具奏。[①]

光绪二十五年六月初一日，奉朱批：刑部速议具奏。钦此。[②]

0901. 奏报审明案犯按律分别定拟折

光绪二十五年五月十九日（1899年6月26日）

头品顶戴陕西巡抚臣魏光焘跪奏，为窃盗临时行强，按例分别定拟，恭折仰祈圣鉴事。

窃陕省寻常盗案及临时行强各盗犯，经前抚臣奏请改题为奏，以期迅速，奉旨允准钦遵咨行在案。兹查前据渭南县知县樊增祥具报，该县民人史建楷家被贼撬门入室行窃，临时行强，拒伤事主，搜赃逃逸。经该县会营勘验，饬役协同大荔、蒲城各县差役缉获贼犯孙青淋、孙柏儿、孙青凉三人到案，起获原赃，差传事主认领估赃，讯供通详，批饬缉审议拟解勘。嗣据续获首盗刘麻仔，讯供禀经西安府将孙青淋等发回，并案拟办，解经前署司以犯供翻异，发委审办，并据报案犯孙青凉在咸宁县监病故，饬委长安县验讯，委系病毙，刑禁、医生人等并无凌虐、误治情弊，批饬归入正案拟办。兹据署西安府知府周铭旗督同局员审明议拟，详由臬司端方勘转前来。

臣提犯亲鞫，缘刘麻仔、孙青淋、孙柏儿、孙青凉分隶湖北光化、枣阳、河南唐县等县，先后至该县佣趁度日，先未为匪。光绪二十二年十二月初七日，刘麻仔因觅工无主，在外闲游，路遇孙青淋、孙柏儿，并素识在逃之孙唐娃、田老六、孙有儿，一处闲谈，各道贫难。刘麻仔稔知小史村史建楷家道殷实，起意纠窃得赃分用，孙青淋等均各允从。遂于是晚，刘麻仔携带短柄矛杆，孙唐娃执持木棒，田老六、孙有儿各携短刀，孙青淋、孙柏

①台北故宫博物院藏：《军机及宫中档》，文献编号：408007034。

②中国第一历史档案馆藏：《录副奏折》，档号：03-7373-051。

儿徒手，一共六人前往。行至小史村外，孙柏儿忽患腹痛，不能行走。刘麻仔等前进。三更时分，偕抵事主史建楷门首，刘麻仔令孙青淋、孙有儿在外接赃，自与孙唐娃抬开大门，与田老六三人进内，用刀撬开房门入室，灯尚未熄，窃得衣箱二口、铜钱不知数目，走出递交孙青淋、孙有儿，开箱包裹。刘麻仔转身进内复窃，误撞门扇声响。史建楷与其妾史马氏惊起喊捕，孙青淋、孙有儿闻声畏惧，携赃先遁。刘麻仔临时起意，喝令行强，与田老六各执刀矛，吓禁声张。史马氏穿衣下炕欲走，孙唐娃即用木棒殴伤其左臂膊。史建楷等均畏惧，不敢扬声走避。刘麻仔等均用刀撬开箱柜，搜劫赃物逸出，查看孙青淋等先遁，随即追上，正告知行强拒伤事主缘由，忽因村人追赶紧急，各将衣物掷弃，四散奔逃。

史建楷与村人追捕无及，在途拾获赃衣三包，转回查点，共计衣服三十六件，贼械刀、棒各一件，投约开单，报经该前县樊增祥会营勘验差缉，并据乡约及巡役拾获赃衣三十五件缴县。史建楷旋于门外麦草内拾获铜钱四十九串七百文。孙唐娃次日将原赃包袱一方、白布一节，持交其堂叔孙青凉收藏，随向盘诘，不能隐瞒，将强劫史建楷家情由告知。孙青凉将其斥骂，随即远扬。旋据先后缉获孙青淋、孙柏儿、孙青凉，并首盗刘麻仔，讯供详报，批饬审拟。除孙青凉一犯据报在监病故外，兹据覆讯议拟，由司勘转前来。

臣亲提覆鞫，据各供前情不讳。严诘刘麻仔，委系起意纠窃，临时喝令行强；孙青淋听约行窃，在外接赃，闻喊先逃，事后分赃；孙柏儿听纠行窃，中途因病不行，事后并未分赃。此外均无窝伙窃劫不法别案，逃后亦无行凶为匪及知情容留人家。供赃确凿，案无遁饰。

查律载：共谋为窃，临时行强，其不行之人系造意者，分赃为窃盗首，余人分赃，俱为窃盗从，以临时主意及共为强盗者，不分首从论。又，强盗已行但得财者，不分首从皆斩。又，窃盗赃一百二十两以上，绞监候；为从减一等。又，例载：强盗案内，知情寄赃者，一次杖八十，徒二年。又，律载：窃盗已行不得财者，笞五十，各等语。此案刘麻仔纠同孙青淋等伙窃史建楷家，临时起意行强，与在逃之田老六、孙唐娃持刀吓禁，搜劫赃物，实属凶暴，自应按律问拟。刘麻仔合依“共谋为窃，临时行强，以临时主意及共为强盗者，不分首从论；强盗已行但得财者，不分首从，皆斩”律，拟斩立决，照例先行刺字。孙青淋听纠行窃，在外接赃，因闻喊捕，畏惧先逃，不知刘麻仔等行强情事，自应按窃盗本律问拟。此案计赃在一百二十两以上，孙青淋合依“窃盗赃一百二十两以上，绞监候，系为从减一等”律，拟杖一百，流三千里，右面刺“窃盗”二字，至配折责安置。

孙青凉于孙唐娃寄赃，既问明强劫情由，并不送官，辄受寄收藏，亦应按例问拟。孙青凉应请照“强盗案内知情寄赃者，一次杖八十，徒二年”例，拟杖八十，徒二年。业已在监病故，应与讯无凌虐、误治之刑禁、医生人等均毋庸议。孙柏儿听纠行窃，中途因病不行，事后亦未分赃，应请比照“窃盗已行而不得财者，笞五十”律，拟笞五十，折责免刺，递籍管束。孙青淋有兄不能禁约其弟在外为匪，移籍传责。该犯刘麻仔等在外为匪，原籍牌甲无从觉察，应与买赃之不知姓名人，均请毋庸置议。获赃给主认领，未获追赔。逸犯孙唐娃等饬缉，获日另结。贼械矛杆，供弃免起；已获刀、棒存库，案结销毁。

此案首伙六名，于疏防限内拿获贼犯二名，限外拿获首盗一名，获犯过半，兼获首盗。所有疏防职名，请免开送。协获邻境伙犯拟流、拟徒二名，应叙职名系署大荔县知县张琦，协获首盗斩决一名，应叙职名系署蒲城县知县张世英，相应一并附送听候部议。

除供招咨部外，所有审明窃犯临时行强，分别按律定拟缘由，理合恭折具陈。伏乞皇太后、皇上圣鉴，饬部核覆施行。谨奏。光绪二十五年五月十九日。

（朱批：）刑部速议具奏。[①]

光绪二十五年六月初一日，奉朱批：刑部速议具奏。钦此。[②]

0902. 审拟行强案犯按律分别定拟折

光绪二十五年五月十九日（1899 年 6 月 26 日）

头品顶戴陕西巡抚臣魏光焘跪奏，为审明窃盗临时行强，按律分别定拟，恭折具陈，仰祈圣鉴事。

窃查陕省寻常盗案及临时行强各盗犯，经前抚臣奏请改题为奏，以期迅速，奉旨允准钦遵咨行照办在案。兹查前据朝邑县知县梁乃赓具报，民人王来正家被贼撬门入室行窃，临时行强，拒伤事主，搜赃逃逸，会营勘缉，先后会同山西永济县饬役拿获伙盗邢六十、杨汶都、尚麻子即邵麻子到案，起获原赃，讯供通详，批饬审缉。旋因逸犯朱老九等弋获无期，查验事主王来正伤已平复，提犯覆讯议拟，由府解经前署司讯因犯供游移，发委西安府督同局员审与原招无异，禀经臬司端方仍照原招勘转前来。

臣提犯亲鞫，缘邢六十、尚麻子即邵麻子、杨汶都分隶河南永宁、内乡、邓州等州县，先后来至朝邑县佣工种地度日，互相认识，向未为匪。光绪二十三年十月十二日，尚麻子与现经山西获办之湖北人王大忍及同乡素识之薛秃子即薛和尚、赵云、朱老九即朱圹导，并在逃之邢老三、陈老九、胡先牲即胡医生，听从王老七起意伙劫永济县属北苏村陈五太家。赵云中途因病不行，尚麻子、邢老三、朱老九在外把风，王老七、胡先牲、王大忍、薛秃子、陈老九撞门入室。事主惊起喊捕。薛秃子用棍将事主拒伤倒地，一同搜劫银钱、衣物，携至僻处俵分。尚麻子因分赃无多，不肯收受，负气走回。

是月二十九日，现获之邢六十、杨汶都同在逃之另一朱老九、

①台北故宫博物院藏：《军机及宫中档》，文献编号：408007033。

②中国第一历史档案馆藏：《录副奏折》，档号：03-7373-052。

王大忍、王寅娃、胡医生、老李、老王、杨老九、薛和尚先后至尚麻子家中闲坐，谈及贫苦。朱老九稔知王来正家有钱，起意伙窃，得赃分用，大家应允，约定是夜同至大庆关街外树下会齐各散。届期，朱老九、杨老九、薛和尚、王寅娃各携短刀，邢六十、尚麻子、王大忍均执木棍，余俱徒手，先后走至，一共十一人。三更时候，偕抵事主王来正庄后。朱老九、杨老九用刀挖开后墙，令胡医生、王寅娃、老李、老王、杨汶都均在庄外接赃。朱老九同杨老九、薛和尚、尚麻子、邢六十、王大忍六人进院，王大忍同朱老九撬开房门，进内行窃，灯尚未熄，误撞木柜声响。事主王来正惊醒喊捕。朱老九用刀将王来正左胳肘砍伤，王来正用手向其夺刀，致刀尖划伤右手心。朱老九喝令大家行强，邢六十、尚麻子、薛和尚、杨老九一齐进房，搜抢衣物。维时王寅娃、杨汶都、胡医生、老李、老王因闻事主喊捕，均畏惧分路逃跑。朱老九等分携赃物逃出，赶上王寅娃等，告知临时行强拒捕情由，并问杨汶都未见，王寅娃等亦告知闻喊畏惧情由，一同逃至僻处，点赃俵分各散。

王来正投约报县，会营勘缉。旋据差役协同永济县缉役先后拿获邢六十、尚麻子、杨汶都，并起获赃衣、羽布、女皮袄等物到案，讯供通详，并移由永济县查取尚麻子在于该县犯抢原案，暨朝邑缉役协同永济县拿获案内伙犯王大忍、薛秃子即薛和尚各供，录送前来。详经批饬审解，覆查事主王来正伤已平复，逸贼朱老九等弋获无期，提犯覆鞫议拟，由府解经前署司讯因犯供游移，发委西安府审与原招无异，禀由臬司仍照原招勘转到臣。提犯亲鞫，各供前情不讳；严诘邢六十、尚麻子，此外再无另犯窝伙窃劫别案；杨汶都亦止听从行窃，闻喊畏惧先逃，并未分赃，逃后亦无行凶为匪及知情容留分赃之人，究诘不移，案无遁饰。

查律载：共谋为窃，临时行强，以临时主意共为强盗者，不分首从论。又，强盗已行但得财者，不分首从皆斩。又，名例律载：二罪各等者，从一科断。又，例载：寻常窃盗纠伙十人以上，但有一人执持器械者，不计赃数、次数，为从杖一百、徒三年，各等语。

此案邢六十、尚麻子听从朱老九纠邀行窃，临时行强，拒伤事主，搜劫赃物，实属不法，均应以强盗不分首从论。查尚麻子伙劫山西永济县陈五太家一案，在外把风，虽未分赃，亦应拟斩，自应从一科断。邢六十、尚麻子即邵麻子均合依“共谋为窃，临时行强，以临时主意及共为强盗者，不分首从论；强盗已行但得财者，不分首从皆斩”律，皆拟斩立决，照例先行刺字。该犯尚麻子等据供母老丁单，情罪重大，均毋庸查办留养。杨汶都听从行窃，闻喊先逃，讯不知拒捕行强情事，且事后亦未分赃，例止应科窃罪。查此案结伙已在十人以上，执有器械，自应依例问拟。杨汶都合依“寻常窃盗纠伙十人以上，但有一人执持器械者，不计赃数、次数，为从杖一百，徒三年”例，拟杖一百，徒三年，定地充徒。邢六十、尚麻子讯无父兄，其在外为匪，原籍牌甲无从觉察，应免传责。未能管束杨汶都为匪之犯父杨玉法，照例移由原籍传案折责。获赃给主认领，未获追赔。伙盗王大忍、薛和尚即薛秃子二犯，应由山西永济县另行拟结。逸犯朱老九等获日另结。无干省释。

除供招咨部外，所有审明窃盗临时行强，按律分别问拟缘由，谨恭折具陈。伏乞皇太后、皇上圣鉴，饬部核覆施行。再，山西永济县协获邻境盗犯一名，讯系在于该县另犯有案，例免请奖。合并声明。谨奏。光绪二十五年五月十九日。

（朱批：）刑部速议具奏。[①]

光绪二十五年六月初一日，奉朱批：刑部速议具奏。钦此。[②]

---

①台北故宫博物院藏：《军机及宫中档》，文献编号：408007032。

②中国第一历史档案馆藏：《录副奏折》，档号：03-7373-050。

0903. 奏报本年四月雨水粮价情形折

光绪二十五年五月十九日（1899年6月26日）

头品顶戴陕西巡抚臣魏光焘跪奏，为恭报雨泽、麦苗情形，恭折仰祈圣鉴事。

窃查陕西省光绪二十五年三月分雨泽、麦苗情形，业经奏报在案。兹据西安、延安、凤翔、汉中、榆林、同州、兴安、邠州、乾州、商州、鄜州、绥德等府州属陆续具报，于四月初三四及十二三四五并二十三四至二十八等日，先后得雨一二寸及三四寸不等。

臣查陕省入夏以来，雨泽沾足，二麦、豌豆渐次成熟，又复叠次得雨，包谷、杂粮均已及时播种，民情欣悦，阖境一律安谧，堪以仰慰宸廑。刻查西安粮价，大米每仓石价银三两九钱七分，小米每仓石价银二两八钱四分。较之上月大米每石增银四钱七分，小米较之上月并无增减。

所有光绪二十五年四月分雨泽、麦苗并省城粮价情形，理合恭折具陈。伏乞皇太后、皇上圣鉴。谨奏。光绪二十五年五月十九日。

（朱批：）知道了。①

光绪二十五年六月初一日，奉朱批：知道了。钦此。②

0904. 请将守备王金山褫革缘由片

光绪二十五年五月十九日（1899年6月26日）

再，据藩、臬两司详称：据咸宁县知县舒绍祥具报：访闻补用守备王金山，与民人卢发胜因妒奸，持刀砍殴卢发胜之父卢万

---

①台北故宫博物院藏：《军机及宫中档》，文献编号：408007031。

②中国第一历史档案馆藏：《录副奏折》，档号：03-6985-001。

荣并奸妇杨杜氏各受伤平复一案，当经该县查验卢万荣等伤痕，并差传王金山到案堂讯。该武弁任意狡展，并不供吐实情。禀经臣咨查该守备王金山，系河南唐县人。光绪五年，由尽先千总经前伊犁将军金顺于克复玛纳斯南城案内奏保请免补千总，以守备尽先即补，七月初一日奉旨照准在案。今因妒奸持刀伤人，实属不法，相应请旨将补用守备王金山先行褫革，以便归案审办。

除咨部查照外，谨会同陕甘督臣陶模，附片具陈。伏乞圣鉴训示。谨奏。

（朱批：）着照所请，该部知道。①

光绪二十五年六月初一日，奉朱批：着照所请，该部知道。钦此。②

0905. 奏报筹解二三批京饷情形片

光绪二十五年五月十九日（1899 年 6 月 26 日）

再，查陕省前因海防、善后及京旗需饷甚巨，叠经奏明裁勇节饷，每年共集银十万两，议定自光绪十二年为始，专款分批解部，历年遵筹报解在案。查光绪二十五年应解京饷，除本年二月间委解过初批京饷银五万两业经奏咨外，现拟在于司库地丁款内筹解二、三批京饷银五万两，又搭解二十五年加复俸饷银四千两、内务府经费一半银五千两、平余银一百六十五两，又搭解二十年土厘烟税银二万六千三百六十二两五钱四分一厘，又搭解二十五年分顺天府衙门收用二批铁路经费银三万两，又搭解二十五年船厂经费改拨北洋练兵公所经费银五万两，内扣招募北洋中军步队田玉广在陕招募勇丁由司垫支银二万二千两，又扣西安八旗驻防官员兵丁奉调赴京由司垫支银六千六十四两，实解银二万一千九百三十六两。以上共解银一十三万七千四百六十三两五钱四分一

①台北故宫博物院藏：《军机及宫中档》，文献编号：408007030-0-A。

②中国第一历史档案馆藏：《录副奏片》，档号：03-7418-043。

厘，由司拣委妥员于五月十四日由陕起程，解赴户部交纳。据藩司李有棻具详前来。

臣覆查无异，除分咨外，所有筹解光绪二十五年分二批、三批京饷等项银数、日期，谨附片具陈。伏乞圣鉴。谨奏。

（朱批：）户部知道。①

光绪二十五年六月初一日，奉朱批：户部知道。钦此。②

0906. 恭报陕省各属二麦约收分数折

光绪二十五年六月十二日（1899年7月19日）

头品顶戴陕西巡抚臣魏光焘跪奏，为恭报陕西省西安等府州属二麦约收分数，恭折仰祈圣鉴事。

窃照二麦约收分数，例应先行恭折奏报。兹据西安、凤翔、汉中、同州、兴安、商州、邠州、乾州、鄜州等府州属将本年二麦约收分数先行开折具报，由藩司李有棻汇详请奏前来。臣覆加查核，统计西安等九府州属七十二厅州县，多寡合算，二麦约收六分有余，敬缮清单，恭呈御览。

再，延安、榆林、绥德三府州属地处北山，气候较迟，向归实收案内办理。谨恭折具奏。伏乞皇太后、皇上圣鉴。谨奏。光绪二十五年六月十二日。

（朱批：）知道了。③

光绪二十五年六月二十四日，奉朱批：知道了。钦此。④

---

①台北故宫博物院藏：《军机及宫中档》，文献编号：408007030-0-B。

②中国第一历史档案馆藏：《录副奏片》，档号：03-6649-136。

③台北故宫博物院藏：《军机及宫中档》，文献编号：408007037。

④中国第一历史档案馆藏：《录副奏折》，档号：03-6729-038。

0907. 奏报二十五年指拨甘饷续筹清解折

光绪二十五年六月十二日（1899 年 7 月 19 日）

头品顶戴陕西巡抚臣魏光焘跪奏，为陕省清解协甘新饷，恭折仰祈圣鉴事。

窃前准部咨：光绪二十五年陕省协甘新饷银二十万两，饬令分作三起报解等因。经臣于二十四年十一月及本年四月两次由司库筹解新饷银一十二万两，均经咨部在案。兹臣督饬藩司在司库地丁款内续筹银八万两，作为协甘第三批新饷，饬委分省补用知州刘国祉已于五月二十八日起程，前赴甘藩司衙门交纳。计本年指拨新饷银二十万两，业经全数解清。据藩司李有棻具详前来。

臣覆查无异，除咨部外，所有陕省光绪二十五年分指拨甘肃新饷续筹清解缘由，理合恭折具陈。伏乞皇太后、皇上圣鉴。谨奏。光绪二十五年六月十二日。

（朱批：）户部知道。[①]

光绪二十五年六月二十四日，奉朱批：户部知道。钦此。[②]

0908. 奏报陕省世职承袭循例办理折

光绪二十五年六月十二日（1899 年 7 月 19 日）

头品顶戴陕西巡抚臣魏光焘跪奏，为世职承袭，循例半年汇奏一次，恭折仰祈圣鉴事。

窃查前准部咨：嗣后请袭世职，半年汇奏一次，将册结、宗图汇总咨部等因。历经遵办在案。兹据藩司李有棻据汉中府转据南郑县详报：阵亡附生王际昌应继胞侄武童王培林，阵亡生员余文海应继胞侄武童余世升，阵亡廪生白凤翔之嫡孙文童白钦明，

---

①台北故宫博物院藏：《军机及宫中档》，文献编号：408007036。

②中国第一历史档案馆藏：《录副奏折》，档号：03-7203-019。

均请袭云骑尉世职。又据绥德州转据米脂县详报：阵亡附生周维翰之嫡孙武童周绍祖，请袭云骑尉世职等情。详请具奏前来。

臣查请袭云骑尉之王培林等，均实系阵亡各生例应承袭之人，并无违碍情弊，前据各该府州县查明，由司先后详送验看，均堪承袭。现值半年汇奏之期，相应吁恳天恩饬部核覆。除册结、宗图咨送部、科外，理合恭折具陈。伏乞皇太后、皇上圣鉴。谨奏。光绪二十五年六月十二日。

（朱批：）兵部议奏。①

光绪二十五年六月二十四日，奉朱批：兵部议奏。钦此。②

0909. 奏报本年五月雨水粮价情形折

光绪二十五年六月十二日（1899年7月19日）

头品顶戴陕西巡抚臣魏光焘跪奏，为恭报雨泽、禾苗情形，恭折仰祈圣鉴事。

窃查陕西省光绪二十五年四月分雨泽、麦苗情形，业经奏报在案。兹据西安、延安、凤翔、汉中、榆林、同州、兴安、邠州、乾州、商州、鄜州、绥德等府州属具报，于五月初五六至初八九十及十一二三至十八九二十并二十三四五至二十七八等日，先后得雨二三四寸至深透不等。臣查入夏以来，雨旸时若，二麦、豌豆早已收获，稻谷亦已分秧，各种杂粮均播种出土，民情安谧，堪以上慰宸廑。刻查西安粮价，大米每仓石价银四两三钱三分，小米每仓石价银二两八钱九分。较之上月，大米每石增银三钱六分，小米每石增银五分。

所有光绪二十五年五月分雨泽、禾苗暨省城粮价情形，理合恭折具陈。伏乞皇太后、皇上圣鉴。谨奏。光绪二十五年六月十二日。

---

①台北故宫博物院藏：《军机及宫中档》，文献编号：408007035。

②中国第一历史档案馆藏：《录副奏折》，档号：03-6153-032。

（朱批：）知道了。①

光绪二十五年六月二十四日，奉朱批：知道了。钦此。②

0910. 奏报汇解英德洋款银数片

光绪二十五年六月十二日（1899年7月19日）

再，陕省每年应认还俄法、英德两款银二十二万两，前经奏明自光绪二十四年冬月一期起改为由陕径解。本年二、三、五等月应解英德、俄法洋款银两，业经发商汇解江海关道查收在案。兹届八月分应还英德洋款之期，臣遵即饬司将此项银三万两备具文批，发交汇商，定限八月内汇解江海关道衙门交纳，印还批回备查。据藩司李有棻详请奏咨前来。

除咨明户部暨两江督臣、江苏抚臣查照外，所有陕省发商汇解本年八月分英德洋款银两数目，理合附片陈明。伏乞圣鉴。谨奏。

（朱批：）户部知道。③

光绪二十五年六月二十四日，奉朱批：户部知道。钦此。④

0911. 奏报陕省新旧交代情形片

光绪二十五年六月十二日（1899年7月19日）

再，前准部咨：陕西省新旧交代分别已、未完结，半年汇奏一次等因。查光绪二十四年十月以前各属新旧交代一律督算清楚，经臣附奏在案。兹自二十四年十一月起至二十五年四月底止，统计新案已结仓库、驿站交代三十二起，均遵例随时咨部，尚有未结交代八起，查系未满例限。据藩司李有棻开单具详前来。臣覆

---

①台北故宫博物院藏：《军机及宫中档》，文献编号：408007038。

②中国第一历史档案馆藏：《录副奏折》，档号：03-6985-038。

③台北故宫博物院藏：《军机及宫中档》，文献编号：408007038-0-A。

④中国第一历史档案馆藏：《录副奏片》，档号：03-6694-058。

查无异，除分别严催依限结报并清单咨部外，谨附片具陈。伏乞圣鉴。谨奏。

（朱批：）户部知道。①

光绪二十五年六月二十四日，奉朱批：户部知道。钦此。②

0912. 奏报查办鄜州被雹情形片

光绪二十五年六月十二日（1899年7月19日）

再，据鄜州禀报，该州西、南两乡于四月十八日忽降冰雹，打伤地内麦豆，亲往勘验，成灾约有五分，已由该州筹款，饬令购买籽种，及早补种杂粮，并酌借义谷，俾资接济等情。当经臣批司移行该管道遵章覆勘，究竟被雹地亩共有若干，成灾实有几分，钱粮应否蠲缓，据实联衔结报，并令赶紧补种秋粮，用资接济。应俟查办完竣，另行奏报。谨附片具陈。伏乞圣鉴。谨奏。

（朱批：）知道了，即着查明被灾轻重，分别办理，据实奏报。③

光绪二十五年六月二十四日，奉朱批：知道了，即着查明被灾轻重，分别办理，据实奏报。钦此。④

0913. 奏委杜崇光充任考棚提调片

光绪二十五年六月十二日（1899年7月19日）

再，学政考试各属，如遇考棚在外县，由督抚派委知府充当提调，历经遵办在案。查西安府属考棚向在三原县城内，现值学臣考试该府生童，约须月余，方能竣事。西安系省会首郡，政务

---

①台北故宫博物院藏：《军机及宫中档》，文献编号：408007038-0-B。

②中国第一历史档案馆藏：《录副奏片》，档号：03-6577-037。

③台北故宫博物院藏：《军机及宫中档》，文献编号：408007038-0-C。

④中国第一历史档案馆藏：《录副奏片》，档号：03-7107-031。

殷繁，现任知府童兆蓉势难分身兼顾，查有候补知府杜崇光，堪以委充提调。除行藩司檄委该员前往妥为弹压巡察外，谨附片陈明。伏乞圣鉴。谨奏。

（朱批：）知道了。①

光绪二十五年六月二十四日，奉朱批：知道了。钦此。②

0914. 奏报刘树德等试用期满甄别片

光绪二十五年六月十二日（1899年7月19日）

再，前准部咨：道、府、州、县无论何项劳绩保奏归入候补人员，到省予限一年，察看才具，分别补用等因。兹有候补班前先补用知府刘树德，于光绪二十三年八月二十五日到省，连闰扣至二十四年七月二十五日，试看一年期满。又，在任候补直隶州知州长武县知县庄钟济，光绪二十四年正月初二接到部文作为到省之日起，连闰扣至二十四年十二月初二日，试看一年期满。又，在任候补直隶州知州安康县知县马积馨，光绪二十四年正月初二接到部文作为到省之日起，连闰扣至二十四年十二月初二日，试看一年期满。又，候补知县刘华源，光绪二十四年四月十二日到省，扣至二十五年四月十二日，试看一年期满。又，补用知县王之屏，光绪二十四年四月二十六日到省，扣至二十五年四月二十六日，试看一年期满，均应照例甄别。据藩、臬两司先后会详前来。

臣查该员刘树德实心任事，稳练老成；庄钟济年力强壮，才具明通；马积馨老成端谨，办事勤能；刘华源年壮才明，精详稳慎；王之屏年力富强，办公勤奋，均堪照例分别补用。谨会同陕甘督臣陶模，附片具陈。伏乞圣鉴。谨奏。

---

①台北故宫博物院藏：《军机及宫中档》，文献编号：408007035-0-A。

②中国第一历史档案馆藏：《录副奏片》，档号：03-7203-019。

（朱批：）吏部知道。①

光绪二十五年六月二十四日，奉朱批：吏部知道。钦此。②

0915. 奏报委署代理州县等缺情形片

光绪二十五年六月十二日（1899年7月19日）

再，查各省道、府、州、县无论奏调、委署、代理，每届三月汇奏一次，历经遵办在案。兹查陕省光绪二十五年正月起至三月底止，署宁羌州知州寇廉调省，旋即病故，遗缺委分缺间知县徐普代理，旋改署理。调署商南县知县林耀廷，饬回褒城县本任，遗缺委商州州同萧镇东代理，旋即改为署理。孝义厅同知张硕士调省，遗缺委候补直隶州知州张鹏翼署理；砖坪厅通判鲁沛调省，遗缺委试用同知俞恒龄署理；署雒南县知县蒋泽煦调省，遗缺委分缺先用知县杜树勋署理；署紫阳县知县朱承恩调署安康县知县，遗缺委试用通判吕桂林署理；代理延川县知县李仁寿丁忧，遗缺委肤施县知县杨淑修兼理；宜君县知县调署鄠县知县，遗缺委候补知县孙万春署理。据藩司李有棻、臬司端方会详前来。

臣覆查无异，所有光绪二十五年春季分调署、委署、代理厅州县各缺缘由，谨附片具陈。伏乞圣鉴。谨奏。

（朱批：）吏部知道。③

光绪二十五年六月二十四日，奉朱批：吏部知道。钦此。④

0916. 奏为供职已届三年请旨陛见折

光绪二十五年六月二十四日（1899年7月31日）

头品顶戴陕西巡抚臣魏光焘跪奏，为微臣供职已届三年，循

①台北故宫博物院藏：《军机及宫中档》，文献编号：408007036-0-A。
②中国第一历史档案馆藏：《录副奏片》，档号：03-5377-078。
③台北故宫博物院藏：《军机及宫中档》，文献编号：408007036-0-B。
④中国第一历史档案馆藏：《录副奏片》，档号：03-5377-077。

例吁恳陛见，恭折仰祈圣鉴事。

窃臣于光绪二十一年蒙恩补授云南巡抚，旋调补陕西巡抚，奉派援甘，十月入都陛见，跪聆圣训，督师西征。二十二年四月，在甘肃西宁营次奉旨饬赴本任，是年六月十一日受篆，计今已届满三年，例应陈请述职。

伏念臣识陋才庸，忝膺疆寄，当入陕受任之日，适甘回甫靖之时，裁遣营勇，整顿防、练标兵，次第就绪，始议兴办河、渠各工，讲求水利，叠次遵奉谕旨，创设文武学堂，挑练新军，以及农、工、商、政、保甲、团练、清讼、积谷各要端。虽遇事与督臣和衷商榷，督同司道悉心筹议奏办，而地域、财力所限，百凡仅具规模，际此时艰，抚衷多疚！本年奉命巡阅，二月杪先及东路，原拟次及南山，周历形胜险要，兼询民间疾苦，借以考验吏治，适因学臣按试兴、汉、商州各属，生童云集，未便同时并举，致缓行程。现届述职之期，引望觚棱，私衷依恋！合无仰恳圣恩准臣趋赴阙廷，祗聆慈训，瞻仰天颜，俾壹是有所遵循，稍申向慕！

所有微臣三年任满，循例吁恳陛见缘由，谨缮折具陈。伏乞皇太后、皇上圣鉴训示。谨奏。光绪二十五年六月二十四日。

（朱批：）着来见。[①]

光绪二十五年七月初八日，奉朱批：着来见。钦此。[②]

0917. 请准薛允升重赴鹿鸣筵宴折

光绪二十五年七月初三日（1899年8月8日）

头品顶戴陕西巡抚臣魏光焘跪奏，为耆绅乡举重逢，吁恳恩准与宴，以光盛典，恭折仰祈圣鉴事。

①台北故宫博物院藏：《军机及宫中档》，文献编号：408007039。

②中国第一历史档案馆藏：《录副奏折》，档号：03-5378-023。

窃臣前准礼部咨：据詹事府右赞善李联芳①等呈称：前任宗人府府丞薛允升②，现年八十岁，由县学廪生中式道光庚子恩科本省乡试举人，咸丰丙辰科进士，以部属签分刑部，历官主事、员外郎、郎中。同治十一年，截取繁缺知府，外擢江西饶州府知府，历升四川成绵龙茂道、山西按察使、山东布政使、署漕运总督，旋补授刑部右侍郎。光绪六年，回京当差。七年，转补刑部左侍郎，随兼署工部左侍郎及署兵部左侍郎、刑部尚书、工部左侍郎、兵部右侍郎、礼部左侍郎。十九年，补授刑部尚书。二十三年，因案降调宗人府府丞。二十四年，因病奏请开缺。查该耆绅薛允升自中举之年至光绪二十六年庚子科乡试，已值花甲一周，例得重与鹿鸣筵宴等情。由部咨行到陕。

臣查前宗人府府丞薛允升学励丁年，荣叨甲第，既监司之叠陟，复卿职之久居。当年月府高翔，已阅大挠甲子；此日霓裳再

①李联芳，生卒年未详，字芝轩、友梅，号实斋，湖北麻城人，籍贯陕西平利。同治十年（1871），中式进士，选庶吉士。十三年（1874），授翰林院编修。光绪五年（1879），充广西乡试正考官。八年（1882），授山西乡试正考官。十五年（1889），任云南乡试正考官。十七年（1891），充甘肃乡试副考官。十九年（1893），补詹事府右赞善，选翰林院侍读学士。二十七年（1901），补授少詹事。二十八年（1902），迁内阁学士兼礼部侍郎衔。同年，充顺天乡试副考官。翌年，授福建乡试正考官。三十二年（1906），授文渊阁直阁事。宣统三年（1911），选典礼院学士。

②薛允升（1820—1901），字克猷，号云阶、云陔，陕西西安人，廪生。道光二十年（1840），中举。咸丰六年（1856），中式进士，以主事分部学习，签分刑部行走。九年（1859），丁母忧，回籍终制。十一年（1861），充刑部主事。同治八年（1869），补江西司主事，以功加四品衔。同年，升安徽司员外郎。九年（1870），升广东司郎中，历充秋审处坐办、律例馆提调。十二年（1873），放江西饶州府知府。光绪三年（1877），迁四川成绵龙茂道，兼署建昌道。四年（1878），调补山西按察使。五年（1879），迁山东布政使，署理漕运总督。同年，补授刑部右侍郎。七年（1881），补刑部左侍郎。八年（1882），兼署工部左侍郎，兼署兵部左侍郎。同年，充顺天武乡试副考官。九年（1883），兼署刑部尚书。十二年（1886），兼署工部左侍郎。十七年（1891），兼署兵部右侍郎、礼部左侍郎。十九年（1893），擢刑部尚书。翌年，充顺天乡试正考官。二十二年（1896），充从耕礼大臣。次年，因案降宗人府府丞。二十六年（1900），两宫幸西安，随赴行在，补刑部左侍郎。是年，补授刑部尚书。以老辞，不允。二十七年（1901），回銮从驾，卒于途。著有《汉律辑存》6 卷、《汉律决事比》4 卷、《唐明律合编》40 卷、《服制备考》4 卷、《读例存疑》54 卷等行世。

咏，将跻梁灏春秋。登筵而杖许扶鸠，用扬圣代作人之化；染翰而塔曾题雁，洵属儒生稽古之荣。宜与宾筵，以光盛典！

除咨礼部外，理合恭折具陈。伏乞皇太后、皇上圣鉴训示。谨奏。光绪二十五年七月初三日。

（朱批：）另有旨。[①]

光绪二十五年七月初八日，奉朱批：另有旨❶。钦此。[②]

❶【案】此案旋于是年七月十四日得旨允行，《上谕档》载曰：光绪二十五年七月十四日，内阁奉上谕：魏光焘奏，耆臣重遇鹿鸣，吁恳恩准与宴一折。前宗人府府臣薛允升早年登第，扬历中外，曾任刑部尚书。现在年登八秩，乡举重逢，洵属艺林盛世。薛允升着加恩赏给二品顶戴，准其重赴鹿鸣筵宴，以示嘉惠耆臣至意。钦此。[③]

0918. 覆陈岁入岁出各款及库存盈余折

光绪二十五年七月初三日（1899年8月8日）

头品顶戴陕西巡抚臣魏光焘跪奏，为遵旨查明陕省岁入岁出各款及库储盈余数目，据实覆陈，恭折仰祈圣鉴事。

窃臣前准军机大臣字寄：光绪二十五年五月二十六日奉上谕：四川、甘肃、陕西、山西等省，俱可由陆路直达京师，运饷较便，各该省藩库除本省开支暨额解京、协各饷外，库储是否尚有盈余，着该督抚查明实在数目具奏。将此谕令知之。钦此。遵旨寄信到陕。臣当即钦遵行司遵照速即查覆去后。兹据藩司李有棻详称：查明陕省光绪二十四年额收地丁、耗羡、厘金正、杂各款，除由县留支屯丁兑食，请留供兵拨协、留支、拨支各官廉费等银外，实收解司共银二百五十万五千三百余两。本省开支例额、廉费、

①台北故宫博物院藏：《军机及宫中档》，文献编号：408007040。

②中国第一历史档案馆藏：《录副奏折》，档号：03-5378-043。

③《光绪朝上谕档》，第25册，第217页。

俸工、夫马、祭祀一切杂支及奉拨兵勇京、协各饷，添练八旗洋枪步队及董军月饷、营旗薪饷、被灾赈抚、铁路、内务府各经费、筹还英德、俄法借款、厘金二成、买粮等项，共支银二百六万六千六百余两；解部土烟酒、糖各厘、烟地税各项减平共银一十九万二千五百余两，新章减平候拨封存银一万四千九十余两，入拨留备款银二十二万一千七百余两，此系全数备支京、甘各饷及由船厂改拨北洋练军经费之需。

以上照二十四年奏销之案，通盘核计，岁收较支尚余银一万三百余两，历年大致不甚悬殊。陕中入款本属有限，近年奉部派拨之款，岁有增加，如每年洋债之二十二万两，北洋练军饷五万两，董军月饷二万三千两，又本省加练洋操、挑练步队等项及武备学堂、中学堂岁需饷费十万余两。通计岁增出款四十余万两，幸每年催收地丁，各属尚能踊跃，开垦荒地，钱粮渐增。近年整顿厘金，较之光绪二十年以前，每岁加增不下二十余万两，加以兵粮变价之四万两，节省裁兵之十万余两，每岁约可增银四十余万两，赖以抵支，而库储仍未能充裕等情。具详请奏前来。

臣覆核无异，所有遵旨查明陕省岁入岁出各款及库储盈余数目，谨恭折覆陈。伏乞皇太后、皇上圣鉴训示。谨奏。光绪二十五年七月初三日。

(朱批:) 户部知道。[①]

光绪二十五年七月十四日，奉朱批：户部知道。钦此。[②]

0919. 奏报勘拟接修寨城以资防护折

光绪二十五年七月初三日 (1899年8月8日)

头品顶戴陕西巡抚臣魏光焘跪奏，为朝邑黄河西徙，逼近城垣，勘拟接修寨城，以资防护，恭折具陈，仰祈圣鉴事。

---

①台北故宫博物院藏：《军机及宫中档》，文献编号：408007042。

②中国第一历史档案馆藏：《录副奏折》，档号：03-6650-022。

窃臣前据朝邑县知县梁乃赓禀：该县黄河近年日渐西徙，逼近城垣，关系重大，应如何妥筹防护，请示遵办等情。当经批司饬委准补佛坪厅同知唐沛霖、候补通判李聪，前往会同该府县逐一履勘，禀覆核办。兹据同州府知府胡湘林督同该印委等会勘禀覆：勘得黄河自县北莘村入境，斜趋西南赵渡镇，出三河口，河道长七十余里，两岸沙滩宽四十余里，河面宽十余里至二十余里不等。若遇河水涨发，弥漫横流，望无涯际。近来，河水西啮，西岸村庄、地亩逐渐坍没入河，赵渡镇现尤岌岌可危。该县城东距河最近处，相隔只九十余丈。道光年间，创开引河，旋浚旋淤，迄无成功。光绪十六年，前抚臣鹿传霖于正东、东北及下游各处修筑堤坝工程，极为坚固，仍被冲刷，实缘河自积石以底龙门，凿崖悬泻，束流一线，奔射澎湃，有如箭激。朝邑相去二百里，势虽渐杀，而力未全减，河岸悉壅浮沙，掏挖十数丈，并无实土堤坝；所在水啮，底沙立溃，殆难以人力阻遏。现在赵渡镇一带居民多自迁徙县城，逼距河流，日近博稽，舆论佥谓莫如移就高原，使民无后患，款不虚掷。

查该县城西北隅有大寨两座，地势尚高，拟连两寨合为一城，居民有愿迁移者，听之；若有无力迁移者，即遇水患，亦可就近移居。该县绅民咸以为请勘估经费，亦仅一万一千余金；清公家筹款四千金，不足由该县差徭余项动支可期蒇事。再，两岸被冲地亩除历次豁免钱粮外，现在续塌不少，及水退未种滩地，恳请豁免钱粮，以恤民艰等情。并绘具图说，由藩、臬两司会核具详前来。

臣查该县黄河地势东高西下，水流既属汹涌，沙底又极松浮，开引河则水势泛溢，时虑淀淤；筑石坝则工纵坚实，仍虞蛰陷。且需款动逾百万，保固均无把握，安敢造次以图。臣前于出巡之便，轻骑履勘一遍，访询相度，以上皆系实在情形，所拟接寨修城，自是稳妥办法；所需经费仍饬确勘，另行报夺。

其屡年西岸续被水冲地亩实有若干，水退未种地亩是否有粮，民地能否垦种，除饬再行确查另由府道覆勘详办外，所有朝邑县黄河西徙，现拟接寨修城，以资防护缘由，谨恭折具陈。伏乞皇太后、皇上圣鉴，饬部立案施行。谨奏。光绪二十五年七月初三日。

（朱批：）着照所请，该部知道。①

光绪二十五年七月十四日，奉朱批：着照所请，该部知道。钦此。②

0920. 请准张元斌补授守备员缺片

光绪二十五年七月初三日（1899年8月8日）

再，臣准部咨：陕西抚标左营守备胡万春病故，遗缺应用期满差官。查该省期满差官无人，应用世职应补人员，令即由陕拣选请补等因。查该守备员缺设处省会，弹压巡防，均关紧要。臣标三营差官并无期满人员，照章在于三营已报期满世袭云骑尉人员内逐加遴选。查有世袭云骑尉张元斌，年三十四岁，同州府蒲城县人。光绪十五年十月到标效力，已报期满，请咨赴引后，回营试用二年亦届期满咨部在案。该员年力富强，办事勤奋，以之请补左营守备，洵堪胜任，与例亦属相符，合无仰恳天恩俯赐饬部核覆，准以期满世袭云骑尉张元斌请补陕西抚标左营守备，实于营伍有裨。如蒙俞允，该员系曾经引见之员，毋庸再行送部，应请饬部发给实授札付，以符定制。

除查取履历清册送部查照外，所有拣员请补抚标左营守备缘由，谨会同陕甘督臣陶模，附片具陈。伏乞圣鉴训示。谨奏。

（朱批：）兵部议奏。③

①台北故宫博物院藏：《军机及宫中档》，文献编号：408007041。

②中国第一历史档案馆藏：《录副奏折》，档号：03-7086-069。

③台北故宫博物院藏：《军机及宫中档》，文献编号：408007041-0-A。

光绪二十五年七月十四日，奉朱批：兵部议奏。钦此。①

0921. 请准张兆庆补授守备员缺片

光绪二十五年七月初三日（1899 年 8 月 8 日）

再，陕西抚标中营守备董朝青病故，遗缺应用期满武进士。臣前以武进士张兆庆请补，旋准部咨以该员未报期满，核与定章不符，碍难议准，令即查明是否期满，抑另有事故离营并未期满，迅即报部，再行核办等因。遵查该武进士张兆庆，系同治元年二月到标，因连年奉差未能及时具报，并无别项事故离营，且派委各差及现署斯缺，办理勤慎，均无贻误，业于本年六月补报期满在案，以之请补中营守备，洵堪胜任，与例亦属相符，合无仰恳天恩俯赐饬部核覆，仍准以期满武进士营守备用张兆庆请补陕西抚标中营守备，实于营伍有裨。如蒙俞允，俟接准部覆，即行给咨送部引见。再，该员系西安府渭南县人，例应回避，容另请拣员对调，以符定例。

除该员履历送部查照外，所有抚标中营守备仍请以张兆庆请补缘由，谨会同陕甘督臣陶模，附片具陈。伏乞圣鉴训示。谨奏。

（朱批：）兵部议奏。②

光绪二十五年七月十四日，奉朱批：兵部议奏。钦此。③

0922. 奏请裁汰文若周等员缘由片

光绪二十五年七月初三日（1899 年 8 月 8 日）

再，前钦奉上谕：据张之洞奏称，查明历年奉差不销，久假不归，潜行离省回籍者，咨明吏部，不准再行到省。着各该督抚

①中国第一历史档案馆藏：《录副奏片》，档号：03-5933-146。

②台北故宫博物院藏：《军机及宫中档》，文献编号：408007041-0-B。

③中国第一历史档案馆藏：《录副奏片》，档号：03-5933-145。

一体查照办理，以杜冗滥而清仕途等因。钦此。当经钦遵行司遵办在案。伏查陕省官方，素称整肃，间有庸劣不职之员，均经随时参劾。兹复钦奉上谕一体查办，遵即督同司道将在省候补、分发、捐纳、劳绩等项人员，严加考察，自知府、同、通、州、县以至佐贰、杂职各员内，随分供职者，固可照常差委；其显有违碍者，自不能遇事优容。

查有奉差年久不销之试用通判文若周、候补班前知县侯樾、劳绩委用尽先知县陈锡兰、教习尽先知县钮福备、试用布经历陈钟藻、试用从九品魏麟，告假久不回省之试用同知王宣诰、沈心阳、李修德，留省另补同知刘煐、候补知县彭询、试用知县傅燮、韩宝甲、孝廉方正试用直隶州州判郭丙章、试用府经历崔德璜、孙守恒，分缺先用县丞刘增辉、何昺、廖骧，试用县丞王恩选、试用巡检饶应福，私自离省、查无下落之试用通判杜柏枢、陈景绥、萧继志，试用知县宋楙棠、试用府经历赵永昌、常捐试用尽先县丞陈常、试用县丞杨煐、徐辛田、亢建中，试用按司狱糜伟宾、新海防试用典史任德裕、李浩然，正、佐共计三十三员，应请一并裁汰，不准再来陕省候补，以期疏通而杜冗滥。据藩司李有棻、臬司端方会详前来。臣覆查无异，除咨吏部外，谨附片具陈。伏乞圣鉴训示。谨奏。

(朱批：) 吏部知道。①

光绪二十五年七月十四日，奉朱批：吏部知道。钦此。②

0923. 奏陈审明盗犯按律分别定拟折

光绪二十五年七月初六日（1899年8月11日）

头品顶戴陕西巡抚臣魏光焘跪奏，为审明强劫得赃、拒伤事主盗犯，按律分别定拟，恭折仰祈圣鉴事。

①台北故宫博物院藏：《军机及宫中档》，文献编号：408007041-0-C。

②中国第一历史档案馆藏：《录副奏片》，档号：03-5378-044。

窃查陕省寻常盗案，经前抚臣奏请改题为奏，以期迅速，奉旨允准钦遵咨行照办在案。兹查前据署醴泉县知县张树谷具报，该县民人王遇得家被贼撞门进内，缚殴事主受伤，搜劫衣物逃逸。该县会营勘验，缉获伙盗田澳瀰，供出首盗符有财及伙盗夏怀春、陈见发、曹善九逃所，限内拿获，起初原赃，差传事主认领估赃，讯供通详，批饬缉审。嗣因限满逸犯未能续获，查验事主王遇得等伤均平复，覆讯议拟，解经西安府知府童兆蓉审转，由臬司端方勘转前来。

臣提犯亲加研鞫，缘符有财、夏怀春、田澳瀰、陈见发、曹善九分隶湖北均州及陕西商州、镇安、山阳等州县，先后来该县佣工度日，彼此素识，先未为匪。光绪二十四年十二月十四日，符有财先后会遇现获之夏怀春、田澳瀰、陈见发、曹善九及在逃之张起跪、陈老五、黄老九即黄五子、蔡澳春闲谈，各道贫难，符有财稔知补园南岭王遇得家道殷实，起意纠劫，得赃分用，众各允从，约定是晚在僻处会齐各散。届时，符有财携小刀，陈老五携铁包头木棒，其余俱携木棒，一同起身。行至中途，陈见发陡然腹痛，曹善九畏惧不敢前行。符有财令陈见发、曹善九在彼处等候，即同夏怀春等一共七人，约二更后，偕抵事主门首。留张起跪在门外把风，符有财等各用刀棒打开大门进院。符有财、蔡澳春、黄老九又打开左边窑门进内，灯尚未熄，事主王遇得惊起喊捕。蔡澳春用棒拒伤其左额角倒地，王遇得虑恐再殴，假作昏晕。王遇得之父王太惊起救护，黄老九用棒连拒伤其右臂膊、右胳肘。符有财等寻取麻绳，将王太两手缚住，吓禁声张，搜劫柜存衣物，走出院外。维时，田澳瀰、夏怀春、陈老五等亦打开右边窑门进内，王遇得之弟王寅娃惊起喊捕，夏怀春趋至炕边，用棒拒伤其右臀，相连右腿，王寅娃滚转喊叫，陈老五又用铁包头木棒拒伤其右胳肘、左右膝。田澳瀰搜取磁罐，内存现钱，一同走出，彼此告知情由，各携赃物一齐转回，路遇陈见发等告知抢劫拒捕情由，同至僻处查点俵分，随分赴北乡李家河、瓦庙山及南路一带逃避。

王遇得查明失物，开单投约报县，会营勘验差缉，拿获田澳瀰并原赃到案。讯据田澳瀰供出首伙盗犯符有财、夏怀春、陈见发、曹善九逃所，当于限内拿获，起获原赃，传主认领，估赃讯详，批饬审拟，由府解司勘转前来。臣亲提研鞫，严诘符有财实止起意纠劫得赃，并夏怀春、田澳瀰均止听纠抢劫，捆殴事主，得赃各一次。陈见发、曹善九亦系腹痛及畏惧不行，事后分赃，此外均无另犯窃劫别案，逃后亦无行凶为匪及知情容留分赃人家，供赃确凿，案无遁饰。

查律载：强盗已行但得财者，不分首从皆斩。又，光绪十四年新章内开：嗣后伙盗被获，供出首盗逃所，于四个月限内拿获系旧例法无可贷之犯，减为斩监候，秋审入于缓决。又，例载：共谋为强盗伙犯，临时畏惧不行，事后分赃者，杖一百，流二千里。如因患病不行，事后分赃者，发新疆给官兵为奴，各等语。此案符有财起意纠劫事主王遇得家钱文、衣物，并捆缚事主，实属愍不畏法。夏怀春听纠行劫，拒伤事主，亦属同恶相济，均应按律问拟。符有财、夏怀春均合依“强盗已行但得财者，不分首从皆斩”律，拟斩立决。

田澳瀰听纠上盗，入室搜赃，律应斩决，系旧例法无可贷之犯，惟初到案时，供出首盗逃所，于四个月限内拿获，应照通行拟减为斩监候，秋审入于缓决，均照例先行刺字。陈见发中途患病，曹善九临时畏惧，均未同行上盗，但事后分赃，亦应按例问拟，陈见发合依“共谋为强盗，伙犯因患病不行，事后分赃者，发新疆给官兵为奴”例，拟发新疆给官兵为奴，仍照名例改发极边烟瘴充军，以足四千里为限，到配后锁带铁杆、石礅二年，左面刺“强盗”，右面刺“改发”各二字。曹善九合依“共谋为强盗伙犯临时畏惧不行，事后分赃者，杖一百，流二千里”例，拟杖一百，流二千里，到配折责安置。陈见发有父陈才恒不能禁约其子为匪，应饬移籍，照例传责。该犯等在外为匪，原籍牌甲无从觉察，应请免议。获赃给主认领，未获追赔。逸犯张起跪等饬缉，获日另结。此案首伙九人，于限内获犯过半，兼获盗首，请免开参。

除供招咨部外，所有审明强劫得赃，拒伤事主，盗犯按律分别定拟缘由，理合恭折具奏。伏乞皇太后、皇上圣鉴，饬部核覆施行。谨奏。光绪二十五年七月初六日。

（朱批：）刑部速议具奏。[①]

光绪二十五年七月十六日，奉朱批：刑部速议具奏。钦此。[②]

0924. 审明周大等犯按律定拟缘由折

光绪二十五年七月初六日（1899年8月11日）

头品顶戴陕西巡抚臣魏光焘跪奏，为审明窃盗临时行强，按律分别定拟，恭折具陈，仰祈圣鉴事。

窃查陕省寻常盗案及临时行强各盗犯，经前抚臣奏请改题为奏，以期迅速，奉旨允准钦遵咨行照办在案。兹查前据署宜君县知县余宏蔚具报，民人田臣保家被贼撬门入室行窃，临时行强，拒伤事主，搜赃逃逸，会营勘缉，先后协同事主并蒲城县捕役拿获伙盗周大即周神仙、董三娃、王四成儿、尹四成到案，起获原赃，估赃四十七两三钱六分，讯供通详，批饬审缉。旋因逸犯张像等弋获无期，查验事主田申儿等伤均平复，提犯覆讯拟议，由府解经前署臬司以案情未确，发委西安府讯因犯供翻异，禀经发回确审。兹据该县吴复元覆讯议拟，由鄜州直隶州知州吴铭训解经臬司端方勘转前来。

臣提犯亲鞫，缘周大即周神仙、董三娃、王四成儿、尹四成，均籍隶河南南阳、镇平、桐柏等县，彼此素识。光绪二十年并二十二年，先后来蒲城、宜君地方佣工度日。董三娃先在陕西永兴前营当勇，迨后遣散，亦往各处佣趁，均先未为匪。二十三年八

①台北故宫博物院藏：《军机及宫中档》，文献编号：408007043。

②中国第一历史档案馆藏：《录副奏折》，档号：03-7373-060。

月初五日，周大等均在蒲城乾儿镇地方与在逃之张像、范老九、老安先后会遇一处闲谈，各道贫苦。张像稔知宜君县套关村事主田臣保家道殷实，起意纠窃，得赃分用，俱各允从，约定十六日晚同至五里镇空庙内会齐各散。

届期，该犯等先后走至。张像携小铁钻，周大拿顺刀，董三娃拿木柄钩，王四成儿、尹四成、范老九、老安等俱拿木棒，一共七人前往。约三更后，齐抵事主门首。张像、老安各用铁钻、木棒将门撬开，一齐入院。维时，事主田臣保往五里镇赶集未回，其妻田曹氏居住后院土窑，其子田申儿与雇工焦二在前院牛窑居住，一同惊起，开门喊捕。王四成儿、尹四成闻喊畏惧，转身先逃。张像临时起意，喝令行强，周大持刀吓禁声张，董三娃、范老九等亦各携棒上前乱殴，致伤田申儿右臂膊、右腿，焦二右臂膊。维时，人多手杂，何人拒伤何人、何处，均未看清。张像、范老九、老安、周大、董三娃进窑，因未搜得钱物，复将田申儿、焦二反关窑内，同往后窑，踏开窑门。田曹氏惊起喊捕，周大用刀背拒伤其右额角倒地，一同扭断柜锁，并打破一小木匣，搜劫银钱、衣物逃逸。赶上王四成儿、尹四成，告知行强拒伤事主各情，王四成儿、尹四成亦告知伊等闻喊畏惧先逃情由。该犯等俵分赃物逃逸。田申儿等随由牛窑烂孔钻出，扶救田曹氏，查明失物，开单报县，会营勘验，悬赏勒缉。旋据原役协同事主并蒲城县捕役拿获伙盗周大即周神仙、董三娃、王四成儿、尹四成到案，起获原赃，估赃讯详，批饬缉审，旋因逸盗张像等弋获无期，查验事主田申儿等伤均平复，提犯覆讯拟议，解经前署司以案情未确，发委西安府讯因犯供翻异，禀请发回确审，覆讯议拟，由司勘转到臣。提犯亲鞫，各供前情不讳。严诘周大、董三娃，委止听纠行窃，临时听从行强，吓禁声张，并拒伤事主，入室搜赃；王四成儿、尹四成亦止听从行窃，临时闻喊畏惧先逃，事后知情分赃各一次，此外均无窝伙窃劫别案，逃后亦无行凶为匪及知情容留之人，究诘不移，案无遁饰。

查律载：共谋为窃，临时行强，以临时主意及共为强盗者，不分首从论。又，强盗已行但得财者，不分首从，皆斩。又，例载：知强盗后而分所盗之赃在一百两以下者，俱照共谋为盗，临时畏惧不行，事后分赃，例减一等，杖一百，徒三年，各等语。

此案周大、董三娃听从在逃之张像纠邀行窃，迨事主惊觉喊捕，复敢听从临时行强，拒伤事主，入室搜赃，实属同恶相济，厥罪惟均，自应不分首从，按律问拟。周大即周神仙、董三娃均合依“共谋为窃，临时行强，以临时主意及共谋为强盗者，不分首从论，皆斩”律，拟斩立决，照例先行刺字。王四成儿、尹四成听从行窃，一闻喊捕，即畏惧逃遁，并未入室搜赃。惟既知强盗后分所盗之赃，殊属不法，自应按例问拟。王四成儿、尹四成均合依“知强盗后而分所盗之赃，在一百两以下者，照共谋为盗，临时畏惧不行，事后分赃，例减一等，杖一百，徒三年”例，拟杖一百，徒三年，均各照例先行刺字，递籍解配，分别折责拘役。该犯等讯无父兄，在外为匪，原籍牌甲无从觉察，应与买赃不知姓名人，均请免议。事主田申儿等伤均平复，均无庸议。获赃给主认领，未获追赔。逸犯张像等饬缉，获日另结。无干省释。

除供招咨部外，所有审明窃盗临时行强，按律分别定拟缘由，理合恭折具奏。伏乞皇太后、皇上圣鉴，饬部核覆施行。谨奏。光绪二十五年七月初六日。

（朱批：）刑部速议具奏。①

光绪二十五年七月十六日，奉朱批：刑部速议具奏。钦此。②

0925. 审明匪犯贾惍斗等按例定拟折

光绪二十五年七月初六日（1899年8月11日）

头品顶戴陕西巡抚臣魏光焘跪奏，为刀匪抢劫得赃，轰伤事

①台北故宫博物院藏：《军机及宫中档》，文献编号：408007045。

②中国第一历史档案馆藏：《录副奏折》，档号：03-6982-006。

主，审明按例定拟，恭折仰祈圣鉴事。

窃查陕省寻常盗案，经前抚臣奏请改题为奏，以期迅速，奉旨允准遵办在案。前据署白水县知县彭树勋详称：光绪二十四年九月十七日，据事主刘增信呈报，伊由外收土回家，行至秦家道地方，被刀匪十一人分持洋枪、刀矛，将伊轰砍受伤，抢劫烟土、骡马逃逸。开单报县，会营勘验，协同澄城县团役获犯贾惾斗、权遇合、雷西沅、朱濒娃、屈滂娃、樊犇子、寇憘儿七名，讯供通详。臣以该犯等系属刀匪，沿途递解，疏失堪虞，比即批饬该管同州府提犯覆讯，议拟详办。嗣据该府审拟详司，该司以情罪未协，批饬覆讯妥拟。兹据同州府知府胡湘林覆讯议拟，详由臬司端方核转前来。

臣覆加确核，缘贾惾斗、权遇合、雷西沅、朱濒娃、屈滂娃、樊犇子、寇憘儿分隶渭南、蒲城、大荔、华州等州县，平日均无恒业，带刀游荡，先未为匪。光绪二十四年九月十七日，贾惾斗、雷西沅、朱濒娃、屈滂娃、寇憘儿及另案之权遇合并在逃之杨冰海即杨老四、郭彦、周甲娃、憘邻暨杨冰海雇令背负行李之已获樊犇子，先后会遇，谈起贫苦。贾惾斗声称，秦家道岭时有客商往来，起意纠抢，得赃分用，权遇合等应允，屈滂娃同樊犇子畏法不从。贾惾斗吓称：如不同行，定行一并杀毙。屈滂娃与樊犇子被胁无奈，亦即依从。随于是日，贾惾斗携带尖刀，权遇合、雷西沅、朱濒娃各携洋枪，杨冰海、郭彦、周甲娃、憘邻各持马刀，樊犇子背负行李，同屈滂娃、寇憘儿均携顺刀，一共十一人，走至秦家道岭地方等候。

上午时分，适事主刘增信同其伙纪王复云、种京城吆赶骡马三头，驮运土箱，从岭上下来。贾惾斗瞥见，四顾无人，喊令动手，寇憘儿害怕，各自跑避一边，樊犇子坐地看守行李。维时，屈滂娃正在地头出恭，贾惾斗随合雷西沅、权遇合、朱濒娃、杨冰海、郭彦、周甲娃、憘邻一齐赶去喊抢。王复云、种京城害怕跑避。事主刘增信吆马欲走，权遇合随用洋枪轰伤其右眼，同贾俭斗、雷西沅、朱灦娃、杨冰海将土箱从马上掀下，叫令郭彦、周甲娃、憘邻用刀砍开。事主上前阻挡，杨冰海又用刀背打伤事主右手腕。朱灦娃、雷西沅亦举洋枪向其威吓。大家将烟土、骡马、衣物抢取到手。樊䔊子、屈涝娃随后走至，一同分携逃逸，赶上寇憘儿，告知前由，约到僻处俵分赃物。事主报县勘验，获犯讯详，批府提犯议拟，由司核转到臣。

查例载：抢夺之案，结伙十人以上，倚强肆掠，凶暴众著者，无论白昼昏夜，在途在野，均照强盗律，不分首从，拟斩；被胁同行者，发遣新疆给官兵为奴。又，白昼抢夺人财物赃至一百二十两以上者，仍照窃盗满贯律，拟绞监候。又，律载：窃盗为从者，各减一等。又，刑部通行内开：嗣后结伙十人以上抢夺之案，但有一人执持洋枪者，不论曾否伤人，不分首从，拟斩立决、枭示，各等语。

此案刀匪贾俭斗、权遇合、雷西沅、朱灦娃暨在逃之杨冰海等执持洋枪、尖刀，白日拦路抢劫事主刘增信烟土、马匹等物，并轰砍事主受伤。查该犯结伙已在十人以上，实属倚强肆掠，凶暴昭著，自应按例问拟。权遇合除另案听从抢夺罪止拟遣轻罪不议外，应与贾俭斗、雷西沅、朱灦娃均合依"抢夺之案，结伙十人以上，倚强肆掠，凶暴众著者，无论白昼昏夜，在途在野，均照强盗律，不分首从，拟斩"例，各拟斩立决，仍照章加拟枭示。樊䔊子、屈涝娃被胁勉从，且因行走落后，并未在场下手，拒捕抢夺，自应按例问拟。樊䔊子、屈涝娃均合依"被胁同行者，发遣新疆给官兵为奴"例，拟发新疆给官兵为奴，并请照依陕省奏准匪徒新章，改拟锁系巨石，俟至十年限满，察看情形，能否改悔，再行由县详办。樊䔊子为匪服役，游荡忘亲，虽供母老丁单，毋庸留养。寇憘儿听从伙抢，临时畏惧逃避，辄于事后贪分赃物，亦属不法。查原估失赃，系在一百二十两以上，应按例问拟。寇憘儿合依"白昼抢夺人财物，赃至一百二十两，仍照窃盗满贯"律，拟绞，为从减一等，拟杖一百，流三千里，亦请照章改拟锁系巨石八年，俟至限满由县察看办理。

该犯等讯无父兄，其在外为匪，原籍牌甲无从觉察，请免置议。获赃给主认领。逸犯杨冰海等饬缉，获日另结。刀枪案结储库。再，此案首伙十一人，现于疏防限内获犯过半，兼获盗首，请免开参。协获邻境盗犯七名应叙职名，系澄城县知县吴俶培，相应开送。

除供招咨部外，所有拿获刀匪抢劫得赃，轰伤事主，按例定拟缘由，谨恭折具陈。伏乞皇太后、皇上圣鉴，饬部议覆施行。谨奏。光绪二十五年七月初六日。

（朱批：）刑部速议具奏。①

光绪二十五年七月十六日，奉朱批：刑部速议具奏。钦此。②

0926. 循例汇奏京控案件缘由片

光绪二十五年七月初六日（1899年8月11日）

再，京控案件，例应半年汇奏一次。查前有华州民人孙年儿以草菅人命等情。遣抱孙徐氏赴京呈诉一案，讯因供词各执，将犯发回该州，勒限严拿逃犯郑士秀、薛仓儿务获，质讯详解，俟审定后，再行照例办理，经臣于上年奏明。兹查光绪二十五年正月初一日起至六月底止，有咸宁县民人李三孝以冤难县雪等词，赴都察院叠控逞刁，当经驳解回陕，并咨饬地方官管束等因。业将该民人押发该县严加管束在案。此外再无奉发京控案件。据藩、臬两司会详前来。

臣覆查无异，除饬催赶紧严拿孙年儿案内逃犯郑士秀等务获讯拟详办外，所有京控案件半年汇奏一次缘由，谨附片具陈。伏乞圣鉴。谨奏。

---

①台北故宫博物院藏：《军机及宫中档》，文献编号：408007044。

②中国第一历史档案馆藏：《录副奏折》，档号：03-7373-059。

(朱批:)刑部知道。[1]

光绪二十五年七月十六日，奉朱批：刑部知道。钦此。[2]

0927. 审拟夺马伤人刀匪缘由片

光绪二十五年七月初六日（1899年8月11日）

再，陕省寻常盗案，经前抚臣奏请改题为奏，以期迅速，奉旨允准遵办在案。前据署白水县知县彭树勋详称：光绪二十四年八月间，访闻县属马家船地方有刀匪白日抢劫马匹、钱物情事，正差查间，据事主张鳌呈报：本年六月二十八日下午，同伙赶贩马匹过渡，被贼四人分持洋枪、刀棒，拒轰受伤，抢去马匹、钱物逃逸，开单报县，会营勘验，饬役同蒲城县差役拿获首犯权盖千讯供通详一案。臣当批饬该管同州府提犯覆讯，按拟详办。嗣据该府讯拟详司，因情罪未协，批饬覆讯拟办。兹据同州府知府胡湘林覆审议拟，详经臬司端方核转前来。

臣覆加确核，缘权盖千、权遇合均籍隶蒲城县，家无恒业，平日带刀游荡，先未为匪。光绪二十四年六月二十八日，合已获在途病故之赵自萌、在逃之兆溃同往白水县黄龙山逛会。是日下午，行至该县马家船渡口地方，适遇事主张鳌同伙赶马三十五匹，从对岸分起过渡。权盖千望见，起意抢夺，得赃分用，权遇合等允从。俟至事主拉马三匹到岸，船夫撑船转去，一齐分持枪刀、木棒，扑拢向抢。事主向前喊捕。权盖千用洋枪轰伤事主右臂膊，赵自萌亦从旁举刀，向其威吓，抢去花马一匹、青布马褂一件、铜钱七百文，一同逃逸。旋将马褂卖与过路不知姓名人，得钱大家分用。马匹约俟变卖再分。赵自萌将马牵往北山，行至宜君县地方，经该县巡役盘获，送县讯供移查，适经该署县彭树勋访闻，会营勘验差缉，并一面派差前赴宜君县移提犯赃到案审办，讵赵

---

①台北故宫博物院藏：《军机及宫中档》，文献编号：408007044-0-A。

②中国第一历史档案馆藏：《录副奏片》，档号：03-7267-042。

自萌行至中途，因病身死，经宜君县验报，复经彭树勋查传事主张鳌到案，认明赃马给领。复据报获犯权盖千讯详批府提审议拟，由司核转到臣。

查例载：抢夺之案，聚众三人以上，但经持械威吓事主者，为首及在场动手之犯，照强盗律，拟斩立决。又，刑部通行内开：嗣后结伙三人以上抢夺案内，执持洋枪之人系首犯，拟斩立决、枭示，各等语。此案刀匪权盖千起意纠邀另案拟斩之权遇合暨病故之赵自萌、在逃之兆溃一共四人，抢夺事主张鳌马匹，用洋枪轰伤事主平复，实属不法，自应按例问拟。权盖千合依“抢夺之案，结伙三人以上，执持洋枪，拒伤事主，为首之犯，照强盗拟斩立决”例，拟斩立决，照章加拟枭示。权遇合此案在场，并未动手，惟于另案听从贾悭斗纠伙十人以上，持有洋枪，按例拟斩，应归彼案办理。赵自萌听从抢夺，在场持刀威吓，例应斩决，经宜君县盘获解案，行至中途病故，请免置议。赃马给主认领。买赃之不知姓名人，请免查缉。逸犯兆溃饬缉，获日另结。洋枪供弃免取。此案首伙四人，现于疏防限内获犯过半，兼获盗首，请免开参。

所有协获邻境斩枭盗犯一名，应叙职名系蒲城县知县杨孝宽，相应开送。除供招咨部外，理合附片具陈。伏乞圣鉴，饬部议覆施行。谨奏。

(朱批：) 刑部速议具奏。①

光绪二十五年七月十六日，奉朱批：刑部速议具奏。钦此。②

0928. 奏报练兵筹饷保甲团练积谷情形折

光绪二十五年七月十六日（1899 年 8 月 21 日）

头品顶戴陕西巡抚臣魏光焘跪奏，为查明陕省现在练兵、筹

①台北故宫博物院藏：《军机及宫中档》，文献编号：408007044-0-B。

②中国第一历史档案馆藏：《录副奏片》，档号：03-7373-061。

饷、保甲、团练、积谷情形，遵旨覆陈，恭折仰祈圣鉴事。

窃臣于光绪二十五年五月十八日接准部咨：四月初六日奉上谕：近因时事艰难，朝廷宵旰焦劳，孜孜求治，叠经谕令各直省督抚将地方应办事宜，认真整顿，不啻三令五申。旋据该督抚将所筹练兵、筹饷、保甲、团练、积谷各事宜先后覆奏。详加披览，该督抚所陈各节，虽不至尽托空言，尚未能确收实效。当此时艰孔急，允宜上下一心，共图治理。各该督抚均系特加简擢，受恩至深，若再因循观望，不能仰体忧勤惕厉之意、振作之机，当在何日！用特再加申谕，着各督抚于奉到此旨后，将现在筹办各事速即认真举办，仍将有无成效情形先行据实具奏等因。钦此。恭录咨行前来。当经钦遵行司遵照在案。

伏查陕省幅员辽阔，素号瘠区，舟车之利，不能遍达于边陬；物产之微，鲜可通商于邻境。以故兵荒之后，元气凋残，休息有年，至今未复。虽待治之亟，较各省为尤殷；而兴举之端，每持筹而倍窘。臣受任以来，于练兵、筹饷、保甲、团练、积谷各事宜，随时遵旨办理，认真整顿，业经先后奏明。兹复钦奉特谕，饬将有无成效具奏，谨就现在情形，撮举大要，敬为我皇太后、皇上缕晰陈之。

一、练兵。自光绪二十一年甘回变乱，陕境紧与毗连，以东旋之旅为西援之师，防剿兼资，兵数增巨，饷力不支。迨回乱既平，臣回本任，即议汰弱留强，一如平时旧额。嗣复叠奉裁兵节饷，改营为旗，统计现在仅存防、练各军二十八营旗，棋布星罗，赖以巡防弹压。上年，就本省常年节出之饷，挑出防军马、步、炮队八旗，增费改练洋操，并添设工程哨队，创开随营武备学堂，借储将领教习之才，拟俟成效渐著，仍以节存余款，添练四旗，俾资推拓而备调遣。其分防省外各旗，均就近分隶各镇，不时咨令点验督操，仍由臣轮调入省校阅。近省各旗，臣躬亲督练，谕令将领弁目等讲求阵法，奇正分合，因势为用，并时入臣署箭道阅看打靶准头，考验表尺，风雨阴晴差度。改练洋操队伍，督练尤勤，逐日按期程课枪炮、测绘、营垒、攻守诸学，分门肄习。总而衡之，练军愈于制兵，防军愈于练军，洋操又愈于防军。盖饷章之厚薄攸分，即造诣之浅深各判，事难齐量，理实相因，而较之从前，则悉已改观易虑。此现在练兵之情形也。

一、筹饷。陕中赋入，岁有常经。荒旷既多，征收迄未足额。近年清查隐匿，讲求水利，劝垦生熟荒亩，计二十一、二、三、四等年，增收正赋三万数十两。其报垦待限升科者，不在此数。此外，入款以厘金为大宗，向来全省厘金岁收不过三十万金内外，虽由地僻运艰、商贩稀少所致，而法疏网阔，弊亦乘之，始因局费不足办公，借小票为弥缝，积渐而即漏卮于小票，始定入境落地、出境收厘两道，随地分收，而路径纷歧，偷漏绕越，包揽卖放，百弊丛生，骤难究诘。布政使李有棻前于署藩司任内，极力整顿，厘订章程，增添局费，禁革小票，使涓滴归公，并于入境时两道并收，听其所往，详明开办。自二十一年起，截至二十四年止，较前四年，溢收数逾百万，所增局费，每岁仅万数千两，仍不出通章准支一成之外，成效昭著。其余节省之项，裁减兵粮变价岁约银四万两，裁减兵饷岁十万余两，通计较二十年以前，岁增入款不下五十万两，以之抵解、承拨、认还洋债暨北洋、中军、董军兵饷并加费改练洋操，尚无支绌。土厘解京，亦岁增十数万两。此现在筹饷之情形也。

一、保甲。陕省向本奉行，沿久或视为具文。近年力加整顿，并立新式门牌，首列户口数目，次列同牌姓名，末列应禁各条，俾各悬门首，寓目咸知。各属自造细册，另造简明清册，赍省备查。臬司端方到任后，尤以此为先务，复详通饬申谕，并派员分起覆查，尚能核实，奸匪无从匿迹，闾阎亦觉相安，诚能历久不渝，地方盗劫之案必以渐熄。此现在保甲之情形也。

一、团练。陕省土瘠民贫，有事之时，迫于烽警，各属亦能筹款练团，自卫身家。境遇情迁，费用不继，则虽依旧分团而已，无复集练。上年，经臣酌定保甲、团练简明章程八条，奏明饬办。

诚以保甲、团练相辅而行，保甲成而团练即可推及。现除北山瘠苦最甚之区暂准缓办外，其西、同、凤、兴、汉、延、榆、邠、乾、鄜、绥、商等十二府州属均报办齐。委查悉遵定章，以城团为乡团之根本，以乡团为城团之犄角，仿诸营制，城团为中哨，乡团四起为前、左、右、后哨，核计已挑城团壮丁三千九百余名、乡团壮丁一万六千六百余名，人尚精壮，军械亦齐，办理尚均切实。此现在团练之情形也。

一、积谷。陕中原有积谷，回乱后荡然无存。前抚臣冯誉骥任内，通饬劝办义仓，报存积谷八十万六千石有奇，厥后频年荒歉，赈借兼施，渐见耗减，经臣奏准截留厘金二成，期以三年尽数购买弥补，以备不虞。因粮价腾贵，各属间有偏灾挪赈，现尚未能一律采齐，而清缴亏欠，饬劝续捐，以及发款采买，现计规复旧额，已有盈无绌。本年麦收尚稔，俟粮价平减，仍当提款采储。此现在积谷之情形也。

臣维以上五事皆为政要，虽方域财力所限，未敢遽言成效，而黾勉以图，初基克立，逐渐增高继长，亦必能日事恢宏，道在持之以坚、要之以久而已。臣受恩深重，际此时艰，惟有竭其心力之所能到，督同司道认真办理，以冀有裨时局。

所有查明陕省现在练兵、筹饷、保甲、团练、积谷，遵旨覆奏缘由，谨恭折具陈。伏乞皇太后、皇上圣鉴训示。谨奏。光绪二十五年七月十六日。

（朱批：）览奏，已悉。所筹尚属妥贴，着即督同司道认真办理，毋稍松懈。①

光绪二十五年七月二十九日，奉朱批：览奏，已悉。所筹尚属妥贴，着即督同司道认真办理，毋稍松懈。钦此。②

---

①台北故宫博物院藏：《军机及宫中档》，文献编号：408007048。

②中国第一历史档案馆藏：《录副奏折》，档号：03-5998-079。

0929. 奏报开修河道有功员绅请奖折

光绪二十五年七月十六日（1899 年 8 月 21 日）

头品顶戴陕西巡抚臣魏光焘跪奏，为查明陕省开修二华河渠暨修浚龙洞渠、沧龙河在事尤为出力员绅，汇案恳请分别给奖，用昭激劝，恭折仰祈圣鉴事。

窃查陕省开修二华河渠工竣出力员绅，上年经臣奏奉谕旨准其酌保，嗣修龙洞渠、沧龙河，本年竣役，适臣出巡，顺道勘验完固，复经奏奉谕旨准其择尤酌保，毋许冒滥。钦此。均经先后钦遵饬行司局遵照核办在案。伏查陕西华州、华阴等处地方，积水漫浸，几成泽国，为患有至数十年之久者，屡议疏治，勘估需费十数万金，仍无把握，年复一年，潦积日甚，以致汪洋弥望，蠲赈频仍，叠廑宸虑。前年荷蒙圣恩俯允拨帑饬修，随经饬派营勇并由该州县督饬绅耆，派集民夫，各分地段，同时并作，借节经费，七阅月告成。虽盛暑未尝辍役，百余里间，河渠七十道，纷错交互，通利灌输，涸复地亩一千二百余顷，费帑仅二万三千余金，向之望洋兴叹者，悉已纵横其亩。此开修二华河、渠之实在情形也。

秦中水利向以泾阳之龙洞渠为最，盖承秦汉郑、白之遗规，而历代复有因革损益者也。岁久失修，因陋就简，近且涓流细缩，仅灌地三万余亩。下游枝渠甚因，涸久滞废。上年从新修浚，派营勇以治官渠，集民夫以治民渠，凿险缒幽，篝火探穴，撮土拳石，率须筐负絙接以出，运达于高岸峭壁之外，用工极巨，为役尤苦。本年三月竣事，增灌地十万余亩，泾阳、高陵、三原、醴泉各属咸资其利。此修浚龙洞渠之实在情形也。

长安沧龙一河并纳游泥河水，雨涨堤溃，几于无岁无灾，良由河身淀淤，苇根蟠结，水盛不能容蓄宣泄，遂致冲决。上年专派营勇将全河经流疏浚一次，并培筑两堤，俾加宽厚。今春复派营勇挑挖苇根、淤泥，露立程工，沾体涂足，常恐雨至涨添，不能从事，并日而营，幸以讫事。此挑挖沧龙河之实在情形也。

臣遍历周勘，各工均能一律如法。窃维关辅地本上腴，兵燹后人民寥落，元气凋残，水利未尽兴复，累年积岁，河流受病愈深，勘估筹修，工费极巨，小民惮于兴作，公家限于财力，势迫迁延；而平衍之地，或以积水泛滥而弃为沮洳；涌溢之泉，或以梗塞渗漏而失其滋荫；汇流之水，或以胶滞激射而致坏堤防。此次开通疏治，拨款无多，费虞不继，而工未能省，有既资勇力兼集民夫者，有未集民夫全资勇力者，又必操防之隙，耕作之余，始能督率从役。除沣、灞、潏、淖各水河堤、桥路工程，拨营修治，未动公款者不计外，前项巨工三起，次第接续，三年而后竟功，费省工坚，诚为始愿所不及，文武印委、官弁、绅耆，均属不无微劳足录，合无仰恳天恩俯准将二华、龙洞、沧龙河、渠各工在事尤为出力人员分别给奖，以资激励而劝将来。

除各员履历造册送部并咨保各员咨部核办外，谨缮清单，恭呈御览。伏乞皇太后、皇上圣鉴，饬部核覆施行。谨奏。光绪二十五年七月十六日。

（朱批：）该部议奏，单二件并发。[①]

光绪二十五年七月二十九日，奉朱批：该部议奏，单二件并发。钦此。[②]

0930. 呈开修河渠工程出力文员清单

光绪二十五年七月十六日（1899年8月21日）

谨将陕省开修华州、华阴河渠暨修浚泾阳龙洞渠、长安沧龙河等处工程在事尤为出力文员，汇案请奖，开具清单，恭呈御览。

计开

二品顶戴遇缺补用道严金清，请赏给正二品封典。

---

①台北故宫博物院藏：《军机及宫中档》，文献编号：408007049。

②中国第一历史档案馆藏：《录副奏折》，档号：03-7086-072。

盐运使衔留陕遇缺题奏道汪廷栋，请赏给二品顶戴。

前署潼商道陕西候补道陈兆璜、在任候选知府泾阳县知县张凤岐、署长安县事南郑县知县周毓棠、三原县知县欧炳琳、署高陵县知县侪锡瓛、泾阳县县丞刘懋荫、长安县县丞秦书绅，均请交部议叙。

知府用陕西候补同知贺培芬，请俟补知府后，以道员用。

前署华阴县知县知府用在任候补直隶州长安县知县杨调元，请俟归知府后，以道员用。

前任华州知州黄世瀛，请赏加四品衔。

前署华州知州边祖恭，请俟补缺后，以同知直隶州在任候补。

同知衔蓝田县知县周之济，请以同知直隶州在任候补。

知府衔候选同知于天赐，请俟选缺后，以知府补用。

华州州判崔耀山，请以知县在任候补。

同州府经历邹仁鉴，请以应升之缺升用。

候补县丞马荫梧、冯升瀛、宋之谷，浙江候补县丞刘肇甲，均请俟补缺后，以知县用。

候补府照磨万炳煌，请俟补缺后，以县丞补用。

试用从九品刘俊英、试用典史刘庆铭，均请俟补缺后，以县主簿补用。

俊秀童光瀛，请以巡检不论双单月归部选用。

（朱批：）览。①

0931. 呈开修河渠工程出力武员清单

光绪二十五年七月十六日（1899年8月21日）

谨将陕省开修华州、华阴河渠暨修浚泾阳龙洞渠、长安沧龙河等处工程在事尤为出力武员，汇案请奖，开具清单，恭呈御览。

①中国第一历史档案馆藏：《单》，档号：03-7086-073。

计开

记名提督龙恩思、记名提督补用总兵祝鉴廷、记名总兵欧阳胜，均请交部议叙。

记名总兵徐有礼、总兵衔补用副将谭其祥、补用副将唐升禄，均请赏给正二品封典。

补用参将魏荣斌、胡东湘，参将衔补用游击刘琦、陕西抚标左营游击勋旧、佐领骑都尉加一云骑尉联辉，均请赏给二品顶戴。

副将衔补用游击龚炳魁、补用游击李云松，均请俟补缺后，以参将补用。

游击衔补用都司萧世禧、王崐峻、曹久立、陈心胜，补用都司廖有余、徐世昌、王耀榕，均请俟补缺后，以游击补用。

都司衔补用守备刘华俊、黄明远，补用守备欧鸿翥、聂兴元、萧锡蕃，均请俟补缺后，以都司用。

蓝翎守备衔千总用拔补把总谭舜先、廖春桂，均请俟补千总后，以守备补用。

骑都尉兼一云骑尉世职张隆恩，请以都司补用。

蓝翎拔补千总萧培坤、潘清林、刘得山，拔补千总董荣贵、魏锡章、李颂，均请赏加守备衔。

（朱批：）览。[1]

0932. 奏报本年六月雨水粮价情形折

光绪二十五年七月十六日（1899 年 8 月 21 日）

头品顶戴陕西巡抚臣魏光焘跪奏，为恭报雨泽、禾苗情形，恭折仰祈圣鉴事。

窃查陕西省光绪二十五年五月分雨泽、禾苗情形，业经奏报在案。兹据西安、延安、凤翔、汉中、榆林、同州、兴安、邠州、

①中国第一历史档案馆藏：《单》，档号：03-7086-074。

乾州、商州、鄜州、绥德等府州属具报，于六月初四、五、六、七至初九、十及十五六七八并二十二三四五六等日，先后得雨一二寸至三四寸及深透不等。查六月以来，雨泽较稀，各州县间有亢旱之处，经臣恭率僚属虔诚祈祷，现已渥沛甘霖，秋禾长发，荞麦、杂粮均已出土三四寸不等，民情安谧，堪以上慰宸廑！刻查西安粮价，大米每仓石价银四两六钱四分，小米每仓石价银三两一钱二分。较之上月大米每石增银三钱一分，小米每石增银二钱三分。

所有光绪二十五年六月分雨泽、禾苗暨省城粮价情形，理合恭折具陈。伏乞皇太后、皇上圣鉴。谨奏。光绪二十五年七月十六日。

（朱批：）知道了。①

光绪二十五年七月二十九日，奉朱批：知道了。钦此。②

0933. 奏为考察举劾吏治人才片

光绪二十五年七月十六日（1899年8月21日）

再，为治之道，首在得人。而激励人材，尤贵随时认真考察，分别举劾，方足以示劝惩而资观感。查有陕西候补道黄泽厚，练达和平，清操自励，兼有综核之才，历办厘务，收数加倍，卓然为通省之冠。汉中府知府常裕，稳练老成，实心任事，汉南会匪几酿巨患，该守不动声色，次第剪除；办理教案，应机立断，弭患无形，尤能力持大体。兴安府知府张筠，操持峻介，践履笃实，课吏精严，毫无瞻徇，僚属严惮，百姓爱戴。以上三员，实属陕省道府中不可多得之员，可否仰恳天恩由臣给咨送部引见，听候录用之处，出自圣裁。

砖坪厅通判鲁沛，率意科罚，不知检束。洛川县知县王祖植，

---

①台北故宫博物院藏：《军机及宫中档》，文献编号：408007046。

②中国第一历史档案馆藏：《录副奏折》，档号：03-6986-041。

驭下无方，办事含糊。砖坪厅巡检王肇履，性情贪狡，挟诈营私。吴堡县典史邹仁志，操守平常，声名甚劣。均未便稍事姑容。据藩、臬两司会详前来。相应请旨将砖坪厅通判鲁沛开缺调省察看，洛川县知县王祖植开缺另补，砖坪厅巡检王肇履、吴堡县典史邹仁志即行革职，以示惩警而肃官常。所遗各缺，陕省现有应补人员，应均请扣留外补。理合附片具奏。伏乞圣鉴训示。谨奏。

（朱批：）另有旨。[①]

光绪二十五年七月二十九日，奉朱批：另有旨。❶钦此。[②]

❶【案】此案选于是年七月二十九日得旨分别奖惩，《上谕档》载曰：

光绪二十五年七月二十九日，内阁奉上谕：魏光焘奏，分别举劾属员等语。陕西候补道黄泽厚，练达和平，清操自励；汉中府知府常裕，稳练老成，实心任事；兴安府知府张筠，操持峻介，践履笃实。以上三员，均着该抚给咨送部引见。砖坪厅通判鲁沛，既据该抚奏称率意科罚，不知检束，仅请开缺调省察看，殊属轻纵。鲁沛着即行革职。洛川县知县王祖植，驭下无方，办事含糊，着开缺另补。砖坪厅巡检王肇履，性情贪狡，挟诈营私；吴堡县典史邹仁志，操守平常，声名甚劣，均着即行革职。余着照所议办理，该部知道。钦此。[③]

0934. 请将黄霁等照准原拟给奖片

光绪二十五年七月十六日（1899年8月21日）

再，臣前奏改奖员外郎黄霁、选用同知冯锡义并江苏试用知府莫枚、选用布理问张贺世，请仍照原单给奖一片，部议以迟逾撤销，奏奉谕旨咨行前来。伏查该员等于湘军攻克甘肃西宁西北

---

①台北故宫博物院藏：《军机及宫中档》，文献编号：408007046-0-A。

②中国第一历史档案馆藏：《录副奏片》，档号：03-5378-090。

③《光绪朝上谕档》，第25册，第233页。

两川等处逆巢、搜捕余匪一律肃清案内在事出力，经臣汇案奏保，旋准部咨分别驳查。惟时湘军遣撤已久，各员星散，或径回原籍，或回籍后投效他军，或于他省候补、就馆，踪迹靡定，展转行查具覆，动须岁时，是以奏覆稍缓，尚非无故迟延，与开保逾限者有间，且同案各员曾经一律核准给奖，各员等同属在事出力，若以行查迟覆撤销，似无以昭激励而劝将来，合无仰恳天恩俯准将选用员外郎黄霁、选用同知冯锡义、江苏试用知府莫枚、选用布理问张贺世，仍照原拟分别给奖，以免向隅。

除咨吏部查照外，谨附片具奏。伏乞圣鉴训示。谨奏。

（朱批：）着照所请，该部知道。[①]

光绪二十五年七月二十九日，奉朱批：着照所请，该部知道。钦此。[②]

0935. 奏报查办神木等县被灾情形片

光绪二十五年七月十六日（1899 年 8 月 21 日）

再，据神木县禀报，该县自春徂夏，雨泽愆期，以致夏禾被旱。地近川源者，收成尚有一二分；山坡、砂碛之区，苗皆枯槁。勘验实已成灾，请将上忙钱粮分作三年带征。灾前已完之数，留抵下忙正赋。又，据府谷县禀报，该县入夏以来，雨泽稀少，夏禾被旱，收成仅止一二分及二三分不等，勘验成灾七分以上，请将上忙钱粮缓至来年秋后带征，各等情。前来。

臣查小民胼胝东作，原冀有秋，今竟旱魃为灾，收成失望，殊堪悯恻。当经批司移行该管道府遵章覆勘，究竟夏禾被旱地亩实有若干，分别成灾分数，钱粮应如何蠲缓，被灾贫民应否筹款赈抚，据实妥议，联衔结报。现据该二县具报已得雨泽，仍令谕饬农民赶紧补种秋禾，以资接济。统俟查办完竣，另行奏报。谨

①台北故宫博物院藏：《军机及宫中档》，文献编号：408007046-0-B。

②中国第一历史档案馆藏：《录副奏片》，档号：03-5933-185。

附片具陈。伏乞圣鉴。谨奏。

（朱批：）神木等县被旱地亩，着即督饬该管道府认真查勘，应否蠲缓钱粮，分别赈抚，并着奏明办理。①

光绪二十五年七月二十九日，奉朱批：神木等县被旱地亩，着即督饬该管道府认真查勘，应否蠲缓钱粮，分别赈抚，并着奏明办理。钦此。②

0936. 请准李有棻护理陕抚篆务折

光绪二十五年七月二十四日（1899 年 8 月 29 日）

头品顶戴陕西巡抚臣魏光焘跪奏，为微臣遵旨入都陛见，恳请派员护理陕西巡抚篆务，以便交卸起程，恭折仰祈圣鉴事。

窃臣于光绪二十五年六月二十四日，因调补陕西巡抚到任已届三年期满，循例奏请陛见。嗣于七月二十日差弁赍回原折，奉朱批：着来见。钦此。闻命之下，欣感莫名！应即赶紧料理北上，趋诣阙廷，跪聆训诲，俾遂就瞻之愿，借伸依恋之忱。

所有陕西巡抚篆务，可否吁恳天恩即派布政使李有棻护理，俾臣得以早日交卸起程之处，出自圣裁。理合恭折具陈。伏乞皇太后、皇上圣鉴训示。谨奏。光绪二十五年七月二十四日。

（朱批：）即着李有棻护理。③

光绪二十五年八月初五日，奉朱批：即着李有棻护理。钦此。④

①台北故宫博物院藏：《军机及宫中档》，文献编号：408007046-0-C。
②中国第一历史档案馆藏：《录副奏片》，档号：03-7107-044。
③台北故宫博物院藏：《军机及宫中档》，文献编号：408007047。
④中国第一历史档案馆藏：《录副奏折》，档号：03-5379-032。

0937. 奏报汇解应还俄法银数片

光绪二十五年七月二十四日（1899年8月29日）

再，陕省每年认还俄法、英德洋款，本年三月分一期应解银两，业经奏明汇解在案。兹届九月分，应还俄法借款之期，臣遵即饬司将此项银四万两发交汇商，定限九月内一并汇解江海关道衙门交纳，印还批回备查。据藩司李有棻详请奏咨前来。

除咨明户部暨两江督臣、江苏抚臣查照外，所有陕省发商汇解本年九月分应还俄法银数，理合附片陈明。伏乞圣鉴。谨奏。

（朱批：）户部知道。[1]

光绪二十五年八月初五日，奉朱批：该部知道。钦此。[2]

0938. 奏报起解各项银两日期片

光绪二十五年七月二十四日（1899年8月29日）

再，臣准部电，以部库需饷甚急，令将新海防捐款及土药税厘等项银两，迅即委员报解，并准内务府电催经费银两，各等因。查陕省新海防捐款，自初次至十九次，均已分别委解在案。兹自二十次起至二十二次止，共应解收捐正项银八千一百七十一两零，部饭、照费银一百二十八两零，国子监饭、照费银四两零；又补解新捐自初次起至四次止，共部、饭、照费银一千二百二十四两零，国子监饭、照费银一百七十二两零；又搭解二十四年收存土药厘金银十三万四千一百四十六两零，烟地税银三万七百七十四两零，烟酒厘银二千九百二两零，二成糖厘银一千二百一十八两零，及二十五年筹解内务府经费银两除已解外，下余应解一半银五千两，平余银一百六十五两。以上共银十八万三千九百八两零，

---

①台北故宫博物院藏：《军机及宫中档》，文献编号：408007047-0-A。

②中国第一历史档案馆藏：《录副奏片》，档号：03-6694-063。

由司拣委妥员于七月二十五日起程，管解赴京，分别交纳。据藩司李有棻具详前来。

臣覆查无异，除咨部查照外，所有起解各项银两数目、日期，谨附片具陈。伏乞圣鉴。谨奏。

（朱批：）该衙门知道。①

光绪二十五年八月初五日，奉朱批：该衙门知道。钦此。②

0939. 审拟贺闰金等听纠行劫一案折

光绪二十五年八月十三日（1899年9月17日）

头品顶戴陕西巡抚臣魏光焘跪奏，为审明伙盗听纠行劫，按律分别定拟，恭折具陈，仰祈圣鉴事。

窃查陕省寻常盗案，经前抚臣奏请改题为奏，以期迅速，奉旨允准钦遵咨行照办在案。兹查前据甘泉县知县朱弼臣具报，民人何西川家被贼踢门入室行劫，拒伤事主，搜赃逃逸，会营勘缉，拿获伙盗贺闰金即贺闰斤、胡老二、刘样盗案，起获原赃，讯供通详，批饬审缉。旋因逸犯黄占彪等弋获无期，查验事主何重德等伤均平复，提犯覆讯议拟，由延安府知府松山审解到司，以案情未确，发委西安府讯办。兹据西安府知府童兆蓉督同局员审拟，解经臬司端方勘转前来。

臣提犯亲鞫，缘贺闰金即贺闰斤、胡老二、刘样分隶河南唐县、裕州等州县，与在逃之黄占彪、李老二先后来至甘泉县，佣工相识，先未为匪。光绪二十四年七月十一日，因无雇主，遇道贫难。黄占彪稔知何西川家有钱，起意纠结得赃分用，俱各允从。遂于是晚，黄占彪、贺闰金、胡老二各拿木棒，李老二携带尖刀，刘样徒手，一共五人前往。行至中途，刘样畏惧，捏称出恭落后。黄占彪等先行。三更后，偕抵事主门首。黄占彪、李老二踢开窑

①台北故宫博物院藏：《军机及宫中档》，文献编号：408007047-0-B。

②中国第一历史档案馆藏：《录副奏片》，档号：03-6153-083。

门，贺闰金手执油捻照亮，一同进房。胡老二站立门外接赃。

维时，事主何西川外贸未回，其父何重德、母何梁氏一同惊起喊捕。李老二用刀拒伤何重德右手背、左右腿，黄占彪亦用木棒拒伤何梁氏左手背、左后肋，吓禁声张。黄占彪、李老二启开木柜，劫得衣物，递交胡老二，一同逃逸，赶上刘样，告知拒伤事主强劫得赃情由，当将赃物携到僻处，查点男女衣服二十二件、铜钱三千文。黄占彪分给贺闰金蓝布夹袄二件、布裤一条、铜钱五百文；胡老二布裤一条、棉袄、布大衫各一件、铜钱五百文，并称刘样并未上盗，不得分赃，余赃黄占彪、李老二分背，与贺闰金等分路逃逸。经事主何西川回归查报，会营勘缉，捕获伙盗贺闰金、胡老二、刘样三犯，并起获赃物，讯供通详，批饬缉审。旋查事主何重德等伤均平复，逸贼黄占彪等弋获无期，提集现犯，覆讯议拟，由府解司以案情未确，发委西安府督讯议拟，解司勘转到臣。提犯亲鞫，各供前情不讳。严诘贺闰金、胡老二，委止听纠行劫一次，此外再无另犯窝伙窃劫别案。刘样亦止听纠行劫，中途畏惧不行，事后并未分赃，逃后亦均无行凶为匪及知情容留、分赃之人。究诘不移，案无遁饰。

查律载：强盗已行但得财者，不分首从，皆斩。又，例载：共谋为强盗，伙犯临时畏惧不行，事后不分赃者，杖一百，各等语。此案贺闰金、胡老二听纠伙劫事主何西川家，业已得赃。该犯贺闰金持械入室，照亮搜赃，实属不法。胡老二虽仅在外接赃，惟已听纠上盗助势，亦系同恶相济，厥罪维均，自应按律问拟。贺闰金即贺闰斤、胡老二合依“强盗已行但得赃者，不分首从，皆斩”律，拟斩立决，照例先行刺字。刘样听纠行劫，中途畏惧不行，事后亦未分赃，亦应按例问拟。刘样合依“共谋为强盗，伙犯临时畏惧不行，事后不分赃者，杖一百”例，拟杖一百，折责发落。该犯贺闰金等在外为匪，原籍牌甲无从觉察，请免置议。事主何重德等伤已平复，应毋庸议。起获原赃，给主认领，未获追赔。逸犯黄占彪等饬缉，获日另结。无干省释。

除供招咨部外，所有审明伙盗听纠行劫，按律分别定拟缘由，谨恭折具陈。伏乞皇太后、皇上圣鉴，饬部核覆施行。谨奏。光绪二十五年八月十三日。

（朱批：）刑部速议具奏。①

光绪二十五年八月二十四日，奉朱批：刑部速议具奏。钦此。②

0940. 奏报本年七月雨水粮价情形折

光绪二十五年八月十三日（1899年9月17日）

头品顶戴陕西巡抚臣魏光焘跪奏，为恭报雨泽、禾苗情形，恭折仰祈圣鉴事。

窃查陕西省光绪二十五年六月分雨泽、禾苗情形，业经臣奏报在案。兹据西安、延安、凤翔、汉中、榆林、同州、兴安、乾州、邠州、商州、鄜州、绥德等府州属具报，七月初二、三、四、五至初七、八、九、十及二十、二十一等日，先后得雨二三寸至四五寸及深透不等。臣查入秋以来，雨泽尚属应时，秋禾滋长，稻谷、杂粮渐已扬花结穗，民情安谧，堪以上慰宸廑！刻查西安粮价，大米每仓石价银四两六钱九分，小米每仓石价银三两三钱四分。较之上月大米每石增银五分，小米每石增银二钱二分。

所有光绪二十五年七月分雨泽、禾苗暨省城粮价情形，理合恭折具陈。伏乞皇太后、皇上圣鉴。谨奏。光绪二十五年八月十三日。

（朱批：）知道了。③

光绪二十五年八月二十四日，奉朱批：知道了。钦此。④

---

①台北故宫博物院藏：《军机及宫中档》，文献编号：408007050。

②中国第一历史档案馆藏：《录副奏折》，档号：03-7373-078。

③台北故宫博物院藏：《军机及宫中档》，文献编号：408007051。

④中国第一历史档案馆藏：《录副奏折》，档号：03-6987-038。

0941. 审拟武举孙忠信持刀伤人一案折

光绪二十五年八月十三日（1899年9月17日）

头品顶戴陕西巡抚臣魏光焘跪奏，为审明已革武举持刀伤人，按例定拟，恭折具陈，仰祈圣鉴事。

窃查前据署大荔县知县余琪树详称：该县武举孙忠信用刀砍伤生员包万椿，并与其弟武举孙忠有共殴伤包大鹏各平复，差传抗避不案，恃符妄为，经臣奏请将该武举孙忠信、孙忠有一并斥革，归案审办，奉朱批：着照所请，该部知道。钦此。当即钦遵行司转饬审办去后。该县饬差勒缉孙忠有未获，先提现犯讯拟解府，该府以情罪未协，驳回覆讯，余琪树未及审解卸事。兹据署该县知县程壎到任准交，覆讯议拟，由同州府知府胡湘林解经藩司李有棻、臬司端方审明，会详前来。

臣覆加确核，缘孙忠信籍隶大荔县，由武生应光绪十五年己丑恩科本省乡试，中式第五十四名武举，会试后拣选三等；孙全贵系其胞叔，前曾考取武生，因事先经儒学详革，均与生员包万椿、武生包大鹏素识无嫌。孙忠信向开粮店生理。光绪二十二年十二月初一日，孙忠信由外籴买粮食，用车运至店前搬卸，适生员包万椿、武生申占鳌即申经澍骑驴路过，因车挡阻，唤令赶开。孙忠信以粮未搬尽，嘱其稍候。包万椿、申经澍不依，下驴混骂，孙忠信回詈。申经澍用鞭杆殴伤孙忠信左胳肘，包万椿亦用鞭杆殴伤其右腿，经街邻趋至劝散。包万椿旋赴山西贸易。

二十三年四月二十日，孙忠信与其胞弟已革武举孙忠有由洛河过渡，武生包大鹏因孙忠有未给船钱，揪住衣襟向索，孙忠有令孙忠信顺取船上菜刀，用背殴伤包大鹏左臂膊、脊背，从后揪住发辫，揿按船上。孙忠有抓取船舱石灰，擦伤包大鹏两眼，并用手指抠伤其谷道。包大鹏喊骂，孙忠有又从孙忠信手内接取菜刀，砍伤其右臁肋，各自跑回。经包大鹏之弟包辛卯报县验医，饬差传讯。孙忠信等虑恐到官办罪，各自出外，分路逃避。

六月初六日，孙忠信独自回家，潜约孙全贵同赴粮店算帐，行至中途，孙全贵行走落后。孙忠信在前，撞遇包万椿迎面走至。包万椿知孙忠信殴伤包大鹏，控县验明，差传紧急，称欲将其捉住送官。孙忠信触起前被打伤之嫌，拔出身带腰刀，砍伤包万椿额颅、左肩甲、右手腕。包万椿扑向夺刀，致被划伤左手中指、相连无名指、小指、右手食指、相连中指、无名指、小指，孙全贵趋向拦劝。包万椿疑护牵骂，孙全贵生气，揪住包万椿发辫，拉跌倒地，用手抠伤其谷道。包万椿在地滚骂，称俟伤好，定要报复。孙忠信起意致成残废，又用刀连砍伤包万椿左腿、左右臁肋、脊背、左右脚面，经武生雷遇春趋至喝阻，通知包万椿之母包王氏前去看明，央人抬回，报经该前县余琪树验明伤痕，获犯辜医，因孙忠有抗传不案，详经奏奉谕旨将孙忠信、孙忠有武举一并斥革，归案审办。查包万椿、包大鹏各伤均已平复，孙忠有弋获无期，遵提犯证，再三覆鞫，据供前情不讳。诘系口角共殴，并无预谋纠殴及起衅别故，此外亦无另有在场帮殴之人，供证确凿，案无遁饰。

查例载：凶徒因事忿争，执持腰刀伤人者，发近边充军。又，律载：以手殴人成伤者，笞三十；他物殴人成伤者，笞四十，各等语。此案已革武举孙忠信因与其弟共殴包大鹏成伤，控官差缉未获，经包万椿路遇称欲捉拿，并挟以挡路被殴之嫌，辄敢用腰刀与其胞叔孙全贵共砍抠伤包万椿额颅、谷道等处平复。查腰刀系例禁凶器，自应按例从重问拟。孙忠信除用刀背共殴伤包大鹏轻伤平复，罪止拟笞轻罪不议外，合依“凶徒因事忿争，执持腰刀伤人，发近边充军”例，拟发近边充军，到配折责安置。已革武生孙全贵用手抠伤包万椿谷道平复，查孙全贵系该犯胞叔，共犯侵损于人，应依凡人首从论。孙全贵合依“手殴人成伤，笞三十”律，拟笞三十。该武生因事详革在先，应依平民照例折责发落。生员包万椿、武生申占鳌即申经澍，各用鞭杆殴伤孙忠信平复，合依“他物殴人成伤，笞四十”律，各拟笞四十，均系生员，应照律收赎追银册报。包万椿、包大鹏、孙忠信伤均平复，应与讯无不合之武生雷遇春均毋庸议。已革武举孙忠有，获日另结。此案文武生员偶尔滋事，所有教官失察职名，请免开送。

除供招咨部外，所有已革武举持刀伤人、审明定拟缘由，谨恭折具陈。伏乞皇太后、皇上圣鉴，饬部核覆施行。谨奏。光绪二十五年八月十三日。

（朱批：）刑部议奏。①

光绪二十五年八月二十四日，奉朱批：刑部议奏。钦此。②

0942. 奏报改练洋操添练四旗等由折

光绪二十五年八月十三日（1899年9月17日）

头品顶戴陕西巡抚臣魏光焘跪奏，为陕省改练洋操，马、步、炮旗、工程哨队训练已有成效，拟就节省余饷，添练四旗，以资推广，恭折具陈，仰祈圣鉴事。

窃臣准军机大臣字寄：光绪二十五年四月初六日奉上谕：练兵为当今最急之务，叠经谕令各直省认真训练。现据各该将军、督抚先后覆奏，各省所练兵勇，多寡不同，总以精强为主，庶几制胜可期。现在训练已经数月，当已确有成效，际兹时艰孔亟，折冲御侮，必须备豫不虞，着各将军、督抚随时认真校阅，务使悉成劲旅，毋得稍涉懈怠，仍将练成各营确数暨阵法、技勇如何，限三个月先行具奏，听候调取来京阅看。将此各谕令知之。钦此。臣跪诵之下，钦服莫名！

查陕省上年经臣奏明就裁兵节饷案内频年节出兵饷，酌增经费，挑练马、步、炮队八旗，添练工程队一哨，共计官弁勇丁二千五百二员名，外设随营武备学堂，仍分挑旗勇送学肄习。本年遵旨覆陈练兵情形，声明节省余银尚足挑练步队四旗之用，拟俟

---

①台北故宫博物院藏：《军机及宫中档》，文献编号：408007053。

②中国第一历史档案馆藏：《录副奏折》，档号：03-7320-029。

新练各旗成效渐著，即行续挑添练。计自上年十一月开办，迄今九阅月，由臣分别酌定教练章程，通饬遵照，每自卯至巳，全军结束膝缚沙袋，齐集操场，首习体操，次习步伐，次习枪炮架式，务求整齐稳正，以践新法改练洋操之实。自未至酉，则习体操、拳棍、刀矛并及跳沟、夺标诸技，屏去一切花架，专求实用，以符原奏兼习汉操之议；夜以一时，专端枪架，二鼓而止。如是者，日以为常。每逢三之期，全队会演阵法分合变化、号鼓、口令，务期谙熟，昼旗夜灯，使皆能即目心喻。每逢八之期，全队分携枪炮，当场启用表尺估量，瞄准打靶；分用环靶、人形靶、活动靶等式，逐次渐进，立格赏罚。如是者，旬以为常。每遇十六之期，全队出离营次，于二三十里地方，无论平陆坡坎，斥泽村落，分队相形布置，状如临敌，各演包抄、埋伏、奇正相生、进退各种阵式，习挖站、跪、卧、伏战沟，估测远近，枪炮药弹力量所及，会合行操。如是者，月以为常。马队练习驰骋放枪，舞刀刺矛，联镳置阵，悉如汉操旧法，而寄以口令，且益之以跳墙、跃沟、砍桩各艺，墙由低以及高，沟由窄以及宽，桩由疏以及密。行操则会合步炮队试演，必使指挥操纵如意；工程哨队则桥梁、沟堑、营垒、水旱地雷、电线，分门肄习；学堂分枪学、炮学、算学、测绘学、阵法、电学、防守学，讲解兵略，轮日分课，七日一息，由提调考验，策以知新温故，随演说古史一段，以激发其忠义而懋勉于学问。各旗将领咸亦集听焉。

数月以来，臣不时传集，诘难辩论，俾因新旧之操法，以推求其精意；恭述谕旨，严切宵旰忧劳，正臣子卧薪尝胆之日，嘱该将领等归营遍谕弁勇，申明纪律，咸相勉励，尤先力戒缺额、蚀饷诸弊，加紧训练，默察尚知感奋；屡次经臣亲临校阅，日有进步，已著成效，拟请即如前奏，就节省余饷，仍于防军内续挑步队四旗，增费添练，合成马、步、炮队十二旗，共三千九百十四员名，以足兵力而备调遣。核照原章，挑练防军步队一旗，岁增饷七千四百二十三两二钱，四旗共增岁饷二万九千六百九十二两八钱，以节省余饷三万一千余两抵支，尚属有盈无绌；而添练一旗即多一旗之用，于时局不无裨益。

除咨部并将现练队伍仍饬认真加练，务成劲旅，钦遵谕旨听候调取阅看外，所有陕省改练洋操，马、步、炮旗、工程哨队训练已有成效，拟就节省余饷，添练四旗，以资推广缘由，理合恭折具陈。伏乞皇太后、皇上圣鉴训示。谨奏。光绪二十五年八月十三日。

（朱批：）兵部知道。①

光绪二十五年八月二十四日，奉朱批：兵部知道。钦此。②

0943. 请准魏景桐发陕差委缘由片

光绪二十五年八月十三日（1899年9月17日）

再，总理陕西防、练各军营务花翎分省补用知府魏景桐③，才识练达，办事精勤，前以布理问奏留新疆，经臣于护理巡抚任内委署叶城县知县，尽心民事，政平讼理。该县边境毗连坎巨堤，常苦劫掠。该员挈帐携粮，周历勘度，于八札达拉山口扼险，筑卡置兵，会营防守，边境遂安，舆情爱戴。嗣报捐候选知州，历经调办臣军营务，于中外战事均有阅历，洊保知府分省补用。上年，经臣电调奏委总理陕西防、练各军营务，改练洋操，尤资得力，可否吁恳天恩俯准由臣给咨送部引见，仍发回陕西交臣差遣

---

①台北故宫博物院藏：《军机及宫中档》，文献编号：408007052。

②中国第一历史档案馆藏：《录副奏折》，档号：03-5998-086。

③魏景桐（1850—1913），字荫伯，湖南新化人。同治十三年（1874），补郡学生员，旋投效刘长佑军营。光绪元年（1875），丁母忧，回籍终制。嗣入新疆藩司魏光焘幕，掌管文案。十七年（1891），补叶城县知县，任满回籍。二十年（1894），偕魏光焘亲临前敌，手中弹伤，随赴甘肃，总理军务。二十三年（1897），保知府，加道衔。二十七年（1901），保海关道。二十八年（1902），升临安开广道。三十四年（1908），迁云南按察使，旋改广东按察使。宣统元年（1909），擢广西布政使。二年（1910），护理广西巡抚。三年（1911），以病辞回籍。民国二年（1913），卒于里。著有《退园遗集》等行世。

委用之处，出自逾格鸿慈。谨附片具陈。伏乞圣鉴训示。谨奏。

(朱批:)着照所请。[①]

光绪二十五年八月二十四日，奉朱批：着照所请。钦此。[②]

0944. 奏闻胡湘林调署汉中府缺片

光绪二十五年八月十三日（1899年9月17日）

再，汉中府知府常裕请咨送部引见，遗缺查有同州府知府胡湘林，才优守洁，任事实心，堪以委令调署。递遗同州府知府员缺，查有候补知府周铭旗，循良素著，稳练老成，堪以委署。据藩、臬两司会详前来。除批饬分别檄委外，理合附片陈明。伏乞圣鉴。谨奏。

(朱批:)吏部知道。[③]

光绪二十五年八月二十四日，奉朱批：吏部知道。钦此。[④]

0945. 奏报饬查榆林等处雹灾情形片

光绪二十五年八月十三日（1899年9月17日）

再，据榆林县禀报，该县南乡陈家崖等十六村庄于七月初七日天降雹雨，打伤地内各色秋禾，经该县往勘，内陈家崖等十村庄被灾较重，糜谷、高粱约伤六七分不等，黑豆、莜麦茎粒无存。其鱼河峁等六村庄各色秋禾约伤三四分不等，应完银粮、草束应如何议缓，并被灾各户应否抚恤，俟查明另禀。

又据凤县、略阳、留坝、安康、砖坪、汉阴、紫阳、石泉等属先后禀报，该厅县均处南山，地土高燥，全赖雨旸时若，方冀

---

①台北故宫博物院藏：《军机及宫中档》，文献编号：408007052-0-A。

②中国第一历史档案馆藏：《录副奏片》，档号：03-5934-057。

③台北故宫博物院藏：《军机及宫中档》，文献编号：408007052-0-B。

④中国第一历史档案馆藏：《录副奏片》，档号：03-5379-134。

有秋。乃自六月以来，雨泽愆期，屡经设坛祈祷，虽间得微雨，总未渥沛甘霖，以致秋禾受伤。惟田土高下，山面阴阳不同，禾苗之耐旱与否各别，究竟牵算是否成灾，仍须秋成后，方能勘确禀报。现在旱象甫形，粮价陡涨，贫民籴食维艰，纷纷禀请动用仓粮，或筹款买粮，分别设局平粜，以济民食，请示办理，各等情。前来。

臣查榆林雹灾颇重，已经臣批司移行该管道府遵章覆勘，究竟被雹打伤秋禾地亩实有若干，成灾实有几分，钱粮应如何议缓，据实会衔结报。其凤县、略阳、留坝、安康、砖坪、汉阴、紫阳、石泉等厅县被旱之处成灾与否，批令随时查勘具报，并准动用仓粮及筹款买粮平粜，以平市价而济民食。统俟查办完竣，另行奏报。谨附片陈明。伏乞圣鉴。谨奏。

（朱批：）知道了。所有被雹、被旱地方，究竟是否成灾，着即饬属查勘明确，据实奏报。①

光绪二十五年八月二十四日，奉朱批：知道了。所有被雹、被旱地方，究竟是否成灾，着即饬属查勘明确，据实奏报。钦此。②

0946. 查明黄河西徙无虞旁邑片

光绪二十五年八月十三日（1899 年 9 月 17 日）

再，臣准军机大臣字寄：光绪二十五年七月十八日奉上谕：前据魏光焘奏，朝邑黄河西徙，逼近城垣，拟接修寨城，以资防护一折，业经准如所请办理矣。黄河迁徙无定，深虑冲决为患，其受害且不仅一邑之间，着魏光焘详加履勘，认真防护，毋稍疏虞，并将筹办情形随时具奏，以慰廑系。将此谕令知之。钦此。遵旨寄信前来。仰见皇上重念民依、无微不至之至意，下怀莫名

①台北故宫博物院藏：《军机及宫中档》，文献编号：408007053-0-A。
②中国第一历史档案馆藏：《录副奏片》，档号：03-7107-048。

钦感！臣即钦遵转饬遵照办理去后。

伏查陕省黄河北自府谷，南至潼关，乃长一千数百余里，西秦东晋，两岸夹束多山，河身北高南下，水自北来，势若建瓴，与豫省河流平地专恃堤工者有别；虽府谷、汉城二县屡年报有水淹地亩，亦系河边滩地，均只漫溢，并无冲决之虞。惟朝邑地处下游，势稍平衍，西岸较东岸略低，故河流西啮，渐逼城根。曩年兴筑堤坝，御使东趋，而地势所限，究难为功。臣前奏陈明请接修寨城，以资防护，将来即或受患，亦仅该县一隅，不致滥及旁邑。据藩、臬两司会详前来。

臣覆查无异，除由臣督饬沿河各属认真查勘、妥筹防护禀覆核办外，所有遵查朝邑黄河西徙无虞、冲决旁邑缘由，理合附片陈明。伏乞圣鉴。谨奏。

(朱批：) 知道了。[①]

光绪二十五年八月二十四日，奉朱批：知道了。钦此。[②]

0947. 奏闻督粮道报效盈余银两片

光绪二十五年八月十三日（1899 年 9 月 17 日）

再，臣准部咨：会议整顿关税、厘金、盐课三项，以除积弊而裕饷需一折，本年六月初四日钦奉上谕：各该将军、督抚及督办之员，尤当开诚布公，剀切开导，诚能激发天良，将各项所得盈余逐一据实开报，朝廷体察下情，不但不追究既往，仍当酌盈剂虚，留其有余，不使办公竭蹶等因。钦此。当经钦遵饬行遵办去后。

旋据督粮道升允详称，查陕西督粮道缺较优，该道自本年三月二十七日接任后，悉心考核，除办公外，每年节省浮费可得盈余银四万两，前曾面奉懿旨饬令试办旗兵屯垦事宜，而筹饷维艰，

---

①台北故宫博物院藏：《军机及宫中档》，文献编号：408007051-0-A。

②中国第一历史档案馆藏：《录副奏片》，档号：03-7086-069。

经费无出，拟将此项盈余银两报效，作为旗兵屯田专款及各属开辟荒地经费，借以仰纾慈廑，如蒙俞允，应以奉旨之日起，每年由该道衙门提银四万两，分春、秋两季解交司库，听候拨用等情。恳请代奏前来。

臣查该道升允，志趣正大，操守清廉，到任数月，办理俱务核实。今以道缺浮费力加节省，每年可得银四万两，报效作为屯田垦荒之资，洵属深明大义，有裨时局。理合会同陕甘督臣陶模，据情附片具奏。伏乞圣鉴。谨奏。

（朱批：）另有旨。①

光绪二十五年八月二十四日，奉朱批：另有旨❶。钦此。②

❶【案】此奏旋于十年八月二十四日得旨褒奖，《上谕档》载曰：光绪二十五年八月二十四日，内阁奉上谕：魏光焘奏，道员报效本缺节省银两，作为屯垦经费，据情代奏等语。陕西督粮道升允，于道缺内节省浮费，每年提银四万两，作为旗兵屯垦专款及各属开辟荒地经费，实属深明大义，公尔忘私，升允着赏加头品顶戴。所有报效节省银两，即着分季解交司库，听候拨用，仍由该抚按年专案奏报。该部知道。钦此。③

0948. 奏报本年夏季惩办盗劫案件片

光绪二十五年八月十三日（1899年9月17日）

再，前准部咨：遵议各省盗劫案件，实系土匪、马贼、会匪、游勇，暂准就地正法，仍随时具奏，备录供招咨部等因。当经行司通饬一体遵办在案。兹查光绪二十五年夏季分，据兴安府审办紫阳县拿获盗犯陈洪发，讯据供认先于光绪十年不记月日，听从

---

①台北故宫博物院藏：《军机及宫中档》，文献编号：408007051-0-B。

②中国第一历史档案馆藏：《录副奏片》，档号：03-6650-069。

③《光绪朝上谕档》，第25册，第251页。

昔存今故之吴开文入会，立有山堂香水，旋复自行哄诱现获之柯道群入会，继复为首，起意纠邀柯道群及在逃之石老三、何木匠，首伙四人，分执木棒，于二十三年三月初一日夤夜，撞门入室，强劫魏堂道家钱物，殴毙事主夫妇二命，放火烧毁房屋、尸身灭迹。柯道群供认听从入会，复听纠行劫，中途畏惧不行，事后分赃，各等情。由该县禀经臣批司转行该管兴安府张筠，督同该县提犯覆讯，供赃相符，照章议拟，禀候核示。前来。

臣以该犯陈洪发一犯，始则听纠入会，旋复哄人为匪，继又起意纠邀强劫，拒毙事主二命，放火烧毁尸房灭迹，罪大恶极，法无可逭。当与督臣照章批饬就地正法，枭首示众，以昭炯戒。柯道群先则被哄入会，继复听纠行劫，惟中途畏惧不行，事后分赃，罪应拟杖一百，流二千里，仍照章锁系巨石八年，俟限满察看情形办理。逸犯石老三等饬缉，获日另结。

除供招咨部外，所有光绪二十五年夏季分获审纠伙强劫、杀毙事主二命匪犯，就地惩办缘由，谨会同陕甘督臣陶模，附片具陈。伏乞圣鉴。谨奏。

（朱批：）刑部知道。①

光绪二十五年八月二十四日，奉朱批：刑部知道。钦此。②

0949. 审拟刘钟诬指窝藏刀匪一案折

光绪二十五年八月二十日（1899年9月24日）

头品顶戴陕西巡抚臣魏光焘跪奏，为审明华州民人刘钟诬指刘刘氏家窝藏刀匪，听从差役吴福来，哄求营勇往捕，并营勇乘机攫取银两，按例分别问拟，恭折仰祈圣鉴事。

窃臣前据代理华州知州崔运生禀，该州少华镇地方孀妇刘刘氏家，因家务起衅，致看门雇工与营勇滋事一案，当经饬司委员

---

①台北故宫博物院藏：《军机及宫中档》，文献编号：408007050-0-A。

②中国第一历史档案馆藏：《录副奏折》，档号：03-7373-079。

驰往查讯，业经大概情形附片陈明，并请将未能先事弹压之哨长补用副将张镇南、参将任昇廷一并革职在案。旋奉朱批：张镇南等着即革职，余依议，该部知道。钦此。当经钦遵行司转饬缉审去后。嗣据该前署知州杨调元禀报：协同崔运生拿获差役王大奇到案，未及审办卸事，该州知州唐松森到任准交，据报营勇欧镇清于二十五年正月二十六日在保病故，逸犯差役吴福来弋获无期，覆讯议拟详办，因情罪未协，批司转饬同州府提讯。又据大荔县具报，刀匪孔献西于五月十二日因病保外身故，验讯委因病毙，并无别故，刑禁、医生人等亦无凌虐、误治情弊。兹据同州府知府胡湘林讯明议拟，详由臬司端方会同藩司李有棻核转到。

臣覆加确核，缘刘钟、刘甲戌即刘秉坤、王大奇、吴顺，分隶华州、武功等州县，吴顺充当该州总差，王大奇系属散役，刘钟系刘刘氏故夫无服族侄，刘甲戌系刘钟胞弟，自幼过继刘刘氏为嗣，入门二十三年，经刘刘氏为其娶妻生子，并为捐纳巡检。刘甲戌听从其兄引诱游荡，不务正业，屡经刘刘氏训诫不悛。光绪二十四年四月二十七日，刘甲戌因私欠外账三百余串，向账房冯成吉取钱开销。冯成吉因刘刘氏嘱令勿与，未肯持付。刘甲戌负气混骂走出，向刘钟告述，刘钟疑系冯成吉从中把持，教令刘甲戌控以账目不清等情，赴州控告，欲令冯成吉出钱，刘甲戌应允。刘钟随写呈代递，经代理该州崔运生批准。

五月初四日，票差吴顺往唤。吴顺因欲下乡催粮，私令其子在逃之散役吴福来同散役王大奇前去，适冯成吉赴外收账未回。刘刘氏问知缘由，称欲投凭亲族，将刘甲戌处治。吴福来等转回，途遇刘钟兄弟，即以刘刘氏定要处治之言向其告述。刘钟教令刘甲戌不要畏惧，并扬言刘刘氏死后何愁家财不尽归伊。刘刘氏闻之，心生疑虑，适有着名之刀匪孔献西至刘钟家探望，住宿两晚未归，刘刘氏瞥见，忆及前言，恐系刘钟勾引杀害，暗令其娘室堂侄刘思宽于初六日在其娘家转雇李清秀、祁更子、康宝彦、齐六儿、王世会，同旧有雇工杨全娃、赵顺娃在家防守。

是日定更时，刘甲戌从外走回，见家中添雇多人，虑其嗣母将伊处治，潜从后墙扒出，因刘钟在城未归，随即寻见，向其泣告前情。刘钟欲捏以家藏刀匪，赴州署喊控。刘甲戌虑恐酿成事端，当向拦阻。刘钟不听，令其在李姓面铺住宿，自到班房，向吴福来、王大奇告说刘刘氏窝藏刀匪五十多人，央其禀官派差往拿，并许事后酬谢银两。吴福来答以现在防营缉查刀匪甚严，不如到营禀请往捕，并称有素相认识之本地人刘光汉即刘元娃现在营充当什长，可以帮助。刘钟依允，随即写就禀词，同吴福来、王大奇前赴防营，向刘光汉备述前情，恳求呈禀。刘光汉被罔信实，即将禀呈递。维时，营官萧世禧因公晋省，经文案周代桢商同哨长张镇南、任昇廷，派令总查龙荣盛带领勇丁刘汉清、谢玉林、刘长盛、刘光汉即刘元娃、岳震春、胡德裕、龙涤湘、周励吾、邹祖汉、匡礼瀍、萧才堂、欧镇清十二人，由吴福来、刘钟、王大奇引路前往，并派差官孙代桂持帖知会该州添差协拿。行至州署吴顺住处，唤起嘱入署内禀知吴顺。

因时已四更，宅门关闭，挡令转回。刘钟同吴福来带领营勇齐抵刘刘氏宅前，刘光汉在外喊内开门，余用马刀均在门上乱砍。刘刘氏在内听系本地口音，疑是刘钟同孔献西带人来杀，即令刘思宽转嘱康宝彦、李清秀、祁更子，将装就药砂防夜鸟枪从门限下向外轰放，致将勇丁刘光汉、谢玉林、刘长盛、岳震春、胡德裕、龙涤湘、周励吾、邹祖汉轰伤倒地。龙荣盛愈疑真有刀匪，飞骑回营，向哨长张镇南告述前情。张镇南亦信为实，复添派勇杨昌平、萧德元、呙国庆、殷云贵、李春台、罗吉太、夏逢时、王必胜、张世清、傅国栋、赵捷湘十一人前往帮捕，并自带亲兵九人跟后驰往。时天色已曙，刘刘氏见刘光汉等均穿号衣，知系营勇，即令雇工将门启开。营勇杨昌平等齐拥进内，将看门雇工李清秀、祁更子、康宝彦、赵顺娃、齐六儿、王世会、杨全娃、刘思宽误认为刀匪，一并捉获绑住。刘刘氏畏惧，走入炭房躲避。欧镇清与杨昌平因同伙受伤，一时忿激，复用马刀砍伤李清秀右臂、康宝彦右腿、祁更子右手腕等处，并将家具桌椅砍坏。龙荣盛喝阻，并吩示夏逢时、王必胜、张世清、傅国栋、赵捷湘看守李清秀等，自带亲兵将受伤营勇背送回营。

维时，吴福来因乡民聚观人众，起意商同王大奇并营勇刘汉清、匡礼瀊，乘间由房后梯墙入室，至刘刘氏卧房，将炕上皮箱三口拨开，抢夺内盛银、土，从后墙翻走。迨后，萧才堂、杨昌平、欧镇清、萧得元、呙国庆、殷云贵、李春台、罗吉太进内搜查刀匪，看见皮箱已开，尚有散银在内，各拿两锭，藏入袜内，并有随看不知姓名乡民，亦将箱内余银乘便窃取潜逃。张镇南见事不妥，立刻传号归队，走至堡门，适值孔献西躲藏堡墙垛下，即饬拿获，同李清秀等一并送州。刘刘氏查明失物，赴州喊告，并呈首嗣子违犯教令。吴福来、王大奇虑恐办罪，乘间分途逃逸。崔运生验明谢玉林暨祁更子等伤痕，分别开单饬医，并将勘验情形通报，当经臣批饬藩司檄催杨调元迅赴署任，查讯确情禀核，因案情重大，复饬札委候补知府周铭旗、同知唐沛霖前往会审。适萧世禧驰回防，次将攫抢银、土之营勇刘汉清、匡礼瀊、萧才堂、欧镇清、杨昌平、萧德元、呙国庆、殷云贵、李春台、罗吉太，同追出原赃，具文移送该州，归案审办。匡礼瀊未及到案，畏罪吞烟殒命。经周铭旗等会同杨调元提集犯证，讯取供词，禀经臣批令将营勇刘汉清按依军法，先行就地正法，并将张镇南、任昇廷、萧世禧、崔运生、杨调元分别奏请革职、摘顶、记过，并将崔运生留于该州地方勒缉；一面饬取刘甲戌即刘秉坤原捐巡检实收，咨部斥革，各在案。旋据杨调元具报，协同崔运生于八月初六日禀获王大奇到案，未及审办卸事。唐松森到任准交覆讯，议拟详办，因情罪未协，饬府提讯议拟，由司核转前来。

查例载：诬告充军，照所诬地里远近，抵充军役。又，父母呈首子孙屡次违犯者，即将被呈之子实发烟瘴充军。又，总甲、快手、应捕人等指以勾摄为由，抢夺财物，犯该徒罪以上，不分人多人少，若初犯一次，发边远充军。又，名例载：断罪无正条，援引他例比附定拟。又，例载：陕省匪徒佩带凶刀，罪止拟杖者，锁系铁杆一枝一年，改悔释放。又，律载：勾捕罪人，因而窃取财物者，计赃准窃盗论，因而夺去者，加二等。又，窃盗赃十两，杖七十；八十两，杖八十，徒二年，各等语。

此案刘钟因出继胞弟刘甲戌向账房取钱抵还私债，被嗣母刘刘氏阻止未与，疑由冯成吉把持，教令其弟喊控，刘刘氏查知，欲将其弟处治，复自起意诬捏刘刘氏窝藏刀匪，听从在逃之差役吴福来等赴营请兵往捕，致令营勇被看门雇工轰伤，刘刘氏失去银物，虽赴营请捕出自吴福来教唆，而窝匪实由刘钟自行诬指，如所控得实，刘刘氏应依勾引来历不明之人，拟发近边充军，今既审属虚诬，自应坐以全诬之罪。查刘钟系刘刘氏故夫无服族侄，应同凡论。刘钟合依“诬告充军，照所诬抵充军役”律，拟发近边充军。惟该犯引诱其弟在外游荡，浪费家资，复又诬指刘刘氏窝匪，希图陷害，实与棍徒扰害无异，应请从重加发极边足四千里充军，至配折责安置，以示惩儆。

已革巡检刘秉坤即刘甲戌，平日浪荡家资，经其嗣母训诫不知悛改，复以诬控冯成吉恐被处治，寻向本生胞兄刘钟泣诉，致其起意诬指刘刘氏窝匪，串差请兵妄拿，酿成事端，虽讯明平日并无忤逆重情，而起衅根由究因该犯违犯教令所致。现既据其嗣母具词呈送，自应照例问拟。刘秉坤除诬告冯成吉轻罪不议外，合依“父母呈首子孙屡次违犯者，即将被呈之子实发烟瘴地方充军”例，拟发烟瘴地方充军，到配折责安置。

王大奇充当州差，当吴福来教令刘钟赴营请捕之时，不为劝阻，乃反贪图谢资，随同前往，且为营勇引路，复乘便抢夺银物，实属不法。匡礼瀜充当营勇，因刘钟控指刀匪，奉派往拿，辄敢乘便抢夺银物，亦属不法。惟遍查律例，并无差役、营勇听从妄拿平人、复乘便抢夺银物、作何治罪明文。第计赃均在七十两以下，罪应满徒，自应比例问拟。王大奇、匡礼瀜均请比依“总甲、快手、应捕人等指以勾摄为由，抢夺财物，犯该徒罪以上，不分人多人少，若初犯又一次，发边远充军”例，拟发边远充军，到配折责安置。匡礼瀍于未经到案之先畏罪自尽，应毋庸议。

孔献西讯止带刀游荡，并未挟诈逞凶。查执持凶器未伤人者，定例应拟满杖。孔献西应请照“陕省匪徒佩带凶刀，罪止拟杖者，锁系铁杆一枝一年，改悔释放”，业已因病身死，应毋庸议。差役吴顺于伊子散役吴福来教唆刘钟赴营请捕之际，事前虽不知情，嗣经孙代桂持帖往告，辄因宅门关闭，将其阻挡，并不禀官，殊属不合，应照“不应重”律，拟杖八十，仍枷号一个月，满日折责革役。

营勇杨昌平、萧德元、呙国庆、殷云贵、李春台、罗吉太、欧镇清因刘钟控指刘刘氏窝藏刀匪，奉派往拿，辄敢乘便攫取银物，均属不法。惟其行窃之时，乡民纷纷夺取，刘刘氏开报失单，并未指明的确分两、件数，无从并赃计算，亦无首从可分，应照各犯名下追获赃数，各科各罪。查该勇等得赃均在十两以上，自应按例问拟。杨昌平等均合依“勾捕罪人因而窃取财物者，计赃准窃盗论，窃盗赃十两以上，杖七十”律，各拟杖七十，递回原籍管束。欧镇清业已在保病故，应免置议。欧镇清、孔献西在保病故，看役、刑禁、医生讯无凌虐、误治情弊，亦请免议。

刘刘氏委无窝藏刀匪情事，即其主使雇工用枪轰伤营勇，亦系由于疑匪所致，应与听从放枪之雇工李清秀等及奉派往捕受伤平复之营勇谢玉林等一并免议。逸犯吴福来，缉获另办。哨长张镇南、任昇廷、巡查龙荣盛于营勇获取银物之时，未能先事弹压禁止，本属玩泄，业经革职革差，应免再议。

旗官萧世禧因公晋省，回防后立将营勇查出，讯明追赃送州，前经奏请摘去翎顶，深知愧奋。前事究非意料所及，应随案开复。前代理华州知州候补知县崔运生，先于州差串通入营求勇往捕，致酿巨案，毫无觉察，事后含混禀报，意存讳饰，并不赶拿究办，致吴福来等乘隙逃逸，始终庇纵，未便因拿获王大奇一犯从宽免议，相应请旨交部议处。

除录供招咨部外，所有此案讯拟缘由，理合恭折具陈。伏乞皇太后、皇上圣鉴，饬部核覆施行。谨奏。光绪二十五年八月二十日。

（朱批：）刑部议奏。[①]

光绪二十五年九月初六日，奉朱批：刑部议奏。钦此。[②]

0950. 恭报交卸巡抚起程进京日期折

光绪二十五年八月二十日（1899年9月24日）

头品顶戴陕西巡抚臣魏光焘跪奏，为恭报微臣交卸、起程日期，恭折仰祈圣鉴事。

窃臣前奏吁恳陛见，仰蒙天恩俞允，嗣复奏恳派员护理巡抚篆务，于光绪二十五年八月十五日钦奉朱批：即着李有棻护理。钦此。臣遵即将经手事件料理完竣，饬委西安府知府童兆蓉、抚标中军参将祝鉴廷，谨将巡抚关防及王命旗牌、文卷等件赍送护抚臣李有棻接收，于八月二十日任事。臣即于是日交卸，赶紧检点行装，定于二十四日起程北上。

所有微臣交卸抚篆及起程日期，除恭疏题报外，谨恭折具陈。伏乞皇太后、皇上圣鉴。谨奏。光绪二十五年八月二十日。

（朱批：）知道了。[③]

光绪二十五年九月初六日，奉朱批：知道了。钦此。[④]

---

①台北故宫博物院藏：《军机及宫中档》，文献编号：408007054。

②中国第一历史档案馆藏：《录副奏折》，档号：03-7268-007。

③台北故宫博物院藏：《军机及宫中档》，文献编号：408007055。

④中国第一历史档案馆藏：《录副奏折》，档号：03-5564-087。

0951. 奏闻闻昌寿等期满甄别情形片

光绪二十五年八月二十日（1899年9月24日）

再，前准部咨：道、府、州、县无论何项劳绩保奏归入候补班人员，到省予限一年，察看才具，分别补用。等因。兹查有在任候补知府西安清军厅同知闻昌寿、在任候补直隶州知州调署长安县事南郑县知县周毓棠，该二员经臣于甘回肃清案内保奏，闻昌寿请以知府在任候补，周毓棠请以直隶州知州在任候补，均于光绪二十三年十二月初三日奉旨允准，以二十四年正月初二日作为接到部文之日起，连闰扣至是年十二月初二日，试看一年期满。

又，在任尽先补用直隶州知州同官县知县黄肇宏，于光绪二十三年六月准补斯缺，前因委办西安后路粮台文案出力，经臣于甘回肃清案内保奏，请俟补缺后以直隶州知州用；又因管解京饷依限到京交纳清楚，经部议奏以直隶州知州尽先补用。应以光绪二十四年正月初二日接到部文之日起，连闰扣至是年十二月初二日，试看一年期满。又，补用知县冒树桢，光绪二十四年闰三月二十四日到省，扣至二十五年三月二十四日，试看一年期满。均应照例甄别。据藩、臬两司先后会详前来。

臣查闻昌寿稳练安详，实心任事；周毓棠才具干练，办事精详；黄肇宏练达老成，性情朴实；冒树桢年力强盛，办事精明，均堪照例分别补用。谨会同陕甘督臣陶模，附片具陈。伏乞圣鉴。谨奏。

（朱批：）吏部知道。①

光绪二十五年九月初六日，奉朱批：吏部知道。钦此。②

【案】此奏片之具奏日期，因原件附于主折408007056之后，即

---

①台北故宫博物院藏：《军机及宫中档》，文献编号：408007056-0-A。

②中国第一历史档案馆藏：《录副奏片》，档号：03-5380-017。

以“光绪二十五年十二月二十六日”为之，而录副则署为“光绪二十五年八月二十日”，两相悬殊。随据朱批日期“二十五年九月初六日”查《随手档》[1]“朱批魏光焘折”，内即存此片。据此，此片之具奏日期当为“光绪二十五年八月二十日”无疑。录副确，兹据校正。

0952. 奏报端方署理藩司印务片

光绪二十五年八月二十日（1899年9月24日）

再，藩司李有棻钦奉谕旨护理陕西巡抚，所遗藩司印务，应即委员接署。查臬司端方才识闳远，体用兼赅，堪以署理。所遗臬司印务，查有潼商道李绍芬干练精明，通达治体，堪以委署。所遗潼商道篆务，查有候补道陈兆璜，稳练笃厚，品洁才长，堪以委署。

除分檄饬遵外，谨会同陕甘总督臣陶模，附片具陈。伏乞圣鉴。谨奏。

（朱批：）吏部知道。[2]

光绪二十五年九月初六日，奉朱批：吏部知道。钦此。[3]

【案】此奏片之具奏日期，因原件附于主折408007056之后，即以“光绪二十五年十二月二十六日”为之，而录副则署为“光绪二十五年八月二十日”，两相悬殊。随据朱批日期“二十五年九月初六日”查《随手档》[4]“朱批魏光焘折”，内即存此片。据此，此片之具奏日期当为“光绪二十五年八月二十日”无疑。录副确，兹据校正。

---

①中国第一历史档案馆藏：《军机处随手登记档》，档案编号：03-0301-1-1225-238。

②台北故宫博物院藏：《军机及宫中档》，文献编号：408007056-0-B。

③中国第一历史档案馆藏：《录副奏片》，档号：03-5380-016。

④中国第一历史档案馆藏：《军机处随手登记档》，档案编号：03-0301-1-1225-238。

0953. 奏为署理陕甘总督谢恩折

光绪二十五年十一月初二日（1899年12月4日）

头品顶戴署理陕甘总督陕西巡抚臣魏光焘跪奏，为恭谢天恩，仰祈圣鉴事。

光绪二十五年十月三十日，内阁奉上谕：前据陶模陈请陛见，已有旨准其来京，着魏光焘驰赴甘肃署理陕甘总督。钦此。窃臣自愧颛蒙，谬叨知遇，监司久任，有惭实政于屏藩；疆寄忝膺，素乏长才于锁钥。幸近天颜之咫尺，获聆宸训之周详，用切遵循，愧无报称！

兹乃仰邀温绰，权摄兼圻，处雍凉边要之区，膺总制师干之任，宠荣逾量，惶悚倍深！惟有弥矢靖共，益殚忱悃，勤求吏治，务整肃乎官常；克振军声，冀绥安乎边境。勉策驰驱于驽钝，稍酬高厚之鸿慈！

所有微臣感激下忱，谨缮折叩谢天恩。伏乞皇上圣鉴。谨奏。光绪二十五年十一月初二日。①

0954. 恭报接署陕甘总督日期等由折

光绪二十五年十二月二十六日（1900年1月26日）

头品顶戴署理陕甘总督陕西巡抚臣魏光焘跪奏，为恭报微臣接署督篆日期，叩谢天恩，仰祈圣鉴事。

窃臣于光绪二十五年秋间在陕西巡抚任内俸满，吁恳陛见，蒙恩俞允。九月底到京，趋叩阙廷，仰蒙召见三次，温语褒嘉；恭逢皇太后万寿，随班祝嘏，并蒙恩赏入座听戏，颁赐稠叠。自顾何人，膺兹眷宠，感愧交深！陛辞请训后，十月三十日钦奉谕

①中国第一历史档案馆藏：《朱批奏折》，档号：04-01-13-0395-030。

旨，署理陕甘总督。当经恭折陈谢，复蒙召见，训诲周详，跪聆之余，莫名钦感！臣即于十一月初三日由京起程，途次接准督臣陶模函电交催，兼程前进。十二月二十三日，行抵甘肃省城。二十四日，准督臣陶模委署兰州府知府庆恕、署督标中军副将杨志胜赍送陕甘总督兼管甘肃巡防关防一颗，并王命旗牌、文卷各件前来。当即恭设香案，望阙叩头，祇领任事。

伏念陕甘为边陲重地，幅员辽阔，辅车相依。而甘肃兵燹屡经，民生凋敝，回汉之猜疑未释，蒙番之风气各殊；兵力尚觉单微，饷糈必资协济，抚绥匪易，筹措宜周。梼昧如臣，惧弗胜任。惟有仰遵慈训，认真办理，嫌怨弗辞，殚竭血忱，勉循职分，不敢以暂时署任稍涉因循，冀答高厚鸿慈于万一！

所有微臣接印任事日期，除恭疏题报外，谨缮折具陈。伏乞皇太后、皇上圣鉴。再，臣经过直隶、河南、陕西，于怀庆遇雨，陕州西安一带遇雪两次，甘肃东路各属现俱得雪，地方均极安谧。合并陈明。谨奏。光绪二十五年十二月二十六日。

（朱批：）知道了。[①]

光绪二十六年正月十七日，奉朱批：知道了。钦此。[②]

---

①台北故宫博物院藏：《军机及宫中档》，文献编号：408007056。

②中国第一历史档案馆藏：《录副奏折》，档号：03-5386-057。

光绪二十六年（1900）

0955. 恭报上年十一月雨水粮价情形折

光绪二十六年正月二十六日（1900年2月25日）

头品顶戴署理陕甘总督陕西巡抚臣魏光焘跪奏，为恭报甘肃光绪二十五年十一月分粮价、雪泽情形，恭折仰祈圣鉴事。

窃照光绪二十五年十月分粮价并得沾雪泽情形，业经前督臣陶模具折奏报在案。兹查十一月分，兰州等八府六直隶州属具报得沾雪泽，自一二寸至三四寸不等。正值冬麦出土之际，获此雪泽，实于农田有裨。至通省粮价，或与上月相同，或较上月稍有增减。据藩司岑春煊①具详请奏前来。

臣覆查无异，理合恭折具奏，并缮粮价清单，恭呈御览。伏乞皇太后、皇上圣鉴。谨奏。光绪二十六年正月二十六日。

---

①岑春煊（1861—1933），又名岑春泽，字云阶，号西林，广西西林人。光绪十一年（1885），中式举人，选工部主事，升郎中。十五年（1889），以五品京堂候补。十八年（1892），补光禄寺少卿。同年，转太仆寺少卿。二十年（1894），署大理寺卿。二十四年（1898），放广东布政使。同年，调甘肃布政使。二十六年（1900），迁陕西巡抚。次年，调补山西巡抚。二十八年（1902）补广东巡抚。同年，署四川总督。二十九年（1903），署两广总督。三十二年（1906），擢云贵总督。三十三年（1907），调补四川总督。同年，授邮传部尚书、两广总督。民国元年（1912），主张共和，组建国民公党，任名誉总理。次年，反袁，任各省讨袁军大元帅。二次革命失败后，流亡南洋。五年（1916），任护国军都司令、军务院副抚军长。七年（1918），任广东护法军政府主席。次年，通电辞职，隐居上海。二十二年（1933），病逝。著有《乐斋漫笔》等行世。

（朱批：）知道了。[1]

光绪二十六年二月十六日，奉朱批：知道了。钦此。[2]

0956. 呈甘肃二十五年十一月粮价清单

光绪二十六年正月二十六日（1900 年 2 月 25 日）

谨将甘肃各属光绪二十五年十一月分米粮时估价值，缮具清单，恭呈御览。

计开

兰州府属：价有昂有平

粟米每京石价银一两一钱六分二厘至四两一钱八分九厘，较上月贵一钱七分七厘。小麦每京石价银一两五钱七分一厘至三两七钱五分，与上月相同。豌豆每京石价银一两五钱七分一厘至三两七钱五分，与上月相同。青稞每京石价银一两四钱二分四厘至二两九钱一分六厘，与上月相同。

巩昌府属：价有昂有平

粟米每京石价银一两一钱二分二厘至二两八钱八分五厘，较上月贵四分九厘。小麦每京石价银九钱五分二厘至一两九钱一分五厘，与上月相同。豌豆每京石价银九钱八分至一两九钱一分五厘，与上月相同。青稞每京石价银六钱三分四厘至一两七钱四分一厘，与上月相同。

平凉府属：价有平有落

粟米每京石价银二两三分五厘至二两三钱八分，较上月贱八分七厘。小麦每京石价银一两六钱三分八厘至二两三分五厘，较上月贱三分一厘。豌豆每京石价银一两五钱五分六厘至一两九钱二分三厘，与上月相同。糜子每京石价银一两一钱九分至一两二钱七分一厘，与上月相同。

---

①台北故宫博物院藏：《军机及宫中档》，文献编号：408007059。

②中国第一历史档案馆藏：《录副奏折》，档号：03-6993-033。

庆阳府属：价平

粟米每京石价银九钱八分八厘至二两三钱五分六厘，与上月相同。小麦每京石价银一两二钱八分一厘至二两三钱二分七厘，与上月相同。豌豆每京石价银一两一钱七分六厘至二两三钱九分一厘，与上月相同。糜子每京石价银七钱四厘至一两二钱五分九厘，与上月相同。

甘州府属：价平

粟米每京石价银七钱四分九厘至一两四钱三分二厘，与上月相同。小麦每京石价银七钱三厘至八钱一分九厘，与上月相同。豌豆每京石价银七钱三厘至一两三钱九分四厘，与上月相同。青稞每京石价银四钱四分至七钱，与上月相同。

凉州府属：价平

粟米每京石价银一两九分二厘至三两一钱五分九厘，与上月相同。小麦每京石价银七钱九分八厘至二两五钱六分七厘，与上月相同。豌豆每京石价银一两一钱七分六厘至二两一钱七分二厘，与上月相同。青稞每京石价银六钱三分至一两五钱七分九厘，与上月相同。

宁夏府属：价有平有落

粟米每京石价银六钱四分三厘至一两九钱六分，与上月相同。小麦每京石价银八钱一分九厘至二两一钱，与上月相同。豌豆每京石价银五钱二分五厘至一两八钱九分，与上月相同。糜子每京石价银四钱五分五厘至一两一钱三分，较上月贱二分九厘。

西宁府属：价有昂有平

粟米每京石价银一两九钱二分八厘至五两五钱六分八厘，较上月贵三分二厘。小麦每京石价银一两五钱七分五厘至二两三钱一分，与上月相同。豌豆每京石价银一两四钱一分八厘至二两一钱四分三厘，较上月贵三分一厘。青稞每京石价银一两五分至一两九钱六分八厘，较上月贵四分三厘。

秦州直隶州并所属：价有平有落

粟米每京石价银一两一钱一分九厘至四两二钱，较上月贱三分六厘。小麦每京石价银九钱七厘至三两四钱一厘，与上月相同。豌豆每京石价银九钱七厘至三两四钱一厘，与上月相同。糜子每京石价银六钱八分七厘至二两六钱一分六厘，与上月相同。

阶州直隶州并所属：价有昂有平

粟米每京石价银二两四钱七分九厘至三两八钱一分九厘，与上月相同。小麦每京石价银二两三钱三分四厘至二两七钱三分七厘，较上月贵一钱二分七厘。豌豆每京石价银二两二钱九分至二两七钱三分七厘，较上月贵二钱五分七厘。糜子每京石价银一两八钱二分九厘，较上月贵一钱一分四厘。

泾州直隶州并所属：价平

粟米每京石价银五钱六分至一两七钱八分二厘，与上月相同。豌豆每京石价银五钱三分一厘至一两五钱七分八厘，与上月相同。糜子每京石价银四钱八分九厘至九钱六分，与上月相同。

固原直隶州并所属：价平

粟米每京石价银一两四钱二分六厘至二两七钱三分一厘，与上月相同。小麦每京石价银一两四钱至二两一钱六分一厘，与上月相同。豌豆每京石价银一两四钱二分六厘至二两一钱四分一厘，与上月相同。糜子每京石价银一两二钱九厘，与上月相同。

肃州直隶州并所属：价平

粟米每京石价银一两一钱三分四厘至一两八钱九分，与上月相同。小麦每京石价银八钱一分二厘至一两五钱一分二厘，与上月相同。豌豆每京石价银九钱五分至一两三钱四分四厘，与上月相同。青稞每京石价银五钱四分六厘至一两一钱三分四厘，与上月相同。

安西直隶州并所属：价平

粟米每京石价银九钱二分至一两八钱八分，与上月相同。小麦每京石价银一两九分八厘至一两六钱，与上月相同。豌豆每京石价银一两一钱二分至二两一钱六分，与上月相同。青稞每京石价银九钱九分至一两五钱二分，与上月相同。

（朱批：）览。[①]

0957. 请以江昌燕补授西宁知县折

光绪二十六年正月二十六日（1900年2月25日）

头品顶戴署理陕甘总督陕西巡抚臣魏光焘跪奏，为拣员调补要缺知县，以裨地方，恭折仰祈圣鉴事。

窃据藩、臬两司详称：甘肃西宁县知县傅维祜病故，所遗系冲、繁、疲、难四项附府最要缺，例应在外拣调。查定例：州县应调缺出，俱令于现任人员内拣选调补。又，调补州县以上官员，必历俸三年以上，方准拣选题调，各等语。今西宁县知县一缺，地邻西番，汉回杂处，非精明干练之员，不足以资治理。该司等在于现任简缺知县内逐加遴选，惟查有陇西县知县江昌燕，年四十九岁，系安徽歙县人，由廪生应光绪己卯科本省乡试，中式举人。庚辰科会试，中式贡士。癸未科，奉旨以主事用，签分户部，充山东司帮稿。十七年，请改原班知县，遵新海防例捐遇缺先选用。十八年，选授甘肃陇西县知县，请假回籍修墓。是年十月到省缴凭，二十年三月到任，调署古浪、镇番各缺知县，历俸早满三年，并无降革参限

查该员江昌燕年强才明，办事老练，在甘多年，熟悉西路情形，洵属才堪治剧，以之调补西宁县知县，实于地方有裨。会详请奏前来。

臣到任未及三月，例不加考。既据该司等声称该员江昌燕年强才明，办事老练，仰恳天恩俯念要缺需员，准以该员江昌燕调补西宁县知县，以资治理。如蒙俞允，衔缺相当，毋庸送部引见。该员任内并无参罚案件。谨恭折具陈。伏乞皇太后、皇上圣鉴训

①中国第一历史档案馆藏：《单》，档号：03-6993-034。

示。至所遗陇西县知县系简缺，甘省现有应补人员，应请扣留由外拣补。合并声明。谨奏。光绪二十六年正月二十六日。

（朱批：）吏部议奏。①

光绪二十六年二月十六日，奉朱批：吏部议奏。钦此。②

0958. 请以王译来署金县知县缘由折

光绪二十六年正月二十六日（1900 年 2 月 25 日）

头品顶戴署理陕甘总督陕西巡抚臣魏光焘跪奏，为拣员请署知县员缺，以裨地方，恭折仰祈圣鉴事。

窃查接管卷内，据甘肃布政使岑春煊、按察使何福堃会详称：金县知县姬恺臣调补玉门县知县，所遗员缺业已截缺报部。查各省升、调、遗缺出，例用各项候补并进士即用人员，以一缺题补各项委用人员，以一缺题补各项试用人员，试用班内按大挑、议叙、捐纳三项轮用，如遇应用之试用无人，即以其次之试用轮补。甘省升、调、遗知县一项，已用至委用之班。今金县一缺，轮应议叙试用，议叙无人，应用捐纳试用。查有新海防捐纳试用知县王译来，名次在先，例得请署。

查该员年四十二岁，系福建闽县监生，报捐员外郎，遵海防例改捐知县，指分甘肃试用，于光绪二十四年四月初九日到省，试用年满，甄别留用在案。该司等查该员王译来，年富力强，才具明通，以之请署金县知县，与例相符，实堪胜任。会详请奏前来。

臣到任未及三月，例不加考。惟既据该司等声称该员王译来年富力强，才具明通，合无仰恳天恩俯准以该员王译来请署金县知县，实于地方有裨。如蒙俞允，衔缺相当，毋庸送部引见。仍俟试署年满，如果称职，另请实授。谨恭折具陈。伏乞皇太后、

①台北故宫博物院藏：《军机及宫中档》，文献编号：408007058。

②中国第一历史档案馆藏：《录副奏折》，档号：03-5387-053。

皇上圣鉴训示。谨奏。光绪二十六年正月二十六日。

（朱批：）吏部议奏。[①]

光绪二十六年二月十六日，奉朱批：吏部议奏。钦此。[②]

0959. 奏报副将章凤先病故出缺片

光绪二十六年正月二十六日（1900年2月25日）

再，臣接准署甘肃提臣张永清咨：据署永固协营中军都司周秉钧禀称：署甘肃提属永固协副将实任陕西延绥镇属定边协副将章凤先，旧患胃疾复发，去冬又加痰喘，延医调治，服药罔效，于光绪二十六年正月初六日在署任病故等情。由提咨请核办前来。臣覆核无异，相应奏明请旨开缺。

除查取该故员原领札付并委员承查印、甘各结至日另咨送部外，所遗定边协副将员缺，陕甘现有应补人员，容臣另拣请补。理合附片陈明。伏乞圣鉴。谨奏。

（朱批：）兵部知道。[③]

光绪二十六年二月十六日，奉朱批：兵部知道。钦此。[④]

0960. 奏报拣员互调都司员缺片

光绪二十六年正月二十六日（1900年2月25日）

再，臣查前准兵部咨：议覆甘肃凉州镇属安远营都司员缺，准以尽先都司凉州镇标左营守备丁启祥补授。查是缺驻扎凉州府古浪县，该员系兰州府皋兰县人，距籍在五百里内，例应回避，应令拣员对调等因。当经前督臣陶模转饬遵照去后。兹据署凉州

---

①台北故宫博物院藏：《军机及宫中档》，文献编号：408007057。

②中国第一历史档案馆藏：《录副奏折》，档号：03-5387-054。

③台北故宫博物院藏：《军机及宫中档》，文献编号：408007057-0-A。

④中国第一历史档案馆藏：《录副奏片》，档号：03-5939-033。

镇总兵永明详称：查有凉州镇标前营都司隆山，系京城镶黄旗蒙古人，堪以调补安远营都司。所遗凉州镇标前营都司员缺，即以丁启祥调补，均属人地相宜，详请核办等情。

臣查补授安远营都司丁启祥，距籍在五百里以内，例应回避。既据该镇请与凉州镇标前营都司隆山对调前来，合无仰恳天恩俯准以丁启祥、隆山二员互相对调，俾符成例。如蒙俞允，查该员隆山系引见回任之员，应请敕部换给实授札付；丁启祥俟接准部覆后，即行给咨送部引见，以符定制。

除查取该员隆山履历清册另咨送部外，谨附片具陈。伏乞圣鉴训示。再，臣到任未及三月，例不注考。合并陈明。谨奏。

（朱批：）兵部议奏。①

光绪二十六年二月十六日，奉朱批：兵部议奏❶。钦此。②

❶【案】此案旋经兵部核议，于是年三月二十日具奏，二十四日咨呈军机处查照：

兵部谨奏，为遵旨议奏事。内阁抄出署理陕甘总督魏奏请补甘肃凉州镇属安远营都司丁启祥距籍在五百里以内，例应回避，应令拣员对调。查有凉州镇标前营都司隆山，堪以调补。所遗凉州镇标前营都司员缺，即以丁启祥调补，均属人地相宜等因。于光绪二十六年二月十六日奉朱批：兵部议奏。钦此。查丁启祥前由尽先都司请补凉州镇属安远营都司，因距籍在五百里以内，例应回避，行令拣员调补，俟调准后再行给咨赴部在案。今该督请以凉州镇标前营都司隆山与丁启祥对调。丁启祥甘肃兰州府皋兰县人，隆山镶黄旗蒙古人。该员等现无事故，对调都司，均与例相符，应如所请。丁启祥准其调补甘肃凉州镇标前营都司，隆山准其调补凉州镇属安远营都司。隆山前补都司曾经引见，今对品调补，毋庸送部，恭候命下，臣部换给札付，令赴调任。丁启祥应令该督查照前案，给咨赴部引见，再行给与札付，令

①台北故宫博物院藏：《军机及宫中档》，文献编号：408007057-0-B。

②中国第一历史档案馆藏：《录副奏片》，档号：03-5939-032。

其赴任。

所有臣等遵议缘由，理合恭折具奏。伏乞皇太后、皇上圣鉴。谨奏请旨。光绪二十六年三月二十日具奏，奉旨：依议。钦此。

咨

兵部为知照事。武选司案呈：所有本部议覆前事一案，相应抄录原奏，知照贵处查照可也。须至咨者。右咨军机处。光绪二十六年三月二十四日。主事崇。①

0961. 请将故员王开甲革职勒追片

光绪二十六年正月二十六日（1900年2月25日）

再，查接管卷内已故前署正宁县知县王开甲，在任亏短地丁杂银一千六百六十七两三钱四分四厘，前因初参限满，未据交代清楚，业经开揭咨参在案。现逾二参届限，屡经饬催，仍未清交。据藩、臬两司转据该管庆阳府知府庆霖详请参办前来。

臣覆查无异，相应请旨将已故前署正宁县知县王开甲先行革职，勒限该家属赶速清缴，如再玩延，即行照例查钞监追，以重交代。除咨部外，谨附片具陈。伏乞圣鉴训示。谨奏。

（朱批：）着照所请，该部知道。②

光绪二十六年二月十六日，奉朱批：着照所请，该部知道。钦此。③

0962. 奏闻守备马喜成病故出缺片

光绪二十六年正月二十六日（1900年2月25日）

再，臣据署延榆绥镇总兵龙得胜呈称：署镇羌堡都司神木营

---

①中国第一历史档案馆藏：《咨文》，档号：03-5940-074。

②台北故宫博物院藏：《军机及宫中档》，文献编号：408007058-0-A。

③中国第一历史档案馆藏：《录副奏片》，档号：03-5939-032。

正任守备马喜成，得患痰火病证，调治未愈，于光绪二十五年十一月初二日病故，经委员查取原领札付及嫡亲、医生、承查印、甘各结，呈请核办前来。臣覆查无异，相应奏明请旨开缺。

除札付、印、甘结咨送兵部查销外，所遗守备员缺，陕甘现有应补人员，容臣另拣请补。谨附片具陈。伏乞圣鉴。谨奏。

（朱批：）兵部知道。[①]

光绪二十六年二月十六日，奉朱批：兵部知道。钦此。[②]

0963. 恭报上年十二月雨水粮价情形折

光绪二十六年二月二十四日（1900年3月24日）

头品顶戴署理陕甘总督陕西巡抚臣魏光焘跪奏，为恭报甘肃光绪二十五年十二月分粮价、雪泽情形，恭折仰祈圣鉴事。

窃照光绪二十五年十一月分粮价并得沾雪泽情形，业经具折奏报在案。兹查十二月分，兰州等八府六直隶州属具报得沾雪泽，自二三寸至四五寸不等。正值隆冬，获此沃泽，土脉滋润，于农田大有裨益。至通省粮价，或与上月相同，或较上月稍有增减。据藩司岑春煊具详请奏前来。

臣覆核无异，理合恭折具奏，并缮粮价清单，恭呈御览。伏乞皇太后、皇上圣鉴。谨奏。光绪二十六年二月二十四日。

（朱批：）知道了。[③]

光绪二十六年三月十八日，奉朱批：知道了。钦此。[④]

---

①台北故宫博物院藏：《军机及宫中档》，文献编号：408007058-0-B。

②中国第一历史档案馆藏：《录副奏片》，档号：03-5939-034。

③台北故宫博物院藏：《军机及宫中档》，文献编号：408007062。

④中国第一历史档案馆藏：《录副奏折》，档号：03-6996-034。

0964. 呈甘省上年十二月各属粮价清单

光绪二十六年二月二十四日（1900年3月24日）

谨将甘肃各属光绪二十五年十二月分米粮时估价值，缮具清单，恭呈御览。

计开

兰州府属：价平

粟米每京石价银一两一钱六分二厘至四两一钱八分九厘，与上月相同。小麦每京石价银一两五钱七分一厘至三两七钱五分，与上月相同。豌豆每京石价银一两五钱七分一厘至三两七钱五分，与上月相同。青稞每京石价银一两四钱二分四厘至二两九钱一分六厘，与上月相同。

巩昌府属：价落

粟米每京石价银一两一钱二分二厘至二两七钱五分九厘，较上月贱一钱二分六厘。小麦每京石价银九钱五分四厘至一两八钱五分九厘，较上月贱五分六厘。豌豆每京石价银九钱九分一厘至一两八钱五分九厘，较上月贱五分六厘。青稞每京石价银五钱七厘至一两六钱四分一厘，较上月贱一钱。

平凉府属：价有昂、有平、有落

粟米每京石价银二两九分七厘至二两四钱七分六厘，较上月贵九分。小麦每京石价银一两七钱五分二厘至二两三分，较上月贱五厘。豌豆每京石价银一两二钱九分六厘至一两九钱七分四厘，较上月贵五分一厘。糜子每京石价银一两一钱九分至一两二钱七分一厘，与上月相同。

庆阳府属：价有昂有平

粟米每京石价银一两一钱七分四厘至二两三钱五分六厘，与上月相同。小麦每京石价银一两三钱八分六厘至二两三钱二分七厘，与上月相同。豌豆每京石价银一两二钱六分至二两三钱九分一厘，与上月相同。糜子每京石价银八钱四厘至一两三钱二分三厘，较上月贵六分四厘。

甘州府属：价平

粟米每京石价银七钱四分九厘至一两四钱三分二厘，与上月相同。小麦每京石价银七钱三厘至八钱一分九厘，与上月相同。豌豆每京石价银七钱三厘至一两三钱九分四厘，与上月相同。青稞每京石价银四钱四分至七钱，与上月相同。

凉州府属：价有昂有平

粟米每京石价银一两九钱二厘至三两一钱五分九厘，与上月相同。小麦每京石价银七钱九分八厘至二两五钱六分七厘，与上月相同。豌豆每京石价银一两一钱七分六厘至二两二钱三分二厘，较上月贵六分。青稞每京石价银六钱三分至一两五钱七分九厘，与上月相同。

宁夏府属：价平

粟米每京石价银六钱七分二厘至一两九钱六分，与上月相同。小麦每京石价银八钱三分三厘至二两一钱，与上月相同。豌豆每京石价银五钱六分七厘至一两八钱九分，与上月相同。糜子每京石价银三钱九分二厘至一两一钱三分，与上月相同。

西宁府属：价平

粟米每京石价银一两九钱二分八厘至五两五钱六分八厘，与上月相同。小麦每京石价银一两五钱七分五厘至二两三钱一分，与上月相同。豌豆每京石价银一两四钱一分八厘至二两一钱四分三厘，与上月相同。青稞每京石价银九钱八分至一两九钱六分八厘，与上月相同。

秦州直隶州并所属：价有昂有平

粟米每京石价银一两一钱一分九厘至四两七钱三分八厘，较上月贵五钱三分八厘。小麦每京石价银九钱七厘至三两四钱一厘，与上月相同。豌豆每京石价银九钱七厘至三两四钱一厘，与上月相同。糜子每京石价银六钱八分七厘至二两六钱一分六厘，与上月相同。

阶州直隶州并所属：价有昂有平

粟米每京石价银二两四钱七分九厘至四两五钱八分二厘，较上月贵七钱六分三厘。小麦每京石价银二两三钱三分四厘至三两七钱五分五厘，较上月贵一两一分八厘。豌豆每京石价银二两四钱五分至三两五钱，较上月贵七钱六分三厘。糜子每京石价银一两八钱二分九厘，与上月相同。

泾州直隶州并所属：价昂

粟米每京石价银五钱五分七厘至一两九钱七分四厘，较上月贵一钱九分二厘。小麦每京石价银五钱七分八厘至一两八钱六分八厘，较上月贵三钱六分。豌豆每京石价银五钱四分三厘至一两八钱三分三厘，较上月贵二钱五分五厘。糜子每京石价银五钱三厘至一两九分三厘，较上月贵一钱三分三厘。

固原直隶州并所属：价平

粟米每京石价银一两四钱二分六厘至二两七钱三分一厘，与上月相同。小麦每京石价银一两四钱至二两一钱六分一厘，与上月相同。豌豆每京石价银一两四钱二分六厘至二两一钱四分一厘，与上月相同。糜子每京石价银一两二钱九厘，与上月相同。

肃州直隶州并所属：价有昂有落

粟米每京石价银一两一钱三分四厘至一两五钱一分二厘，较上月贱三钱七分八厘。小麦每京石价银八钱一分二厘至一两四钱七分，较上月贱四分二厘。豌豆每京石价银九钱五分至一两五钱一分二厘，较上月贵一钱六分八厘。青稞每京石价银五钱四分六厘至一两二钱一分八厘，较上月贵八分四厘。

安西直隶州并所属：价平

粟米每京石价银九钱二分至一两百钱八分，与上月相同。小麦每京石价银一两九钱八厘至一两六钱，与上月相同。豌豆每京石价银一两一钱二分至二两一钱六分，与上月相同。青稞每京石价银九钱九分至一两五钱二分，与上月相同。

（朱批：）览。[1]

0965. 恭报上年秋冬盗匪照章惩办折

光绪二十六年二月二十四日（1900年3月24日）

头品顶戴署理陕甘总督陕西巡抚臣魏光焘跪奏，为报明甘肃省光绪二十五年秋、冬二季分情重盗匪，照章就地惩办缘由，恭折仰祈圣鉴事。

窃查甘肃地处边疆，汉、番、回、撒，种类不一，加以游勇、会匪勾结成群，骑马持械，肆行劫掠，甚至逞凶拒捕，伤毙事主，情势极其凶暴，均属法无可宽，历经查照刑部通行，随时审明，批饬就地正法。其有情尚可原之犯，亦经酌量系带杆礅，按季汇报。兹查光绪二十五年秋、冬二季分，据文县、海城县、固原州、安化县、洮州厅、安定县、渭源县、河州等属先后报获盗匪冯椿澐、杨城蒽、舒汏侑、刘薪蓢、王布冒、苟憆幅、何泳先即何得胜、李添才、李秀山、李双娃、王阮、张棚秀、孙述沺、王擦子、王忡蚁、杨六代儿、马毛力、马行庄、马拉麻散、马拉麻、杨沾蠢即杨没脚、曹憎沺即曹大汉、曹憎得即曹王代儿、侯沾淋、彭芯沃即彭憪武、马独海、马老五等二十七犯到案，均经前督臣批饬各该管道府州讯供详办。旋据阶州直隶州、固原直隶州、平庆泾固化道、庆阳府、巩昌府、兰州府先后复审议拟禀办前来。

查该盗匪冯椿澐、何泳先即何得胜、李添才、李秀山、李双娃、王阮、张棚秀、孙述沺、王擦子、马毛力、马行庄、马拉麻散、马拉麻、王忡蚁、杨六代儿、杨沾蠢即杨没脚、曹憎沺即曹大汉、彭芯沃即彭憪武、马独海、马老五二十犯，均系结伙持械，盗劫杀人，并缚殴事主，搜劫财物，情罪重大，法无可贷，均经前督臣陶模批司核覆，实属情真罪当，难稽显戮，业已先后批饬

---

[1] 中国第一历史档案馆藏：《单》，档号：03-6994-037。

将该犯冯椿澐等二十犯分别就地正法，枭首示众，俾昭炯戒。伙盗杨城蒽、舒汏侑、刘薪藾、王布冐、苟憆幅、曹憎得即曹王代儿、侯沾淋，或讯系听纠行劫，临时并未上盗；或被胁勉从，临时畏惧先遁，均事后分受赃物，情节较轻，除王布冐、苟憆幅二犯业已在监病故，应毋庸议外，余均饬令照章分别锁系杆墩，俟限满再行察看详办。据甘肃按察使何福堃呈请具奏前来。

除批饬仍令严缉各案逸盗务获究办外，所有甘肃省光绪二十五年秋、冬二季分情重盗匪，照章就地惩办缘由，谨开具籍贯、案由清单，恭折具陈。伏乞皇太后、皇上圣鉴，饬部查照施行。谨奏。光绪二十六年二月二十四日。

（朱批：）刑部知道，单并发。①

光绪二十六年二月二十六日，奉朱批：刑部知道，单并发②。钦此。③

0966. 奏报提标孳生马厂期满考成折

光绪二十六年二月二十四日（1900年3月24日）

头品顶戴署理陕甘总督陕西巡抚臣魏光焘跪奏，为甘肃提标头群孳生马厂四次三年期满，遵例考成，恭折仰祈圣鉴事。

窃查甘州头群孳生马厂，前于光绪二十一年六月造办考成后，扣至二十四年六月底止，又届四次三年期满，自应循例办理。经前督臣陶模委员赴厂查验印烙，并令分晰造册去后。兹准署甘肃提督臣张永清咨称：将甘标头群马厂孳生儿骒马匹数目并经牧官兵姓名，照例声明叙赏，造册咨送核办前来。

臣查定例：孳生马匹，派员经理牧放，不论儿骒马，三年三

①台北故宫博物院藏：《军机及宫中档》，文献编号：408007060。

②此清单查无下落，待考。

③此朱批日期与内容，据《军机处随手登记档》（档案编号：03-0304-1-1226-074）校补。

匹取孳生马驹一匹，此外多孳少孳，应视每厂牧马之多寡，定以孳生分厘之成数，如应取驹百匹者，以十匹为一分，一匹为一厘；若于额取之外多孳生一厘以至一分者，牧长加一级，牧副纪录二次，牧兵赏银一两。至各员弁等应行议叙及兵丁等应行给赏之处，如已满三年，仍照例办理。其未满三年者，照历来均齐成案，应请免议等语。

甘州提标原设头群孳马二百四十匹，自光绪二十一年六月底止造办考成后，扣至二十四年六月底止，又届三年均齐限满。原设并孳生共大小儿骒、骟马五百六十七匹，内骟马一百四十二匹不在取驹之内核算外，其应取驹儿骒马四百二十五匹，内除十九、二十、二十一等三年未至取驹儿骒马八十九匹，尚该光绪二十二年一岁应取驹儿骒马三百三十六匹，按例应孳生儿骒马驹三十七匹；光绪二十三年一岁旧管应取驹儿骒马三百三十六匹，再加光绪十九年产获应取驹儿骒马二十四匹，二共光绪二十三年一岁应取驹儿骒马三百六十匹，按例应孳生儿骒马驹四十匹。

光绪二十四年一岁旧管应取驹儿骒马三百六十匹，再加光绪二十年产获应取驹儿骒马二十四匹，二共光绪二十四年一岁应取驹儿骒马三百八十四匹，按例应孳生儿骒马驹四十三匹，再加光绪二十一年产获儿骒马驹四十一匹，未至取驹之年，俟下届整顿之期算入孳生数内外，今查甘肃提标五营，自光绪二十一年七月初一日起至二十四年六月底止，共产获、孳生儿骒马驹一百三十三匹，内除依额应孳生儿骒马驹一百二十匹外，多孳生马驹一十三匹，照例合算，系在一分以上。

除将应行给赏兵丁开单另行咨部核办，总理孳马署大马营游击陈锡坤，接管总理之署游击朱万荣、陈星沅、方振海、王有才及经理牧长甘标中营把总冶多年，接牧之左营把总马明，奉牧副后营经制白玉珍，接牧之中营经制王成喜，均未满三年，毋庸议叙外，其署甘肃提督臣张永清稽查已满三年，应请照例加一级。至牧兵例给赏银，司库建旷，现在无款可支，应请在于兵饷款内动用造报；取获马驹，应俟下届三年期满，再行照例办理。

除送到清册分送户、兵二部查照外，所有甘肃提标头群马厂四次三年期满，循例考成缘由，理合恭折具奏。伏乞皇太后、皇上圣鉴训示，施行。谨奏。光绪二十六年二月二十四日。

（朱批：）着照所请，该部知道。①

光绪二十六年三月十八日，奉朱批：着照所请，该部知道。钦此。②

0967. 奏报张绍先等委署副将篆务片

光绪二十六年二月二十四日（1900年3月24日）

再，肃州镇属安西协副将治和，经前督臣陶模奏请开缺送部引见。所遗副将篆务，亟应委员接署。臣查有引见奉旨仍回甘肃之遇缺尽先即补副将张绍先，堪以委署。又，署甘肃提属永固协副将章凤先病故，遗缺查有留陕甘记名总兵王文安，堪以委署。

除分别移饬遵照外，理合附片具陈。伏乞圣鉴。再，臣到任未及三月，例不注考。合并声明。谨奏。

（朱批：）兵部知道。③

光绪二十六年三月十八日，奉朱批：兵部知道。钦此。④

【案】此奏片之具奏日期，原件目录署“光绪二十六年三月十五日”，而录副则署“光绪二十六年二月二十四日”，两相悬殊。随据朱批日期“光绪二十六年三月十八日”查《随手档》⑤“朱批魏光焘折”，栏内即有此片。据同批折件可知，此奏片具奏日期当为光绪二

---

①台北故宫博物院藏：《军机及宫中档》，文献编号：408007061。

②中国第一历史档案馆藏：《录副奏折》，档号：03-6053-008。

③台北故宫博物院藏：《军机及宫中档》，文献编号：408007064-0-A。

④中国第一历史档案馆藏：《录副奏片》，档号：03-5940-052。

⑤中国第一历史档案馆藏：《军机处随手登记档》，档案编号：03-0304-1-1226-318。

十六年二月二十四日。据此，录副确。兹据校正。

0968. 奏报守备车允锐病故出缺片

光绪二十六年二月二十四日（1900年3月24日）

再，臣准陕西固原提臣邓增咨称：署陕西提标右营游击之提标中营守备车允锐，得患伤寒痰喘病证，服药罔效，于光绪二十六年正月初七日在署任病故。咨请核办前来。臣覆核无异，相应奏明请旨开缺。

除查取该故员原领守备札付及委员承查印、甘各结至日另咨送部外，所遗提标中营守备员缺，陕甘现有应补人员，容臣另拣请补。理合附片具陈。伏乞圣鉴。谨奏。

（朱批：）兵部知道。①

光绪二十六年三月十八日，奉朱批：兵部知道。钦此。②

【案】此奏片之具奏日期，原件目录署“光绪二十六年三月十五日”，而录副则署“光绪二十六年二月二十四日”，两相悬殊。随据朱批日期“光绪二十六年三月十八日”查《随手档》③“朱批魏光焘折”，栏内即有此片。据同批折件可知，此奏片具奏日期当为光绪二十六年二月二十四日。据此，录副确。兹据校正。

0969. 恭报本年正月雨水粮价情形折

光绪二十六年三月十五日（1900年4月14日）

头品顶戴署理陕甘总督陕西巡抚臣魏光焘跪奏，为恭报甘肃

---

①台北故宫博物院藏：《军机及宫中档》，文献编号：408007064-0-B。

②中国第一历史档案馆藏：《录副奏片》，档号：03-5940-053。

③中国第一历史档案馆藏：《军机处随手登记档》，档案编号：03-0304-1-1226-318。

省光绪二十六年正月分粮价、雪泽情形，恭折仰祈圣鉴事。

窃照光绪二十五年十二月分粮价并得沾雪泽情形，业经具折奏报在案。兹查本年正月分，兰州等八府六直隶州属具报得沾雪泽，自一二寸至三四寸不等。正值东作方兴之际，获此沃泽，土脉滋润，实于农田有裨。至通省粮价，或与上月相同，或较上月稍有增减。据藩司岑春煊具详请奏前来。

臣覆核无异，理合恭折具奏，并缮粮价清单，恭呈御览。伏乞皇太后、皇上圣鉴。谨奏。光绪二十六年三月十五日。

（朱批：）知道了。[①]

光绪二十六年四月初五日，奉朱批：知道了。钦此。[②]

0970. 呈甘省本年正月各属粮价清单

光绪二十六年三月十五日（1900年4月14日）

谨将甘肃各属光绪二十六年正月分米粮时估价值，缮具清单，恭呈御览。

计开

兰州府属：价有昂有平

粟米每京石价银一两一钱六分二厘至四两三钱八分三厘，较上月贵一钱九分四厘。小麦每京石价银一两五钱七分一厘至三两七钱五分，与上月相同。豌豆每京石价银一两五钱七分一厘至三两七钱五分，与上月相同。青稞每京石价银一两四钱二分四厘至二两九钱一分六厘，与上月相同。

巩昌府属：价有平有落

粟米每京石价银一两一钱五厘至二两七钱五分九厘，与上月相同。小麦每京石价银九钱二分五厘至一两八钱五分九厘，与上月相同。豌豆每京石价银九钱七分七厘至一两八钱一分九厘，较

①台北故宫博物院藏：《军机及宫中档》，文献编号：408007064。
②中国第一历史档案馆藏：《录副奏折》，档号：03-6995-005。

上月贱四分，青稞每京石价银五钱七厘至一两六钱四分一厘，与上月相同。

平凉府属：价有落有平

粟米每京石价银二两九分七厘至二两三钱四分四厘，较上月贱一钱三分二厘。小麦每京石价银一两六钱三分八厘至一两八钱九分二厘，较上月贱一钱三分八厘。豌豆每京石价银一两二钱九分六厘至一两八钱三分八厘，较上月贱一钱三分六厘。糜子每京石价银一两一钱二分至一两二钱七分一厘，与上月相同。

庆阳府属：价有落有平

粟米每京石价银一两一钱七分四厘至二两二钱四分，较上月贱一钱一分六厘。小麦每京石价银一两三钱八分六厘至二两二钱五厘，较上月贱一钱二分二厘。豌豆每京石价银一两二钱六分至二两三钱五分二厘，较上月贱三分九厘。糜子每京石价银七钱三分四厘至一两三钱二分三厘，与上月相同。

甘州府属：价昂

粟米每京石价银七钱四分九厘至一两七钱六厘，较上月贵二钱七分四厘。小麦每京石价银七钱三厘至一两二分九厘，较上月贵二钱一分。豌豆每京石价银七钱三厘至一两五钱四分一厘，较上月贵一钱四分七厘。青稞每京石价银四钱四分至八钱二分三厘，较上月贵一钱二分三厘。

凉州府属：价平

粟米每京石价银一两九钱二厘至三两一钱五分九厘，与上月相同。小麦每京石价银七钱九分八厘至二两五钱六分七厘，与上月相同。豌豆每京石价银一两一钱七分六厘至二两二钱三分二厘，与上月相同。青稞每京石价银六钱三分至一两五钱七分九厘，与上月相同。

宁夏府属：价平

粟米每京石价银六钱七分二厘至一两九钱六分，与上月相同。小麦每京石价银八钱三分三厘至二两一钱，与上月相同。豌豆每京石价银五钱六分七厘至一两八钱九分，与上月相同。糜子每京石价银三钱九分二厘至一两一钱三分，与上月相同。

西宁府属：价有平有落

粟米每京石价银一两九钱二分八厘至五两五钱六分八厘，与上月相同。小麦每京石价银一两五钱七分五厘至二两二钱七分二厘，较上月贱三分八厘。豌豆每京石价银一两四钱一分八厘至二两一钱四分三厘，与上月相同。青稞每京石价银九钱八分至一两九钱六分八厘，与上月相同。

秦州直隶州并所属：价有平有落

粟米每京石价银一两一钱一分九厘至四两六钱二分，较上月贱一分八厘。小麦每京石价银九钱七厘至三两四钱一厘，与上月相同。豌豆每京石价银九钱七厘至三两四钱一厘，与上月相同。糜子每京石价银六钱八分七厘至二两六钱一分六厘，与上月相同。

阶州直隶州并所属：价有昂有平

粟米每京石价银二两四钱七分九厘至四两八钱，较上月贵二钱一分八厘。小麦每京石价银二两三钱三分四厘至三两九钱三分三厘，较上月贵一钱七分八厘。豌豆每京石价银二两四钱五分至三两六钱六分七厘，较上月贵一钱六分七厘。糜子每京石价银一两八钱二分九厘，与上月相同。

泾州直隶州并所属：价落

粟米每京石价银五钱一分二厘至一两八钱八分四厘，较上月贱九分。小麦每京石价银四钱八分至一两六钱四分五厘，较上月贱二钱二分三厘。豌豆每京石价银四钱五分八厘至一两六钱四分五厘，较上月贱一钱八分八厘。糜子每京石价银四钱五分八厘至一两六分三厘，较上月贱三分。

固原直隶州并所属：价平

粟米每京石价银一两四钱二分六厘至二两七钱三分一厘，与上月相同。小麦每京石价银一两四钱至二两一钱六分一厘，与上月相同。豌豆每京石价银一两四钱二分六厘至二两一钱四分一厘，与上月相同。糜子每京石价银一两二钱九厘，与上月相同。

肃州直隶州并所属：价有昂有平

粟米每京石价银一两一钱三分四厘至一两六钱三分八厘，较上月贵一钱二分六厘。小麦每京石价银八钱一分二厘至一两五钱五分四厘，较上月贵八分四厘。豌豆每京石价银九钱五分至一两五钱一分二厘，与上月相同。青稞每京石价银五钱四分六厘至一两二钱一分八厘，与上月相同。

安西直隶州并所属：价平

粟米每京石价银九钱二分至一两八钱八分，与上月相同。小麦每京石价银一两九钱八厘至一两六钱，与上月相同。豌豆每京石价银一两一钱二分至二两一钱六分，与上月相同。青稞每京石价银九钱九分至一两五钱二分，与上月相同。

（朱批：）览。①

0971. 奏报陕甘续发第八案茶票情形折

光绪二十六年三月十五日（1900年4月14日）

头品顶戴署理陕甘总督陕西巡抚臣魏光焘跪奏，为陕甘续发第八案茶票情形，恭折具陈，仰祈圣鉴事。

窃照甘省试办茶务，以票代引，前于光绪二十四年先后发过陕甘宁茶票五百四十九张，计引二万七千四百二十道，业经前督臣陶模将办理情形专折奏明在案❶。兹查接管卷内，据兰州道黄云详：转据东、西、南各商等禀称：商等前领第七案茶票，此时虽未运齐销罄，若不预先续领，诚恐难于接售。缘领票赴湖，入山采茶，装到泾阳成封，然后运至陕、甘、新疆，程途既远，为日颇多，恳请将第八案新票先期给领，并以各处自遭回乱后帐银亏累过甚，债主半多逃亡，无从追讨，近年钱价过昂，山价、脚费

①中国第一历史档案馆藏：《单》，档号：03-6995-006。

贵至数倍，资本亏折，受累已深，仍恳援照上届章程俯准变通，将每票预缴课银一百两，限于今岁分作四季呈缴，以纾商力，其余照章随厘并缴，各等情。当经前督臣陶模批准照办，并饬遵照部咨每案承领新票，只准加多，不准减少，酌量在于各商原存悬票内加发七十九票，共发过甘、陕、宁票六百二十八张，计引三万一千三百七十道，先缴二分课银六万二千七百四十两，取票存案，俟届期由道收齐解存藩库。其余欠缴一分茶课银五十两，随厘并缴，填发票张在案。旋因交卸，未及核办，现据兰州道详请具奏前来。

臣查陕、甘、新疆地广人稀，河湟适当兵燹之余，引地虽宽，销茶较少，加以新疆晋私偷漏，俄私倒灌，种种侵销，以致官茶未能十分畅旺，茶务仍难复额。现在发过第八案茶票，较上案加领新票七十九张，试办渐有起色。除饬兰州道转谕各商遵照定章，再行试办三年，俟届二十八年发票之期，容臣察看情形，能否酌复旧额，随时举办，并咨陕西、新疆各抚臣暨通饬所属一体严禁私茶，以畅官引而裕课赋。

除咨部查照外，所有陕甘续发第八案茶票情形，理合恭折具奏。伏乞皇太后、皇上圣鉴训示。谨奏。光绪二十六年三月十五日。

（朱批：）户部知道。①

光绪二十六年四月初五日，奉朱批：户部知道。钦此。②

❶【案】光绪二十二年三月二十七日，陕甘总督陶模奏报续发第六案茶票情形，曰：

头品顶戴署理陕甘总督新疆巡抚臣陶模跪奏，为陕甘续发第六案茶票情形，恭折具陈，仰祈圣鉴事。

窃照甘省试办茶务，自光绪十九年起至二十一年止，计第五案，

---

①台北故宫博物院藏：《军机及宫中档》，文献编号：408007063。

②中国第一历史档案馆藏：《录副奏折》，档号：03-6512-024。

共发甘、陕、宁茶票四百二十三张，计引二万一千一百二十道，业经前陕甘总督臣杨昌濬将办理情形专折奏明，并奉准部覆遵行在案。兹查接管卷内，据兰州道黄云①详：据东、西、南各商请领第六案新票，自光绪二十二年正月起，扣至二十四年十二月止，仍遵照向章，掣档轮销，试办三年，共请发甘、陕、宁茶票四百二十七张，较上次多增四票，计引二万一千三百二十道，预缴课银四万二千六百四十两，本应照上届办理，惟据称各商以回匪滋扰，各处引地蹂躏不堪，数月以来，茶无销售，帐不能收，且道路时虞梗塞，拨汇维艰，资本悬搁，受累殊深，恳将每票预缴课银一百两，限于今岁分作四季呈缴。其余欠缴课银五十两，仍随厘并缴等情。当经前督臣照数填发，并先行咨部查照在案。旋因卸事在即，未及具奏，移交到臣。

查陕、甘、新疆三省，地广人稀，销茶固少，加以各处私茶虽经屡次严禁，卒难尽绝。新疆尤有晋私偷漏，俄私倒灌，种种侵销，以致官茶未能畅旺，茶务急难复额。从前所定一案三年，前后牵搭，虽逾限制，惟行销尚能接续，引数有增无减。现在发过第六案新票，仍饬兰州道转谕各商，遵照定章，再行试办三年，至光绪二十四年发票之期，容臣察看情形，能否酌为定额，随时举办。

除咨陕西、新疆各抚臣暨通饬所属一体严禁私茶，以畅官引，并咨部查照外，所有陕、甘续发第六案茶票情形，理合恭折具奏。伏乞皇上圣鉴训示。谨奏。光绪二十二年三月二十七日。

光绪二十二年四月十九日，奉朱批：户部知道。钦此。②

【案】光绪二十四年三月二十三日，陕甘总督陶模奏报续发第七案茶票情形，曰：

头品顶戴陕甘总督臣陶模跪奏，为陕甘续发第七案茶票情形，恭

---

①黄云（1837—?），字仙裳，湖南省衡州府清泉县（今衡阳市）人，监生。同治三年（1864），奉委会办六安团练。九年（1870），加道衔。十一年（1872），补滁州直隶州知州。次年，升凤阳府知府。光绪三年（1877），署太平府知府。次年，调补庐州府知府。十六年（1890），迁甘肃兰州道。二十年（1894），授甘肃按察使。三十一年（1905），署理甘肃布政使。同年，调补山东按察使。

②台北故宫博物院藏：《军机及宫中档》，文献编号：408002980。又，中国第一历史档案馆藏：《录副奏折》，档号：03-6507-027。

折具陈，仰祈圣鉴事。

窃照甘省试办茶务，以票代引，前于光绪二十二年先后发过陕、甘、宁第六案茶票四百五十七张，计引二万二千八百二十道，经臣将办理情形先后奏明在案。兹据兰州道黄云详：转据东、南、西各商禀称：商等前领第六案茶票，此时虽未运齐销罄，若不豫先续领，诚恐难于接售，缘领票赴湖，入山采茶，装到泾阳成封，然后运至陕、甘、新疆，程途既远，为日颇多，恳请将第七案新票先期给领，并以各处引地前遭回匪滋扰，现虽平定，销售仍不甚畅，兼以从前赊欠茶帐之人逃亡殆尽，无从追讨，资本亏折，受累已深，仍恳援照上届俯准变通，将每票豫缴课银一百两限于今岁分作四季呈交，以纾商力，其余照章随厘并缴，各等情。臣覆加查核，尚系实在情形，当经批准照办，并饬遵照部咨每案承领新票，只准加多、不准减少去后。旋据呈请加发前来，经臣酌量核准，在于各商原存六成悬票根内加发二成，计七案，共发过甘、陕、宁票五百四十九张，较上案增发票九十二张，计引二万七千四百二十道，豫缴二分课银五万四千八百四十两，限令今岁分作四季呈缴，由道解存藩库。其余欠缴一分茶课银五十两，随厘并缴，仍饬遵照向章，掣档轮销，以免搀越。据兰州道详请具奏前来。

臣查陕、甘、新疆地广人稀，河湟适当，兵燹之后，引地虽宽，销茶本少，加以私茶屡经严禁，迄未尽绝，新疆尤有晋私偷漏，俄私倒灌，种种侵销，以致官茶未能十分畅旺，茶务仍难复额。惟此次较上案加领新票九十二张，试办略有起色。

除饬兰州道转谕各商遵照定章仍再试办三年，俟届二十七年发票之期，容臣察看情形，能否酌为定额，随时举办，并咨陕西、新疆各抚臣暨通饬所属一体严禁私茶，以畅官引，仍咨部查照外，所有陕甘续发第七案茶票情形，理合恭折具奏。伏乞皇上圣鉴训示，施行。谨奏。光绪二十四年三月二十三日。

光绪二十四年闰三月十七日，奉朱批：户部知道。钦此。①。

0972. 造销嘉峪关二十五年收支银两折

光绪二十六年三月十五日（1900年4月14日）

头品顶戴署理陕甘总督陕西巡抚臣魏光焘跪奏，为嘉峪关光绪二十五年分收支各项银两数目，造册报销，恭折仰祈圣鉴事。

窃据嘉峪关监督安肃道和尔赓额②详：该关二十四年由江汉关拨到银两收支数目，业经奏咨核销在案。今查光绪二十五年分，收到江汉关拨借经费银七千两，并二十三四两年支剩银一千九百六十九两五钱五分七厘三毫六丝，除支一年各官役薪工并驻兰翻译委员薪水等项共银六千七百四十三两七钱九分外，实在支剩银二千二百二十五两七钱六分七厘三毫六丝，照旧归入下年开支。又，提存自二十二年第四十三结起，连闰至二十五年第五十九结止，收获进口正、子税银二千八百二十六两六钱九分二厘五毫四丝。又，提回洋扦手林甫臣车价、薪工、盘费银八百四十两，共银三千六百六十六两六钱九分二厘五毫四丝，实储道库。造具细

①台北故宫博物院藏：《军机及宫中档》，文献编号：408003151。又，中国第一历史档案馆藏：《录副奏折》，档号：03-7130-060。

②和尔赓额（1851—?），字允修，满洲镶白旗人，翻译生员。同治五年（1866），捐花翎。十三年（1874），捐监生，指分户部，充誊录官。光绪元年（1875），捐笔帖式。三年（1877），选户部井田科笔帖式。四年（1878），补户部宝泉局东厂大使。五年（1879），捐五品顶戴。七年（1881），保户部主事。十年（1884），署军机章京。十二年（1886），补军机章京。十四年（1888），保以理事同知、通判用。十五年（1889），授方略馆协修官，保户部员外郎。十六年（1890），任户部福建司掌印，署湖广司印钥，保户部郎中。十七年（1891），署户部四川司印钥。同年，升户部郎中。十八年（1892），掌浙江司印钥。二十年（1894），授方略馆收掌官，加三品衔。二十一年（1895），充军机处北档房总办。次年，任南档房帮办、方略馆纂修官。二十三年（1897），保以道府用。二十四年（1898），署户部福建司印钥。同年，放甘肃安肃道。三十年（1904），报捐二品顶戴。三十一年（1905），赴新疆会查案件，旋署新疆镇迪道兼按察使衔，再署新疆布政使。同年，调补四川按察使。三十四年（1908），署四川布政使。宣统二年（1910），迁河南提法使。

数清册，详请奏咨前来。

臣覆核无异，除清册分送总理衙门及部、科查核外，谨恭折具陈。伏乞皇太后、皇上圣鉴。谨奏。光绪二十六年三月十五日。

（朱批：）该衙门知道。①

光绪二十六年四月初五日，奉朱批：该衙门知道。钦此。②

0973. 奏闻故令亏短银两请旨革缴片

光绪二十六年三月十五日（1900年4月14日）

再，据甘肃藩、臬两司详称：已故前署平罗县知县傅维祜，在任亏短粮价银三千余两，前因初参限满，未据该家属解缴，业经开揭咨参在案。嗣复严札催提，仅据缴到一半，迄今二参限满，尚短交银一千九百余两。屡经饬催，仍未清交。据藩、臬两司详请参办前来。

臣覆查无异，应请旨将已故前署平罗县事准调西宁县知县傅维祜先行革职，勒限该家属赶紧清缴。如再玩延，即行照例查钞监追，以重交代。除咨部外，谨附片具陈。伏乞圣鉴训示。谨奏。

（朱批：）着照所请，该部知道。③

光绪二十六年四月初五日，奉朱批：着照所请，该部知道。钦此。④

0974. 奏请更正聂缉椝奖案缘由片

光绪二十六年三月十五日（1900年4月14日）

再，准部咨：协筹甘饷出力保奖章程，司道等官如系一官筹

---

①台北故宫博物院藏：《军机及宫中档》，文献编号：408007065。

②中国第一历史档案馆藏：《录副奏折》，档号：03-6412-033。

③台北故宫博物院藏：《军机及宫中档》，文献编号：408007065-0-A。

④中国第一历史档案馆藏：《录副奏片》，档号：03-6578-042。

解，准给予封典、虚衔等项等因。查江苏布政使聂缉椝[①]，于光绪二十三年解清协济甘饷请奖案内，拟请给予三代正一品封典。上年前督臣陶模汇案请奖二十四年协筹甘饷出力各员，维时尚未接准前案部覆原请交部从优议叙。嗣准部咨核议二十三年奖案，以非一官筹解，将所请给予聂缉椝三代正一品封典改为寻常加一级，纪录二次，遵即咨行。兹准护理江苏巡抚按察使陆元鼎[②]咨称：二十四年新饷二十万两，系聂缉椝一官筹解，请将原请交部从优议叙之案更正，照章给予三代正一品封典等因。前来。

臣覆核无异，除咨明户、吏部、两江总督查照外，理合附片具陈。伏乞圣鉴，饬部更正给奖，施行。谨奏。

（朱批：）着照所请，该部知道。[③]

光绪二十六年四月初五日，奉朱批：着照所请，该部知道。钦此。[④]

---

①聂缉椝（1855—1911），字仲芳、仲方，号心斋，湖南衡山县人，监生出身。光绪元年（1875），充湖南滇捐局帮办。八年（1882），任上海江南制造总局会办。十年（1884），升上海江南制造总局总办。十九年（1893），由道台迁浙江按察使。二十二年（1896），升补江苏布政使。二十六年（1900），护理江苏巡抚。同年，擢湖北巡抚。二十七年（1901），补授江苏巡抚。同年，调补安徽巡抚。二十八年（1902），补浙江巡抚。三十二年（1906），开缺回籍。宣统三年（1911），卒于里。

②陆元鼎（1839—1909），字春江、少徐，号少徐，浙江仁和县（今杭州市）人，府学附生。同治三年（1864），拔贡。同年，中举。十三年（1874），中式进士。光绪元年（1875），选江苏乡试内帘襄校官。二年（1876），署江苏山阳县知县。六年（1880），补江苏江宁县知县。十年（1884），署上海县知县。是年，调署江苏泰州知州、上元县知县。十七年（1891）保直隶州知州。十八年（1892），捐道员。二十一年（1895），补授广东惠潮嘉道。同年，调补江苏苏松粮储道。二十四年（1898），升江苏按察使。翌年，署理江苏布政使。二十五年（1899），护理江苏巡抚。二十六年（1900），迁江苏布政使。二十九年（1903），擢漕运总督。三十年（1904），署湖南巡抚。同年，补授江苏巡抚。三十三年（1907），以候补三品京堂协理开办资政院事务。宣统元年（1909），充浙江学务公所议长。同年，卒于任。

③台北故宫博物院藏：《军机及宫中档》，文献编号：408007065-0-B。

④中国第一历史档案馆藏：《录副奏片》，档号：03-5565-086。

0975. 请准包永昌建坊旌奖缘由片

光绪二十六年三月十五日（1900年4月14日）

再，据藩司岑春煊详：转据洮州同知熊振槃详称：前广东崖州知州包永昌前缴昭信银一千两，情殷报效，不领息票，呈请为伊故父一品封职候选从九品包成德、故母一品命妇吴氏建坊等情。查各省绅商、士民认缴昭信股票，前准部咨钦奉谕旨有“情殷报效，不愿领本息者，准其具呈缴票，核给奖叙”等语。又，礼部例开：凡系城垣、衙署并军需等项捐银千两以上者，请旨建坊，给与“急公好义”字样，由地方官给银三十两，听本家自行建坊等因。今洮州厅绅士包永昌承缴昭信股票银一千两，情殷报效，不领息票，呈请为其故父母建坊，自可援照城署、军需捐例办理等情。由司详请核奏前来。

臣覆核无异，相应仰恳天恩俯准该绅包永昌为其已故父包成德、故母吴氏自行建坊，给予“急公好义”字样，以示旌奖。谨附片具陈。伏乞圣鉴训示。谨奏。

（朱批：）着照所请，礼部知道。①

光绪二十六年四月初五日，奉朱批：着照所请，礼部知道。钦此。②

0976. 奏报拣员委署知县各缺片

光绪二十六年三月十五日（1900年4月14日）

再，准补巴燕戎格通判张作霖、又实任徽县知县张若金、准调张掖县知县杜绍勋、署镇番县事准补皋兰县知县杨宸谟，均应饬赴本任，各专责成。所遗镇番县知县员缺，查有候补知县黄家

①台北故宫博物院藏：《军机及宫中档》，文献编号：408007065-0-C。

②中国第一历史档案馆藏：《录副奏片》，档号：03-5565-087。

模，堪以委署。武威县知县杨培之修墓，遗缺查有署皋兰县事实缺宁朔县知县张庭武，堪以调署。署岷州知州奎绂撤省，遗缺查有候补知县陈大章，堪以委署。署靖远县知县史文光调省，遗缺查有候补知州廖葆泰，堪以委署。平远县知县葛尧钦撤省，遗缺查有候补班前补用知州陆德钧，堪以委署。署碾伯县知县周凤勋调省，遗缺查有候补知县赵铉，堪以委署。署成县知县萧庆祥调省，遗缺查有大挑知县张良璧，堪以委署。兹据藩、臬两司先后会详前来。

除分别檄饬遵照外，理合附片陈明。伏乞圣鉴。谨奏。

（朱批：）吏部知道。①

光绪二十六年四月初五日，奉朱批：吏部知道。钦此。②

0977. 奏闻袁守安请补守备员缺片

光绪二十六年三月十五日（1900年4月14日）

再，臣接准部咨：陕西固原提属宜君营守备员缺系部推之缺，应令迅拣合例人员请补等因。当经移行遵照在案。兹准陕西固原提督邓增咨称：宜君营守备员缺，查有蓝翎尽先补用守备固原提标后营千总袁守安，营伍晓畅，办事稳练，堪以请补。咨请核办前来。臣查该员袁守安在陕年久，于该处营伍、地方情形最为熟悉，虽尽先名次在该员之前者尚有朱得胜、胡培、章志杰，均经请补守备，魏得胜现在伊犁军标充当总哨，陈映鳌业经病故，夏鸣谦、罗正益查无下落，李联芳二十三年归入军政参劾，王志才、石凤鸣、刘应春、陈定元均未在标，赵士林、杨元庚、哈元祥、苏正福、刘承基、孙兰、陈庆魁、王占魁、刘鸣盛、蔺万春、潘迎春、雷洪春，均系各镇营实任千、把，现居要缺；朱墀清、潘得胜、王得胜、黎宝瀛、傅汝霖、黄荣贵，均与此缺人地不宜，

①台北故宫博物院藏：《军机及宫中档》，文献编号：408007063-0-A。
②中国第一历史档案馆藏：《录副奏片》，档号：03-5389-018。

未便迁就请补。

惟以该员袁守安请补斯缺，实属人地相需，亦与部章相符。臣到任未及三月，例不加考。既准提臣查明该员营伍晓畅，办事稳练，合无仰恳天恩俯念员缺紧要，准以该员袁守安补授宜君营守备员缺，可期得力。如蒙俞允，该员系曾经引见之员，应请敕部发给实授札付，以符定制。

除查取该员履历清册另咨送部外，谨会同陕西固原提督臣邓增，合词附片具陈。伏乞圣鉴训示。谨奏。

（朱批：）兵部议奏。①

光绪二十六年四月初五日，奉朱批：兵部议奏。钦此。②

0978. 恭报甘省本年二月雨水粮价折

光绪二十六年四月十五日（1900年5月13日）

头品顶戴署理陕甘总督陕西巡抚臣魏光焘跪奏，为具报甘肃省光绪二十六年二月分粮价、雨雪情形，恭折仰祈圣鉴事。

窃照本年正月分粮价并得沾雪泽情形，业经具折奏报在案。兹查二月分兰州等八府六直隶州属具报得沾雨雪，自一二寸至二三寸不等，正值春耕之际，获此沃泽，实于农田有裨。至通省粮价，或与上月相同，或较上月稍有增减。据藩司岑春煊具详请奏前来。

臣覆核无异，理合恭折具奏，并缮粮价清单，恭呈御览。伏乞皇太后、皇上圣鉴。谨奏。四月十五日。

光绪二十六年五月初五日，奉朱批：知道了。钦此。③

---

①台北故宫博物院藏：《军机及宫中档》，文献编号：408007063-0-B。

②中国第一历史档案馆藏：《录副奏片》，档号：03-5941-013。

③中国第一历史档案馆藏：《录副奏折》，档号：03-6996-013。

0979. 呈甘省本年二月各属粮价清单

光绪二十六年四月十五日（1900 年 5 月 13 日）

谨将甘肃各属光绪二十六年二月分米粮时估价值，缮具清单，恭呈御览。

计开

兰州府属：价有昂有落

粟米每京石价银一两一钱六分二厘至四两八钱六分三厘，较上月贵四钱八分。小麦每京石价银一两五钱七分一厘至三两六钱四分，较上月贱一钱一分。豌豆每京石价银一两五钱七分一厘至三两七钱六分九厘，较上月贵一分九厘。青稞每京石价银一两四钱二分四厘至三两一钱六分一厘，较上月贵二钱四分五厘。

巩昌府属：价有昂有落

粟米每京石价银一两一钱五厘至二两四钱六分六厘，较上月贱二钱九分三厘。小麦每京石价银九钱二分五厘至二两二厘，较上月贵一钱四分三厘。豌豆每京石价银九钱七分七厘至二两二厘，较上月贵一钱八分三厘。青稞每京石价银五钱七厘至一两七钱七分八厘，较上月贵一钱三分七厘。

平凉府属：价有平有落

粟米每京石价银二两九分七厘至二两二钱五分一厘，较上月贱九分三厘。小麦每京石价银一两三钱八分六厘至一两八钱六分六厘，较上月贱二分六厘。豌豆每京石价银八钱五分五厘至一两七钱二分二厘，较上月贱一钱一分六厘。糜子每京石价银一两一钱二分至一两二钱七分一厘，与上月相同。

庆阳府属：价平

粟米每京石价银一两一钱七分四厘至二两二钱四分，与上月相同。小麦每京石价银一两三钱八分六厘至二两二钱五厘，与上月相同。豌豆每京石价银一两二钱六分至二两三钱五分二厘，与上月相同。糜子每京石价银七钱三分四厘至一两三钱二分三厘，与上月相同。

甘州府属：价平

粟米每京石价银七钱四分九厘至一两七钱六厘，与上月相同。小麦每京石价银七钱一分四厘至一两二分九厘，与上月相同。豌豆每京石价银七钱六分八厘至一两五钱四分一厘，与上月相同。青稞每京石价银四钱四分至八钱二分三厘，与上月相同。

凉州府属：价平

粟米每京石价银一两一钱七分六厘至三两一钱五分九厘，与上月相同。小麦每京石价银七钱九分八厘至二两五钱六分七厘，与上月相同。豌豆每京石价银一两三钱四分四厘至二两二钱三分二厘，与上月相同。青稞每京石价银七钱三分五厘至一两五钱七分九厘，与上月相同。

宁夏府属：价平

粟米每京石价银六钱七分二厘至一两九钱六分，与上月相同。小麦每京石价银八钱一分二厘至二两一钱，与上月相同。豌豆每京石价银五钱六分七厘至一两八钱九分，与上月相同。糜子每京石价银三钱八分五厘至一两一钱三分，与上月相同。

西宁府属：价平

粟米每京石价银一两九钱二分八厘至五两五钱六分八厘，与上月相同。小麦每京石价银一两六钱六分三厘至二两二钱七分二厘，与上月相同。豌豆每京石价银一两四钱八分八厘至二两一钱四分三厘，与上月相同。青稞每京石价银一两五分至一两九钱六分八厘，与上月相同。

秦州直隶州并所属：价有平有落

粟米每京石价银一两一钱一分九厘至四两四钱一分，较上月贱二钱一分。小麦每京石价银九钱七厘至三两四钱一厘，与上月相同。豌豆每京石价银九钱七厘至三两四钱一厘，与上月相同。糜子每京石价银六钱八分七厘至二两六钱一分六厘，与上月相同。

阶州直隶州并所属：价有昂有平

粟米每京石价银三两二钱六厘至四两八钱，与上月相同。小麦每京石价银二两六钱四分六厘至四两，较上月贵六分七厘。豌豆每京石价银二两四钱五分至三两七钱三分三厘，较上月贵六分六厘。糜子每京石价银一两八钱二分九厘，与上月相同。

泾州直隶州并所属：价落

粟米每京石价银五钱八厘至一两八钱七分一厘，较上月贱一分三厘。小麦每京石价银四钱八分一厘至一两六钱三分三厘，较上月贱一分二厘。豌豆每京石价银四钱五分四厘至一两六钱三分三厘，较上月贱一分二厘。糜子每京石价银四钱五分四厘至一两五分五厘，较上月贱八厘。

固原直隶州并所属：价有昂有平

粟米每京石价银一两四钱二分六厘至二两七钱三分一厘，与上月相同。小麦每京石价银一两四钱至二两三钱三分七厘，较上月贵一钱七分六厘。豌豆每京石价银一两四钱至二两五钱一分二厘，较上月贵三钱七分一厘。糜子每京石价银一两二钱九厘，与上月相同。

肃州直隶州并所属：价有昂、有平、有落

粟米每京石价银一两一钱三分四厘至一两五钱五分四厘，较上月贱八分四厘。小麦每京石价银八钱一分二厘至一两五钱九分六厘，较上月贵四分二厘。豌豆每京石价银九钱五分至一两四钱七分，较上月贱四分二厘。青稞每京石价银五钱四分六厘至一两二钱一分八厘，与上月相同。

安西直隶州并所属：价有昂有平

粟米每京石价银九钱二分至二两三钱一分，较上月贵四钱三分。小麦每京石价银一两二钱八分至一两八钱九分，较上月贵二钱九分。豌豆每京石价银一两二钱至二两一钱六分，与上月相同。青稞每京石价银一两三分二厘至一两六钱八分，较上月贵一钱六分。

（朱批：）览。[①]

0980. 请以蒋光楼补授宁陕营参将折

光绪二十六年四月十五日（1900年5月13日）

头品顶戴署理陕甘总督陕西巡抚臣魏光焘跪奏，为请补参将要缺，以裨营伍，恭折仰祈圣鉴事。

窃查陕西汉中镇属宁陕营参将员缺，经前督臣陶模奏请以总兵衔尽先副将张绍先借补，嗣准兵部议覆：查张绍先前保游击之案，经部改为俟补都司后，以游击尽先补用。自应照案补都司后，递行归入尽先副将班注册序补。今遽请由尽先副将借补参将，核与原案不符，应毋庸议。其宁陕营参将员缺，应令另拣尽先合例人员请补等因。具奏，奉旨：依议。钦此。钦遵咨行前来。督臣陶模未及拣补卸事。

臣到任接准移交，随在于尽先人员内逐加遴选，查有留陕甘尽先参将补缺后补用副将陕安镇标中营游击蒋光楼，办事勤能，营伍谙练，堪以请补。虽尽先名次在该员之前者尚有八人，内徐仕元、徐海龙二员已补游击，许荩臣、徐大田、刘作元等三员亦补都司，曹文献、吴镇楚均在陕西抚标供差，只张得贵一员在省，然皆与此缺人地不宜，未便迁就请补。且宁陕地近南山，川、楚客户最多，游匪更易混迹，稽查整顿，非年强才裕者，难期胜任。惟该员在陕年久，于该处地方、营伍情形最为熟悉，以之请补斯缺，与轮章符合，更属人地相需。合无仰恳天恩俯念要缺需员，准以蒋光楼补授宁陕营参将，俾期得力。如蒙俞允，俟接准部覆，即行给咨送部引见，以符定制。

除查取该员履历清册另咨送部外，谨会同山西提督臣邓增，合词恭折具陈。伏乞皇太后、皇上圣鉴训示。谨奏。四月十五日。

---

①中国第一历史档案馆藏：《单》，档号：03-6996-014。

光绪二十六年五月初五日，奉朱批：兵部议奏。钦此。[①]

0981. 请以陈端瀛补授贵德同知缘由折

光绪二十六年四月十五日（1900年5月13日）

头品顶戴署理陕甘总督陕西巡抚臣魏光焘跪奏，为拣员请补要缺同知，以裨地方，恭折仰祈圣鉴事。

窃据甘肃布政使岑春煊、按察使何福堃会详称：贵德同知吴人寿病故，所遗系繁、疲、难三项要缺，例应由外拣调。查定例：道、府、同知、直隶州知州、通判、知州，如系题调要缺，无论何项出缺，或调或补，准该督抚酌量具题。又，劳绩保举候补道、府、同知、直隶州知州、通判、知州，甄别堪以繁、简缺补用者，遇题调缺出，毋论曾任、初任，均准酌量补用。今贵德同知员缺，地方辽阔，番回杂处，抚绥弹压，最关紧要，非精明稳练、熟悉边情之员，不足以资治理。

该司等在于应调、应升人员内逐加遴选，非现居要缺，即人地不宜。惟查有候补同知陈端瀛，年七十三岁，湖北天门县附贡生，由候选同知投效甘肃军营，历保以同知留于甘肃补用，俟补缺后以知府用，先换顶戴。光绪二十年，请咨赴部引见，领照赴甘，于二十一年三月到省，试看年满，甄别留用在案。该司等查该员陈端瀛老成谙练，才具明通，以之请补贵德同知，实堪胜任，人地亦极相宜。会详请奏前来。

臣查该员陈端瀛稳练老成，精神强固，合无仰恳天恩俯念要缺需员，准以候补同知陈端瀛补授贵德同知，实于地方有裨。如蒙俞允，该员以同知请补同知，衔缺相当，毋庸送部引见。谨恭折具奏，伏乞皇太后、皇上圣鉴训示。谨奏。四月十五日。

光绪二十六年五月初五日，奉朱批：吏部议奏。钦此。[②]

---

①中国第一历史档案馆藏：《录副奏折》，档号：03-5389-134。

②中国第一历史档案馆藏：《录副奏折》，档号：03-5389-135。

0982. 奏报校阅省标官兵春操情形折

光绪二十六年四月十五日（1900 年 5 月 13 日）

头品顶戴署理陕甘总督陕西巡抚臣魏光焘跪奏，为校阅省标各营官兵春操事竣，恭折仰祈圣鉴事。

窃查陕甘督标并兰州城守营，向按春、秋二季合队操演，期收实效。兹值本年春操之期，臣遵将在省及附近旗队一律调集，于三月二十四、二十五、二十六等日，督同司道，亲临教场阅视。各营官兵并在省防、练各旗操演香山、速战、湘军行营阵式并新练德国操法，队伍整肃，器械鲜明；施放连环枪炮并喷筒火弹，俱皆稳练；比较刀矛、藤牌，亦殊便捷；马队合操以及员弁枪靶均灵便有准。臣择其技艺出众者，分别奖赏，以资鼓励；仍严饬各营员弁，本中国之成规，参西洋之新法，枪队则步伐止齐之节，纵横徐疾之序；炮队则旋转进退前却修整之法、测量炸弹远近迟速之方，务令一律认真操练，精益求精，俾成劲旅，以仰副朝廷整饬戎行、修明武备至意！

所有臣校阅光绪二十六年省标春操情形，理合恭折具陈。伏乞皇太后、皇上圣鉴。谨奏。四月十五日。

光绪二十六年五月初五日，奉朱批：知道了。钦此。①

0983. 奏闻杨丙荣等期满甄别缘由片

光绪二十六年四月十五日（1900 年 5 月 13 日）

再，查例载：道府以至未入流，凡系应行试看之员，以到省之日起试看一年，期满甄别补用等语。历经遵办在案。兹查有留甘遇缺即补直隶州知州杨丙荣，系以直隶州知州留于甘肃补用，

①中国第一历史档案馆藏：《录副奏折》，档号：03-5999-030。

俟补缺后再行送部引见。应自光绪二十四年正月初五日作为到省日期起，连闰扣至是年十二月初五日止；又候补知县单元亨原先以光绪二十四年十一月十六日到省之日起，扣至二十五年十一月十六日止，均试看一年期满，例应甄别。由甘肃藩、臬两司详请甄别具奏前来。

臣查杨丙荣年力富强，才具开展，堪以直隶州知州留省照例补用；单元亨稳练老成，留心吏治，堪以知县留省照例补用。除将各员履历清册咨部查照外，理合附片具陈。伏乞圣鉴。谨奏。

光绪二十六年五月初五日，奉朱批：吏部知道。钦此。①

0984. 奏报都司杨培源与刘堃对调片

光绪二十六年四月十五日（1900年5月13日）

再，臣接准兵部咨开：议覆甘肃凉州镇属岔口营都司员缺，准以留陕甘补用都司宁夏镇标左营千总杨培源补授。该员系兰州府皋兰县人，距是缺在五百里以内，例应回避，应令拣员对调等因。当经转行遵照去后。兹据署凉州镇总兵永明呈称：查有凉州镇标后营都司刘堃，系湖北黄州府广济县人，该员年富力强，熟悉营务，堪以调补岔口营都司。所遗凉州镇标后营都司员缺，即以杨培源调补，均属人地相宜，呈请核办等情。

臣查都司刘堃营务谙练，办事勤能，堪以调补岔口营都司；所遗凉州镇标后营都司员缺，即以杨培源对调，与例亦符，合无仰恳天恩俯准以杨培源、刘堃二员互相对调，俾符成例。如蒙俞允，俟接准部覆后，即行给咨赴部引见，以符定制。除查取刘堃履历清册另咨送部外，谨附片具陈。伏乞圣鉴训示。谨奏。

光绪二十六年五月初五日，奉朱批：兵部议奏。钦此。②

①中国第一历史档案馆藏：《录副奏片》，档号：03-5389-136。

②中国第一历史档案馆藏：《录副奏片》，档号：03-5942-010。

0985. 奏报游击徐庆云在籍病故缘由片

光绪二十六年四月十五日（1900 年 5 月 13 日）

再，准陕西固原提督臣邓增咨称：案查提属芦塘营游击徐庆云请假回籍修墓，于二十五年十月十九日在籍得患伤寒病证，服药罔效，旋于二十三日在安徽安庆府潜山县原籍病故，由籍转报咨请核办前来。臣覆查无异，相应请旨开缺。除查取该故员原领札付另咨送部外，所遗芦塘营游击员缺，陕甘现有应补人员，容臣另拣请补。谨附片具陈，伏乞圣鉴。谨奏。

光绪二十六年五月初五日，奉朱批：兵部知道。钦此。①

0986. 奏报副将张清和暂缓引见片

光绪二十六年四月十五日（1900 年 5 月 13 日）

再，甘肃地处边陲，操防极重，务在委任得人。兹有提督衔记名总兵前新疆玛纳斯副将张清和，光绪二十二年丁父艰，开缺回籍守制。二十五年，服满起复，措资来省。查定例：服满副将若系提镇借补，应请咨赴部引见，以提镇发回候补。未经赴部之先，不准奏留差委等因。臣查张清和前在故大学士左宗棠军营，战功卓著，肃清关陇，无役不从，于甘肃地方情形尤为熟悉，本属留甘补用总兵，两次借补新疆玛纳斯副将。甘、新武职原无畛域，现值甘省需材，可否吁恳天恩俯准暂缓引见，以总兵留甘肃候补，俾资差委，以期得力，出自鸿施。谨附片具陈，伏乞圣鉴训示。谨奏。

光绪二十六年五月初五日，奉朱批：着照所请，兵部知道。钦此。②

---

①中国第一历史档案馆藏：《录副奏片》，档号：03-5942-011。

②中国第一历史档案馆藏：《录副奏片》，档号：03-5942-012。

0987. 奏报筹解本年董军行饷缘由片

光绪二十六年四月十五日（1900 年 5 月 13 日）

再，臣查接管卷内前准户部咨：提臣董福祥所部武卫后营应需光绪二十六年行饷，指拨甘肃腾出所调安宁回队等旗饷项银四万一千两，裁兵节饷银四万二千六百两，饬令按数拨解该军行营兑收等因。当经前督臣陶模咨行遵照在案。兹准提臣董福祥咨，拟具领银四万三千六百两，内除督带武卫后营甘军兰练中营游击马福禄等在甘募勇，借过库平银三千三百六十两，其余请发商号领汇，并据协同庆商号请领前来。

臣查此项拨饷虽系有着之款，刻下为期尚早，均未扣有成数，本难给发。惟念该军远驻京师，需饷孔急，只得先期设法筹垫库平银四万三千六百两，内除划扣游击马福禄等前项借款，其余库平银四万零二百四十两，即于三月二十三日发交协同庆商号承领汇解讫。容俟扣收有数，再行收还清款。据藩司岑春煊详请附奏前来。除咨明户部暨提臣董福祥查照外，理合附片具陈。伏乞圣鉴。谨奏。

光绪二十六年五月初五日，奉朱批：户部知道。钦此。[①]

0988. 奏报上年灾情及应蠲缓钱粮折

光绪二十六年四月十八日（1900 年 5 月 16 日）

头品顶戴署理陕甘总督陕西巡抚臣魏光焘跪奏，为勘明甘肃光绪二十五年各属夏秋禾苗被灾情形，暨应蠲缓银粮、草束各数目，缮具清单，恭折仰祈圣鉴事。

窃查甘肃金县等厅、州、县、州同、州判各地方去年夏秋禾

---

①中国第一历史档案馆藏：《录副奏片》，档号：03-6157-023。

苗被雹、被水、被旱、被霜情形，业经前督臣陶模节次具奏，并声明俟各该管道府勘覆结报，再行汇办在案。兹据布政使岑春煊详称：据该管各道、府、州、县覆勘结报，分别蠲缓，并据安化县禀称：接征二十五年盐课银两及正耗粮石，民力拮据，完纳未清，恳请缓征。又据平番县详称：北八渠二十四年缓征之银粮、草束，民力拮据，无力完纳，恳请递缓前来。

该司覆加查核得二十五年分续捐一案，除白马关、阶州两属灾地银粮仍未查清，严饬拟议再行续请外，其合水、环县、平凉、安化、西固、文县、董志原、平番等八属，或成灾五分至九分不等，照例分别蠲缓；或因歉收，民力拮据，恳请缓征、递缓，共应蠲免正耗银五百二十一两六分九毫、正耗粮五百三十八石三斗一升四合九勺九抄；共应缓征正耗银二千七百二十五两三分一毫、盐课银二百五十六两九钱七厘、丁站农桑银四两一钱三分四厘、正耗粮三千五百七十石八斗四勺六抄，又应缓征草一千三百五十三束三分三厘，分晰汇开清折，详请查核奏恳天恩准予蠲缓、豁免，以纾民力。

至各属被灾贫民，已竭力筹拨银粮，妥为赈抚，不致失所。惟去岁受旱甚重，今春得雨又迟，庆阳府属至今未报沾足，青黄不接，为日尚长；阶、文一带灾情较重，值此银粮两绌，非设法接济不可。详请具奏前来。

臣覆核无异，除批司分饬被灾各属随时察看，实在民力拮据，应行接济，即行禀请筹款抚恤，毋任失所。所有去年各属夏秋禾苗被灾应行蠲缓银粮、草束各数目，理合恭折具奏，并缮具清单，恭呈御览。伏乞皇太后、皇上圣鉴，饬部查照施行。谨奏。四月十八日。

光绪二十六年五月初一日，奉朱批：着照所请，户部知道。钦此。[1]

---

①中国第一历史档案馆藏：《录副奏折》，档号：03-6267-061。

0989. 呈上年各属被灾蠲缓粮草清单

光绪二十六年四月十八日（1900年5月16日）

谨将续办甘肃省光绪二十五年分各属被灾应蠲、应缓银粮、草束数目，缮具清单，恭呈御览。

署环县知县姬恺臣二十五年分禀报地方被旱成灾，钱粮出示停征。因成灾蠲缓数目未据结报，已于是年秋灾案内声明不及汇蠲，另行续办在案。兹据庆阳府知府庆霖结称：覆勘得该县祥集里、恒新里、邬百户、汤百户、万旗等处被灾共地五百一十六顷五十四亩七分，共应征正银四百九十六两一钱八分，耗银七十四两四钱二分七厘；正粮四百八十三石四斗二升七合三勺，耗粮七十二石五斗一升四合一勺。

内成灾九分地一百六十四顷九十一亩九分，应征正银一百三十六两九钱八分三厘，耗银二十两五钱四分七厘；正粮一百七十五石九斗二升四合一勺，耗粮二十六石三斗八升八合六勺，照例请蠲十分之六，应蠲正银八十二两一钱九分，耗银一十二两三钱二分八厘；正粮一百五石五斗五升四合五勺，耗粮一十五石八斗三升三合二勺；其余四分正银五十四两七钱九分三厘，耗银八两二钱一分九厘；正粮七十石三斗六升九合六勺，耗粮一十石五斗五升五合四勺，缓作三年带征。

成灾八分地一百九十七顷八十四亩八分，应征正银二百二十五两五钱二分八厘，耗银三十三两八钱二分九厘；正粮一百四十九石九斗三升一合九勺，耗粮二十二石四斗八升九合八勺，照例请蠲十分之四，应蠲正银九十两二钱一分一厘，耗银一十三两五钱三分二厘；正粮五十九石九斗七升二合八勺，耗粮八石九斗九升五合九勺。其余六分正银一百三十五两三钱一分七厘，耗银二十两二钱九分七厘；正粮八十九石九斗五升九合一勺，耗粮一十三石四斗九升三合九勺，缓作三年带征。

成灾七分地一百五十三顷七十八亩，应征正银一百三十三两六钱六分九厘，耗银二十两五分一厘；正粮一百五十七石五斗七升一合三勺，耗粮二十三石六斗三升五合七勺，照例请蠲十分之二，应蠲正银二十六两七钱三分四厘，耗银四两一分；正粮三十一石五斗一升四合二勺，耗粮四石七斗二升七合一勺。其余八分正银一百六两九钱三分五厘，耗银一十六两四分一厘；正粮一百二十六石五升七合一勺，耗粮一十八石九斗八合六勺，缓作二年带征。其被灾各户已另行筹拨粮石，散发赈恤，不致失所，应请如拟蠲缓，以纾民力。

署合水县知县董云标二十五年分详报东华池秋禾被霜，因成灾蠲缓各数目未据结报，已于是年秋灾案内声明不及汇入，另行续办在案。兹据庆阳府知府庆霖结称：覆勘得该县九甲、十甲，又十甲董华池等六庄被灾共地二百六十五顷七十二亩五分，共应征正银二百三十四两七钱九分三毫，耗银三十五两二钱一分八厘六毫；正粮一十石六斗一升四合六勺六抄，耗粮一石五斗九升二合一勺九抄。

内成灾七分地六十六顷六亩，应征正银六十二两一钱六分七厘二毫，耗银九两三钱二分五厘一毫；正粮二石八斗一升五勺，耗粮四斗二升一合五勺七抄，照例请蠲十分之二，应蠲正银一十二两四钱三分三厘四毫，耗银一两八钱六分五厘；正粮五斗六升二合一勺，耗粮八升四合三勺一抄。其余八分正银四十九两七钱三分三厘八毫，耗银七两四钱六分一毫；正粮二石二斗四升八合四勺，耗粮三斗三升七合二勺六抄，缓作二年带征。

成灾六分地四十四顷二十五亩，应征正银四十一两七钱六分三厘一毫，耗银六两二钱六分四厘五毫；正粮一石八斗八升八合，耗粮二斗八升三合二勺，照例请蠲十分之一，应蠲正银四两一钱七分六厘三毫，耗银六钱二分六厘五毫；正粮一斗八升八合八勺，耗粮二升八合三勺二抄。其余九分正银三十七两五钱八分六厘八毫，耗银五两六钱三分八厘；正粮一石六斗九升九合二勺，耗粮二斗五升四合八勺八抄，缓作二年带征。

成灾五分地一百五十五顷四十一亩五分，应征正银一百三十两八钱六分，耗银一十九两六钱二分九厘；正粮五石九斗一升六合一勺六抄，耗粮八斗八升七合四勺二抄，照例请蠲十分之一，应蠲正银一十三两八分六厘，耗银一两九钱六分二厘九毫；正粮五斗九升一合六勺二抄，耗粮八升八合七勺四抄。其余九分正银一百一十七两七钱七分四厘，耗银一十七两六钱六分六厘一毫；正粮五石三斗二升四合五勺四抄，耗粮七斗九升八合六勺八抄，缓作二年带征。其被灾各户已筹款妥为抚恤，不致失所，应请如拟蠲缓，以纾民力。

署平凉县知县杨鼎新二十五年分禀报圣化等里秋禾被雹，因成灾蠲缓各数目未据结报，已于是年秋灾案内声明不及汇蠲，另行续办在案。兹据平凉府知府瑞寿结称：覆勘得该县圣化、武安等里秋禾受伤不及四分，尚未成灾。惟被雹各户情形拮据，钱粮不能照旧征收。所有未完二十五年正银九十六两一钱六分一厘，耗银一十四两四钱二分五厘，请照五分以下不成灾题明缓征之例，缓至二十六年麦熟后带征，应请如拟缓征，以纾民力。

安化县知县孟滢二十五年分禀报秋禾被旱、被霜，请蠲缓钱粮，因成灾蠲缓各数目未据结报，已于是年秋灾案内声明不及汇蠲，另行续办在案。兹据庆阳府知府庆霖结称：覆勘得该县城化各里赵王等百户地亩实已成灾七分，共应征正银一千一百二十一两三钱二分九厘六毫，耗银一百六十八两一钱九分九厘四毫；正粮一千九十七石九斗一升一合，耗粮一百六十四石六斗八升六合七勺，照例请蠲十分之二，应蠲正银二百二十四两二钱六分五厘九毫，耗银三十三两六钱三分九厘九毫；正粮二百一十九石五斗八升二合二勺，耗粮三十二石九斗三升七合三勺。其余八分正银八百九十七两六分三厘七毫，耗银一百三十四两五钱五分九厘五毫；正粮八百七十八石三斗二升八合八勺，耗粮一百三十一石七斗四升九合四勺，缓作二年带征。其被灾各户已经妥为赈抚，不致失所，应请如议蠲缓，以纾民力。

又据署安化县知县潘达曜禀称：接征二十五年下忙盐课银两及正耗粮石，因连年收成歉薄，民力拮据，完纳未清，恳请缓征等情。当经严行庆阳府覆勘查办。兹据庆阳府知府庆霖结称：覆勘得该县民力拮据系属实情，所有未完盐课银六十二两五钱七分，正粮七百一十七石九斗一升四合九勺，耗粮一百七石六斗八升七合一勺，恳请照五分以下不成灾题明缓征之例，缓至二十六年麦熟后带征，应请如议缓征，以纾民力。

署西固州同朱秉仁二十五年分禀报秋禾被旱，秋季额粮未能征收，因成灾蠲缓各数目未据结报，已于是年秋灾案内声明不及汇蠲，另行续办在案。兹据阶州直隶州知州隆泰结称：覆勘得西固南乡秋禾尚有六七分收成。惟东、西、北各庄灾情较重，所有停征二十五年秋季正粮二百二十三石一斗四升七合二勺，耗粮三十三石四斗七升二合一勺，民欠未完地丁正银四百三十三两三钱六分七厘，耗银二十一两三分，盐课银二十五两四钱五分七厘。丁站农桑银四两一钱三分四厘，草四百七十五束七分二厘，请缓至二十六年麦熟后带征。其被灾各户业经请款赈恤，不致失所，应请如拟缓征，以纾民力。

文县知县舒翎二十五年分详报秋禾被旱，钱粮未能征收，因成灾蠲缓各数目未据结报，已于是年秋灾案内声明不及汇蠲，另行续办。兹据阶州直隶州隆泰结称：覆勘得该县秋旱成灾，实有六分钱粮，若照常催征，民力实有未逮，所有未完光绪二十五年正银四百七十九两五钱一分八厘，耗银七十一两二分八厘，盐课银一百六十八两八钱八分；正粮六百五石三升三合，耗粮九十石七斗五升四合九勺，请缓作二年带征。其被灾贫民业已另行筹款，妥为抚恤，不致失所，应请如拟缓征，以纾民力。

署董志原县丞傅严二十五年分禀称夏、秋收成歉薄，民情困苦，额粮恳请蠲缓，因覆勘未至，已于是年秋灾案内声明不及汇入，另行续办在案。兹据庆阳府知府庆霖结称：覆勘得该县丞太平、六曹、二里吴百户、胡百户、司百户三屯被旱共地六百七十四顷三十六亩，共应征正粮四百石八斗八升八合七勺，耗粮六十石一斗三升三合三勺。

内成灾七分地三百二十五顷三十二亩，应征正粮一百石四斗四升九合，耗粮一十五石六升七合四勺，照例请蠲十分之二，应蠲正粮二十石八升九合八勺，耗粮三石一升三合五勺。其余八分正粮八十石三斗五升九合二勺，耗粮一十二石五升三合九勺，缓作三年带征。

成灾六分地一百九十七顷三十六亩，应征正粮二百六十六石一斗六升四合，耗粮三十九石九斗二升四合六勺，照例请蠲十分之一，应蠲正粮二十六石六斗一升六合四勺，耗粮三石九斗九升二合五勺。其余九分正粮二百三十九石五斗四升七合六勺，耗粮三十五石九斗三升二合一勺，缓作二年带征。

成灾五分地一百五十一顷六十八亩，应征正粮三十四石二斗七升五合七勺，耗粮五石一斗四升一合三勺，照例请蠲十分之一，应蠲正粮三石四斗二升七合六勺，耗粮五斗一升四合一勺。其余九分正粮三十石八斗四升八合一勺，耗粮四石六斗二升七合，缓作二年带征。其被灾各户已经妥为抚恤，不致失所，应请如拟蠲缓，以纾民力。

署平番县知县杨廷槐二十五十二月分详称：县属北八渠二十四年七月被水成灾六分地亩、缓作二年带征之正耗银四钱一分七厘一毫，正耗粮三十九石三斗三升八合三勺，小草八百七十九束六分一厘，因地方连年歉薄，民力拮据，二十五年应征之项，无力完纳。恳请递缓，应请准其递缓至二十六七两年秋后带征，以纾民力。

（朱批：）览。①

①中国第一历史档案馆藏：《单》，档号：03-6267-062。

0990. 请以张绍先补授定边协副将折

光绪二十六年五月初一日（1900年5月28日）

头品顶戴署理陕甘总督陕西巡抚臣魏光焘跪奏，为拣员请补副将要缺，以裨营伍，恭折仰祈圣鉴事。

窃臣接准部咨：陕西延榆绥镇属定边协副将员缺系题补第三轮第八缺，轮用尽先人员，迅即照章拣选请补等因。臣随在于尽先人员内详加拣选，查有遇缺尽先即补副将张绍先，勇识兼长，谙练营务。且该员于去岁引见，奉旨仍回甘肃，以副将遇缺尽先即补。以之请补斯缺，实堪胜任，亦与部章相符。合无仰恳天恩俯念要缺需员，准以张绍先补授陕西延榆绥镇属定边协副将，可期得力。该员系曾经引见之员，如蒙俞允，应请敕部发给实授札付，以符定制。

除查取该员履历清册另咨送部外，谨会同陕西固原提臣邓增，合词恭折具陈。伏乞皇太后、皇上圣鉴训示。谨奏。五月初一日。

光绪二十六年五月十九日，奉朱批：兵部议奏。钦此。①

0991. 请以戴君虎借补凉州镇游击折

光绪二十六年五月初一日（1900年5月28日）

头品顶戴署理陕甘总督陕西巡抚臣魏光焘跪奏，为拣员借补游击要缺，以裨营伍，恭折仰祈圣鉴事。

窃臣前准兵部咨开：甘肃凉州镇标右营游击员缺系题补第六轮第八缺，轮用尽先人员，应令迅拣合例人员请补等因。臣即在于尽先合例人员内逐加拣选，查有副将衔留陕甘尽先补用参将戴君虎，办事稳练，晓畅戎机，现管带镇属后旗，整顿防务，甚属

---

①中国第一历史档案馆藏：《录副奏折》，档号：03-5942-039。

得力，以之借补斯缺，洵堪胜任，亦与部章相符。合无仰恳天恩俯念员缺紧要，准以参将戴君虎借补凉州镇标右营游击，可期得力。如蒙俞允，俟接准部覆后，即行给咨送部引见，以符定制。

除该员履历清册俟查取至日另咨送部外，谨会同署甘肃提督臣张永清，合词恭折具陈。伏乞皇太后、皇上圣鉴训示。谨奏。五月初一日。

光绪二十六年五月十九日，奉朱批：兵部议奏。钦此。①

0992. 请准戴福禄等暂缓引见缘由片

光绪二十六年五月初一日（1900年5月28日）

再，借补督标后营戴福禄、甘肃西宁镇属贵德营游击邓咸林、升补陕西陕安镇属镇安营游击蒋松桂、借补宁夏镇属同心城营守备吕永福、请补汉中镇属瓦石坪汛守备章志杰，奉部调取引见，自应遵照。惟查戴福禄管带督标亲军前旗步队，邓咸林管带西宁镇标练军步队，蒋松林管带督标亲军中旗步队，吕永福管带威武后旗步队，章志杰管带督标亲军中旗马队，各有驻扎要地。该员等平时操防均属勤奋，训练一切尤为熟悉，未便遽易生手。且查甘肃镇羌营游击崔金魁、肃州镇标中营游击朱应龙、肃州镇标右营游击金造，均以管带防营驻扎要地，经前督臣陶模奏请暂缓送部引见，业经奉旨允准先行发给署札在案❶。兹该员等亦系管带防营，事同一律，自应援照办理。据署西宁镇总兵罗平安、署督标中军副将杨志胜先后呈请奏缓前来。

臣覆核无异，合无仰恳天恩俯准戴福禄、邓咸林、蒋松林、吕永福、章志杰五员一并暂缓给咨，饬部先行发给署札，以重地方之处，出自逾格鸿施。谨附片具陈。伏乞圣鉴训示。谨奏。

光绪二十六年五月十九日，奉朱批：着照所请，兵部知道。

---

①中国第一历史档案馆藏：《录副奏折》，档号：03-5942-043。

钦此。①

❶【案】光绪二十五年五月二十二日，陕甘总督陶模奏请崔金魁等暂缓引见，曰：

再，借补甘肃凉州镇属镇羌营游击崔金魁、调补肃州镇标中营游击朱应龙、准补肃州镇标右营游击金造，奉部调取引见，本应遵照给咨赴部。惟查崔金魁管带武毅左旗马队，朱应龙管带督标新操枪队，金造管带志强旗步队，各有驻扎要地。该员等平时操防均属勤奋，现奉旨整顿营伍之际，一切训练事宜必须加紧督饬，未便遽易生手，合无仰恳天恩俯准将游击崔金魁、朱应龙、金造三员一并暂缓赴部引见，先行饬部发给署札，以重营伍之处，出自逾格鸿施。谨附片具陈。伏乞圣鉴训示。谨奏。

光绪二十五年六月十一日，奉朱批：着照所请，兵部知道。钦此。②

0993. 请以李士贞借补督标都司片

光绪二十六年五月初一日（1900年5月28日）

再，接准部咨：陕甘督标中营都司员缺系题补第七轮第二缺，轮用尽先人员，应令迅拣合例人员请补等因。臣随在于合例人员内逐加拣选，兹拣得留陕甘尽先补用参将陕西固原提标后营守备现署督标中营都司李士贞，干练精明，熟悉营务，于省标情形最为熟悉，且现署斯缺，整顿营伍，诸臻妥善，以之请补斯缺，实于营伍有裨，亦与轮章相符。合无仰恳天恩俯念员缺紧要，准以该员李士贞借补督标中营都司，可期得力。如蒙俞允，俟接准部覆，即行给咨送部引见，以符定制。

---

①中国第一历史档案馆藏：《录副奏片》，档号：03-5942-040。

②台北故宫博物院藏：《军机及宫中档》，文献编号：408003269-0-D。又，中国第一历史档案馆藏：《录副奏片》，档号：03-5933-094。

除查取该员履历清册另咨送部外，所遗陕西提标后营守备员缺，陕甘现有应补人员，容臣另拣请补。理合附片具陈。伏乞圣鉴训示。谨奏。

光绪二十六年五月十九日，奉朱批：兵部议奏。钦此。①

0994. 奏报都司荣福病故开缺片

光绪二十六年五月初一日（1900 年 5 月 28 日）

再，准陕西固原提督臣邓增咨称：提属邠州营都司荣福得患风痰急证，服药罔效，于光绪二十六年三月二十一日在任病故，咨请核办前来。臣覆核无异，相应奏明请旨开缺。

除查取该故员原领都司札付及委员承查印、甘各结至日另咨送部外，所遗邠州营都司员缺，陕甘现有应补人员，容臣另拣请补。理合附片具陈。伏乞圣鉴。谨奏。

光绪二十六年五月十九日，奉朱批：兵部知道。钦此。②

0995. 恭报甘省本年三月雨水粮价折

光绪二十六年五月十六日（1900 年 6 月 12 日）

头品顶戴署理陕甘总督陕西巡抚臣魏光焘跪奏，为恭报甘肃省光绪二十六年三月分粮价、雨泽情形，恭折仰祈圣鉴事。

窃照本年二月分粮价并得沾雨雪情形，业经具折奏报在案。兹查本年三月分兰州等八府六直隶州属具报得沾雨泽，自一二寸至四五寸不等。正值禾苗出土之际，获此沃泽，土脉滋润，实与农田有裨。至通省粮价，或与上月相同，或较上月稍有增减。据藩司岑春煊具详请奏前来。

臣覆核无异，理合恭折具奏，并缮粮价清单，恭呈御览。伏

①中国第一历史档案馆藏：《录副奏片》，档号：03-5942-041。

②中国第一历史档案馆藏：《录副奏片》，档号：03-5942-042。

乞皇太后、皇上圣鉴。谨奏。五月十六日。

光绪二十六年六月初七日，奉朱批：知道了。钦此。[①]

0996. 呈甘省本年三月各属粮价清单

光绪二十六年五月十六日（1900年6月12日）

谨将甘肃各属光绪二十六年三月分米粮时估价值，缮具清单，恭呈御览。

计开

兰州府属：价落

粟米每京石价银一两一钱六分二厘至四两三钱八分三厘，较上月贱四钱八分。小麦每京石价银一两五钱七分一厘至三两四钱三分六厘，较上月贱二钱四厘。豌豆每京石价银一两五钱七分一厘至三两五钱五分四厘，较上月贱二钱一分五厘。青稞每京石价银一两四钱二分四厘至二两八钱四分三厘，较上月贱三钱一分八厘。

巩昌府属：价平

粟米每京石价银一两一钱五厘至二两四钱六分六厘，与上月相同。小麦每京石价银九钱二分五厘至二两二厘，与上月相同。豌豆每京石价银九钱七分七厘至二两二厘，与上月相同。青稞每京石价银五钱七厘至一两七钱七分八厘，与上月相同。

平凉府属：价有昂有落

粟米每京石价银二两一钱七分至二两二钱四分七厘，较上月贱四厘。小麦每京石价银一两五钱一分二厘至一两八钱二分，较上月贱四分六厘。豌豆每京石价银一两六钱一分至一两八钱六分六厘，较上月贵一钱四分四厘。糜子每京石价银一两一钱二分至一两三钱九分八厘，较上月贵一钱二分七厘。

---

①中国第一历史档案馆藏：《录副奏折》，档号：03-6997-003。

庆阳府属：价平

粟米每京石价银一两一钱七分四厘至二两二钱四分，与上月相同。小麦每京石价银一两三钱六厘至二两二钱五厘，与上月相同。豌豆每京石价银一两二钱六分至二两三钱五分二厘，与上月相同。糜子每京石价银六钱二分至一两三钱二分三厘，与上月相同。

甘州府属：价平

粟米每京石价银七钱四分九厘至一两七钱六厘，与上月相同。小麦每京石价银七钱一分四厘至一两二分九厘，与上月相同。豌豆每京石价银八钱六分至一两五钱四分一厘，与上月相同。青稞每京石价银四钱四分至八钱二分三厘，与上月相同。

凉州府属：价平

粟米每京石价银一两一钱三分四厘至三两一钱五分九厘，与上月相同。小麦每京石价银七钱九分八厘至二两五钱六分七厘，与上月相同。豌豆每京石价银一两三钱二厘至二两二钱三分二厘，与上月相同。青稞每京石价银七钱三分五厘至一两五钱七分九厘，与上月相同。

宁夏府属：价有平有落

粟米每京石价银六钱七分二厘至一两九钱六分，与上月相同。小麦每京石价银八钱二分六厘至二两一钱，与上月相同。豌豆每京石价银五钱六分七厘至一两八钱九分，与上月相同。糜子每京石价银四钱六厘至一两七分三厘，较上月贱五分七厘。

西宁府属：价平

粟米每京石价银一两九钱二分八厘至五两五钱六分八厘，与上月相同。小麦每京石价银一两六钱八分至二两二钱七分二厘，与上月相同。豌豆每京石价银一两五钱五厘至二两一钱四分三厘，与上月相同。青稞每京石价银一两五分至一两九钱六分八厘，与上月相同。

秦州直隶州并所属：价有平有落

粟米每京石价银一两一钱一分九厘至四两三钱八分三厘，较上月贱二分七厘。小麦每京石价银九钱七厘至三两四钱一厘，与上月相同。豌豆每京石价银九钱七厘至三两四钱一厘，与上月相同。糜子每京石价银六钱八分七厘至二两六钱一分六厘，与上月相同。

阶州直隶州并所属：价昂

粟米每京石价银三两七钱九分一厘至四两八钱九分三厘，较上月贵九分三厘。小麦每京石价银二两八钱八分七厘至四两七分七厘，较上月贵七分七厘。豌豆每京石价银二两六钱七分三厘至三两八钱六厘，较上月贵七分三厘。糜子每京石价银一两九钱九分六厘，较上月贵一钱六分七厘。

泾州直隶州并所属：价有昂有落

粟米每京石价银五钱七分一厘至一两八钱五分八厘，较上月贱一分三厘。小麦每京石价银五钱五分四厘至一两七钱九分一厘，较上月贵一钱五分八厘。豌豆每京石价银五钱一分六厘至一两六钱二分二厘，较上月贱一分一厘。糜子每京石价银四钱八分二厘至一两四分六厘，较上月贱九厘。

固原直隶州并所属：价平

粟米每京石价银一两四钱二分六厘至二两七钱三分一厘，与上月相同。小麦每京石价银一两四钱至二两三钱三分七厘，与上月相同。豌豆每京石价银一两四钱至二两五钱一分二厘，与上月相同。糜子每京石价银一两二钱九厘，与上月相同。

肃州直隶州并所属：价有平有昂

粟米每京石价银一两一钱三分四厘至一两五钱五分四厘，与上月相同。小麦每京石价银八钱四分至一两六钱三分八厘，较上月贵四分二厘。豌豆每京石价银九钱五分至一两四钱七分，与上月相同。青稞每京石价银五钱四分六厘至一两二钱一分八厘，与上月相同。

安西直隶州并所属：价有平有昂

粟米每京石价银九钱二分至二两三钱一分，与上月相同。小麦每京石价银一两二钱八分至一两八钱九分，与上月相同。豌豆每京石价银一两二钱至二两一钱六分，与上月相同。青稞每京石价银一两三分二厘至一两八钱九分，较上月贵二钱一分。

（朱批：）览。[①]

0997. 请以郭明扬补授宁夏镇都司折

光绪二十六年五月十六日（1900年6月12日）

头品顶戴署理陕甘总督陕西巡抚臣魏光焘跪奏，为拣员请补都司要缺，以裨营伍，恭折仰祈圣鉴事。

窃臣前准部咨：甘肃宁夏镇标后营都司员缺系题补第七轮第一缺，轮用尽先人员，行令拣员请补等因。当经转饬遵照去后。兹据署宁夏镇总兵和色本呈称：查宁夏镇标后营都司有兼管城守之责，一切巡防在在均关紧要，非熟习营务、精明干练之员，难期胜任。兹拣选得花翎留陕甘尽先补用都司宁夏镇属罗平营守备郭明扬，在甘有年，历署各缺，均能切实整顿，营务极为熟悉，堪以请补。呈请核办前来。

臣查该员郭明扬办事勤能，谙练营务，以之请补斯缺，实属人地相需，亦与轮补章程相符。合无仰恳天恩俯念员缺紧要，准以该员郭明扬补授宁夏镇标后营都司员缺，可期得力。如蒙俞允，俟接准部覆后，即行给咨送部引见，以符定制。

除查取该员履历清册咨部外，谨会同署甘肃提督臣张永清，合词恭折具陈。伏乞皇太后、皇上圣鉴训示。谨奏。五月十六日。

光绪二十六年六月初七日，奉朱批：兵部议奏。钦此。[②]

---

①中国第一历史档案馆藏：《单》，档号：03-6997-004。

②中国第一历史档案馆藏：《录副奏折》，档号：03-5942-069。

0998. 恭报甘省本年四月雨水粮价折

光绪二十六年六月十三日（1900年7月9日）

头品顶戴署理陕甘总督陕西巡抚臣魏光焘跪奏，为恭报甘肃省光绪二十六年四月分粮价、雨泽情形，恭折仰祈圣鉴事。

窃照本年三月分粮价并得沾雨泽情形，业经具折奏报在案。兹查四月分兰州等八府六直隶州属，惟庆阳府、泾州两属亢旱，盼泽孔殷，其余具报得沾雨泽自一二寸至三四寸不等。正值禾苗滋长之际，得此渥泽，土脉滋润，实于农田有裨。至通省粮价，或与上月相同，或较上月稍有增减。据藩司岑春煊开折具详请奏前来。

臣覆核无异，理合恭折具奏，并缮粮价清单，恭呈御览。伏乞皇太后、皇上圣鉴。谨奏。六月十三日。

光绪二十六年七月二十一日，奉朱批：知道了。钦此。①

0999. 呈甘省本年四月各属粮价清单

光绪二十六年六月十三日（1900年7月9日）

谨将甘肃各属光绪二十六年四月分米粮时估价值，缮具清单，恭呈御览。

计开

兰州府属：价有昂有落

粟米每京石价银一两一钱六分二厘至四两四钱二分六厘，较上月贵四分三厘。小麦每京石价银一两五钱七分一厘至三两三钱七分八厘，较上月贱五分八厘。豌豆每京石价银一两五钱七分一厘至三两四钱九分四厘，较上月贱六分。青稞每京石价银一两四

①中国第一历史档案馆藏：《录副奏折》，档号：03-6998-007。

钱二分四厘至二两七钱九分五厘，较上月贱四分八厘。

巩昌府属：价有昂有平

粟米每京石价银一两一钱五厘至二两六钱五分一厘，较上月贵一钱八分五厘。小麦每京石价银九钱三分九厘至二两二厘，与上月相同。豌豆每京石价银九钱七分七厘至二两二厘，与上月相同。青稞每京石价银五钱七厘至一两九钱四分五厘，较上月贵一钱六分七厘。

平凉府属：价昂

粟米每京石价银二两一钱七分至二两三钱二分二厘，较上月贵七分五厘。小麦每京石价银一两七钱二分九厘至二两三分，较上月贵二钱一分。豌豆每京石价银一两六钱一分三厘至二两二钱六分二厘，较上月贵三钱九分六厘。糜子每京石价银一两一钱二分至一两五钱二分七厘，较上月贵一钱二分九厘。

庆阳府属：价昂

粟米每京石价银一两一钱七分四厘至二两五钱二分一厘，较上月贵二钱八分一厘。小麦每京石价银一两三钱八分六厘至二两三钱五分二厘，较上月贵一钱四分七厘。豌豆每京石价银一两二钱六分至二两五钱九厘，较上月贵一钱五分七厘。糜子每京石价银六钱五分四厘至一两五钱八分八厘，较上月贵二钱六分五厘。

甘州府属：价平

粟米每京石价银七钱四分九厘至一两七钱六厘，与上月相同。小麦每京石价银七钱一分四厘至一两二分九厘，与上月相同。豌豆每京石价银八钱六分至一两五钱四分一厘，与上月相同。青稞每京石价银四钱四分至八钱二分三厘，与上月相同。

凉州府属：价平

粟米每京石价银一两一钱三分四厘至三两一钱五分九厘，与上月相同。小麦每京石价银七钱九分八厘至二两五钱六分七厘，与上月相同。豌豆每京石价银一两三钱二厘至二两二钱三分二厘，与上月相同。青稞每京石价银七钱三分五厘至一两五钱七分九厘，与上月相同。

宁夏府属：价有平有落

粟米每京石价银六钱六分三厘至一两九钱六分，与上月相同。小麦每京石价银八钱二分六厘至二两一钱，与上月相同。豌豆每京石价银四钱八分三厘至一两八钱九分，与上月相同。糜子每京石价银四钱六厘至一两四分七厘，与上月相同。

西宁府属：价落

粟米每京石价银一两九钱二分八厘至五两四钱四分，较上月贱一钱二分八厘。小麦每京石价银一两六钱八分至二两一钱七分六厘，较上月贱九分六厘。豌豆每京石价银一两五钱五厘至二两三分一厘，较上月贱一钱一分二厘。青稞每京石价银一两五分至一两八钱四分，较上月贱一钱二分八厘。

秦州直隶州并所属：价昂

粟米每京石价银一两一钱一分九厘至六两一钱三分六厘，较上月贵一两七钱五分三厘。小麦每京石价银九钱七厘至三两九钱，较上月贵四钱九分九厘。豌豆每京石价银九钱七厘至四两一钱六分四厘，较上月贵七钱六分三厘。糜子每京石价银六钱八分七厘至三两六分八厘，较上月贵四钱五分二厘。

阶州直隶州并所属：价昂

粟米每京石价银三两七钱九分一厘至五两七钱七分二厘，较上月贵八钱七分九厘。小麦每京石价银三两五钱至五两二分七厘，较上月贵九钱五分。豌豆每京石价银三两八钱一分八厘至四两六钱五分四厘，较上月贵八钱四分八厘。糜子每京石价银二两七钱四分四厘，较上月贵七钱四分八厘。

泾州直隶州并所属：价昂

粟米每京石价银六钱一分六厘至二两一钱二分七厘，较上月贵二钱六分九厘。小麦每京石价银六钱一分二厘至二两二钱五分，较上月贵四钱五分九厘。豌豆每京石价银五钱四分一厘至一两九钱三分一厘，较上月贵三钱九厘。糜子每京石价银五钱二分二厘至一两三钱八分三厘，较上月贵三钱三分七厘。

固原直隶州并所属：价平

粟米每京石价银一两四钱二分六厘至二两七钱三分一厘，与上月相同。小麦每京石价银一两四钱至二两三钱三分七厘，与上月相同。豌豆每京石价银一两四钱至二两五钱一分二厘，与上月相同。糜子每京石价银一两二钱九厘，与上月相同。

肃州直隶州并所属：价昂

粟米每京石价银一两一钱三分四厘至一两六钱三分八厘，较上月贵八分四厘。小麦每京石价银八钱四分至一两七钱二分二厘，较上月贵八分四厘。豌豆每京石价银九钱五分至一两五钱五分四厘，较上月贵八分四厘。青稞每京石价银五钱四分六厘至一两二钱六分，较上月贵四分二厘。

安西直隶州并所属：价平

粟米每京石价银九钱二分至二两三钱一分，与上月相同。小麦每京石价银一两二钱八分至一两八钱九分，与上月相同。豌豆每京石价银一两二钱至二两一钱六分，与上月相同。青稞每京石价银一两三分二厘至一两八钱九分，与上月相同。

（朱批：）览。①

1000. 请以黄国琦补授陇西县知县折

光绪二十六年六月十三日（1900年7月9日）

头品顶戴署理陕甘总督陕西巡抚臣魏光焘跪奏，为拣员请补知县员缺，以裨地方，恭折仰祈圣鉴事。

窃据甘肃藩、臬两司会详称：陇西县知县江昌燕准补西宁县知县，所遗陇西县简缺知县，业经扣留截缺，自应照例按班请补。查定例：知县升补调遗缺出，例应以一缺题补各项候补并进士即

①中国第一历史档案馆藏：《单》，档号：03-6998-008。

用人员，以一缺题补各项委用人员，以一缺题补各项试用人员。甘省升调遗知县一项，已用至第二轮第二试用，因议叙无人，以其次之捐纳试用知县王译来准署金县知县止。今此一缺，应插之分缺间无人，轮用进士即用相间到班，上次系用候补，此次应间即用，仍先用即用先之人。

查有新海防尽先即用知县黄国琦，年四十六岁，广西宣化县人，由进士即用知县签掣甘肃，光绪十七年五月到省。嗣遵新例捐即用本班先补用，奉文以二十一年六月十八日作为新班到省，委署通渭县知县，尚参贻误。该司等查该员黄国琦才具明通，办事稳慎，以之请补陇西县知县，实堪胜任，与例相符。会详请奏前来。

臣查该员黄国琦年强学优，才具稳练，合无仰恳天恩准以该员黄国琦补授陇西县知县，实于地方有裨。如蒙俞允，该员以知县请补知县，衔缺相当，毋庸送部引见，且该员并无参罚案件。合并陈明。谨恭折具奏。伏乞皇太后、皇上圣鉴圣鉴训示。谨奏。六月十三日。

光绪二十六年七月初五日，奉朱批：吏部议奏。钦此。①

1001. 请以黄家模补授永昌知县片

光绪二十六年六月十三日（1900年7月9日）

头品顶戴署理陕甘总督陕西巡抚臣魏光焘跪奏，为拣员请补要缺知县，以裨地方，恭折仰祈圣鉴事。

窃据甘肃藩、臬两司会详称：永昌县知县阮士惠丁忧，遗缺业经详称截缺，自应照例拣选请补。查定例：知县应调缺出，如现任无合例堪调之员，准以候补人员酌补，各等语。今永昌县知县系冲、繁、疲三项员缺，地当冲要，政务殷繁，非老成干练之

①中国第一历史档案馆藏：《录副奏折》，档号：03-5390-074。

员，不足以资治理。现任简缺各员，均与此缺不甚相宜。

该司等在于合例候补人员内逐加遴选，查有曾任实缺候补知县黄家模，年五十八岁，浙江山阴县人，由监生加捐知县，嗣遵新河防例捐知县遇缺先选用，赴部投供候选，于光绪十七年二月选授宁远县知县，八月到任。二十一年，准调玉门县知县。嗣经丁忧服满起复等情。分发原省候补，引见领照赴甘，于光绪二十四年十二月十三日到省，系曾任繁缺人员，例不甄别。现署镇番县知县，措置裕如。该司等查该员黄家模才具稳练，办事勤能，以之请补永昌县知县，实堪胜任，人地亦极相宜。会详请奏前来。

臣查该员黄家模练习吏治，堪膺繁剧，合无仰恳天恩俯准以该员黄家模补授永昌县知县，实于地方有裨。如蒙俞允，该员以知县请补知县，衔缺相当，毋庸送部引见。再，该员署任内并无参罚案件，谨恭折具奏。伏乞皇太后、皇上圣鉴训示。谨奏。六月十三日。

光绪二十六年七月初五日，奉朱批：吏部议奏。钦此。①

1002. 请以曾麟绶等署理知州各缺片

光绪二十六年六月十三日（1900 年 7 月 9 日）

再，肃州直隶州知州贾勋奉旨引见，遗缺查有试用通判曾麟绶，堪以委署。肃州直隶州知州符瑞、秦安县知县张时熙，均已奉文准补，应即饬赴新任，以专责成。署环县知县姬恺臣请假就医，遗缺查有大挑知县袁承泽，堪以署理。署会宁县知县李文芳撤任，遗缺查有试用知县余重基，堪以委署。永昌县知县阮士惠丁忧，遗缺查有试用通判郭成礼，堪以委署。兹据藩、臬两司先后会详前来。除分别檄饬遵照外，理合附片具陈。伏乞圣鉴。谨奏。

---

①中国第一历史档案馆藏：《录副奏折》，档号：03-5390-076。

光绪二十六年七月初五日，奉朱批：吏部知道。钦此。[①]

1003. 奏委何福堃等署理藩司等缺片

光绪二十六年六月十三日（1900年7月9日）

再，甘肃布政使岑春煊经臣奏派常队入卫京师。所遗布政使印务，查有按察使何福堃，廉正慈祥，通达治体，堪以委署；递遗按察使印务，查有兰州道黄云，老成干练，识裕才长，堪以委署；递遗兰州道篆务，查有候补道胡宗滙，办事精勤，堪以委署。平庆泾固化道王会英调省，遗缺查有候补道张廷扬，强毅有为，堪以委署。除分别檄饬遵照外，理合附片陈明。伏乞圣鉴。谨奏。

光绪二十六年七月初五日，奉朱批：吏部知道。钦此。[②]

1004. 恭报甘省本年五月雨水粮价折

光绪二十六年七月初八日（1900年8月2日）

头品顶戴署理陕甘总督陕西巡抚臣魏光焘跪奏，为具报甘肃省光绪二十六年五月分粮价雨泽情形，恭折仰祈圣鉴事。

窃照本年四月分粮价并雨泽情形，业经奏报在案。兹查五月分兰州等八府六直隶州属具报得沾雨泽，除庆阳府及泾州所属亢旱缺雨外，其余自一二寸至四五寸深透不等。正值夏禾结实之际，获此沃泽，土脉滋润，实于农田大有裨益。惟间有被旱、被雹、被水之处，已饬查勘另办。至通省粮价，或与上月相同，或较上月稍有增减。据署藩司何福堃开折详请具奏前来。

臣覆核无异，理合恭折具陈，并缮粮价清单，恭呈御览。伏乞皇太后、皇上圣鉴。谨奏。光绪二十六年七月初八日。

---

①中国第一历史档案馆藏：《录副奏片》，档号：03-5390-077。

②中国第一历史档案馆藏：《录副奏片》，档号：03-5390-075。

(朱批:)知道了。[1]

光绪二十六年八月十七日，奉朱批：知道了。钦此。[2]

1005. 呈甘省本年五月各属粮价清单

光绪二十六年七月初八日（1900年8月2日）

谨将甘肃各属光绪二十六年五月分米粮时估价值，缮具清单，恭呈御览。

计开

兰州府属：价昂

粟米每京石价银一两一钱六分二厘至五两四钱九分九厘，较上月贵一两七分三厘。小麦每京石价银一两五钱七分八厘至四两九厘，较上月贵六钱三分一厘。豌豆每京石价银一两五钱七分八厘至三两八钱九分五厘，较上月贵四钱一厘。青稞每京石价银一两六钱三分五厘至三两四钱三分六厘，较上月贵六钱四分一厘。

巩昌府属：价昂

粟米每京石价银一两一钱五厘至三两一钱五分三厘，较上月贵五钱二厘。小麦每京石价银九钱五分三厘至二两八钱八分四厘，较上月贵八钱八分二厘。豌豆每京石价银九钱九分一厘至二两八钱八分四厘，较上月贵八钱八分二厘。青稞每京石价银一两三钱九分四厘至二两四钱三分七厘，较上月贵四钱九分二厘。

平凉府属：价昂

粟米每京石价银三两一钱九分八厘至四两七钱二分五厘，较上月贵二两四钱三厘。小麦每京石价银二两一钱三厘至三两六钱七分五厘，较上月贵一两六钱四分五厘。豌豆每京石价银一两九钱八分九厘至三两二钱二分，较上月贵九钱五分八厘。糜子每京

①中国第一历史档案馆藏：《录副奏折》，档号：03-9373-032。

②此朱批日期与内容，据《军机处随手登记档》（档案编号：03-0305-1-1226-219）校补。

石价银二两四钱一分八厘至三两八分五厘，较上月贵一两六钱五分八厘。

庆阳府属：价昂

粟米每京石价银一两一钱七分四厘至二两九钱六分二厘，较上月贵四钱四分一厘。小麦每京石价银一两六钱八分七厘至二两九钱四分，较上月贵五钱八分八厘。豌豆每京石价银一两三钱二分至二两六钱六分六厘，较上月贵一钱五分七厘。糜子每京石价银七钱三分四厘至一两八钱五分四厘，较上月贵二钱六分六厘。

甘州府属：价有昂、有平、有落

粟米每京石价银八钱八分九厘至一两七钱六厘，与上月相同。小麦每京石价银七钱七分至八钱六分五厘，较上月贱一钱六分四厘。豌豆每京石价银八钱六分至一两四钱九分九厘，较上月贱四分二厘。青稞每京石价银五钱一分至九钱七厘，较上月贵八分四厘。

凉州府属：价有昂有平

粟米每京石价银一两一钱三分四厘至三两三钱，较上月贵一钱四分一厘。小麦每京石价银七钱九分八厘至二两五钱六分七厘，与上月相同。豌豆每京石价银一两三钱二厘至二两四钱九分三厘，较上月贵二钱六分一厘。青稞每京石价银七钱三分五厘至一两八钱三分三厘，较上月贵二钱五分四厘。

宁夏府属：价有平有落

粟米每京石价银六钱五分九厘至一两九钱六分，与上月相同。小麦每京石价银八钱一分二厘至二两一钱，与上月相同。豌豆每京石价银六钱七厘至一两八钱九分，与上月相同。糜子每京石价银二钱九分四厘至九钱四厘，较上月贱一钱四分三厘。

西宁府属：价平

粟米每京石价银一两九钱二分八厘至五两四钱四分，与上月相同。小麦每京石价银一两六钱八分七厘至二两一钱七分六厘，与上月相同。豌豆每京石价银一两五钱五厘至二两三分一厘，与上月相同。青稞每京石价银一两五分至一两八钱四分，与上月相同。

秦州直隶州并所属：价昂

粟米每京石价银一两一钱一分九厘至六两五钱三分三厘，较上月贵三钱九分七厘。小麦每京石价银九钱七厘至四两七钱九厘，较上月贵八钱九厘。豌豆每京石价银九钱七厘至四两七钱九厘，较上月贵五钱四分五厘。糜子每京石价银六钱八分七厘至三两二钱六分七厘，较上月贵一钱九分九厘。

阶州直隶州并所属：价有平有落

粟米每京石价银三两七钱九分一厘至五两七钱一分四厘，较上月贱五分八厘。小麦每京石价银三两五钱至四两七钱一分四厘，较上月贱三钱一分三厘。豌豆每京石价银三两八钱一分八厘至四两五钱七分一厘，较上月贱八分三厘。糜子每京石价银二两七钱四分四厘，与上月相同。

泾州直隶州并所属：价有昂有落

粟米每京石价银六钱一分六厘至二两四分七厘，较上月贱八分。小麦每京石价银七钱九分八厘至二两一钱七分四厘，较上月贱七分六厘。豌豆每京石价银七钱二分九厘至二两一钱七厘，较上月贵一钱七分六厘。糜子每京石价银五钱六分至一两三钱三分三厘，较上月贱五分。

固原直隶州并所属：价平

粟米每京石价银一两四钱二分六厘至二两七钱三分一厘，与上月相同。小麦每京石价银一两四钱二分六厘至二两三钱三分七厘，与上月相同。豌豆每京石价银一两四钱二分六厘至二两五钱一分二厘，与上月相同。糜子每京石价银一两二钱九厘，与上月相同。

肃州直隶州并所属：价有昂、有平、有落

粟米每京石价银一两一钱三分四厘至一两六钱八分，较上月贵四分二厘。小麦每京石价银八钱四分至一两六钱八分，较上月贱四分二厘。豌豆每京石价银九钱五分至一两五钱五分四厘，与上月相同。青稞每京石价银五钱四分六厘至一两二钱六分，与上月相同。

安西直隶州并所属：价平

粟米每京石价银九钱二分至二两三钱一分，与上月相同。小麦每京石价银一两二钱八分至一两八钱九分，与上月相同。豌豆每京石价银一两二钱至二两一钱六分，与上月相同。青稞每京石价银一两三分二厘至一两八钱九分，与上月相同。

（朱批：）览。①

1006. 请以程敏达补授灵州知州折

光绪二十六年七月初八日（1900年8月2日）

头品顶戴署理陕甘总督臣魏光焘跪奏，为拣员请补要缺知州，以裨地方，恭折仰祈圣鉴事。

窃据署甘肃藩司何福堃、臬司黄云会详称：灵州知州苏重熙开缺修墓，业已截缺报部在案。所遗系繁、疲、难三项要缺，例应由外拣补。查定例：知州题调要缺，无论何项缺出，或调或补，准酌量具题等语。今灵州知州汉回杂处，政务殷繁，必须精勤干练之员，方足以资治理。对品简缺知州或历俸未满，或尚未到任，均不合调。

该署司等在于候补人员内逐加遴选，查有候补知州程敏达，年六十四岁，安徽阜阳人，由布经历衔投效军营，保以县丞选用，捐升知县，留省山东，保以知州用。光绪二年，随营来甘，委署哈密通判，照章改留甘肃，以原官原班补用。丁忧，起复。十二年，验放到省，年满甄别留用，委署抚彝通判、固原直隶州，因案暂行革职❶，旋准开复原官，仍发原省，于二十四年十二月引

①中国第一历史档案馆藏：《单》，档号：03-9373-033。

见，二十五年回省，现署循化同知。该署藩司何福堃、臬司黄云前在臬司、兰州道任内，查该员程敏达才识稳练，办事勤能，在甘有年，于该处风土情形最为熟悉，以之请补灵州知州，实堪胜任，人地亦极相宜。会详请奏前来。

臣查该员程敏达精力强健，稳练老成，合无仰恳天恩俯念要缺需员，准以候补知州程敏达补授灵州知州，实于地方有裨。如蒙俞允，该员系知州请补知州，衔缺相当，毋庸送部引见。再，该员各任内并无参罚案件，谨恭折具陈。伏乞皇太后、皇上圣鉴训示。谨奏。光绪二十六年七月初八日。

（朱批：）吏部议奏。①

光绪二十六年八月十七日，奉朱批：吏部议奏。钦此。②

❶【案】光绪二十二年八月初九日，陕甘总督陶模以借乱渔利，纵贼殃民等情。奏请将知州程敏达等暂行革职，曰：

再，准总统甘军甘肃提督董福祥咨：据海城县贡生杨凤鸣、平远县绅民任永等禀控：署固原直隶州知州程敏达、署海城县知县柏以丽、署平远县知县闵同文、陕西提标左营游击颜咸吉，借乱渔利，纵贼殃民等情。钞粘原禀，请饬查办等因。臣查此案先据该贡生等以前情赴臣衙门具控，核其情节重大，当将各该牧令、游击先后撤任。正查办间，适董福祥咨同前由，即饬藩、臬两司遴委道府大员前往确查，以昭慎重。据藩、臬两司会详请奏前来。除前署海城县候补知县柏以丽业经臣另案奏参外，仍应请旨将前署固原直隶州候补知州程敏达、前署平远县候补知县闵同文、陕西提标左营游击颜咸吉暂行革职，与柏以丽一并归案查办，俟查覆至日再行奏明，分别办理。谨会同开缺固原提督臣雷正绾，附片具陈。伏乞圣鉴训示。谨奏。

①中国第一历史档案馆藏：《录副奏折》，档号：03-5390-086。

②此朱批日期与内容，据《军机处随手登记档》（档案编号：03-0305-1-1226-219）校补。

光绪二十二年九月初七日，奉朱批：着照所请，该部知道。钦此。①

1007. 请以杨宸谟补授固原知州折

光绪二十六年七月初八日（1900年8月2日）

头品顶戴署理陕甘总督臣魏光焘跪奏，为请补直隶州知州要缺，以裨地方，恭折仰祈圣鉴事。

窃据署甘肃藩司何福堃、臬司黄云会详称：固原直隶州知州张祥会开缺修墓，业已截缺报部在案。所遗系冲、繁、难三项要缺，例应由外拣补。查定例：直隶州知州题调要缺，无论何项缺出，或调或补，准酌量具题。如有记名分发人员，先尽酌补；如人地不宜，准以各项候补人员请补等语。今固原州地处要缺，政务殷繁，非精明干练之员，不足以资治理。对品简缺之员，历俸未满，例不合调；记名分发有人，甫经到省，未便请补。

该署司等在于候补人员内逐加遴选，查有皋兰县知县在任候补直隶州知州杨宸谟，年四十九岁，湖北云梦县人，由县丞投效军营，历保以知县归选补缺后，以直隶州知州用，捐指甘肃省，光绪十八年引见到省，准补通渭县知县，以二十年三月作为直隶州在任候补，试看年满，甄别留用，捐免试俸、历俸，调补玉门县知县。二十四年，大计卓异，历署山丹、渭源、古浪、镇番等县知县。嗣经调补皋兰县知县，二十六年三月到任。该署藩司何福堃、臬司黄云前在臬司、兰州道任内，查该员杨宸谟识卓才优，办事奋勉，历署各缺，悉臻裕如，以之请补固原直隶州知州，人地相宜，实堪胜任。会详请奏前来。

臣查该员杨宸谟器宇宏深，才识练达，合无仰恳天恩俯念要缺需员，准以该员杨宸谟补授固原直隶州知州，实于地方有裨。

---

①台北故宫博物院藏：《军机及宫中档》，文献编号：408003020-0-A. 又，中国第一历史档案馆藏：《录副奏片》，档号：03-5346-015。

如蒙俞允，俟准部覆，照例并案给咨送部引见。再，该员各任内并无参罚案件，谨恭折具奏。伏乞皇太后、皇上圣鉴训示。至所遗皋兰县知县系省会首邑要缺，例应由外拣补。合并声明。谨奏。光绪二十六年七月初八日。

（朱批：）吏部议奏。①

光绪二十六年八月十七日，奉朱批：吏部议奏。钦此。②

1008. 查明知州谈维鼎保案缘由片

光绪二十六年七月初八日（1900年8月2日）

再，督臣陶模奏奖甘肃关内外暨青海一律肃清出力各员案内，请将四品衔留陕遇缺前先补知州谈维鼎给予三品封典。经吏部咨覆：查送履历，该员加衔之案并未声叙捐、保各案奉旨日期，碍难核办，应详细声覆报部，再行核办等因。当即行据该员谈维鼎禀称：光绪十年，经前新疆抚臣刘锦棠于各省关暨后路各台局筹解协饷案内，以陕西补用知州请赏加四品衔，经吏部议覆，所请核与章程相符，应行照准。光绪十一年十二月十七日具奏，奉旨：依议。钦此。领有行知在案等情。前来。经前督臣陶模咨覆查照核奖。复准吏部咨：查定例，现任、候补、候选，各省著有劳绩保请封典、外官，准照加衔保请。又，凡奏查各案，应令该原保大臣一律奏明声覆，不准径行咨部，并不准该员在部具呈。傥原保大臣离任，即由后任督抚查明原案具奏等语。

今据该督咨称：该员系光绪十年各省关及后路各台局筹解协饷案内保加四品衔，业经核准。查该员四品衔，系属相符；其所请三品封典，核于定例不符，应改为四品封典，咨行该督遵照定例覆奏办理等因。前督臣陶模早已交卸，应由臣照例覆奏。理合

①中国第一历史档案馆藏：《录副奏折》，档号：03-5390-088。

②此朱批日期与内容，据《军机处随手登记档》（档案编号：03-0305-1-1226-219）校补。

查案附片具陈。伏乞圣鉴，饬部核奖，施行。谨奏。

(朱批：) 吏部知道。①

光绪二十六年八月十七日，奉朱批：吏部知道。钦此。②

1009. 奏报都司赵桢隆在任病故片

光绪二十六年七月初八日（1900年8月2日）

再，臣据陕安镇总兵姚文广呈称：据孝义营千总哈元祥禀称：该营都司赵桢隆偶感风寒，牵动旧伤，延医调治，服药罔效，于光绪二十六年三月初二日在任病故等情。委查属实，取具该故员原领留坝营守备札付及委员承查嫡亲印、甘各结，呈请核办前来。臣覆核无异，想应奏明请旨开缺。除札付、印、甘各结咨送兵部查销外，所遗孝义营都司员缺，陕甘现有应补人员，容臣另拣请补。理合附片具陈。伏乞圣鉴。谨奏。

(朱批：) 兵部知道。③

光绪二十六年八月十七日，奉朱批：兵部知道。钦此。④

1010. 奏报参将广玉病故开缺片

光绪二十六年七月初八日（1900年8月2日）

再，臣准陕西固原提督邓增咨称：交卸正任静宁营参将广玉得患时疫，牵发伤劳，服药罔效，于光绪二十六年五月十七日在静宁州城寓所病故，咨请核办前来。臣覆核无异，相应奏明请旨开缺。除查取该故员札付，委查印、甘各结至日另咨送部外，所

①中国第一历史档案馆藏：《录副奏片》，档号：03-5391-007。

②此朱批日期与内容，据《军机处随手登记档》（档案编号：03-0305-1-1226-219）校补。

③中国第一历史档案馆藏：《录副奏片》，档号：03-5942-147。

④此朱批日期与内容，据《军机处随手登记档》（档案编号：03-0305-1-1226-219）校补。

遗静宁营参将员缺，陕甘现有应补人员，容臣另拣请补。理合附片具陈。伏乞圣鉴训示。谨奏。

（朱批：）兵部知道。[①]

光绪二十六年八月十七日，奉朱批：兵部知道。钦此。[②]

1011. 前奏狄道州缮写错误请敕更正片

光绪二十六年七月初八日（1900 年 8 月 2 日）

再，臣前经具奏考察属员贤否分别举劾一折，内劾狄道州知州奎绂才具平常，办事竭蹶，请以州同降补，其“狄道州”字笔误缮作“岷州”，相应附片奏请饬部更正。伏乞圣鉴。谨奏。

（朱批：）魏光焘着交部议处。[③]

光绪二十六年八月十七日，奉朱批：魏光焘着交部议处。钦此。[④]

1012. 奏报拨运各属仓粮接济京军折

光绪二十六年七月二十四日（1900 年 8 月 18 日）

头品顶戴署理陕甘总督陕西巡抚臣魏光焘跪奏，为遵旨会筹拨运宁夏各属现存征采仓粮，接济京军，恭折仰祈圣鉴事。

---

①中国第一历史档案馆藏：《录副奏片》，档号：03-5942-148。

②此朱批日期与内容，据《军机处随手登记档》（档案编号：03-0305-1-1226-219）校补。

③中国第一历史档案馆藏：《录副奏片》，档号：03-5391-006。

④此朱批日期与内容，据《军机处随手登记档》（档案编号：03-0305-1-1226-219）校补。

窃臣承准军机大臣字寄：光绪二十六年七月初一日奉上谕：毓贤[①]奏，新疆、甘肃仓存粮石甚多，请饬运京以济军食；端方奏，拨款派员前往宁夏购米，并请先由宁夏仓廒提借备用各折片❶，着永德[②]等体察情形，赶即会商切实，妥筹办理等因。钦此。

臣查甘肃仓粮自光绪二十年奉文筹饷奏粜四十万石以后，约尚存粮三十余万石。嗣因各属被旱，陆续平粜借款，现在通省实存上、下各色粮二十万石之谱，分储各属仓廒，数本无多，且幅员辽阔，舟车之利未通，势难运集。惟宁夏府所属各州县地滨黄河，顺流可至山西属之包头、归化一带，查明七属仓存采粮、征粮，合计有小麦九千三百余石、粟米一万二千七百余石、豌豆一万九千九百余石，三宗共粮四万一千余石。本以借支宁夏军、镇两标兵食，目前京军需粮接济，自应移缓就急。臣与陕西护抚臣端方电商，先将前项粮石尽数提拨，由阿拉善旗承领转运，仍俟陕省派员赴宁买补还仓，再行照章支放。饬据署藩司何福堃查议，具详请奏前来。

除分咨外，谨恭折覆陈。伏乞皇太后、皇上圣鉴训示。谨奏。光绪二十六年七月二十四日。

（朱批：）此项征采仓粮，着仍遵前旨改运山西省城减价平粜，应否全数起运，抑或酌量若干，即与端方、毓贤彼此咨商办理。[③]

---

①毓贤（1842—1901），字佐臣，内务府汉军正黄旗，监生。光绪五年（1879），由选用同知捐纳知府，分发山东。十五年（1889），署曹州知府。二十一年（1895），升山东兖沂曹济道。次年，授山东按察使。二十四年（1898），迁山东布政使。同年，调湖南布政使，署江宁将军。二十五年（1899），擢山东巡抚。二十六年（1900），调山西巡抚，以庚子事变褫职，发配新疆赎罪。二十七年（1901），以“首祸诸臣”戮于兰州。

②永德（1840—1901），满洲正白旗人。同治十年（1871），督带马队进剿西北回乱，授头等侍卫。十二年（1873），统带察哈尔马队赴乌里雅苏台，加副都统衔。光绪五年（1879），补镶蓝旗汉军副都统。次年，调察哈尔副都统。九年（1883），署察哈尔都统。十五年（1889），护理察哈尔都统。十七年（1891），迁定边左副将军。二十年（1894），擢绥远城将军，嗣留京当差。二十三年（1897），兼署归化城副都统。二十七年（1901），卒于任。

③中国第一历史档案馆藏：《录副奏折》，档号：03-6158-049。

光绪二十六年八月初四日，奉朱批：此项征采仓粮，着仍遵前旨改运山西省城减价平粜，应否全数起运，抑或酌量若干，即与端方、毓贤彼此咨商办理。钦此。①

❶【案】光绪二十六年六月二十七日，山西巡抚毓贤以新疆、甘肃仓存粮谷甚多，具折奏请转运京师以济军食，曰：

山西巡抚奴才毓贤跪奏，为新疆、甘肃仓存粮谷甚多，请饬转运以济京中军食，恭折仰祈圣鉴事。

窃奴才昨奉旨饬令各直省购米运京，在清江设转运局，仰见宸谟周挚，钦佩殊深！奴才于接见僚属时，不厌博访周咨，以期集思广益。兹访闻新疆二十八厅州县，每年征粮二十六万余石，除折色及支兵米、役粮外，尚余十四万余石，大率稻、麦、豆、谷，分储各仓，现积存不下二百万石。甘肃通省每年征粮四十万石，除折色及支兵米、役粮外，尚余二十万石。光绪二十年，总督臣杨昌濬奏粜银四十万两，以济饷需。彼时则粜六留四，近又数年，现仓存亦不下二百万石。两省计之，共约存粮谷四百万石，如转运到京，可资军食。

据山西补用直隶州知州周克昌详细言之，奴才专折入告，可否请旨饬下新疆巡抚、陕甘总督查明确数，设法转运之处，伏希圣裁。谨恭折由驿驰陈。伏乞皇太后、皇上圣鉴训示。谨奏。光绪二十六年六月二十七日。

光绪二十六年七月初一日，奉朱批：另有旨。钦此。②

【案】光绪二十六年六月二十四日，护理陕西巡抚端方附片具奏曰：

再，奴才曾与陕甘督臣陶模论及宁夏仓储，据云宁夏宁朔、平罗等处积存仓谷，尚属有余。此次钦奉谕旨采粮运京，奴才已将筹款前赴宁夏购买各情形专折具奏。惟是携银较巨，买谷较多，风声一张，

①此朱批日期等，据《军机处随手登记档》（档案编号：03-0305-1-1226-206）校补。

②中国第一历史档案馆藏：《朱批奏折》，档号：04-01-35-1221-023。又，《录副奏折》，档号：03-6158-001。

诚恐乡民意在刁难，而多方遏籴；商贾志图贪利，而无故居奇。如有似此情形，不能不量为变通，俾无迟误。如蒙俞允，应由奴才咨商署陕甘督臣魏光焘，先尽宁夏府属仓廒存谷酌量提借，备济京饷；一面由陕委员径赴宁夏地方买谷填还，既不致贻误要需，又不致久虚边备，准情酌势，较为两全，是否有当，谨附片具陈。伏乞圣鉴训示。谨奏。

光绪二十六年七月初一日，奉朱批：另有旨。钦此。①

1013. 奏报董军经费力难供支情形折

光绪二十六年七月二十八日（1900年8月22日）

头品顶戴署理陕甘总督陕西巡抚臣魏光焘跪奏，为董军添募各营部文令由甘省节饷供支，谨沥陈拮据情形，请旨遵办事。

窃臣于光绪二十六年七月初十、二十一等日先后钦奉上谕：甘肃提督臣董福祥派弁回甘招募步队五营、马队两旗，一并克期统率来京。所需招募经费，步队每营发银三千两，马队每旗发银二千五百两，于应拨该军协饷内如数拨给。钦此。钦遵转饬遵办去后。兹准户部咨：董福祥添募步队五营、马队两旗，估计应需银二十六万余两，部款支绌，难以筹拨。甘肃新饷项下能否如数发给及撙节腾挪若干，切实核计报部，并知照大学士荣禄转饬董军，俟甘省岁可节省若干，能敷添募几营饷需，该提督即添募几营，庶饷需不至无着等因。饬司查办。

据署甘肃布政使何福堃详称：查甘省新饷自拨济董军后，常年不敷五万两，以各省先解三成腾挪接济。截至二十四年止，已亏银十三万余两。本年协饷各省报解有至今不及三成者，即原拨应协董军之饷，且无从划分，筹垫腾挪之法已穷。前拨入卫马步六旗奏明动支报部候拨之款，亦为数无多，稍欠仍虞不继，实无

①中国第一历史档案馆藏：《录副奏片》，档号：03-6579-018。

捐滴可资挹注等情。

臣查现在京师军情紧急，董军添募七营旗，星速应调，即今将本省防、练各军计口授食之饷暂行腾挪，俾之开募，而常饷无着，饥溃堪虞。甘军万分拮据，以后断难设法，惟有据署历陈，请旨饬部另筹的款拨济，抑或暂缓招募之处。除分咨外，理合恭折由六百里驰陈。伏乞皇太后、皇上圣鉴训示。谨奏。光绪二十六年七月二十八日。

（朱批：）户部议奏。①

光绪二十六年八月初六日，奉朱批：户部议奏。钦此。②

1014. 奏报河南欠解协饷请饬改拨折

光绪二十六年七月二十八日（1900年8月22日）

头品顶戴署理陕甘总督陕西巡抚臣魏光焘跪奏，为河南省欠解本年协甘新饷银两，恳请改拨的款，以济急需，恭折仰祈圣鉴事。

窃查河南省应解拨定本年新饷银六十一万两，内除解还一、二两批银一十八万三千两，尚有未解甘饷银四十二万七千两，迭经咨催，兹准河南抚臣裕长③咨称：豫省自上年秋冬以至今夏，雨

---

①中国第一历史档案馆藏：《录副奏折》，档号：03-6158-050。

②此朱批日期与内容，据《军机处随手登记档》（档案编号：03-0305-1-1226-208）校补。

③裕长（？—1900），字寿泉，满洲正白旗人，监生。咸丰八年（1858），捐纳汉本房笔帖式。同治元年（1862），选铸印司主事职衔，保升军机章京。四年（1865），补满档房堂主事。五年（1866），充玉牒馆纂修。同年，补仪制司员外郎。七年（1868），记名以御史用，掌仪制司印钥，加鸿胪寺少卿衔。八年（1869），保以道府用。翌年，补仪制司郎中，放天津府知府。十年（1871），调补大名府知府。十二年（1873），晋盐运使衔。光绪五年（1879），授承德府知府。九年（1883），升天津河间兵备道。十年（1884），授奉天府府尹。十五年（1889），补授直隶布政使。二十年（1894），丁生母忧，回旗守制。二十三年（1897），补授四川布政使，转直隶布政使。二十四年（1898），补甘肃布政使，调补江宁布政使。同年，擢河南巡抚。二十五年（1899），兼署盛京将军、河东河道总督。二十六年（1900），补授湖北巡抚。同年，卒于任。

泽稀少，地方亢旱异常，前奉派兵入卫，添拨饷项，又奉旨采办军粮运京，需款甚巨，业经奏明在于京甘协饷内动用。所有本年未解甘饷银四十二万七千两，委实无力筹解等因。

臣查此项指拨新饷，本为关内外各军计口授食之需，且通计岁有不敷，尚赖先期拨解到甘腾挪接济。前此逾期，渴望已属悬釜待炊，况值现在应征、征调，垫用尤繁，即应行协济董军专饷，亦已指拨招募新营，苟欠解一处未清分数，悉形短绌，何能应付？今河南省欠解新饷银四十二万七千两之多，一旦遽行停止，边徼重地，畿辅甘军，同虞饥困，实属万难措手；并行据署甘肃布政使何福堃详请奏咨改拨的款，以清急需等情。前来。

臣覆查无异，除咨户部外，理合恭折具奏。伏乞皇太后、皇上圣鉴，饬部改拨的款，施行。谨奏。光绪二十六年七月二十八日。

(朱批：) 户部议奏。①

光绪二十六年八月初六日，奉朱批：户部议奏。钦此。②

1015. 恭报甘省本年六月雨水粮价折

光绪二十六年八月十三日（1900 年 9 月 6 日）

署理陕甘总督陕西巡抚臣魏光焘跪奏，为恭报甘肃省光绪二十六年六月分粮价、雨泽情形，恭折仰祈圣鉴事。

窃照本年五月分粮价并得沾雨泽情形，业经具折奏报在案。兹查六月分兰州等八府六直隶州属，惟兰州府属亢旱，盼泽孔殷，其余具报得沾雨泽，自一二寸至三四寸不等。正值秋禾滋长之际，获此沃泽，土脉滋润，实于农田有裨，间有微旱、被雹、被水之处，已饬查勘，另案办理。至通省粮价，或与上月相同，或较上

①中国第一历史档案馆藏：《录副奏折》，档号：03-6158-051。

②此朱批日期与内容，据《军机处随手登记档》（档案编号：03-0305-1-1226-208）校补。

月稍有增减。据署藩司何福堃具详请奏前来。

臣覆核无异，理合恭折具奏，并缮粮价清单，恭呈御览。伏乞皇太后、皇上圣鉴。谨奏。八月十三日。

光绪二十六年八月二十七日，奉朱批：知道了。钦此。[①]

1016. 呈甘省本年六月各属粮价清单

光绪二十六年八月十三日（1900 年 9 月 6 日）

谨将甘肃各属光绪二十六年六月分米粮时估价值，缮具清单，恭呈御览。

计开

兰州府属：价有昂有落

粟米每京石价银一两一钱六分二厘至五两四钱五分七厘，较上月贱四分二厘。小麦每京石价银一两六钱七分四厘至四两九分三厘，较上月贵八分四厘。豌豆每京石价银一两六钱七分四厘至三两八钱二分，较上月贱七分五厘。青稞每京石价银一两六钱六分七厘至三两七钱一分一厘，较上月贵二钱七分五厘。

巩昌府属：价昂

粟米每京石价银一两一钱五厘至三两九钱二分，较上月贵七钱六分七厘。小麦每京石价银九钱五分三厘至三两一钱七分，较上月贵二钱八分六厘。豌豆每京石价银九钱九分一厘至三两一钱七分，较上月贵二钱八分六厘。青稞每京石价银一两三钱九分四厘至二两六钱六分九厘，较上月贵二钱三分二厘。

平凉府属：价有昂有落

粟米每京石价银三两二钱三分八厘至四两三钱七分五厘，较上月贱三钱五分。小麦每京石价银二两二钱四分七厘至三两二钱二分，较上月贱四钱五分五厘。豌豆每京石价银一两九钱七分至

①中国第一历史档案馆藏：《录副奏折》，档号：03-9373-041。

三两三钱一厘，较上月贵八分一厘。糜子每京石价银二两四钱一分八厘至三两八分，较上月贱一钱五厘。

庆阳府属：价昂

粟米每京石价银一两六钱八分至三两八钱二分八厘，较上月贵八钱六分六厘。小麦每京石价银一两九钱八分八厘至三两七钱七分九厘，较上月贵八钱三分九厘。豌豆每京石价银一两九钱九分九厘至四两二钱二分九厘，较上月贵一两五钱六分三厘。糜子每京石价银一两二钱四分至二两四钱六分三厘，较上月贵六钱九厘。

甘州府属：价有昂有平

粟米每京石价银一两二分九厘至一两七钱六厘，与上月相同。小麦每京石价银七钱七分至九钱九分四厘，较上月贵一钱二分九厘。豌豆每京石价银八钱六分至一两四钱九分九厘，与上月相同。青稞每京石价银六钱五厘至九钱七厘，与上月相同。

凉州府属：价有昂有落

粟米每京石价银一两一钱三分四厘至三两一钱九分八厘，较上月贱一钱二厘。小麦每京石价银七钱九分八厘至二两八钱四分三厘，较上月贵二钱七分六厘。豌豆每京石价银一两二钱六分至二两五钱七分七厘，较上月贵八分四厘。青稞每京石价银七钱七分七厘至一两九钱五分四厘，较上月贵一钱二分一厘。

宁夏府属：价有昂有平

粟米每京石价银六钱五分九厘至二两一钱七分，较上月贵二钱一分。小麦每京石价银八钱一分九厘至二两三钱一分，较上月贵二钱一分。豌豆每京石价银六钱七厘至二两一钱，较上月贵二钱一分。糜子每京石价银二钱九分八厘至九钱四厘，与上月相同。

西宁府属：价有昂有平

粟米每京石价银一两九钱二分八厘至五两四钱四分，与上月相同。小麦每京石价银一两七钱五分至二两三钱一分，较上月贵一钱三分四厘。豌豆每京石价银一两五钱五厘至二两三分一厘，与上月相同。青稞每京石价银一两五分至一两八钱四分，与上月相同。

秦州直隶州并所属：价有平有落

粟米每京石价银一两一钱一分九厘至六两三钱，较上月贱二钱三分三厘。小麦每京石价银九钱七厘至四两七钱九厘，与上月相同。豌豆每京石价银九钱七厘至四两七钱九厘，与上月相同。糜子每京石价银六钱八分七厘至三两一钱五分，较上月贱一钱一分七厘。

阶州直隶州并所属：价有平有落

粟米每京石价银三两七钱九分一厘至五两四钱九分，较上月贱二钱二分四厘。小麦每京石价银三两八分五厘至三两五钱二分八厘，较上月贱一两一钱八分六厘。豌豆每京石价银二两九钱四分至三两八钱四分三厘，较上月贱七钱二分八厘。糜子每京石价银二两七钱四分四厘，与上月相同。

泾州直隶州并所属：价有平有落

粟米每京石价银六钱一分六厘至二两九厘，较上月贱三分八厘。小麦每京石价银八钱六分八厘至二两一钱五分六厘，较上月贱一分八厘。豌豆每京石价银八钱一分二厘至二两一钱七厘，与上月相同。糜子每京石价银五钱六分至一两二钱七分七厘，较上月贱五分六厘。

固原直隶州并所属：价昂

粟米每京石价银二两八钱七分一厘至三两一钱一分五厘，较上月贵三钱八分四厘。小麦每京石价银二两二钱五厘至三两八分七厘，较上月贵七钱五厘。豌豆每京石价银二两二钱五厘至三两八分七厘，较上月贵五钱七分五厘。糜子每京石价银一两五钱一分一厘，较上月贵三钱二厘。

肃州直隶州并所属：价平

粟米每京石价银一两一钱三分四厘至一两六钱八分，与上月相同。小麦每京石价银八钱四分至一两六钱八分，与上月相同。

豌豆每京石价银九钱五分至一两五钱五分四厘，与上月相同。青稞每京石价银五钱四分六厘至一两二钱六分，与上月相同。

安西直隶州并所属：价平

粟米每京石价银九钱二分至二两三钱一分，与上月相同。小麦每京石价银一两二钱八分至一两八钱九分，与上月相同。豌豆每京石价银一两二钱至二两一钱六分，与上月相同。青稞每京石价银一两三分二厘至一两八钱九分，与上月相同。

（朱批：）览。[①]

1017. 请以成嗣魏借补汉中镇都司折

光绪二十六年八月十三日（1900年9月6日）

署理陕甘总督陕西巡抚臣魏光焘跪奏，为拣员借补都司要缺，以实营伍，恭折仰祈圣鉴事。

窃臣接准部咨：陕西汉中镇属西乡营都司员缺系题补第五轮第八缺，轮用尽先人员，行令拣员请补等因。前来。当经转饬遵照去后，兹据署汉中镇总兵官龙恩思呈称：拣选得现署镇标左营游击留陕甘尽先补用游击成嗣魏，精明练达，晓畅戎机，堪以借补。造具履历清册，呈请核办前来。

臣查该员成嗣魏年富力强，谙练营伍，以之借补斯缺，实堪胜任，亦与轮缺章程相符。合无仰恳天恩俯准以该员成嗣魏借补汉中镇属西乡营都司员缺，以期得力。如蒙俞允，俟接准部覆后，即行给咨赴部引见，以符定制。

除该员履历清册咨送兵部外，谨会同陕西固原提督臣邓增，恭折具陈。伏乞皇太后、皇上圣鉴训示。谨奏。八月十三日。

光绪二十六年八月二十七日，奉朱批：兵部议奏。钦此。[②]

---

①中国第一历史档案馆藏：《单》，档号：03-9373-042。

②中国第一历史档案馆藏：《录副奏折》，档号：03-5942-156。

1018. 核销关内运饷脚价银两缘由折

光绪二十六年八月十三日（1900年9月6日）

署理陕甘总督陕西巡抚臣魏光焘跪奏，为查覆甘肃关内光绪二十一二三四等年运饷脚价银两，恳恩饬部照案分别核销，以昭公允，恭折仰祈圣鉴事。

窃准兵部咨：具奏核覆甘肃关内外光绪二十一二三四等年转运新饷脚价，除关外转运脚价核与例案相符，自应照准外，惟查关内按三百九十斤给车一辆，每百里给银四钱五分，前因按八百斤一车百里给银二两四钱，核与例章不符，业经驳据甘省登覆，声称系照二十三年十月间奏准加增章程办理等语。检查该省原奏，惟河湟军务运送粮饷始准加增脚价，此项转运协饷系与各路大臣等差一律办理，确系常年用款，并非军务所需。今该省以循例支销之案，亦请援照加增军务粮饷运脚奏案办理，仍难议准。所销银两除核准外，计二十一二三四等年共应删除银二万一千三百一两七钱三分八厘三毫九微，饬令追缴归款，报部查核等因。当经转行查办去后。

兹据署甘肃布政使何福堃详称：遵查甘省造报二十一二年新饷运脚销册，前奉兵部核饬分别准销、删缴，当经照案登覆，旋奉饬驳，复奉饬将二十三四等年销款一并删缴前来。自应遵办。惟查前督臣陶模于光绪二十四年六月初九日附奏甘省需用杂差、车骡，拟请按照此项拟减价值支给请销一片内开：现在军事虽平，车价迄未减落，若仍照旧章给价，鲜有应者，外间既无款赔垫，竭蹶情形，殊难枚举，拟请一应杂差所需车骡，按照前次加价，酌量减少，每三套大车，一辆载重八百斤，每百里减为给银一两八钱；驮骡每头载重二百斤，每百里减为给银四钱五分，守候、回空一概不支。光绪二十四年七月初六日奉朱批：着照所请，该部知道。钦此。等因。钦遵办理在案[1]。是此次拟减常差脚价，原由军务加增章程递减而来。从前甘省于二十一二两年办理防剿时，通省骚动，凡前敌、后路、新旧营旗，同办河湟军务。彼时甘肃已成军务省分，该两年关内每年应分新饷银一百一十余万两，均已全数列入军需案内造报，业经准销。在常年固属循例支销之款，在此两年实与军饷无所区别。即如部示，新饷与常差一例同供。

覆查甘省寻常差车，因例价不敷，早经奏明以民价招雇，若二十一二年有军务时，责令按照旧例，每车百里给银四钱五分，似与奏准平靖后杂差车骡拟减脚价每车百里给银一两八钱新章，转觉低昂悬殊，窒碍难行。再，查甘省前次造报二十三四年运脚册内，应归户部核销之解饷委员盘脚银两，已经户部按照拟减脚价新章核准，奏奉谕旨咨行钦遵在案。所有光绪二十一二三四等年转运新饷脚价银两，详请奏咨按照前次奉准增减新章分别核销等情。前来。

臣覆核无异，除咨明兵部查办外，理合恭折具陈。伏乞皇太后、皇上圣鉴，饬部查案核销，施行。谨奏。八月十三日。

光绪二十六年八月二十七日，奉朱批：着照所请，该部知道。钦此。①

❶【案】光绪二十四年六月初九日，甘督陶模奏请杂差车骡脚价按照新章发给，曰：

再，甘肃前办河湟军务，需用车辆，因按旧章给价，雇觅甚难，故议大车每辆百里请加为二两四钱，守候每日六钱；驮骡每头百里加为六钱，守候每日一钱五分，回空各减一半，业经奏奉朱批：着照所请，该部知道。钦此。钦遵已将支用车价银两细数，专案造册请销在案。兹据藩司曾鉌详称：现在军事虽平，车价迄未减落，缘二十一年之变，毁弃车骡不少，人工、粮料日益昂贵，民力未纾，无资蓄养。目下杂差雇用，皆系外来商车，有时需车稍多，更难雇觅。若仍照旧章给价，鲜有应者，外间既无款赔垫，竭蹶情形，殊难枚举，拟请一

①中国第一历史档案馆藏：《录副奏折》，档号：03-6158-066。

应杂差所需车骡，按照前次加价，酌量减少，每三套大车一辆载重八百斤，每百里减为给银一两八钱；驮骡每头载重二百斤，每百里减为给银四钱五分，守候、回空一概不支，俟办理二三年后，再行察酌情形，详请规复旧章，俾免靡费。至车价一项，原定提用司库停止所车牛夫口粮银一万二千两，百货厘金银一万三千两，每年应先尽此撙节动支造报。如实在不敷，仍请由厘金项下续行提用，作正报销。由甘藩司呈请附奏前来。

臣覆加察核，委系实在情形，合无仰恳天恩俯准甘省一应杂差车骡，按照此次拟减价值支给请销，俟数年后再行规复旧例，以免赔累而示体恤，出自鸿慈。谨附片具陈。伏乞圣鉴训示。谨奏。

光绪二十四年七月初六日，奉朱批：着照所请，该部知道。钦此。①。

1019. 请将守备张其高开缺另补片

光绪二十六年八月十三日（1900年9月6日）

再，臣据署河州镇总兵焦大聚详：据管带靖循前旗正任起台堡守备张其高禀恳开去守备底缺，归总兵班候补等情。前来。臣覆核无异，相应奏明请旨开缺。除饬取该员原领札付送部查销外，其所遗陕西河州镇属起台堡守备员缺，陕甘现有应补人员，容臣另拣请补。谨附片具陈。伏乞圣鉴。谨奏。

光绪二十六年八月二十七日，奉朱批：兵部知道。钦此。②

1020. 恭报甘省本年七月雨水粮价折

光绪二十六年闰八月初八日（1900年10月1日）

陕甘总督魏光焘跪奏，恭报甘省光绪二十六年七月分粮价、

---

①台北故宫博物院藏：《军机及宫中档》，文献编号：408003168-0-B。又，中国第一历史档案馆藏：《录副奏片》，档号：03-6147-011。

②中国第一历史档案馆藏：《录副奏片》，档号：03-5942-157。

雨泽情形，恭折仰祈圣鉴事。

窃照本年六月分粮价并得沾雨泽情形，业经具折奏报在案。兹查七月分兰州等八府六直隶州属具报得沾雨泽，自一二寸至三四寸不等，正值秋禾结实之际，获此沃泽，实于农田大有裨益。其各属续报被雹、被旱情形，已另案办理。至通省粮价，或与上月相同，或较上月稍有增减。据署藩司何福堃具详请奏前来。

臣覆核无异，理合恭折具奏，并缮粮价清单，恭呈御览。伏乞皇太后、皇上圣鉴。谨奏。闰八月初八日。

光绪二十六年闰八月十九日，奉朱批：知道了。钦此。[①]

1021. 呈甘省本年七月各属粮价清单

光绪二十六年闰八月初八日（1900 年 10 月 1 日）

谨将甘肃各属光绪二十六年七月分米粮时估价值，缮具清单，恭呈御览。

计开

兰州府属：价昂

粟米每京石价银一两一钱六分二厘至五两五钱八分八厘，较上月贵一钱三分一厘。小麦每京石价银一两七钱五分五厘至四两一钱九厘，较上月贵一分六厘。豌豆每京石价银一两七钱五分五厘至三两八钱三分五厘，较上月贵一分五厘。青稞每京石价银一两六钱六分七厘至三两七钱二分五厘，较上月贵一分四厘。

巩昌府属：价平

粟米每京石价银一两一钱五厘至三两九钱二分，与上月相同。小麦每京石价银九钱三分二厘至三两一钱七分，与上月相同。豌豆每京石价银九钱九分一厘至三两一钱七分，与上月相同。青稞每京石价银一两二钱六分七厘至二两六钱六分九厘，与上月相同。

---

①中国第一历史档案馆藏：《录副奏折》，档号：03-9373-049。

平凉府属：价有平有落

粟米每京石价银三两二钱三分八厘至三两八钱九分五厘，较上月贱四钱八分。小麦每京石价银二两二钱四分七厘至三两八分，较上月贱一钱四分。豌豆每京石价银一两九钱七分至三两三钱一厘，与上月相同。糜子每京石价银二两四钱一分八厘至二两五钱二分，较上月贱五钱六分。

庆阳府属：价平

粟米每京石价银一两六钱八分至三两八钱二分八厘，与上月相同。小麦每京石价银一两九钱八分八厘至三两七钱七分九厘，与上月相同。豌豆每京石价银一两六钱至四两二钱二分九厘，与上月相同。糜子每京石价银一两二钱四分至二两四钱六分三厘，与上月相同。

甘州府属：价有昂有平

粟米每京石价银一两二分九厘至一两七钱八分九厘，较上月贵八分三厘。小麦每京石价银七钱七分至九钱九分四厘，与上月相同。豌豆每京石价银八钱六分至一两四钱九分九厘，与上月相同。青稞每京石价银六钱五厘至九钱七厘，与上月相同。

凉州府属：价昂

粟米每京石价银一两一钱三分四厘至三两八钱五分，较上月贵六钱五分二厘。小麦每京石价银一两一钱七分六厘至三两一钱五分，较上月贵三钱七厘。豌豆每京石价银一两二钱六分至二两八钱八分八厘，较上月贵三钱一分一厘。青稞每京石价银七钱七分七厘至二两一分三厘，较上月贵五分九厘。

宁夏府属：价有昂有平

粟米每京石价银六钱五分九厘至二两一钱七分，与上月相同。小麦每京石价银八钱五厘至二两三钱一分，与上月相同。豌豆每京石价银六钱三分至二两一钱，与上月相同。糜子每京石价银二钱九分四厘至一两一分七厘，较上月贵一钱一分三厘。

西宁府属：价有昂有平有落

粟米每京石价银一两九钱二分八厘至五两三钱六分，较上月贱八分。小麦每京石价银一两七钱五分至二两三钱一分，与上月相同。豌豆每京石价银一两五钱五厘至二两七分二厘，较上月贵四分一厘。青稞每京石价银一两五分至一两七钱九分二厘，较上月贱四分八厘。

秦州直隶州并所属：价有平有落

粟米每京石价银一两一钱四分六厘至五两三钱五厘，较上月贱九钱九分五厘。小麦每京石价银一两二分一厘至四两七钱九厘，与上月相同。豌豆每京石价银一两二分一厘至四两七钱九厘，与上月相同。糜子每京石价银七钱四厘至二两六钱五分三厘，较上月贱四钱九分七厘。

阶州直隶州并所属：价落

粟米每京石价银三两五钱至四两九钱七分六厘，较上月贱五钱一分四厘。小麦每京石价银二两三钱三分四厘至三两一钱八分二厘，较上月贱三钱四分六厘。豌豆每京石价银二两四钱二厘至三两八分五厘，较上月贱七钱五分八厘。糜子每京石价银二两三钱七分，较上月贱三钱七分四厘。

泾州直隶州并所属：价有昂有落

粟米每京石价银六钱一分六厘至二两四钱九分九厘，较上月贵四钱九分。小麦每京石价银八钱九分六厘至二两四钱九分九厘，较上月贵三钱四分三厘。豌豆每京石价银八钱四分至二两四钱五分，较上月贵三钱四分三厘。糜子每京石价银六钱一分六厘至一两二钱二分五厘，较上月贱五分二厘。

固原直隶州并所属：价有昂有平

粟米每京石价银二两九钱九分至三两二钱六分三厘，较上月贵一钱四分八厘。小麦每京石价银二两二钱五厘至三两一钱一分一厘，较上月贵二分四厘。豌豆每京石价银二两二钱五厘至三两一钱一分一厘，较上月贵二分四厘。糜子每京石价银一两五钱一分一厘，与上月相同。

肃州直隶州并所属：价有昂有落

粟米每京石价银一两一钱三分四厘至一两七钱二分二厘，较上月贵四分二厘。小麦每京石价银八钱四分至一两七钱六分四厘，较上月贵八分四厘。豌豆每京石价银九钱五分至一两七钱二分二厘，较上月贵一钱六分八厘。青稞每京石价银五钱四分六厘至一两九分二厘，较上月贱一钱六分八厘。

安西直隶州并所属：价平

粟米每京石价银九钱二分至二两三钱一分，与上月相同。小麦每京石价银一两二钱八分至一两八钱九分，与上月相同。豌豆每京石价银一两二钱至二两一钱六分，与上月相同。青稞每京石价银一两三分二厘至一两八钱九分，与上月相同。

（朱批：）览。①

1022. 奏报各属被灾并办理赈抚情形折

光绪二十六年闰八月初八日（1900年10月1日）

陕甘总督②魏光焘跪奏，为汇报甘肃光绪二十六年分各属水旱冰雹偏灾，并随时分别赈抚大概情形，恭折仰祈圣鉴事。

窃查甘肃全省自春徂秋，雨旸尚属应时，收成亦可期中稔。惟陇东、陇西各属间有具报被旱、被雹、被水之区，均经随时饬司移行各管道、府、直隶州履勘，确查被灾轻重，分别妥筹赈抚去后。兹据署藩司何福堃开折汇详：查明东路庆阳府属之安化、宁州、正宁、合水、环县五州县，泾州并所属灵台、镇源、崇信三县，平凉府属静宁州、平凉、龙德、华亭四州县，固原州并所属平远县，南路巩昌府属之洮州厅、岷州、陇西、安定、会宁五厅州县，阶州本属，兰州府属之狄道、河州、金县并循化厅各属，均因夏间亢旱，春苗枯萎。其被灾较重之庆阳府各属，已饬停征，

①中国第一历史档案馆藏：《单》，档号：03-9373-050。

②此前衔当为“头品顶戴署理陕甘总督陕西巡抚臣”，此处疑略。

设局赈济；其被灾五分以下各属，亦令酌给社粮、籽种，改种晚秋，并开仓平粜，俾资接济。惟会宁县于六月二十九日雷雨交作，内夹冰雹，打伤夏秋禾苗四五分，兼毙牛、羊、驴头；河州南乡于七月初七日雹雨交作，打伤夏秋禾苗四五分，冲倒民房十九户；循化厅于七月初六日雷雨如注，山水暴发，冲淌民房、地亩。以上三厅州县被灾尤重，均经随饬查明灾户，酌给仓粮。其被冲房屋，按间捐给银两，及时修盖，以资栖止。被冲地亩能否平复复种，钱粮应如何分别蠲缓，统俟各属结报齐全，再行汇办等情。详请具奏前来。

臣查甘肃东南各属先后禀报被灾各村庄均系偏灾，惟因上年歉收，小民拮据可悯，已随饬查明，分别妥为赈抚，毋令一夫失所；仍饬赶紧确查被灾分数，应行蠲缓钱粮，另案办理外，理合先将甘肃本年各属水旱冰雹偏灾，随时分别赈抚缘由，恭折具陈。伏乞皇太后、皇上圣鉴训示。谨奏。闰八月初八日。

光绪二十六年闰八月十九日，奉朱批：知道了，即着饬属查明被灾轻重，分别妥筹赈抚，毋令一夫失所。钦此。①

1023. 奏报道员王会英开缺回籍修墓折

光绪二十六年闰八月初八日（1900年10月1日）

署理陕甘总督陕西巡抚臣魏光焘跪奏，为道员呈请开缺回籍修墓，恭折仰祈圣鉴事。

窃据署甘肃藩、臬两司会详称：准卸任平庆泾固化道王会英咨称：现年六十二岁，山东利津县进士，在京供职，由截取繁缺道于光绪二十三年十一月初四日奉旨补授甘肃平庆泾固化道，二十四年四月二十八日到任。二十六年六月十三日调省，因历官京外年久，屡接家书，祖茔连被黄水冲刷，急须回籍修理等情，到

①中国第一历史档案馆藏：《录副奏折》，档号：03-9373-051。

司。该署司等会查例载：各官因祖茔年久失修，例准开缺回籍等语。今卸任平庆泾固化道王会英因祖茔年久失修，请开缺回籍修理，系属与例符合。虽当多事之秋，不宜告假。惟该道系调省人员，并无委办经手事件，据请开缺修墓，尚非有所规避，似可准行等情。会详请奏前来。

臣查平庆距省窎远，地当冲要，道员管辖二十余属，责任本极繁重。本年东路荒旱，弹压抚绥，尤关紧要。王道会英人甚慈祥，惟重听精力稍逊，办事不无竭蹶，是以将其调省。兹据呈称在京供职年久未归，祖茔实被黄水冲刷，亟宜修理。核其情词恳切，系出至诚，应请准其开缺回籍修墓，以遂孝思。谨恭折具奏。伏乞皇太后、皇上圣鉴训示。

至所遗平庆泾固化道员缺，前次祝维城开缺，应在留补之列，嗣因所补之员与例不合，是以改选。王会英此次开缺，甘省现署应补合例人员，应请扣留容臣由外拣员请补。合并声明。谨奏。闰八月初八日。

光绪二十六年闰八月十九日，奉朱批：着照所请，吏部知道。钦此。[①]

1024. 奏报骑操马由甘州马厂领散片

光绪二十六年闰八月初八日（1900年10月1日）

再，陕甘督标马队因派拨入卫，新募填防，所需马匹一时购觅维艰，经臣咨商署甘州提臣张永清，由甘州孳生马厂内挑选膔壮骟马一百匹，由提派弁于八月初五日送省验收，发交管带督标后旗补用参将鲍绍超，分给各勇丁骑操讫。

所有由厂领散马匹缘由，除咨部查照外，理合附片具陈。伏乞圣鉴训示。谨奏。

①中国第一历史档案馆藏：《录副奏片》，档号：03-5391-109。

光绪二十六年闰八月十九日，奉朱批：兵部知道。钦此。[①]

【案】此奏片之具奏日期，录副以朱批日期为之，未确。查光绪二十六年闰八月十九日《随手档》[②]“朱批魏光焘折”栏，即有此片。据同批折件，此奏片具奏时间当为“光绪二十六年闰八月初八日”无疑。兹据校正。

1025. 奏报张元潹等署理州县员缺片

光绪二十六年闰八月初八日（1900年10月1日）

再，新授巩昌府知府林星赓现已到省，应即饬赴新任，以专责成。署固原直隶州知州萧承恩请假，遗缺查有即补直隶州准补碾伯县知县张元潹，堪以委署。署玉门县知县傅大恺调省，遗缺查有合水县知县巢凤冈调署。署宁朔县知县宋运贵调省，遗缺查有候补知县袁范，堪以委署。署洮州同知熊振槃请假，遗缺查有准调玉门县知县姬恺臣，堪以调署。署贵德同知王开斌调省，遗缺查有现署古浪县事候补知州宋之章，堪以调署；递遗古浪县员缺，查有候补班前知县谢祖植，堪以委署。署西宁县知县郑业启调省，遗缺查有陇西县准调西宁县知县江昌燕，应即饬赴新任；递遗陇西县员缺，查有请补斯缺之即用先知县黄国琦，堪以先行署理。署平凉县知县杨兴新调省，遗缺查有候补知县易策谦，堪以委署。海城县知县徐光兴调省，遗缺查有候补知县王树棠，堪以委署。署渭源县知县姚五经调省，遗缺查有候补知县史文光，堪以委署。署阶州西固州同宋秉仁调省，遗缺查有大挑知县李继训，堪以委署。准补正宁县知县张心镜，应即饬赴新任。据藩、臬两司先后会详前来。除分别批饬给委外，理合附片具陈。伏乞

①中国第一历史档案馆藏：《录副奏片》，档号：03-6053-020。

②中国第一历史档案馆藏：《军机处随手登记档》，档案编号：03-0305-1-1226-251。

圣鉴。谨奏。

光绪二十六年闰八月十九日，奉朱批：吏部知道。钦此。①

【案】此奏片之具奏日期，录副以朱批日期为之，未确。查光绪二十六年闰八月十九日《随手档》②“朱批魏光焘折”栏，即有此片。据同批折件，此奏片具奏时间当为“光绪二十六年闰八月初八日”无疑。兹据校正。

1026. 奏报陈岱山因病出缺缘由片

光绪二十六年闰八月初八日（1900年10月1日）

再，臣据陕安镇总兵姚文广呈称：镇标左营游击陈岱山陡中风寒，医药罔效，于本年六月二十九日病故。查取故该员原领札付及嫡亲印、甘各结，呈请核办前来。臣覆查无异，相应奏明请旨开缺。

除委员接署并将赍到札付及印、甘各结随折送部查销外，所遗陕安镇标左营游击员缺，陕甘现有合理应补人员，容臣另拣请补。理合附片具陈。伏乞圣鉴。谨奏。

光绪二十六年闰八月十九日，奉朱批：兵部知道。钦此。③

【案】此奏片之具奏日期，录副以朱批日期为之，未确。查光绪二十六年闰八月十九日《随手档》④“朱批魏光焘折”栏，即有此片。据同批折件，此奏片具奏时间当为“光绪二十六年闰八月初八日”无疑。兹据校正。

---

①中国第一历史档案馆藏：《录副奏片》，档号：03-5391-110。

②中国第一历史档案馆藏：《军机处随手登记档》，档案编号：03-0305-1-1226-251。

③中国第一历史档案馆藏：《录副奏片》，档号：035943-043。

④中国第一历史档案馆藏：《军机处随手登记档》，档案编号：03-0305-1-1226-251。

1027. 奏为补授陕甘总督谢恩折

光绪二十六年闰八月十二日（1900 年 10 月 5 日）

头品顶戴陕甘总督臣魏光焘跪奏，为叩谢天恩，沥陈感悚下忱，吁恳陛见，恭折仰祈圣鉴事。

窃臣恭逢电传阁钞：光绪二十六年闰八月初三日，内阁奉上谕：陕甘总督着魏光焘补授。钦此。跪诵之下，感悚莫名！当即恭设香案，望阙叩头谢恩。伏念臣猥以庸材，谬承恩遇，值时艰之孔亟，忝疆寄之重膺。上年十月三十日，在京钦奉署理陕甘总督之命，当于谢恩陛辞时仰蒙训勖周详，虽明知重任难胜，不敢不勉策驽骀，摄官承乏。嗣因畿辅拳教起衅，中外失和，警报频闻，军事旁午，谕旨谆谆以保守疆土为训，遵即督同文武，遏乱销萌，期无陨越。幸仗朝廷威福，地方一时尚属敉安，莅任以来，夙夜惕厉，虽黾勉以从事，实报称之无闻。乃荷逾格宏施，即予除授，天恩高厚，倍益悚惶！

查陕甘控制三边，幅员万里，饷需、军政，经画既虑难周；吏治、民生，体察亦虞不及。一切交涉事件在在均须兼顾，即事事必裕远谟。现值款议初开，人心尚易浮动，而甘省种类庞杂，风气各殊，蒙番之犷悍宜训，汉回之猜嫌未化，抚绥镇慑，筹措宜详。臣识浅才疏，深惧弗克胜任。回忆阙廷召对，瞬届一年，时值艰难，乘舆西狩，延羁职守，瞻恋尤殷！惟有吁恳陛见，借伸孺慕，恭聆圣训，俾有遵循，庶期仰答鸿慈于万一！

所有微臣感激下忱并恳陛见缘由，谨恭折具奏。伏乞皇太后、皇上圣鉴训示。谨奏。闰八月十二日。

光绪二十六年闰八月二十八日，奉朱批：毋庸来见。钦此。[①]

---

①中国第一历史档案馆藏：《录副奏折》，档号：03-5391-141。

1028. 奏报预估关内来年军饷等由折

光绪二十六年闰八月十三日（1900 年 10 月 6 日）

头品顶戴署理陕甘总督陕西巡抚臣魏光焘跪奏，为补赍甘肃预估光绪二十七年分关内军饷及各满营青海俸饷实需数目，恭折具奏，仰祈圣鉴事。

窃臣于光绪二十六年七月初七日由驿具奏援案预估光绪二十七年分甘肃关内军饷及各满营青海俸饷实需数目一折，维时京直一带驿路梗阻，是否赍进，历时业经两月，传查无着，自应查案补赍。伏查前准部咨：奏拨光绪二十六年甘肃新饷案内，声明光绪二十七年应需饷项，应于二十六年六月以前先行奏请估拨等因。当经转行司道遵照去后。

兹据署甘肃藩司何福堃详称：遵查甘肃关内应需饷项，自光绪十四年起，每年奉拨银一百一十八万两，嗣经先后议减银二十三万七千八百余两，饬令提存司库，每年仅开支银九十四万余两。迨东海之用兵暨二十一二两年办理本省军需，遂将历年封存各款先后提用罄尽。至二十四年应拨银两并应扣四分减平，合关外提存之款，共湘平折合库平银七十四万九千余两，已奉部示尽属抵拨董军专饷，饬由山西、河东道两处协甘新饷内总拨库平银八十万两，径解董营交收，以致甘肃关内应摊实饷每年亏银五万余两，虽由司库例存款内提取应用，往往缓不济急。此外董军所调安、宁等旗回队，每岁腾出饷银四万一千余两。

又，甘肃裁兵节饷银四万二千六百两，均奉部饬拨。嗣董军行饷是以甘肃历年防军饷项收支两抵，时行不敷，不得已于二十五年将防军马步营旗酌量裁改，腾出饷项，以之作抵另募炮队、马队、土勇饷糈外，约计每年只节省银九千八百余两。然以前项亏短通盘抵算，仍属不敷周转，左支右绌，竭蹷洊底。此司库近年新饷入不敷出之实在情形也。

值此时局多艰，万不敢渎请加拨，而甘省地居边要，汉、番、回、撒错处其间，仇怨既深，衅端易启。现存防练马步各营旗均系择要巡防，兼护运道，更换调操，恒有地阔兵单之虑。近又抽调马步六旗并卫队一哨入卫京师，所遗防地皆关紧要，势不能不另募填扎，则饷项仍复照旧，断难议减。

至入卫马步等旗应需行饷，系专案分别奏咨，动用司库报部候拨各款，此后尚应咨部另筹接济。所有光绪二十七年甘肃关内防军应需新饷，拟请仍拨银一百一十八万两，内封存银二十余万两，暨新疆节省拨存甘库银一十万两，是否仍拨董军专饷，听候户部核办。其余银两，自当力求撙节，匀挪支用。此外宁夏、凉州、庄浪、西宁、青海等处俸饷，自光绪十四年起，每年奉部专拨银二十二万两。近年以来，满营生齿日繁，原拨饷银万难再减，并请仍照旧章拨银二十二万两，各等情。详请具奏前来。

臣查关内饷项，历年核减，已属不敷支用。甘库搜罗罄尽，全赖协饷提前解甘，以顾边防。万一批解逾期，即有悬釜之虑。惟有吁恳天恩将二十七年甘肃关内军饷敕部照旧指拨银一百一十八万两，合共指拨银一百四十万两，以资军用而免匮乏。

除咨部外，所有补赍援案预估甘肃关内光绪二十七年分实需军饷及各满营、青海俸饷各数目缘由，谨恭折具陈。伏乞皇太后、皇上圣鉴训示。遵行。谨奏。闰八月十三日。

光绪二十六年闰八月十八日①，奉朱批：户部议奏。钦此。②

1029. 奏报上年各局收支百货厘金折

光绪二十六年闰八月十三日（1900年10月6日）

头品顶戴署理陕甘总督陕西巡抚臣魏光焘跪奏，为补赍报销光绪二十五年分甘肃关内厘捐总、分各局卡收支银两数目，恭折仰祈圣鉴事。

---

①录副误抄“十三日”，兹据首页校正。

②中国第一历史档案馆藏：《录副奏折》，档号：03-6159-008。

窃臣于本年七月初七日由驿具奏光绪二十五年分甘肃关内厘捐总、分各局卡收支银两数目一折，维时驿路阻滞，是否赍进，日久传查无着，应行补呈。伏查光绪二十四年分收支百货厘金银两数目，业经奏咨在案。兹据厘金总局司道详称：光绪二十五年正月起至十二月底止，关内各局卡百货厘金收支款目汇为一宗，通共新收并扣获局费减平银二十二万四千六百五十八两五钱七分六毫，以批解藩库为大宗，其次粥厂、车价并厘金各局卡薪工局费，总共解支银二十二万四千六百五十八两五钱七分六毫，以出抵入，并无余存。至盐厘、土药、加抽糖厘，另案造报等情。造具总、散清册，详请奏咨前来。

臣覆核无异，除将清册另咨送部外，合无仰恳天恩饬部查照，准将光绪二十五年已支之款照册核销，以清款目。至前奉部饬征收厘金开支局费章程，向不准逾收数十分之一等因。惟甘肃为极边辽阔之地，山径分歧，若非扼要处所设立局卡，不能扼绕越而杜偷漏，是以开支局费不能照一成之数。合并声明。

所有甘省光绪二十五年分收支百货厘金数目，谨恭折具奏。伏乞皇太后、皇上圣鉴训示。谨奏。闰八月十三日。

光绪二十六年闰八月十八日，奉朱批：户部知道。钦此。①

1030. 奏报上年各局收取盐厘情形片

光绪二十六年闰八月十三日（1900年10月6日）

再，据甘肃厘金总局司道详称：光绪二十五年正月起至十二月底止，甘肃各局卡收支盐厘款目汇为一宗，计新收盐厘共银二万九千九百八十六两一钱四分九厘，又扣获支发局费减平银一百九十九两五钱八分四厘，二共收银三万一百八十五两七钱三分三厘。已解藩库银二万六千六百五十九两七钱四分九厘，又解藩库

---

①中国第一历史档案馆藏：《录副奏折》，档号：03-6414-012。

扣获减平银一百九十九两五钱八分四厘，又支发各局卡薪工局费银三千三百二十六两四钱，共开除银三万一百八十五两七钱三分三厘。以出抵入，并无余存。造具收支清册，并将各处产销盐斤收厘章程、易银市估及委员职名均于册内声叙，遵照部咨另造市估细册，一并详请奏咨前来。

臣覆核无异，合无仰恳天恩饬部准将光绪二十五年各局卡已收之款照册核销，以清款目。除将清册送部查核外，谨附片具奏。伏乞圣鉴训示。再，此片系附前折同日拜发，合并补赍。谨奏。

光绪二十六年闰八月十八日，奉朱批：户部知道。钦此。①

1031. 奏报上年各局收取糖厘情形片

光绪二十六年闰八月十三日（1900年10月6日）

再，前准户部咨：甘肃省征收红、白蔗糖，于照章完厘外，每斤加抽二成厘金，另款汇存造报等因。当经转行遵办在案。兹据厘金总局司道详称：甘肃省自光绪二十五年正月起至十二月底止，各局卡收获糖厘款目汇为一宗，计新收二成糖厘银四百两三钱九分二厘，已照数批解藩库，专款存储，听候指拨。造具清册，详请具奏前来。

臣覆核无异，除将清册另咨送部，仍饬司局按年列册报查，并令各局卡认真经征，实收实报，以裨厘务外，谨附片具陈。伏乞圣鉴，饬部查照。再，此片系附前折同日拜发，合并补赍。谨奏。

光绪二十六年闰八月十八日，奉朱批：户部知道。钦此。②

---

①中国第一历史档案馆藏：《录副奏片》，档号：03-6653-038。

②中国第一历史档案馆藏：《录副奏片》，档号：03-6512-066。

1032. 奏报上年各局收取土药厘金片

光绪二十六年闰八月十三日（1900年10月6日）

再，前准户部咨：甘省征收土药厘金银两，应自光绪十六年起，按年据实造报，不得并入百货厘捐款内开支，以免牵混，并将所收银两专款存储，听候指拨等因。遵办在案。兹据厘金总局司道详称：甘肃省自光绪二十五年正月起至十二月底止，关内各厘局卡收支土药款目汇为一宗，计新收银一万八千三百三十八两八钱五分二厘，业已如数解交藩库，专款存储，听候指拨。造具四柱清册，并声明土药厘金向归百货厘局兼收，应支薪公仍在货厘项下开支。所有二十五年收获土药厘银，由甘肃藩司照数委解户部衙门查收等情。详请奏咨前来。

臣查甘省地处边陲，向无洋药到境。本地虽有栽种罂粟，然自用者多，贩运者少，向来收数有限。至所收土药厘银，业经厘金总局如数解交藩库。除由甘肃藩司另行委解户部衙门查收，并将清册另咨送部，仍饬各局卡认真抽收，以裨厘务外，谨附片具陈。伏乞圣鉴，饬部查照。再，此片系附前折同日拜发，合并补赍。谨奏。

光绪二十六年闰八月十八日，奉朱批：户部知道。钦此。①

1033. 奏调潘效苏等入关差委缘由片

光绪二十六年闰八月十三日（1900年10月6日）

再，甘肃地处西陲，屡经兵燹，番回杂处，民气凋残。目前补救之方，当以振兴吏治、整顿营务、宽筹饷糈三者为急，而其要在委任得人。臣受国厚恩，抚兹瘠苦之区，时事愈际艰难，需

---

①中国第一历史档案馆藏：《录副奏片》，档号：03-6512-067。

材更形急迫。溯在陕甘、新疆前后三十余年，凡文武僚属无不留心考察，或忠厚老成，吏治稍逊；或聪明才智，阅历未深。平时习故安常，中才可与共勉，有事通方达变，良佐所遗豫求。

兹查有卸署新疆藩司二品顶戴兼按察使衔正任镇迪道潘效苏，才大心细，洞悉边情，而理财治军尤为素所讲习。曩者河湟之役，随前督臣陶模率队入关，前驱助剿，所向有功。嗣署新疆藩司，用人行政，布置裕如，曾经督臣陶模以该员忠勇奋发，调度有方保奏，奉旨存记有案❶。又，留甘肃新疆补用提督借补抚标中军参将现署乌什协副将汤咏山，沉毅朴实，谋勇兼优，随故抚臣刘锦棠办事多年，每战必从。以上二员，实皆杰出之才，于甘肃情形尤为熟悉。新疆分省，本仍冠以甘肃，文武员弁即无畛域。现在甘肃需材尤急，臣与前督臣陶模、新疆抚臣饶应祺往返电商，意见相同。

合无仰恳天恩俯念边任重要，准将潘效苏、汤咏山两员调取入关差委，以收得人之效，实于边局有裨。理合附片具陈。伏乞圣鉴训示。再，此片系附前折同日拜发，合并补赍。谨奏。

光绪二十六年闰八月十八日，奉朱批：着照所请，该部知道。钦此。[①]

❶【案】光绪二十二年九月十九日，陕甘总督陶模奏请将潘效苏等记名简放，曰：

再，北大通营城附近回堡林立，周围一百余里遍地皆贼。督标营务处甘肃新疆补用道潘效苏督饬各营旗，深入贼丛，相机进攻，为一鼓荡平之计，复亲带开花炮队，击毙多贼，两日之间，各大回庄劲垒坚巢一律剿洗净尽，虽由将士用命，戮力同心，亦潘效苏忠勇奋发，调度有方，故能神速若此也。统带督标亲军正中马步等营副将焦大聚，以河北黄田庄为悍贼坚巢，首先率队攻扑，阵毙千余人，黄田庄

①中国第一历史档案馆藏：《录副奏片》，档号：03-5943-040。

既下，其余各庄贼众均已胆寒，遂乘势连破全沟台、俄博诸庄，军威所至，如摧枯拉朽，大通河南北贼堡悉平，此次战功实该副将之力居多。

臣模暨署新疆抚臣饶应祺于八月初三日曾报关外肃清折内，业经随保盐运使衔甘肃新疆候补道潘效苏请以道员交军机处存记，并赏给二品顶戴；总兵衔留新尽先补用副将焦大聚请免补副将，以总兵遇缺尽先简放。九月初三日，钦奉电旨照准在案。

此次攻克北大通踞匪及附近一带回堡，该二员战绩尤为卓著，合无仰恳天恩俯准，将潘效苏仍请以道员交军机处存记，遇有缺出，开列在前，请旨简放，并赏给清字勇号；焦大聚请以提督交军机处记名简放，以示优异。谨附片具陈。伏乞圣鉴训示，施行。谨奏。①

1034. 奏调魏景桐训练马队等由片

光绪二十六年闰八月十三日（1900年10月6日）

再，花翎分省补用道魏景桐于光绪二十五年十月二十二日蒙恩召见，奉旨：发往陕甘，交魏光焘差遣委用。钦此。嗣臣奉命署理陕甘总督，于道出陕西时，与护抚臣端方面商，以甘省营务需员助理，将该道咨调来甘，总理关内防、练马步各军营务处事宜。现值中外有事之秋，甘省番回杂居，防患未然，巡防尤关紧要。

该道魏景桐相随臣办事多年，忠勇朴实，干练有为，素称得力。臣拟抽调马步旗队团扎城外教场，交该道督饬切实训练，练好分布要隘换防，再将省外各营旗陆续调省操练，俾马步一律练成劲旅，借销隐患而壮边威。俟军事稍松，仍即咨送回陕供差。理合附片具奏。伏乞圣鉴训示。再，此片系附前折同日拜发，合并补赍。谨奏。

---

①陶模：《陶勤肃公奏议遗稿》。

光绪二十六年闰八月十八日，奉朱批：该部知道。钦此。[①]

1035. 恭报甘省本年八月雨水粮价折

光绪二十六年九月初十日（1900年11月1日）

头品顶戴陕甘总督臣魏光焘跪奏，为恭报甘肃省光绪二十六年八月分粮价、雨泽情形，恭折仰祈圣鉴事。

窃照本年七月分粮价并得沾雨水情形，业经具折奏报在案。兹查八月分兰州等八府六直隶州属具报得沾雨泽，自三四寸至七八寸深透不等。正值秋禾成熟之际，获此沃泽，实于农田有裨。至通省粮价，或与上月相同，或较上稍有增减。据署藩司何福堃具详请奏前来。

臣覆核无异，理合恭折具奏，并缮粮价清单，恭呈御览。伏乞皇太后、皇上圣鉴。谨奏。九月初十日。

光绪二十六年九月十七日，奉朱批：知道了。钦此。[②]

1036. 呈甘省本年八月各属粮价清单

光绪二十六年九月初十日（1900年11月1日）

谨将甘肃各属光绪二十六年八月分米粮时估价值，缮具清单，恭呈御览。

计开

兰州府属：价落

粟米每京石价银一两一钱六分二厘至五两四钱五分七厘，较上月贱一钱三分一厘。小麦每京石价银一两七钱五分五厘至四两九分三厘，较上月贱一分六厘。豌豆每京石价银一两七钱五分五厘至三两八钱二分，较上月贱一分五厘。青稞每京石价银一两六

①中国第一历史档案馆藏：《录副奏片》，档号：03-5943-041。

②中国第一历史档案馆藏：《录副奏折》，档号：03-9374-011。

钱六分七厘至三两七钱一分一厘，较上月贱一分四厘。

巩昌府属：价落

粟米每京石价银一两一钱五厘至三两七钱六分四厘，较上月贱一钱五分六厘。小麦每京石价银九钱三分二厘至二两八钱三厘，较上月贱三钱六分七厘。豌豆每京石价银九钱九分一厘至二两八钱三厘，较上月贱三钱六分七厘。青稞每京石价银一两四钱五分八厘至二两三钱二分三厘，较上月贱三钱四分六厘。

平凉府属：价有昂有平有落

粟米每京石价银三两二钱三分八厘至三两八钱五分，较上月贱四分五厘。小麦每京石价银二两二钱四分七厘至三两八分，与上月相同。豌豆每京石价银一两九钱七分至三两四钱四分四厘，较上月贵一钱四分三厘。糜子每京石价银一两九钱九厘至二两五钱二分，与上月相同。

庆阳府属：价平

粟米每京石价银一两六钱八分至三两八钱二分八厘，与上月相同。小麦每京石价银一两九钱八分八厘至三两七钱七分九厘，与上月相同。豌豆每京石价银一两六钱四分九厘至四两二钱二分九厘，与上月相同。糜子每京石价银一两二钱四分至二两四钱六分三厘，与上月相同。

甘州府属：价有昂有平

粟米每京石价银一两二分九厘至一两七钱八分九厘，与上月相同。小麦每京石价银八钱六分一厘至一两八厘，较上月贵一分四厘。豌豆每京石价银八钱六分至一两六钱二分五厘，较上月贵一钱二分六厘。青稞每京石价银六钱四分七厘至一两，较上月贵九分三厘。

凉州府属：价昂

粟米每京石价银一两一钱三分四厘至四两五钱四分九厘，较上月贵六钱九分九厘。小麦每京石价银一两一钱七分六厘至三两五钱，较上月贵三钱五分。豌豆每京石价银一两二钱六分至三两一钱五分，较上月贵二钱六分二厘。青稞每京石价银七钱七分七厘至二两四钱五分，较上月贵四钱三分七厘。

宁夏府属：价昂

粟米每京石价银七钱四分八厘至二两八钱，较上月贵六钱三分。小麦每京石价银九钱六分六厘至二两四钱五分，较上月贵一钱四分。豌豆每京石价银六钱七分二厘至二两五钱九分，较上月贵四钱九分。糜子每京石价银七钱九分八厘至一两八钱三分六厘，较上月贵八钱一分九厘。

西宁府属：价有昂有平

粟米每京石价银一两九钱二分八厘至五两三钱六分，与上月相同。小麦每京石价银一两七钱五分至二两四钱八厘，较上月贵九分八厘。豌豆每京石价银一两五钱五厘至二两二钱四分，较上月贵一钱六分八厘。青稞每京石价银一两五分至一两九钱六分，较上月贵一钱六分八厘。

秦州直隶州并所属：价有昂有平有落

粟米每京石价银一两三钱一分至五两四分，较上月贱二钱六分五厘。小麦每京石价银一两二钱八分九厘至四两七钱九厘，与上月相同。豌豆每京石价银一两二钱八分九厘至四两七钱九厘，与上月相同。糜子每京石价银八钱四分六厘至三两一钱四分，较上月贵四钱八分七厘。

阶州直隶州并所属：价有平有落

粟米每京石价银二两八钱三分四厘至四两六钱一分四厘，较上月贱三钱六分二厘。小麦每京石价银二两三钱八分六厘至三两八分五厘，较上月贱九分七厘。豌豆每京石价银二两二钱五厘至三两八分五厘，与上月相同。糜子每京石价银二两一钱七分二厘，较上月贱一钱九分八厘。

泾州直隶州并所属：价昂

粟米每京石价银六钱一分六厘至二两九钱四分，较上月贵四钱四分一厘。小麦每京石价银九钱八分至三两七分，较上月贵五钱七分一厘。豌豆每京石价银九钱二分四厘至三两五厘，较上月贵五钱五分五厘。糜子每京石价银六钱七分二厘至二两一钱五分六厘，较上月贵九钱三分一厘。

固原直隶州并所属：价有昂有平

粟米每京石价银二两九钱九分至四两一厘，较上月贵七钱三分八厘。小麦每京石价银二两二钱五厘至三两六钱七分五厘，较上月贵五钱六分四厘。豌豆每京石价银二两二钱五厘至三两六钱七分五厘，较上月贵五钱六分四厘。糜子每京石价银一两五钱一分一厘，与上月相同。

肃州直隶州并所属：价落

粟米每京石价银一两一钱三分四厘至一两六钱三分八厘，较上月贱八分四厘。小麦每京石价银八钱四分至一两六钱八分，较上月贱八分四厘。豌豆每京石价银九钱五分至一两二钱六分，较上月贱四钱六分二厘。青稞每京石价银五钱四分六厘至一两五分，较上月贱四分二厘。

安西直隶州并所属：价平

粟米每京石价银九钱二分至二两三钱一分，与上月相同。小麦每京石价银一两二钱八分至一两八钱九分，与上月相同。豌豆每京石价银一两二钱至二两一钱六分，与上月相同。青稞每京石价银一两三分二厘至一两八钱九分，与上月相同。

（朱批：）览。①

1037. 奏报本年二麦收成分数情形折

光绪二十六年九月初十日（1900年11月1日）

头品顶戴陕甘总督臣魏光焘跪奏，为查明甘肃省光绪二十六年二麦收成分数，恭折仰祈圣鉴事。

①中国第一历史档案馆藏：《单》，档号：03-9374-012。

窃查直省二麦收成分数，例应按年具奏。兹据署甘肃布政使何福堃将光绪二十六年甘肃所属各府厅州县二麦收成分数，查明详报前来。臣覆加查核，约收八分者，武威县一处；约收七分有余者，灵州等二处；约收七分者，张掖县等四处；约收六分有余者，狄道州等七处；约收六分者，河州等三处；约收五分有余者，靖远县等十五处；约收五分者，伏羌县等十三处；约收四分有余者，渭源县等十一处；约收四分者，皋兰县等三处；约收三分有余者，金县等五处；约收三分者，会宁县等四处；约收二分有余者，化平厅等二处；约收二分者，正宁县等二处；约收一分有余者，平凉县等四处；约收一分者，安化县等四处。以上八府六直隶州所属通盘牵算，约收四分有余，系属歉收，实非赈贷不可。

至各属被旱、被雹、被水之区，业经另案奏报，容俟覆勘汇齐，钱粮如何蠲缓，再行照例办理。理合先将甘肃光绪二十六年二麦约收分数恭折具奏，并缮清单，敬呈御览。伏乞皇太后、皇上圣鉴。谨奏。九月初十日。

光绪二十六年九月十七日，奉朱批：知道了。钦此。①

1038. 呈甘肃本年二麦约收分数清单

光绪二十六年九月初十日（1900年11月1日）

谨将甘肃各属光绪二十六年二麦约收分数，缮具清单，恭呈御览。

计开

约收八分者：武威县。

约收七分者有余者：灵州、贵德厅。

约收七分者：张掖县、文县、西宁县、中卫县。

约收六分有余者：狄道州、抚彝厅、山丹县、平罗县、阶州、

①中国第一历史档案馆藏：《录副奏折》，档号：03-9374-013。

肃州、肃州州同。

约收六分者：河州、永昌县、碾伯县。

约收五分有余者：靖远县、沙泥州判、陇西县、宁远县、通渭县、西和县、东乐县丞、镇番县、宁夏县、宁朔县、循化厅、秦州、两当县、成县、高台县。

约收五分者：伏羌县、洮州厅、古浪县、平番县、丹噶尔厅、巴燕戎格厅、大通县、清水县、礼县、徽县、三岔州判、西固州同、毛目县丞。

约收四分有余者：渭源县、红水县丞、安定县、岷州、静宁州、秦安县、崇信县、灵台县、安西州、敦煌县、玉门县。

约收四分者：皋兰县、陇西县丞、花马池州同。

约收三分有余者：金县、庄浪县丞、宁灵厅、泾州、镇原县。

约收三分者：会宁县、隆德县、华亭县、硝河城州判。

约收二分有余者：化平厅、打拉池县丞。

约收二分者：正宁县、固原州。

约收一分有余者：平凉县、宁州、海城县、平远县。

约收一分者：安化县、合水县、环县、董志原县丞。

（朱批：）览。[①]

1039. 请以宋之章补授狄道州知州折

光绪二十六年九月初十日（1900年11月1日）

头品顶戴陕甘总督臣魏光焘跪奏，为拣员请补要缺知州，以裨地方，恭折仰祈圣鉴事。

窃据署甘肃藩、臬两司会详称：狄道州知州奎俊奉文以州同降补，所遗狄道州要缺知州，业经截缺在案，自应照例拣选请补。查定例：知州题调要缺，无论何项出缺，或调或补，例准酌量具

①中国第一历史档案馆藏：《单》，档号：03-9374-014。

题，各等语。今狄道州知州系繁、疲、难三项要缺，汉回杂处，政务殷繁，必须老成干练之员，方足以资治理。对应简缺知州，或历俸未满，或尚未到任，均不合调。

该署司等在于候补人员内逐加遴选，惟查有候补知州宋之章，年四十八岁，陕西咸宁县监生，遵例报捐通判。光绪四年四月到部验放，八月初八日到省，丁忧起复。十八年闰六月十一日回省，因河湟肃清案内保以知州仍留原省补用，以二十四年正月初五日作为知州到省日期，试看年满，甄别留用在案。委署古浪县，调署贵德同知，均无贻误。该署司等查该员宋之章，年富力强，办事奋勉，在甘有年，与该处风土民情最为熟悉，以之请补狄道知州，实堪胜任，人地亦极相宜，会详请奏前来。

臣查该员宋之章勤奋耐劳，才具稳练，合无仰恳天恩俯准以该员宋之章补授狄道州知州，实与地方有裨。如蒙俞允，该员系验放通判保升知州，例准补缺后再行送部引见，应俟奉准部覆，照例办理。再，该员并无参罚案件。合并声明。谨恭折具奏。伏乞皇太后、皇上圣鉴训示。谨奏。九月初十日。

光绪二十六年九月十七日，奉朱批：吏部议奏。钦此。①

1040. 请以秦瑞珍补授平远县知县折

光绪二十六年九月初十日（1900年11月1日）

头品顶戴陕甘总督臣魏光焘跪奏，为拣员请补知县员缺，以裨地方，恭折仰祈圣鉴事。

窃据署甘肃藩、臬两司会详称：平远县知县业经扣留截缺改教，所遗平远县简缺知县，业经扣留裁截，自应照例按班请补。查定例：知县改教所遗选缺，例应以进士即用与候补分班酌补轮用时，将各班前与本班合为一班，酌量请补等语。今甘省自停止

①中国第一历史档案馆藏：《录副奏折》，档号：03-5392-047。

变通章程后，平远县知县葛尧钦以教职改选，系第一次出缺，应酌用进士即用人员，进士即用前现在无人，该署司等在于即用正班内公同酌量，惟查有即用知县秦瑞珍，年四十八岁，奉天盖平县人，由进士即用知县签掣甘肃，光绪十七年四月初二日到省。嗣经丁忧服满起复，二十五年十二月十六日回省。该署司等查该员秦瑞珍，性情谨饬，才具优长，以之请补平远县知县，实堪胜任，与例相符。会详请奏前来。

臣查该员秦瑞珍年强学裕，朴实耐劳，合无仰恳天恩俯准以该员秦瑞珍补授平远县知县，实于地方有裨。如蒙俞允，该员以知县请补知县，衔缺相应，毋庸送部引见。再，该员并无参罚案件，谨恭折具奏。伏乞皇太后、皇上圣鉴训示。谨奏。九月初十日。

光绪二十六年九月十七日，奉朱批：吏部议奏。钦此。①

1041. 请以李英贵借补镇标守备折

光绪二十六年九月初十日（1900 年 11 月 1 日）

头品顶戴陕甘总督臣魏光焘跪奏，为拣员请补守备要缺，以裨营伍，恭折仰祈圣鉴事。

窃臣接准部咨：汉中镇标中营守备员缺轮用尽先人员，前督臣陶模请以花翎尽先补用游击邓先源借补❶，经兵部议覆，该员并无“尽先”字样，所请借补，核与定章不符，行令另拣合例人员请补等因。当经转饬遵照去后。兹据署汉中镇总兵龙恩思呈称：查有花翎留陕甘尽先补用游击李英贵，才识明达，谙练营务。呈请借补前来。

臣查该员李英贵精力强实，操防认真，以之借补斯缺，实堪胜任，亦与轮章相符，合无仰恳天恩俯准以该员李英贵借补汉中

①中国第一历史档案馆藏：《录副奏折》，档号：03-5392-048。

镇标中营守备员缺，以期得力。如蒙俞允，俟接准部覆后，即行给咨赴部引见，以符定例。

除履历清册另咨送部外，谨会同陕西固原提督臣邓增，恭折具陈。伏乞皇太后、皇上圣鉴训示。谨奏。九月初十日。

光绪二十六年九月十七日，奉朱批：兵部议奏。钦此。[1]

❶【案】光绪二十五年十二月十九日，陕甘总督陶模奏请以邓先源借补守备，曰：

再，臣前准部咨：汉中镇标中营守备员缺系题补第二轮第十缺，轮用捐输，无人应过班用第三轮第一缺尽先人员，应令迅拣请补等因。当经转饬遵照去后。兹据署汉中镇标总兵龙恩思呈称：拣选得花翎留陕尽先补用游击邓先源，年力富强，办事勤慎，堪以借补。呈请核办前来。

臣查花翎留陕尽先补用游击邓先源，戎行久历，办事勤能，以之借补斯缺，实堪胜任，亦与轮章相符。合无仰恳天恩俯准以该员邓先源借补汉中镇标中营守备员缺，可期得力。如蒙俞允，俟接准部覆后，即行给咨赴部引见，以符定制。

除饬取该员履历清册另咨送部外，谨会同陕西固原提督臣邓增，合词附片具奏。伏乞圣鉴训示。谨奏。

光绪二十六年正月十二日，奉朱批：兵部议奏。钦此。[2]

1042. 请以祝鉴廷署理商州协副将片

光绪二十六年九月初十日（1900年11月1日）

再，署陕西固原提属商州协副将程文腾署事期满，遗缺查有陕西抚标中军参将祝鉴廷，谙练营伍，操防认真，堪以委署。又，

①中国第一历史档案馆藏：《录副奏折》，档号：03-5944-040。

②台北故宫博物院藏：《军机及宫中档》，文献编号：408003320-0-C。又，中国第一历史档案馆藏：《录副奏片》，档号：03-5938-036。

署甘肃凉州镇属庄浪协副将金兰益请假回籍，遗缺查有尽先补用副将平凉营游击穆振铎，营务整肃，办事安详，堪以署理。除檄饬遵照外，理合附片具陈。伏乞圣鉴。谨奏。

光绪二十六年九月十七日，奉朱批：兵部知道。钦此。①

1043. 恭报甘省本年闰八月雨水粮价折

光绪二十六年十月十四日（1900 年 12 月 5 日）

头品顶戴陕甘总督臣魏光焘跪奏，为恭报甘肃省光绪二十六年闰八月分粮价、雨雪情形，恭折仰祈圣鉴事。

窃照本年八月分粮价并得沾雨泽情形，业经具折奏报在案。兹查闰八月分兰州等八府六直隶州属具报得沾雨雪，自一二寸至二三寸不等。正值秋禾结实之际，获此沃泽，实于农田有裨。至通省粮价，或与上月相同，或较上月稍有增减。据署藩司何福堃具详请奏前来。

臣覆核无异，理合恭折具奏，并缮粮价清单，恭呈御览。伏乞皇太后、皇上圣鉴。谨奏。十月十四日。

光绪二十六年十月二十日，奉朱批：知道了。钦此。②

1044. 呈甘省本年闰八月各属粮价清单

光绪二十六年十月十四日（1900 年 12 月 5 日）

谨将甘肃各属光绪二十六年闰八月分米粮时估价值，缮具清单，恭呈御览。

计开

兰州府属：价落

粟米每京石价银一两一钱六分二厘至五两四钱三分八厘，较

①中国第一历史档案馆藏：《录副奏片》，档号：03-5944-041。

②中国第一历史档案馆藏：《录副奏折》，档号：03-9374-033。

上月贱一分九厘。小麦每京石价银一两七钱五分五厘至三两九钱九分八厘，较上月贱九分五厘。豌豆每京石价银一两七钱五分五厘至三两七钱三分二厘，较上月贱八分八厘。青稞每京石价银一两六钱六分七厘至三两一钱四分五厘，较上月贱五钱六分六厘。

巩昌府属：价平

粟米每京石价银一两一钱五厘至三两七钱六分四厘，与上月相同。小麦每京石价银九钱三分二厘至二两八钱三厘，与上月相同。豌豆每京石价银九钱九分一厘至二两八钱三厘，与上月相同。青稞每京石价银一两五钱二分八厘至二两三钱二分三厘，与上月相同。

平凉府属：价有昂有平

粟米每京石价银三两二钱三分八厘至三两八钱九分五厘，较上月贵四分五厘。小麦每京石价银二两二钱二厘至三两二钱三分九厘，较上月贵一钱五分九厘。豌豆每京石价银一两八钱三分一厘至三两五钱八分八厘，较上月贵一钱四分四厘。糜子每京石价银二两一钱六分三厘至二两五钱二分，与上月相同。

庆阳府属：价平

粟米每京石价银一两六钱八分至三两八钱二分八厘，与上月相同。小麦每京石价银一两九钱八分八厘至三两七钱七分九厘，与上月相同。豌豆每京石价银一两九钱九分九厘至四两二钱二分九厘，与上月相同。糜子每京石价银一两二钱七分六厘至二两四钱六分三厘，与上月相同。

甘州府属：价有昂有平

粟米每京石价银一两二分九厘至一两七钱八分九厘，与上月相同。小麦每京石价银八钱六分一厘至一两三钱四分，较上月贵三钱三分二厘。豌豆每京石价银一两四钱至一两六钱二分五厘，与上月相同。青稞每京石价银六钱五分至一两四钱一分五厘，较上月贵四钱一分五厘。

凉州府属：价平

粟米每京石价银一两一钱三分四厘至四两五钱四分九厘，与上月相同。小麦每京石价银一两二钱六分至三两五钱，与上月相同。豌豆每京石价银一两二钱六分至三两一钱五分，与上月相同。青稞每京石价银七钱七分七厘至二两四钱五分厘，与上月相同。

宁夏府属：价昂

粟米每京石价银一两四钱七分至四两一钱三分，较上月贵一两三钱三分。小麦每京石价银一两六钱三分八厘至三两九分九厘，较上月贵六钱四分九厘。豌豆每京石价银一两三钱八分六厘至三两八分，较上月贵四钱九分。糜子每京石价银一两四钱七分至二两五钱七分一厘，较上月贵七钱三分五厘。

西宁府属：价有昂有落

粟米每京石价银一两九钱二分八厘至五两三钱六分，与上月相同。小麦每京石价银一两七钱五分至二两四钱六分四厘，较上月贵五分六厘。豌豆每京石价银一两五钱五厘至二两二钱九分六厘，较上月贵五分六厘。青稞每京石价银一两五分至一两七钱六分，较上月贱二钱。

秦州直隶州并所属：价有平有落

粟米每京石价银一两五钱六分五厘至四两七钱九厘，较上月贱三钱三分一厘。小麦每京石价银一两五钱三分至四两七钱九厘，与上月相同。豌豆每京石价银一两五钱三分至四两七钱九厘，与上月相同。糜子每京石价银八钱七分三厘至三两一钱四分，与上月相同。

阶州直隶州并所属：价有平有落

粟米每京石价银二两八钱三分四厘至四两六钱一分四厘，与上月相同。小麦每京石价银二两二钱二分七厘至三两八分五厘，与上月相同。豌豆每京石价银二两五厘至三两八分五厘，与上月相同。糜子每京石价银一两九钱七分五厘，较上月贱一钱九分七厘。

泾州直隶州并所属：价有昂有落

粟米每京石价银七钱至三两四钱四分七厘，较上月贵五钱七厘。小麦每京石价银九钱八分至三两四钱六分一厘，较上月贵三钱九分一厘。豌豆每京石价银九钱二分四厘至三两四钱七分八厘，较上月贵四钱七分三厘。糜子每京石价银六钱七分二厘至二两五分五厘，较上月贱一钱一厘。

固原直隶州并所属：价有昂有平

粟米每京石价银二两九钱九分至四两五钱二分三厘，较上月贵五钱二分二厘。小麦每京石价银二两四钱五分至三两六钱七分五厘，与上月相同。豌豆每京石价银二两四钱五厘至三两六钱七分五厘，与上月相同。糜子每京石价银一两五钱一分一厘，与上月相同。

肃州直隶州并所属：价有昂有落有平

粟米每京石价银一两一钱三分四厘至一两六钱八分，较上月贵四分二厘。小麦每京石价银八钱四分至一两五钱九分六厘，较上月贱八分四厘。豌豆每京石价银九钱五分至一两二钱六分，与上月相同。青稞每京石价银五钱四分六厘至一两五分，与上月相同。

安西直隶州并所属：价有平有落

粟米每京石价银九钱二分至二两三钱一分，与上月相同。小麦每京石价银一两二钱八分至一两八钱九分，与上月相同。豌豆每京石价银一两二钱至二两一钱六分，与上月相同。青稞每京石价银一两三分二厘至一两六钱八分，较上月贱二钱一分。

（朱批：）览。①

1045. 奏报本年夏禾收成分数情形折

光绪二十六年十月十四日（1900年12月15日）

头品顶戴陕甘总督臣魏光焘跪奏，为查明甘肃省光绪二十六

①中国第一历史档案馆藏：《单》，档号：03-9374-034。

年夏禾实收分数，恭折仰祈圣鉴事。

窃照本年二麦约收分数并安化县三十厅州县被灾情形，业经先后奏报在案。兹据署甘肃布政使何福堃将光绪二十六年甘肃所属各厅州县夏禾实收分数查明详报前来。臣覆加查核，实收八分者，武威县一处；实收七分有余者，灵州等二处；实收七分者，张掖县等四处；实收六分有余者，狄道州等七处；实收六分者，河州等三处；实收五分有余者，靖远县等十五处；实收五分者，伏羌县等十三处；实收四分有余者，渭源县等十一处；实收四分者，皋兰县等三处；实收三分有余者，金县等五处；实收三分者，会宁县等四处；实收二分有余者，化平厅等二处；实收二分者，正宁县等二处；实收一分有余者，平凉县等四处；实收一分者，安化县等四处。以上各厅州县实收分数系除被雹、被水被灾而言，通盘牵算，收成四分有余，系属歉收，与前报约收原数相符，并无讳饰，仍俟覆勘汇齐，钱粮应否蠲缓，灾赈用款若干，另行照例办理。

除批饬遵照外，所有甘省各属二十六年夏禾实收分数，谨缮清单，恭呈御览。伏乞皇太后、皇上圣鉴。再，此案向系题报，现奉部咨本年应题各案，行令酌量缓急，改题为奏。事关民食，遵即缮奏。合并陈明。谨奏。十月十四日。

光绪二十六年十月二十日，奉朱批：知道了。钦此。[①]

1046. 呈甘肃本年夏禾实收分数清单

光绪二十六年十月十四日（1900年12月5日）

谨将甘肃各属光绪二十六年夏禾实收分数，缮具清单，恭呈御览。

计开

①中国第一历史档案馆藏：《录副奏折》，档号：03-9374-035。

实收八分者：武威县。

实收七分有余者：灵州、贵德厅。

实收七分者：张掖县、中卫县、西宁县、文县。

实收六分有余者：狄道州、抚彝厅、山丹县、平罗县、阶州、肃州、肃州州同。

实收六分者：河州、永昌县、碾伯县。

实收五分有余者：靖远县、沙泥州判、陇西县、宁远县、通渭县、西和县、东乐县丞、镇番县、宁夏县、宁朔县、循化厅、秦州、两当县、成县、高台县。

实收五分者：伏羌县、洮州厅、古浪县、平番县、丹噶尔厅、巴燕戎格厅、大通县、清水县、礼县、徽县、三岔州判、西固州同、毛目县丞。

实收四分有余者：渭源县、红水县丞、安定县、岷州、静宁州、秦安县、崇信县、灵台县、安西州、敦煌县、玉门县。

实收四分者：皋兰县、陇西县丞、花马池州同。

实收三分有余者：金县、庄浪县丞、宁灵厅、泾州、镇原县。

实收三分者：会宁县、隆德县、华亭县、硝河城州判。

实收二分有余者：化平厅、打拉池县丞。

实收二分者：正宁县、固原州。

实收一分有余者：平凉县、宁州、海城县、平远县。

实收一分者：安化县、合水县、环县、董志原县丞。

（朱批：）览。①

1047. 奏报唐受桐开缺回籍修墓折

光绪二十六年十月十四日（1900年12月5日）

头品顶戴陕甘总督臣魏光焘跪奏，为知县告请开缺回籍修墓，

①中国第一历史档案馆藏：《单》，档号：03-9374-036。

恭折仰祈圣鉴事。

窃据署甘肃布政使何福堃、署按察使黄云会详称：据卸署徽县事平凉县知县唐受桐禀称：年五十岁，湖南湘潭县人，由监生报捐县丞，新疆南北两路荡平案内保以本班分省补用，南路诸军五次剿平边寇案内历保以知县分省归候补班前补用，委署玉门县知县，照章留甘补用，补授崇信县知县，光绪十二年十月到任，调补平凉县知县。十六年十一月，到平凉县调任，委署张掖县知县，于关内外及青海一律肃清案保以直隶州知州在任候补，奉文以二十四年十一月初二日作为到省日期，调署徽县知县。因自光绪元年从戎来甘，并未回籍，茔墓年久失修，禀恳开缺回籍修墓等情。由司核明会详前来。

臣查州县以上官员告请开缺，例应题报。现奉部咨改题为奏，所有该员唐受桐告请开缺回籍修墓缘由，理合恭折具奏。伏乞皇太后、皇上圣鉴，饬部查照施行。再，所遗平凉县知县系要缺，例应由外拣补。合并声明。谨奏。十月十四日。

光绪二十六年十月二十日，奉朱批：吏部知道。钦此。①

1048. 请以赵光棨等署牧令缘由片

光绪二十六年十月十四日（1900年12月5日）

再，卸署洮州同知惠安盐捕通判熊振棨，应即饬赴本任，以专责成。署岷州知州陈大章调省，遗缺查有候补知县赵光棨，堪以委署；通渭县知县窦金声撤任，遗缺查有优贡试用知县卢求古，堪以委署。除分别檄饬遵照外，理合附片陈奏。伏乞圣鉴。谨奏。

光绪二十六年十月二十日，奉朱批：吏部知道。钦此。②

①中国第一历史档案馆藏：《录副奏折》，档号：03-5392-135。

②中国第一历史档案馆藏：《录副奏片》，档号：03-5392-136。

1049. 奏报西宁道英林饬赴本任片

光绪二十六年十月十四日（1900 年 12 月 5 日）

再，调补甘肃西宁道英林现已引见到省，应即饬赴本任，以专责成。除檄饬遵照外，理合附片陈明。伏乞圣鉴。谨奏。

光绪二十六年十月二十日，奉朱批：知道了。钦此。①

1050. 奏报校阅省标官兵秋操情形折

光绪二十六年十月十五日（1900 年 12 月 6 日）

头品顶戴陕甘总督臣魏光焘跪奏，为校阅省标各营官兵秋操事竣，恭折仰祈圣鉴事。

窃查陕甘督标并兰州城守营，向按春秋二季合队操演，期收实效。兹值本年秋操之期，臣将在省及附近旗队一律调集，于九月二十二三四五六等日，督同司道，亲临教场阅视。各营官兵及驻扎省城附近防练各旗于常操之外，兼演湘军行营阵式并新操各法，队伍整肃，器械鲜明，含合进退；施放连环枪炮，俱能稳练；比较刀矛藤牌，亦殊便捷。马队合操以及员弁枪靶，均灵便有准。臣择其技艺出众者，分别奖赏，以示鼓励。其技艺稍疏而精力强健、尚堪造就各员弁，仍勒限严饬随同各营将士一律认真操练，严加复核，以期精益求精，咸成劲旅，仰副圣主整饬戎行、修明武备至意。

所有臣校阅光绪二十六年督标秋操情形，理合恭折具陈。伏乞皇太后、皇上圣鉴。谨奏。十月十五日。

光绪二十六年十月二十一日，奉朱批：知道了。钦此。②

---

①中国第一历史档案馆藏：《录副奏片》，档号：03-5392-137。

②中国第一历史档案馆藏：《录副奏折》，档号：03-5999-058。

1051. 奏报垫支甘肃招募行饷银数片

光绪二十六年十月十五日（1900 年 12 月 6 日）

再，臣前准军机大臣字寄：光绪二十六年七月初二日奉上谕：董福祥呈称，业经派弁回甘招募步队三营、马队两旗，并请饬督标都司何建忠、郑永祥二员各募步队一营，迅速来京，听候调遣。所需招募经费，步队每营应发银三千两，马队每旗应发银二千五百两，在于应拨该军协饷内如数拨给等因。钦此。当即钦遵转行遵办在案。

兹据署甘肃布政使何福堃详称：饬据补用都司何建忠、郑永祥二员各募步队一营，每营请领经费银六千两，二共领银一万二千两。又据补用都司马麒领招募步队一营经费银三千两，马队一旗经费银二千五百两，并请加借行饷银三千两，共领银八千五百两。又据守备马国正、马国义请领招募步队一营经费银三千两，马队一旗经费银二千五百两，并请加借行饷银二千两，共银七千五百两。又据把总马维障请领招募步队一营经费银三千两，并请加借行饷银一千两，共领银四千两。总计请领湘平银三万二千两，以九六折合库平银三万七百二十两，均经设法如数筹垫，发交该各员收领，统作甘肃奉拨董军行饷记档。以上马步七营旗，皆由派募各员自立营名，刊用关防，于闰八月十四日起，先后开拔东下。

查董军二十六年行饷，前奉部咨于指拨甘肃腾出安宁等旗回队坐饷银四万一千两，裁兵节饷银四万二千六百两，二共库平银八万三千六百两，除前已垫解银四万三千六百两，于本年四月内详请奏咨在案。又除此次垫发募勇经费、行饷湘平折合库平银三万七百二十两外，尚余指拨行饷银九千三百八十两，容俟各省协拨本年新饷如数解清，分扣有款，再行拨领等情。详请奏咨前来。

臣覆核无异，除将清折分送户部及提督臣董福祥查照外，理合附片具陈。伏乞圣鉴。谨奏。

光绪二十六年十月二十一日，奉朱批：户部知道。钦此。[①]

1052. 奏报参将周选青病故开缺片

光绪二十六年十月十五日（1900年12月6日）

再，据护陕西提督印务署提标中军参将盛喜呈报，提属西凤营参将周选青得患时疾，医药罔效，于本年闰八月二十六日病故，呈请核办前来。臣覆查无异，相应具奏请旨开缺。

除查取该故员原领札付及嫡亲、医士印、甘各结另咨送部外，所遗西凤营参将员缺，陕甘现有应补人员，容臣另拣请补。理合附片具陈。伏乞圣鉴训示。谨奏。

光绪二十六年十月二十一日，奉朱批：兵部知道。钦此。[②]

1053. 奏调知府黄凤岐来甘差遣片

光绪二十六年十月十五日（1900年12月6日）

再，时值艰难，整饬营伍尤为当务之亟，而督率认真训练，要在得人。查有河南候补知府黄凤岐，精实干练，晓畅戎机，曾经委办臣军营务，向称得力。到省后，保送引见，发交虎神营当差，本年二月请假回籍，并无经手未完事件，闻已赴陕西行在。可否吁恳天恩准臣饬调来甘差遣委用之处，出自鸿施逾格。谨附片具陈。伏乞圣鉴训示。谨奏。

光绪二十六年十月二十一日，奉朱批：着照所请，兵部知道。钦此。[③]

---

①中国第一历史档案馆藏：《录副奏片》，档号：03-6159-055。

②中国第一历史档案馆藏：《录副奏片》，档号：03-5945-013。

③中国第一历史档案馆藏：《录副奏片》，档号：03-6036-052。

1054. 奏报调补云贵总督谢恩折

光绪二十六年十月十八日（1900年12月9日）

头品顶戴调补云贵总督陕甘总督臣魏光焘跪奏，为叩谢天恩，沥陈感悚下忱，并吁恳陛见，恭折仰祈圣鉴事。

窃臣恭读电传阅钞，光绪二十六年十月十四日，内阁奉上谕：陕甘总督着崧蕃调补，魏光焘着调补云贵总督。钦此。跪聆之下，感愧莫名！当即恭设香案，望阙叩头谢恩。伏念臣材用樗栎，景迫桑榆，渥承知遇之隆，叠荷封圻之寄。兹于闰八月初三日钦奉总督陕甘之命，忝膺重任，已惧弗胜，只以外患方乘，边防綦要，不得不勉竭绵薄，冀效涓埃。

除授以来，甫经两月，虽陨越之幸免，愧建树之毫无。兹复恭奉恩纶，重移要地。查云贵毗连缅越，境属炎荒，风俗杂庞，地方贫瘠，苗猓则抚绥攸赖，英法之交涉尤繁。联邦交以靖民心，远迩借怀桑之略；讲吏治而修军政，文武资经纬之谟。必得宏通干济之才，方有胜任快愉之日。况京畿未经恢复，宵旰倍加忧勤，内何以树川楚之屏藩，外何以固西南之门户。自维愚昧，实懔冰渊。瞻仰阙廷，尤殷依恋。惟有吁恳俟崧蕃到任交卸后，趋诣行在陛见，借伸孺慕之忱，庶几圣训亲聆，俾得遵循有自。

所有微臣感激下忱并恳陛见缘由，谨恭折具奏。伏乞皇太后、皇上圣鉴训示。谨奏。十月十八日。

光绪二十六年十月二十二日，奉朱批：知道了。钦此。①

1055. 奏报知县张若金请销试俸缘由折

光绪二十六年十月二十四日（1900年12月15日）

头品顶戴调补云贵总督陕甘总督臣魏光焘跪奏，为知县试俸

---

①中国第一历史档案馆藏：《录副奏折》，档号：03-5392-165。

年满，呈请销去试俸，恭折仰祈圣鉴事。

窃据署甘肃布政使何福堃、署按察使黄云会详称：准巩秦阶道赵时熙禀：泰州直隶州知州张珩申称：据徽县知县张若金详称：年五十一岁，顺天大兴县人，祖籍江苏汤阴县，由监生遵筹饷例，在贵州捐局报捐知县，投效滇营，于剿办蛮夷土、教各匪案内保奏，仍以知县本班不论双单月选用。光绪七年，赴部投供。十九年五月，签掣甘肃徽县知县，领凭赴甘，二十年六月二十二日到任。旋因调省，二十三年二月初六日卸事。六月十三日，署巴燕戎格通判，二十五年五月二十七日卸事，二十六年二月初三日回任。计自二十年六月二十二日到徽县本任起，至二十三年二月初六交卸止，又自六月十三日到巴燕戎格署任起，连闰扣至九月二十九日止，试俸已满三年，例应请销试俸。

该州查该员张若金，每逢朔望，宣讲圣谕，士民咸知礼让；经征钱粮，严禁浮收累民；审理词讼速结，并无拖累；以及培植学校，整饬保甲，督修桥梁、道路，凡地方应办事件，均能实力奉行，实系精明干练，才守兼优，堪以销去试俸。

该管道以该员张若金听断明敏，办事认真，堪以销去试俸。查明该员平日居官及履历事实，出考转咨。该署司等查该员张若金，年力富强，才具稳练，核计试俸已满三年，任内并无参罚案件，堪以销去试俸等情。会详前来。

查例载：各项捐纳人员，在外道府以下、杂职以上，俱令于现任内试俸三年，俟销去“试俸”字样，方准照常升转等语。今徽县知县张若金接算试俸已满三年，由司加考覆核，与例相符。臣查该员张若金才具稳练，办事实心，例应题销“试俸”字样。惟准部咨改题为奏，理合恭折具陈。伏乞皇太后、皇上圣鉴，敕部议覆施行。谨奏。十月二十四日。

光绪二十六年十一月初四日，奉朱批：着照所请，吏部知道。

钦此。[1]

1056. 请建故督杨昌濬专祠缘由折

光绪二十六年十月二十四日（1900年12月15日）

头品顶戴调补云贵总督陕甘总督臣魏光焘跪奏，为已故前督臣遗爱在民，据情吁恳天恩饬建专祠，并将战功事迹宣付史馆，以彰祀典而顺舆情，恭折仰祈圣鉴事。

窃原任陕甘督臣杨昌濬在籍病殁后，甘肃绅民多有悼饮感泣、追念难望者。兹据在籍翰林院庶吉士吴钧，刑部主事张国常，前贵州清平县知县赵文源，留陕知州谭维鼎，分省知县陈克勋，灵州学正王式金，署阶州学正沈溶，教职王树涛，举人段成忠、高炳辰，拔贡王耀德，廪生鲁承先等以该督臣功德在民，胪列事迹，呈请奏建专祠等情。前来。

臣查杨昌濬，湖南湘乡县人。道光末年，以诸生驰驱戎马间，即为曾国藩、胡林翼所鉴赏，而左宗棠倚任尤笃。其生平几处事迹，已见湘、浙两抚具疏中。当杨昌濬之初次度陇也，适左宗棠进规新疆，该督臣奉命帮办甘肃新疆善后事宜，招集流亡，垦治荒秽，丁粮赋税，岁渐加增。时关外各军林立，于是统筹后路，调和诸将士，裁兵定饷，节缩度支，援济前敌，诸军悉资腾饱，俾左宗棠一意西征，无后顾之忧。迨全疆底定，奉旨授甘肃布政使，护理督篆，课农桑，兴学校，表忠义，培风俗，一年之中，百废俱举。省城旧有兰山书院，为通省士子肄业之地，兵燹后，膏火无出，书籍荡然无存，特疏请帑金七万两，发商生息，为永远经费，并措置经、史、子、集及一切有用之书数百种。士之有志砥砺者，咸资考究，文风遂蒸然，日有起色。

嗣新疆改设行省，创始经营，该督臣尤多赞助。未几，移督

---

①中国第一历史档案馆藏：《录副奏折》，档号：03-5393-011。

漕运，复由闽浙重督陕甘，驾轻就熟，所有政教一准前轨，而筹边节饷，兴水利，除积弊，以及察吏安民诸务，靡不加意整饬，且表彰正学，刊布先儒遗书及监本“四书”“五经”，以端蒙养。乙未之乱，回族因西军抽调北上，防营单薄，遂借争教乘间构乱，蔓延河湟。该督臣虑贼势披猖，东窜巩、秦，西扰甘、凉，大局将不可支，乃且剿且抚，奏调东征将士来甘征剿。筹画就绪，适奉开缺回籍之命。及其赴任，全境均已将报肃清，论者谓其从前竭蹶，实缘兵力过单；后来诸军易于成功，亦由该督臣先事布置周密，自以致之。

臣与该督臣居同桑梓，官同寮寀，前后数十年，深知其性情纯挚，气度沉毅，治军以讲求纪律、爱惜士卒为先，居官惟振兴学校、维持风宿为急。其考察吏治，勤求民瘼，一出之以至诚恻惧，期于事归实际，而力屏虚浮，故其所学所行与其政绩之所著效，舆情之所追思，有未便任其泯没者。谨援湘、浙成案，据呈胪奏，吁恳圣恩俯准于甘肃省城建立该故督臣杨昌濬专祠，并饬将事迹宣付史馆立传。至可否予谥以表勋勤之处，出自逾格殊恩，非微臣所敢擅请。

所有甘肃绅民追念故督臣遗爱难忘，据情转恳建祠各缘由，谨恭折具陈。伏乞皇太后、皇上圣鉴训示。谨奏。十月二十四日。

光绪二十六年十一月初四日，奉朱批：毋庸予谥，余依议。钦此。①

1057. 请准常祥补授平庆泾固化道员折

光绪二十六年十月二十七日（1900年12月18日）

头品顶戴调补云贵总督陕甘总督臣魏光焘跪奏，为拣员请补中缺道员，以重地方，恭折仰祈圣鉴事。

---

①中国第一历史档案馆藏：《录副奏折》，档号：03-5566-054。

窃照甘肃平庆泾固化道王会英告请开缺回籍修墓，遗缺经臣照章扣留外补，奏奉朱批：着照所请，该部知道。钦此。查律载：道、府、同、通、知州，凡系应归候补班补用者，均无论应题、应调、应选之缺，令该督抚酌量才具，择其人地相宜者，悉准补用等语。今平庆泾固化道虽系冲、繁二项中缺，自固原移驻平凉，地居冲要，实为陇东门户。且管辖二十余属，稽查抚绥，责任綦重。

兹查有甘肃题奏道常祥，到省名次在先，勘以酌补。该员现年六十九岁，镶红旗蒙古祥禧佐领下人，由翻译生员补授理藩院笔帖式。咸丰四年，考补陕甘总督衙门笔帖式。六年期满，经前督臣乐斌①以该员堪膺地方之选送部引见，奉旨发往原省，照例用。同治五年，奏调西宁县知县，因筹办军饷出力，保以直隶州知州遇缺尽先即补；击退逆回案内，保以知府用；历年筹防出力案内，保请免补知府，以道员仍留甘肃补用；哈密军务告竣，保请遇有陕甘道员缺出题奏，旋奉部议应该为遇有甘肃道员无论应题、应调、应选之缺，题补、奏补。嗣丁母忧，服满起复，旋经钦派王大臣验放，光绪七年十二月二十六日到省。旋丁父忧，回籍守制，经神机营奏赴山海关总理营务。十一年四月，服满起复。十三年正月，奉旨撤防，即于是年五月仍行回省，试看年满，补行甄别在案。

臣查该员常祥稳练老成，资深望重，在甘年久，历任笔帖式、知县各实缺，于吏治、民情最为谙悉，曾署兰州、巩秦、甘凉道，办理一切，极臻妥善，以之请补平庆泾固化道，实堪胜任，人地亦极相宜。合无仰恳天恩俯准以常祥补授平庆泾固化道员缺，实

---

①乐斌（？—1875），觉罗氏，满洲正黄旗人。道光年间，充印务参领。二十二年（1842），补正红旗蒙古副都统。同年，授乌里雅苏台参赞大臣。二十六年（1846），署正蓝旗满洲副都统。是年，充武职六班大臣、值年旗大臣。二十八年（1848），任值年旗大臣。翌年，补盛京副都统。咸丰元年（1851），擢乌鲁木齐都统，署理盛京将军。二年（1852），兼署正黄旗满洲都统。三年（1853），授绥远城将军。同年，调补成都将军。次年，兼署四川总督。六年（1856），授陕甘总督。光绪元年（1875），卒于任。

于地方有裨。

如蒙俞允，该道系验放道员请补道缺，衔缺相当，并非题升人员，照例毋庸送部引见。再，该道署任内并无参罚案件。谨恭折具陈。伏乞皇太后、皇上圣鉴训示。谨奏。十月二十七日。

光绪二十六年十一月初五日，奉朱批：吏部议奏。钦此。①

1058. 请以杨志胜借补安西协副将折

光绪二十六年十月二十七日（1900 年 12 月 18 日）

头品顶戴调补云贵总督陕甘总督臣魏光焘跪奏，为拣员请补副将要缺，以裨营伍，恭折仰祈圣鉴事。

窃臣前准部咨：嗣后凡各省外补之缺，俱令该将军、督抚等拣选合例人员，暂行改为试署，分别奏咨立案，俟大局定后，查核部中档册，并行文各直省，令造全省武职履历清册，送部分别核议等因。准此，兹查肃州镇属安西协副将员缺，系第二轮第八缺，应用尽先人员。臣逐加遴选，查有头品顶戴记名提督达春巴图鲁督标左营参将杨志胜，明干安详，熟习营伍，以之请补斯缺，洵堪胜任。合无仰恳天恩俯念员缺紧要，准以该员杨志胜借补安西协副将员缺，以资得力。如蒙俞允，请饬部先给署札，俟大局平定，即给咨送部引见，以符定制。所遗督标左营参将员缺，甘肃现有合例人员，容臣另拣请补。

除查取该员履历咨部外，谨会同甘肃提督臣张永清，合词恭折具陈。伏乞皇太后、皇上圣鉴训示。谨奏。十月二十七日。

光绪二十六年十一月初五日，奉朱批：兵部议奏。钦此。②

①中国第一历史档案馆藏：《录副奏折》，档号：03-5945-038。

②中国第一历史档案馆藏：《录副奏折》，档号：03-5945-039。

1059. 奏报交卸督篆务起程日期折

光绪二十六年十月二十七日（1900年12月18日）

头品顶戴调补云贵总督陕甘总督臣魏光焘跪奏，为恭报微臣交卸督篆、起程日期，恭折具奏，仰祈圣鉴事。

窃臣于光绪二十六年十月十九日恭读电传阁钞：十五日奉上谕：魏光焘现已调补云贵总督，着即来行在陛见。陕甘总督着李廷箫①护理；未到任以前，着何福堃暂护。钦此。臣先于十八日以蒙恩调督云贵，具折叩谢天恩，并吁恳交卸后陛见在案。嗣因电传稍迟，复将钦遵交护、起程缘由电请军机处先行代奏，一面将经手紧要案件连日清理就绪，于二十七日饬委署兰州府知府庆恕、署督标中军副将杨志胜，谨将陕甘总督兼管甘肃巡抚银质关防及王命旗牌、文卷等件赍送护督臣何福堃接收任事，则臣即于是日交卸，束装起程，趋赴行在，面聆圣训，借遂瞻依。

所有微臣交卸督篆、起程日期，谨恭折具奏。伏乞皇太后、皇上圣鉴训示。谨奏。十月二十七日。

光绪二十六年十一月初五日，奉朱批：知道了。钦此。②

---

①李廷箫（1831—1901），湖北黄安县（今红安县）人。咸丰三年（1853），中式进士，签分户部，旋因在籍办团出力，保户部主事，加员外郎衔，并赏戴蓝翎。期满奏留，传补军机章京，补授山西司主事。同治元年（1862），丁忧回籍，因带勇出力，保换花翎。二年（1863），赴湖广总督官文军营差遣。服满起复，补陕西司主事。旋保升江西司员外郎；嗣以剿捻功保加道衔，记名以御史用。十一年（1872），保知府，晋盐运使衔，并以道员在任候补，旋补云南司郎中。十三年（1874），署内阁侍读学士。光绪元年（1875），补授陕西道监察御使，因校勘"方略"出力，保俟得道员缺后，加二品衔，并随带二级。四年（1878），补授开封府知府，奏补归德府知府。九年（1883），调补开封府知府。十二年（1886），升粮储盐法道。十三年（1887），调补江苏江宁府知府。二十年（1894），署理江苏江南盐巡道。二十二年（1896），调补安徽安庐滁道。二十四年（1898），署理安徽布政使。同年，调补山西按察使。二十五年（1899），署理山西布政使。二十六年（1900），护理陕甘总督。二十七年（1901），因病去世。

②中国第一历史档案馆藏：《录副奏折》，档号：03-5945-043。

1060. 请以唐连升补授芦塘营游击折

光绪二十六年十月二十七日（1900 年 12 月 18 日）

头品顶戴调补云贵总督陕甘总督臣魏光焘跪奏，为请补游击员缺，以裨营伍，恭折仰祈圣鉴事。

窃查陕甘提属芦塘营游击徐庆云病故，前将出缺日期及扣缺拣补缘由奏报在案。查芦塘营为兰州北路要地，东连平、固，北近宁夏，专设游击一员驻扎该处，同城并无文员，汉少回多，附近尝有抢劫重案，非熟习地方情形、为回众素所畏服之员，难期胜任。臣于省标候补本班尽先各员内逐加遴选，有衔缺相合，而人地皆不相宜。

惟查有俟补游击后补用参将唐连升，老成稳练，谙悉回情，以之请补斯缺，实属人地相需，合无仰恳天恩俯念员缺紧要，准以补用游击唐连升请补陕西提属芦塘营游击，以期得力。如蒙俞允，应照变通新章改为试署，俟大局平定，再行给咨送部引见，以符定制。

除饬取该员履历清册另咨送部外，谨会同护理陕西固原提督署中军参将盛超，合词恭折具陈。伏乞皇太后、皇上圣鉴训示。谨奏。十月二十七日。

光绪二十六年十一月初五日，奉朱批：兵部议奏。钦此。①

1061. 请以孙桂升补提标后营都司片

光绪二十六年十月二十七日（1900 年 12 月 18 日）

再，前准部咨：甘肃提标后营都司系第六轮第九缺，轮应署职，该省署职无人，照章以应升抵补。又准部咨奏定章程内开：

①中国第一历史档案馆藏：《录副奏折》，档号：03-5945-041。

嗣后凡各省外补之缺，俱令该将军、督抚等拣选合例人员，暂行改为试署，分别奏咨立案，俟大局定后，查核部中档册，并行文各直省，另造全省武职履历清册，送部分别核议等因。前来。

臣逐加遴选，查有西宁镇属巴暖营守备孙桂，年力富强，才具稳练，堪以升补，核与轮章相符，人地亦极相宜。合无仰恳天恩俯念员缺紧要，准以该员孙桂升补甘肃提标后营都司员缺，实于营伍有裨。如蒙俞允，应即照章改为试署，俟大局定后，再行给咨该员赴部引见，以符定制。

除饬取该员履历清册另咨送部外，其所遗西宁镇属巴暖营守备员缺，陕甘现有合例应补人员，容臣另拣请补。谨会同署甘肃提督臣张永清，合词附片具陈。伏祈圣鉴训示。谨奏。

光绪二十六年十一月初五日，奉朱批：兵部议奏。钦此。①

1062. 请以王文安借补花马池参将片

光绪二十六年十月二十七日（1900 年 12 月 18 日）

再，臣查甘肃宁夏镇属花马池营参将员缺，前准部咨，行令拣员请补。现准兵部通行内开：嗣后凡各省外补之缺，俱令该将军、督抚等拣选合例人员，暂行改为试署，分别奏咨立案，俟大局定后，查核部中档册，并行文各直省，令造全省武职履历清册，送部分别核议，各等因。知照前来。

兹查有记名提督署永固协副将王文安，稳练朴诚，熟习营伍，堪以借补。合无仰恳天恩俯念员缺紧要，准以王文安借补甘肃宁夏镇花马池营参将，可期得力。如蒙俞允，应即照章改为试署，俟大局定后，即行给咨赴部引见，以符定制。

除饬取该员履历清册另咨送部外，谨会同署甘肃提臣张永清，合词附片具陈。伏乞圣鉴训示。谨奏。

---

①中国第一历史档案馆藏：《录副奏片》，档号：03-5945-042。

光绪二十六年十一月初五日，奉朱批：兵部议奏。钦此。①

1063. 奏报副将余成龙饬赴新任片

光绪二十六年十月二十七日（1900 年 12 月 18 日）

再，升补西宁镇属镇河协副将余成龙现已赴引事竣到省，应急饬赴本任，以专责成。除檄饬遵照外，理合附片具陈。伏乞圣鉴。谨奏。

光绪二十六年十一月初五日，奉朱批：知道了。钦此。②

1064. 密陈潘效苏赴甘署理藩篆片

光绪二十六年十月二十七日（1900 年 12 月 18 日）

再，臣查甘肃地处边荒，汉回杂处，抚驭稍失机宜，动酿变故，非才识素裕、谙悉地方情形、善于操纵者，不能得其要领。臣前调新疆镇迪道兼按察使衔潘效苏入关，该员才大识精，通达治体，自随前督臣左宗棠度陇，服官三十余年，历著政绩。二十二年，经调任督臣陶模奏总营务，督队剿办大通回匪，措置咸宜，群情慑服。现在乘舆西幸，长安、甘肃尤关紧要，臣奉命调滇，督臣崧蕃到任需时，两司中尤不可无熟悉边情、谙练军事之员。

臣清厘交护，因催该员迅速到甘，委署藩司篆务，俾收驾轻就熟之益，期以下慰边氓，上纾宸廑。谨附片密陈。伏乞圣鉴。谨奏。

光绪二十六年十一月初五日，奉朱批：知道了。钦此。③

①中国第一历史档案馆藏：《录副奏片》，档号：03-5945-040。

②中国第一历史档案馆藏：《录副奏片》，档号：03-5945-044。

③中国第一历史档案馆藏：《录副奏片》，档号：03-5945-045。

1065. 委令潘效苏署理甘肃藩篆片

光绪二十六年十月二十七日（1900 年 12 月 18 日）

再，署理布政使甘肃按察使何福堃奉旨暂护陕甘总督篆务。所遗布政使员缺，查有奏调甘肃新疆镇迪道兼按察使衔潘效苏，谙悉边情，通达治体，堪以署理。除檄饬遵照外，理合附片具奏。伏乞圣鉴。谨奏。

光绪二十六年十一月初五日，奉朱批：知道了。钦此。①

1066. 请以刘琦补授宁夏镇游击片

光绪二十六年十月二十七日（1900 年 12 月 18 日）

再，臣前准部咨：甘肃宁夏镇标右营游击员缺系第七轮第七缺，轮用尽先人员，行令迅拣请补。又，现准兵部奏定章程内开：嗣后凡各省外补之缺，俱令该将军、督抚等拣选合例人员，暂行改为试署，分别奏咨立案，俟大局定后，查核部中档册，并行文各直省，令造全省武职履历清册，送部分别核议，各等因。兹查留陕甘尽先补用游击刘琦，年力富强，办事勤干，堪以请补。

合无仰恳天恩俯念员缺紧要，准以刘琦请补甘肃宁夏镇标右营游击员缺。如蒙俞允，应即改为试署，俟大局定后，给咨赴部引见，以符定制。除饬取该员历册送部外，谨会同署甘肃提督臣张永清，附片具陈。伏乞圣鉴训示。谨奏。

光绪二十六年十一月初五日，奉朱批：兵部议奏。钦此。②

---

①中国第一历史档案馆藏：《录副奏片》，档号：03-5945-046。

②中国第一历史档案馆藏：《录副奏片》，档号：03-5945-047。

1067. 请以陈元萼等署理镇篆缘由片

光绪二十六年十月二十七日（1900 年 12 月 18 日）

再，署河州镇总兵伊犁镇总兵焦大聚奉旨简授喀什噶尔提督。所遗河州镇总兵员缺，查有肃州镇总兵陈元萼，晓畅戎机，威望素著，堪以调署。所遗肃州镇总兵员缺，查有调甘差遣记名提督请补乌什协副将汤咏山，勇略兼优，卓著战绩，堪以署理。

除分饬遵照外，理合附片具陈。伏乞圣鉴。谨奏。

光绪二十六年十一月初五日，奉朱批：兵部知道。钦此。①

①中国第一历史档案馆藏：《录副奏片》，档号：03-5945-048。